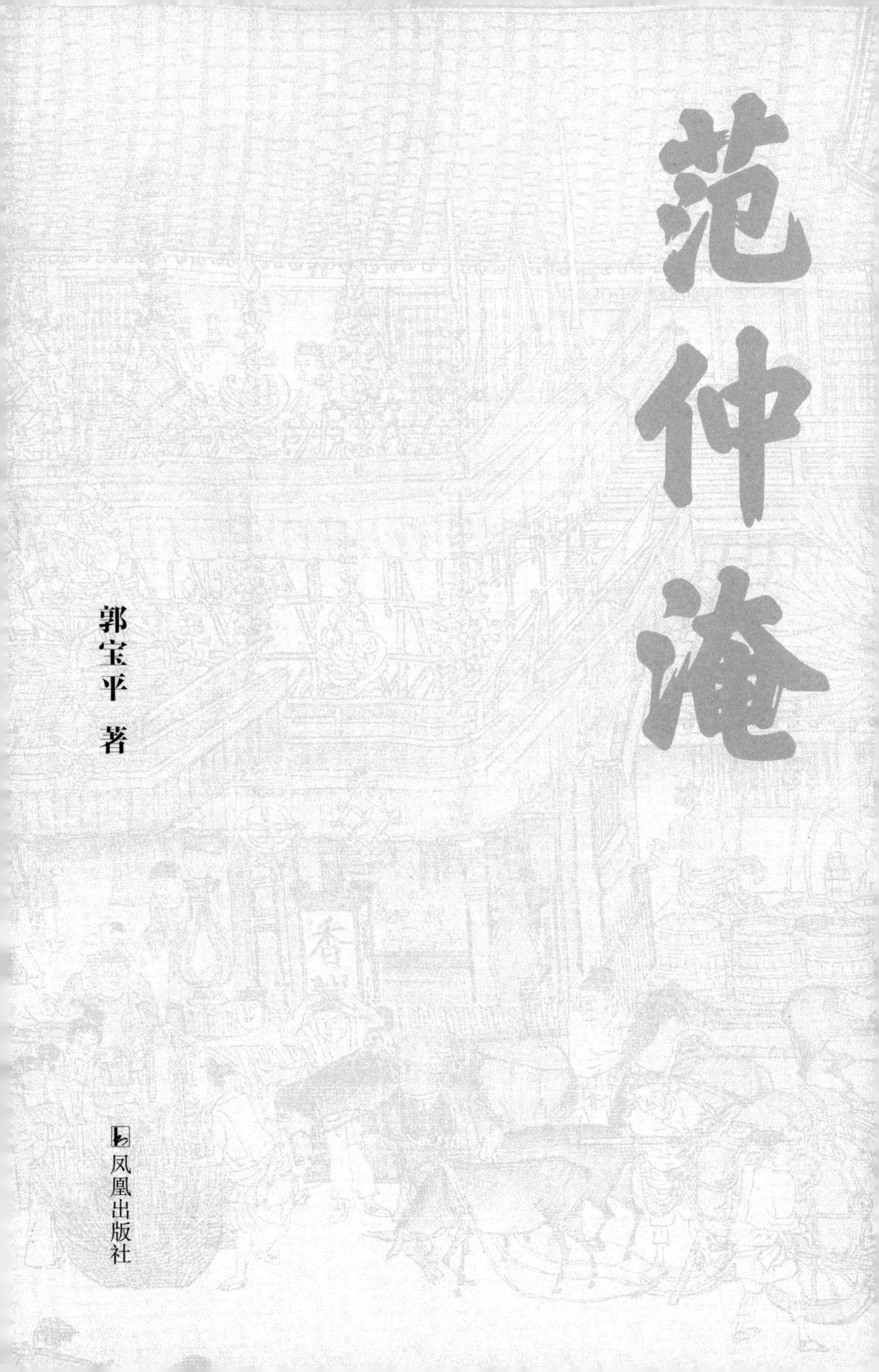

# 范仲淹

郭宝平 著

凤凰出版社

图书在版编目（CIP）数据

范仲淹 / 郭宝平著. -- 南京 : 凤凰出版社,
2022.7
ISBN 978-7-5506-3683-5

Ⅰ. ①范… Ⅱ. ①郭… Ⅲ. ①长篇历史小说－中国－当代 Ⅳ. ①I247.5

中国版本图书馆CIP数据核字(2022)第052002号

| | |
|---|---|
| 书　　名 | 范仲淹 |
| 著　　者 | 郭宝平 |
| 责任编辑 | 张永堃　孙思贤 |
| 装帧设计 | 陈贵子 |
| 出版发行 | 凤凰出版社(原江苏古籍出版社)<br>发行部电话025-83223462 |
| 出版社地址 | 江苏省南京市中央路165号,邮编:210009 |
| 照　　排 | 南京凯建文化发展有限公司 |
| 印　　刷 | 江苏苏中印刷有限公司<br>江苏省泰州市经济开发区鲍徐镇,邮编:225315 |
| 开　　本 | 652毫米×960毫米　1/16 |
| 印　　张 | 49 |
| 字　　数 | 656千字 |
| 版　　次 | 2022年7月第1版 |
| 印　　次 | 2022年7月第1次印刷 |
| 标准书号 | ISBN 978-7-5506-3683-5 |
| 定　　价 | 108.00元 |

(本书凡印装错误可向承印厂调换,电话:0523-82099008)

# 自序

我从事专职写作，倏忽五载。长篇历史小说《大明首相》已出两版，加上2021年春出版的两卷本《大宋女君刘娥》，共计已达200万字。近两年来，除了必要的遗迹寻访，我基本上处于闭关写作状态，全部的精力投入了《范仲淹》这部小说的创作中。所谓呕心沥血，此之谓也。

为什么要写范仲淹？

近年来，“崖山之后无中国”的说法流行一时。且不论这个说法的动机如何，有一点是不可否认的，那就是，宋亡，中华文明遭受了重创。可以说，现在的中国人，与宋朝的中国人，观念、性格、处事方式，已然发生很大变化。学者陈寅恪说：“华夏民族之文化，历数千载之演进，造极于赵宋之世。”曾担任美国亚洲研究协会主席的美国学者罗兹·墨菲在《亚洲史》中说：“在许多方面，宋朝在中国都是个最令人激动的时代……算得上一个政治清明、繁荣和创新的黄金时代。”那么，古典意义上的中国人是什么样子的？这就要回到宋朝去寻找。所以，写宋朝人物，是我的夙愿。

在创作长篇历史小说《大宋女君刘娥》时，写到范仲淹做的一件事，颇感他的与众不同，当即就有了写范仲淹的强烈冲动。

提起范仲淹，读者大都知道“先天下之忧而忧，后天下之乐而乐”的名言，但对范仲淹的了解却普遍停留在表面，差不多只是一个概念或符号。许多涉及范仲淹的著述，基本上没有摆脱这个束缚。通读了范仲淹的全集，浏览了他的“铁杆粉丝”欧阳修、苏舜钦等人的有关记载后，我对范仲淹有了全新的认识。

法国作家福楼拜说过：“美就意味着真实，虽说真实的东西不一定都美，可是最美的东西永远是真实的。”只有真实，才具有说服力和感染力。所以，我写《范仲淹》，就是要填补空白，将一部真实、立体、全面反映范仲淹一生的历史小说呈现给读者。

确定要写范仲淹，接下来，就是如何去写。

历史小说涉及的人物、场景、风俗，都与现实有很大的距离。在我看来，写历史小说，必须把握好四个方面。这四个方面，可以说是支撑这部小说的四梁八柱。

**以人性审视历史人物**　英国历史学家汤因比说，从古至今，变化最小的是人性。不管我们是否认同他的话，有一点无可置疑：历史人物也是人。是人，就有欲望；有欲望，就会有纠结甚至是挣扎。即便是公认的圣贤，也不是从一生下来就伟大，也有凡人的七情六欲；就算成为圣贤，依然有凡人的一面。因此，所有人性中本质的东西，都可用以观察那些叱咤风云、大名鼎鼎的历史人物。对于范仲淹当然也不例外。不妨看看他写的一首《咏蚊》诗：

饱去樱桃重，饥来柳絮轻。

但知离此去，不用问前程。

他的意思是：我好羡慕蚊子啊，吃饱就走，不必为前程烦恼。职场上的人天不亮就爬起来去上班，看到猫还懒洋洋睡着，就会说：猫多好啊，不用为衣食住行奔波。范仲淹当时的感慨，大体如此。人到中年还在为前程而烦恼的范仲淹，和当今亿万职场中人，又有什么大的区别呢？都是活生生的人，在这个世界上走过一遭。只不过，他留下的痕迹比普通人要多一些，可供后人循着这些痕迹去捕捉历史真相。

**打通历史** 历史小说的主人公生活在特定时代，只有对那个时期的社会风貌、政治生态乃至世道人心都有深入研究，才能对人物有精准把握；只有打通历史，方可直抵人物的精神世界。打通历史的前提，是对当时的制度和运作规则要熟悉。总体上说，宋朝以儒立国、优待文士，许多制度安排都可以维护士大夫的尊严。比如，今人一听到贬官，就觉得是很重的惩罚——至少会令人颜面尽失吧？其实当时的人未必这么看。宋朝实行官阶与差遣分离的制度，对一些才俊还授以馆阁之职。简单说，官阶表示级别，照此领取俸禄；馆职表示具有天子近臣的身份；差遣是行使职权的实际职务，没有固定任期。所谓贬官，多数情况只是差遣的变化。比如，主持庆历新政的范仲淹被罢参知政事，知邠州，可他的官阶却由从四品的谏议大夫升为正四品的给事中，馆职也由枢密直学士升为资政殿学士。从这个角度说，他升官了。况且，既然是差遣，随时都会发生变化，这是常事，几乎所有宰执大臣都有被贬的经历，仅解除参知政事差遣本身，并不是什么值得大惊小怪的事。再比如，范仲淹因何作《咏蚊》诗，为前程发愁？原因有两个：一是按当时的制度，进士及第先做选人，选人只能在规定的官阶内升职，最高升到八品。只有改京官后，仕途才算展开。改京官不容易，多数进士终身都未脱离选人身份，在“选海”挣扎，沉于下僚。当时范仲淹做了很多努力，却尚未成功，对前程十分担忧。二是他复姓归宗，籍贯改成了苏州。当时的朝廷大老轻视南人，说南方下国之人奸巧，不可重用。范仲淹入仕十年了，却还在海角一隅做一个监盐仓的微官，他很苦闷。所以他羡慕蚊子可以不必问前程。又如，因范仲淹四子范纯粹之母张氏墓志铭的出土，一些研究范仲淹的专家就想当然地说张氏是范仲淹的续弦。其实，如果熟悉当时的婚姻制度，再读张氏的墓志铭，就不会产生这样的误解。再比如，范仲淹是在 20 岁以后才知道自己身世的，揭开这个秘密的是他没有血缘关系的哥哥。哥哥为什么选择在那个时候揭秘？了解当时的遗产继承制度，就可以解开这个谜团。

**杜绝凭空虚构**　历史小说要写有血有肉的人，需要大量细节，而这恰恰是史料中最欠缺的。怎么办？有人说，小说嘛，虚构吧！我反对这样做。我在《大明首相》（修订版）和《大宋女君刘娥》的自序中系统谈到过自己的历史小说观，也在接受媒体采访时多次提到，我投入历史小说创作的初衷，就是向随意编造历史、误导读者的戏说之风宣战。这个出发点决定，我的历史小说，将真实性放在第一位。主要人物、主要事件乃至细小的情节、场景，都力图确保真实性。对于史料中缺失的历史，也不作凭空编造式的虚构，而是根据历史文献提供的线索，结合典章制度、人物性格等作出推理。这部小说中的小鬟张氏这个人物，就是一个例子。前面提到的张氏墓志铭透露出的信息表明，她在范仲淹生前已进入范家二十余年，当时范仲淹发妻李氏还在世，显然，她不是范仲淹的正妻。那她是如何进入范家的？张氏是钱塘人，有史料说，钱塘一带“虽蓬门贫女，也有一两件锦衣罗裙、几样头饰”，目的是进入富贵人家做女使或侍妾。据此推测，张氏当是范仲淹主桐庐郡时以女使身份进入范家的，当时人们对女使的称呼，就是“小鬟”。但主政者买当地女使违法，所以闹出后来的一些风波，以至于范仲淹在饶州还有与雏妓小鬟厮混的传闻——这个传闻很可能与梅尧臣有关，从而导致范、梅交恶。这都是我根据文献中的线索加以推理得出的结论，并据此构思了小鬟这个人物。我认为这样的情节安排最接近历史真实。

**摒弃非黑即白的历史观**　老百姓看戏、看书，对主要人物，习惯于分清是好人还是坏人。这是受儒家世界观耳濡目染的结果。在儒家看来，人物分两种：君子和小人，或者说好人和坏人。以这种世界观审视历史，就形成了非黑即白的历史观。一旦被定位为好人、君子，他的一切就都是好的，即使有不好的一面，也要为贤者讳。这样书写出的历史是可疑的，也是缺乏感染力的。我不能传导这样的历史观给今天的读者。历史事实也不是这样的。人性复杂，不是非黑即白。历史小说关注的是历史中的生命个体，我们会发现，实际上每个人都在时代洪流中挣扎，他的命运离不开时代的规约、他人的影响，没有一个人能够完全按照自己的意志行事。不应出于某种目的拔高一个所谓的正面人物，哪怕他被后世奉为圣贤；也不能以陈腐观念去嘲弄任何一个历史人物，哪怕他被正史称为“小人”“奸邪”。比如范仲淹执意认为契丹不会和西夏交战，为此与当时枢密三臣展开激烈辩论，并执意出京巡边。最后证明他的判断严重失误。很多人不提这段历史。实际上这个判断直接影响了庆历新政的走向，是非常重大的事件。写出这段史实，并不会损害范仲淹的品格。庆历新政无疑是范仲淹一生中值得浓墨重彩大书特书的，但翻阅研究者的著述，基本上还是按照儒家君子、小人之辨，把反对庆历新政的人都说成是小人、守旧分子。事实是这样吗？监察御史包拯强烈反对新政中的按察之法，但又大力支持最受争议的"抑侥幸"改革；御史中丞王拱辰被扣上反对新政的帽子，但实际上新政中影响最大的一项改革"精贡举"的具体内容，正是王拱辰领衔起草的；翰林学士李淑、谏官余靖反对范仲淹设计的荫子制度改革，但是新政夭折后，这二人不断地呼吁改革荫子之制，致后来朝廷推出的新法令，要比被废止的庆历新政时的改革更有力度。可见，非黑即白的历史观指导下的历史书写，将事件简单化，把人物脸谱化，历史真相因而模糊甚至被遮蔽了。这是我在写作历史小说时极力避免的。英国作家曼特尔的历史小说获得布克奖，颁奖词说："她重塑了英国近代历史上最著名的一段时期，我们这位最伟大的当代英语作家重新书写了一段最为人熟知的英国历史。"同样，当我们摒弃了非黑即白的历史观，去除君子、小人之辨，重新审视范仲淹和他的时代，也可以说，历史小说《范仲淹》重塑了那段历史。

一个时期里，史学领域看重的是专业性极强的学术论著，文学领域则多是似是而非的史实与天马行空的虚构混淆的历史演义。所以，有学者说：

“我们用了前半生的时间通过文学故事去积累历史知识，再用后半生的力量去一个个甄别推翻。”我从事历史小说创作，决心开创一种历史小说写作新模式：依托历史写小说，以小说的笔法写历史。在文学领域为历史书写赢得阵地，在史学领域为历史普及赢得读者。所以，我的历史小说，与其说是小说，不如说是历史报告文学。有评论家对之冠以“纪史小说”的名头，我认为是恰切的。

请读者翻开这部小说，穿过历史隧道，重回那个成就了范仲淹的时代，一览彼时中国人的风采，在与真实的范仲淹相伴而行的过程中，领略他的七情六欲，同慨他的百感交集，追慕他的自强不息，感受他的忧乐自适，汲取“先天下之忧而忧，后天下之乐而乐”的精神力量。他身世传奇、仕途坎坷，千回万转，令人唏嘘；他统帅边关、主持新政，风波迭起，让人揪心。他的自信、大胆，不免使人替他捏把汗；他的冲动、执拗，又让人为之皱眉，甚或啼笑皆非。蓦然回首，你会惊奇地发现，千年之间，人性相通，范仲淹和他的师友、政敌，似曾相识，如同故人；可经历了历史日积月累的风雨侵蚀，如今的我们与那时的他们，虽同为中国人，却已有了许多不同之处。这相通与不同，又是多么值得久久回味……

作者识　2022年2月12日于京城大慧寺

# 目 录

# 主要人物

朱 说　　范仲淹三十岁之前曾用的姓名。说，通悦。

范仲淹　　朱说复姓归宗后，名仲淹，字希文。吴县(今苏州)人。宋太宗端拱二年(989年)生于真定(今正定)，长于淄州(今淄博)。真宗大中祥符八年(1015年)以朱说之名进士及第。官至户部侍郎，赠兵部尚书；馆职至资政殿学士；差遣至参知政事。入仕后沉于下僚十余年，官显后5次被贬放。52岁充陕西副帅并帅鄜延路，后与韩琦、庞籍同为陕西最高军帅。曾监西溪盐仓、知兴化县、执教应天府书院；任谏官，判国子监，先后知睦州、苏州、开封府、饶州、润州、越州、延州、耀州、庆州、邠州、邓州、杭州、青州，仁宗皇祐四年(1052年)赴知颍州任途中病逝徐州。谥"文正"。葬万安山(今河南伊川县境)。育四子三女。

欧阳修　　字永叔，吉州(今吉安)人。仁宗天圣八年(1030年)进士高第。对年长其18岁的仲淹执弟子礼，以维护仲淹为己任。

庆历三年(1043 年)知谏院,庆历新政的主要推动者,后御史劾其乱伦,落职贬滁州。

吕夷简　祖籍莱州,长范仲淹 11 岁,真宗咸平三年(1000 年)进士高第,三度出任宰相,封许国公,先后执政 20 年。仁宗庆历四年(1044 年)卒,谥"文靖"。仲淹三次被贬又升职重用,皆其操控。留下范、吕是否欢然解仇公案。

富　弼　字彦国,洛阳人。仁宗天圣八年(1030 年)举制科甲等。对年长其 15 岁的范仲淹执弟子礼,以枢密副使与仲淹共同主持庆历新政。

韩　琦　字稚圭,相州(今安阳)人。仁宗天圣五年(1027 年)进士高第。与年长其 19 岁的范仲淹谊兼师友,共同经略西事,时称"韩、范",后又同入中枢。曾就对西夏战略和水洛城案与仲淹针锋相对。

夏　竦　江州(今九江)人。20 岁恤录为最低级武职,以诗文受宰相赏识,中制科改文官,以干才著称。35 岁拜枢密副使、改参知政事,后任枢密使,封英国公。任陕西军帅时荐小其 4 岁的范仲淹副之。庆历新政期间先后发生的几场政治风波,实为夏竦幕后操控。仁宗皇祐三年(1051 年)卒,初谥"文正",遭司马光等抵制,改谥"文庄"。

晏　殊　抚州人。14 岁童子试及第,赐进士出身。先后任翰林学士、枢密副使、枢密使、宰相。外放南京留守时延聘仲淹主应天府书院教务,再荐入馆阁,使其得成名流。仲淹尊小其两岁的晏殊为师，但二人关系微妙。

皇　上　　仲淹入仕时，皇帝为赵恒，5 年后崩，是为真宗；子赵祯继位，是为仁宗。仁宗在位 41 年，前 10 年由章献明肃太后垂帘听政。仲淹在仁宗天圣、明道、景祐、宝元、康定、庆历、皇祐年间为官 30 年。君臣关系复杂，大体有一个感其忠、信其诚、怨其拗、用其贤、疑其欺的演变过程。

滕宗谅　　字子京，洛阳人。与仲淹为同榜进士，后受仲淹荐帅环庆路，改帅泾原路，御史劾其贪，引发风波，对仲淹的操守及刚开局的庆历新政损伤颇大。宗谅贬知岳州，重修岳阳楼，遂有《岳阳楼记》之出。

郑　戬　　字天休，吴县（今苏州）人。仲淹连襟。天圣二年（1024 年）进士高第，先于长其 3 岁的仲淹入馆阁，拜枢密副使，后接替韩琦、仲淹帅陕西，排挤滕宗谅、张亢，与韩琦、尹洙争，先后引发滕宗谅案、水洛城案，震动朝野。

元　昊　　西夏王，拓跋氏后裔，唐赐国姓李，宋赐国姓赵。仁宗宝元元年（1038 年）建国称帝，多次发动对宋战争，并与契丹国交战获胜。后与宋议和，取消帝号，继续对宋称臣。

张　元　　原名张三才，华州（今渭南）人。屡试不第，投夏，更其名以动西人观听。元昊建国称帝和对宋战争的主要策动者，官至西夏宰相。

种世衡　　字仲平，洛阳人。以叔父荫补官。任鄜州通判时，受小其

4 岁的军帅范仲淹识拔，以文改武，筑清涧城；知环州（今环县）时筑细腰城；行反间计，诱元昊诛杀其左膀右臂野利兄弟。

梅尧臣　字圣俞，宣州（今宣城）人。屡试不第，以叔父荫补官。初，视年长其 13 岁的范仲淹为师友；后范、梅交恶。

王拱辰　咸平县（今通许县）人。欧阳修连襟。天圣八年（1030 年）状元。30 岁左右即知开封府，再改任御史中丞。庆历新政参与者。因滕宗谅案与年长其 23 岁的参知政事范仲淹激烈辩论。与仲淹一起荐苏舜钦入馆阁，又主导了进奏院之狱，将苏舜钦等仲淹的追随者一网打尽。

杜　衍　越州（今绍兴）人。少时以流浪为生，大中祥符元年（1008 年）进士高第，任枢密副使时支持仲淹对西夏战略，任枢密使、宰相时支持庆历新政。因受女婿苏舜钦进奏院之狱牵累，又被疑与仲淹结党而罢政，晚年封祁国公，居应天府（今商丘）。

张　纶　颍州（今阜阳）人。任江淮制置发运副使时力排众议，支持监西溪盐仓的范仲淹修筑捍海堰提议，荐仲淹知兴化县主持筑堰，地基甫成而突发重大事故，张纶上疏为仲淹辩护，免于穷治深究；仲淹调离兴化县，张纶主持筑堰。堰成，沿海百姓为其修生祠，仲淹作记颂其功。

张方平　字安道，应天府（今商丘）人。仁宗景祐元年（1034 年）制科高第。仲淹弟子。庆历新政重要参与者。进奏院之狱时被起用，力主并推动朝廷严惩苏舜钦等人。

孙　沔　　字元规，越州(今绍兴)人。真宗天禧三年(1019 年)进士。仲淹知越州时与小其 7 岁的孙沔结识，后荐其出任陕西转运使；仲淹私通元昊书事发，孙沔极力为其辩护。仲淹病危之际，知徐州孙沔悉心侍于病榻前。

张　亢　　字公寿，临濮(今菏泽)人。进士出身，以文改武，为延州钤辖时，军帅范仲淹以国士待之，后荐其帅泾原路，为郑戬排挤，御史劾其不法，仲淹为其辩，得全。

李　纮　　字仲纲，应天府(今商丘)人。进士出身，受吕夷简识拔改京官，先后任监察御史、陕西转运使、知秦州，卒于任上。范仲淹、郑戬之妻的堂兄。

尹　洙　　字师鲁，洛阳人。天圣二年(1024 年)进士。与年长其 12 岁的范仲淹谊兼师友，以仲淹朋党自居，主动请贬。受征辟入幕，与仲淹就对西夏战略争论二十余日，不欢而散。病重时仲淹接其到邓州治疗，为其经理后事。

葛怀敏　　真定(今正定)人。太宗朝名将葛霸之子，帅鄜延路兼知延州，后改为副帅，仲淹以其怯懦不知兵奏调之，改泾原路副帅，定川寨之战中殉国。

狄　青　　字汉臣，汾州(今文水)人。代兄受过，刺面从军，因屡立战功，受仲淹等帅臣识拔，升任军帅。在水洛城一案中酿成流血事件，令仲淹恼怒，但又不得不设法保全。

胡　瑗　　字翼之，泰州人。仲淹监西溪盐仓时与小其4岁的胡瑗订交，后荐其主苏州官学，再荐其入仕。后成大儒，"宋初三先生"之一。

石　介　　字守道，奉符县（今泰安）人。天圣八年（1030年）进士，投仲淹门下。仲淹入中枢，石介作《庆历圣德颂》以歌之；又吁请范、富行伊、周之政，掀起轩然大波，范、富不自安，先后离开朝廷。石介惊恐，暴卒后险被开棺验尸。学识深厚，"宋初三先生"之一。

高若讷　　字敏之，榆次人。进士出身，为谏官时因仲淹落职贬饶州，若讷以为所罚无不当，欧阳修致书痛诋之，蔡襄作《四贤一不肖》诗嘲弄之。后取代推行新政的范仲淹、富弼等人成为中枢大臣。

章得象　　蒲城人。真宗咸平五年（1002年）进士。仲淹任参知政事时，年长其11岁的得象为宰相。对朝政袖手不言，以计使仲淹罢政受辱，并主持废新政。庆历八年（1048年）卒，谥"文宪"。

贾昌朝　　获鹿人。真宗天禧元年（1017年）进士。仲淹次女嫁其亲侄，遂成亲家。与长其8岁的范仲淹同拜参知政事，仲淹罢政后，昌朝升宰相。庆历新政的主要反对者。

杨怀敏　　宦官、大内总管。一度出任边将，策动保州兵变，兵变平息后受朝廷嘉奖。保州兵变实为庆历新政转折点。

**契丹主** 契丹(辽)国皇帝耶律宗真。宋与西夏战事骤起,耶律宗真背澶渊之盟,强迫宋增加岁币,又以替宋出气为名亲征西夏。契丹大军屯兵河东路边境,引发范仲淹与富弼、杜衍、韩琦之间对其意图的激烈争论。

**蔡　齐** 字子思,莱州人。与仲淹同榜进士,状元。先后任翰林学士、参知政事,罢政后以户部侍郎知颍州。仁宗宝元二年(1039 年)卒,赠兵部尚书,谥“文忠”。仲淹长女嫁其堂弟蔡交。

**王　质** 字子野,名相王旦侄,家族富贵。以伯父荫补官,赐进士出身。仲淹落职贬饶州,王质祖饯于都门,以两个女儿分别许配于仲淹次子纯仁、三子纯礼。

**小　鬟** 张氏,桐庐人。仲淹知睦州时入范家为女使,善持家,后生子纯粹。仲淹知饶州时,因梅尧臣无意间误传其为雏妓,酿成风波,仲淹险遭严谴。

**谢　氏** 范仲淹生母。真定(今正定)人。初嫁成德军节度掌书记范墉,生子仲淹,范墉卒,携幼子寄居苏州天平山咒钵庵,后再嫁平江军节度推官朱文翰。天圣五年(1027 年)卒,仲淹以官阶换封“县君”,葬河南县万安山(今属伊川县),仲淹显贵后封赠“吴国夫人”。

**李三妹** 出身应天府名门望族。由堂兄李纮牵线,与在应天府书院读书的朱说定亲。朱说复姓归宗后成婚,育纯祐、纯仁、纯礼并二女。仲淹落职贬饶州,三妹逝于饶州官舍。

药出山来为小草，楸成树后困长藤。

——陆游

# 第一章　药出山来为小草

## 一

大雾弥漫的清晨，村庄还在沉睡，偶有几声鸡叫，打破了黎明前的寂静。一位个子不高，身穿灰白色粗布直裰、头戴草巾子的二十岁上下的男子，左背古琴、右挎短剑，沿着村中小道，赌气似的低头匆匆而行。约莫一刻钟工夫，感觉是在爬坡，抬头看去，一条宽数十丈的大河横亘在眼前。男子愣了片刻，发出一声轻叹。这条名孝水的大河，自南而西绕长山县城而过，在村庄之北，而他要去的颜神镇则在东南方。意识到自己走错了路，男子迈步上了河堤，微眯双目，怔怔地望着河面，不时“嘶”地吸进一口雾气，像是要做出一个艰难的抉择。

雾霭笼罩下的孝水，河面黯淡，河水悄无声息地流淌着。男子伫立片刻，转身西行，找见了一座木桥，他跨上桥面，大步往西南方向而去。

一个挑着菜担的中年人迎面走来，男子浑然不觉，眼看就要撞到菜担上了，挑担人慌忙闪开，一脸好奇地打量着脚步匆匆的年轻人，唤道：“四郎！”见他并未驻足，遂提高了声调：“朱说——”

被唤作朱说的男子停下脚步，扭过头去，茫然地看了挑担人一眼，朦胧间看出是人称“八叔员外”的邻居，便对他鞠了一躬，一语未发，转过身去继续赶路。

八叔员外见朱说一副心事重重的样子，紧追两步，问道："四郎，那件事，你知道了？"

朱说停下脚步，扭过头问："八叔员外是说封禅之事？"

大宋开国近五十年了，一直被两大难题所困扰。一是强敌环伺，处境艰危。不惟后晋石敬瑭割让给契丹的燕云十六州收复无望，便是藩属西夏也能以金戈铁马要挟朝廷放弃横山一带大片国土，并向其赐岁币。虽然朝廷拿出国库收入的十分之八供养百万大军，可由于失去燕山屏障，战马输入通道又被堵塞，以步兵的血肉之躯很难抵挡契丹人和党项人的剽悍铁骑，只能以金钱换取脆弱的和平。二是皇位传承。太宗继承的是兄长太祖的皇位，他以"石室金匮"之说来证明继位的正当性；但若照此说法，就不应将皇位传给自己的儿子。可事实是，当今皇帝是太宗的皇子，由此引发对皇位传承正当性的质疑自是不可避免。前不久，朝廷颁诏，将在今年十月封禅泰山。消息传出，举国欢腾。远离京城的京东路淄州长山县，老成人私下议论说，今上此举，一来通过向上天奏报，显示其继位的正当性，彻底理顺皇统；二来可镇服四海，夸示远人，以显示天下正朔在皇宋。朱说听罢，顿觉封禅泰山非同寻常。故而，听到八叔员外的问话，他首先想到的就是这件事。

八叔员外却摇了摇头，慌里慌张转身便走。

"那么，八叔员外说的那件事，何所指？"朱说对着他的背影问。

八叔员外佯装没有听见，步履慌乱地钻进了前方的雾团里。朱说蹙眉沉思着。多年来，他总觉得邻居们看他的目光有些怪异，有时还会在他背后窃窃私语、指指点点，仿佛他身上藏着什么不能说破的秘密。或许是几个手足中，他的个子最矮，站在一起要比三个兄长矮半头，外人很难相信他们会是兄弟？朱说自嘲一笑，加快了步伐。要去办的事相当棘手，不知能否找到转机，只好丢开对突然冒出来的"那件事"的深究，强迫自己不去想它。

随着蝉鸣声越来越响亮，坐南朝北的醴泉寺就在眼前了。雾霭不知何时已散去，迎着刺目的阳光，朱说进了山门。已是午时，香客不多，一浪高过一浪的蝉鸣声，衬托出古寺的幽静，参天的古树投下斑驳的阴影。朱说在一片树荫下坐定，直到一脸汗水都挥散了，方迈步进了迎门而立的文昌阁。他将琴、剑轻轻放下，在文昌帝君前焚香跪拜毕，正要趋前抽签，一位年近半百的法师走了过来。朱说向法师躬身施礼，法师微微颔首，接过沙弥手中的签筒，晃了几晃，伸到朱说面前。朱说双手合十，恭恭敬敬道："敢问文昌帝君，小生将来可为宰相否？"

法师的手微微抖了一下，细细端详着眼前的年轻人：消瘦的四方脸棱角分明，儒雅中透出几分沉郁；两只眼睛相距稍远，忽闪之间，传递出倔强之气，委实是位气度非凡的后生。难怪守门的沙弥一见，就急忙向他这个新来的住持禀报。他还未遇到过身背琴、剑的香客，这才出来亲持签筒，看一看这位香客到底要卜什么。想不到他语出惊人，让法师越发好奇了。

朱说抽出一签递给法师，法师看罢，面带歉意地摇了摇头。朱说一怔，眼帘垂了下来。他又焚了一炷香，合十再拜道："若不能做宰相，小生愿做良医。"说罢，伸手又抽出一签，递给法师。

法师并未看签词，而是笑道："做宰相与当良医，二者之间反差何其大哉！"

"让法师见笑了。"朱说躬身道，"小生以为，既然不能处庙堂治国安民，身在江湖而依旧能利泽苍生，活天下之命的，除了良医，再也没有别的行当了。"

法师微微一笑，这才低头阅看签词，摇头道："可公子做不得良医。"

朱说收回了期盼的目光，现出沮丧的神情，却也未忘记向法师躬身施礼，这才转身木然地走出阁门。快到山门时，突然想起自己的琴、剑还在文昌阁墙角放着，又回身去取。法师微笑着端坐在香案前，见朱说进来，挥了挥手中的拂尘，突兀问道："公子听说过吕夷简其人吧？"

"哦！"朱说回过神来，边往身上挎琴，边转身向法师点了点头。去年，主政滨州的吕夷简上疏朝廷，请求免除农具税，朝廷俯纳，著为令，颁行天下。滨州百姓呼为"吕青天"。淄州与滨州系邻郡，故这里的百姓也在传颂吕夷简的德政。只是，法师此时突然问起吕夷简来，让朱说感到迷惑。

法师神色庄严，郑重道："吕夷简祖籍即距此不远的莱州。他二十三岁及第，二十九岁就知滨州，只一道奏章，就解百姓重税之苦。大丈夫若有解万民疾苦之念，惟有用心读书，掉鞅科场。太祖、太宗二圣南征北战，混一四海，结束了唐末以来百余年的武人称雄时代，大力推崇文治，给寒儒提供了机遇，公子万万不可气馁！"

"小生受教了！"朱说鞠躬道。其实，这何尝不是朱说内心所想。自从皇宋与契丹达成澶渊之盟，又与西夏签署规约，国家迈入承平时代，百业俱兴，市面繁荣，只要愿意付出，就能获得回报。改变个人和家族命运的愿景、忠君报国的热忱，在每个皇宋读书人的内心躁动着。在庄严的文昌阁神像前听了法师一席话，朱说越发坚定了信念，他要按照自己内心的想法选择未来的人生道路！

可是，如此一来，该如何向母亲交代？

昨天晚饭时，母亲突然提出的一个要求，让朱说感到意外。

## 二

朱说的母亲谢氏，是父亲朱文翰的填房。朱文翰原配初氏，育有三子一女，谢氏又育二子。这个家庭，子女多达六人，全靠朱文翰的俸禄养活。

朱文翰本是河北路真定县人，在朱说出生那年进士及第，先后到过不少地方任职，但最高职位仅是只有几万人口的下县长山县的县令。虽然皇宋优待官员，但一个下县县令只是正九品的幕职官，年俸不过十八万文铜钱，另有百亩职田，养活一大家人已是捉襟见肘。为减少开支，朱文翰没在县城安家，而是在孝水南岸的河南庄建了一所宅院，全家在此定居。由于年高体衰，朱文翰前不久交印致仕。致仕幕职官俸禄减半，且折支盐茶酒等实物，这个大家庭本就窘迫的生计越发艰困。朱说的三个哥哥非谢氏所出，被课以举业，未做营生，加上众多子女都到了婚嫁年纪，无论是娶新妇还是嫁闺女，都需要一大笔费用，是这个家庭难以承受的，双亲常常为此愁眉不展。昨日晚饭时，看着已经二十岁的朱说，母亲郑重提出，要他到颜神镇经商，分担家计。颜神乃齐鲁重镇，一座群山环抱的山城。十年前，朱文翰调任淄州长史，朱说母子同住于颜神秋口。那里煤和黏土丰富，烧制陶瓷的窑业十分兴隆，许多家庭靠经商致富，等而下之的，也可养家糊口。五年前，按照母亲的要求，朱说曾随唤作七哥的邻居学习商贾技艺，可他不通商贾之道，一无所乐，不足半年就放弃了。在他心里，今生已与经商无缘了，想不到如今母亲又向他提出这样的要求。

朱说知道，母亲这样做也是迫不得已。在这个复杂的大家庭里，母亲说话做事总是谨小慎微，艰难地维系着与四个继子女的关系。她不便要求三个哥哥做什么，就只能寄希望于朱说了。其实，朱说能够感觉到，在众多的子女中，母亲最疼爱的是他。母亲很少向他发火，即便偶尔责备一两句，话未说完，就会偷偷流泪。他隐隐觉察出，母亲对他的疼爱中，饱含着几分悲悯。这让朱说的内心充满柔软，也多了几分敏感和倔强。他体谅母亲的难处，在家里一向沉默寡言，从不招惹是非，以免引起哥哥姐姐们的不快，给母亲增添烦恼。但是，朱说的内心深处，埋藏着一股强烈的渴望，渴望自己变得强大。强大的标志，就是有能力施惠于人而受到广泛尊重。他通览史册，观察周边，得出一个结论：能施惠于人而广受尊重者，上则良相，下则良医。故而暗自下了决心，今生不为良相即为良医。昨晚，朱说想把自己的抱负说给母亲听，看到母亲转过脸去垂泪，他不忍直言。为了不让母亲伤心，今日三更即起，欲往颜神投奔七哥，再习商贾技艺。或许是大雾弥漫，抑或是只顾想心事而未用心认路，迷迷糊糊地走到了村北的孝水边。在意识到迷路的瞬间，他放弃了去颜神经商的打算。惟一让他揪心的是无法向母亲交代。想到母亲长年吃斋礼佛，自己时常被母亲拉到神龛前给菩萨磕头祈祷的情形，他灵机一动，决定到醴泉寺求签，以便以卜语来说服母亲，或许会让母亲心里好受些。可是，无论是良相还是良医，签词都给出了否定的卜答，据此说服母亲的希望落空了，他不知道下一步该怎么办。

怅然若失地出了醴泉寺山门，朱说低头漫无目的地走着，忽觉有人扯住了他的衣裾。扭头看去，方知是长衫被一棵荆棘挂住了。他弯身抓住荆棘的一个分叉，把长衫摘开，正要松手，却见不远处一朵野花上托着一粒晃晃悠悠的露珠，在阳光照射下，发出晶莹的亮光。一只蜻蜓飞来，落在花瓣上，转动脑袋吸吮着。朱说怕惊动蜻蜓，抓住荆棘久久不放，直到蜻蜓心满意足地飞走了，才小心翼翼地缓缓放开。露珠纹丝未动，亮光一闪，仿佛是向他报以谢意。朱说卷起舌头在嘴里弹了一下，发出清脆的“嘚”声，似是向露珠回礼，心里充溢着欢快的暖意。

短暂的欢快转瞬间就消失了，脑海里接续上了适才的思绪：该如何向母亲交代？

看来，只有求助于父亲了。朱说相信，父亲会支持他；只要父亲向母亲明确表明支持，母亲必会顺水推舟。可是，一想到父亲，朱说心里总有种说不清的奇怪的感觉。从他记事起，这么多年来，父亲从未责备过他，也从未要求过他什么；而对其他四个儿子，父亲是时常呵斥的。或许正因如此，朱说与父亲间彼此多了几分客气，这反倒让他不好张口向父亲提什么请求了。

不知不觉，顺山道来到了黉堂岭。这里山峪纵深，树木茂密，岭上有一石洞。当年为避习商贾技艺未成的尴尬，朱说与刘姓富商之子结伴到这里读书，就住在石洞里，度过了整个夏季，第二年夏天又来住了几个月。他蓦然生出隐居石洞的念头，旋即又自嘲这个想法过于天真。莫提别的，只吃饭穿衣就是无以破解的难题。他用力摇了摇头，在洞前的一块巨石上坐下，吟曲抚琴。

四年前，宫廷琴师崔遵度回颜神丁母忧，通过父亲朱文翰的引荐，朱说拜师习琴。四年过去了，琴艺大长。此时，他内心充满纠结，琴声显得格外激越。

“哈哈！”随着突然响起的几声大笑，传来一个雄浑的声音，“忘忧扣《易》，思古援琴。我兄此刻不该抚琴，当扣《易》！”

朱说吃了一惊，抬头看去，一个骑着毛驴、身背古琴的白衣人不知何时出现在眼前。他听出了白衣人话语中有嘲讽的意味，却并不生气。琴师崔遵度说过，抚琴当清丽而静，和润而远，而他适才的琴声委实太过激越了；何况，听白衣人口气，分明是懂琴和《易》的，岂不是难得的知音？这样想着，朱说忙起身，抱拳道："敢问仁兄尊姓大名？"不等他回话，补充道："弟名朱说，字安之。'学而时习之，不亦说乎'的'说'。"

白衣人在驴背上欠了欠身道："弟王镐，字从周，本终南山隐士，今番出游，以遍访名刹为乐。"

"隐士？"朱说露出歆羡的神情，向王镐抱拳一揖。

王镐盯着朱说看了一阵，仰脸笑道："哈哈！世人的烦恼，皆因不能抛却功利之念。"

朱说脸一红，低头沉吟。今生做不得良相良医，做商贾又非所愿；而不做商贾，既无法向母亲交代，又不知如何面对父亲和三个兄长，近乎走投无路。抛却功利，做个无牵无挂的隐士，或许是最佳的选择了。这样想着，他又向王镐一抱拳，以恳求的语气道："小弟愿追随仁兄，不知仁兄肯收留否？"

## 三

呼啸的西北风刮得地上的积雪变成了一条条起伏的雪丘，天上飘下来的不再是雪花，变成了如绿豆大的雪粒，打在脸上如同刀割般疼痛。这样的天气，绝少有人出门。可朱说却不顾母亲劝阻，用罢早饭便要上路。

去年夏秋之交，朱说的人生正处于进退维谷的尴尬中，走投无路之际，偶遇隐士王镐，向他提出了追随其做隐士的请求。王镐答应了。朱说向父母禀报，只说友人邀他外出增广见识，得到双亲许可，就随王镐出发了。路过应天府时，又遇精于篆的周道士、深于《易》的屈道士，皆善琴。四人戴小冠、衣长衫、跨毛驴，不恋都会，游心于山林间。在终南山王镐的别墅，倚高松，听长笛，抚琴论《易》，或醉或歌，怏然自足，未尝一言涉功利之语。只是，欢笑过后，朱说总是惴惴不安，心怀愧疚，脑海里不时浮现出母亲的愁容；又正值关中大旱，一路上目睹的那些饿病而死的男女，一到夜深人静，仿佛都在向他发出求救的呼号。隐士洒脱飘逸的人生固然令人向往，但他感到不能再这样继续下去，洒脱渐渐变成了他的包袱，越背越重。王镐看出来了，馈送了川资，在终南山下依依惜别。朱说日夜兼程回到长山县的家时，已是正旦节前夕了。从京城到乡野，正旦节、上元节过得热闹非凡。沉浸在节日氛围里的河南庄朱家，闭口不谈烦心之事。过了正月十八，上元节收灯了，父亲朱文翰主动说，四郎还是读书吧，醴泉寺新来的住持慧通法师本是儒士，博古通今，他可通过友人把朱说引荐过去。几天后，事情说妥了，朱说迫不及待要搬过去。不能为生计困顿的家庭分忧，衣食还要父母负担，朱说怀着愧疚之情跨出了家门。

弟弟朱愉前来送他。一头毛驴驮着他的行装：一床铺盖，一袋粟米，一口砂锅，一箱书籍。古琴和宝剑，朱说背在肩上。他有种出征的感觉，仿佛奔赴一场没有退路的战斗。

风住了，雪花还在飘着，醴泉寺被皑皑白雪覆盖。望着出现在眼前的朱说，慧通法师不觉一惊。想不到如此恶劣的天气，这个年轻人会顶风冒雪赶来；更令他惊叹的是，朱说正是去岁来抽签的那个发誓不为良相即为良医的男子。法师见他头上冒着热气，面颊却被冻得通红，忙吩咐几个沙弥将朱说安顿到东跨院的一间精舍里。

送走了弟弟，朱说踏着积雪急匆匆来到慧通法师的静室，施礼道："弟子请法师赐教！"

法师瞥了朱说一眼，一笑道："公子可否为老衲抚琴一曲？"说完，扬了扬下颌，示意随侍在侧的小沙弥去取琴，又道："目今士大夫一则爱花，一则善琴，渐成时尚。抚琴非尽为娱乐，实为养成健全人格之举。琴人合一，方能进入超凡脱俗的境界。"

"弟子受教！"朱说躬身道。

说话间，沙弥将琴取到，朱说向法师施礼，坐下抚琴。一曲终了，法师睁开眼睛，品评道："琴音激越而不从容，急躁所致；和润而不深远，有取巧之嫌。"

朱说被法师点到了痛处，顿时脸一红，起身施礼道："谨请法师训教。"

法师示意朱说坐下，仰脸道："老衲出个字谜。"他喝了口茶，缓缓说出谜面："竹林高高留僧处。"

朱说略一思忖，拱手道："谜底当是'等'字。"

"不错，正是'等'字。"法师颔首道。

朱说从法师的神态体味出，这个字谜别有一番意蕴，遂以求教的语气道："敢问法师，这个'等'字，可否理解为孔子所说的'待'字？"

"正是！"法师道，"孔子云：'儒有席上之珍以待聘，夙夜强学以待问，怀忠信以待举，力行以待取。''待'之一字，强调的是儒者居仁由义，绝不苟且。愿公子勉之！"说着，一指案头的一摞书册："拿去，慢慢研读。"

朱说神色黯然，像是做了错事的孩子，低头出了静室。他把书册放到精舍，返身跑出室外，捧起一把雪在脸上用力搓揉着，似乎是要让自己清醒起来，口中喃喃："看来要重新选择了。"

由于家计困顿，朱说的三个哥哥被父亲指定报考学究科，母亲也向朱说提出了同样的要求。本朝科举分常科和特科，常科又分进士科、诸科。学究科属于诸科的一科，只考《尚书》《周易》，出本经疏义六道、经注四道，以通六者为合格。朱说和两个兄长都已通过了淄州的取解试，举学究，有资格参加礼部主持的学究科省试了。然而，学究科不同于进士科，即使及第，也不过分发州县做介乎官与吏之间的助教、文学之类的闲散杂职，找一个饭碗罢了。年前的出行，大大开阔了朱说的视野，又听了慧通法师的一番话，他突然生出对学究科的厌弃。但是，改考进士科，不惟要重新参加本州取解试，还要面临极其激烈的竞争，能不能登第、何时登第，都在未知中，而家庭的情形又容不得他无休止地读书、应考。朱说顿时陷入了两难境地。

好不容易从一道坎儿迈过，又遇到了一道坎儿。之所以有这么多的沟沟坎坎，都是因为贫困。贫困，让人生充满烦恼。朱说第一次清醒地体验到了这一点。

满腹惆怅地走进精舍，融化的雪水从下颌滴落下来，他举袖抹了一把，心神不宁地踱起步来。

天渐渐黑下来了，精舍里没有了亮光。朱说还在徘徊着。“要不，等明天向文昌帝君问卜后再说？”他自问。“嗵”的一声，他突然握拳砸向脑门，自责道：“不要再逃避了！”

从终南山返回的路上，朱说就想明白了，无论是生出隐居黉堂岭石洞的念头，还是仓促间追随王镐做隐士，都是一种逃避。逃避只能放大而不能化解难题。他暗暗告诫自己，今后不管遇到什么难题，都要勇敢地面对，这才是积极的人生态度。

但使斯文天未丧，涧松何必怨山苗。

——范仲淹

# 第二章　涧松何必怨山苗

## 一

读了一个多时辰书，朱说饿得眼前一片模糊，起身去取昨日的剩粥充饥。端起碗一看，剩粥结成了块。他举在眼前看了又看，突然高兴地跳了起来，为自己找到一个窍门而兴奋。

当朱说决定放弃学究科改攻进士科时，面临的最大难题是如何减轻父母的负担。思来想去，没有别的法子，只有节俭。昨晚他借寺院伙房煮了一锅粟米粥端回精舍，吃完了一碗，又盛了一碗，举到嘴边又放下了。此时见这碗粥一夜间结成了块，他竟忘记了饥饿，兴奋地跑到山坡上，采了一把野菜，就着粥块下肚，仿佛吃到了世间罕见的美味，脸上流露出回味无穷的满足感。他决定，每晚煮一锅粥，待过夜凝固成坨，用刀划成四块，上午巳时半、下午申时半各取两块，配上野菜，再加半碗醋、一点盐，用以果腹。既节省粟米，还省去做饭时间，一举两得。

次日辰时未过，"咕噜噜"的声音一遍又一遍在腹中回荡，闹得他精力难以集中。他咬牙坚持着。不多时，前肚皮贴着后肚皮，"咕噜"声变成了"叽叽"声。渐渐地，这种无力感向周身蔓延开来，伴随着阵阵心慌，手开始颤抖，拿不住笔，甚至无法翻动书页。虚汗从额头上冒出，一簇簇金星在眼前闪烁，书册上的字体变得一片模糊。他不得不丢下书册，摇摇晃晃走到放在窗台上的砂锅前，揭开锅盖，口中道："先吃一块垫垫肚子。"颤抖着抓起一个粥块，一口咬了下去。肚子里得到补给，心跳骤然加快，促使他不得不把另一块粥也吞了进去，才把心慌压制住了。心满意足地抹了一下嘴，把锅盖盖上，自语道："就算是第一顿饭提前了，下一顿饭还要按时吃，不能破了规矩。"

可是，午时未过，饥饿感就再一次袭来。"务必坚持住，坚持住！"朱说给自己打气。勉强坚持了不到一个时辰，视线又模糊起来。他不得不走到砂锅前，又一次把锅盖揭开。就在要抓到粥块的瞬间，他把伸出去的手缩了回来，啪地盖上锅盖，后退了两步，向后一仰，瘫卧在床上，口中说："朱说，你现在是在与契丹人打仗，你不能投降。就算是负伤了吧，躺下养伤。"

饥饿像是头猛兽，把他的五脏六腑掏空了，朱说感到阵阵窒息，连睁眼的力气也没有了。恍惚间，他看见一碗炖肉摆在面前，散发着扑鼻的香味。他用力吸了吸鼻翼，发出轻微的"滋滋"声。"再来两张煎饼，对，煎饼。"他默念着，口水随着他的想象不断涌上来，又被他"咕咚"咽下去。他露出了笑容，笑容僵在脸上，伴随着他慢慢进入梦乡。

与饥饿的战争进行了三个多月，肠胃慢慢收缩了领地，以换取短暂的平静。可当连野菜也因严冬的到来不再吃得上时，新的战争又拉开了帷幕。肠胃冒出一股股酸水，抵抗粥块的进入。由以往的狼吞虎咽，变成在嘴里嚼来团去，久久难以下咽。这天，夜幕已然降临，他还没有胃口吃第二顿饭，只感到浑身麻木。闭着眼拿起粥块，刚咬了一口，突然一阵作呕，急忙跑出门去，在雪堆上吐了一片酸水。他抓起一把雪塞进嘴里，浑身打了个激灵，仍然强忍着把雪水咽了下去。他慢慢抬起头，仰望夜空。夜空繁星闪烁。朱说眼里泛出泪花，望着星星发呆。突然觉得西方天际的一簇群星，像是孔子和他的门徒。他仰脸细观，似乎是在分辨哪颗星是颜回，哪颗星是子路……直到看得脖子发酸，才低下头，扭动了几下，耳边仿佛听到了他们之间的对话：

"一箪食，一瓢饮，在陋巷，人不堪其忧，回也不改其乐。"

朱说大口大口呼气，像是蓦然找到了支撑，转身回到屋内，抓起粥块咬了一口。说来奇怪，呕吐感消失了。

随着春天的来临，朱说赢得了与饥饿的战争。他再也没有为吃粥块而烦恼过。不惟不认为自己是在吃苦，反倒因为能够坚持吃粥块而生出一种内心的喜悦。

醴泉寺的僧人见朱说每天只开一次火，不觉纳闷。两个小沙弥蹑手蹑脚趴在窗口窥视了几次，这才明白过来。吃惊之余，纷纷来劝朱说不必如此节俭。朱说先是笑而不语，来劝的人多了，他索性提笔作《齑赋》一首，贴在门上，以为答复：

陶家瓮内，腌成碧绿青黄；措大口中，嚼出宫商角徵。

慧通法师闻报，露出欣慰的笑容，评点道："朱公子这是以颜回自许啊！"

"如此清苦，受得了吗？"沙弥不解地问。

法师慨叹道："在暗昧的苦况中，必能养成卓尔不群的操守。"

听了法师的话，众僧不再找朱说好奇地打问、热情地劝说，而是代之以钦佩的目光。

"朱说真是一个奇人！"

"呵呵，也未必，说不定过些日子他就坚持不住了呢！"

众人私下议论。

一个月过去了，朱说坚持着；半年过去了，朱说坚持着；一年半过去了，朱说依然坚持着。看到朱说淡定的神情，洋溢在消瘦的脸庞上的笑容，全寺的僧人无不感到惊奇，就连到寺中进香的香客也在传布朱说划粥断齑的佳话，引得不少好奇者特意来到朱说居住的精舍一探究竟。朱说哭笑不得，想起黉堂岭的石洞可避喧嚣，索性搬到那里住读。

这天薄暮，朱说坐在洞外的巨石上抚琴。初夏的微风带着暖意吹拂在他的脸上，归巢的鸟叫声充满了柔情。朱说抚完一曲，起身回到洞中，照例到锅里取粥块吃，尚未走到锅边，就听到一阵“吱吱”的叫声，定睛一看，一只硕鼠爬到了锅沿，见有人走近，叼起粥块拼命向外逃去。朱说急忙追赶，追出不远，老鼠钻到一棵紫荆树下不见了。朱说既生气又好奇，蹲在紫荆树下，扒开杂草细细查看，鼠洞若隐若现。他回到石洞，拿出自己带来的短剑，照着鼠洞挖了下去。挖开一层黄土，突然发现下面有一块石板，他小心翼翼地将石板掀开，里面放着一个陶罐，揭开盖子一看，陶罐里放出闪闪金光。朱说伸手掏出一块，细细端详，竟是黄灿灿的金元宝！

朱说一脸惊愕。他慌忙站起身，四下看了看，暮色里，不见一个人影。他又蹲下身去，细细查看了一遍，心里怦怦乱跳，慌慌张张把陶罐盖上，双臂撑地，半仰着望着天空，脑海里突然闪现三位兄长惊喜的面孔。这是他很少见到过的充满温情的面孔。仿佛在说，全家从此再不必为生计犯愁，兄弟几个都能安心读书了。这个闪念一出，朱说浑身战栗了一下，蓦地收回手臂，腾地仰躺在地上。叫不上名字的杂草扎得他的脖子又疼又痒。他仰起脑袋晃了晃，仿佛刚从梦中醒来，默念着：“或许，这是上天在考验我的意志吧？”这样一想，朱说蓦地起身，照原来的样子盖好石板，把土填上，又从旁侧找些干土、草屑覆盖上去，直到看不出痕迹，这才安心地回到石洞，重新煮粥充饥。

这一夜，朱说睡得格外踏实。他感到，虽然自己尚未顶天立地，但内心已然强大。日复一日划粥断齑的艰辛、灿灿黄金的诱惑，他都经受住了，已经没有什么能够摧垮他了。

## 二

夏日午后的阳光照得朱说睁不开眼睛，汗水“啪嗒啪嗒”从脸颊上滚落下来。他没有停下歇息，脚步轻快地穿过孝水桥，走上河南庄里的一条小时，见朱说神情恍惚，八叔员外还以为他知道了这个秘密，后来察觉出朱说并未知情，急忙避开了。适才朱家老二的一句话点醒了八叔员外，这个秘密已然不可能再保守下去了。他时常帮邻居调处遗产纠纷，明白大宋的一条律法：父亲去世，诸子即分遗产；改嫁的妇人所带儿子无权要求得到继父的遗产，但若继子改继父之姓，可以分割部分财产。时下年过花甲的朱家老爷卧病，朱家老二必是担心朱说将来参与分遗产，有意把这个秘密点破，以使朱说得知真相后愤然出走。八叔员外觉得，是时候说出真相了，遂道："四郎已长大成人，老叔不妨把那件事点破吧，四郎乃姑苏范氏之子。"

尽管适才二哥的话已近乎说破，可朱说还是不敢相信；听了八叔员外的话，朱说脑袋"嗡"的一声，顿觉天旋地转，胸脯剧烈起伏着，憋闷得喘不过气来。八叔员外拍了拍他的后背道："四郎可怜，以后若有用着老叔之处，老叔愿意帮你。"

朱说被这个突如其来的变故打蒙了，泪眼模糊地抓住八叔员外的手用力晃了晃，似乎是表达感谢之意，又像是要从他那里获取力量。放开八叔员外的手，朱说慢慢站起身，摇摇晃晃出了酒肆。他两眼发直，神情飘忽，仿佛魂魄已脱离了躯壳，只留下一团郁气堵在喉头。

"四郎，回家问问令堂吧，外人终归只是揣度。"八叔员外提醒道。

朱说打了个激灵，仿佛从梦中醒来，大步流星往家走：要找母亲问个明白。所谓问个明白，无非是一时的自我宽慰罢了。这些年来，母亲吃斋念佛，每当见到他和哥哥或弟弟起了争执，就会搂着他垂泪，那是可怜他的孤苦；难怪四邻八舍看他的目光都是那么怪异，他们知道他是外来的；还有父亲的客客气气，包括为他取的令人不解的"安之"的字，这一切，都在此刻有了答案。

谢氏刚打发朱愉给朱文翰端去新做好的一碗馎饦，正要出去寻找朱说，就听到"噔噔"的脚步声传来。见朱说满脸涨红，像是受了莫大羞辱，她浑身一软，后退了几步，靠在厢房的门框上，身子慢慢向下滑去。朱说冲过去，"嗵"地跪在母亲面前，两行泪珠簌簌而下，抽泣着唤了一声"娘——"，就再也说不下去了。

多年来不敢面对的那一刻，到底还是来了。“儿啊——”谢氏抽泣着唤了一声。她伸出颤抖的手，边给朱说拭泪边哭道：“可怜的儿，孤苦的儿啊……”

## 三

埋藏在内心深处二十年的这个秘密，随着朱说一天天长大，早已压得谢氏喘不过气来了。此刻，当终于不得不面对的时候，又不知该从何说起。她扶着门框，慢慢站起身，拉起朱说进了厢房，坐在床沿，拍了拍右手的位置，示意朱说坐过去。朱说摇摇头，又跪倒在母亲面前。谢氏转过脸去，抽泣道：“儿长大了，也该知道自己的身世了。”说完这句话，她却又沉默了。虽然拖了二十年，这样的时刻却来得过于突然，谢氏欲言又止。哪些该告诉这个可怜的儿子，哪些还要继续隐瞒下去，她小心翼翼地斟酌着。过了片刻，她让朱说坐在对面的矮凳上，又转过脸去，遮遮掩掩，向朱说讲述了他的身世。

朱说的生父名范墉，吴县人。皇宋开国之初，吴县还属吴越国，范墉在吴越国入仕为官。国王钱俶纳土归宋后，吴越国官员被皇朝留用，范墉先后任成德军、武信军、武宁军节度掌书记。在成德军任节度掌书记时，原配陈氏因病去世，儿女尚幼，幕中的一位书手给他引介了谢氏。

谢家世居真定县高平村，家里有几亩薄田，一座宅院。谢氏是家中独女，父母老来得女，视为掌上明珠。到了谈婚论嫁的年纪，二老为招婿还是嫁女争论不休。按照律法，出嫁女不能继承父母遗产，而没有继承人的遗产要充公；在室女可得到遗产的三分之一，其余充公。再者，时俗嫁女的花费比娶新妇要多得多，稍有家产者，都要为女儿预备丰厚的嫁妆。鉴于此，谢氏的父亲力主招婿。可是，招婿招来的往往是家境贫寒、无俊雅相的男子，谢氏的母亲先就不中意。挑挑拣拣中，谢氏已过了二十岁。本朝律法明定，女十三、男十五即可成婚。若女子超过二十岁尚未出嫁或招婿，谓之“失时”。谢氏既已失时，又连遭父母之丧。按制，为父母服丧期间男不得娶、女不得嫁。几年下来，谢氏已二十六岁。这个年纪的女子如果择婿出嫁的话，注定只能做继室了。

就这样，谢氏带着几百贯钱并首饰衣物嫁给了范墉。次年八月二十九日，生下一子，照家族排行“仲”字辈，取名仲淹，按存活于世的堂兄弟大排行，仲淹行六，故呼为六郎。

仲淹出生后不久，范墉奉调武信军节度掌书记。武信军在遥远的蜀川，仲温、仲淹兄弟年幼，范墉只能单身赴任，将谢氏母子留在真定。赴任途中，又接到改任武宁军节度掌书记的敕牒，范墉返回真定，偕谢氏与四岁的仲温、襁褓中的幼子仲淹到徐州赴任。不幸的是，仲淹不到十五个月时，生父就在徐州官舍与世长辞。谢氏带着咿呀学语的仲淹和他同父异母的三哥仲温，扶柩回到范氏家乡吴县，葬范墉于苏州城西的天平山祖茔。

范墉辞世后，谢氏母子在苏州处境艰困。这时，进士出身、同为真定人的朱文翰由池州青阳县丞改任平江军节度推官，到苏州上任。朱文翰原配初氏刚刚去世，遗下四个年幼的子女，正要续娶继室，便托人说媒。谢氏为亡夫守丧期满，带着幼子仲淹改嫁朱文翰。

此时，仲淹虽计为四岁，其实还不满三十个月。对生父和吴县的家，他毫无记忆。朱文翰为他改名朱说。不久，朱文翰调任洞庭湖畔的安乡县主簿，朱说随母侍父，并在那里启蒙受教。朱说十岁时，朱文翰调任淄州长史，此后再改长山令，一家人搬到了长山县河南庄。

这二十年间，尽管又生育了一个儿子，可是，对自幼丧父的朱说，谢氏格外爱怜，夜夜都会偷偷拜星星，又一直长斋绣佛，为朱说祈福。多少次，她想告知儿子真相，可话到嘴边又咽了回去，怕伤了他的颜面，刺痛他的心，更怕失去这个儿子。她了解自己的这个儿子，知道他外表柔和而内心却异常倔强，一旦得知真相，很可能不会继续留在家中。此刻，她垂泪把身世对朱说简述一遍，这才转过头来，抚摸着他的脸颊，抽泣道：“儿啊，娘因贫无所依，不得已改适朱家，儿莫要怪娘。”

朱说用力摇了摇头，紧咬嘴唇，浑身战栗。他感到，自己眼前的世界崩塌了。

本朝妇女再嫁并不少见，也为朝廷律法所许可。但朱说知道，世人对再嫁的女人终归不像对守节的寡妇那样尊重。而再嫁的女人若带着前夫的子女，会被人讥笑为“拖油瓶”。朱说有种被抛弃的哀伤，又有一种被豢养的屈辱。

“娘啊——”朱说唤了一声，嚎啕大哭，悲伤欲绝。他为生父而悲。他不知道，在生父身边的十几个月里，他有没有唤过一声“爹爹”；他想象着，面对孤儿寡母，父亲临终时定然难以瞑目。他为母亲而悲。母亲嫁入范家是做人家的后娘；再嫁朱家，还是做人家的后娘，活得多么憋屈！他为自己而悲。丧父之人谓之孤。而他，刚脱离襁褓就成了孤儿，二十多年来连自己的身世都不知道！

“母亲，儿要到苏州去！”朱说站起身，抹了一把泪道。

谢氏现出惊慌的神情，连连摆手道：“不可，万万不可！”

朱说没有追问缘由，既然母亲不许，就只能放弃这个打算。他攥紧了拳头，眯起双眼，默念道：“从今日起，自立门户！”

谢氏被朱说的表情吓得浑身颤抖，战战兢兢唤道：“儿啊！”踌躇片刻，嗫嚅道：“你爹，哦，朱家老爷，是个好人，我母子的大恩人。”

朱说点点头，鞠躬道：“儿去上房看大人。”说着，失魂落魄出了厢房，走到上房朱文翰病榻前，缓缓跪下，哽咽道：“大人二十年训育之恩，儿铭记于心，容儿后报！”说完，腾地起身就往外走。见母亲在厢房门口一脸愁容地看着他，朱说快步上前，再次跪倒在母亲面前，边流泪边道：“母亲善自珍重，儿要自立，十年后，儿再回来接母亲奉养！”不等母亲回应，朱说伏地叩了一个头，蓦地爬起来，转过身去，头也不回，迈开大步，向院外走去。

“儿啊，你要到哪里去呀——”身后传来母亲焦急的、牵挂的问询声。

瓢思颜子心还乐，琴遇钟君恨即销。

——范仲淹

# 第三章　瓢思颜子心还乐

## 一

京城开封东南三百里，有一座古城，谓之宋州，又称归德。本朝太祖皇帝后周时曾任归德军节度使，开国后遂以“宋”为本朝国号；太宗皇帝分天下为十五路，宋州为京东路路治；今上景德三年，也即五年前，皇家鉴于宋州乃龙潜之地，为追念太祖，颁令升宋州为应天府。此地濒临汴水，交通便利，商旅辐辏，是国中仅次于东京开封的第二大都会。

落日余晖里，一艘客船在南桥码头泊稳了，乘客们脚步匆匆地下船。朱说也随着人流走出了码头。晚霞投射到脸上，映出了他疲惫而又茫然的神态。

虽向母亲发誓要自立门户，但朱说既无功名又无职业，并没有自立门户的资本。出了家门赶往醴泉寺的路上，他一直在自问：“去往哪里？”按说，他该到苏州投奔范氏家族，可他对范家情形一无所知，且母亲明确持反对态度，这个选项只得排除。他首先想到的是去投靠前年带他西游、时下隐居终南山的王镐，可他已然清醒地意识到，对他来说，做隐士就是逃避。他已告诫自己不能逃避。朱说又想到午前在驿馆拜谒姜遵时遇到的蔡齐。比他大一岁的蔡齐祖籍河南府巩县，曾祖主政莱州胶水县时致仕，即就地定居。蔡齐父母双亡，靠叔父蔡元卿的资助读书。显然，去投奔他并不合适。朱说不禁感叹，唐末五代百年战乱，庠序失教，官学无存，不然像他这样有志于学的人尚可到学校存身。想到这里，他突然眼前一亮：前年和王镐西游到宋州时，听说城内正在建造一座书院，不妨到那里去试试运气。回到醴泉寺，朱说辞别了慧通法师，背着琴、剑和一个简单的包袱，徒步四百里到临清，乘船溯汴河一路北上，用了一个多月，终于来到了应天府。

应天府城内建有一道东西向的隔墙，将城区分成了南、北两部分。隔墙上开着两座城门，东是承庆门，西是祥辉门。朱说隐约记得在建的书院是在承庆门南。他穿过南大门，拐向东大街，走了小半个时辰，找到上次与王镐同游时住过的客栈。天已完全黑了，他打算先安顿下来，好好休息一夜，明日一早精神饱满地到书院去。刚要抬脚往里走，又停下了。这种兼带饭菜供给的客栈需要二十文，远远超出了他的承受能力。他感愤离家后，母亲差弟弟朱愉骑驴追到醴泉寺，一再挽留不果，便拿出两贯钱、一对银镯塞给了他。朱说发誓以十年为期接母奉养，这十年里，要读书应考，没有收入来源，一天二十文钱的客栈自是住不得的。

他拐进一条小巷，找到一家不供伙食的脚店住下。客房里摆着一张通铺，散发着一股汗臭气。好在没有其他住客，他把行李放在靠近窗口的铺上。店小二进来用火媒子点着了油灯。朱说一眼看到桌上放着一摞书册，忙上前翻看。到底是应天府，即使是这般小店也有书籍可读。他顾不得洗漱，向油灯前凑了凑，拿起一看，是睢阳学舍创办人戚同文所著《孟诸集》。文集开头有一篇戚同文传，朱说细细阅看，方知戚同文出身儒学世家，自幼父母俱丧，随祖母就养于外曾祖父家，过着寄人篱下的生活。朱说仰起脸，长长出了口气，自语道："世上孤苦的人不止你一个，不必有悲情！"说完，又埋头继续看下去。

当年，富绅杨悫倾尽家财创办了一所私人书院，戚同文因孤单贫苦，无钱拜师求学，就整天在学馆前徘徊，终于感动了杨悫。杨悫收他为徒，并把胞妹许配于他，临终前还以学舍相托。时值后晋末年，天下大乱，戚同文立志不仕，开办睢阳学舍。他以行义为贵，不积余财，邻里有贫困者，便去周济，冬天常将自己的棉袍送给身寒无衣之人。他去世后，弟子们奏报朝廷，朝廷破例给他赐了“坚素先生”谥号。

朱说心里陡然涌出一股暖流，仿佛四处漂泊的游子终于回到了朝思暮想的家园。不知过了多久，灯里的油耗尽了，火苗跳跃了几下，慢慢熄灭了。朱说这才想起，自己已经有三个时辰没有进食了，肚子里咕咕叫着，饥饿难忍。借着洒进室内的月光，他看到条案上有一把茶壶，于是拿起晃了晃，对着壶嘴，一口气把壶中的茶水喝了个精光，顺势倒在床上，头枕双手和衣而卧，脑海里回味着适才所读《孟诸集》里的文句。远有颜回，近有戚同文，朱说觉得，饿一天肚子实在算不得什么。这样想着，渐渐忘记了饥饿，不知不觉中，沉沉睡去了。

次日一早，洗漱完毕，朱说先到一个早点摊上吃了两个蒸饼，又返回小店换上一身干净的白色长衫，头戴高装巾子，背上琴、剑，径直赶往应天府书院。从食客口中，朱说已打探到，戚同文去世后，睢阳学舍一度关闭，本地富商曹诚出资三百万，在戚同文办学旧址建造了一百五十间学舍，并向应天府上书，愿以学舍入官。应天府奏报朝廷，皇上嘉勉，赐额为“应天府书院”，颁敕授戚同文之孙戚舜宾为奉礼郎，主院事。以应天府的地位、朝廷的认可，书院一经重张，就吸引了不少前来求学的人。朱说想象着只剩一个生徒的名额了，忙加快了步伐。

来到书院首门前，四周静悄悄的，不见人影。朱说就着门缝向里张望，只见中间是一条南北砖道，两旁对称坐落着古色古香的学舍。他拍了拍门，过了许久，一扇门窗打开了，门公问明来意，知会他，书院三伏天休假十日，又伸出手向左侧指了指。朱说顺着门公手指的方向望去，见牌楼下竖立着告示榜，他走过去查看，尚未看完，心里“咯噔”一下愣住了。

告示榜上赫然写着，生徒已满，今年不再招人。可朱说等不到明年，因为眼下的他无处存身。呆呆地站立良久，却也想不出该去往哪里。他放下琴、剑，在首门外徘徊，直到夕阳西下，才步履沉重地回到客栈。

一连三天，朱说每天都守在应天府书院首门外。首门两侧各有一棵粗大的杨树，为他遮蔽了夏日里似火的骄阳。他坐在树荫下读书，书读累了就抚琴。门公几次出来劝他另谋出路，朱说只是摇头。

“另谋出路?”夜里躺在床上，听着通铺上此起彼伏的鼾声，朱说辗转反侧，暗自思忖。他不知道还能谋什么出路，脑海里不停地回想着他接触过的各色人等。突然，杜衍这个名字闪了出来。杜衍比朱说大十一岁，是越州山阴人，其父官至员外郎，在杜衍尚未出生时就去世了。他的两个异母兄长排挤杜衍的生母，生母改嫁他人，杜衍则由祖父抚养。在他十五岁时，祖父去世，两个异母兄长要求杜衍交出他母亲的那笔嫁妆，杜衍拒绝，两个兄长打得他血肉模糊。杜衍逃到改嫁的母亲家，又被继父赶出家门。无处可去的杜衍只好到处流浪，靠为人抄写谋生。在流浪途中，一位姓相里的富人收留了他，还把女儿许配给他。三年前，杜衍登进士第，时下为扬州观察推官。朱说并不认识杜衍，还是在长山拜谒监察御史姜遵时，为了激劝他和蔡齐，姜遵给他们讲述了杜衍的传奇经历。此时，朱说想到杜衍，是在思忖自己的退路：实在走投无路，也只能效法杜衍，到处流浪。

清晨起床，朱说兑了账，带上行李在街上漫步。不知不觉又到了书院门口。也好，算是和书院告别吧！他放下行李，坐在首门外的台阶上抚琴。

“嘎吱”一声，首门打开了，朱说抬头看去，一位银须老者面带微笑向他走来。

## 二

奉礼郎、知应天府书院事戚舜宾听门公禀报，一远道而来的后生在书院首门守了三日了。他颇为惊奇，特意赶来书院，听到首门外响起琴声，忙出来查看。见朱说只身一人，未带书童，当出自苦寒之家；又听他抚琴抒怀，琴声激越，当是品味高雅之人。这正是书院最想收的生徒。他走上前去，拍了拍朱说的肩膀道:“公子且跟老夫来。”

朱说惊喜地看着老者,嘴巴张了张,不知该说什么。门公走过来道:“这位就是奉礼郎戚院长。”朱说蓦地站起身,向戚舜宾深深一揖,恭敬道:“小生朱说见过先生!”

戚舜宾点了一下头,带朱说径直进了他的直房。朱说站在书案前,把自己的家状双手捧递过去。

这份家状,还是以前的身世。戚舜宾看糊涂了。照说,一个进士出身的致仕县令的公子外出求学,总是会有一些引荐函的,朱说却没有,也未带书童陪伴。朱说看出了戚舜宾的疑惑,将自己的真实身世如实禀报。戚舜宾平静地听着,待朱说讲述毕,问:“姓名不改了吗?”

朱说摇了摇头。

戚舜宾笑了笑道:“姓不改,字改了吧,我看朱学究已不再‘安之’了。”

朱说感激地点了点头,脱口道:“小生本名仲淹,愿以‘希文’为字。”

戚舜宾微微一怔,理解了朱说取字希文的缘由,露出惊喜的笑容。他抬头打量着站在书案前的朱说,见他面黄肌瘦,双目却放射出渴盼而又坚毅的光芒,又知他已誓言另树门户,必是急于求得功名的,便向后仰了仰身子,问道:“明年朝廷开科,朱学究要参加诸科试吗?”

朱说摇头道:“小生要改试进士科,但小生自知学问浅薄,故特来投书院求学。一则增进学识,二则也有一个存身之所。”

戚舜宾道:“朱学究当知,本书院并非为科考而设。”

朱说脸一红,暗忖:到底修炼不够,未脱慧通法师训戒的躁进之气,被戚先生一眼看出来了。他支吾了一下,表态似的道:“小生誓遵圣人‘儒有席上之珍以待聘’之训。”

戚舜宾满意地点了点头,神情庄重道:“唐末五代百余年,兵连祸结,道统失坠,世风大坏。我太祖混一四海,崇文抑武,治道迈上正轨,但要使天下真正太平,只有从挽救人心入手。正气增长一分,邪气自会消减一分。这恰是儒者的人生价值所在。”见朱说专注地听着,双眉随他的声调不时向上一挑，戚舜宾很欣慰，顿了顿，指了指书案前的一把杌凳，示意朱说坐下。

朱说没有入座，躬身道："小生受教！"

戚舜宾继续说："皇宋今日所处环境，与历代都大不同。燕云旧疆沦陷夷狄，屏障顿失；强敌环伺，外患堪忧。故皇宋读书人不可学唐时那种豪气干云、浮华怪诞、异想天开的做派，必须而且只能在忠君报国的位置上实现自我价值。不惟如此，武人称雄的百年战乱，使儒家文脉几乎中断，当今的儒士，还肩负着道德重建与延续的使命，任重道远！"

朱说的胸口剧烈起伏着，突然感到自己非常弱小。曾经自以为内心强大，现在看来只是囿于自我的小天地罢了。他暗自感激朱家二哥说出了那个秘密，让他离家来到这里，又担心限于员额书院不能接纳他——他无论如何不想失去这个机会，便"嗵"地跪倒在戚舜宾书案前，恳求道："恳请先生接纳小生！"

戚舜宾向上抬抬手，示意朱说起身，微微一笑道："本院生徒，有住斋舍者，有走读者。鉴于斋舍已满，只好委屈朱学究在左近的街上赁屋居住。"

"禀先生：小生囊中羞涩，且无后援，实无赁屋能力。"朱说低头道，仿佛伸手向父母要钱的孩子，因害怕被拒绝而不敢直视大人的眼睛。

戚舜宾吸了口气，皱了皱眉头。

朱说忙道："先生！小生不怕吃苦，随便一个地方，只要能存身即可！"说着，又低下头去。

安置一个生员的住处，终归不是问题，戚舜宾更担心的是朱说举止神情中透露出的自卑感。一个失去生活来源的寒儒来到繁华都市，生出几分自卑在所难免，但在健全的人格里没有自卑的位置。他故作轻松地一笑道："记得颜回曾经和孔子论为人处世之道，朱学究可否为老夫一述？"

说到颜回，那是朱说暗自引为标表的人，关于他的事迹，朱说都了然于胸，遂道："颜子请教孔子说：一个人虽出身贫苦，但应安分守己，不以贫为耻；虽是无职无权的卑贱者，但不可自卑，不应在贵人面前低三下四。孔子说：对！一个人虽贫，不在富人面前自卑，安于贫，这样就没有其他欲望……"

“反过来说，自卑缘于向往富贵的欲望。”戚舜宾截住朱说的话道。又担心会伤害到他的自尊，忙笑了笑，继续道：“读书人每每对大唐津津乐道，殊不知，那只是权贵的盛世繁华。唐时每到开科之年，朝中权贵纷纷宴请考官，向他们举荐心仪之人，尚未开考，录取名单甚至名次已然预定，考试成了走过场。皇宋就不同了，有一年开科，太宗皇帝一看省试合格者多是在任高官子弟，甚为不悦，说世禄之家不当与寒俊争科名。自此以后，宰执子弟为避嫌，多不敢举进士。故本朝进士多出自寒门。朝廷优礼寒儒如此，读书人自当忠君爱国以报。”

朱说悟出了戚先生的用意，鞠躬道：“小生铭记！”说着，直了直身子，蓦然间感到新生的快乐。他坚信，应天府书院才是他人生真正的起点，他在这里将获得新生。

## 三

中秋节在本朝不算大节，但无论是官府还是学堂，照例式假两日。朱说没有外出，埋头苦读。这天上午，正在斋舍伏案作诗，忽闻窗外有唤他的声音：“希文兄——”朱说颇惊异，抬头隔窗向外一看，是书院的同窗王洙。

王洙是应天府富商之子，博闻强记，术数、阴阳、五行、音韵、训诂、书法，无所不通。他比朱说小八岁，却因钦佩朱说自立、刻苦而与他结交，好像和朱说在一起，他也会被人视为沉稳老练的大丈夫似的。

前年夏季，朱说贸然到书院来投，知院事戚舜宾吩咐院吏将一间存放笔墨纸砚的仓库腾出，安顿朱说住下，并明示朱说在此求学期间不收学费，修学日还免费提供伙食，每月另补助三百文钱。朱说心存感激，觉得只有发愤苦读，学有所成，才对得起书院，也好对含辛茹苦的母亲有个交代。原以为自己对儒家经典已然谙熟，满腹经纶，可到书院后方知，他的学问不惟单调，而且肤浅，需要充实的知识很多。所以，节假日他多半是在斋舍苦读中度过。王洙家庭富足，总想给朱说些资助，又怕伤他的自尊，便利用节假日邀他到外游玩。应天府历史悠久，古迹甚多，老子、孔子、墨子、微子、商汤、伊尹等都曾在这里留下遗迹。王洙多次带朱说前去寻访，追怀先贤。追慕先哲，朱说越发觉得要珍惜光阴，充实自己。而每次王洙一说去勾栏酒肆玩乐，朱说就退避三舍。昨日临式假前，王洙就邀朱说出去游玩，被朱说婉拒，或许是不甘心，今日上午又来相邀。朱说正在写一首诗，还剩最后两个字未写完，也就没有起身，叫着王洙的字道："原叔自便！"

"哈哈哈，是不是金屋藏娇啦！"王洙笑着道，用力推开舍门，径直闯了进来。

屋里只有朱说一人，还坐在书桌前，手里提着笔。王洙搓了搓手道："朋友嘛，该同甘共苦才是，出去玩玩嘛！"

朱说放下笔，起身一笑道："能同甘的未必是朋友。"

"说的好！"门外传来一个中年男子的声音。

"呀呀呀，差点儿忘了！"王洙一惊一乍道，"希文兄，给你引介一位官爷。"说着，出门拉住一位中年男子的手走进来："此乃李纮字仲纲者，前年进士及第，试衔知歙县，前不久差应天府军巡判官。"

朱说看过去，李纮约莫三十来岁，中等身材，胖乎乎的面庞上挂着好奇的笑容。李家乃应天府望族，李纮的伯父李昌龄担任过参知政事；父昌图、叔父昌言，皆进士出身，在朝为官。王洙常常在朱说面前说起李纮，夸赞他虽出自官宦之家却无纨绔气，为人豪爽仗义，值得结交。今日虽首次晤面，朱说却有如见故人之感，忙抱拳施礼道："久仰！幸会！"

"彼此彼此！"李纮环视斋舍，晃着脑袋道，"凌晨一通舞剑，夜半和衣而眠。别人看花赏月，他在六经寻乐。"

朱说不好意思地笑了。这几句话是书院师生对他在书院生活的描述。朱说自己也觉得很是恰切。到书院两年余，他体验到了前所未有的安心和快乐，以至于过了二十岁，个子又长高一指。

“可在下不解的是——”李纮摇着头道，“但凡是人，若对美色佳酿不动心，是不是有些虚伪？”

“哎，我也这么想。”王洙附和道。

这类质疑，朱说早就听到过，他微微一笑道：“虚伪若非因恐惧，便是为过度追求功利。士风之弊，莫过于言行不一。儒者要践行圣贤之道，就要先磨炼面对富贵、贫贱、毁誉、欢戚一无动其心的坚强意志！”

李纮正为一见面就说出如此唐突的话而后悔，不意朱说不惟不生气，反倒说出这番话来。他愣了片刻，点了点头，口中喃喃，似乎还在回味着。

王洙背着手在舍内走了一圈，看到书桌上放着一碗凝结成块的粥，皱着眉头，以疑惑的目光打量着朱说，突然道：“希文兄，你是个怪人！”

朱说一惊，拱手问：“原叔何出此言？”

王洙紧紧盯着朱说的眼睛，以质疑的语调道：“入书院两年多了，从未见希文兄回家省亲，这岂不令人生疑？希文兄有克己成圣之心，誓做真儒；可真儒纯孝，希文兄之举与之大相径庭！”

这是朱说的痛处，他最怕谈及这个话题。王洙质疑他不孝，这让他心里隐隐作痛。他不怪王洙，单从他从不回家省亲这一条，就很容易让人产生这样的误解。既然做朋友，就不该隐瞒什么，他顺手把刚写完的《睢阳学舍书怀》递给王洙。

王洙举着诗稿小声诵读：

白云无赖帝乡遥，汉苑谁人奏洞箫。
多难未应歌凤鸟，薄才犹可赋鹪鹩。
瓢思颜子心还乐，琴遇钟君恨即销。
但使斯文天未丧，涧松何必怨山苗。

李纮眼睛眨巴了几下，接过诗稿细读了一遍，蹙眉道：“我观希文惬意盈盈，‘多难’者何？‘恨’‘怨’又因何而生？”

院中响起几声鸟鸣，太阳透过窗前的一棵槐树，把斑驳的阴影投到朱说的脸上。他望着窗外，背对着李纮、王洙，讲述了自己的身世。

“哦！原来是这样！”李纮恍然大悟。他又拿起诗稿，坐在面前的杌凳上，细细品读了良久，道：“希文不是怪人，是圣人！”

“嗯，圣人！圣人！”王洙连连道，“颜回转世！”

朱说忙回礼道：“岂敢！”

“那弟就明白朱兄为何以‘希文’为字了！必是表示对大儒王通的敬仰！”王洙晃着大脑袋道，好像窥破了朱说的一个秘密，为此感到自得。

自从知道了自己的身世，朱说就决定将来要重新取字。字他也想好了，就是“希文”。这缘于对唐朝诗人王勃的祖父、隋朝大儒王通的敬仰。王通在隋唐并不知名，但在本朝被重新发现，士林认为自孔子之后，学其道而得其门者，唯孟轲、荀卿、扬雄、王通、韩愈寥寥数人。朱说在醴泉寺时，读到了慧通法师给他的一套王通所著《王氏六经》，对他十分敬仰。王通终生以恢复王道为奋斗目标，主张儒、释、道三教合一，倡导实行仁政，又主张诗文重在教化。这都使朱说内心折服。王通字仲淹号希文，朱说既以仲淹为名，便取希文为字。此时，听王洙脱口说出王通的名字，朱说抱拳向他拜了拜，目视前方，慨然道：“天下之乱系于人心，收拾人心系于名教。王夫子痛心于魏晋南北朝之乱致使名教失坠，致力于复兴儒学，仅此一点，就值得我辈敬仰。”

李纮端详着朱说，不住地点头，喃喃道：“看来，希文慨然有志于天下啊！”随即又问道：“希文与姑苏可有联络？”

朱说摇头道：“倒是望侧面了解一下姑苏范氏的情形。”

李纮一拍胸脯道：“此事交给愚兄就是了！”

王洙有些等不及了，突然脸一沉道：“希文兄，你真不去？”

“免了，免了吧！”朱说求饶似的道。

王洙拉住李纮的袍袖，顿足道：“哎呀仲纲兄，怕是那几个歌姬都等急了呢！”

李纮被王洙拉着走到门口，又扭头问道："希文定亲否？"

朱说自嘲一笑道："不能自立，哪有资格成家？"

王洙打趣道："希文兄是等着榜下捉婿呢！"

皇宋崇文治，举国形成了"万般皆下品，惟有读书高"的风气，进士及第者若未婚配，便会被官宦之家和豪富之户抢为快婿，世人谓之"榜下捉婿"，故而不少寒儒不登进士第即不定亲。

李纮甩开王洙，转过身来，紧紧盯住朱说问："是这样吗？"

"尚未想过。"朱说笑着答。

王洙讥笑道："仲纲兄，你怎么突然婆婆妈妈的了？"

"哦、哦……"李纮支吾着，向朱说一拱手，匆匆忙忙转身而去。

## 四

上元节之夜的应天府已有了春意，千家万户张灯结彩，街道上熙熙攘攘，都是观灯的男女。平时难得出头露面的大家闺秀，也纷纷迈出家门上街观灯。绮罗丛中香风阵阵，竹阴花影下少男少女打情骂俏，一派承平祥和的夜景。

李纮拉住朱说的袍袖，在颁庆门南大街的人流里穿行。自中秋节与朱说在斋舍一见，李纮即把他引为知己，时有小聚，谈《易》论道，抚琴弈棋。今日，他有一件大事要办，生恐一撒手被冲散，故而紧紧抓住朱说的袍袖不肯松手。

"仲纲兄！仲纲兄！"朱说大声唤道。李纮像是没有听到，脚步反倒加快了。朱说甚感诧异，说的是上街观灯，可街道两旁的彩灯也好，街心的鳌山也罢，李纮一概熟视无睹，只顾拉住他急匆匆赶路，令人不解。

到得静安门下，李纮终于驻足，松开了朱说的袍袖，向门楼上一指，道："希文，登楼观灯！"

朱说连连摆手,做出向后退却的样子。登楼观灯是达官贵人的特权。因皇上即将巡幸真源县祭祀老子,还要巡视应天府,朝廷特差遣本地人李昌言知应天府,他是李纮的叔父,李家人自是有资格登楼观灯的。但朱说不想沾李纮的光。更重要的是,漫步在大街上,走在人群中,上元夜空气中特有的芬芳气息令人沉醉。难得有这样的机会,他不想错过。

"走吧!"李纮不由分说,拉住朱说的袍袖就往门楼上走。刚上到偏殿的平台,一眼望见两个女子正临轩而站,似乎是听到了脚步声,齐齐转脸向这边观望。

"三妹! 小妹!"李纮唤了一声,甩了甩朱说的胳膊,"这就是我常说起的朱希文!"又转向朱说道:"看到了? 那是在下的两位堂妹。"他指了指靠左站立的中等身材的女子:"那是三妹。"

朱说慌了。李纮说这两位女子是他的堂妹,当是新任知应天府李昌言的千金。他的心突然怦怦乱跳起来,不敢直视,低下头,动作慌乱地躬身行礼。

"呀!"李家小妹甜甜地惊叫了一声,笑道,"朱公子、朱大哥,快来看呀,走马灯过来了呢!"又转脸对李家三妹嘻嘻一笑:"三姐,看上去,朱公子很腼腆呢!"

李三妹手扶栏杆,扭过头来觑了朱说一眼,正与他目光相遇,她的脸唰地红了,急忙低下头去,转身往帷帐里走。

"好漂亮的一双眼睛啊!"朱说心里说。镇静片刻,他用余光打量着李三妹,见她举止端庄,含羞带怯的样子透出大家闺秀的温婉,忽地一下,一种莫名的酥痒从心头飘过,向周身四散开来。他不敢再留,向李纮一拱手,紧张得话也没有说出口,就仓皇下楼,逃也似的跑开了。

李三妹听到下楼的脚步声,撩开帷幕伸头观望,李纮向她努嘴道:"三妹,如何?"李三妹没有接话,起身走到栏杆前,踮起脚尖凭栏四顾,似乎是在寻找朱说的身影。

"三妹,你在找甚?"李纮故意问。

李三妹忙摇头，收回了目光。李纮走过去，逗她道："三妹面颊为何这么红？"

三妹举袖遮面，转身又进了帷帐。

李纮暗自高兴。自听说朱说的身世后，李纮钦佩他的为人，也同情他的际遇。想到叔父家二十岁的三妹尚未定亲，一大家人都在为此着急，就萌生了撮合朱说和三妹的念头。他时常在三妹面前夸赞朱说，又刻意安排三妹与朱说一见。朱说惊慌而去，恰恰说明他被三妹的魅力所征服，也印证了自己对三妹所说朱说志操高洁的话不是虚言。所以李纮并未阻拦朱说，而是留心观察三妹的反应。他断定，经过几个月来的铺垫和这次见面，三妹对朱说已然动心。有了这个基础，他就好向叔父说透了。

正月十九，上元节收灯。一用罢晚饭，李纮便赶到叔父李昌言的宅邸。李昌言刚送走客人，见李纮进来，劈头问："纮儿可听说过一个叫郑戬的书生？"

李纮思忖片刻，答道："侄儿不识得，但听说过他的一首诗，有'春到不择地，石傍花自开'之句。"

李昌言点头道："适才来的客人乃侍御史张士逊，他提到了这个人。说郑戬乃吴县人，早年丧父，发愤读书，游京师，曾与张士逊一同投在文坛领袖杨亿门下，深得杨公赞赏。"

李纮心里一沉。作为应天府名门望族，李家有一条不成文的规矩：凡择女所配，必于寒素之门。叔父提到郑戬，必是有为三妹定亲之意。李纮觉得，三妹性格温婉，配于朱说再合适不过。他清了清嗓子道："叔父大人，在侄儿看来，天下布衣俊杰，莫过于朱说！"

"我怎就未听说过？"李昌言不以为然。

"时机未到之故。"李纮勾头咽了口唾沫，继续道，"朱说乃书院生徒。刻苦攻读，昼夜不息，冬月惫甚，以水沃面，食物不给，以糜粥继之，人不能堪，朱说不以为苦。"

李昌言摇手道："世上还有连糜粥也吃不上的人呢！"

“那不同！”李纮辩解道，“朱说是有境界的。书院师生皆谓朱说是颜回转世。”

李昌言捻须不语。

李纮的袖中，特意揣着朱说新写的《咏史五首》诗稿，他慌忙掏出来，呈给叔父。李昌言走进室内，借着烛光翻看，是咏陶唐氏、有虞氏、夏后氏、商人、周人的诗作。

“大人！”不等叔父看完，李纮就急切地说，“这是朱说对尧、舜、禹、汤、周历代政治的有感而发，非通六经之旨者，谁能有这般感情流露？诗中分明蕴含着以天下为己任的担当！”

“读书人，谁不会写几首诗？读过圣贤书的人，谁不会说几句大话！”李昌言轻描淡写地说。言毕，把诗稿递给李纮，起身往内室走去。

望着叔父的背影，李纮顿足挠耳，头上冒汗。镇静片刻，忽然灵机一动，快步向后院走去，到了二门外，唤道：“三妹——”

李三妹忙迎了出来，眉梢间挂着甜蜜的笑意。

“三妹，有人要给你提亲了，不是朱公子。”李纮沮丧地说。

三妹愣了一下，笑容瞬间不见了，抿着嘴不出一语。李纮凑过去，附耳向她嘀咕了几句，三妹这才缓过来，命女使把小妹唤来。

须臾，十六岁的李家小妹欢快地走来了，李纮盯着她，把郑戬吹嘘了一番。他知道小妹最喜读诗，便摇头晃脑把郑戬的那句诗吟了出来。

“大哥是什么意思呀？”小妹忽闪着眼睛问。又转向三姐：“三姐，你说呀！”意思分明是说，既然郑戬那么好，哪里轮得到她呢！

李纮诡秘一笑道：“你三姐已有属意之人。”他拉了拉小妹的衣襟：“快去找大人说，过这个村没这个店！”

小妹见三姐红着脸，低头不语，这才相信哥哥并非捉弄她。她在父亲面前一向撒娇卖乖，没有不敢说的话，果真拉上三姐就往前院走。

兄妹三人到了前院，径直到了上房，尚未进屋，就听屋内正在说郑戬。李纮向小妹一伸舌头，扬了扬下颌。小妹推了推他：“哥哥先开个头，不然人家自己怎好开口呢!”

李纮顾不得那么多了,轻咳了两声,迈步进了上房,给叔父和婶母聂氏施了礼,开口道:“大人,朱说是书院最受钦佩的人,若不信,可召戚主院打问。还有,朱说也是吴县人,和郑戬同乡,比他大两岁。以侄儿之见,莫不如把三妹字于朱说,把小妹字于郑戬。”

“是的呀爹爹!三姐早就属意人家朱公子了呢!”李家小妹躲在李纮身后,探出头来,接言道。

“胡闹!”李昌言呵斥道。

“不信,爹爹可问问三姐呀!”李小妹并不畏惧,继续说。扭头一看,三姐并未进屋,她唤了声:“三姐,你来给爹爹说呀!”

李昌言沉脸道:“都给我出去!”

## 五

李纮兴冲冲赶到书院时,朱说正在吃粥块。

按照入院时戚舜宾的吩咐,上课日朱说免费享用书院伙食,但节假日要自行安排。本朝节假日甚多,除了圣诞日式假,正旦、上元、立春、端午、三伏、七夕、中秋、重阳、冬至等等,不一而足,都要休假,谓之式假。朱说买来粟米,凡遇式假,照着在醴泉寺时的做法,每天两顿饭,每顿两个粥块。

今日是上巳节,书院照例式假一天。朱说没有想到李纮会在这个时候来找他,局促间举着粥块道:“仲纲兄要不要尝尝?”

李纮不语,向外一摆手,仆从把两个食盒挑进屋内,摆到书桌上。李纮打开食盒,得意道:“希文看到了?这是蒸酥肉,这是三鲜笋炒鹌子,这个呢是红烧汴河鲤,还有就是煎茄子、三脆羹。”

一大早,叔父李昌言就差人传话,要李纮到他家里去。两家住间壁,李纮几乎每天都到叔父府上问安。可自从那天被硬生生赶出上房，李纮已经五六天没有过去了。叔父唤他去，想必是为那天赶他走道歉的。但见了面方知，是吩咐他给朱说送菜肴的。李纮颇意外，想问个究竟，可叔父却笑而不答。李纮不便再问，能给朱说改善一次伙食毕竟是好事，便亲自带着一个仆从，挑着两个食盒，急匆匆赶到书院。

扑鼻的香气让朱说五脏六腑一阵痉挛，顿觉有晕眩感。他放下粥块，对李纮一揖道："厚谊心领了，菜肴不敢受。"

李纮向仆从递了眼色，二人转身就走。朱说追出去，无论怎么喊，李纮一概不应，反而加快了步伐。朱说回到斋舍，只觉室内香气弥漫。他掀开食盒，鼻子用力吸了吸，箸举半空，又停住了。仿佛有一个声音告诫他："不可食!"他放下筷子，盖上食盒，把咬过几口的粥块吃完，喝了口茶，又继续埋头读书。不知过了多久，肚子"咕咕"叫了起来，朱说拿起剩下的粥块，眼睛却紧紧盯着食盒，自语道："不可拂了人家的好意嘛!"说着，急切地掀开食盒。举箸间，那个"不可食"的声音又一次响起，朱说蓦地盖好食盒，搬到了窗台上。

隔了两天，李纮正在用晚饭，仆从挑着两个食盒进了他家的院子。李纮不解，仆从打开食盒让他看，却见里面的菜肴原封未动。李纮顿时火冒三丈，一脚把食盒踢翻，转身就往书院走。

"朱希文，你……"到得朱说斋舍前，李纮火气冲天地大喊。

朱说大惊，急忙起身相迎，拱手施礼道："仲纲兄因何动怒?"

李纮气得满脸通红，脖子上的青筋不住地跳着，指着朱说的鼻子，质问道："家大人闻你清苦，特嘱送以食物，你竟不下箸，是蔑视还是以相勉为罪?"

朱说深深一揖道："不是弟不感尊意，皆因弟食粥已久，倘若享用了盛馔，恐以后会以吃粥为苦，故不敢动箸。还请仲纲兄体谅!"

李纮怔住了，一时语塞，但余怒未消，一顿足，转身就走。回到家里，命仆从挑上食盒跟着，去向叔父禀报。心想，倘若叔父说出惩罚朱说的话，他定然不会劝阻。

“哦？竟有这样的人！”李昌言听罢，露出惊喜的目光，“此子意志力惊人哪！”他回避着李纮的目光，咳了两声，支吾道：“纮儿，这个，那天你说什么？”

李纮如坠雾中，瞪大眼睛问：“大人指的是哪天的事？”

李昌言又咳了两声，道：“就是你领着两个妹妹到上房那天。”

李纮恍然大悟，但还是不敢相信，问道：“大人，是不是三妹字于朱说，小妹字于郑戬的话？”

李昌言点点头。

就在李纮力荐朱说的次日，李昌言就向主应天府书院事的戚舜宾打探过，果如李纮所言，李昌言已然动心，所以才有馈送菜肴之举。朱说拒绝食用，李昌言更被他惊人的定力所打动，认定这样的人绝非庸常之辈。因此，决计将三女字于朱说，而让幺女字于郑戬。

李纮本来生着朱说的气，被叔父一句“意志力惊人”冲得烟消云散，怒气转瞬化为钦佩，一听叔父同意了他早前的提议，嘿嘿一笑道：“大人，上元节朱说曾与三妹有一面之缘，这些天他几次向侄儿问起三妹呢！”为坚叔父之心，李纮说了句善意的谎言。

李昌言道：“既如此，你知会朱说，可请人来提亲。”

李纮已娶妻生子，知道有地位的人家男女定亲仪式繁琐，第一步要由男家派媒人送帖子，帖子上要写明男方父系三代，朱说身世特殊，只这一步就会让他感到为难。李纮生恐出岔子，便一拍胸脯道：“三妹和朱说之事，大人不必费心，侄儿一力办妥！”又笑道：“大人，咱李家看重的是朱说这个人，依侄儿看，就权当榜下捉婿，一应礼节就不必讲究了。”

李昌言踌躇片刻，还是点头应允了。

“甚好甚好！”李纮高兴道，竟忘记给叔父施礼，大步流星赶回家去，向夫人要了一根金钗，跨马赶往书院。

朱说正担心李纮误解，忽见他又来了，忙抱拳施礼，欲再作解释，李纮绷着脸，一语不发，从怀中掏出一根金钗，“啪”的一声拍在书桌上。

朱说吓了一跳，拿起金钗看了看，疑惑地问：“仲纲兄，这是做甚？”

李纮接过金钗晃了晃道:“听说过本地的习俗吗?男女相亲,男子若是相中了女子,就用金钗插到女子冠髻中,谓之插钗;相不中,就送彩缎两匹,谓之压惊。”

朱说笑道:“没听说过。不过,仲纲兄不是已成婚了吗,还要去相亲?”

“送你的!”李纮依然沉着脸说,把金钗塞到朱说手里,“家妹论模样俊俏端庄,论性格温婉贤淑,又不是嫁不出去,如今却还要我搭上一根金钗相求,何苦来哉!”

朱说明白了,感激地看了李纮一眼,急忙低下头去,沉吟良久方道:“一个尚未自立的人,哪有资格娶妻?”

李纮故作生气道:“我最知三妹。你当乞丐,她也会拿根棍儿跟着你。若错过了,你一生都会后悔!”

朱说脸一红,向李纮抱拳一揖道:“令妹是好女子!弟……弟何德何能,得配仙侣?”说着,把金钗拿到自己手里,紧紧攥着,像是怕被人抢去似的。

上元节之夜在静安门一见到李三妹,朱说就被她的美貌和温婉的气质所吸引。之所以仓皇辞别,就是怕自己恋上她,饱尝单相思之苦。即便如此,自那天以后,李三妹的身影,还是装进了他的心里。但是,自己一无所有,能给三妹这样的好女子应该得到的幸福吗?他常常这样自问。只好拼命压抑自己,强迫自己不去想她。可是,听到李纮适才的话,朱说再也不想隐藏了,他不愿错过这样的好女子。

李纮见朱说局促的样子,知他心里是装着三妹的,顿时轻松下来,故作高深道:“定亲的程序繁杂着呢!什么保媒、纳采、问名就不说了,即使插钗了,还要找媒人去商量定礼,到女家报定,然后议下迎娶日期。”

朱说苦笑道:“仲纲兄,弟孤身一人,你是知晓的……”

“哈哈哈!”李纮不等朱说说完,就大笑起来,起身道,“哪天随我到家里走一趟,为三妹插钗,先把亲事定下来再说!”说罢,拱手告辞。

朱说跟在李纮身后,起誓般道:“仲纲兄,请知会令妹,今生今世,朱……我一定会好好待她!”

岭上英英向日开，帝乡情态自徘徊。

——范仲淹

# 第四章　岭上英英向日开

## 一

京城开封因汴河而盛。汴河内，漕运、商运、客运的船只首尾相接，一片繁忙。大中祥符七年深秋，因各府、州取解试录取的四五千名贡生要到京城向礼部报到，准备参加翌年的科考，汴河上的客船陡然增多。富贵人家的子弟会带上书童、仆从，单独雇船；普通人家的子弟，多半带上一二名书童，乘客船前来。

朱说是有条件单独雇船进京赴考的。他已是应天府望族李家定了亲的女婿。就在李纮将一根金钗交给朱说后不久，一个休沐日，朱说随李纮带着金钗去了李家，给李三妹插钗，并把母亲给他的一对银镯郑重交到李三妹手里，定了亲。资助寒素女婿求学、赶考，是本朝的时尚，如果朱说愿意接受，他自此即可摆脱困窘。可是，朱说发誓要自立，不接受李家的资助。他一如既往，节假日以粥充饥，刻苦攻读。此番赴京赶考，他也是独自一人，背着琴、剑上了一艘客船。

客船逆流而上，朱说站立在甲板上，目视远方，寒意浓浓的西北风吹打在脸上，他也毫不在意，心潮就像汴河水一般奔腾，口中默念着："应天府！应天府！"是感激，也是眷恋。本来，到应天府书院后，朱说面临着一个难题：

先要回淄州参加取解试，录取后方有资格参加礼部举办的省试，可他已发誓不登第不回去见母亲。这件事让朱说烦恼不已。幸运的是，就在去年正月，崇信道家的皇上幸真源祭祀老子，顺道巡幸应天府，回京后颁诏，升应天府为南京，并特赐应天府书院五个取解试名额。今年初秋，书院取解试毕，朱说位列第一。这样，他取得了赴京参加进士科考试的资格。走投无路，无处存身时，应天府书院收留了他；不愿回到已然逃离的那个家，无法参加淄州的取解试，朝廷恩赐应天府书院贡生名额。朱说感到，应天府是他的幸运之地，新生之所。辞别应天府书院时的朱说，已经不是当年那个贸然来投的朱说了。那时的朱说，当务之急是寻找存身之所；而今经过五个年头寒窗苦读，已大通六经之旨，又深受应天府先贤事迹、学说的浸染，此时的他慨然有天下志。为了立天下之正位、行天下之大道，也为了早日迎母奉养，同时给李三妹一个美好的未来，先要科场一搏！

暮霭升腾中，朱说在京城东水门码头下了船，早已有招徕贡生的客栈在码头上揽客，他选了一家“鸿运客栈”住宿。临行前，李三妹转交给他一个缂丝香囊，里面装着十两银子。朱说从来没有这么富足过，不必为店钱发愁。

刚进客栈大门，迎面走出一位身材高大、姿表秀异的男子，惊喜道：“哟，这不是安之兄吗！”

朱说定睛一看，认出来了，是在长山拜谒姜御史时结识的莱州胶水人蔡齐，忙抱拳还礼，唤道：“子思兄！”又慌忙侧过脸去，低声道：“子思兄，弟时下改字‘希文’了。”

“哦？有何说法吗？”蔡齐好奇地问。

朱说支吾道：“弟……弟看子思兄正忙，有空再叙契阔。”说着，向蔡齐一拱手，慌慌张张进了客房。

正是深秋时节，窗外一棵槐树上的叶子已然落尽，几只老鸹站在光秃秃的树杈上东张西望着，不时发出“嘎嘎”的叫声。朱说推开窗，烦躁地挥臂驱赶。老鸹狐疑地望着他，懒洋洋地飞到另一棵树上去了。朱说转过身，从包袱中掏出家状，揉成一团，用力向上一抛，发出怪异的冷笑声。一眼看见靠墙摆着一张书案，书案上笔墨纸砚齐全，便"嗵嗵"两步走到书案前，在机凳上坐下，动手研墨。

按制，贡生向礼部报名，要呈报家状及参加省试次数等，礼部审查后，将符合资格的考生名单张榜公布。朱说的那张家状，还是以长山县河南庄为家，以朱文翰为父，他的姓名仍是朱说。倘若进士及第，无论是皇榜上还是吏部的班簿上，自是登录为朱说。难道今生都以朱说为名存世吗？可自己不是朱家人啊！去年，李家小妹和苏州吴县书生郑戬定亲，李纮通过郑戬，已然把吴县范氏情形打探明白：苏州范氏始祖名范隋，本蓝田人，由良乡主簿升处州丽水县丞，唐末战乱，不能归里，范隋辗转定居吴县。曾祖范梦龄、祖父范赞时，都在吴越国为官。父亲范墉乃范赞时第三子。范墉育五子，如今除了朱说，只有仲温一子还在世，娶妻丁氏，支撑着门庭。时下，吴县范氏家族已无做官之人。人言进士及第足可光宗耀祖，然以朱说为名，光耀的并不是自己的祖宗。倘若借此机会恢复本名，不惟可回报父亲生身之恩，还可重振范氏家族，接续先祖遗韵。

"对，就这样！"朱说自语道，展纸提笔，重新写家状。当写下"吴县"二字时，朱说眼前浮现出三哥范仲温接到进士及第的喜报时莫名惊诧、范氏举族欢庆的场景。奇怪的是，这个场景只是一闪而过，母亲失望、无奈的神情蓦然呈现，继父朱文翰的叹息声也在耳边萦绕，挥之不去。

朱说起身在室内徘徊，店家送来了饭菜，他只看了一眼，无心用餐。想到继父二十年来一直将他带在身边，既加养育，复勤训导，视若己出，如今他尚在人世，自己就无情地抛弃了他为自己取的姓名，如何对得起他老人家？又让母亲作何感想？

"母亲一定会伤心的，一定的！"朱说笃定道。

一个人倘若只想自己，能做到忠君报国吗？这样想着，朱说不禁冒出一身冷汗，原来，灵魂深处还藏着一个"私"字，不经意间就会悄然出来作怪！他抓起刚写了开头的家状，"嚓"的一声撕成了两半，又在手里用力搓揉，仿佛在搓揉那个冒出头的"私"字，要把它彻底揉碎。

月光有些清冷，透过窗棂洒进室内，照到被朱说抛弃的那张写着“朱说”的家状上。家状像在无言地泣诉，委屈地蜷缩着。朱说鼻子一酸，差点掉下泪来。他弯身捡起，展放到桌上，用手轻轻抚摸着，像是在抚慰一个无辜受到伤害的孩童。

## 二

大中祥符八年正月十六日，上元节灯会尚未收灯，礼部主持的进士科省试就开考了。天色微明，几千名贡生已在位于朱雀门外大街东侧的贡院前列队。经点名、搜身后入贡院，对号入座。第一场试诗赋，第二场试论，第三场试策，第四场试帖经。每场考试都要淘汰一批，被淘汰者无法参加下一场考试。最后一场考试结束，在御史监督下，集中汇总，拆开糊名，将考生和考试成绩登录簿册，呈皇上御览后，发“淡墨榜”。上榜的考生即有资格参加殿试。

朱说在淡墨榜上，看到了自己的名字。

三月十八日是殿试的日子。天气不冷不热，也没有风。晨曦初露，东华门外，上了淡墨榜的考生列队完毕。列队过程中，朱说在人群里扫视了一遍，影影绰绰间，看到了蔡齐、滕宗谅、庞籍、张三才的身影。除了蔡齐，另外几个人都是几个月前到礼部报名时遇到的，彼此通报过名讳，叙过年齿。此时，小朱说两岁的滕宗谅也看到了他，向他扬了扬手。那神情，仿佛是见到了交游很久的老友。

皇城司逻卒挨个搜身后，朱说随着队列鱼贯进入皇宫。穿过一座又一座宫殿，贡生们走进会庆殿内，在贴着自己名字的凳子上落座。虽然名义上殿试是皇帝亲自主持，但御驾并不到会庆殿来，而是御会庆殿的后殿崇政殿。殿试的题目是皇帝御笔亲书——《置天下如置器》，考官捧着试题到会庆殿出示后，考生即开始答题。能不能进士及第，就在此一举了。

隔了两天，行临轩唱名礼。皇帝御会庆殿平台，亲自宣读甲科一等共三人的姓名，其余由宰相王旦代读。每读出一个姓名，列于殿陛之下的军头司就依次传唱，唱到姓名者在队列里高声应答。当皇帝读出蔡齐二字时，朱说露出惊喜之色。但此刻来不及细想，他迫切地想听到自己的名字。眼看就唱到近百人了，还未听到自己的姓名，朱说鼻尖上渗出了汗珠，微微晃动了一下身子。就在这时，他听到了那个熟悉而又陌生的名字——朱说。但王旦呼朱说的"说"为说话的"说"，朱说不应，直到重新唱名，他方高声应答，迈步站到了乙科的队列里。由于激动，双腿有些颤抖，不到十步远的路，他却感到格外漫长。

唱名毕，未被唱名的几十位贡士由赞礼官带着离开了。另一名赞礼官引导着状元蔡齐等三人沿着丹陛走上平台，在御座前叩头谢恩。朱说踮了下脚跟，透过栏杆空隙仰视平台。黄罗伞下端坐的是国朝第三位皇帝，朝野都说他是位宽厚的君主。这是朱说第一次看到皇帝。去年春，皇帝巡幸应天府，城内万人空巷，重熙门至颁庆门大街两旁挤满了人，争睹天颜，朱说却还坐在斋舍读书，王洙大为不解问他因何不去，朱说平静地说："来日有见天子的机会，何必凑这个热闹！"仅仅过了一年，果然就在庄严的皇宫里得睹天颜，虽是遥望，只能看到一个轮廓，但一瞬间，朱说眼眶一热，流下泪来。"君父！君父！"他在心里默念着。

自从知道了身世，朱说就把自己看成是孤儿。看到了皇帝，他蓦然生出见到父亲的感觉。一介寒儒，于二十七岁之龄登进士第，他感到自己终于找到了父亲，有了归属。他想奏知平台上的皇上，他愿为君父、为国家献出一切！但他知道没有这样的礼仪，只能以泪水来抒发自己内心的情感。

朱说意识到自己失态了，轻轻吸了一下鼻子，抑制住了自己的情绪。赞礼官高唱一声："行礼——"朱说与众人行三拜礼。礼毕，皇帝起驾而去，四名金吾卫抬着皇榜一步一停缓缓走下丹陛，在新科进士队列前驻足。皇榜上共列进士凡一百九十七人，朱说排在第九十七位。因蔡齐为状元，本榜进士即被称为蔡齐榜。榜上的进士互称同年。

新科进士按照皇榜上的名次列队毕，跟在抬榜的金吾卫后，到东华门外张榜。

一出东华门，黑压压的人群，都在等着榜下捉婿。皇城司逻卒围成人墙，将人群隔开。众进士列队毕，再一次对照皇榜唱名。礼毕散班，朱说沿着皇城外墙疾步而去，几个捉婿的人追上来，朱说向他们摇摇手，几个人又慌忙回身，找别的进士去了。

次日一早，朱说与同榜进士换上特别为新科进士预备的绿衣、纱帽，纱帽展角两端系着皂纱垂带，帽翅上簪着新开的月季花。众人来到皇宫正门乾元门聚齐，跨上御马苑为他们备好的御马，皇家禁卫军金吾卫的七匹大马披红戴绿在前引导，侍卫列队举旗，鸣锣开道，鱼贯出了乾元门。绿衣郎锦鞍绣鞯，意气风发，沿街夸示。京城万人空巷，争睹新科进士风采。富贵之家的闺阁之女，早早就租下了临街的阁楼，打开窗户留心观察；还有公卿豪富之家，高车宝马，以闺阁女坐车内，沿街紧追不舍，倾城纵观；更有大胆的女子站在街边向绿衣俊郎投去含情的目光。新科进士驰马而过，马蹄荡起的尘土里，弥漫着红裙女郎身上的香气。

游街毕，仿照唐朝雁塔题名旧习，新科进士下马到大相国寺书壁题名。朱说刚提笔把姓名写下，就有一个私塾先生模样的人上前问询是否婚配，还想“榜下捉婿”，朱说歉意一笑，来人失望地走开了。在这期间，有人从朱说手里把笔拿去，在书壁题名。朱说抬眼一看，是滕宗谅。两人对视一眼，露出惊喜的笑容。滕宗谅将笔传递给下一个人，向朱说拱手道：“缘分！”

“是啊，缘分！”接着滕宗谅题名的人边书写边插话道。朱说一看，说话的是庞籍。朱说和滕宗谅又是一阵惊喜。到贡院报名时互报过名讳的，朱说、庞籍、滕宗谅都登第了。

“二位兄台知道吗，出了大新闻嘞！”滕宗谅一惊一乍道。说着，一手拉住朱说，一手拉住庞籍，走到一片空地，比划着说开了：“殿试毕，官家御崇政殿钦定一甲人选。排名第一的是新喻人萧贯，官家就点他为状元。枢密使寇准瞪眼道：‘南方下国之人，不宜冠多士！’官家环视左右，有的点头，有的沉默，没有人与寇准争辩，官家只好顺从了寇准的主张，改第二名蔡齐为状元。寇准出殿后洋洋自得道：‘今日又为中原夺得一状元！’哈哈，二位兄台看，这不是大新闻吗？”滕宗谅是西京洛阳人，他知道朱说是淄州人，庞籍是离应天府不远的单州人，所以讲述这个新闻时显得颇为兴奋。

“哦？是听说过朝廷大老看不起南人。”庞籍接言道，“听说当年抚州人晏殊应童子试，官家要录取他，寇准说晏殊是南人，意思是不能录取，只是官家太喜欢晏殊了，就说唐朝宰相张九龄也是南人。”

“哈哈哈！”滕宗谅大笑道，“谁能想到，大名鼎鼎的神童晏殊是托了唐朝宰相张九龄的福啊！”

朱说心里一沉，怕滕宗谅再说出对南人不敬的话，忙转移话题道：“那天到贡院报名遇到的张三才，我观他非平庸之辈，不知因何殿试落第了。”

去年秋到贡院报名，朱说遇到一个叫张三才的贡生，已是第四次参加省试了。当朱说问他若落第还会不会再考时，张三才一拍胸脯道：“三才若再落第，是圣朝的一大损失！”口气虽大，却也给朱说留下深刻印象。

滕宗谅一撇嘴道：“张三才嘛，太狂傲，落第并不意外。”说完又是一阵大笑：“不管他啦，我辈该喝酒庆贺嘛！”他向二人挤了挤眼，道：“听说樊楼的歌姬都会填词赋诗，这就去体验一番？”

朱说摇头道：“等琼林宴以后再说吧。”

琼林宴是皇帝宴请新科进士的宴会。在朱说的心目中，琼林宴神圣而庄严，为了那个神圣庄严的时刻，要克制自己。就像过年一样，倘若天天大酒大肉，对年夜饭也就未必那么期待了；倘若三月不知肉味，对年夜饭的那份期盼就足以让人感到幸福。

“那又何必？读书人嘛，嘴上说得再动听，有了合适机会，也不该亏欠自己。”滕宗谅把手向上一扬，“所谓寻欢作乐，所谓苦中作乐，人生在世，不过是为了一个‘乐’字。该乐时不乐也不对。这就走，宗谅做东！”

## 三

朱说骑着一匹枣红色大马，披着星光，一路疾驰，直驱长山河南庄。

谢氏坐在院中的一把机凳上，正和朱愉念叨着什么，突然听到朱愉唤四哥的声音，她打了个颤，不敢相信那个愤然出走的儿子还会回来。五年了，她日夜思念、牵挂着他，怕儿子受不了那个沉重的打击，也不知儿子孤身一人在外该如何安身。她甚至不时冒出或许这个儿子已不在人世的闪念。或许，今生今世，再也见不到这个身世可怜的儿子了。越是这样，对儿子的思念越是强烈。思念、牵挂朱说的同时，谢氏还觉得对不起这个可怜的儿子。她时常一个人偷偷哭泣，眼睛都快哭瞎了，视力已然模糊。她伸出双手，颤抖着向前摸索，哽咽着问："儿啊，是你吗，真是你吗？"

借着天际残月的微光，朱说目不转睛地注视着母亲。五年不见，母亲比以前消瘦了许多，也苍老了许多，面容憔悴，眼窝陷下去了；头巾下露出的发丝，闪出银光，像是全白了。又见母亲的动作，抬手摸摸索索，如盲人般。朱说心里针扎般疼痛。他走过去，"嗵"地跪在母亲面前，哭着喊了声："娘——"

谢氏手抖得越发厉害了，哆哆嗦嗦抚摸着朱说的脸颊，唤了一声"儿啊——"将朱说的头搂在怀里，放声大哭。

"儿不孝，让娘担心了！"朱说哭着说。

谢氏突然止住哭声，像是怕朱说还会走掉，拉住他的手道："我儿回来就好，回来就好！只要娘还活着，这个家就是你遮风避雨的地方。"

听母亲这样说，朱说判断，家里还没有接到他进士及第的喜报。母亲这些年受的委屈太多了，该让她老人家高兴高兴了，他起身郑重向母亲鞠躬道："娘，儿进士及第，做官了，特回来迎娘奉养！"

五年前，在出走长山时，朱说曾发下十年为期接母奉养的誓言。时间刚过半，这一天就提前到来了。他是同榜进士中第一个离开京城的，因为他急切地想见到母亲。五年来，他思念母亲，以苦读来排遣；母亲牵挂他时，又靠什么排遣？每念及此，朱说心里都会隐隐作痛。接到吏部分发敕牒的当天，他就迫不及待地上了船。临行前，朱说向滕宗谅、庞籍等人辞行。滕宗谅感到不解。本朝各项规矩曲尽人情，提倡官员外任时奉父母、携家眷赴任。只要向朝廷提出，朝廷就会差专人去接送。所以，滕宗谅劝朱说先到任所，安顿好后再接太夫人不迟。朱说只是苦笑。朝廷体恤如此，他恨不能马上就到任，为国效力，可他身世凄苦，有难言之隐，倘若不先把家安顿好，难以安心做事，所以早就打定了主意，赴任前先回长山迎母。但他不愿招摇，先到醴泉寺拜谒了慧通法师，计算好了路程，天完全黑下来，才进了河南庄。

"我儿考中了？那就好，那就好！"谢氏破涕为笑，伸手抚摸朱说的脸颊，"儿啊，这些年，儿一定吃了不少苦吧？"

朱说刚止住的泪水，"扑簌簌"又滚落下来，摇头道："娘，儿不苦，只是想念娘……"

"四哥中进士啦！四哥中进士啦！"首门外传来朱愉的欢叫声。

不大工夫，大娘、六婶、八叔员外、五学究等一大群邻居闻讯赶来了。朱说向他们一一鞠躬行礼，感谢他们对母亲的关照。朱愉拉过两把长条凳，请众人入座。朱说向外指了指，吩咐朱愉："马还拴在首门外的槐树上，把行李搬来。"

八叔员外也站起身，和朱愉一起把马背上的两个包袱搬进了院子。朱说打开一个包袱，拿出几包点心分发给众人。这些都是他路过应天府时李三妹转交的，那匹枣红马，则是李家作为进士及第的贺礼送他的。

"四郎，做了甚官啊？"八叔员外问。

"广德军司理参军。"朱说答。

军，是国朝地方建制之一种，有的与府、州同级，下辖县；有的与县同级，为府、州所辖。依照惯例，本朝进士及第者，包括状元在内，全部分发州县任职。早在发榜前，吏部流内铨已将全国各府、州、军空缺的职位按品级高低、地处远近登记造册，新科进士发榜后，即依照皇榜上的名次，对号入座，授予官职。所以，四月初，蔡齐榜进士就分发出榜了。状元蔡齐授从八品将作监丞，通判兖州；滕宗谅授从九品潍州司理参军；庞籍授从九品黄州司理参军；朱说授从九品广德军司理参军。

“司理参军？嗯，是管审案子的。进士及第初授官，多是这个职位。”八叔员外以无所不通的语气道。又问：“四郎，职田划在何处？”

这一问，点到了朱说的痛处。

本朝优待文士，除俸禄外，为解除在地方任职的官员的后顾之忧，还按照职务高低分配公田，谓之职田。按照朱说的级别，可划职田五顷。依例，职田可划在官员的家乡，也可划在任职地。可在州县初任职的官员，一般是三个年头一任，调动频繁，职田很少划在任职地，多半会划在自己的家乡。朱说仰天追问，家乡何在？他竟是没有故乡的人！淄州固然是他成长之地，但那里不是他的血脉之根；吴县虽是他的血脉之根，但那是陌生之地，他与那里没有丝毫联系。职田划在何处，对朱说而言，竟成为一个棘手的难题。他反复斟酌，请求朝廷允许他把职田划在应天府。幸运之路是从应天府展开的，未婚妻的家也在应天府。在朱说的心目中，应天府就是他的家乡。奏表呈上后，朱说颇为忐忑，还有几分羞愧。应天府刚升格为南京，又距京城不远，是繁华之地，要求在那里划职田，似有非分之嫌。不过，户部很快就为朱说颁下了敕牒，在距应天府六十里的宁陵县为他划了职田。

闻讯而来的人越来越多，可朱说没有见到继父的人影，他心里嘀咕着问：“大人康复了吧？”

众人都沉默不语。

朱说问母亲：“娘，大人？”

谢氏扭过头去，哽咽道：“故去了，开春时故去了。”

“这……”朱说愣了片刻，随即起身道：“我要到他老人家坟前一哭！”

八叔员外拦住他：“没有黑夜上坟的规矩，明日再去不迟。”说着，拉住朱说走到厢房，低声道：“四郎，照规矩父亲故去，儿子要分家产。老叔和大郎说过，也该有你一份。要不，趁你在，老叔把朱氏兄弟召集在一起，把这事办了？”

“不不不！”朱说连连摇手道，“八叔员外万毋提此事！”

八叔员外叹了口气道：“四郎，你这些年过得苦啊！朱老爷毕竟留的有房有地，五兄弟一人至少也可分得百十贯，你都舍了？四郎心肠好啊！”

“四弟何在？四弟何在？”院子里响起二哥朱怍的声音。他在县城富商家坐馆，适才五弟差人告知四弟进士及第衣锦还乡，便急忙赶来了。

朱说向八叔员外鞠了一躬，疾步走出厢房，唤了声：“二哥！”

朱怍走过去，拱手道：“四弟，那次二哥酒后失德，四弟莫放心上。”

朱说忙还礼道：“弟感谢二哥，不然弟去不到应天府书院，未必有今日。”这才想起大哥尚未露面，问：“怎不见大哥？”

“大哥在颜神坐馆，路途远，怕是回不来。”朱怍答。说罢，又畅出口气道：“四弟不计较，二哥就放心了，放心了！”

八叔员外大声道：“四郎一路鞍马劳顿，今晚就歇了吧，有话明日再说。”

次日辰时，朱怍、朱忻、朱愉簇拥着朱说来到亡父坟前。朱说跪地叩首，想到幼年时继父教他识字，给他讲述古圣贤立大志、苦读书、成伟业的事迹，养成了他自强不息的奋斗精神，不禁放声痛哭道：“儿不能为大人送终，实属不孝！”朱怍、朱忻、朱愉一起把他架起。朱说望着坟茔，收住眼泪，语气坚定道：“儿当后报！”

“后报？”二哥小声嘀咕了一声，附耳对五弟朱愉低声道：“五弟快去问问，你四哥打算怎么报？”

朱愉为难地摇了摇头。朱怍踌躇良久，鼓了鼓勇气，以讨好的语调道：“四弟，你做了官，家产……”

朱说正低头想心事，没有听明白二哥的话，随口“哦”了一声。

朱怍面露尴尬，又推了推三弟朱忻。

“还在惦记着那点家产！”朱忻白了二哥一眼，嘟哝道，“你问问八叔员外吧！”

朱忭眨巴了几下眼睛，明白了三弟的意思，心虚地觑了朱说一眼。

朱说没有注意到兄弟间的言谈，顾自想着心事。他本担心接走母亲势必拆散她和继父，很是纠结；如今继父不在了，可心安理得地接母亲奉养。但是，旧的心结打开了，新的难题随之而来。为了侍奉母亲，他有意早日成婚。李三妹已二十二岁了，这个年纪的女子还留在闺阁会招人非议。进士及第后成婚，再一起照顾老母，顺理成章。可是，朱说有一块心病：他想以范家子孙身份成家，先复姓归宗，再办婚礼。朝廷有规定，新科进士若回乡省亲，给假一个月；官员到外地上任，除去路途，另给假一个月；官员本人结婚，给假九日。这样算起来，如果顺利，也还来得及。可是，继父的去世，让朱说改变了主意。

“只能这样了！”快进家门时，朱说突然没头没脑地说。

迥与众流异，发源高更孤。

——范仲淹

# 第五章　迥与众流异

## 一

江南路广德军属于山区，北邻江宁府，东与湖州、常州相接，西为宣州地界，下辖广德、建平两县，治所与广德县同城。

国朝的府、州、军衙署，规格大同小异，一般是三进院落。一进是诸曹直房，二进是衙署大堂、后堂、通判厅等，三进是后宅、园圃。从首门、仪门到宅门，是一条贯穿南北的中轴线，署中多用穿堂、廊庑，将主要厅堂串联起来。

夏末的一天，广德军司理参军朱说缴凭就职。一进大堂，悬挂在顶部的条幅映入眼帘，上书“清勤和缓”四字。端坐靠椅上的知军张德邻，须发尽白，老态龙钟。三天前一入广德城，朱说就急于谒见上官，却被告知太守到卢村游览“石溪古意”兼带避暑去了。朱说只得先安顿下来，着长衫、戴小冠，在城里四下走走，察看民情，顺带打探一下知军的官声。一个书生模样的人笑道：“太守乃浆水色。”朱说稍一回味便明白过来，乃不清不浊之意，不禁暗自苦笑。今日一见，张德邻仿佛庙中弥勒，全无精干之象，朱说心里凉了半截。

谒见礼毕，张德邻设宴为朱说洗尘。官妓若蕊动作熟练地为每人簪花、斟酒，不时往朱说脸上投去一瞥。朱说没有注意到，他脑海里一直在思忖大堂内悬挂的“清勤和缓”四字，始终不解。待轮到他举盏敬酒，即以求教的语气道：“太守！下官瞻仰‘清勤和缓’四字幅，有三字已然领会，惟一个‘缓’字，下官敢请太守赐教。”

张德邻眼皮向上一翻，像是与人辩论一般：“天下甚事，不是忙后坏了？”

“是啊是啊！”众人纷然附和。

朱说大失所望。一个“缓”字，仿佛一盆凉水，向他燃起的激情之火浇来。一介寒儒，摇身成为皇朝官员，朱说心头一直激荡着“忠君报国”四字，眉宇间仿佛流露出一个“急”字，却迎头撞上了上官的一个“缓”字。他暗自喟叹一声，低头不语。

张德邻一笑道：“广德虽偏僻，但山清水秀，风光旖旎，真乃作诗的好地方。老夫有咏‘石溪古意’一首，请法家品鉴。”司理参军掌管诉讼，故有法家之称。

朱说接过诗稿一看，诗文鄙俚，只可留为笑具，便皱了皱眉，未置可否。

张德邻并未在意朱说的反应，邀众人共饮一盏，抹嘴道：“天下承平，朝廷倡导务守清静。老夫请问诸从事——”他停顿下来，扫视一周，这才缓缓问：“清静的最高境界为何？”

众人或伸长脖子等待答案，或念念有词猜测着，张德邻得意地自答道：“卧治！”说着举起酒盏，向朱说一晃：“法家到此就任，可安享太平。广德十景，处处美不胜收。法家饱览一遍，任期也就到了。届时老夫荐法家优等，照样升迁。明日，就让犬子陪法家启程游览。”

朱说大感意外，正色道：“多谢太守美意。下官读书虽少，但也知孔子做了掌管粮仓的微官，就希望进出的斛数都是准确的；做了管理牲畜的小吏，就希望牛羊都长得壮实。下官甫入仕，有意效法先圣。”

张德邻一蹙眉，喝下一盏酒，不再理会朱说，扭头与众僚属谈笑。朱说独自低头沉吟着，显得格格不入。他的心头，遽然涌出一股沮丧情绪。

其实，早在会庆殿前看到金榜的那一刻起，沮丧情绪就在朱说的心头闪现过。世人只知金榜题名的荣光，却忽略了亮色背后的阴影。金榜题名者中真正拜除高官、青史留名的凤毛麟角，绝大多数沉于下僚，默默无闻，湮没于历史长河中，就如同继父朱文翰那样。朱说不想重复继父的一生。他在应天府书院说过“来日有见天子的机会”这句话，传出去后，众人都以为他是对进士及第充满信心，届时再仰天颜不迟。这个理解没有错，但并未揭出朱说真正要表达的意思。朱说期盼的是，有朝一日与皇帝共处朝堂，商议国政。固然，本朝用人最重进士，但进士中却特重甲科，中进士的名次很大程度上决定着未来的仕途。朱说排名居中，位列乙科。乙科进士在州县做幕职官，如同沉于选海，多数人挣扎不到岸上。所谓面君议政，只是遥远的愿景罢了。未开科前想着只要能及第就好，及第了又为名次而苦恼，人大抵总是不知足吧？朱说自嘲，化解了一时的沮丧。好在尚可在官位上发奋努力，建功立业，早晚成就功名。他反复默念着“忠君报国，忠君报国”，带着这样的信念，昂然踏上了仕途。作为一个幕职微官，如何忠君报国？上任途中他一直在思考着，暗自叮咛自己记住“尽我诚，充我职”六字。可是，太守主张“卧治”，这和他的想法南辕北辙，倘若自己不改变想法，势必与太守发生冲突，而他的仕途，取决于上官的荐语……

“希文兄，怎么样，何时启程?”陪坐旁侧的太守公子问。

朱说踌躇片刻，微笑着点了点头。暗忖，正可借此机会，向太守展示一下自己的文采。

隔了两天，朱说与太守公子骑马直奔位于城东南的石溪。这里湍流萦纡，清澈可鉴，林谷幽婉，状如城郭。面对天宝山麓奔腾而下的飞瀑，朱说久久凝视，想到往昔的孤苦、今日与广德官场的格格不入、难以由自己掌控的未来，想到书生模样的人对太守“浆水色”的议论，朱说的灵感涌了出来，当场咏出《瀑布》一首：

迥与众流异，发源高更孤。
下山犹直在，到海得清无。
势斗蛟龙恶，声吹雨雹粗。

晚来云一色，诗句自成图。

回城后，朱说将这首五言律诗呈送给太守。

张德邻蔼然一笑道："呵呵，法家这首诗，诗眼在'下山犹直在，到海得清无'一句，问得奇特而富含哲理。读书人初入仕途，谁没有一腔忠君报国、康济黎庶的热忱？谁不想做清廉之官？但一番曲折离合、摸爬滚打，由初迄终，名节无疵者，能有几多？"他抬眼打量着朱说，仿佛是说，难道你朱说例外？又好像是说，听老成人的话，早日适应现实为好。

太守的诗虽写得粗鄙，可品诗却堪称有水准。不能不说，阅历能够带来鉴赏力。朱说正斟酌如何应答，忽听院外传来擂鼓声。这鼓声，仿佛是对他的召唤，朱说起身向张德邻施礼。

张德邻见朱说要往外走，摆摆手阻止道："法家，这等事常有，习惯就好了。来来来，继续论诗！"

"太守，有人诉冤，此乃下官职守，下官当去查看一下。"朱说拱手道。不等张德邻回应，就疾步出了后堂。

身后，传来张德邻重重的叹息声。

## 二

两个军校把擂鼓之人带到仪门东南角的司理院，朱说看了状子，再讯问诉者，明白了案由：广德县民妇徐氏初嫁李家，前夫亡故后改嫁，所育一子年十岁，祖母留下抚养。前年，此子不幸殇了，祖母受此打击也于去年亡故。因无子继承，所遗财产全部充公。徐氏诉称，她出嫁时娘家所陪嫁妆，应归其所有，不应充公。广德县判决不许，故而上控，可军署一直不受理，徐氏便隔三差五来擂鼓诉冤。

"一个女人，先失去丈夫，又殁了儿子，委实可怜！"朱说叹息一声，默念道。他没有请示知军，受理了徐氏的诉状。表面上看，广德县的判决似乎没有错，但朱说自殿试毕，就开始钻研律法，虽说不上谙熟，却也有了大致的印象。他知道朝廷另有条贯规定：女子从娘家所带嫁妆，无论是土地房屋还是钱物，都单独登记在自己名下，有生之年有权单独支配，并可指定这笔财产在她身后由谁继承。据此，朱说拟出判词，将徐氏嫁妆分割出来归其所有，其余充公。

判词呈上去了，朱说很得意，想象着太守审阅他的判词，必是叹服。

张德邻对朱说擅自受理徐氏上控本就不满，又见他竟然拟词改判，便差军校把朱说召到后堂，沉着脸道："本军以往从未改判过两县的判决，法家初来乍到，不要破了规矩。"

朱说愣了片刻，辩道："太守，朝廷有条贯，女子嫁妆归其支配，怎可不依法裁判？"说着，把《景德编敕》恭恭敬敬呈上。

张德邻把簿册往外一推，蹙眉道："广德县的判决，依照的正是朝廷的条贯：无子继承，家产充公。既然广德县依法裁判，岂可随意驳回？"

朱说不服气道："下官以为，朝廷立法必曲尽人情，判案要合情理，方符合法之本意。"

张德邻突然哈哈大笑道："照朝廷的本意，百官守静，不要多事就好。"朱说还要再辩，张德邻瞪眼道："法家，别忘了，司理参军是幕职官！"说罢，烦躁地向外一摆手，示意朱说退下。

朱说扭头出了后堂，回到直房，大口喘着粗气，唤道："军校何在？"

司理院军校应声进来，朱说张了张嘴，把要说的话咽了回去，扬扬手，让军校退了出去。他本想把和太守的争论说给军校听，让他评评理，可转念一想，似有不妥，便忍住了，一个人烦躁地在室内踱步。

夕阳透过西山墙上的一扇小窗，投到直房内一幅宽大的屏风上，为屏心处浅淡的一幅花鸟画染上了色彩。朱说盯着看了一会，蓦地转身走到书案前，提起笔，把与太守辩论的情形书于屏风上。写完最后一个字，放下笔，重重地跌坐在椅上，心头像堵了块石头。

朱说所效法的颜回、戚同文都不曾入仕，该如何与上官相处，朱说只记住“居仁守义，绝不苟且”八字。可现实中如何拿捏，却难以把握。但无论如何，初入仕途就与上官龃龉，终归不是好事。他叹了口气，抓起笔在砚台里重重蘸了蘸，起身走到屏风前，正要将适才所书涂去，又举烛静静看了一遍，越看越觉得道理在自己这边，便把笔放了回去，坐回书案前发呆。

军校端着一个食盒进来了，是朱说的晚饭。一碗白米饭，一碟炖蘑菇，还有一盅蔬菜羹。朱说吃了几口，总觉得胸口堵得慌。眼前的饭菜，没有一样是自己劳作出来的，因何得以享用？年纪轻轻，初入仕途，总要对得起每日的饮食吧？他把碗撴在书案上，腾地站起身，发誓一般道：“尽诚充职，不复他顾！”

候在门口的军校忙跑进来，吃惊地看着朱说。朱说向外摆了摆手，重新坐下用餐。余光里，见军校伸头探脑看他，便沉声问：“监牢里人犯多吗？”

军校挠挠脸颊道：“太守说，狱空是治世之象，牢里人犯倒是不多。”他吸了口气：“不过前阵子抓来一个杀人犯，天天叫屈。”

“哦？快带我去看看。”朱说匆匆扒拉了几口饭，一抹嘴，起身就往外走。军校只得带他到了军署西南角的军牢。

“冤枉！冤枉啊——”或许是听到靴子的“橐橐”声，死牢里传来声嘶力竭的叫喊声。朱说快步走过去，狱卒举着蜡烛紧赶慢赶跟在后面。朱说边走边问案情，从狱卒的答话中，他听明白了：广德县有一富商带仆人外出经商，逾期未归，家人经多方寻找，得知其已然为人所杀，仆人也不知所踪。苦主状告家仆害死主人，官府出榜缉拿，将仆人拿获。仆人拒不承认害主，却也无以自明，被打入大牢，日日喊冤不止。

来到喊冤的死牢前，朱说接过狱卒手里的蜡烛，隔着粗大的铁栅栏，察看人犯的神情，又静静地听其辩白了一番，便默默地离开了。次日一早，他带上军校，骑马疾驰到苦主家里探访。从苦主的述说中得知，人犯与主人并无仇怨，找不出他行凶的动机。朱说又到喊冤人犯左邻右舍查访，得知此人不是生事为非之人。经反复查访，核对案卷，朱说断定，此案是冤案。他安抚人犯，答应替他洗冤。

“倘若人犯喊冤就要重审，伊于胡底?”张德邻一听朱说要重审仆从害主案，不悦道。

“可下官反复勘核，断定此人并非真凶。”朱说辩道。

“法家说他不是凶犯，那凶犯是谁?”张德邻问。

朱说道：“下官请开释此人，协助官府侦缉真凶。”

“从事!”张德邻改用对佐治官的通称，以老成的语调道，“初来乍到，对喊冤叫屈者难免有恻隐之心，慢慢就习以为常了。”

两人争论良久，张德邻还是不松口。

回到直房，人犯可怜的、渴求的眼神在朱说脑海里不停地闪现，他提笔把与太守争论的内容写在了屏风上，又在上方用大字写上“人命关天”四字。写毕，坐在书案前用手指敲着脑门，思忖对策，连军校送来的晚饭也没有胃口吃，把食盒推到一边，取来古琴，抚了一曲《履霜》。

“呵! 呵呵呵!”随着一阵诡秘的笑声，太守公子进来了。他拱手道：“希文兄，柳三变落第后填了首词，曰《鹤冲天》，不知希文兄听说了吗?”不等朱说回答，就晃着脑袋咏唱起来。吟唱间，目光一直在屏风上扫视着。

朱说揣度，一定是太守得知他在屏风上书写二人争论，差公子前来劝解的。他佯装不知，边起身为太守公子看座边暗忖：倘若太守答应重审仆从害主案，他就答应把屏风上的字迹涂去。

太守公子虽目光不离屏风，却并不提屏风上的记录，而是对着朱说挤挤眼道：“广德城虽小，也有几家像样的歌楼旧院。希文兄整日埋头案牍，未免乏味，弟这就陪希文兄消遣一下如何?”

出入歌楼妓馆，偎红倚翠，是本朝士大夫日常生活的一个侧面。单身赴任、年近三十的朱说，也时时有此冲动。可朝廷对官员狎妓毕竟有禁令，一旦跟太守公子去了，以后还能不能理直气壮地与太守论辩? 这样想着，他向太守公子拱手致谢，摇了摇头。

“嘻嘻!”太守公子嬉笑劝道，“希文兄，你看柳三变的词说得多好：‘风流事，平生畅！青春都一饷。忍把浮名，换了浅斟低唱！’何必绷那么紧呢？”

朱说不得不承认，柳三变的词，委实动人心弦，有诱惑力！“把持住，把持住，一定要把持住！”他默念着，又一次摇了摇头。

太守公子露出失望的神情，又瞥了一眼屏风，伸过脑袋道：“希文兄，广德山清水秀，美姬如云，何不物色位女使照应起居？”不等朱说回应，又道：“家大人言，若希文兄宦囊羞涩，可拿出些公用钱替希文兄办了。关照属下，也是官长的本分嘛！”

朱说没有携家眷，像他这样单身赴任的官员，多半会买媵妾或女使照应起居。朱说不惟宦囊羞涩，更重要的是，他不想在娶李三妹前接纳别的女人。所以，对太守公子的提议，他依然婉拒了。

太守公子怏怏告辞，朱说拿起书案的编敕翻看，翻到买女口的条贯，“纳部内女口”属官员私罪。作为广德军的官员，倘若买广德籍的女使，就犯了禁条。朱说感到脊背发凉。是张德邻不知朝廷条贯，还是故意诱导他以便抓他的把柄？不管什么情形，严格律己就不会犯错。这样想着，朱说仿佛刚刚打了一场胜仗，露出了自得的笑容。他觉得太守心虚了，而自己却越发有了底气。

“我定然把杀人案查明！”朱说发誓道。

## 三

今日是知军升堂审案的日子。尽管事前朱说已将各案问词判语拟写出来，可坐在大堂上的张德邻不是啰里啰嗦不得要领，就是结结巴巴不知所云。升堂预定交申时结束，已交了酉时还未审完。坐在屏风后的朱说急得满头大汗，恨不能冲过去把张德邻推走，换作自己主审。好不容易盼到最后一桩案子了，朱说起身往廊庑走去，远远地就听人犯哭喊道：“青天大老爷，小的死定了！”

这个人犯，正是喊冤的害主仆从。朱说多次与张德邻辩争，张德邻始终不同意重审。无奈之下，朱说瞒着太守，命狱卒将喊冤人犯提出，械系于庑下，预备一旦其他案件审理毕，即将他提到大堂，让张德邻措手不及，不得不听人犯申诉。不意正要带他进堂，他却说出这样的话，朱说忙问："为何？"

人犯道："适才那个打官司的人，就是杀我家主人的凶手！"

朱说惊问："何以知之？"

人犯答："小的看见他穿的白衣，正是我家主人的。如今他已跑脱了，小的必冤死，重审也没有用了！"

朱说听罢，一面差军校去追，一面吩咐画师画像，这才进堂向张德邻禀报。张德邻刚审完案子，一副疲惫的样子，沉着脸，不理会朱说，吩咐军校摆宴。

这是知军的惯例。凡升堂日，必邀僚属宴集。张德邻坐堂审案无精打采，宴饮时却像换了一个人，神采飞扬，妙语连珠，逗得官妓若蕊不时发出清脆甜润的笑声。朱说牵挂着捉拿疑犯的事，心不在焉，不住地扭头向外张望。

"今日月光澄明，当登后圃高亭赏月赋诗！"宴罢，张德邻意犹未尽，一挥手道。

众人随太守出了宴客堂，说说笑笑向后圃走去。朱说不时回头，正要登亭时，追赶疑犯的军校回来了，垂头丧气地向朱说禀报，张德邻听到了，咳了一声，嫌弃道："多事！"又大声唤道："官妓何在？"

众人纷纷扭脸查看，未见若蕊的身影。太守公子围着亭子转了一圈，隐隐约约看见一簇树丛下蹲着一个人，像是若蕊在便溺，他转身抓起盘子里的几个鲜枣投了过去。月光下，忽见一白衣人从草丛中一跃而起。若蕊惊叫一声，提着裙子跌跌撞撞往亭子跑来。众人大惊，几名军校一拥而上，将白衣人拿住。到得亭内，白衣人浑身颤抖，跪地道："杀富商的正是小的。小的到衙打官司，出了大堂，心突然跳得厉害，腿哆嗦得不能行走，又闻听兵爷追捕，便钻进草丛中躲避。适才见有东西落在眼前，即知必是来捕小的的，小的想跑，却被逮个正着。天意如此，小的愿为苦主抵命。"

太守和朱说就要不要重审此案的争论，军署上下尽人皆知，此刻见真凶现身招供，也都不知该说些什么，亭内一时陷入难堪的沉寂。朱说见太守不说话，便吩咐将人犯打入死牢。

“拿酒来！”张德邻突然高叫一声。

须臾，军校小跑着抱来酒坛、端来酒盏。张德邻吩咐众人在亭下入座，又命官妓道：“你专为法家斟酒。”众人似乎明白了太守的用意，纷纷为朱说敬酒。

“老夫说则逸事！”张德邻手捋长须，笑着道，“想必诸从事没有不晓得唐代大诗人杜牧的吧？对书法大师沈传师也无不知晓吧？当年杜牧在江右佐沈传师，有张好好者年十三，以善歌选为官妓，杜牧对好好颇倾心，移镇宣州时，便让好好入为宣州官妓，并有《张好好》诗传世。老夫知宣州时，方知此诗乃酝酿于宣州，杜牧与好好，至今在宣州传为一佳话！”他一指若蕊：“朱从事有诗才，将来也为你写一首诗传世，当成广德一佳话！”

“朱从事儒雅俊朗，又是单身赴任，真是难得的遇合！”军判刘夔笑道。

“若蕊若蕊，有此遇合，不可错过！”众人起哄道。

在众人的哄笑声中，若蕊把头依偎在朱说肩头。她早就对这个单身赴任的儒雅男子有好感了，又听闻他为官正直，两袖清风，越发倾慕，借着众人的哄闹，顺水推舟与朱说亲近，正合她的心意。

适才宴饮时，朱说只顾着想追捕真凶之事，几乎未吃饭菜，此时空着肚子被众人灌了不少酒，已是醉了，竟勾头发出鼾声。张德邻见状，吩咐军校搀扶朱说回去歇息，又向若蕊扬扬下颌，吩咐道：“朱从事醉酒，无人照应，辛苦乐师。”

两个军校将朱说搀扶到住处就知趣地走开了。若蕊为朱说倒了盏茶，服侍他喝下，娇声唤道：“官人，奴替你宽衣吧？”说着，上前替他摘去了幞头。

朱说闭目不语，任凭若蕊再去解他的束带。女人的体香让朱说浑身酥软，温柔的动作令他阵阵战栗，酒便醒了大半。

本朝沿袭唐代，有官妓之设。官妓都是妙龄少女，精通歌舞词曲、琴棋书画，色艺俱佳。依照朝廷条贯，官妓在官宴时佐兴，只展示才艺，并不卖身。不过，士大夫倾心某个官妓，演绎出风流韵事，也为官场津津乐道。但一旦有人攻讦，与官妓有染的官员，轻者被目为无行，重者受到责罚，于官声有玷。太守何以如此热心撮合他和官妓亲近？这个闪念一出，他浑身一紧，伸手把若蕊推开了，正色道："请乐师去支应太守宴席，速速离开敝舍！"

若蕊一愣，忽闪着大眼睛看着朱说，想窥探他是真心赶她走还是只是做做样子。

朱说见若蕊站立不动，腾地起身，摇摇晃晃走到门口，将门打开，大声道："乐师，请！"

若蕊的脸颊红了，鼻翼委屈地一张一翕，低头往外走。

望着若蕊一步三回头地走进夜色里，朱说仰脸大口大口呼气，突然有种解脱感，大步回到床前，直挺挺躺了上去，一觉睡到了天亮。

张德邻却叫苦不迭。能够克制欲望的人，是不好驯服的。他放弃了压服朱说的打算，诉讼之事尽量听从他的建言。只是，司理院屏风上记录的那些文字，让堂堂太守甚无颜面，尤其是关于那桩杀人案的争论，更让他惴惴不安。他婉转提醒了几次，朱说佯装没有会意，不惟没有涂去，偶有争论，还要记录上去。他不便直接出面求情，便托付判官刘夔设法说服朱说。

判官在幕职官中位阶最高，司理参军位阶最低。但刘夔很钦佩朱说的学识和风骨，常常与他一起抚琴对弈，算得上是朱说在广德的一个知己。太守相托，刘夔不好拒绝，一直在寻找机会。忽一日，广德降下一场雪，刘夔邀朱说到后圃高亭赏雪，军校、官妓侍候笔墨，刘夔当场赋诗一首。朱说提笔作《依韵和刘夔判官对雪》。官妓若蕊吟诵毕，意犹未尽，又弹唱一遍，众人举盏相庆，尽欢而散。走下高亭台阶，刘夔趁朱说高兴，附耳道："希文，把今日赏雪诗书于屏风，如何？"

朱说笑道："分寄师友更好。"

刘夔只得直言相劝："希文，宦海无边嘞！"

朱说道："执朝廷法，有是非，无利害。"

刘夔默然。

张德邻闻报，骂了句“怪物”，“啪”的一声把茶盏狠狠摔在地上。案头正放着朱说的申状，言广德人未知学，自隋唐迄今三百多年尚未出过一个进士，办学可兴教化、醇风俗，激励人心向上，吁请设立学宫。张德邻本已批“可”，此时却拿起文牍撕了个粉碎。

不知不觉，朱说的首考之期到了，朝廷发来了敕牒，张德邻拿在手里，召朱说来见。他把吏部流内铨的敕牒向朱说面前一推，沉脸道：“法家，屏风该更换了吧？”

朱说并不买账，一笑道：“是该换了，下官已把一扇屏风写满了。”

“你这样做，对谁有好处？”张德邻恼怒地问。

“下官没有想过。”朱说从容道，“记录下来，希望在广德不要有冤民，不要办冤案。”

张德邻抓起流内铨的敕牒，气鼓鼓道：“回去想好了，再来说话！”

过了不到一个时辰，朱说求见。张德邻以为他是来说屏风之事的，故作镇静问：“何事？”

朱说躬身道：“太守，下官知朝廷未赋予郡守兴学之责，公帑里也没有这项开销；下官当年求学过的南都书院，最早就是商贾出资兴办，若太守允准，下官愿向广德富商劝募，办一所学舍。”

几个月前，朱说申请在广德开办学堂，张德邻不予理睬。办学不是司理参军的职守范围，朱说不便强求。恰好富商被害案真凶伏法，富商家属多次要表达谢意，被朱说婉拒，听说朱说要办学堂，便捐出一座房舍。朱说动员一些绅民子弟去读书，由他在公务之余讲课授徒。不多日，前去求学的子弟就挤满了房舍。朱说急于开办一所正式的学堂，适才看到流内铨的敕牒，他意识到，不管是升是降，离开广德的日子不远了，故而急于把办学堂的事落实。

张德邻哭笑不得。适才两人不欢而散，朱说却像什么事也没有发生过一样，不提屏风之事，又提出办学的请求。他一语不发，紧紧盯着朱说，见他的眼睛里透出真诚、恳切的光芒，没有怨怒，没有丝毫隔膜感。张德邻入仕三十多年，上官、僚属，不知遇到过多少，可像朱说这样的人还是第一次遇到。面对金钱、美色，能克制住欲望的人是很少见的。这样的人是可怕的。在这无形的“怕”中，分不清几分是道义上的自矮，几分是发自内心不愿言说的钦佩。朱说时而像道义的化身，令人敬而远之；时而像率真的孩童，令人不忍摧折。此刻，朱说真诚的目光，让张德邻不敢直视，遂叹息一声，点了点头。

“多谢太守委任！”朱说鞠躬道，仿佛得了压岁钱的孩童，欢快地转身离去。

张德邻摇摇头，埋头将流内铨颁下的考状细阅一遍，这张被官场称为“南曹历子”的考状，是要上官给分发各地的蔡齐榜进士写评语、定等次的。张德邻思忖良久，提笔写下六个字，吩咐书手照此起稿上奏。

露掌思高还警夜，芝田音断欲伤春。

——范仲淹

# 第六章 芝田音断欲伤春

## 一

应天府祥辉门外，有一座院落，正房三间，东西厢房各两间，厢房的南山墙又各有一间耳房，皆以青砖蓝瓦构筑。首门上盖着门楼，门槛外起有六级台阶。首门西侧开了一座偏门，青砖铺路，煞是平展。

院中一棵高大的柿子树上挂满了硕大的柿子，斜阳映照下，黄澄澄的柿子引得不少鸟儿在树枝上叽叽喳喳，流连忘返。

朱说在首门外站立良久，时而还会后退几步，一遍又一遍端详着这座尚嫌陌生的院落，口中默念着："家！这就是我的家！"他又摇了摇头："还不算吧，毕竟，三妹尚未娶进门啊！"

不能与李三妹成婚，是朱说的一个隐衷。两年前，在祭奠继父后，朱说反复斟酌，暂时放弃了复姓归宗和成亲的打算。一来，母亲与继父一起生活了二十多年，感情甚笃，在母亲哀伤方殷之时提出复姓归宗、操办婚娶喜事，时机不当；二来，作为继子固然不必为继父守制，但他不能忘记继父二十年的教养之恩。母亲说过，继父是他们母子的大恩人。做人，要知道感恩。未给继父送终已然让朱说引以为憾了，又岂可在继父去世几个月后就抛弃朱姓，并大办喜事？故而，他只字不提复姓归宗之事，而是决计三年内仍保留朱姓，权作为继父守孝，并慰母心。按照朱说的想法，不复姓归宗，就不成婚；而不成婚，又不便亲自奉养母亲，便让弟弟朱愉一家随母亲一起搬到应天府，服侍母亲，照管宁陵县的职田。李家送了这座院落，作为三妹的嫁妆。富贵人家在定亲时就列出所带嫁妆，男方若为寒素之家，女方便会以房舍陪嫁，这也是时尚。为了让辛劳大半生的母亲有一个宽敞的居所，朱说接受了。但这到底算不算自己的家，他一时竟拿不准了。

“母亲——”朱说唤了一声，拍了拍偏门。这道门是为方便母亲出入特意辟出的。

“儿啊——”是母亲惊喜、激动的声音，接着就响起拐杖“噔噔”的捣地声，又听母亲唤道：“愉儿，快去开门，快！”

须臾，偏门打开了，朱说一步跨进门内，施礼间，见母亲的精神好多了，面庞却依然消瘦，在夕阳映衬下显得蜡黄。俸禄差不多都用于奉养母亲了，母亲因何还是这般清癯？朱说刚想问，母亲摩挲着他的手问：“儿啊，你这时回来，不会是……”

“母亲，儿升职调任了，回来省亲。”朱说忙解释说。

半年前，知广德军张德邻为朱说写下“治狱廉平”的考语，荐为“优等”。几个月后，流内铨颁下敕牒：朱说升文林郎，权集庆军节度推官。集庆军治所在亳州，与应天府搭界。接到敕牒，正是广德芦塘学堂开学的日子。朱说召集广德富商大族劝捐，陈氏家族将位于芦塘村的祠堂捐出，另有富商捐钱捐物、举荐名师，学堂得以开办。朱说去参加典礼，把刚发下的俸禄捐了，要启程赴任时方知盘缠不够，不得不把李家送他的坐骑卖掉以充川资。遥遥千里，多是水路，但下船后只能雇毛驴驮行李，人跟着毛驴徒步而行。他先到亳州向上官报到、请假，将行李安置在官舍，急匆匆赶回应天府，要办一件大事。

谢氏高兴道：“唔呦！那必是我儿给百姓做了不少好事，打动了朝廷，给我儿升了官！”

“是。”朱说点头道，底气有些不足。固然，他可以问心无愧地说，自己做到了“尽诚充职”，也获得了“优等”之荐，但倘若仅凭这一点即得此任，朱说自己也有疑惑。一来，节度推官在官阶上比司理参军高出三阶；再则，从遥远偏僻的广德军调到离京城不远、与南京搭界、地位高于上等州的集庆军，背后若没有人为之运作，是很难做到的。他揣度，必是好友李纮在朝廷进行过斡旋。李纮在知歙县、潜县时有惠政，受到御史台佐贰官——御史知杂事吕夷简的举荐，改京官。他在京城人脉颇广，又一直牵挂着朱说与三妹的婚事，背后运作调朱说到亳州任职是极有可能的。正是意识到这一点，朱说对自己的升迁反倒显得不那么理直气壮了。

“快进屋，快进屋！”母亲一脸喜悦，边拉住朱说的手往正房走，边吩咐朱愉去肉铺割肉，做道荤菜。

进了堂屋，朱说扶母亲在靠北墙摆放的八仙桌左侧坐下，自己走到右侧的椅子上落座。到了该提起那件心事的时候了。可事到临头，朱说却不知该如何开口，局促地抹着鼻尖上的汗珠。

“儿啊，李家的闺女端庄贤淑，是难得的好女子啊！”谢氏开口道，脸上满是笑意。

接母亲来应天府前，朱说已禀报了与李家定亲之事。依照礼仪，定亲后男方家人可到女方家相看新妇一次。李家差人接谢氏去了李府，与李三妹见了面。这两年里，虽然碍于礼仪不能再见面，但李三妹不时差人捎来为谢氏做的鞋帽、食物，又送来一位五十上下的女使服侍、陪伴她。谢氏为苦命儿子定下一门好亲事而欣喜。一见到朱说，就夸赞起来。

“母亲满意就好。”朱说道，脸上现出自得的神情。

“儿中了进士，做了官，没缘由不成家的呀！”谢氏以嗔怪的语气道。

朱说低下头去，泪水夺眶而出。李三妹二十四岁了，失时的女子待在娘家会被人笑话。每念及此，朱说心里就充满负疚感。在广德的近两年里，多少个夜晚，朱说辗转反侧，难以入眠，因为孤独、因为思念而流泪；多少个节假日，他骑马疾驰到太湖之畔，伫立遥望相距百里水路的姑苏，想跳上船去，到那里拜谒祖茔，复姓归宗，然后娶妻生子，过上正常人的生活。可他要对得起继父，更不能伤了母亲的心，他坚持着，忍耐着。接母亲来应天府时，母亲曾经提起过要他成亲的事，他支吾过去了。两年后再相见，三句话就又说到了这个话题，朱说心中有难言的苦楚。

谢氏以为儿子是为贫穷所困，忙道："李家是大家，不会计较咱小户人家的资财。儿这几年的俸禄，娘大半积攒下了，办喜事摆酒席也足够了。"

朱说官微俸薄，差不多全用于奉养母亲了。母亲节俭大半生，如今还要为了他娶妻省吃俭用，朱说心里一阵痛楚。暗中为继父守制的期限即将届满，复姓归宗的事不能再拖了。他慢慢抬起头，望着前方，声音低沉道："儿也想早日成亲，便于侍奉母亲。儿细细查验了婚仪，甚繁琐。儿固可劝李家从简，但有两道仪式儿以为不可免。一是新郎离家去接新娘前，要行昭告先灵之礼；一是新妇归家，新郎手拿同心结木牌，引导新妇向祖先灵位下拜……"他本想把该拜朱姓祖还是范氏祖的话说出来，可到底还是咽了回去。

谢氏叹口气道："儿的心思，娘早就明白。娘没有阻止的道理。"

"这么说，母亲同意儿复姓归宗？"朱说欣喜道。说着，忽地站起身："那么，儿这就去起稿，奏请朝廷允准！"

无论是进士簿、官吏册，都赫然写着朱说之名，突然换成另一个姓名，需朝廷允准方可。一听母亲同意他复姓归宗，朱说就急于修表上奏，以便早日获得朝廷批准。

"儿啊，慢来！慢来！"谢氏向前欠了欠身，伸手相拦道。

朱说只得后退几步，坐回椅中，疑惑地看了母亲一眼。

谢氏咳了两声，用巾帕掩面，良久方道："儿啊，要先征得苏州范家的同意才好，不然朝廷批下来，范家不允，儿岂不要作大难？"

朱说大大松了口气。他担心过母亲不同意，时下还担心朝廷会不会不允准，唯独没有担心过苏州范氏。他想不出复姓归宗对范氏家族有什么不利之处，况且他已是进士出身的官员，范氏家族当求之不得才是。但他不想让母亲担心，便道："儿照母亲的话做，先不上表，明天即往苏州一行。"

谢氏思忖片刻，以从未有过的决断语气道：“也罢，娘陪儿去苏州！”

“啊？”朱说大吃一惊，劝道，“母亲年高，往返颠簸两千里，太受苦辛，儿一人去即可。”

谢氏垂泪道：“儿有此一难，都是娘一手造成的，娘要陪儿去！”

## 二

客船在苏州阊门码头泊下，朱说搀扶母亲下了船，吩咐仆从李献芹雇了辆马车，女使陪母亲坐车，他和李献芹跟在车旁。走出不远，朱说一咬牙，又让李献芹雇了匹马。朝廷倡导官员私下外出也着官袍，以便自我约束言行。虽然不少官员未必照做，可此次出行朱说却刻意着了官袍。既如此，就该骑马而行，不失朝廷命官体统。内心里，他是想在范氏族人面前表现出体面。毕竟，进士及第四字不能写在脸上，官袍却可让人一目了然。

阊门码头的繁华，堪比京城的东水门码头，酒肆茶楼林立，商铺客栈交错，人流熙熙攘攘，游客摩肩接踵。朱说顾不得游赏，乘着天色还早，就径直自阊门入城。他想象着，范氏族人知他复姓归宗，必是惊喜不已，怕会争先恐后带他遍游姑苏胜景。“嗯，届时盛情难却，多留两天也不要紧吧？”他笑着默念道。

“儿啊，我母子是去求人的，到了范家，要多说好话。”谢氏掀开车帘，叮咛道。这样的话，母亲已说过几回了，刻下一进苏州城，又特意重复一遍，让朱说的心里不禁一沉。他在马背上欠了下身，说了声“是”，就低头不语了。

半个月前，母亲执意要陪朱说来苏州，让他感到不解。好在从应天府到苏州乘船走汴河入运河，一路直达，比旱路要舒适些。略作整备，带上一个在宁陵租种职田的客户李献芹做仆从，还把服侍母亲的老女使也带着，在应天府南桥码头登上南下客船。朱说利用路上的闲暇，思考给朝廷的奏表。本朝的官场充溢着文雅，无论是公牍还是私函，都以引经据典、排比对仗为能。朱说苦思冥想，想起了陶朱、张禄的故事。陶朱本名范蠡，张禄本名范雎，二人都是范姓的先贤，也都因故改名换姓。找到了典故，又斟酌词句，直到船过扬州，想出了“志在逃秦，入境遂称于张禄；名非霸越，乘舟偶效于陶朱”的话，引范蠡、范雎故事，既表达认祖归宗之愿，也传递出效法先贤以报国的志向。朱说感到满意。一篇《奏请归宗复姓表》终于完成，他又迫不及待地重新写了一份家状，一旦到苏州认祖归宗，奏表连同家状即可呈奏。一路上，母亲始终沉默着，仿佛陷入了对往事的回忆。朱说知道母亲的眼睛看不见两岸风景了，也就没有打扰她。现在想想，母亲的一路沉默，似乎不像他理解的那样简单。

苏州城归吴县所辖。范氏祖宅在灵芝街。离开苏州二十五年了，谢氏只记得灵芝街和苏州主干道卧龙大街有一个交叉路口。车夫一副轻车熟路的样子，不大工夫就驶到了范氏祖宅前。朱说看过去，是一座气派的宅院，高高的门楼，两扇红漆大门。这和他听到母亲说家贫无所依不得不改嫁后对范家的想象大相径庭。朱说隐隐感到，母亲的改嫁恐非家贫这么简单。正思忖间，大门“吱吱”一声打开了，一个身材矮胖的中年男子背手走了出来，看到骑马的官人，旁侧还停着一辆马车，他“嘶”地吸了口气。李献芹刚要上前打问，朱说伸手制止。只看一眼男子宽大脸庞的轮廓，朱说心里就一阵激动，他断定必是三哥范仲温了，忙跳下马来，抱拳道：“敢问可是三哥名讳仲温？”

范仲温刚要回礼，闻听官人唤三哥，大吃一惊，嘴巴张着，合拢起的双手僵在面前，半天说不出话来。

“三哥，兄长——”朱说鞠躬哽咽道，“我是仲、仲淹哪！”

“啊，仲淹？”范仲温惊叫一声，用力揉了揉眼睛，声音颤抖道：“这么说，六弟还活着？六弟长大了？做官了？”

“是，三哥！”朱说答话间，眼角闪出了泪花。

“六弟！六弟！”范仲温踉跄两步，上前抱住朱说，“六弟啊，想不到今生还能相见！”

谢氏下了马车，听朱说唤他三哥，即知必是范仲温了，遂低声唤道："三郎——"

范仲温又是一惊，原以为是弟媳，睁眼一看，是一位年近花甲的老妇，又听唤他"三郎"，猜出了她的身份，他松开朱说，对着谢氏慌乱地鞠了一躬，嘴唇哆嗦着，低声唤了声"姨娘"，拉住朱说的手道："进家，进家！"

朱说浑身一热。

范仲温向屋内喊了句什么，是吴语，朱说没有听懂。应声从屋内跑出两个孩童，大的十来岁，小的三五岁，后面跟出一个三十岁上下的妇人，怀里抱着一个女婴。朱说猜想当是三嫂丁氏，忙施礼道："小弟见过三嫂。"

"这就是我给你说起的幼弟啊！"范仲温以惊喜的语气道，"他走的那年我才八岁，想不到他活下来了，还做了官呢！"又一指谢氏："这位是姨娘。"

丁氏愣了片刻，慌忙向谢氏施礼，又向朱说回礼。朱说吩咐李献芹把带来的礼物挑来，对丁氏道："些许薄礼，给几个侄儿侄女作点心。"

"哎呀呀，六弟太客气了。"丁氏笑着说，向两个孩童一扬下颌，"快谢过六叔！"

话音未落，屋里传出一个老妪冰冷的声音："三爷，你说是谁来了？"

"支婆，是我六弟，还有……还有姨娘。"范仲温答。

"啊？他母子来做甚？来与奴说话！"老妪惊诧、不满的声音带着警觉，伴随着一阵沉闷的咳嗽。

仿佛一股刺骨的冷风嗖地吹进了谢氏的血管里，她打了个寒颤。朱说见母亲脸色煞白，双手颤抖，不觉慌了，忙上前搀扶。

范仲温尴尬地笑了两声，拉住朱说的手道："六弟，走，三哥带你在院子里四处看看。"

朱说踌躇地看着母亲，谢氏向外摆摆手，示意他跟范仲温过去，又轻轻碰了碰搀扶她的女使，迈步往屋内走去。

"六弟，当年为兄年纪尚小，可我还是记得，那时六弟刚会走路，我带你在此玩耍过。"范仲温指着院中两棵粗大挺拔的松树道。

朱说仰脸看去，但见两松对植，本枝相茂，卓然而立；松树后是一座精致的两层楼阁，在夕阳照射下，显得格外古朴典雅；再看左右，各建有一排正房，东西又有两排厢房，所有房屋都由回廊相连。朱说断定，母亲改适朱家必另有隐情。联想到适才听到老妪冰冷的声音时母亲的神色，朱说心里"咯噔"一沉，驻足细听屋内的动静。没有听到母亲的声音，只有发出冰冷声音的老妪在用吴语说着什么，虽然听不懂，但从语调还是可以分辨出，绝不是温言细语，仿佛是恼怒的家长在训诫惹事的孩童。

范仲温神色慌乱，嘿嘿笑了笑，拉住朱说向西走，故意提高声调道："六弟，那是东斋，那是西斋，中间的楼阁被唤作松阁。"

朱说像是没有听到，沉默着。他放心不下母亲，正要转身往东斋走，见母亲流着泪走了出来，抽泣着唤道："儿啊，咱们走……"

"不不不！"范仲温上前拉住朱说，连道，"六弟，为兄要摆酒，兄弟一叙手足之情！"

"快请三爷来！"屋内传出老妪急切的呼叫声。

"这……"范仲温踌躇片刻，边往屋内走，边扭头叮嘱，"六弟稍等，勿走！"

"儿啊，走吧，走吧……"谢氏抽泣着催促道。

## 三

发出冰冷声音的老妪是个身份特殊的女人。她本是范墉原配陈氏从娘家带来的女使。陈氏也是吴县人，与范氏家族居所相接、祖坟相邻，世代通婚。朱说的祖、父两代，原配都出自陈氏家族。范、陈两族亲上加亲近百年，早已融为一体。陈氏成婚后，随侍范墉到真定，因二子夭折，水土不服，不久就去世了。临终前，她放心不下年幼的一子一女，托付给一个从娘家带来的最贴心的女使，恳求范墉纳她为妾。这个女使也来自陈姓家族，是苦寒出身，她受主母所托，悉心抚育仲温兄妹，视同己出，又无微不至照顾范墉起居。依照朝廷律法，男主人可纳女使为妾，但不得为妻。范墉便把她由女使升为侍妾。强悍的媵妾固然可以当家，但对外却没有名分。在幕中书手的撮合下，范墉续娶谢氏为妻。谢氏和范墉成亲后，媵妾陈氏视她为侵入自家的外人，一力排挤。范墉在世时，陈氏尚有所忌惮，不幸的是，范墉以不到四十岁的壮年在徐州官舍突然病故。扶柩回到苏州，谢氏进入了一个完全陌生的环境，连日常说话也听不懂，又失去了惟一的依靠；而陈氏有陈姓家族作靠山，俨然成为女主人，索性把谢氏打发到天平山为范墉守墓。谢氏无依无靠，只得抱着刚十几个月大的幼子，含泪到距城二十五里外的天平山，寄居于咒钵庵中。

此时，在阊门里的一家客栈内，当朱说追问那个声音冰冷的老妪是何许人时，谢氏才把过去的一切都说了出来。当说到寄居咒钵庵时，她停住了，浑身一阵颤抖，以巾帕掩面，哭道："她是想让我孤儿寡母自生自灭啊！"

朱说两眼发直，仿佛要洞穿时空，去安抚那对可怜的母子。

"儿自那时就心疼娘，白天夜里不哭不闹，见娘难过落泪，就用小手为娘拭泪；吃粗茶淡饭从不挑剔，还总对着娘笑。儿奶声奶气的笑声，支撑着娘活下去。"谢氏抽泣道。她突然打了个颤，语调急促起来："有一天，已是午后，娘没有听到儿的笑声，一摸儿的额头，滚烫滚烫。不一会儿，儿的小脸就烧得通红，肚子一鼓一鼓，喘不上气来。娘吓坏了，不知如何是好，抱着儿到儿父坟前痛哭、祷告。娘当时就想，若我儿殁了，娘就跟过去，一起去陪儿父……"

"娘受苦了……"朱说泣不成声，泪水"啪嗒啪嗒"滴落下来。

谢氏镇静片刻，又道："多亏了朱家老爷。他那时做平江军节度推官，到天平山游览散心，听到娘的哭声，差军校去打问，得知了娘的境遇，差人骑马找来医官，把儿的病医好了。可娘后怕呀，为把儿抚育成人，不得不又走了一步……"她畅出了口气，又重复了一遍曾经说过的话："朱家老爷是我母子的大恩人哪！"

朱说腾地站起身，边往外走边道："儿这就吩咐买船票，明日就回程！"

"儿啊，你听娘说……"身后传来母亲焦急的声音。

朱说没有停步，嘴里默念着："离开这个令母亲伤心之地，永不再来！"他快步走出客栈，仰脸大口大口向外吐气，发出几声冷笑，自语道："哼哼，叫朱说如何，叫范仲淹又如何？不过是符号而已。夏州党项人头领德明，唐朝赐李姓，本朝赐赵姓，有人唤他赵德明，有人依然唤他李德明，可谁都明白，不管是李德明还是赵德明，都是同一个人。"

夜空寂寥，衬托出几丝清冷。俯仰间，朱说突然觉得满天繁星都在眨着眼睛追问他到底是谁。自从得知身世，一提到"朱说"这个名字，他就感到不自在，仿佛身上披着一件虚假的外衣。他想把虚假的外衣扔掉，恢复真实的自己。此刻，他意识到了，自己期盼复姓归宗，不是对"朱说"这个姓名的嫌弃，而是对真实身份的向往。他不想自己身上有任何虚假的东西存在。想到这里，朱说改变了主意。他没有吩咐李献芹购船票，而是返身往客房走。

母亲听到朱说进来，劝道："儿啊，你要冷静啊！"

"儿明白。"朱说回应。他走到母亲面前，弯下身问："母亲，那个被唤作支婆的老妪说了些什么？"

"她对娘说，既然走了，就不该再回来。"谢氏转述道，"还说谁养大就该孝顺谁，不要做忘恩负义之人。她念念叨叨，说不想再看到我母子了。"

朱说哼了一声，赌气道："那只是支婆的意思，不能代表范氏家族。儿明日去找三哥说话。"

谢氏无奈地点了点头。

第二天晨时，迎着秋日的阳光，朱说骑马往灵芝街而去。刚过卧龙坊牌坊，突然勒马停下了。昨日三哥分明说要他不要走的，可后来却再未现身，直到要出灵芝街了，他还回头张望，也没有望见三哥的身影——他必是被唤作"支婆"的老妪拦住了。今日自己不能露面，免得三哥为难，遂吩咐李献芹骑马去请三哥到牌坊接头。

不到一盏茶工夫，李献芹一个人骑马回转，禀报说宅院大门紧闭，找不到人。朱说心头一沉，低头思忖片刻，还是决定亲自前去一探虚实。果然，到得宅前，无论如何叩门，里面悄无声息。倒是一些好奇的顽童，叽叽喳喳在朱说身旁跑来跑去，他拦下一个男童相问，男童忽闪着眼睛，只是摇头。

“我不信，不信！”朱说默念着，转身向一个六七岁的女童招招手，问她族长家在何处。女童用手指了指。朱说顺着手指方向看去，就是东间壁的宅院。他向女童颔首一笑，表达了谢意，便迈步往族长家而去。

族长是位年过花甲的长者，端坐在正房厅中。他似乎早有准备，不待朱说施礼毕，就轻咳了一声道：“你的事，老朽晓得了。此事关涉范氏一族，容族人议后答复你，你不妨回转，不必专候。”

朱说一怔。他不明白此事对范氏家族有何损害，因何还要议后答复。既然有人向族长禀报过他要求复姓归宗之事，必是已议过了；从三哥家大门紧闭的情形即可推断出，议的结果，多半是将他拒之门外了。朱说强忍悲愤，躬身长揖道：“族长老人家，晚生公职在身，向上官告了假，千里迢迢来一趟甚不易，只盼族长看在先父分上，即主持族议，让晚生得以实现复姓归宗之愿。”

族长捋着胡须，叹了口气道：“老朽看后生诚恳，不忍相瞒。族人已议过，有言后生既已随改嫁之母去了他乡，如今不可再复姓，还有……”他故意咳了几声，欲言又止，随即发出一声长叹，咂了咂嘴道：“既然后生自幼离开范家，如今也就不必再提了，免得打扰到各自的生活。”

“族长——”朱说发出痛心疾首的哀求声。

“话都说到了，官人还是去吧，去吧……”族长改了称呼，说着，边不停地向外摆手，边起身往内室走去。

朱说一阵晕眩，忙用手捂住额头，踉踉跄跄转身往外走。恍然间仿佛回到了七年前，听到自己非朱家人时那种被抛弃的感觉蓦然涌上心头。

“你是没有归宿的人啊！一个没有归宿的人！”他心里这样说，泪水夺眶而出。

仆从李献芹上前来，扶朱说上了马。骑在马上的朱说脑海里一片空白，所有的街景似乎都是虚幻。

“儿啊，范家果真不要你吗？”站在客房门外焦急候着的谢氏听到朱说的脚步声，心疼地问，“他们说出甚样缘由？”

朱说只是摇头，暗中嘲笑自己的天真，还以为他来归宗，范氏会求之不得；倒是母亲似乎早有预感。此前，母亲提醒他时，他只说母亲多虑了，却没有细问，如今碰了壁，却不知原因何在。

“儿啊，范家到底怎么说？”谢氏追问道。

“母亲，他们只说，不要打扰各自的生活。”朱说答道。他强迫自己镇静下来，免得让母亲跟着难过。

谢氏像是自言自语：“果真是这样。”

“母亲知道什么缘由？”朱说急切地问。说着，搀扶母亲进客房坐下。

谢氏道：“儿若归了宗，就是你那亡父的一子，儿父留下的产业，就该有儿一份。他们忧的，怕是这个。”

朱说顿时生出一阵轻松感。他从未生出过要分产业之念，若真是这个缘由，事体倒是好办了，遂起身道：“儿这就再去谒见族长。”尚未迈步，又颓然坐下，慨叹一声：“风俗凉薄至此，亲情，抵不过钱财！”

谢氏沉默片刻，突然问：“儿啊，你说，这世上有坏人吗？”

朱说愣住了，一时竟不知如何应答。

谢氏苍凉笑道：“娘以前觉得有，时下觉得没有。娘怨恨那个女人，怨恨几十年了，可这次见了她一面，虽又是一番羞辱，娘却怨恨全无了。”见朱说一脸懵懂，她感慨一声，接着道：“当年她逼走我母子，也是为了主母托付给她的几个子女。她身为侍妾，独自把几个子女抚养成人，一定吃了不少苦。如今她赶我母子走，还是为了主母托付给她的子女。她不是坏人，娘所以不怨恨她了。”

“母亲——”朱说唤了一声，声调哽咽。

“范家三郎也是好人，他像对亲娘一般孝顺支婆，不易啊！儿莫怨他。”谢氏又道。

“娘啊——”朱说浑身颤抖,“嗵”地跪地,抱着母亲放声大哭。得知身世后,他对母亲有过怨气,怨她不该改嫁,怨她不该隐瞒他的身世;现在,他明白了,母亲是为了保全他的性命才不得不改嫁的;又因担心在他的心里种下怨恨的种子,一直不愿把所受的屈辱说出口。为了把他抚育成人,母亲千辛万苦,受尽委屈,在他面前却没有发过一句怨言,反而教他不可心存怨恨。朱说感到,能不能复姓归宗已经不重要了,有疼爱他、心地善良、克己恕人的母亲足矣!

谢氏手拿巾帕为朱说拭去脸上的泪水,拍了拍他的后背道:“儿啊,去吧,对他们说,只想还本姓,家产咱一文不要。”

朱说抽泣道:“儿有娘亲就够了!”

谢氏把朱说向外推了推,戚然道:“儿啊,你要去。等儿归了宗,带娘到天平山去,娘要知会儿父,我把他的幼子抚育成人,如今送回范家了。这样,娘也就死而无憾了!”

“娘——”朱说哭着,深情地唤了一声。他为有这样一位母亲而深感幸福。这种刻骨铭心的幸福体验,是有生以来从未有过的。

一醉一吟疏懒甚，溪人能信解嘲无。

——范仲淹

# 第七章　一醉一吟疏懒甚

## 一

两个军校将东倒西歪的范仲淹扶到官舍的宅门内，他夸张地扬了扬手，含混不清道："他、他羡慕我？我还羡慕他、他呢！"

李三妹听到动静，忙出门查看，一股刺鼻的酒气扑面而来，她向女使摆摆手，示意她去照应，自己转身进了厨房，站在灶台前抽泣。

日头早早就蔫了下去，发出昏沉沉的光，西北风还在刮着。李三妹放心不下，用手帕把脸上的泪珠擦去，迈步到正房西间查看，见范仲淹和衣而卧，身上搭着被子，已是睡着了。她走过去，轻轻把被角掖了掖，顺势在床边坐下，泪水又止不住流了下来。女使徐嫂手拿围裙走过来，唤道："小娘子，该做饭了。"李三妹扭脸看了一眼，见范仲淹还在酣睡，便向外摆摆手，刚要起身往外走，范仲淹腾地坐了起来，揉着眼道："喔呀，误了做早饭，罪过罪过！"

李三妹抿嘴笑了，嗔怪道："你快向外看看，今个儿日头打西边出来了呢！"说着，返身扶着范仲淹躺下："奴和徐嫂去做就是了。"

"不可！"范仲淹又坐了起来，掀开被褥，呼着满嘴酒气道，"说好的，只要我在，就与你一起做饭奉母，岂可食言！"

前年秋，朱说偕母到苏州复姓归宗，窥破范氏族人乃是因担心他分割家产而将他拒之门外的隐衷后，便再谒族长，指天发誓，作出只欲还本姓、家产之类概不觊觎的保证，终于获准复范姓、用本名。他又以朱说之名，将《奏请归宗复姓表》并以吴县为籍贯的新家状一并呈报朝廷。转过年来，朝廷批准了他的请求，流内铨更换了敕牒，三十岁的朱说正式改称范仲淹。在亳州接到敕牒，他再次向上官告假，疾驰应天府向母亲禀报，又和母亲商量与李三妹成亲之事，当即按照习俗，向李府发去了“请期”的帖子。李三妹已经二十五岁，李家早就盼着这一天，二人遂于二月十六举办婚礼。婚后，范仲淹偕李三妹和母亲谢氏来到亳州任所。知集庆军上官佖见他新婚燕尔，又带着半盲的老母，特意将一座前为公厅、后为居所的廨舍腾出，让范仲淹一家居住，前厅辟为他的直房。因只带了一个年届半百的女使，范仲淹让她多陪伴母亲，做饭的事就由他和李三妹承担。他烧火，李三妹掌厨。不惟减轻女使负担，更体现出对母亲的一片孝心，范仲淹把烧火当成了责任。

“今日做一顿馎饦吧！”进得厨房，范仲淹和李三妹商量道。

“可是，母亲会责备的。”李三妹低声道。

谢氏一生清苦，跟自己的长子到了亳州，心里又牵挂起家里的儿子来，念叨着要在宁陵为朱愉造一所房子，朱文翰和初氏所生的幼子朱忻由她一手养大，谢氏也常挂心里，还要不时补贴他的家用。如此一来，家计便显得捉襟见肘。所以，母亲要求晚上只吃粥，不让做别的饭菜，连炖块豆腐都觉得奢侈。听了李三妹的话，范仲淹低下头去，默默地准备着烧火的柴草。

李三妹还是照范仲淹的话做了馎饦，用餐时，果然遭到婆母责备。范仲淹替她解释道：“儿酒后吐空了肚子，想补补。”又望着面庞消瘦的三妹，心疼道：“新妇也该补补。”此言一出，谢氏轻叹一声，李三妹转过脸去，眼泪又抑制不住地掉了下来。范仲淹想劝慰她，话到嘴边又咽了回去，室内的气氛陡然变得压抑。

“母亲，儿到前厅理事。”范仲淹放下饭碗道。出了房门，西北风吹来，眼角一凉，方知挂着泪花。到得廨厅，用发烛点着了蜡烛，从袖中掏出一张诗稿，是白天在太清宫所作。

午前，范仲淹为核查一桩案子，路过真源县太清宫，遇到应天府人石延年。此人和李纮、王洙有交情，范仲淹在应天府书院读书时和他见过面。久别重逢，彼此很是惊喜。石延年邀范仲淹饮酒赋诗。比范仲淹小五岁的石延年屡试不中，却洒脱不羁。他嗜酒如命，喜狂饮，自己喝得坐立不稳，也把范仲淹灌醉了。两个醉汉彼此拍打着对方的肩膀，互诉衷肠。石延年说他羡慕范仲淹进士及第、成家立业，范仲淹却羡慕他的豪放洒脱。此时，范仲淹展开午间所赋《过太清宫》诗，低声吟诵起来。咏罢，和石延年在一起赋诗时那种向往洒脱的情绪，已消失得无影无踪。他用力把诗稿往案边一推，自语道："仲淹仲淹，你居然说出'几时身退琼坛畔'这样的话，对不起国家，也对不起慈母，更对不起贤妻！"

由于官微俸薄，不能让母亲过上丰裕的日子，范仲淹本已常常心怀内疚，最近又增加了对发妻的负疚感。李三妹自幼长在官宦之家，锦衣玉食，成婚后不惟跟他过清苦的日子，还要亲自动手做家务，尽心侍奉母亲，却没有一句怨言。两人年龄也已不小，一家人都盼着早日添丁。然而越是急于生子，越是没有动静。成婚快两年了，李三妹一直没有身孕，近来她常常暗自垂泪，让范仲淹心疼不已。他隐隐约约记得醉酒时说过羡慕谁的话，或许让李三妹误会了，以为是羡慕别人有儿子，适才一句"也该补补"的体己话，又触到了她的痛处，范仲淹心中酸楚，又难以强颜欢笑调节气氛，便以理事为由到前厅躲避。

"缈缈云霞开绛节，雍雍鸾凤答空歌。几时身退琼坛畔，荣利匆匆奈老何？"他又把《过太清宫》最后四句诵读一遍，仰脸望着屋顶，在会庆殿前遥望皇上时那种难以抑制的激动情绪，蓦然涌上心头。他自问："你发誓忠君报国，为官五年了，你也过了而立之龄，可你为国家做了什么值得一记的功业？"他握紧拳头，用力砸在自己的胸口，泣道："于国于家，你都有亏欠啊！"眼泪禁不住淌了下来。

"希文兄！"门外响起一声亲热的呼唤。范仲淹抬头一看，是太守之子上官融。他比范仲淹小六岁，二人一见如故，常常在一起抚琴论《易》，今日上官融没有持琴，手里拿着一份公牍喜滋滋进来了。走到书案前，把公牍向上一举，笑着道："试衔颁下！"

范仲淹举袖在脸上抹了一把，接过文牍一看，是流内铨颁下的敕牒，为他加"试秘书省校书郎"一衔，遂自嘲一笑道："呵呵，假官！"

本朝官员分三类，即选人、京官、升朝官。进士及第者除甲科前三名偶有直接授京官外，其余都属于选人一类。朝廷为让差遣地方的选人有荣誉感和归属感，会授予其"试衔"，差遣州县的选人初授的试衔即"试秘书省校书郎"。秘书省校书郎本属京官，但前面加"试"字，即表明加此衔者还是选人，故俗称此衔为假官。范仲淹差遣地方已五个年头，终于加上了这个试衔，他知道是太守一力举荐的结果，抱拳向上官融一揖，旋即叹口气道："愚兄为国未效绵薄，每每举箸生愧！"

"不能这么说！"上官融不以为然道，"家大人说，他在官场这么多年，像希文兄这般用心的从事，还是第一次遇到呢！"

"'用心'二字，不敢辞。"范仲淹以自信的语调道。集庆军下辖七县，作为掌理诉讼的节度推官，比在广德军要繁忙许多。上官佖和通判杨日俨又很信任他，范仲淹秉持"尽诚充职"的理念，尽心尽力做事，未有一丝疏漏。

"一个选人，哪里有机会做名垂青史的功业嘛！"上官融又道。他在书案前的椅子上坐下，向范仲淹伸过脑袋道："家大人让转告希文兄，该为跳出选海铺路了。"

范仲淹沉吟不语，内心却翻江倒海。

本朝有官员万余，绝大多数是选人。《改官法》规定的选人改京官的门槛很多，要经过三任六考，包括上官在内的五人举荐，经审官院磨勘，参加专门考试，方有改京官的可能。凡未改京官的选人，只能在为选人专设的四等七阶内循资升迁，永远只能做州县幕职官。因每年由选人改京官的名额通常控制在百人左右，且对各地还有名额分配，故大多数选人终生只能在选海挣扎，在州县做下僚。只有改京官出选海，仕途才算真正展开。正沉浮选海的范仲淹，尚没有资格靠岸，但放行靠岸的讯号已隐然可见了。听了上官融的话，他仿佛听到了放行的号令从远处传来。

上官融见范仲淹陷入沉思，边拱手告辞边道："希文兄，不能再等了，要有行动啊！"

## 二

送走上官融，范仲淹在室外背手徘徊。西北风吹拂，夜空清冷。他感到阵阵寒意，缩了一下脖子，正要转身往直房走，忽有一件斗篷搭在了他身上，扭头一看，是李三妹。

"三妹——"范仲淹深情地唤了一声。二人成婚后，范仲淹没有按照习俗称她浑家，而是随着李纮的叫法，唤她三妹。

"郎君心事莫要太重了。"李三妹低声嘱咐了一句，低头走开了。

范仲淹心头一热，举头望着星空，默念着："仲淹仲淹，要对得起贤德的妻室，要报效国家，就要早日跳出选海啊！"这样想着，快步回到直房，抓起剪刀剪了剪烛芯，室内亮堂了许多。他坐在书案前，开始梳理头绪。

官场中人都明白，选人改京官竞争异常激烈，很多选人都要早早寻找举荐之人。第一名举主写的举状谓之"破白"，最后一张举状谓之"合尖"，五状齐备，又有名额，方可参加改京官考试。适才上官融所说的铺路，就是提醒范仲淹及早找寻、联络有可能成为举主的人。举主负有连带责任，若不了解被荐者，不会轻易写举状；再者，选人能不能改官，固然要看历官评语，还要经过改官考试，但举主的身份一定程度上更有影响。所以，无论是从寻找有分量的举主还是从今后仕途发展的角度说，得到大老的赏识才是关键。他铺开一张纸，提笔写下一串名字，托腮思忖着，不时把其中的名字划去，再添新的名字，如此反复了小半个时辰，方提笔在"张知白"这个名字旁画了一个勾。

张知白是沧州人，与范仲淹的继父朱文翰为同榜进士，多年前知青州时路过淄州，少年朱说曾和他见过面。时下张知白以礼部侍郎官衔出任枢密副使。范仲淹之所以觉得有可能得到张知白的赏识，除了此公热心荐人外，还基于两点判断：一是张知白生活俭朴。传说张知白吃饭时米粒掉在地上，他都要捡起吃下。二是张知白为人纯孝。他九岁时乃父在邢州过世，因家贫，灵柩只得停放在佛寺中；后来契丹人侵犯河北，寺宇大多颓败废弃，灵柩不能辨认；张知白进士及第后徒步去寻访，寻得佛寺的大殿基石，找到了亡父的灵柩。众人都感叹他的孝心。范仲淹觉得，人以群分，他们同病相怜，自己争取张知白的赏识或许相对容易些。

可是，作为一个选人，幕职微官，没有功业可记，又如何得到大老的赏识呢？本朝崇文，年轻人往往会因为一首诗、一阕词博得青睐。江州德安人夏竦，做低级武官的父亲为国捐躯，恤荫录为三班殿直，在皇宫宣佑门充当站班侍卫，他找准机会，跪倒在宰相李沆面前，把自己写的《渡口》诗呈上，李沆颇欣赏，遂举荐他参加贤良方正科考试，夏竦由武职改文官；又因一首合情合景的《喜迁莺》诗获得皇上赏识，任为文学侍从，成为天子近臣。齐州人范讽，以父荫补将作监主簿，因献上一首歌颂皇上泰山封禅的《东封赋》，得改京官。但范仲淹对时下占据文坛的“西昆体”诗赋甚抵触，也不认为自己以诗赋见长，只能按照当下习俗上启。

写启，先要恭维对方，再作自荐，文辞华美，典故迭出，铿锵有力，以文采打动对方。范仲淹苦思冥想，恭维语拟定为：“崇宣古道，茂冠人彝。浚雅量于玉渊，耀华勋于金册。经纬抗鲁云之作，论思倾丹石之衷。仁助南薰，下解吾民之愠；道侔东易，旁洗庶物之心。”自荐语拟定为：“洽呦呦之鸣，误膺于宸选；循婉婉之书，谬厕于宾荣。讵兴沈后之嗟，尚冀腾夷之遇。”

《上张侍郎启》初稿写就，已是凌晨了。范仲淹蹑手蹑脚回到卧室，摸黑脱去衣裳，小心翼翼钻进被窝。刚一躺下，李三妹双臂搂住了他的脖颈，呢喃道：“郎君，你莫要给自己太大压力。”

“你也是。”范仲淹体贴地说。

李三妹把脸贴在他的胸脯上，低声抽泣道：“奴想，还是纳一妾吧！”

“不!”范仲淹断然拒绝，抱紧了她，“不许你再说这样的话!”他感到，这样的好女子值得他用一生去爱惜，全心全意对她也不足以弥补对她的亏欠。

妻子的温婉和体谅，是最大的激励。范仲淹暗暗发誓，一定要早日跳出选海!

一连好几天，每晚范仲淹都会在前厅呆到午夜。《上张侍郎启》已发出了，他又思忖再找一位大老上启。莱州人吕夷简的名字首先跃入脑海。吕夷简知滨州的德政，范仲淹至今不忘；妻兄李纮改京官的举主就是吕夷简。时下，吕夷简有才识卓优、清慎勤政之誉，担任知制诰，是名副其实的天子近臣。可是，范仲淹已写下《上吕外制启》，又把稿笺撕碎了。吕夷简出自官宦之家，叔父是致仕名相吕蒙正，如此家世的人对寒儒的心境未必体谅得到吧？这样想着，他又提笔写下了《上大名府主王侍郎启》。

这是写给王曾的。比范仲淹大十一岁的王曾是状元出身，自幼孤寒，又是离长山百里的青州人，在范仲淹进士及第之年已拜参知政事，成为执政重臣。朱说当年赴京赶考，在京盘桓数月，蔡齐曾带他拜谒过王曾。前年，王曾罢参知政事，以礼部侍郎知应天府，去年改知大名府。当时范仲淹正好有河北之行，特意到大名城拜谒他，将自己写的《河朔吟》呈上。他起身在书橱里翻出诗稿，又读了一遍：

太平燕赵许闲游，三十从知壮士羞。
敢话诗书为上将，犹怜仁义对诸侯。
子房帷幄方无事，李牧耕桑合有秋。
民得袴襦兵得帅，御戎何必问严尤。

范仲淹想象着，王曾读了这首诗，或许会说：“范仲淹其人，才兼文武，有报国之志!”他被自己的想象所打动，紧皱的眉头舒展开来，开始遣词造句。与《上张侍郎启》一样，给王曾的启也由恭维和自荐两部分组成。恭维词写道：“声盈天湍，道润金璧。俨神锋而不耀，蕴宝器以难名。”自荐部分则以“静忘窥圃，顾玉器之未成；进异括囊，愧金声之不振”之语，表达期望提携之意。

两道启书都发出了，范仲淹掐算着时日，不时想象着张知白和王曾读到启文时的神情。

几个月过去了，半年过去了，没有任何回应。开始，他还有些失落，但慢慢也就释然了。毕竟，他一个默默无闻的选人，像张知白、王曾这样的大老，是不可能轻易接纳的。好在知集庆军上官佖、通判杨日俨非常赏识他，向流内铨上禀帖，请求不要把范仲淹调往他处。

在亳州担任节度推官四个年头时，选人六考届满，知集庆军上官佖、通判杨日俨签署举状，申报范仲淹具备由选人改京官的资格。

范仲淹期待着跳出选海的日子早些到来。因为，跳出选海不再单纯是仕途上的事了。眼看成亲快五个年头了，李三妹一直没有怀孕，家里的气氛越来越压抑了，或许，若他能够跳出选海，多多少少能为慈亲、贤妻带来些欢快。

范仲淹翘首以盼等来的，是流内铨颁下的一道敕牒，他打开一看，顿时惊得说不出话来。

## 三

淮南路泰州海陵县西溪镇，位于黄海之滨，朝廷以这里为盐税征集地，设监盐税官于此。

已是深秋，晚风夹带着雨点，打落了街边树上的黄叶。坐落在镇内十字街北的监仓官署里，传出苍凉的琴声。

一曲终了，范仲淹唤来牙兵，吩咐道：“取酒来！”

牙兵小声嘀咕着去取酒。几个月来，范仲淹常常借酒消愁，一副疏懒萎靡的样子，每到傍晚必抚琴，抚的永远是《履霜》曲，监署里飘荡着悲凉、哀伤的气息。就连随侍左右的牙兵都感到难以理解。

去年初夏，流内铨颁下敕牒，范仲淹以文林郎、试秘书省校书郎、权集庆军节度推官，监西溪镇盐仓。职守是榷盐课利，与县尉一同稽查私盐。这个差遣属于监当官，事剧而又为人所轻，一向由犯有重大过错被贬谪的官员或杂途入仕者充任，进士及第后分发为监当官者，也会感到失落，何况范仲淹已任幕职官多年，到了该出选海的关键时刻。他不知道流内铨因何突然给他这样一个差遣，顿感前程一片灰暗。本以为做监当官只是过渡，可一年多过去了，没有任何要调转的消息。人到中年，却还未跳出选海，默默无闻，在这海角一隅整日与灶户算计锱铢之利，缓则罹咎，猛则害民，穷荒绝岛，人不堪其忧，尚何道之可进？他内心焦灼、郁闷，又不想让母亲和三妹看出来，每天吃完晚饭就到直房，读不进书、写不成诗，只能独自喝酒、抚琴。

牙兵取来一壶酒，他"咕咚咚"一口气喝了下去，一抹嘴，转身抄起古琴，照旧抚《履霜》曲。

"儿啊——"母亲的呼唤声传来，范仲淹起身看去，母亲策杖站在门外的回廊里，他慌忙走过去。母亲拉住他的手道："儿差人把娘送回应天府吧。"

"母亲——"范仲淹唤了一声，低下头去。从亳州到西溪一年了，母亲的身体日渐衰弱。他想给母亲补补身子，可俸禄微薄，还要补贴朱氏兄弟，没有余钱，为此常感内疚。母亲必是觉察出了他的异样，以为是自己拖累了儿子，方突然提出这样的要求。范仲淹不知该如何向母亲解释，只是痛苦地摇了摇头。

"儿啊，你千万不可觉得亏待娘！"谢氏安慰道，"娘现在的日子比过去强了不知多少，知足！要多看顾新妇，新妇是跟了咱才吃苦的。"

来西溪前，对生育本已绝望的李三妹怀孕了，今春在官舍诞下一女，令全家惊喜异常。三妹既要抚育孩子，又要照顾婆母，备尝苦辛，范仲淹心里一直觉得亏欠着她。听母亲这样说，他一时不知说什么好，哽咽道："母亲的话，儿、儿记住了。"

搀扶母亲回到官舍，本想去陪陪三妹和女儿，却生出无颜面对妻女的感慨，索性穿上蓑衣，戴上斗笠，信步往木梨街走去。

雨点变成了雨丝，悄无声息地飘着，街上静悄悄的，没有行人。范仲淹一直走到海春轩塔旁，方停下脚步。海风吹动长衫发出“哗哗”响声。向东望去，大海淹没在夜色中，一片混沌。突然，远处出现一簇亮光，一闪而逝。范仲淹一惊，难道，这就是传说中的夜海明珠？正思忖间，又听到西边传来几声鹤鸣，仿佛是在向他发出召唤。

“仲淹仲淹，你不能再这样下去了！”他默念了一句，快步回到监署，摘下斗笠、脱掉蓑衣，坐在书案前，提笔写下《西溪书事》。默诵了一遍又一遍，不禁潸然泪下。是啊，纵然你有益天下之心，却蜗居偏僻海角；像蒙叟那样顺其自然，倒也逍遥，可你偏偏像子牟那样处江湖之远而忧思天下。西溪人见你一醉一吟疏懒的样子，怎知你是在解嘲？

一只硕大的蚊子飞来，趴在他的手腕上用力叮咬，范仲淹忍住奇痒没有拍打，而是目不转睛地紧紧注视着，直到蚊子吸足了血飞走，他的目光还在追踪着，蓦然生出对蚊子的羡慕之情，当即赋《咏蚊》诗一首：

饱去樱桃重，饥来柳絮轻。
但知离此去，不用问前程。

蚊子不必问前程，而人却不能。一个不问前程的人，与蚊虫何异？可是，官场上，前程，不是自己能决定的。他的同年庞籍，授黄州司理参军，知黄州夏竦是朝廷里的活跃人物，因故被贬放黄州，在他的一力举荐下，庞籍得以调任开封府兵曹参军，又受到以元老大臣知开封府的薛奎的举荐，改京官、升开封府判官。另一位同年滕宗谅，在任潍州司理参军时，与通判邻郡的范讽成为酒友，范讽极力斡旋，滕宗谅也已改京官。范仲淹在亳州时也受到两位上官赏识，又得妻兄李纮之助，本可改京官，可不知何故，突然被发遣到偏僻的海角小镇做监当官，像是已被世人遗忘。虽然岳父三兄弟曾在朝为官，但都故去了，一直关照他的妻兄李纮在应天府为亡父守制。他在朝廷里已没有任何人脉。寒儒到底是比不得高官子弟的，倘若他是高官子弟，张知白、王曾怎么可能对他的自荐置若罔闻？范仲淹生出前所未有的无力感。

“如果将来我有资格荐人，一定要大力举荐贤才，不让英俊之士终身沉于下僚！”他感慨了一句。又自嘲一笑：“不能出选海，一切都是空的！”说这话时，仿佛他正在茫茫大海中挣扎，眼看就要沉下去了，连一根稻草也看不到。朝廷规定，监当官任满三年才算一个任期。调转无望，在西溪至少还要熬两年，想想就不寒而栗。若想离开西溪，惟一的希望就是受到朝廷大臣的辟召。但西溪太偏僻了，朝廷大臣没有谁会到这里来，要想获得大老辟召，只能自荐。鹤鸣九皋，夜海明珠，都是瑞兆，或许是昭示他的转机已到？既如此，何不再向大老自荐？这样想着，遂展纸提笔，再次给已晋官尚书右丞的枢密副使张知白上书。

这次的上书他格外用心，用了一个多月工夫，反复修改了不知多少遍，终于成稿：

> 某何人也，可预陶甄之末？其大幸者，生四民中，识书学文，为衣冠礼乐之士；研精覃思，粗闻圣人之道。知忠孝可以奉上，仁义可以施下，功名可存于不朽，文章可贻于无穷，莫不感激而兴，慨然有益天下之心，垂千古之志……而当世大君子，以某雕虫之技而怜之者有矣，未有谓某之诚可言天下之道者。今复吏于海隅葭菼之中，与国家补锱铢之利，缓则罹咎，猛且贼民，穷荒绝岛，人不堪其忧，尚何道之可进……至于稼穑之难，狱讼之情，政教之繁简，货殖之利病，虽不能辩，亦尝有闻焉，似可备僚俊之末议，且使朝夕执事于前，观之可否。如得其诚，愿预教育，然后天下之道可得而明，阿衡之心可得而传。使某会遇之日，有益于当时，有垂于将来，乃右丞之道传传而不朽矣。

上书写成，却迟迟未封发。上书中表白自己慨然有益天下之心，垂千古之志；自称不惟有写诗填词的雕虫小技，还知农桑、谙诉讼，并对政教之繁简、货殖之利病也不陌生，更可与言天下之道；承诺若得在张知白手下做事，定然可做出有益于当世、见称于后代的成绩来,可使右丞之道传之不朽。这些话固然发自肺腑,可张知白会不会觉得太轻狂?

就这样踌躇着、纠结着,又搁置了一个多月,直到腊月,方咬咬牙,重新填写了月日,封发了。

目送怀揣着《上张右丞书》的牙兵往马铺而去,范仲淹登上城楼,久久伫立,遥望西北方,期盼着这一次能得到张知白的回应,早日离开这穷荒绝岛。

阳和不择地，海角亦逢春。

——范仲淹

# 第八章 海角亦逢春

## 一

仲春的一天上午，范仲淹身穿孝服，率书手、仓吏，于监署正厅行哭拜礼。二十天前，在位二十五年的本朝第三位皇帝驾崩，国中大小官吏，依例哭拜大行皇帝灵位旬日。哭拜礼刚毕，牙兵禀报，泰州军事推官滕宗谅带着几个人在署外候着。

滕宗谅进士及第后分发为潍州司理参军，再改连州户曹，前不久改泰州军事推官。在这海角小镇，能够见到同年故旧，堪称一大快事。范仲淹忙脱下罩在官袍外的孝服，快步到首门相迎。

“哈哈哈，希文兄，给你带来两位新朋友！”滕宗谅见范仲淹走过来，不等搭话，就迫不及待说。一指一个三十岁左右、身材消瘦的男子道：“此兄名胡瑗，字翼之，泰州本地秀才。”又一指身后一个看上去不到二十岁的年轻人：“此兄名富弼，字彦国，洛阳人，侍父到泰州。”

范仲淹的目光落在富弼身上。只见他身材高大，仪表堂堂，坦额隆准，双目闪烁间透出几分果锐，不由心生好感，对他蔼然一笑，颔首致意。滕宗谅向胡瑗、富弼一摆脑袋道：“此即朱……”与范仲淹相识时，他叫朱说，滕宗谅一时还不习惯，差一点喊出旧名，忙改口道：“哦，范希文，范六。”士大夫有以排行简称的习惯，滕宗谅方有此称。

胡瑗、富弼躬身向范仲淹施礼，范仲淹拱手回礼道："请到官舍一叙！"

"呵呵，先去赏西溪一景再说！"滕宗谅向外一扬下颌道。

西溪镇地处海角，本无名胜，但当年吕夷简进士及第后曾以崇州通判监西溪盐仓，看到每家都种牡丹，受其感染，也植牡丹一株，围以朱栏，悉心呵护，竟然花开百朵，成为海滨盛事。吕夷简离任后，人们在他植牡丹处建亭，取名牡丹亭，遂成西溪一景。范仲淹知道滕宗谅所说一景即指此处，遂向南一扬手道："也好！西溪小地方，徒步喘息可到。"说着，上前引路，沿着木梨街向南而行。刚走几步，他放慢步伐，侧过脸去对滕宗谅低声道："子京，官家上仙，今上在冲龄，遗命中宫听政，主少国疑，令人忧心啊！"

"咳！"滕宗谅一拍范仲淹的肩膀道，"要说忧，我倒是替希文兄忧，不能总窝在这海角一隅吧？"

这是范仲淹的隐痛。他也急于离开西溪，可再次上书张知白自荐，仍未得到回应。但他不愿当着客人的面谈论此事，便未接滕宗谅的话茬，转脸问走在旁侧的富弼："彦国，有功名了吗？"

富弼驻足，躬身道："禀六丈，小生苦读中。家父来泰州做监当官，小生侍父到此，得遇胡先生，今又遇范六丈，小生进学有望矣！"

富弼之父富言是吕夷简的叔父、先朝宰相吕蒙正的门客，依《任子法》，宰相不惟可恩荫子弟亲属，还可荫及门客，富言受吕蒙正之荫，做了监泰州酒税的监当官。富弼比范仲淹小十五岁，依照本朝士大夫常以"丈"尊称年长者的习惯，称范仲淹为六丈。

范仲淹闻富弼其音如钟，不觉一阵欢喜，颔首道："彦国气度非凡，前途无量！"又怕冷落了胡瑗，转向他道："翼之……"

滕宗谅截住范仲淹的话道："哈哈，翼之七岁善属文，十三岁通五经，虽未获功名，却常以圣贤自任！"

范仲淹以欣赏的目光打量着胡瑗，夸赞道："难得！"

说话间，牡丹亭到了。赏花者络绎不绝，不时还会听到游人提到吕夷简的名字。

“到一地做官，能留下点什么最好。”滕宗谅指着盛开的牡丹，羡慕地说，“如此春色，如此芬芳，安得不赋诗？”

范仲淹凝视怒放的牡丹，咏出一首五言绝句：

阳和不择地，海角亦逢春。
忆得上林色，相看如故人。

胡瑗拱手道：“范公有境界！是啊，人要像花一样，不管身处何境，都同样能绽放出美丽！”

“可后两句，又分明透露出对京城的向往。”滕宗谅咂了咂嘴道，“也是，真正要成就一番伟业，当身处朝廷！”他突然神情诡秘问：“希文兄，你可知因何被发配此地做监当官吗？”

范仲淹愣了一下，摇了摇头。

滕宗谅一笑道：“寇准他老人家干的好事！”

寇准看不起南人。他做宰相时，大权独揽，傲视群僚，流内铨报去改京官的选人名册，寇准在滕宗谅等中原籍的选人名字前画了勾，允许他们参加改京官考试；而籍贯江南的选人，都被他圈掉了。流内铨判官拿出《改官法》和《例簿》，争辩说这些选人符合改京官条件，寇准一把夺过《例簿》摔在地上，怒斥道：“若都照章行事，一小吏即可做，还要宰相何用？”下令将这批申报改京官的江南籍选人都改做监当官。这是两年前发生的事，范仲淹却一无所知。滕宗谅叙述完经过，叹口气道：“时相王旦，同样鄙视南人，他不会替这帮选人着想的。希文兄若不复姓归宗，时下也改京官了。”

当年，范仲淹请假去苏州复姓归宗时，集庆军通判杨日俨曾借寇准“又为中原夺得一状元”的话，引出朝廷大老对南人素有成见的话题，说到士大夫生身江南者，纷然修谱，改祖籍为中原之地，劝他不必复姓归宗。朱说不以为意。没有想到，复姓归宗竟会给他的仕途带来立竿见影的挫折。可他并不后悔，若为了仕途而割断血脉，能指望这样的人忠君报国吗？但他没有说出口，只是低头沉思着。

滕宗谅见范仲淹不语，解气似的道："不过寇公已遭报应，被贬谪雷州。"

"寇公乃一代伟人！"范仲淹肃然道。他虽对寇准轻视南人、奢靡无度有不满，但钦佩他的担当精神，而这正是当下士大夫最缺乏的。"寇公当国，大行皇帝有澶渊之幸，而能左右天子，如山不动，却戎狄，保宗社，可谓之大忠！"

"喔呀！"胡瑗惊道，"'大忠'之说，前代所无，今闻范公言之，令后学醍醐灌顶！"

"敢请六丈详解！"富弼露出赞佩的神情，向范仲淹拱手道。

"所谓大忠，就是对江山社稷和天下苍生的忠诚。忠君断断不能理解为时时事事都要顺着皇帝个人的意志；恰恰相反，若是皇帝错了，豁出身家性命也要把君上拉回尧舜之道，这方是儒家倡导的忠，故谓之大忠。"

"六丈！"富弼唤了一声，躬身施礼道，"小生欲忝列门墙！"

"后学亦有此愿！"胡瑗也恭恭敬敬施礼。

范仲淹一手拉住富弼，一手拉住胡瑗，摇头道："延纳二位俊杰于门下，仲淹无资格；但儒者因心而友，既然我辈理念相合，今日就算定交了！"

滕宗谅本有些尴尬，见状一笑道："好好好！希文兄，该喝定交酒吧？走，找家酒肆，痛饮一场！"

范仲淹歉意一笑道："到官舍用餐如何？"

滕宗谅一扬手道："到酒肆去！朝廷拨有公用钱，就是让请客的嘛，这海角之地来客稀少，公用钱花不完，希文兄还这么吝啬？"

范仲淹摇头道："我也嗜杯中物，但国丧期即聚众饮酒……"

滕宗谅"嘁"了一声，打断范仲淹道："海角小镇，无人盯着这等事，希文兄何必认真！"

"子京！"范仲淹沉脸唤了一声，想责备他几句，又忍住了，旋即对富弼、胡瑗歉意一笑道:“欠一顿酒,下次补上!”

滕宗谅虽不情愿,却也不得不跟着范仲淹回到官舍。四人在餐厅坐定,正品茶论诗,监仓行首神色慌张地跑来禀报,李堤村有几个灶户妖言惑众,说官府只知逼百姓缴盐税,却不管百姓死活,正在串联抗税。

滕宗谅一挥拳头道:“发牙兵拿了!”

范仲淹忙摇手道:“使不得!百姓声言抗税,必有缘故。”他起身向滕宗谅、胡瑗、富弼一一拱手:“失陪,我过去看看。”

过了半个多时辰,已是正午,范仲淹还没有回来。滕宗谅坐不住了,吩咐牙兵带路,与胡瑗、富弼一起,骑马去找。

在海边,看到了范仲淹的身影。

范仲淹背手站立,任凭夹带着重重咸味的海风吹拂起垂在胸前的胡须。滕宗谅走过去,唤了两声,范仲淹方转过身道:“子京!历朝历代,可有像皇宋这般优容官员的?可放眼望去,州县守令多以‘卧治’为高,避烦惧难,谁替百姓解困苦、做实事?”

适才,范仲淹带牙兵赶到串联抗税的灶户家里,探得原委:漫长的海岸线一带,地势低洼,雨水丰沛的年份,一到秋季,海潮就会泛滥,常常是阡陌洗荡,庐舍漂流,人畜丧亡,盐灶也多被冲毁;退潮后,海水又会倒灌,冲毁盐场,淹没良田,官府盐利受损,百姓流离失所,甚至有不少青壮年背井离乡。官府无人过问,还要照章征收去年的盐税。范仲淹听罢,安抚灶户一番,带上牙兵四处查看,情形果如灶户所言。他被负疚感折磨,久久伫立,心中怆然。

滕宗谅道:“希文兄,李沆相大行皇帝七年,被颂为贤相。他公开宣示:‘四方言利事者,未尝一施行,聊以此报国尔!’这是朝廷中枢的治国政纲,我辈微官,改变不了的。”

范仲淹抬脚在地上踏了两下,道:“脚下就是唐代李承主持修筑的常丰堰,早已被海水冲刷殆尽,不留痕迹了。可常丰堰已铭刻在百姓心里,为纪念他,这一带就称为‘李堤’。为官之人,只有为百姓做实事,百姓才会记住他！可蓦然回首，我辈入仕快十年了，总觉得没有做过什么值得一记的事，心有愧焉！”他突然提高了声调：“我要建言修筑捍海堰！”

滕宗谅连连摇头道：“希文兄，别忘了，你不过是一个选人监当官，筑堰，既非你的职守，更无此项权力。听宗谅一句话，千万莫提！”

范仲淹紧抿着嘴唇，没有说话。

## 二

西溪圣果院里传出午夜的钟声，向小镇上的人们宣示，新的一年到来了。范仲淹和李三妹陪着母亲守夜，听到钟声，母亲起身，拉住李三妹的手，一同为佛龛上香。范仲淹示意女使在侧侍候，自己起身走到室外。举头仰望，满天繁星像是好不容易得到透气机会似的，比赛般闪闪烁烁，不甘寂寞。他长长吐了口气，吟道：

万古功名有天命，浩然携手上春台。

这是范仲淹前不久所写《欧伯起相访》诗中的两句。欧伯起是他监盐仓以来，除滕宗谅外惟一到访西溪的官员。转眼间，他到西溪已四个年头了，监当官的三年任期也过了，所有改京官的条件皆已具备，可改京官的事却迟迟没有消息。滕宗谅推断说，他滞留西溪且不得改京官，必与建言修筑捍海堰有关。去年春，范仲淹不顾滕宗谅劝阻，上书江淮制置发运副使张纶，恳请他奏报朝廷，在泰州沿海修筑捍海堰。张纶差人携范仲淹上书到泰州征询意见，反对筑堰者居多，谓陆地上的水要往海里排，筑堰挡住排水，势必导致内涝，弊大于利，不必多事。范仲淹也因此成为被人非议的对象，大家嘲讽他一个监当官越职言事，想出风头。范仲淹又听到传言，已升任宰相的张知白对他两次上书自荐颇反感，目为轻薄躁进。朝廷里有宰相视他如此，地方官场又厌其多事，不调转他的职位、不为他改京官，也在意料之中。初到西溪，范仲淹度日如年，一醉一吟疏懒甚，巴望着早日逃离这个穷荒绝岛；可当意识到离开无望时，他便以“万古功名有天命”自慰，打起精神，恢复了常态。除了职守之事，他每日必与三妹一起烧火做饭，空暇时读书写诗抚琴，陪母亲到圣果院礼佛。听着街市的叫卖声，役夫的“哎哟”声，运盐船的“咯吱”声，范仲淹竟渐渐喜欢上了这座古老而又充满生机的小镇。

迎年的爆竹声此起彼伏，矗立岸边的海春轩塔隐约可见，塔顶的火光不倦地跃动着，默默地为海上的舟船导航。呼吸着清冷的充满海腥味的空气，范仲淹攥紧了拳头，在空中用力晃了晃，为自己鼓劲。自从上书自荐无果，他就暗暗发誓，今后不再央求任何人。

上元节刚过，忽接吏部流内铨札谕，共有一百九十名选人得参加在各该路治举行的改官考试，所附名单里，“范仲淹”三字赫然在列。此前，因建言筑捍海堰，江淮制置发运副使张纶对他刮目相看，写来了举状；淮南路转运使胡令仪听说范仲淹生活清苦，却一尘不染，连未花出的公用钱也如数上缴，赞叹不已，写下一张举状；已升右司谏、侍御史，出任天子近臣的同榜进士蔡齐，也寄来了举状；再加上集庆军时的老上官太守上官佖、通判杨日俨的举状，五张举状“合尖”。而且他历年考语都是优等，只要考试合格，就可以改京官了。

一个月后，改官试在淮南路治所扬州举行，只考三道判词。范仲淹驾轻就熟，一挥而就。出了贡院，即赶往制置司拜见发运副使张纶，想打探一下筑堰的消息。不巧的是，张纶进京述职，没有见到。范仲淹在扬州没有熟人，无心独自游览风景，当即返程。行至泰州停下了。滕宗谅在州舍内筑文会堂，范仲淹时常从西溪泰东河码头登船前来与滕宗谅、富弼、胡瑗相聚，阅看邸报，了解朝政动向，谈论时政，抚琴论《易》，饮酒赋诗。这次，范仲淹作《书海陵滕从事文会堂》两首，尽欢而散。

中秋时节，接到吏部敕牒，范仲淹由选人改京官，授从八品大理寺丞。按制，选人改京官，不及三考为奉礼郎，不及五考为大理评事，不及七考为光禄寺丞，而范仲淹经历了七考，三道判词又获上等，故除授大理寺丞。这是选人改京官时的最高官阶。

外面下着大雨，范仲淹背手站在窗前，三十六岁了，才跳出选海，不知是悲还是喜。转身回到书案前，提笔赋诗道："有客淳且狂，少小爱功名。……风尘三十六，未作万人英。"

得改京官，跳出选海，终究是件好事。这些年，他摊上的好事太少了，该让家人高兴高兴了，遂起身穿过回廊，到得官舍，将消息告知母亲和李三妹。

"我儿做了京官，要到京城去吗?"谢氏笑着问。她先后两个丈夫——范墉和朱文翰，一生都不曾脱离选海，所以她对京官并不了解。

范仲淹解释道："京官是本朝对官员身份的分类，并不是在京做官之意。本朝的官衔只是拿俸禄的凭据，做什么事，还要朝廷另行差遣。儿由选人改京官，差遣仍是监西溪镇盐……"

话未说完，忽听李三妹"哎呦"一声，母亲惊喜道："新妇要生了!"

"快去叫稳婆!"范仲淹神情慌乱。去年冬季，李三妹又怀孕了，照计算的时日，该是六天后，或许得到他改京官的消息太激动了，李三妹要提前生产了。

小镇乏良医，范仲淹担心三妹难产，早早就把镇上最好的稳婆请到了官舍。稳婆听到呼唤声，一溜小跑进来，和女使一起，搀扶李三妹回到卧室，范仲淹紧跟着要进去，被母亲拦住了。

不到一盏茶工夫，室内传出李三妹痛苦的喊叫声，范仲淹站在门口，不住地转圈，既兴奋又紧张，额头上冒出汗珠。过了小半个时辰，室内传出婴儿的啼哭声。谢氏兴奋地向外喊道："大孙子，大孙子!"

"哈哈哈，我有后了!"范仲淹跳了起来，疾步跨进室内。看到肉墩墩的儿子，激动地喊道："范纯祐! 范纯祐!"

谢氏高兴得泪水涌了出来，双手合十道："双喜临门! 儿啊，要感谢菩萨啊!"说着，一把拉住范仲淹的手就往外走："快去佛龛上香。"范仲淹跟在母亲身后去佛龛拜菩萨。默默祈祷毕，他迫不及待地回到卧室，直勾勾地盯着三妹母子，兴奋地笑了起来。稳婆、女使手忙脚乱，把他支开了。

范仲淹喜笑颜开地走到室外，一阵风吹来，“哗”的一声，雨水溅进回廊，打湿了他的长衫。他闪靠到墙边，望着密不透风的雨柱，心被揪紧了，疾步走到前厅，吩咐牙兵将行首、吏目传来。

“今秋雨水多于前年，灶户又要遭殃。前年灶户串联抗税，当时以修筑捍海堰相安抚，可此事迄无进展，不好向灶户交代。所有监吏两人一组，分片到灶户家摸底，将受灾情形逐一登簿造册，届时奏请减免盐税。”范仲淹声音低沉，向站在书案前的十来名吏目道，“再转告灶户，范某近日即赴扬州发运置制司，当面陈情，恳请修筑捍海堰。”

半个月后，范仲淹携带行首先期汇总的灶户受损数据，带上两名牙兵，晨曦微露时就出发了。为了赶时间，没有走水路，而是骑马疾驰，次日午后就赶到了扬州，到发运司递门状。

在茶室候了片刻，一个指使来迎，领范仲淹进了发运副使张纶的直房。

“哈哈哈！”张纶一见范仲淹进门，不等他施礼，就放声大笑起来，“老夫正要请范寺丞来见，你就送上门来了！”说着，上前拉住他的手，和他隔几而坐：“寺丞为筑堰之事而来吧？”

范仲淹点头，起身将簿册呈上：“张公，今秋雨多，沿海灶户损失惨重，如不筑堰，恐一方破荡矣！”

张纶颔首道：“老夫在沿海任职多年，略知水利。海水泛滥之患十之九，内涝之患十之一，筑堰挡潮，利多弊少。故前年底就上奏朝廷了。寺丞或许是知晓的，本朝风气，士君子务以恭谨静慎为贤，不喜多事。奏请筑堰的本章被相府压下了。好在垂帘听政的皇太后起自寒微，关心民间疾苦，老夫向朝廷述职时，帘前陈情，皇太后欣然允准了。”

“啊呀呀！”范仲淹惊喜道，“这就好！这就好！”又急切地问：“不知何时可兴工？”

张纶面露难色，捋着花白的胡须：“筑堰工程浩大，责任甚巨，物色主持之人，实属不易。”他侧过身去，试探着问：“老夫想荐寺丞主持，不知意下如何？”

范仲淹拱手道："能为百姓做事，正是仲淹所盼！"

"寺丞要想好了。"张纶提醒道，"筑堰本就横议四出，做起来难度也不小，万一出了纰漏，还要追究责任。"

范仲淹正色道："为百姓做事，就要敢于担当！"

"好！"张纶拊掌道，"老夫这就上举状！"

## 三

春夏之交，京城的夜晚凉风习习，很是宜人。街道上热闹非凡，一片繁华景象。

范仲淹站在州桥上，望着銮驾在金吾卫喝道声中从汴河大街缓缓驶过，他不禁皱了皱眉头，快步往昭德巷走去。来到一所半旧的宅邸前，正要举手叩门，两扇朱漆大门"哗啦啦"打开了，范仲淹急忙闪到一旁，只见一位窄衣金带的内官带着两个小黄门，气鼓鼓地从里面走了出来，没有理会送行者，一语不发地跨马而去。

"子思兄！"范仲淹抱拳唤了一声。

站在首门送客的翰林学士蔡齐愣了一下，凝视片刻，方惊喜道："是希文吗？你怎么到京城来了？"

范仲淹没有回答，向骑马远去的内官的背影扬了扬下颌："子思兄，这怎么回事？"

蔡齐拉住范仲淹的袍袖："走，到里面说。"

"希文看到了？适才走的是内押班杨怀敏。太后下旨营建景德寺，并命愚兄写一篇记事颂德之文，许以参政之位。"二人在书房坐定，蔡齐就苦笑着道，"可这样的文章，愚兄不愿写。杨怀敏奉旨来催两次了，都是空手而归，故而动怒。"

范仲淹抱拳向蔡齐一揖道："子思兄做得好！"这才向蔡齐解释他到京城

来的原委：去年底，江淮发运副使张纶上举状，荐范仲淹知兴化县，主持修筑捍海堰。前不久，吏部审官院颁下敕牒，范仲淹以大理寺丞知兴化县。这是范仲淹改京官后第一个新差遣。按照朝廷条贯，改京官后获得新差遣，当到吏部领凭、陛见。他昨天到京，住四方馆官舍。今日上午到审官院领凭、到阁门投帖后，便独自到街上四处走走，听些街谈巷议。本来预备等陛见后再遍访京中熟人的，可看到皇上的銮驾，他改变了主意，未及事先通报，就径直来访同年蔡齐。自先帝驾崩后，皇上尚未成年，垂帘听政的皇太后出身卑微，范仲淹对朝政能不能依照儒家设定的轨道运行，一直忧心忡忡。一见銮驾入夜方回，他不禁担心起来，迫不及待对蔡齐道："人主宅九重之深，镇万国之望，以静制动，以重为威；可闻得銮驾顺动颇频，天下闻之，恐损威重。当年先帝东封西祀，巡幸之费，国库为之一空。今圣政方新，官家年少，怎可学先帝轻为巡幸？"

"喝茶喝茶！"蔡齐笑了笑道。

范仲淹像是没有听到，继续按照自己的思路说："人主应敦好生之志，推不忍之心，示天下之慈；耻珠玉之玩，不兴土木，示天下之俭；孜孜听政，访问艰难，此皇王之勤；贵贱亲疏，赏罚惟一，示天下之公。"他盯着蔡齐问："官家做到了吗？"

"希文，这是皇太后赏赐的蒙顶茶，品品看！"蔡齐笑着劝道。

范仲淹却无动于衷，又道："圣朝崇文，可时下文风不好，只讲究辞藻华丽、对仗工整，却忽视文章重在教化。朝廷当敦谕词臣，救斯文之薄而厚其风化。"

蔡齐露出惊诧的眼神。他原以为，范仲淹会向他倾诉这些年来的委屈，陈述底层百姓的艰辛，便是说到朝政，也会是关涉国计民生的，想不到全是如何致君尧舜上的帝师之语，他不愿接话茬，转移话题道："希文慨然有志于天下，可惜长期沉于下僚，改京官也晚了四五年，不过总算熬出头了！"

"仲淹昨去审官院领凭，方知同一批京官多是高官子弟。"范仲淹忿然道，"我辈进士及第，动辄十余年方有改京官之望，且得改官者仍是少数，而高官子弟，不问贤与不贤，例升京官，倘不改作，因循其弊，官乱于上，风坏于下，如何是好？朝廷因何不澄清此源，以治乱为意？”

蔡齐笑了笑问：“希文知否，姜遵已任枢密副使了。”

“唔？”范仲淹兴奋道，“自从十多年前在长山一见，便未再拜谒过他了。子思兄可否带仲淹往谒？”见蔡齐不语，又道：“圣朝强敌环伺，尤当居安虑危，注重武备。先帝时还有不少身经百战的将帅，而时下打过仗的将帅不多了，可朝廷对此似乎不以为意。我要向姜公建言，推举忠义有谋之人，委以边防重任。”

蔡齐沉吟片刻，道：“姜公此任，朝野物议沸腾。”

“为何？”范仲淹问。

蔡齐道：“皇太后诏修景德寺，姜公知永兴军，将长安名刹中的彩瓦、壁画剥下，千里迢迢运来京城。太后大悦，遂有此不次之擢。”

“那不去见他也罢！”范仲淹叹了口气，以鄙夷的语气道，“仲淹听说，相继为相多年的丁谓、王钦若，对人主一味柔顺，把风气带坏了。自古忠臣骨鲠而易疏，佞臣柔顺而易亲。柔顺似忠，多为美言；骨鲠似强，多所直谏。美言者得进，则佞人满朝；直谏者见疏，则忠臣避世。官家年少，当提醒他，一旦听到美言，则知佞人未去，此国家之忧也；一旦听到直谏，则知忠臣在侧，此国家之喜也。”他加重了语气：“独断则千虑或失，偏听则众心必离。犯颜者危，缄口者安，非国家之福。开言路，采群议，上无蒙蔽，下无壅塞，方是圣治之道。”他望着蔡齐：“当年子思兄为御史时，正是皇太后临朝听政之初，一疏将太后的亲戚钱惟演劾去，天下为之叫好。如今子思兄做了高官，仲淹所忧数事，想必子思兄也是心知肚明的，因何不上章陈情？”

蔡齐举盏饮茶，没有说话。暗忖：范希文入仕十余年，都是在外任幕职微官，视野有限，偏要谈论他不甚了了的宏大话题。但点破了会伤他的自尊，所以只能沉默以对。

范仲淹并未察觉蔡齐的不悦，笑了笑道：“我明白了。官越大，顾虑就越多。盖惧乎上疑下谤，轻易不敢说话。”

蔡齐还是不回应，岔开话题，说起了二人的几个同年，又说到枢密使曹利用被流放，太后让先帝藩邸旧臣张耆做枢密使，枢密副使晏殊上章反对。

范仲淹的心思却还在他关注的几件事上。二人都感到有些话不投机，范仲淹便起身告辞了。

回到四方馆官舍，范仲淹净手焚香，端坐书案前，提笔疾书：

> 天圣三年四月二十日，文林郎、守大理寺丞臣范仲淹，谨诣阁门再拜死罪，上书皇太后陛下、皇帝陛下：臣闻巧言者无犯而易进，直言者有犯而难立。然则直言之士，千古谓之忠；巧言之人，千古谓之佞。今臣勉思药石，切犯雷霆，不遵易进之途，而居难立之地者，欲倾臣节，以报国恩。耻佞人之名，慕忠臣之节，感激而发，万死无恨。况臣之所言，皆圣朝当行之事而未之行者，谅有以也。

多年来，范仲淹虽身处底层，但一直关注变革文风、讲求武备、注重人才、广开言路、抑制恩荫几件大事；先帝驾崩后，他又为主少国疑而忧心。皇上年少，儒者有“致君尧舜上”的责任，当开导皇上做到仁慈、节俭、勤勉、公正，教皇上如何辨别忠臣和佞臣、如何区分政事的轻重缓急等等。在赴京途中，他一直在斟酌要不要给皇太后、皇上上书，陈述他对上述大事的思考。时而觉得庙堂之上站满了饱读诗书、老成谋国的大臣，一个偏居海角的微官大谈“致君尧舜上”的帝师之语，必会为人所讥；时而又觉得，儒者报国，以言为先，该说的话，就不能隐而不言。本来还纠结着，一看就连蔡齐这样敢言的新进也不愿触及他所忧虑的几件大事，范仲淹终于下定了决心，借陛见之机，向阁门使递交上书。

一口气写完，远处传来了报晓的铁牌子声。范仲淹放下笔，活动了一下筋骨，又细细诵读一遍。每件事都引经据典，以说理为主，言事为辅，遣词用语，俨然帝师。

“一个微官，这样对皇太后和皇上说话，不合适吧？”读着文稿，范仲淹自问，又自答道："微官固然不能这样和皇太后、皇上说话；可作为儒者，代表道统，道统是高于皇统的。"这样一想，就觉得理直气壮起来。

## 四

黑沉沉的天幕与海水连为一色，听不到海浪的声音，仿佛大海已沉沉睡去。范仲淹心怦怦乱跳，总觉得有些异样。他来到滕宗谅的帐内，滕宗谅刚穿戴整齐，提上马鞭正要往外走，范仲淹拦住他："子京，今日天气怪异，要不要停工？"

"放心好啦！"滕宗谅不以为然地说。

傍晚时分，忽听远处传来沉闷的响声，人们还没有明白是怎么回事，暴风雪呼啸而至。范仲淹急忙跑出帐篷，向东一望，几丈高的海浪发出"呼隆隆"的怪响，猛虎下山般向岸上扑来，大风刮得人睁不开眼睛，雪粒打到脸上，如同刀割。正在施工的兵工、民夫惊慌失措，四处逃散。

"快，撤退，撤退！"范仲淹声嘶力竭地喊叫着，"往岸上撤，往岸上撤！"喊声被"哗啦呼隆"的风浪声所淹没，他也被吹得踉踉跄跄，挣扎着用力拔下一杆旗，用尽全力摇摆着，给海滩上惊恐逃散的人指示方向。一阵风浪吹来，范仲淹连人带旗被吹倒，怀里还紧紧抱住旗杆不放。两名牙兵跑过来，把他扶起，三人共同攥住旗杆摇晃着、喊叫着。

几万名兵工、民夫多半都已被风浪掀翻。因看不清方向，一些人爬行中陷入泥泞，挣扎着、呼救着，一道浪打来，一批人被卷走了。后浪拍打下来，又有一批人被吞噬。

"海神发怒啦！快逃命吧！"有人惊呼。逃到岸上的夫役惊魂未定，听到喊声，向远处狂奔。吏目本就仓皇无措，眼睁睁看着人群逃散。

"啪啪"几声鞭响，只见滕宗谅登上瞭望台，一手鸣鞭，一手从腰间抽出佩剑，高高举起，大声喊道："都给我听着！我等是奉朝廷之旨筑堰，乃万民所盼，绝不会触怒海神。逃跑者，以逃兵论处！”

逃散的人群停下了脚步。范仲淹以前总认为滕宗谅其人大大咧咧又嗜酒如命，此刻见他神色若定，三言两语阐明利害，稳住了阵脚，方知此人也是非常之才，内心真正将其视为了知己。他仰头向滕宗谅抱拳道：“子京，快指挥兵工救人！”

滕宗谅跑下瞭望台，范仲淹迎上去挽住他的手，又伸臂把旁侧的牙兵挽住，众人见状，纷纷挽手，拉起了一道人墙，一起向海滩挺进。

天已经黑了，什么也看不见，偶尔听到呼救声，兵工即围上去救援。直到深夜，才撤回岸上。回到帐内，范仲淹顾不得用饭，即传令各吏目计会人数。

次日天刚亮，兵工奉令到海滩搜寻，发现了四十多具尸体。范仲淹命搭建停尸棚，焚香祭奠。傍晚，失踪人数汇总齐全，总数二百七十人，其中一百二十人或有人证明被海浪吞噬，或已找到了遗体，确认遇难；一百五十人失踪，是逃散还是被卷入海中，难以定论。

滕宗谅一脸沮丧道：“没有听你的，闯了祸，奈何！”

“工程由我主持，责任自是我来负！”范仲淹语调低沉道，“我这就上自劾疏！”

“工程呢？要不，候上官指令到了再说吧。”滕宗谅以试探的语气道。

“即日开工！”范仲淹断然道，“不然，对不起死难者！”

滕宗谅踌躇道：“希文兄，出了这么大的事，还敢继续做？”

范仲淹道：“抓紧做，有了雏形，即使朝廷下令停工，也有理由争取复议。”

去年春夏之交，范仲淹赴京领凭，行陛见礼之日，向阁门使呈交了三千言的《奏上时务书》后，便离京到兴化县赴任，随即赶往海滩，在海岸边扎下营帐。他又上书已兼知泰州的张纶，请调泰州军事推官滕宗谅协助主持筑堰，张纶欣然允准。二人不顾暑热，考察地形，走访乡贤，踏勘常丰堰旧址。鉴于唐代李承所修常丰堰垒土而成，极易坍塌，范仲淹建言当叠石重筑，方可持久。张纶接受了他的建议，指挥匠人测算土石方，招募夫役，筹备粮草。经过三个多月的努力，筹备事宜就绪。张纶又指挥泰州厢军为兵工，连同募集到的泰州、崇州、楚州等地四万夫役，在海边搭起了密密麻麻的帐篷。从定线起基这天起，范仲淹和滕宗谅就住在了工地，一个总揽全局，一个为总监工，连天圣四年正旦节都是在工地度过。看着三丈宽的地基打起，蜿蜒近二百里，范仲淹就像看着蹒跚学步的长子纯祐一样，目光中充满慈爱、喜悦和期盼。照此下去，工程一年半载即可完竣。惟一让他担心的是，天圣四年是倒春寒，雨雪连旬，潮势汹涌，施工难度加大。为了赶进度，他没有下令休工，想不到突遇暴风雪，酿成大祸。捍海堰能够兴工，实属不易，一旦停工，恐再也没有筑成的机会了。因此，只能硬着头皮，冒险复工。

复工令下达后，兵工、民夫心有余悸，相互推脱着不愿动身。范仲淹到工棚抚慰夫役，阐明利害，却收效甚微。正为难间，忽见一群夫役涌到堰基前，挖土挑泥，运石打夯，边干边喊起了号子。范仲淹忙跑过去，向众人拱手致意。

“范官人活我等，我等怎会不知好歹！”一个中年男子道。

去年，范仲淹呈请张纶奏报朝廷，免除受灾的三千零四十三户灶户的盐税。捍海堰兴工，这三千余户的丁壮报名最踊跃，干活也最卖力，眼下又带头复工，范仲淹很感动，向众人抱拳道：“若不把此堰筑成，范某愧对百姓！”

工地又恢复了往日的热闹，范仲淹一边指挥抚恤遗属，一边巡视工地，观察天象，不敢稍有疏忽。

这天午后，他正在工地巡视，忽见几匹快马疾驰而来，手搭凉棚望去，隐约看出像是发运副使兼知泰州张纶，急忙整理冠带，趋前相迎。

“立即停工！”张纶尚未下马，就沉着脸命令道。

两名州校搀扶张纶下了马，范仲淹躬身施礼，张纶背着手佯装没有看到，并不回礼，瓮声道：“范寺丞，州城到处都在流传，说捍海堰工地死亡民工两千余，出了这么大的事，还敢擅自复工？”

范仲淹愕然失色，忙道：“张公！下官失职，甘受重处。然工地出事，溺亡百余人，下官已向张公呈报，并附自劾疏，不知两千余之说何来，还望张公明察！”

“必是那些起初反对筑堰的人造谣惑众！”滕宗谅气呼呼道。

张纶不语，只是四处眺望，忽然叹了口气道：“老夫当年知海陵，知此地之田，特为膏腴，春耕秋获，笑歌满野，民多富实；如今苇蒿苍莽，人烟稀少，良可哀也！”

范仲淹听出了张纶的弦外之音，忙接言道：“此皆海潮泛滥所致。下官代沿海生民向张公陈情，筑成此堰！”

张纶扭过脸来，紧紧盯着范仲淹，见他面庞消瘦，一脸疲惫，不禁为之动容，低声道：“寺丞一再陈情，全是恳请筑堰之语，无一句为自己开脱。你可知，走马承受已上奏朝廷，说捍海堰甫开工就溺死数千人，是不祥之兆，请求朝廷停止筑堰，推治原议官员！”

走马承受为朝廷特派监察一路人事、物情及州县不法事的官员，每年一次赴阙直达奏事，如有急报，可不时驰驿上闻。因走马承受身份特殊，朝廷特重其言。淮南路走马承受已驰奏朝廷，恐追究责任已不可避免。滕宗谅低下头去，嘟哝道：“不做事就不会惹事。”

“陈子昂有诗云：‘圣人不利己，忧济在元元。’”范仲淹语气悲壮道。他率先提议修筑捍海堰，不惟是原议者，又是主事者，朝廷追究下来，自是由他承担，他不想替自己辩解，只希望捍海堰能够筑成，遂抱拳向张纶一揖：“非此堰不当筑，皆因下官粗心大意，急于求成，酿成大祸。仲淹一官不足惜，可捍海堰务必要筑成啊！”

马卿才大常能赋，梅福官卑数上书。

——林逋

# 第九章　梅福官卑数上书

## 一

应天府祥辉门外范宅的上房堂屋里，靠北墙摆放着一张条案，正中放着一张谢氏的画像，供品、香炉一应齐备，气氛肃穆。范仲淹身着麻衣、腰束麻绳，每天按时焚香祭拜。

去年八月，因母亲谢氏去世，范仲淹辞官丁忧，扶柩回到应天府，将母亲浅土暂葬于宁陵的职田。几个月来，门巷寂寥，常来常往的，只有同在应天府丁母忧的好友兼内兄李纮。不久前，李纮服除起复，范仲淹赋《送李纮殿院赴阙》，诗句伤感。

春意正浓，范仲淹内心却是寒气凛凛，没有一丝暖意。焚香祭拜毕，便操起古琴，抚《履霜》曲。一曲未完，门公递来一张名刺，只扫了一眼，范仲淹就愣住了。他怎么也没有想到，刑部侍郎、翰林学士、南京留守晏殊会登门造访。

晏殊不仅是高官，还是文坛领袖。他虽比范仲淹还小两岁，可早在十四岁时就以“神童”身份参加童子试，赐进士及第，在馆阁任职多年。今上为太子时，晏殊做太子侍讲。前年，三十五岁的晏殊升任枢密副使，位列宰执。甫上任，就上章反对升先帝的藩邸旧臣张耆为枢密使，失皇太后欢心。晏殊心情郁闷，在玉清昭应宫怒以朝笏撞折侍从的门牙，被御史弹劾，以刑部侍郎衔知宣州，旋改南京留守。范仲淹与晏殊素无渊源，以晏殊的身份、名气，不知为何来拜访一个丁忧中的失意之人。

范仲淹没有出门迎接。他在丁忧，依照礼仪不能出迎前来祭拜的客人，而是跪在灵位前候着。晏殊前几年先后为父母丁忧，自是懂得这个规矩的。他在门公引导下面色穆然地进了院子，径直走到堂屋，献上供品，恭敬祭拜一番。礼毕，范仲淹以孝子身份向晏殊叩头还礼。想到自己年近不惑，官微俸薄，辛劳一辈子的母亲没有过上丰裕的日子就下世而去，他鼻子一酸，落下泪来。

“希文，快请起，节哀顺变！”晏殊边说，边弯身将范仲淹搀扶起来。

范仲淹引晏殊到了西间的书斋，请他坐了上座，这才抬头打量了一眼。只见晏殊未着官袍，一身教书匠打扮，身材不高，略微有些发福，宽大饱满的额头上闪着亮光，没有一丝沧桑。

晏殊和范仲淹对视了一眼，颔首道：“贵同年蔡学士把希文的一首诗送阅，晏某方知希文丁艰南都。”

范仲淹这才明白，晏殊是通过同年蔡齐知道他的。前年夏，因拒绝为景德寺写纪，惹怒皇太后，翰林学士蔡齐出知应天府。范仲淹丁忧在此，与蔡齐偶有酬酢。晏殊当是从蔡齐那里看到了他写的某首诗，方特意来拜访的。

晏殊清了清嗓子，诵道：

片心高与月徘徊，岂为千钟下钓台。
犹笑白云多事在，等闲为雨出山来。

这是范仲淹写给杭州孤山林隐士的。前年春，因捍海堰工地发生溺亡夫役事件，被朝廷责令停工，范仲淹一边回兴化县主政，一边听候朝廷的处分。过了半年，审官院颁敕，解除他的知兴化县差遣，以大理寺丞监楚州粮料院。虽然朝廷没有追究他的责任，但重新去做监当官，无异于变相惩罚。

经此挫折，范仲淹感到仕途一片灰暗，在去楚州赴任前，特意到杭州、诸暨游览散心，在那里结识了以梅妻鹤子自适的林隐士。身心疲惫的范仲淹有感于林隐士满腹经纶却不趋功利，心生倾慕，与他诗词唱和。晏殊所诵，即是其中一首，赞美林隐士人品高洁，不为千钟厚禄而折腰。

“此诗有意境，有品位！”晏殊夸赞道。但他似乎非为谈诗而来，旋即转移了话题：“晏某甫到南都即访书院，得知希文曾在书院苦读，大通六经之旨，并有颜回转世之誉。”他侧过脸问：“不知希文对教育之事，有何高见？”

“根本大计！”范仲淹郑重道，“古圣王治天下，必先崇学校、立师资、聚群材、陈正道，使其服礼乐之文，游名教之地，精治人之术，蕴致君之方，然后命之以官，授之以政。列于朝，则有制礼乐之盛；布于外，则有移风俗之善。”

晏殊满意地点点头：“去岁奉礼郎戚主院辞世，晏某受命主院事，欲请希文主持教务，不知意下如何？”

范仲淹眼前一亮。他对仕途已不抱希望，这些日子以来，正为下一步出处所困扰。他倾慕隐士，却又做不得隐士，这在他二十岁那年与王镐同游关中时已然得出了结论。那么，最可取的出处，莫过于教书育人了。古之圣贤，无不把兴学当作培养人才、救世济民的根本手段，他亦欲以办学育人遂报国之志。所以，对晏殊的邀请，范仲淹求之不得。可是，他有心结，不想为人所轻，遂搪塞道：“亡母尚在浅土，恐一时无暇他顾。”

这也确是范仲淹的一块心病。本朝士大夫，父母亡故，因种种原因一时不便安葬，即先以浅土掩埋，再择机正式安葬。范仲淹由知兴化县改监楚州粮料院时，尚未到楚州，母亲病故。他也设想扶柩到苏州安葬，可母亲已改适朱家，复姓归宗的不愉快经历让他感到那里风俗太薄，不想再自寻烦恼；若将亡母葬于长山，他已复姓归宗，百年后不可能葬于朱家墓地，也就不能陪伴母亲，这是他感情上万万不能接受的。无奈之下，只得先将亡母葬于浅土。

晏殊捕捉到了范仲淹神情的微妙变化，知所谓“尚在浅土”只是一个借口，但他没有挑破，而是劝道：“书院教务，不会妨碍安葬太夫人之事嘛！”

范仲淹不得不说出自己的顾虑："晏侍郎，仲淹辞官前，是被朝廷抛弃之人……"

晏殊摆手道："皇太后对希文已然宽贷，这不是希文主持书院教务的障碍。"

"皇太后宽贷？"范仲淹暗自思忖着。捍海堰溺亡事故后，他本是准备接受朝廷严厉惩处的，最后却并未有追究责任之诏，只是让他再做监当官。听晏殊之言，似乎其中有内情，便试探着问："以晏侍郎之见，泰州捍海堰有望复工吗？"

晏殊微微一怔，摇手道："希文，离开那里了，那里的事切莫再牵挂。"

范仲淹沉吟片刻，起身施礼道："晏侍郎礼贤下士，仲淹诚惶诚恐，请宽限三五日，容仲淹三思后登门答拜。"

晏殊虽略感失望，但不便再说什么，告辞而去。

当晚，范仲淹破例前往应天府官舍拜见蔡齐。二人本是素交，又是同年，免去了许多礼节，说话也就不必兜圈子。稍事寒暄，范仲淹问："子思兄可知，泰州捍海堰，何以不能复筑？"

这一直是范仲淹念兹在兹的事，即使是处于母亲病逝的哀伤中，扶柩北上时，他还不忘修书发运副使张纶，陈述复堰之利，并郑重承诺，若再有事故，推治原议官员，就由他来承担。午前从晏殊的简短话语中，他听出其间似有隐情，便火急火燎般找蔡齐探问。

蔡齐已是正三品高官，身穿大红官袍，衬托得满面红光。因是皇帝近侍之臣，对朝廷内情知之甚详。他沉吟片刻，叹口气道："希文可知，你那道《奏上时务书》，让张知白辈元老大臣甚不悦，谓希文不明就里，微官大话，不过为博取名声云云。闻知希文主持的捍海堰出了大事，自是借机排挤。"

范仲淹脸一红，他承认自己少小好功名，希望摆脱默默无闻的微官身份，早日成为万人英。诣阁上书，不能说没有博取名声的念头，对此，他并不避讳，遂辩解道："太公直钓以邀文王，孔子骋七十国以求行道，是圣贤之流无不涉乎名，况我辈凡夫？"

蔡齐道："可我朝风气不同。士大夫以冲晦自养，相与养成笃谨之风。张知白辈元老，袭先朝贤相李沆之气，凡言兴利者，即目为多事。就拿筑堰一事来说。皇太后起自寒微，为士大夫所轻，忽以女主临朝，有意做出些政绩来，故皇太后支持筑堰，张知白等耿耿于怀。接到走马承受奏报，张知白辈揪住不放，意在牵制皇太后。"

范仲淹不敢相信，惊问："何以见得？"

"朝廷两度差人核查，就是明证。"蔡齐解释道，"接到走马承受的奏报，朝廷差中使前去查勘，回京奏报说当严惩希文，停止筑堰。皇太后不甘心，再差淮南路转运使胡令仪前去复核。胡令仪复命时力言捍海堰当筑，又极力为希文辩解，发运副使张纶也上表主动承担责任。朝廷最后只得折中，让希文再做监当官，捍海堰复筑事也暂时搁置。"

"没想到，做一件事会这么难！"范仲淹感慨道，"士大夫以冲晦自养，人人因循，不复奋励，是要误国的！"

蔡齐似乎不想再继续这个话题了，眉毛一挑道："希文，晏侍郎有没有找过你？"

范仲淹抱拳一揖道："多谢子思兄荐扬！"

蔡齐伸手拍了拍范仲淹的肩膀道："晏侍郎乃朝廷重臣，资望极高，赏识希文，算得上慧眼识珠，也是希文的遇合，要牢牢把握住啊！"

范仲淹微微摇了摇头。当下，他已不再期待仕途前程，像祖师戚同文、大儒王通那样，以教书育人、阐发大道为业，或许，这就是他后半生的报国修为了。

辞别蔡齐，刚穿过静安门，天空响起一声闷雷。抬头一看，乌云翻滚着自东南向头顶压来。范仲淹心里"嗵嗵"一阵猛跳，仿佛海潮翻滚着向岸上扑过去，而他正站在岸边，眼睁睁看着海浪将田舍吞噬。本想转谒晏殊，向他禀报愿意接受他的延揽，此刻又临时改变了主意，打马急驰，向家里赶去。

## 二

秋夜微风的吹动下，应天府书院里几棵高大杨树的树梢上，发出“哗啦啦”的响声，像是树叶在随风起舞，又仿佛是在相互传递着什么讯息。

范仲淹刚走出直房，随着嘿嘿的笑声，一个黑影忽地闪了出来，唤道：“范先生，乞客孙复来也！”

这个叫孙复的中年男子，是晋州平阳人，家贫，父早亡，但力学不辍，饱读六经，贯穿义理，已两度举进士而不第。今春落第后，听赴考的应天府书院一个叫张方平的贡生说，他是受范仲淹资助在书院读书的，又言范仲淹尝推其俸以食四方游士，便与同样落第的张方平一起来到应天府书院，找范仲淹求助。范仲淹果然慷慨解囊，赠千钱。钱花完了，孙复就又找来了。

“是你！”范仲淹惊诧道，“汲汲于道路，岂不误了学业？”

孙复戚然道：“母老无以养，若日得百钱，何惧道路迢迢！”

范仲淹苦笑一声，把曾经的应天府同窗、刚由他延聘来任教的王洙叫来直房接待孙复，便匆匆去给生徒授课。

受南京留守晏殊延聘，范仲淹于仲春到应天府书院主教务，并兼“艺文”和“易经”二科讲书。他多半时间住在书院里，全身心投入教务、教学。给生徒出题后，诸生作赋，他必先自作一篇范文，并向生徒讲解。今晚讲的是他写的《尧舜帅天下以仁赋》的程文。

> 穆穆虞舜，巍巍帝尧。伊二圣之仁化，致四海之富饶。协和万邦……然则帝者民之宗焉，仁者教之大也。

读了一段，范仲淹停下来，扫视众人，提高声调道：“诸子写诗作文，不要沾染当下的文风，因人之尚，忘己之实，非穷途而悲，非乱世而怨；务必做到意必以淳，语必以真，乐则歌之，忧则怀之，无虚美，无苟怨……”

结束讲课，范仲淹想到孙复还在直房候着，便疾步往回赶，远远地就听到直房里传出激烈的争吵声。他小跑着赶过去，推门一看，不禁大吃一惊，站在屋子中央正在指手画脚大声说话的，竟是十多年前到贡院报名时遇到的华州举子张三才。

“先生！”一个高个子、宽脸庞的年轻人起身一揖，向范仲淹禀报，“弟子游魏地，偶遇兼勤兄，兼勤兄得知先生在此执教，特来拜访。”说话的年轻人叫张方平，字安道，应天府人，家贫无依，范仲淹分俸资助，令其到书院就学。

张三才向范仲淹拱手道：“三才今春再次落第，漫游河北时与张安道相遇，安道兄好奇论，与豪杰纵酒为高，我二人相见恨晚！”

范仲淹兴奋道：“难得才俊相聚，只是范某丁忧，不能饮酒，只好以茶代酒，作彻夜谈！”遂召来院吏，预备几根新蜡，煮上一大壶茶，端来了干果、点心，这才转向孙复，叫着他的字道：“明复，适才和谁争论？”

孙复道：“弟子以为，江山就是百姓，善于治理国家的人，一定要重视百姓，因为百姓是国家的根本；可兼勤兄认为，江山就是土地，谁夺了土地、建了朝廷，百姓就供谁驱使。真是岂有此理！”

张三才嘿嘿一笑道：“三才是就事实而论，孙明复嘛，是在描绘儒家的愿景。”

范仲淹对孙复的观点甚赞同，遂道：“我观明复颇有见地，给你一个学职，月可得三千钱，足以养家。如此，你可否安心于学？”

孙复喜出望外，深揖道：“弟子求之不得！”

范仲淹起身，从书橱里拿出《春秋》递给孙复，嘱咐道：“明复治《春秋》，必能成大器！”

孙复接过，“嗵”地跪地，叩首道：“弟子受教矣！”

范仲淹摆摆手，让孙复起身入座，又转向左侧的张三才道：“贡院报名时初遇兼勤兄，即留下深刻印象，后来皇榜上未见兄之大名，还问过几位同年，皆不知其故。”

“气场不合！”张三才自负道，“殿试时官家御笔亲出的试题是《置天下如置器》，三才纵论君王开疆拓土，成就霸业，方可功业垂万古。可真宗皇帝自奉守成之君，宰相王旦一意休息，纳万物于大度，三才之论与君相的宗旨岂不格格不入？”

范仲淹点头，又问：“兼勤兄多年游走各地，有何见闻？”

“先说一个笑话。”张三才一欠身道，“话说江南转运使莅常州，问郡守锡山离常州多远，郡守竟茫然不能对。常州所辖无锡县有锡山，俗称惠山，郡守不阅舆图，只知有惠山，不知锡山本名。转运使大怒，谓守臣不知境内山川，其为政可料，遂上章参劾，郡守因此丢官。”

“这不是笑话，是丑闻！”范仲淹痛心道，“五代任官，不知轻重，曹、掾、簿、尉中龌龊无能、昏老不任驱策者，任为县令，故天下之邑率皆不治。我太祖开国之初，即择才能之士出守大邑。祖宗重州县官如此，可如今的州县官……”

“最可忧者不在此！”张三才打断范仲淹道，“皇宋强敌环伺，可就连沿边州县的文武，也都陶醉在歌舞升平里。三才随做贸易的友人去过兴州，党项人中弥漫着以臣服皇宋为耻的气息。夏酋德明之子名元昊者，桀骜不驯，一直鼓动德明建国称帝。当乃父向他说明，只有与皇宋维系和平方有锦衣玉食时，元昊发出‘英雄之生当王霸，锦绮又何为’的豪言。这是危险的信号啊！一旦德明死而元昊立，必有大事发生！”

范仲淹心头一沉。

孙复蓦地站起身，大声道：“兼勤兄所见，只是表象。目今国家的弊病，一切的根源，就在于没有确立儒家大道。放眼天下，佛老妖妄怪诞之教，把儒家之道搅乱了，当务之急是光大儒家圣贤之道。圣贤之道倡，君子立朝堂，内去小人，外防夷狄，天下可治！”

张三才摇头道：“我倒不觉得非要有什么君子、小人之辨。满口忠君爱国就是君子？那虚伪之徒岂不都成了君子？三才学不会虚伪，也就不想做君子，只想做出一番伟业，不辜负自己的才华。可承平之时，谁承认你的才华？又有谁在意你的才华？故而，我盼天下大乱，届时展布宏猷，建功立业，名垂青史！”

范仲淹被张三才的话吓了一跳，忍不住道："我辈读书人，做人做事，要衡诸道与义。不合乎道与义之事，万万做不得！"

张三才见话不投机，起身拱手告辞，边往外走，边发出怪异的笑声。范仲淹追了几步，对着张三才的背影道："兼勤兄，以自己的才华建功立业，仲淹感佩；然利国利民者，方谓之功业，若……"

"哈哈哈！三才只有一个执念，不能辜负自己的才华！"黑暗中，传来张三才悲怆得令人毛骨悚然的声音。

范仲淹打了个寒颤。仿佛是弥漫在庙堂之上、官场之中的守静之风裹挟着凛凛寒气，吹透了他的周身。

## 三

南京留守晏殊推开直房的轩窗，抬头望着灰蒙蒙的天空，发出轻轻的叹息。他少年得志，学识渊博，所希望的是岁月静好，现世安稳。想到上章反对任用先帝藩邸旧臣张耆，忤太后意；想到在玉清昭应宫打断侍从门牙，遭御史弹劾，不得不离开京城，晏殊追悔不已。或许是自己仕途太顺遂，有些忘乎所以了。经此挫折，他深感美好的东西太易失去，比如春光，比如亲情，比如前程。学会享受平凡与宁静，就捕捉到了幸福的真谛。这样想着，他唤来官妓，拿出春季所填《踏莎行》，命她吟唱：

> 小径红稀，芳郊绿遍。高台树色阴阴见。春风不解禁杨花，蒙蒙乱扑行人面。　翠叶藏莺，朱帘隔燕。炉香静逐游丝转。一场愁梦酒醒时，斜阳却照深深院。

官妓吟唱毕，侍从来禀，范仲淹求见。

"快请快请！"晏殊吩咐道。又指挥官妓："烹煮峨眉白芽来！"

“见过晏侍郎！”范仲淹进来，恭恭敬敬给晏殊施礼。

“希文，来来来，快请坐！”晏殊拱手还礼，伸臂引范仲淹在坐榻上隔几坐下。

范仲淹从袖中掏出一叠文稿呈上：“晏侍郎，此乃仲淹奉命所撰《南京书院题名记》，请晏侍郎斧正。”

晏殊接过阅看，尚未读完，就拊掌赞道：“甚好！这‘九河我吞，百谷我尊’‘浮云我决，良玉我切’之句，透出博大胸怀和英锐之气，有气魄！”

官妓端上了茶盏，晏殊一指，笑道：“希文，请品尝。”

范仲淹端起茶盏，香气扑鼻，品了一口，清香宜人，连连点头道：“好茶！”

“希文，此乃峨眉白芽，产自峨眉山中峰寺一带。此茶数量不多，京城士大夫视为珍宝。”晏殊指着茶盏道。

范仲淹拱手相谢，脸上却没有一丝笑容，眉宇间凝结着一片阴翳。

“希文有心事？”晏殊不解地问，又向官妓摆手，示意她退下。

范仲淹放下茶盏，问道：“晏侍郎久历朝廷，仲淹想知道，中枢衮衮诸公对天下情势，究竟作何判断？”

晏殊慢慢品了口茶，盯着范仲淹道：“皇宋优礼士大夫，言路大开，朝政清明，天下富庶，虽汉唐盛世所不及。”

范仲淹沉吟不语，过了许久，突然闭目诵道：

> 今朝廷久无忧矣，天下久太平矣；兵久弗用矣，士曾未教矣；中外方奢侈矣，百姓反困穷矣。朝廷无忧则苦言难入，天下久平则倚伏可畏；兵久弗用则武备不坚，士曾未教则贤材不充；中外奢侈则国用无度，百姓困穷则天下无恩。苦言难入则国听不聪矣，倚伏可畏则奸雄或伺其时矣；武备不坚则戎狄或乘其隙矣，贤材不充则名器或假于人矣；国用无度则民力已竭矣，天下无恩则邦本不固矣。

晏殊露出惊诧而又疑惑的神色，不知范仲淹所诵有何出处，略一思忖，回过味来：他必是又要上书！遂面无表情问："你写的？"

范仲淹点头。

两个多月前，与张三才、张方平、孙复等人一番杂谈，联系到自己十多年幕职官的所见所闻，范仲淹心情久久不能平静。经反复斟酌，决计再向朝廷进言。捍海堰的事让他看到了锲而不舍的效果。就在拜访知应天府蔡齐的当夜，"隆隆"雷声又一次触动了范仲淹的忧思，他急匆匆赶回家，再次上书发运副使张纶，恳请他奏请朝廷复筑捍海堰。前不久，张纶函告范仲淹，经他三次上章坚请，并自请主持，朝廷已命他督率民夫复筑捍海堰。范仲淹由此得出结论，凡事不可轻言放弃，锲而不舍必有所成。他利用近十天时间，拟好了洋洋万言的《上执政书》，直陈时弊，吁请振作。倘若获晏殊支持，得到中枢回应的可能性势必大增，所以他便以呈请审阅《南京书院题名记》为由前来拜谒。不意他刚试探了一句，晏殊就以"虽汉唐盛世所不及"相答，范仲淹不便直接辩驳，索性把自己拟写的《上执政书》诵了出来。

"说一则趣事给希文听。"晏殊微微一笑。他欠了欠身，缓缓道："多年前开科，殿试题目是《当仁不让于师赋》。举子李迪落韵，贾边则把'师'解读为'众'。宰相王旦认为，落韵失于不详审，而以'师'为'众'，则不合注疏，标新立异，遂取李迪而黜贾边。目今的朝论，大率如此。"他呷了口茶，又道："本朝承唐末五代百年之乱，结束了武人称雄时代，混一四海，推崇文治，受到读书人衷心拥戴。朝野普遍认为，太祖皇帝创业垂二十年，事为之防，曲为之制，规矩已定，后世谨当遵承，不宜逾越。国初，赵普为相，不喜兴立事端，在政事堂坐屏后置二大瓮，凡有兴利除弊章奏，皆置瓮中，满即焚之于通衢，以此昭告天下：一切以安静无事为上。自此，凡言兴革者，即被目为浮薄喜事。士君子以恭谨静慎为贤，守静的政风弥漫国中，浮薄喜事之人一概摒弃，士大夫以冲晦自养，这是当下的政风。"

范仲淹蹙眉道："晏侍郎，仲淹在州县十余年，深知四民之苦。《易》云：'安而不忘危，存而不忘亡，治而不忘乱。'仲淹以为，治国当未雨绸缪。朝廷无过，民生无怨，政教不坠，祸患不起。"

晏殊低头饮茶，沉默不语。

“晏侍郎！”范仲淹唤了一声，肃然道，“儒者报国，以言为先。仲淹愿开先例，打破士大夫以冲晦自养的局面！”

“希文，你还在丁忧中吧？”晏殊以反问表达了劝阻之意。

范仲淹沉默了。丁忧，应该是沉浸在哀痛中，故有守丧不言时事的规矩。若此时上书，轻者被人讥讽为不孝，重者可能以违制遭贬黜。

“儒者不以一心之戚而忘天下之忧，冒哀上书，这才是真正的忠孝！”范仲淹仿佛听到一个声音，遥远而又贴近的声音，在他耳边响起。

## 四

皇城南门乾元门直通后宫拱辰门，一条南北大街将皇宫分成东西两部分。街东坐落着朝廷的中枢机构中书门下。本朝的宰相和参知政事均在此当值。中书门下东南不远处，是被称为玉堂的翰林院。这天早朝散后，一个月前由南京留守内调朝廷，担任翰林学士、侍讲学士的晏殊回到翰林院的直房，照例在香炉里点上一炷檀香。望着香炉小孔里冒出的细细袅袅的烟雾，往日那种油然而生的祥和宁静并没有涌上心头，代之而来的是阵阵忐忑。他举荐一名秘阁校理人选，照例五六天就该批下来，令他不解的是，这次的荐表呈上后半个月了，却迟迟没有回应。难道是太后或宰相王曾对他心生嫌隙？他坐不住了，对镜整理好冠带，冒着酷暑，迈步往政事堂而去。

“哦？晏学士！”

晏殊抬头一看，是枢密副使夏竦，看样子刚从政事堂出来，忙抱拳回礼道：“见过夏副枢！”

个子矮胖的夏竦是官场闻人，由武职微官到前途无量的天子近臣，只用了十年时间。不料他的发妻杨氏突然疏陈其隐私，夏竦遂因“鱼轩不睦”贬知黄州，再移邓州、襄州，后又知寿、安、洪三州，因政绩突出，被重新调到朝廷。今年正月，宰相之一的张知白去世，太后借机调整中枢，枢密副使张士逊升宰相，夏竦、范雍晋枢密副使。夏竦甫到任，见武臣赏罚没有律条，胥吏得以高下其手，便集中两个月时间，带领曹房清理以前案例，制定条贯颁下，赢得赞赏。当下，他已成为朝廷中的活跃人物。一见晏殊走过来，夏竦拦住他的去路，笑着问："学士守南都时延聘的范仲淹，是怎样一个人？"

"嗯？范希文嘛……"晏殊吞吞吐吐，打岔道，"今夏的天气，似乎比往年热了许多啊！"

夏竦呵呵笑了两声，拉晏殊走到一棵老槐树的树荫下，神情诡秘道："晏学士刚回朝，或许不晓，接到范仲淹的《上执政书》，中枢大老为之皱眉！"

去年底，丁忧中的范仲淹自应天府书院向朝廷呈奏《上执政书》，围绕择郡守、举县令、斥游惰、去冗僭、遴选举、敦教育、举将才、保直臣、斥佞臣九大纲目，建言固邦本、厚民力、重名器、备戎狄、杜奸雄、明国听，洋洋万言。通进司呈报给宰相王曾，王曾阅后转二府大臣传阅，宰相张士逊粗略扫了一眼，大怒道，范仲淹曾给张知白上书、给皇太后上书，今又上执政书，不甘寂寞、喜事邀名如此！又言范仲淹摆出以天下为己任的样子，却根本不知天下事，妄称天下州县官十有八九是耄者、懦者、贪者、虐者，分明是危言耸听。晏殊虽回朝不久，但有关《上执政书》的议论，也听到不少，故对夏竦的话并不吃惊，只是微微一笑道："晏某不知范希文有此举。"

夏竦压低声音道："晏学士有所不知，接到范仲淹万言书，二府大臣谓范仲淹居丧上书，逾越典礼，当予惩戒！夏某辩驳说，古之君子如伊尹、管仲之辈，其王霸之略，皆定于畎亩中。范仲淹居母忧而忧天下，也是效法先贤。众人无言以对。不然，范仲淹必有灾殃！"

晏殊将信将疑，抱拳道："夏副枢宅心仁厚！"说罢，急忙闪身往政事堂走，一路上，暗自庆幸没有举荐范仲淹试馆职。

堂吏将翰林学士晏殊来谒的消息通禀给了首相王曾。依礼，翰林学士来谒，宰相当起身相迎，隔几而坐。王曾放下笔，起身将晏殊迎进室内，两人落了座，不待晏殊开口，王曾先道："闻得应天府书院办得风生水起。学士辟范仲淹主教务，有眼力啊！”

晏殊拱手道：“范仲淹其人，教学有志，授徒有方。作为讲书，他泛通六经，长于《易》，生徒无论何时求教，皆不厌其烦，为其执经讲解，不知疲倦；作为书院教长，常宿学舍，训督皆有法度，勤学恭谨，以身先之，由是四方从学者辐辏。”

王曾拿出晏殊的荐表，笑着问：“既然晏学士如此推崇范仲淹，因何荐表上，不是他的名字？”

晏殊觑了王曾一眼，从他的神情里看不出想表达什么。经历了一次外贬，晏殊变得谨慎，试探着道：“以殊之观感，范仲淹主持教育，颇为适宜。”

王曾也在观察晏殊的表情，见他说话时目光躲闪，似有隐衷，遂追问道：“晏学士因此而不荐他入馆阁？”

晏殊回避着王曾的目光，欠了欠身，突然咏道：

马卿才大常能赋，梅福官卑数上书。
黼座垂精正求治，何时条对召公车。

咏罢，呵呵一笑道：“这是杭州林隐士回赠范希文的诗，此公热衷上书，就连隐士也晓得。”

王曾笑道：“隐士此诗，把范仲淹比喻为汉代才华横溢的司马相如和位卑却敢于切谏的南昌仙尉梅福，我看比喻贴切，既有钦佩，又有期许。像范仲淹这样以天下为己任的豪杰之士，若不‘条对召公车’，恐怕连隐士也会嘲笑朝廷埋没人才吧？”

晏殊一蹙眉，端盏饮茶以为掩饰。他听到的消息是中枢大老对范仲淹的《上执政书》颇不以为然，适才夏竦也有此说，王曾因何一见面就说出这样一番话来？

王曾用余光观察晏殊的反应，也端起茶盏喝茶。他是故相李沆的女婿，自当国以来，以厚重镇天下，尤抑奔竞。偏偏出了一个范仲淹，常常给大老上书自荐，还给皇太后上时务书，去年底又给宰执上书，洋洋万言。对此，王曾并不欣赏。但他有自己的盘算。临朝称制的皇太后是蜀地歌女，多年来为士大夫所轻。因她与先帝感情甚笃，先帝临终以遗诏授权她权且处分军国政事。满朝文武甚感屈辱。如今皇上年已十九，朝野要求太后还政的暗流涌动。年初，左司谏刘随第一次公开呼吁太后还政，太后把难题推给了皇上。皇上与太后母子情深，仅此一招，就将还政吁请压制住了。没有人再站出来公开呼吁，不等于接受了太后继续听政的现实。百官心里积压着一股怨气，他们不敢再公开向太后发难，对宰相就不那么客气了。或公开或私下，说王曾身为宰相不敢担当、畏威保位云云。王曾为此而苦恼。他从范仲淹以微官屡次上书的举动得出结论，此人热衷功名，不甘寂寞，这种人若被提调朝廷，不会安于缄默。只要范仲淹振臂一呼，或许太后还政的事就有了眉目；至少，身为宰相，他没有放弃责任，一直在为促成太后还政而努力着，心理上也可得到安慰。他见晏殊举荐的人选不是范仲淹，就把荐表压下了。可晏殊一脸狐疑，分明还在揣摩他的意图，王曾放下茶盏，问道："晏学士有何顾虑？"

既然宰相把举荐的人否决了，近乎作出了明示，晏殊只能顺水推舟，歉意一笑道："相公为国惜才，非我辈凡俗可比。范仲淹有大志，亦有大才。惜乎沉于下僚十余载，才不得展，志不得抒，故屡有上书之举。今得相公青睐，殊为范仲淹贺！"

王曾呵呵一笑，把晏殊的荐表递过去，问："那么，晏学士要改荐？"

"改荐！改荐！"晏殊连连道，接过荐表，施礼辞出。回到直房，顾不得燃香，即端坐书案前，提笔重写荐表：

> 臣伏见大理寺丞范仲淹，为学精勤，属文典雅，略分吏局，亦著清声。前曾任泰州兴化县，兴海堰之利；昨因服制，退处睢阳，日于府学之中观书肄业，敦劝徒众，讲习艺文，不出户庭，独守贫素。儒者之行，实有可称。欲望试其词学，奖以职名，庶参多士之林，允洽崇丘之咏。

荐表写就封好，晏殊吩咐堂吏送到内东门拜表处。他呆坐在书案前，心中隐隐感到不安。律法明定，举主与被举之人负有连带责任，范仲淹到了朝廷，万一惹是生非，他难脱干系。想到这里，晏殊额头上冒出一层汗珠。他心慌意乱，燃上一炷香，默念道："官场失意的人容易有怨言，这也看不惯，那也不顺眼；一旦获得转机，前程光明，目力所及，一切都变得美好起来。馆阁之职，人所向往，范希文安得不知珍惜？"

此心良可歌，凭月为知音。

——范仲淹

# 第十章 此心良可歌

## 一

开封外城康保门外的一座院落，是范仲淹所赁住宅。正房五间、东西厢房各三间，外加四间耳房，住着大大小小十来口人。两男两女四个孩子，大的不过八岁，小的只有两个月，院子里一天到晚总是热热闹闹。

深秋的一天，院内却格外寂静。范仲淹参加皇上在后苑举办的曲宴回来，见家眷都不在，便独自在院中徘徊。

院中的两棵大杨树上，叶子已然落尽，光秃秃耸立着，望之顿生苍凉之感。范仲淹踩在枯叶上，发出“嚓嚓”的声响，他不时驻足，侧耳细听，以便及时听到大门外的动静。好几次，觉得门环有响动，可到跟前一看，却空无一人，不禁嘀咕：“这么晚了，怎的还不回来？”

过了小半个时辰，门外有了动静，门环“啪啪”作响。范仲淹急忙上前开门，嗔怪道：“怎的这么晚……”话未说完，他愣住了，夜色朦胧中，一个内官出现在他面前。

“嘿嘿嘿！范秘阁，认得咱吧？”

本朝制度沿袭唐代，置史馆、昭文馆、集贤院，合称三馆，后又增建秘阁，有馆阁之职者谓之馆职。读书人进士及第后，若不能跳出选海，终生只能做八品以下的州县幕职官;若不能入馆阁,则只能做中级官,无公卿大臣之望。故一入馆阁,遂为名流。士大夫皆有馆阁情结,以获得馆职为人生转折。范仲淹本对仕途不再抱有期待,打算在守制期满后继续主应天府书院教务。突然之间,收到让他赴京应馆选的敕牒,他惊喜万分。馆选的试题是一诗一赋,以赋之优劣定取舍。在诗词歌赋中,范仲淹最擅长写赋,主教书院两年间,他为生徒出试题,出得最多的也是赋,每次都会写出一篇程文,先后作赋几十篇,还汇编了一部《汉唐赋》供生徒阅读。馆选试题让他写赋,摆明了就是要选任他的。果然,范仲淹守制期满,朝廷起复他,直接任命为秘阁校理,不惟由京官跻身升朝官,还获得了士人艳羡的馆职。今年上元节一过,他即偕妻儿进京,在康保门外赁下这座小院,安了家。京城应酬甚多,但范仲淹家中子女还小,很少在家中宴客,造访者也不常见,今晚忽见内官出现在门口,让他颇为惊讶。

来人见范仲淹怔怔地站着,不悦道:"怎么,范秘阁,不认得咱?"

范仲淹用力挤了两下眼睛,他不是不认得,是不敢相信。眼前站着的,竟是内押班杨怀敏。内押班仅次于入内省正副都知,是内官中的三号人物,整天围在皇太后面前,朝会时押班,平时常到二府三司转达懿旨,可谓炙手可热。朝廷有规矩,外廷百官不得与宦官私下交通,而范仲淹又实在想不出杨怀敏乘夜色来访,会有什么公干,吃惊之余,不冷不热地问:"中贵人所为何来?"

杨怀敏向内一扬下颌道:"咱有公干!"

范仲淹拱了拱手,请杨怀敏入内。杨怀敏屏退了身后站着的两个小黄门,只身随范仲淹进了院子。走到院中,范仲淹站住了,拱手问:"中贵人有何见教?不妨在此明示。"

杨怀敏嘿嘿一笑道:"秘阁,咱特来宣太后陛下口谕。"

范仲淹越发疑惑了:他不过是一个七品馆职,垂帘听政的皇太后怎么会特意差内侍给他宣谕?

"恭喜秘阁!"杨怀敏抱拳道,"皇太后让咱知会秘阁一句话。"他故作神秘，从嗓子眼里发出低沉的声音：“皇太后陛下谕曰：‘今后凡有大号令，不须强上拗，三五年可得宰相位！’”

范仲淹不敢相信自己的耳朵，摇晃了一下脑袋，似乎在分辨是不是在做梦。

杨怀敏又是嘿嘿一笑：“秘阁，咱们的皇太后，当年看到你呈来的《奏上时务书》，就很赏识你嘞！皇太后娘娘还特意问了秘阁的身世，听说秘阁身世孤苦，皇太后顿生同病相怜之心呢！”

范仲淹正色道：“请中贵人转奏皇太后陛下，仲淹忠君报国之心，天日可鉴！”

杨怀敏眨巴了几下眼睛，收敛了笑容，拱手告辞。

范仲淹呆呆地站在院子里，细细品味着杨怀敏的话。三五年可得宰相位，对一个七品秘阁校理来说，听起来匪夷所思；可稍一推敲，并不是没有可能。进士出身者一旦入馆阁，受到赏识，三五年做宰相者，也不乏先例。范仲淹在应天府书院主持教务时，天下士子纷纷投其门下；洋洋万言的《上执政书》虽为元老大臣所不喜，却赢得了读书人的普遍赞誉。一个有名望的馆阁之士，不久的将来成为国家的宰辅大臣，几乎是顺理成章的。对此，已经四十一岁的范仲淹充满期待。可是，皇太后特意差大珰密告，作出如此重大许诺，让范仲淹深感震惊。但细细琢磨，又觉得也在情理之中。皇太后起自寒微，女主临朝，不为元老大臣所接受，她需要培植拥护她的新势力，盯上他这个不甘寂寞的新人，许以高官厚禄，并不奇怪。

“哎呀！怎的大门敞开呀！”

是李三妹的声音。范仲淹抬眼望去，借着灯笼的亮光，看见门外停着一辆马车，李三妹抱着襁褓中的幼女，女使徐嫂领着另外三个儿女，正从马车上下来。儿女们看到父亲，争先恐后跑过去，欢快地叫着，争相展示自己得到的玩具。

“爹爹快看、快看，这叫磨合乐，他会自己走呢！”三岁的纯仁举着一个泥人模样的玩具，兴高采烈地说。

低头望着年幼的儿女，范仲淹目光里充满了慈爱。给儿女一个安定的生活，也是做父亲的责任啊！

“多年不见，和小妹总有说不完的话，所以耽搁到这么晚。”李三妹主动解释道。

李家小妹和吴县书生郑戬在范仲淹与三妹成婚前即已成婚。五年前，郑戬中进士甲科第三，授宁国军节度判官，三年后即以馆选入集贤院。他精明能干，善决断，有政声，时下任太子中允、知礼仪院。这么多年来，姐妹天各一方，如今各自的丈夫都在朝廷为官，在京城安了家，李三妹常偕子女到小妹家中欢聚。

范仲淹还在想心事，并没有听清李三妹的话，只是下意识“哦”了一声。

“姐妹相聚，最高兴的是孩子们呢！”李三妹欣慰道。作为大家闺秀，十多年里，跟随范仲淹在亳州、西溪、兴化辗转，好不容易到京城安了家，又能和自幼一起长大的妹妹常来常往，她自是珍惜非常。三妹性格温婉贤淑，即使暗中担惊受怕，也从不干预丈夫的事。此时发出这番感慨，也是变相给他一个提醒。

范仲淹听出了三妹的弦外之音，心里“咯噔”了一下，蓦然把适才大珰来传皇太后口谕、以宰相之位相许的事接续上了。三妹的意思也好，皇太后的圣意也罢，似乎都在提醒他：不可多事。他突然有种预感，一定会有什么事要发生。

## 二

皇宫东华门内东南角的一个院落，就是秘阁所在。范仲淹坐在直房，脸上挂着微笑，伏案疾书。前不久，他接到泰州军事推官滕宗谅来书，告知他，在张纶的主持下，长达一百五十余里的捍海堰业已构筑完竣，期月之内，外逃的百姓返乡复业者一千六百户，自愿恢复缴租税者又三千余户。百姓感戴张纶之功，建生祠以奉，并吁请首倡筑堰的范仲淹为祠堂写颂。范仲淹为之振奋，很快写成了《泰州张侯祠堂颂》，他意犹未尽，提笔再撰《堰记》，叙述筑堰经过、总结经验，以便后人借鉴。

“希文兄！”呼唤声伴着一股寒气，传进了直房。

范仲淹抬头一看，是连襟郑戬。他起身叫着郑戬的字道：“天休，有事？”

郑戬在书案前的一把椅子上坐定，叹口气道：“昨接手诏，冬至节，官家要率百官在会庆殿为太后贺节上寿，命拟定仪注进呈。这等事，本朝没有过，不知唐代武后时有没有这样的仪式，三馆所藏书册都查遍了，也没有查到，或许秘阁里有这等秘籍？”

范仲淹一惊，瞪大眼睛问：“天休是说，官家要率百官在会庆殿为皇太后贺节上寿？”

郑戬压低声音道：“去岁一场大火，把玉清昭应宫二千六百一十楹烧毁，那是先帝不顾物议精心督建的，皇太后与先帝感情甚笃，欲复建又为百官所阻，觉得无颜见先帝于九泉，痛不欲生。官家与太后母子情深，故以率百官贺冬至为其解颐。”

“今后凡有大号令，不须强上拗，三五年可得宰相位！”范仲淹的耳边，蓦然回响起这个声音。他突然明白了，皇太后之所以有那样的许诺，并非他想的要罗致新人那么简单。多年来，他官卑数上书，并因此而为庙堂所知，皇太后必是担心有所举动会遭他反对，才特意差大珰抛出甘甜诱饵。想到这里，他的脸色蓦然严峻起来，坐直了身子，盯着郑戬问：“官家的手诏，宰相没有封驳？台谏没有谏诤？”

郑戬摇头道：“宰执认为，此事于国政未有大利害，不必力争之。台谏官虽有非议，也只是私下说说而已。皇太后威权正盛，到了一纸黜宰相的地步，无人愿为无关紧要的小事冒天大的风险。”

去年夏末，先帝耗巨资督建的巍峨的玉清昭应宫被火焚毁，事后查明，乃知宫李知损醉酒后碰倒蜡烛引燃帷幕所致。宰相例兼玉清昭应宫宫使，知宫为其选任，身为宰相的王曾有失察之责，被皇太后罢黜，外放青州。就在王曾罢相几个月前，长期担任枢密使的曹利用被罢，发房州安置，在前往贬所途中的襄阳驿自杀。这两件事令朝野对皇太后的威权噤若寒蝉。但越是这样，范仲淹的忧思越深。他敲了一下书案道："这岂是无关国政的小事？官家乃九五之尊，怎能自降身份？"

"希文兄这么看？"郑戬探身道。旋即仰脸笑了起来："呵呵，弟凭直觉论事，不像希文兄想的那么复杂！希文兄有空帮着找找看，武后时代有没有皇帝率百官在外廷为太后贺寿之礼。"说着起身告辞。

范仲淹没有起身相送，待郑戬出了房门，他才忽地从座椅上起来，背手在室内徘徊，口中默念着："既然此举不合道义，就该上言谏阻啊！"此念一闪出，杨怀敏转达的三五年成宰相的许诺便在耳畔回响，他摇摇头，自嘲一笑："是啊，当国的宰辅大臣、负有言责的台谏官都默然接受了，一个低级馆职，为何要出头？即使站出来谏阻，人微言轻，又能阻止得了吗？明知于事无补，又何必强上拗？"这样想着，他垂首回到书案前，提笔继续撰写《堰记》。可是，适才还文思如涌，这时搜肠刮肚却还是不知如何落笔。他烦躁地抬头看着窗外，一阵旋风刮过，卷起了砖缝里的尘土草屑，在窗前盘旋了一阵，慢慢散去了。

"哈哈哈！到底是被我辈猜中了，他屡次上书，就是为博取名声嘛！如今得了美官，大半年过去了，怎不见他再出一语？"窗外仿佛传来这样的讥笑声，像是那阵旋风带过来的。声音如此清晰，范仲淹感觉听得真切无误。

"一定有人会这样说！"范仲淹自语道。自从到朝廷任职，京城的一些文人、学子，像国子监监生欧阳修、王拱辰，以恩荫补太庙斋郎、有"诗老"之誉的苏舜钦等人，仰慕范仲淹，时常邀他聚饮。席间，免不得将官场对他的评价转述一番，其中就有范仲淹屡屡上书就是为了博取名声、猎取美官的讥诮之议。他也只能一笑了之，等待时机，让事实替他说话。现在，机会摆在了面前。世人对儒者的诟病，集矢于言行不一。满口道义，遇事却患得患失。他又想起自己为应天府书院生徒所作范文中"光宇无私，文明由己"八个字，便把未写完的《堰记》往旁侧一推，拿过一张公笺铺展开来，提笔疾书，一道

《陈国家冬至上寿之礼疏》，不到半个时辰就写成了。

奏疏呈递上去了，范仲淹静待朝廷的回应。隔了一天，皇太后御批："两地议闻。"

两地就是中书门下和枢密院。皇太后让二府商议后奏闻，范仲淹正踌躇要不要到政事堂谒见宰相吕夷简，当面向他陈情时，晏殊差亲吏来召，要他到翰林院去见。

"仲淹见过晏公！"进了晏殊的直房，范仲淹施礼道。他入应天府书院主持教务，乃晏殊所聘；入秘阁，是晏殊所荐。范仲淹视晏殊为师长，对他执弟子礼，并尊称比他小两岁的晏殊为"公"。

晏殊端坐椅上，脸色阴沉，并不还礼，指了指旁侧的蒲墩。范仲淹刚坐下，晏殊就瓮声问："闻得希文上封章，言朝廷礼仪事，可有此事？"

范仲淹站起身，躬身道："禀晏公：仲淹五天前上了奏疏。闻官家拟在会庆殿率百官为皇太后上寿，仲淹思之，此举亏君体，损主威。此一做法混淆了家礼与国礼。皇上有事亲之道，但无做臣之礼；若要尽孝心，于内廷行家人礼即可，在外廷率百官朝拜皇太后，形同降九五之尊为人臣，有损皇威，且开后世弱皇上而强母后之例。仲淹轻一死而重万代法，上章请官家率皇族于内廷上皇太后圣寿；请诏宰相率百僚于前殿上两宫圣寿，实无减皇太后尊崇之威，又足存皇上至高之体。"

"希文，你可知馆职是做什么的？"晏殊以责备的口气厉声道，"你范希文真是忧国之士？可我听说众人都在议论，说你非忠非直，不过好奇邀名而已。若然不改，恐连我这个举主也要受到牵累！"

范仲淹愕然失色，辩道："晏公，闻唐之韩愈，自谓有忧天下之心，由是时政得失，常有谏言。仲淹谓忠臣义士，忧国爱君，当深谋远虑，防微……"

"不要再强辩！"晏殊大喝一声，打断了范仲淹的话。

范仲淹打了个激灵。他没有料到，一向温润如玉的晏殊发起火来竟如此严厉！于私，晏殊是他的恩公、师长；于公，晏殊是朝廷大臣。范仲淹不想犯大臣、师长之威，便把要辩的话咽了回去，施礼告退。

出了翰林院，一股冷风吹来，范仲淹感到浑身冰凉。晏殊的态度令他感到意外，更让他吃惊的是，在朝廷大臣的心目中，他并不是什么忧国之士，而是好奇邀名之徒！他一咬牙，自语道："那就用行动来说话吧！"

## 三

入夜，雪还在不停地下着。用过晚饭，范仲淹走到大门口，吩咐门公，今晚有客人来访，仔细听着些。交代毕，抬头看了看天，自语道："这大雪天，来不了吧？"话音未落，忽听门环响动。范仲淹疾步迎过去，边唤着"稚圭"，边动手打开了大门，搭眼一看，不是他要等的人；可比见到他要等的人还要兴奋，惊喜道："竟是彦国！"

自在西溪监盐仓时与富弼定交，八年过去了，富弼变得老成了许多，可范仲淹还是一眼认出了他。因明年是开科之年，各地贡生齐集京城，富弼作为河南府贡生，赴京赶考，特来拜谒范仲淹。

"备酒！我要与彦国痛饮！"范仲淹一边拉着富弼的袍袖往书房走，一边大声吩咐道。

"你不是说要戒酒吗，怎的又要酒？"上房里传出李三妹的声音，是嗔怪，也是提醒。

范仲淹入京为官后方知，京城官场宴饮成风，有的是不成文的规矩，比如凡入馆阁者必先宴请同僚，秋天各衙门要办赛神会、痛饮竟日等等；有的是朝廷里的明文规定，凡朝廷举办曲宴，馆职皆得预焉；有的是文人雅士私下诗酒相娱。这样一来，范仲淹或主动或被动，不得不常常出入酒宴间，颇不适应，身体渐渐不支，时常头晕、咳嗽，病情加重时，曾向李三妹承诺要戒酒，此刻听到三妹的提醒，他歉意一笑道："总要有例外嘛！"

刚一落座，寒暄了不几句，富弼就从照袋拿出自己写的《边防论》《灾异论》《近君子远小人论》请范仲淹过目。范仲淹惊喜地看着富弼道："这都是宰相应该关心的大事啊!”他先举着《边防论》问:“彦国,可否先用一句话概述一下此文观点?”

富弼道:“契丹强盛,西夏也日渐壮大,已是中原劲敌,故不能套用古之对夷狄的办法。”

范仲淹点头,又问:“那么《灾异论》呢?”

富弼答:“君主所畏惧的只有天,如果不畏天,就什么事都敢干了,也让谏臣不能施展;故一旦有灾异,要借机促君主修省,使下情畅通。”

“再说说你的《近君子远小人论》。”范仲淹迫不及待地说。烛光映衬下,分明可以看到他眼里放射出兴奋的光芒。

富弼又答:“人主不能以同为喜、以异为怒;用人时,更不能以喜怒定取舍。”

“好!”范仲淹拊掌道。像是突然想到什么,他盯着富弼道:“彦国,我看你不必举进士科。作诗不是你的长项,却是进士科的鬼门关。枢密副使夏竦建言开制科,朝廷已颁诏,今年开茂才异等科。凭彦国的这几篇文论,必一举登甲等!”见富弼先是眉间露出喜色,旋即蹙眉沉吟,范仲淹即知他担心什么,一拍胸脯道:“不必踌躇,我把彦国的文论呈晏公,晏公必举荐!”

按制,参加制科试,须有大臣举荐,举主的名望对制科考生能否录取、录取的名次,都具有关键作用。富弼听到晏殊的名字,咧嘴笑了,起身鞠躬道:“生遵六丈之示!”

“呵呵,我先把彦国的大作收起来。”范仲淹说着,回避着富弼的目光,起身将几篇文论往抽斗里放,以此掩饰自己的局促。适才只顾兴奋了,顺口说出请晏殊举荐的话,话音未落,方想起几天前遭晏殊呵斥的场景。不知晏殊会不会耿耿于怀,还认不认他这个弟子。可是,他不想埋没了富弼这样的人才,正为难间,突然想起晏殊早前曾嘱托过他一件事,遂回身问道:“彦国,婚配否?”

富弼脸一红,摇了摇头。

范仲淹笑道:“晏家有女初长成,娇美可人。我看字于彦国再合适不过!”说着,举起茶盏:“来来来,预祝彦国明年双喜临门!”

富弼抱拳一揖,举起了茶盏,算是表示同意。放下茶盏,却叹了口气,蹙眉道:“六丈,生有一事不解……”

话未说完,门公送来一张门状,范仲淹顺手递给了富弼。

富弼一看,是直集贤院韩琦,兴奋道:“生也正想拜会他呢,如六丈不弃,可否留生与他一晤?”

范仲淹点点头,一边吩咐门公传请,一边起身到门口相迎。韩琦不因大雪而爽约,范仲淹对他好感陡增。

须臾,一个戴着斗笠、身披斗篷的年轻人迎面走了进来,与范仲淹见过礼,在堂屋门外站住,把斗笠、斗篷脱下,交给门公,又用力跺了跺脚,把沾在靴上的雪片抖掉,这才进了书房。

韩琦眉目清秀,端重沉稳。他三岁时父母双亡,由诸兄抚养成人,二十出头便进士甲科及第,分发淄州。到任后,闻得范仲淹“划粥断齑”的传说和他的身世,对他充满好奇。前不久,韩琦由馆选入集贤院,得知范仲淹《上执政书》内容后,好奇变成了景仰,迫不及待要与他一见,表达敬意,两天前差人给范仲淹递了拜帖,约好今晚前来拜谒。范仲淹拉住韩琦的袍袖,将他引介于富弼,又将富弼引介于韩琦。

三人叙了年齿。范仲淹长富弼十五岁,长韩琦十九岁,本是两代人,可彼此却没有隔膜,相谈甚欢,一口气谈了大半个时辰,李三妹不得不亲自到书房催促,三人方起身到堂屋用饭饮酒。

“范公,破规矩了吧!”一看餐桌上摆有两盘荤菜,韩琦笑着问。

范仲淹生活俭素,定下规矩:一顿只许用一个荤菜。经连襟郑戬之口,这个“范氏规矩”已传遍京城官场,就连新到朝廷任职的韩琦也听到了。范仲淹听罢,一笑道:“招待贵客可备两道荤菜,这也是我定的家规。今日所备,合规矩!”说着,满脸笑意,拉富弼、韩琦一起入座。

推杯换盏间,富弼借着酒劲,侃侃道:“唐末五代以降,战乱频仍,强权横行,士风沉沦。我太祖雄才大略,混一四海,崇尚文治。或许正是太祖在士人心目中享有崇高威望，遂以遵祖制、守清静为圭臬。岂不知，开国快七十年了，时殊势移，制久弊生，当振作一新治理。范六丈虽多年沉于下僚，却怀天下之忧，屡屡上书朝廷，这般勇气，已广为识者所推崇。朝廷老辈因循守旧，不足以与有为，盼六丈领袖群伦，开一代新风！”

范仲淹连连摆手。

富弼提高声调道：“六丈是不是认为官微言轻？那些以冲晦自养的高官显贵，我辈还看不上嘞！不说别的，六丈一篇《上执政书》，堪比诸葛孔明《隆中对》，若能次第实行，圣朝长治久安可期！近日，官家率百官在外廷为皇太后上寿，高官大僚、台谏诸官，皆缄口不言，只有六丈，虽无言责，却封章谏阻，此等勇气，举朝无二，谁不钦佩！”

韩琦眯起双目，幽幽道：“领袖群伦，开一代新风，是巨大的责任啊！若无君子之心、忘我之界，谁做得到？我辈推崇范公，实则是要范公为国作出自我牺牲啊！”

范仲淹心头一颤。韩琦是激将法？他抬头看着韩琦，见他双目中透出真诚的光芒，适才的话显然是发自肺腑。这倒让范仲淹不好再说出谦辞的话了。他举盏与富弼、韩琦碰了碰，一饮而尽，慨然道：“仲淹自幼孤贫，迂腐多昧，只知以古君子为师，以道义为本，于国尽忠，于己立诚。做人做事，只求问心无愧。每有所为，俱因不可不为。凡事，若君子当为，仲淹必义无反顾！”

富弼满脸通红，振奋道：“国运系于士风。士风不振，则国运不昌。大德君子若范六丈者，引领士风，昌隆国运，不可让也！”说着，向韩琦递了个眼色，二人起身，恭恭敬敬给范仲淹敬酒。

范仲淹很感动。晏殊说众人把他看成好奇邀名之辈，而在韩琦、富弼口中，他是开风气的人物，有资望领袖群伦。多日的郁闷一扫而空，和二人轮番对饮。他已多日不饮酒，今日又饮过了量，不多时就面色煞白，弯身一阵咳嗽。韩琦忙起身将茶盏举到他面前，范仲淹接过喝了一口，慢慢缓了过来。韩琦歉意一笑，起身告辞，富弼也跟着站起身。范仲淹连连摆手，问：“彦国，不是有不解之事要问吗？”

富弼拉着韩琦重新坐下，慨叹道："近读史册，为之悚然！大汉开国七十年前后，临朝称制的太皇太后窦氏死，武帝开始独裁朝政；大唐开国七十年时，武氏当政，牝鸡司晨，两年后，更是篡唐立周矣！如今，圣朝开国七十年矣，官家已二十岁了，皇太后仍不还政。生不解的是，面对这种局面，为何朝廷大老、台谏诸公默然不语？"

范仲淹脸上热辣辣的，好像富弼在嘲讽他没有阻止武则天篡唐似的，顿感无地自容，适才还挂在脸上的笑容倏忽间消失了。

## 四

位于朱雀门内的晏殊府邸，东西两侧各辟有不大的花园，西园北端建有一座高耸的阁楼，顶层是晏殊的宴客之所。即使是冬季的严寒，也抵消不了宴饮的热情。昨日下了场大雪，今日晏殊就召来一批文士雅集，赏雪填词，宾主尽欢而散。晏殊送客回来，伸了伸懒腰，回味着众人词作中的佳句，沿着甬道踏雪漫步。走了不到一刻钟，门公来禀，范仲淹求见。

"范希文？"晏殊有些意外，缓步进了花厅，在八仙桌左手的圈椅上坐定，悠然喝着茶水，这才吩咐传请。

花厅里红烛高照，上好的炭火把室内烘得暖洋洋的。范仲淹进来施礼，晏殊"嗯"了一声，示意他在东向的玫瑰椅上落座。

范仲淹入座，晏殊一言不发，花厅里陷入沉默，两人都感到有些尴尬，范仲淹从怀中掏出富弼的三篇文论，起身呈递给晏殊，一脸庄重道："晏公，此贡生富弼所作，仲淹敢请晏公过目。"

晏殊接过，向烛台侧了侧身，匆匆浏览一遍，点头道："嗯，此人有王佐之才！"

范仲淹兴奋道："仲淹也认为，富彦国有真才实学，若试进士科，未必能中。朝廷明年要开制科，若蒙晏公不弃，可否荐富彦国应茂才科？"

晏殊呷了口茶，沉默不语。

“晏公！”范仲淹唤了一声，郑重道，“富彦国相貌奇伟，为人沉稳，将来必成大器！”

晏殊听到“沉稳”二字，眼睛一亮，点头道：“既然是人才，晏某自当举荐！”

范仲淹起身一揖道：“仲淹代富彦国谢过晏公！”退回座位，突然发出一阵呵呵的笑声，向晏殊抱拳道：“仲淹已问明，富彦国尚未婚配，若晏公不弃，可择为快婿！”

“哦？”晏殊咧嘴笑了笑，又一蹙眉，“不过若是这样，我就不便出面举荐了。”他又吸了口气：“不妨事，我来找人举荐。”

范仲淹见事已办妥，不再勾留，施礼辞出了。虽然二人都绝口不提那天发生的事，可范仲淹心里明白，晏殊还是心有余悸。这从他对“沉稳”二字的反应即可判断出。走出晏府，仰脸望着繁星点点的夜空，范仲淹长长呼了口气。他感激晏殊的提携之恩，尊重他的学识，但不赞同他的处世态度。皇宋需要晏殊这样温润如玉的士大夫，但也不能缺少忠亮耿介的真儒。自己不可能再指望得到晏殊的提携了，但他不后悔。

“你有心事呀？”李三妹见范仲淹低头进屋，一脸凝重，便迎上去悄声问。盼子多年终于有了孩子，她把多半精力都投在儿女身上，时常觉得亏欠了自己的丈夫，不管范仲淹做什么，她都没有一句抱怨的话。

“哦，没有没有！”范仲淹神色慌乱道。他不想让三妹为自己担惊受怕，谏阻朝廷礼仪事一直瞒着她，接下来要做的事，也不想让她知道。但一见李三妹的面，愧疚之感油然涌上心头，忙转身往书房走。

“孩子们都睡下了，早些歇息吧！”李三妹提醒道。

范仲淹敷衍了一句，坐在书案前沉思。他反对皇上率群臣为皇太后外廷贺节，宰相吕夷简和转任参知政事的夏竦皆以贺节上寿无关国政为由，主张典礼照常举办。谏言未被采纳，还惹得举主一顿呵斥、众人暗中讥讽，范仲淹感到忿忿不平。从晏殊直房出来的那一刻起，他已决计再有行动，回击视他为好奇邀名之徒的人。本想等过完年后再行动，可昨日富弼的一番话刺痛了他。富弼虽是指责朝廷大老、台谏官员的，但范仲淹却心生愧疚。自从给执政大臣上万言书起，一个信念已然在他的心中形成，那就是，倘若认为有悖儒家之道，作为真儒，就该站出来反对，希望别人站出来发声，就是推卸责任，就是自私！这个信念，在他上章反对在会庆殿为皇太后贺节时就渐渐清晰起来。所以，明知富弼绝无指责他的意思，可他还是感到无地自容。韩琦、富弼走后，他就着手拟写奏疏。毕竟事关重大，他要先把富弼应制科的事办妥，也把晏殊托媒的事有个交代，这才到晏府谒见。刻下事已办妥，新行动可以开始了。

贺节礼仪之事是表，皇权归属才是本。他要釜底抽薪，吁请皇太后还政给皇上！

对于皇太后迟迟不还政，范仲淹引以为忧。但初到朝廷，他没有急于出手。百官私下议论说，当年起草先帝遗诏，是王曾在“处分军国政事”前加上了“权”字，皇太后临朝初也曾公开宣示，待官家成年，即撤帘还政。可皇上年过二十，五年前就已大婚，皇太后并未有还政的表示。道路传闻，王曾被罢相，与他试图谋划太后还政有关；新任宰相吕夷简则以平衡两宫为己任，认为皇太后要不要还政，取决于皇上的意思，可皇上被亲情和孝道所拘束，从未吐露过期盼太后还政的想法。在此背景下，皇太后还政的话，竟无人提起了。

以前，上时务书也好，上执政书也罢，都是论事的；而这次是论人的。这个人，是全权在握的最高统治者；而且，他不是提醒改进不足，而是要她交出权力。固然，前年曾有谏官刘随上疏要求皇太后还政，被外放半年后重回朝廷且升了职；但此一时彼一时，随着皇上年过二十，皇太后对还政一事越发敏感，此番上疏或许会触发她的雷霆之怒。当年武则天就把要求她还政的宰相裴炎断然杀害，而他只是一个小小的秘阁校理，皇太后若有效法武则天称帝之心，说不定会杀他以威慑群臣。因此，要做最坏的打算。想到这里，他放下笔，起身进了卧室。

李三妹坐在灯下做针线,见范仲淹进来,起身为他更衣。两人躺下,范仲淹像是突然想到什么,一掀胡须,感叹道:“快到年底了,转过年我就四十二岁了。到了这个年纪,就得有所准备。万一哪天我不在了,你就带儿女回应天府,仲纲兄必会关照的。”他本想直接向李纮托付后事,但担任三司度支副使的李纮前不久出使契丹,前后要好几个月,范仲淹等不及了,只好婉转地向李三妹交代。

“你怎么说这么不吉利的话!”李三妹嗔怪道。

范仲淹故作轻松道:“我是说万一嘛!”

“你也别绕这么大弯子,愿意做什么就做好了,奴不拦你,只要你心里装着儿女就好!”李三妹抽泣道,“只是,遇事不要总往最坏处想,心累呀!”

“三妹,我自幼孤苦,一介寒儒,如今身居朝廷储才之地,只恨自己报效国家的太少!”范仲淹抚摸着三妹的脸颊道,“倘若我心里只装着儿女,那就是一个凡夫俗子。一个凡夫俗子,哪里配得上这么贤德的妻室呢!”

李三妹不语,伸出双臂,将范仲淹抱紧了。

## 五

夜深了,天空飘着雪花,没有风,雪花无声地飘落下来,仿佛不愿打扰到熟睡的人们。范仲淹的书房里却还亮着灯。他坐在书案前,神色庄严。自前天夜里变相向李三妹交代了后事,他感到一身轻松,斋戒了两日,今晚又郑重沐浴更衣,这才走进书房,提笔将早已酝酿成熟的《乞太后还政奏》的词句落在纸上:

> 皇太后拥扶圣躬,听断大政,日月持久。今皇上春秋已盛,睿哲明发,握乾纲而归坤纽,非黄裳之吉象也。岂若保庆寿于长乐,卷收大权,还上真主,以享天下之养……

奏疏写就，他誊录了两份副本，一份锁进抽斗，另一份连同正本一同装进照袋。

次日朝仪毕，范仲淹怀揣奏疏，迎着阳光，踏着积雪，迈步来到内东门拜表处，将正本递交，副本则塞给了进奏官。这是他反复斟酌、精心设计的。

是在朝会上当面奏陈还是通过奏疏恳请皇太后还政，范仲淹权衡再三。朝会上当面奏陈，皇太后、皇上、朝廷百官都可以听到，无可规避。但当面奏陈，未免给人以逼迫太甚的观感，而且皇太后必是推给皇上表态，皇上也只能驳回他的奏请。所以，他选择通过上章表达诉求。可是，百官章奏，照例先要送政事堂审阅，由宰相决定哪些可以呈达御前，哪些压下不予报闻。范仲淹担心他的奏疏会被压下，特意录副本交给进奏官。百官上章，密封进呈者，谓之封章；录副本者，依照惯例，是希望进奏官将章奏内容传布出去。他相信，像要求皇太后还政这样敏感的内容，即使宰相不予报闻，很快也会传到两宫那里去，皇太后照样可以听到要求她还政的呼声。

奏疏呈递上去了，范仲淹表面平静，一切如常；内心却还是感到紧张。每到夜深人静，他躺在床上，闭上眼睛，就会设想各种可能。或许，皇太后见他说的有理，不得不接受，宣布还政给皇上？又或许，皇太后览奏大怒，说他离间母子，下令将他流放岭南？也可能，皇太后真的起了效法武则天之心，正想着如何下手扫除障碍，见他送上门来，何不杀他以威慑百官……

但是，半个月过去了，这一切都没有发生。腊八将至，京城百姓早早着手准备年货，朝廷上下则在为一个多月后开场的科考忙碌着。

“希文兄，收到晏学士的邀帖了吗?”这天快散班时，知礼仪院郑戬来到范仲淹的直房，一进门，就举着一张大红邀帖问。

五天前，朝廷颁下制书，授晏殊资政殿学士。本朝观文殿、资政殿设大学士、学士，通称殿学士，是朝廷为资望极高、现任或曾任二府大臣特设的荣衔。晏殊获此殊荣，百官纷纷赋诗相贺，本来就无日不宴饮的晏殊，借此机会发帖邀众人到府雅聚，就连郑戬也接到了邀帖，而范仲淹却没有收到。

“唉——”郑戬见范仲淹摇头，叹口气道，“希文兄，你吁请皇太后还政的事，已然传遍了。只是话题太敏感，众人皆佯装不知罢了。希文兄也就成了敏感人物，晏学士恐是要避嫌吧。”

范仲淹沉默着。

郑戬劝道：“希文兄，你仕途蹭蹬，得入馆阁，来之不易。不为自己想，也要为三姐和儿女们想想嘛！你又不是台谏官，不发声，不会遭人议论；发声，就是出位言事，反倒遭人议论，何必？”

范仲淹慨叹道：“天休，自任馆职，端起饭碗，常怀愧疚。秘阁校理官职虽微，一年的俸禄也折合两千亩地的收成。比起农夫的辛劳，自己的付出太少。坐食禄米而不去为国分忧，就好像专门糟蹋粮食的螟虫一般。”

“不能这么想。”郑戬摇头道，“馆阁是储才之地，就是让你慢慢等着的嘛！你身在馆阁，连上两疏，矛头直指皇太后，便是太后优容，百官也会躲着你的！”

“天下什么最大？道理最大。”范仲淹辩白道，“按照先帝遗诏，皇太后只是在官家年幼时处分军国政事，如今官家已成年，皇太后仍不还政，不惟于情于理于法说不通，且不可避免地引发朝野的揣测。倘若举朝缄默，会不会有不可测之事发生？”

郑戬不以为然道：“希文兄，不要总把事情往坏处想嘛！皇宋不同于李唐，当今皇太后也不同于武则天。亲戚之间，不妨直言：总是危言耸听，谁会待见呢？”

范仲淹盯着郑戬问：“以天休看，何谓忠诚？”

郑戬眨巴着眼睛，似乎在斟酌。

“忠诚，当危言危行，绝不逊言逊行！”范仲淹自答道，“倘若只说歌功颂德、阿谀奉承的话，是害主上、误国家！忠君爱国之士，必欲致君于无过，致民于无怨，则天下无不治。凡有益于社稷之事，当秉公直言，虽有杀身之祸，亦在所不惜！”

“道理是这个道理。”郑戬苦笑道，“可是，你的那些建言，两宫不睬，众人讥为博取名声，就连你的举主也疏远你了，你的一片忠心，也只有自己晓得咯！”

范仲淹向外摆摆手道：“天休，晏公邀你宴饮，你快去吧，快去吧！”

郑戬嘿嘿一笑，拱手辞出。

“离开吧，离开吧！”范仲淹悲怆地自语着。

室内光线黯淡下来，范仲淹没有唤阁吏，自己动手拿起发烛点燃了蜡烛，提笔写了一道奏表，请求皇太后将他外放。

仅仅过了两天，审官院颁下敕牒：范仲淹以秘阁校理通判河中府。

河中府位于西京洛阳之西北，是除东、西、南三京所在地的开封府、河南府、应天府之外最大的一级行政建制。通判为府之副长官，知府行文，无通判副署不生效力。范仲淹接到这个任命，多日以来的失落感反倒减轻了许多。尽管年关将近，他还是决定尽快离开京城赴任。天寒地冻，儿女年幼，他和李三妹商量，先把他们留在京城，待过段时间，或回应天府，或到任所团聚。虽然是主动请求外放的，但在范仲淹心目中，形同外贬。他不想惊动任何人，打算悄然离京。

启程之日，用过早饭，收拾停当，一家人送他出了首门。家院牵过马来，范仲淹上了马，又下来，返身抱起纯祐，拍了拍他的后背；放下纯祐，又抱起纯仁，将额头贴在他的小脸上；放下纯仁，又蹲下身去，抚摸着两个女儿的脸颊，眼睛不觉湿润了。他没有敢和三妹的目光对视，跨马径直向西而行，头也没有回。

刚到新郑门，忽见门外站着黑压压一片人，在向他拱手。

“范公——”

“六丈——”

范仲淹定睛一看，认出了几个人，身着官袍的有秘阁同僚吴遵路，直集贤院、监左藏库韩琦，太庙斋郎苏舜钦；更多的则是赴京应试的举子，有富弼、张方平、欧阳修、孙复等数十人。

“范公，小生名石介，字守道，乃兖州奉符农家子，仰慕范公久矣，今即投范公门下!"一个身材高大的贡生大声喊道,说着,跪地向范仲淹叩头。

范仲淹急忙下马,把石介扶起,又抱拳向众人致谢。

国子监监生欧阳修高声道:"天下读书人皆知,刑赏为一时之荣辱,其权在时君;名节为万世之荣辱,其权在清议!"

范仲淹向欧阳修一拱手,朗声道:"凡为官者,私罪不可有,公罪不可无!"

"此言,掷地有声!"石介喊道。

"范公慨然以天下为己任,志大才高,我辈盼范公早日还朝,登政府,秉国钧!"欧阳修动情地说。

"范公,此行极光!"瘦高身材的太庙斋郎苏舜钦大声喊道。

"极光!"众人附和着喊道。景仰、期待、欢呼,热烈的气氛仿佛是欢送将帅出征。

"拿酒来!"苏舜钦高喊一声,几个随从每人端着一个大托盘走了过来。"浮一大白,为范公壮行!"

范仲淹接过酒盏,一饮而尽,咂了咂嘴,感到从未有过的香甜,抱拳向众人告别。

富弼跑上前去,附耳嘀咕了几句。

"哦?"范仲淹双眉一挑,露出惊喜之色,拱手道,"多谢彦国提醒!"

## 六

暮春的西京洛阳,天色微明,几匹快马从唐代诗人白居易当年居住的莲庄驰出,过午桥,出长夏门,无心观赏沿途的美景,直奔东南方向而去。

到了彭婆镇,几个人下马歇息,喝了盏茶,就继续上路了,走了四五里路,骑马殿后、二十出头的欧阳修问打头的骑马人道:"师鲁兄,还有多远?"他去年进士及第,名列十四,分发为西京留守府推官。

"这就到。"被称为"师鲁兄"的人向东一指。他名尹洙,字师鲁,七年前进士及第，时下任河南府户曹参军，以文学知名。他是洛阳本地人，此次行动便由他带路。

又走了不到两刻钟，来到一座墓园前。尹洙抱拳道："范公，请下马！"又向北一指："看，那就是万安山。"

范仲淹下了马，四下眺望。但见此地位于东西走向的丘陵之上，北为万安山缓坡，南为沟壑，视野开阔，确是一片风水宝地。

"范公，前面就是姚崇墓。"尹洙向东指道。范仲淹点头，示意尹洙做向导，默默跟在他身后，走到姚崇墓前，深揖施礼，久久伫立。

"姚崇幸遇明主，得行新政，被誉为开元盛世的奠基者，唐代四大名相之一。范公有经天纬地之才，如今早已过了不惑之年，却还沉于下僚，范公无负朝廷，朝廷却有负范公！"欧阳修禁不住为范仲淹打抱不平。

范仲淹摆摆手，叫着欧阳修的字道："永叔，不能这么说！即使是开元盛世的李唐，也不可与皇宋的清明、富庶相比。范某吁请皇太后还政，倘若是武氏，范某坟上的草——"他一指姚崇的坟茔："恐怕也长这么高了吧！可皇宋优容士大夫，朝廷并未责罚范某，不惟没有降我的职，一年两次晋升，此等事，在李唐，恐不可想象！"

到河中府上任三个月后，朝廷将范仲淹的官阶升为殿中丞，前不久，再升为太常博士。而唐朝武后临朝称制时，吁请她还政的宰相裴炎被处死。相比之下，范仲淹对皇宋优容士大夫充满自豪，所以，对欧阳修那番替他打抱不平的话，并不认同。

"范公磊落！"尹洙赞叹道，"对朝政有意见，提到当面，背后从不非议；堂堂正正尽儒者之责，即使受了委屈，也从不抱怨。"

"岂止是不抱怨，最令人钦佩的是不放弃！"欧阳修以赞佩的语气道，"范公，真儒！"

前年底，范仲淹自请外放，通判河中府。常人或许认为这是他仕途的一大挫折，当会汲取教训。但范仲淹"儒者报国，以言为先"的信念没有丝毫动摇。赴任途中，他写了一道《上资政晏侍郎书》，洋洋数千言，引经据典，对晏殊责以轻率上疏恐累及举主之说，表明心迹，提醒晏殊，只有官员都敢于直言，君主才不犯错，百姓才能安居乐业，天下才会无忧，这才是远离祸乱、保全自身的根本之道。他又对晏殊所说众人讥讽他好奇邀名加以辩驳，向晏殊郑重表明，他不会改弦易辙，倘若恐受牵累，可将他逐出门墙。正因如此，外放后的范仲淹给朝廷的上疏反而更多了。到河中府履职不久，奉命赴长安公干，沿途见许多运送木材的舟船，问后方知，是为京城修寿宁宫所运，范仲淹当即上《谏买木修昭应寿宁宫奏》，提醒皇太后，兴土木浪费民脂民膏，既不顺民心，又不合天意，应停止修建，以减轻百姓负担。从邸报上看到罢职田的敕令，联想到自己靠职田资助朱姓弟弟两家，一旦职田被罢，就会有后顾之忧，上《论职田不可罢》，请求朝廷收回成命，以免导致廉者复浊。他牵挂着富弼应试制科的事，呈报《上时相议制举书》，向首相吕夷简提出制科考试内容当如何设置的建议。履职半年后，范仲淹深感州县过多，加重百姓负担，遂上《奏减郡邑以平差役》，建言裁并州县。不管朝廷是否采纳，也不管别人有何议论，凡是他认为该做而未做或者不该做而做的，就会把自己的观点直言不讳表达出来。他的这些章奏、上书，有的载于邸报，有的口口相传，身在西京的欧阳修等人无不知晓，对范仲淹愈加钦敬。

“是啊是啊！”尹洙附和道。扭脸一看，范仲淹正在姚崇墓西侧约有五十丈远的空地上迈步丈量着。

安葬亡母，一直是范仲淹的心事。生长在洛阳的富弼知道范仲淹的这桩心病，在新郑门外为他送行时，建言他抽暇到万安山姚崇墓看看。姚崇少年丧父，母亲改嫁，其母去世后，姚崇就将她葬在了万安山下，他死后则葬在了母墓之侧。听了富弼之言，范仲淹豁然开朗。相似的身世，让他当即起了效法姚崇之念。到河中府就职后，他就一直寻找机会到洛阳来实地查勘，借移官陈州之机，终于遂愿。

本朝优礼士大夫，有“请州”之例——官员可申请到某州为官；府州主官也可向朝廷建议任用某人做他的从事。半年前，当年通判集庆军的老上官杨日俨知陈州，即向审官院上禀帖，请求将范仲淹移官陈州。陈州在京城之南，离京城和应天府不远，都有水路直达。时下，范仲淹的家眷在应天府，李三妹年后又诞下一子，取名纯礼。为了便于照顾家庭，同时为了尽早安葬亡母，他也向审官院提出了移陈州的请求。前不久，审官院颁下敕牒，范仲淹以太常博士、秘阁校理，通判陈州。从河中府到陈州赴任，要经过西京洛阳。欧阳修差人去迎。昨日，范仲淹抵西京，谢绛、欧阳修、尹洙、梅尧臣等一批在西京为官的文士为他接风洗尘。今日一早，尹洙带路、欧阳修作陪，来万安山南麓实地踏勘，还特意带一位风水先生随行。

"此地北高南低，北靠万安山，东临九龙山，西眺龙门山，南临曲水河，堪称吉壤。"风水先生晃着脑袋道，"可惜，脚下的这块空地不吉，乃绝地，故至今无人问津。"

范仲淹一笑道："既如此，承受坏运气之事，就由范某来做！"

众人愕然。可无论欧阳修等人如何劝说，范仲淹不为所动，最终还是决定买下姚崇墓西侧的两亩地。

回程的路上，范仲淹变得沉默，神情黯然，似乎有心事。

"范公，有何难处，我辈帮忙去办！"尹洙是本地人，爽快道。

范仲淹摇摇头，没有回应。这件事，在欧阳修这些敬仰他的人面前，他说不出口。到了陈州，他方把这桩心事对知陈州杨日俨说了："仲淹官微俸薄，家母生前未能过上丰裕日子，身后又没有封赠，如今即将下葬，心有愧疚！"

本朝封赠之制，妇爵从夫，非正室不得封赠，但父和嫡母亡故后，生母可随子求封。文官一品和国公之母、妻，封国夫人；三品以上文官之母、妻，封郡夫人；四品以上文官之母、妻，封郡君；五品以上文官之母、妻，封县君。五品以下官员无封赠母、妻资格。谢氏虽是正室，但无论是范墉还是朱文翰，最高只是从八品的选人，不能封妻；范仲淹虽已是升朝官，但只是七品，也没有封赠母、妻的资格。母亲无封赠而葬，范仲淹深感凄楚。

"巧了！"杨日俨拿出一道公牍递给范仲淹道，"希文，这是朝廷刚颁下的，就要对京官、升朝官进行磨勘了。"

本朝依《磨勘法》对官员行磨勘之制。磨勘包括循资和稽核功过两个方面，但逐步演变成按照任职年限普遍升转的机会。京官和升朝官三年一磨勘，照例会官升一阶。又据本朝先例，官员在五品以下无封赠父母资格者，可申请用自己升转官资换取封号。为弘扬孝道，朝廷一般也会批准。范仲淹阅罢敕书，愁云顿消，连夜含泪写成了《求追赠考妣状》，请求朝廷允许将他磨勘升官恩泽移赠亡母，赐以封赠。

次日，范仲淹将状书拿给杨日俨过目。杨日俨阅罢，面色凝重道："希文此状，催人泪下！"说罢，吩咐州吏即送马铺，又检出几道公牍递给范仲淹，苦笑道："人与人到底不同啊！你看那些名臣功勋之后，太后每每以内降给他们封赠。"

本朝皇帝所颁诏旨，需经宰相副署，加盖中书门下印玺方为合法。但皇帝欲封赠某人官职爵位，担心宰相反对，便直接颁旨，将封袋改为斜封，所书"敕"字改用墨笔，时称"斜封墨敕"，即表示诏旨未经宰相同意，但亦请百官马虎承认之意。范仲淹听了杨日俨的话，一语不发回到自己的直房，吩咐书手将近期邸报检出，凡是从大内墨敕斜封的官职，都一一列明。做这些事时，他精神抖擞，仿佛一个发现猎物的猛兽，随时准备出击。

## 七

陈州城西门外，有一个方圆数里的湖泊，谓之柳湖。早在周朝时就是著名景观湖，几千年过去了，柳湖依然保持着当年风貌，碧波荡漾，蒲苇婆娑，鸟鸣鱼跃，水草千姿百态，令人赏心悦目。

暮春的一天晚上，两个身着长衫的中年人，骑马并行，说笑着出了城门，向湖边而来。

"希文兄，你可知陈州人叫你什么吗？"骑马走在右边的中年人笑着道。

范仲淹仰脸一笑，未置可否。

前年，范仲淹自河中府通判调任陈州。年底，朝廷颁敕，同意将他磨勘所得晋秩的恩泽用于封赠其母，为谢氏颁了一个“县君”的封赠，范仲淹即依“县君”的葬仪安葬母亲于万安山下，完成了人生中的一件大事。待他葬母回来，号称“计相”的三司使胡则被贬，朝廷将知陈州的杨日俨调往他处，改胡则知陈州。胡则的公子胡楷侍父来到陈州，常与范仲淹一起抚琴论《易》，很是投缘。两人不时相伴到柳湖边对月抚琴，范仲淹抚琴，只抚《履霜》，陈州官场送他一个“范履霜”的雅号。

“希文兄，你听，那是什么声音！”尚未到湖边，胡楷勒马向路南一指道。

范仲淹也勒住马，侧过头去细听，好像是男人哭泣的声音。伸头看去，一棵大杨树南侧有一团黑影，像是有人倚树蹲在那里。他跳下马，轻手轻脚慢慢靠近，果然是一男子在抱头低泣，哭得十分专注，待范仲淹和胡楷走到身边，他才蓦然抬头。借着月光，范仲淹认出来了，竟是淮阳县李主簿。

“太博！”李主簿也认出了范仲淹，叫着他的官衔太常博士的简称，哽咽道，“下官接到流内铨敕牒，要致仕了，往后的日子该怎么过啊！”说着又痛哭起来。

虽说皇宋优礼文官，高官大僚委实享受优厚待遇，可选人充任的幕职官却俸禄微薄，在任时只能勉强养家糊口，致仕后便会生计无着。对此，范仲淹有切身体会。这一年里，虽然关心着时局，却很少上疏言事，但这件事，却让他心潮难平，抚琴的雅兴顿消，一顿足道：“我这就给朝廷上疏！”

“希文兄又要上疏？”胡楷不解地问。

前年，就在上《求追赠考妣状》之后，范仲淹又上了一道《谏墨敕斜封官奏》，向太后讲述唐中宗时上官婕妤等女人依势用事，广纳货贿斜封授官的历史，奉劝太后要以此为鉴。此事让陈州官场为之震动。众人都知道他是因上疏言事不被采纳而自请外放的，以为他是抱着眼不见为净的心态躲避是非的；却不料到了地方却还是屡屡指陈时政，讽谏朝廷。送他“范履霜”雅号，与其说是因为他抚琴只抚《履霜》，不如说是因为他的不改初心的执拗。所以，一听说他又要上疏，胡公子禁不住提醒了一句。

“这就回去拟奏章！”范仲淹向胡楷一拱手，说着，跨马往城里而去。

以往，范仲淹上书朝廷，不是忧心民生，就是谏诤人主，即使提到官员，也多是指责的言辞。可是，今日，他却要为长期做幕职官的选人发出呼吁。路上就斟酌好了词句，到了官舍，不过一个时辰就修成《奏致仕分司官乞与折支全俸状》，恳请朝廷让州县幕职官致仕后仍能得全俸，以劝臣下廉退之节，彰朝廷存覆之仁。

这一夜，范仲淹睡得很踏实，清晨，李三妹已然醒了，他还在酣睡，一只胳膊搭在她的身上。李三妹望着睡梦中的丈夫，眼睛里突然闪出泪花。自万安山葬母后，他们一家人在陈州团聚了，可范仲淹却添了失眠的毛病。后来才发现，堂堂一个大男人，每夜就寝前，都要计算一下一日饮食花费，再对照一天做了什么事，倘若感到做的事对得起饮食，就会拊掌一笑，夜里鼾息熟寐；若觉得一天做的事对不起饮食，则黯然无语，终夜辗转。李三妹心疼丈夫。他的心事太重了，忧思太多了，自己帮不上他，就尽力不去拖他的后腿，悉心照顾好五个儿女，不阻止他做那些在外人看来惹是生非的事。

晨曦透过窗棂洒进屋内，几声清脆的鸟叫声传来，范仲淹睁开眼睛，对李三妹歉意一笑道："喔呀，睡过头了吧！"

李三妹笑着道："没有谁催你呀！"

"是——啊——"范仲淹慨叹了一句。他觉得李三妹的话很有深意。在广德军时不惜与上官闹翻，也要多做事；在西溪监盐仓，奋力争取修筑捍海堰；从做幕职官起，就不厌其烦地给朝廷上书，发出逆耳之言……这一切，都没有人催他去做。因何要这样？功名之念？报恩之心？或许皆有之，但他切实体认到的，却是强烈的责任感的驱使。皇宋如此优礼士大夫，甚至有天子与士大夫共治天下之说，由一介寒儒而变为士大夫的一员，就是这个国家的主人啊！怎能不期盼着这个国家长治久安、江山永固呢？为此，献出自己的生命也是值得的！可惜，他的这个心思并不为众人所理解，就连师长晏殊、连襟郑戬也不理解，他常常为内心的孤独而伤感。

由李三妹一句不经意的话引发的思考、感慨，直到晚上还在范仲淹的心头萦绕。或许浓浓春意容易让人动情吧，晚饭后，望着一轮明月，他又生出抚琴的强烈冲动。胡锴被人邀去宴饮，他便独自骑马到了柳湖边。

月光洒在湖面上，仿佛为柳湖罩上了一层柔和的面纱，朦胧而静谧。范仲淹刚下马，忽闻优美流畅的琴声传来。他颇为惊喜，忙把马拴在一棵杨树上，蹑手蹑脚走到离抚琴者几丈远的垂柳下，背着手，驻足细听。

明月当空，不远处的太昊陵若隐若现，听着宛如从远古传来的雅音，范仲淹潸然泪下，仰天默念道："伏羲归天忽千古，我闻遗音泪如雨。"曲高和寡，没有人理解不要紧，相信自己此心良可歌，就足以自安自适了。时人不理解，先贤会理解；通过琴声，向远古的有德君子倾诉，也是莫大的慰藉。

抚琴人似乎觉察到了有人在倾听，一曲终了，起身走过去，伸出双手，躬身将琴捧递到范仲淹面前。范仲淹这才看清楚了，抚琴者是位道士，遂抱拳道："听真人琴声，乃知圣人情虑深，将治四海先治琴，坐中可见天下心！"

多年来，范仲淹常以琴交友，以琴拜师，以琴抒千古幽情。此刻，在明月皎洁的柳湖畔，见真人神端气平，安坐如石，琴声迟速重轻，一一而当，清而弗哀，和而弗淫，令人陶醉。他愿与高手切磋，便躬身将琴接过，在一条石凳上坐定，仍旧抚《履霜》曲。

道士一笑道："公之尊姓大名，贫道已了然矣！"

范仲淹欠身道："乐者歌之，忧者怀之。圣人作琴，鼓天地之和而和天下，播治世之音，无远弗届！"

道士颔首道："范履霜对音乐的气派，理解到了极致，治国安民，天下大和，真乃天地境界！"

范仲淹肃然道："真人过奖！不过，以仲淹看来，古之乐兮以化人，今之乐兮以和民。是故，音乐在乎君臣交泰，民物兹丰，和气即充于天下，德华遂振于域中。"说着，起身将琴交还道士，抱拳一揖道："从今而后，仲淹愿常与真人切磋琴艺！"

道士微微一笑:“恐无此机会了。以贫道判断,范履霜离开陈州的日子,就在眼前了。”

范仲淹一惊:“真人何出此言?”

“贫道刚从京城来,将有惊天大事发生!”道士语气诡秘道。

陇上带经人，金门齿谏臣。

——范仲淹

# 第十一章　金门齿谏臣

## 一

皇宫紫宸殿乃百官朝会之所。殿前左右两庑设有候班幕次。朝会日，宰执大臣、两制、台谏、诸司等各在不同幕次等候列班进殿。

尚未立夏，京城的天气却很闷热。台谏官幕次里，范仲淹额头渗出汗珠，他闭目沉思，似乎是在躲避同僚们投来的好奇兼具期待的目光，又像是在准备着即将开始的朝会上他要发起的一场战斗。

丹墀上响起三下鞭声，是皇上驾到的讯号。押班内侍高唱一声："列班——"话音甫落，殿班内侍引导着百官从各幕次依序进入殿内。范仲淹身着绯袍，头戴四梁冠，腰束涂金银带，昂首列班进殿。

一个多月前，垂帘听政十二个年头的皇太后离开了人世，二十四岁的皇上亲政。宰相张士逊以东宫旧臣身份提醒他，倘若不与大行皇太后划清界限，就不可能树立起皇帝的权威，一新天下人耳目；而要划清界限，首要的就是人事布局的大调整。他提议，凡是皇太后赏识的人都应外贬，凡是反对过皇太后的都应重用。皇上接受了张士逊的建言，连颁制书：首相吕夷简知澶州，枢密使张耆判陈州，参知政事晏殊知集庆军，参知政事夏竦知颍州，枢密副使范雍知陕州；右相张士逊升首相，知河南府李迪为右相，殿前马军都虞候杨崇勋任枢密使，三司使章得象任参知政事，知应天府蔡齐为御史中丞；先后吁请皇太后还政而外放的太常博士范仲淹、殿中丞滕宗谅等，破格升职，急调回朝。范仲淹被任命为右司谏，成为朝廷的台谏官。他换掉了绿衣，第一次穿上了只有六品以上文官才有资格穿的绯袍，列班紫宸殿，参加朝会。

“人齐未?”是小黄门的喊唱声。

“人齐——”押班内侍高声应答。

内侍手持刻有“班齐”二字的牙牌走进后幄，向等在那里的皇上奏报。皇上起身上殿，入了御座。他宽脸庞，大眼睛，眉目柔和，步履端庄稳重，神态蔼然可掬。落座后，皇上向右侧看了一眼，似乎在寻找大娘娘的身影，像是意识到大娘娘已然不在人世了，他又把目光投向殿庭班首的两位宰相，见两位胡须雪白的老臣躬身而立，皇上仿佛找到了依靠，略带紧张的神情渐渐放松下来。

百官朝拜毕，御史中丞蔡齐率先道：“臣等接陛下手诏，命宰相率百官于长春殿朝贺太后。陛下春秋正盛，熟知天下情伪，始亲大政，岂宜再使女后干预其间？故臣敢请陛下收回成命！”

蔡齐话音刚落，范仲淹出列奏道：“太后者，母号也，自古无代立者。今一太后崩，又立一太后，天下人一定会怀疑，陛下不可一日无母后之助也。是故，臣以为，大行皇太后的遗诰，当改！”

这是范仲淹和蔡齐事先商议好的。昨日傍晚，范仲淹风尘仆仆回到京城，即到御史中丞蔡齐家中拜谒。一见面，蔡齐就焦急地告知他，大行皇太后留下遗诰，要立皇上呼为小娘娘的杨太妃为太后，且有“如有军国大事，皇帝与皇太后内中裁量”之语。皇上已颁手诏，命朝会后即行朝贺礼。范仲淹闻言大惊。大行皇太后在日，他吁请她还政；大行皇太后至死未还政，临终前又留下遗诰，要一个沉寂多年的前朝太妃晋皇太后，继续参决大政，这岂不是对皇上的不信任？既不合法，也不合理。二人当即商定，要在朝会上谏阻。蔡齐要求不可让女后再预朝政，而范仲淹则索性提出不应再立太后。

听了二人的奏陈，皇上沉默不语。蔡齐、范仲淹所言，委实有道理；可采纳他们的谏言，又觉得对不起抚育他长大成人的大娘娘和小娘娘。他面露难色，问张士逊道："遗诰，可改乎？"

张士逊踌躇片刻，举笏道："臣以为，大行皇太后遗诰，确有陛下不能亲政之嫌，对陛下圣威有损。似可修改遗诰，删除'如有军国大事，皇帝与皇太后内中裁量'一语。"

"陛下！"范仲淹一举朝笏道，"臣以为，立皇太后之语，宜应删去！"

"这……"皇上支吾了一声，又把目光投向右相李迪。

李迪也曾是东宫旧臣，体谅皇上的难处，奏道："陛下纯孝，臣等感佩。皇太妃尊太后之事当变通：不册立、不授宝、不朝贺，只以其所居宝庆殿，尊为宝庆太后即可。"

皇上颔首道："就依李卿之议！"言毕，又把目光转向张士逊，皱了皱眉问："去岁，西夏主德明死，其子元昊不再奉正朔。朕闻元昊桀骜不驯，会不会乘我国丧之际有所举动？"

"陛下，西人不足虑！"张士逊以胸有成竹的语气道，"臣等已议妥，明年改元景祐，元昊再无理由拒用。此小事，圣心不必怀忧。"

西夏为国朝藩属，一向奉皇宋为正朔。去年，朝廷改年号为"明道"，元昊遣使回复说，为避父名讳，新年号不敢用，而自拟"显道"年号颁行。为此，朝廷还就是否向元昊问罪争论了一番。张士逊把元昊不奉正朔解释为使用年号的小事，让范仲淹心头一凉。

赴京途中，他设想借皇上亲政之机，把四年前《上执政书》所提修武备的建议重新提出，吁请朝廷采行。可回到朝廷后，却发觉气氛不对。皇上一直以为大行皇太后是他的生母，不料知情人揭出皇上的生母乃刚故去的李宸妃，还有人危言耸听说李宸妃是被大行皇太后毒死的。后来虽然查明毒死李宸妃之说不实，可皇上到底还是有了心结。被重新起用的宰相李迪一直是大行皇太后的坚定反对者，受到大行皇太后的压制，如今东山再起，全力以赴投入对大行皇太后听政时期人和事的清算中。范仲淹意识到，时下的中枢并无行新政的打算，他又不愿意参与对大行皇太后垂帘听政时期的清算，经过反复斟酌，索性上表，请求判大理寺，参与详定刑名。

做了谏官的范仲淹突然沉寂了。本朝特重台谏官，朝廷有大政事，台谏可以否决；君主有过失，台谏可加纠正；百官犯纲纪，台谏可以弹劾。众人都以为，一向喜欢言事的范仲淹身为谏官，负有言责，名正言顺，职守所关，势必有一番轰轰烈烈的作为，不少人巴望着一睹风力谏官范仲淹的风采，有人甚至替皇上和宰执大臣捏了把汗。出人意料的是，整整三个月，范仲淹忙于兼差，没有上疏言事。一向景仰范仲淹的欧阳修也感到不解，特意从西京写来《上范司谏书》，为他升任谏官而庆贺，希望他肩负起谏官的责任，字里行间，婉转责备他"缄默无执"。范仲淹一笑，没有回复他。

入夏后，京城一直没有下雨，酷热难耐，各地遭受旱灾的警讯不时传到京城。国土辽阔，出现灾情不奇怪；奇怪的是，朝廷对灾报置若罔闻，久久不见有赈灾举措。范仲淹再也坐不住了。这天朝仪毕，他径往政事堂，谒见首相张士逊。在茶室等了两刻钟，堂吏回话说，张相公正忙，无暇接见。范仲淹无奈，再请堂吏通禀右相李迪，过了不到一刻钟，李迪的亲吏到茶室传请。可一听范仲淹是来恳请朝廷赈灾的，李迪不悦道："治国，当知轻重缓急。当下急务是拨乱反正；况且，国家层层设官，各司其职，赈灾之事，值得谏官找宰相说话？"

范仲淹强忍怒火，转谒参知政事章得象。章得象热情让座，可不管范仲淹说什么，他就像一尊弥勒佛，笑眯眯的，不出一语。范仲淹沮丧地辞出了。

朝堂上整日忙于对大行皇太后施政的清算，似乎只要把这件事做彻底了，百姓就能安居乐业，天下就从此太平了，西夏磨刀霍霍、灾民嗷嗷待哺之类的事都可忽略不计。范仲淹长叹一声，自语道："看来，不能再缄默了！"

## 二

近几个月来，紫宸殿的朝会充满紧张和刺激，谁也猜不出，朝会上又会对大行皇太后临朝称制期间的什么人、什么事突然发起攻讦。

这天的朝会一开始，张士逊就义愤填膺道："陛下，大行皇太后因女主身份，所颁法令多有与圣贤之道不合者。比如《户绝条贯》规定，出嫁女也可继承父母遗产，此等恶法为数不少。臣以为，当将垂帘以来所颁的《天圣编敕》《天圣新修令》《田亩敕》一体废除！"

皇上蹙眉道："法令，乃治世之经，如可轻改，则众听滋惑，何以训迪天下？"

"陛下！"范仲淹唤了一声，朗声道，"先帝驾崩之时，陛下尚在冲龄，是以先帝将天下托付于大行皇太后；大行皇太后听政以来，内外肃然，纲纪得以树立，朝政并无大缺失，奸邪之人不敢肆意妄为；况大行皇太后有护佑圣躬之大德，臣以为，即使大行皇太后偶有小过，朝廷亦应为其掩，以成其美德，岂可故意挑剔，大肆诋毁！"

朝班里响起惊诧的"嗡嗡"声。百官不敢相信，这番话出自因吁请皇太后还政而被外放的范仲淹之口。

"肃静——"殿班内侍高声制止道。

"说的是！"皇上蓦地坐直了身子，大声道，激动地当场提笔书写手诏一道，命宣赞舍人宣读：

> 大行皇太后保佑冲人十有二年，恩勤至矣，而言者罔识大体，务诋讦一时之事，非所以慰朕孝思也。其垂帘日诏命中外，毋辄以言。

朝堂里陷入沉寂。

"望众卿三思！"皇上又道。说完，向殿班内侍阎文应一扬下颌，示意卷班。

卷班的喊唱声未落，“哄”的一声，殿庭内又响起了议论声。众人的目光不约而同地投向范仲淹。目光中，有不解，有愤怒，有惊诧，也有钦佩。范仲淹抖了抖朝袍，目不斜视出了紫宸殿。刚下丹墀，直集贤院韩琦快步跟上来，抱拳道：“范公，君子也！皇太后大权在握时，范公呼吁她还政，恪尽母道；皇太后薨逝后，遭遇反攻倒算，范公毅然决然站出来呼吁全太后之德，劝官家恪尽子道。若有私心，谁能做到？”

范仲淹微笑着拱手还礼，手尚未放下，被人一把攥住，他扭脸一看，是左司谏滕宗谅。

三年前，范仲淹向蔡齐力荐滕宗谅处乱不惊，有非常之才，经蔡齐举荐，滕宗谅升殿中丞，皇太后病重时，他上章吁请太后还政，被外放知邵武县，赴任途中，皇太后薨，滕宗谅升左司谏，因路程遥远，他回到京城已是五月底了。似乎是为了弥补外贬的亏欠，滕宗谅与三司使范讽、右班殿直石延年等人，每日到曹门外东山苑聚会宴饮，号称“东山逸党”。滕宗谅见范仲淹居然替大行皇太后辩护，深感惊诧，上前攥住他的手，往旁侧一闪，瞪眼道：“希文兄，你因何说这样的话？”又压低声音道：“把皇太后当政时代说得越不堪，越证明我辈当年要求她还政的正确，你不该替她辩护！”

范仲淹正色道：“子京，没完没了纠缠过去，对国家、对百姓有益处吗？整日忙于反攻倒算，连赈灾之事也无人问津，我是看不下去了！”

滕宗谅摇头道：“你不怕别人讥讽你揣摩上意？”

范仲淹淡然道：“子京，儒者论人论事，惟道义二字。不管他人如何看，我不会改变。”

滕宗谅叹了口气，一甩手，追赶三司使范讽去了。走在前面的御史中丞蔡齐放慢了步伐，待范仲淹走近，蔡齐拉住他的袍袖，压低声音道：“希文看到了？”他向前扬了扬下颌：“张、李二相个个面带愠色。”

范仲淹并不吃惊，他之所以有此举动，正是对着宰执的。念及在朝会上提出救灾建言，有变相指责宰相对灾情无动于衷之嫌，他才先私下找宰执进言的。结果不惟没有得到正面回应，反倒受李迪一番责备。他不得不站出来，把沉湎于纠缠过去而不顾国计民生的局面扭转过来。皇上欣然接受了他的建言，终止了对大行皇太后的清算，范仲淹为此感到欣慰。可赈灾的事，势必与宰执还要有一场较量，他的心情并不轻松。

“臣闻春夏大旱，蝗灾蔓延，江淮、京东灾情严重，百姓乞讨者甚众。朝廷当留拨漕粮以赈灾，遣使巡察以济民。”隔日的朝会一开始，范仲淹就奏道。有了面见宰相吁请赈灾被驳回的经历，他的这番话，无异于在御前告了政事堂一状。殿庭里的气氛，顿时紧张起来。

皇上欠了欠身，面露悲悯之色，盯着宰相张士逊，不悦道：“张卿，有了灾情，因何不报闻？”

张士逊面色阴沉，躬身道：“圣朝富有四海，有些灾情很正常。据臣所知，今年的灾情并不比去年严重，故而未渎扰圣听。”

范仲淹辩驳道：“京东、淮南和江东去年就遭受旱灾，今年的灾情虽不比去年更严重，但连年遭灾，流亡百姓饥困于道，朝廷岂可无动于衷？”他提高了声调：“陛下，臣敢问，如宫里的人一天没有饭吃，会是何等情形？”

皇上愣了一下，语带歉意道：“各地连年受灾，百姓饥困，必是朝政有失，朕当损尊号以罪己！”

本朝沿袭李唐，群臣在皇帝生前即不断为之上尊号，尊号因此越来越长。今上时下的尊号是“钦文聪武神圣孝德皇帝”。自损尊号，即在尊号中减去若干字，这是皇帝罪己的一种方式。

张士逊一惊，忙道：“朝政有失，乃宰相之过，臣请降官一等，以答天变。”

范仲淹没有想到，他的一个奏报，皇上竟至罪己，宰相又自请降官。但这些举动只是宣示敬畏上天，对饥困中的百姓并无实质助益。他要的是行动，遂又奏道：“陛下罪己，说明灾情严重；灾情严重而不抚恤，无以彰显陛下敬天爱民之意。臣以为，当速差大臣巡察灾情，指挥赈灾。”

皇上点点头，问张士逊道：“张卿以为然否？”

张士逊嘴角露出一丝冷笑，答道：“陛下悲天悯人，爱民如伤，臣感动不已。臣这就命人拟敕，差右司谏、秘阁校理范仲淹为江淮体量安抚使，以三月为期，前去赈灾！”

“嘁”的一声，不知何人发出压抑的笑声，似乎是在嘲笑，又像是幸灾乐祸，仿佛是说：“让你多事，报复来了吧！”

## 三

强劲的西北风吹得悬挂在紫宸殿四角的银铃叮当作响，凛冽的寒气使得列班进殿的百官都禁不住缩了缩脖子。阁门吏一脸狐疑地打量着台谏班列中的范仲淹，见他又黑又瘦，皮肤如同农夫一样粗糙，脸上还有皲裂之痕，倘若不是身着绯袍冠带，真让人怀疑他是不是刚从工地上赶来的苦力；再仔细一看，见他怀中鼓鼓囊囊，像是揣着什么物什，遂一步上前，拉住他问：“司谏携有异物？”

范仲淹歉意一笑，从怀中掏出一个照袋递给阁门吏。阁门吏打开一看，里面装着一把干草，不禁露出惊诧的神情。范仲淹拿回照袋，向阁门吏一晃道：“朝会上展示，有大用。”

阁门吏踌躇片刻，摆了摆手，还是放行了。

三个多月前，范仲淹大声疾呼差使臣巡察赈灾，宰相张士逊厌其多事，便差他以体量安抚使前往淮南、江东两路。赈灾是件苦差事，何况一去要三个月之久？百官皆视为畏途，人人都明白，这是宰相对范仲淹的报复，可他却感到踏实和快慰，像是谋得了一件美差。稍事整备便匆匆南下，风餐露宿，踏勘灾情，开仓赈民，捣毁淫祠。从真州、楚州、泗州三处差拨发运粳米、大小麦、豌豆等共五十万石，救济沂、密、徐、兖等州灾民。一路上抚慰百姓，留心吏治，不管是不是与赈灾有关，也不管是不是超出体量安抚地域范围，只要他认为当解决的事体，就向朝廷上章。中秋启程，踏雪而归。昨日刚入京，顾不上在家休整，今日就急急上朝了。

皇上入了御座，范仲淹抬头望去，几个月不见，皇上消瘦了不少，面带倦容，双眉紧蹙，似乎心事重重。官家这是怎么了？范仲淹暗忖，眉宇间涌上一丝愁云。朝会转入奏事环节，范仲淹的思绪从皇上身上移开，出列奏道：“臣一路走来，耳闻目睹，可忧之事甚多！”他故意顿了顿，以沉重的语调道：“臣到泗州，夜半散步永安桥，忽见一人蹲在桥头哭泣，打问后方知，是从潭州运粮到泗州的漕兵，出来时三十人，一路上连死带逃只剩六人，路途遥远，他担心不能活着回家，在夜间偷偷哭泣。臣闻之，既痛且愧！生物有时，而国家用费无度，天下安得不困？朝廷当省用度、除冗兵、销蠹吏、减馈运、罢和籴、禁游惰、省土木！”说着，从袖中掏出一叠文稿向上一举道：“臣于途中写成《陈八事疏》，呈陛下御览！”

殿班内侍走过去，接在手里，转呈御前。范仲淹怕皇上和宰执只看文字印象不深，便择其要者，口头奏陈：

其一，请三司核对财用支出。只要将目今费用支出与太祖、太宗时代对比，即知如今靡费到了何种程度！

其二，陛下不要对臣僚毫无节制地滥赏。燕云十六州至今仍在契丹人手里，祖宗勠力进取，积累财帛，就是为的收复旧疆。没有收复旧疆，功劳安在？大肆赏赐，情理何在？钱就这么大把大把花出去了，若一旦边上用兵，如何支应？

其三，惜民力，省用度。目今百姓除了正常上缴租税之外，一些地方官府还强制摊派存粮，这与公开抢劫何异？两浙和东南数路每年运往京城的粮食高达二三百万石，要耗费多少民力物力？像泗州永安桥夜哭的漕兵，不知要有多少，倘不知节省，如何对得起百姓！

其四，精简禁军。国家供养庞大的禁军，一卒之费，岁不下百千，万人则百万缗矣。养兵当注重战力，而不是数量。

其五，调整养军马之制。沿边买马，每年几百万缗，罢之则绝戎人，行之则困皇朝。当将西北军马收到京师附近，养于民间，如有需要，一呼可集。同时用重税禁止养江淮小马，这样每年可节省饲料数以亿万计。

其六，官府办理事务性、临时性事宜的人员，可给予酬劳，不必皆改官；

对于举荐子弟，要严格考试，明确任职岗位。如武将荐子弟善弓马可任边防者、善书算可理钱谷者，当考其能否，再予录用。

其七，朝廷机构设置过多，冗员不少。当予以精简合并，以减轻百姓负担。

其八，少修劳民伤财的佛寺道观。当年先帝几乎耗尽了国家财富修建玉清昭应宫，结果上天发怒，一夜间将三千六百一十间宫殿变成瓦砾荒场。如今还不吸取教训，在真州修造长芦寺，服役士兵的口粮就多达四万斛，这些钱都是民脂民膏，若用之于民，可减少横征暴敛；施之于士，可增加俸禄；施之于兵，可开拓疆域，可偏偏朝廷将这些钱花在没有丝毫用处的寺庙之上。望陛下今后一定要少兴土木！

殿庭里鸦雀无声。皇上似乎也有愧色，待范仲淹说完，对站在班首的宰相道："范卿所奏，二府三司议闻。"

"臣等遵旨！"吕夷简答。

就在范仲淹南下赈灾不久，朝廷举办为大行皇太后上"章献明肃"谥号典礼，本该辰时半开始，可主持仪式的首相张士逊到日中仍未露面，皇上差人去找，方知张士逊到枢密使杨崇勋宅邸饮酒去了。御史闻讯，上章弹劾，皇上颁制，贬张士逊知河南府；召回知澶州吕夷简任首相，起用寇准女婿王曙为枢密使，升蔡齐为枢密副使，以孔道辅为御史中丞。吕夷简才识卓优、素有廉能之誉，早在长山读书时，范仲淹就对知滨州的吕夷简甚为景仰；在西溪监盐仓数年，每当看到牡丹亭，就会想起吕夷简。对范仲淹来说，吕夷简就像一位故人、师长，对他执掌朝政，范仲淹充满期待。正因如此，赈灾途中他才屡屡上章言事，今日又一口气奏陈八事。《上执政书》的建言一时未必能够实施，就从具体事项入手，以期推动国政向振作有为的方向转变。见皇上已命二府三司研议他的奏疏，范仲淹这才掏出照袋，把里面的一把干草举起来，奏道："陛下，臣有物呈上！"

皇上接过内侍递过去的干草，好奇地问："此何物？"

范仲淹道："此草名乌昧草。舒州百姓，就是以此野草加几只晒干的蝗虫煮后果腹的。臣访得，舒州除正常的税赋外，还要额外缴纳折役茶钱。正常年景只能勉强度日，一遇饥荒便民不聊生，况已连续两年遭旱灾！臣已上章，请求免除舒州折役茶钱。今特呈乌昧草，是想让陛下知道，东南等郡，每年上供粮米六百万石，可遇到饥年，百姓生存却如此艰难！上上下下若仍奢靡不俭，百姓生计如何能复苏？请陛下将乌昧草传示六宫、宗室勋旧，告诫他们务必抑制奢靡！"

"卿言极是！"皇上提高声调道。他自幼就被章献明肃太后训导节俭，起居饮食，皆尚俭朴；此时，对范仲淹抑制奢靡的呼吁大为赞同，举着乌昧草晃了晃道："身在朝堂，当哀民生之多艰。朕要让御厨煮了，与后妃一起尝一尝；两地大臣也各取一棵，回家煮食品尝，体验灾民疾苦。"

"陛下圣明！"吕夷简躬身答。

范仲淹意犹未尽，又道："臣此番赈灾，深切体认州县主官是否有为，至关重要。知崇州吴遵路，乘尚未发生饥荒之时，便向一些大户劝募了好几万贯钱，派人航海去南方买米，运回崇州后，以平价出售，调剂了余缺，平抑了粮价。为预防蝗灾，他动员农户广种蚕豆。这一系列举措，使得崇州在大灾之年没有出现饥荒。臣以为，朝廷当将吴遵路树为州官标表，广为荐扬，以为劝励，并请将吴遵路事迹交付史馆，以昭后世。"

吴遵路曾与范仲淹同任秘阁校理，范仲淹通判陈州时，吴遵路被外放崇州，得到消息的范仲淹还赋诗相赠。此番赈灾过崇州，对吴遵路的治绩甚钦佩，便不避嫌疑，大力荐扬。

"如范卿议！"皇上微笑道。

"臣因有一吴遵路而为朝廷贺，也因只有一吴遵路而为天下忧！"范仲淹继续道，"州县守令对地方治理、百姓生计何其重要，可臣此番过州县不下几十个，除一吴遵路外，其余州县官……"

吕夷简"咳"了一声，似乎是想制止范仲淹再说下去。范仲淹举目看去，内侍阎文应站在御座后，伸过头去附耳向皇上嘀咕着什么。范仲淹停了下来。他在《上执政书》中就大胆说过，天下州县官十有八九是耄者、懦者、贪者、虐者，想来皇上和百官已然明白了他的意思，便结束了自己的奏陈。

押班内侍高唱一声："卷班——"

话音未落，皇上起身急匆匆而去。

望着皇上的背影，范仲淹心里一紧。

"希文——"听到唤声，范仲淹目光从皇上的背影移开，转脸一看，是宰相吕夷简，忙抱拳一揖。

"希文一路苦辛，当在家歇息几天嘛！"吕夷简关切道。

"多谢相公关爱！"范仲淹拱手道，"适才下官所奏八事，盼相公……"

"呵呵！"吕夷简一笑，打断了他，从袖中掏出一张稿笺，"适才在幕次候班，得晏资政在亳州所作，送希文一阅。"说着，把稿笺递到范仲淹手里，迈着稳健的步履，不慌不忙走开了。

范仲淹低头扫了一眼，只见是晏殊新填的一阕《酒泉子》：

三月暖风，开却好花无限了，当年丛下落纷纷。最愁人。　长安多少利名身。若有一杯香桂酒，莫辞花下醉芳茵。且留春。

范仲淹"嘶"地吸了口气。吕夷简让他看晏殊的这首词，难道是婉转表达对他适才奏陈的态度？皇上对吕夷简眷倚非常，所陈八事能不能实施，关键在吕夷简。可吕夷简的态度有些令人不安。想到这里，他迈步转往日曜门，决计这就谒见吕夷简，再当面向他陈情。刚要穿门而过，迎面正碰上吕夷简步履慌乱地走过来。范仲淹忙躬身施礼，吕夷简神情诡秘，向北一扬下颌，跟在两个红衣吏身后进了宣佑门。红衣吏引路，表明是皇上召见，联想到朝会上皇上的表现和内侍阎文应附耳密语的一幕，范仲淹顿生疑窦。难道，禁中有大事发生？

## 四

吕夷简在日曜门与范仲淹擦肩而过，跟在两名红衣吏身后，一直来到皇上的寝宫福宁殿。外廷大臣非有特殊情形，很少会被召进皇上的寝宫，吕夷简顿感今日召见非同寻常。

“吕卿，你来看！”吕夷简刚进殿，皇上就从御座上站起身，走到吕夷简面前，拉住衣领，伸出脖子，展示给吕夷简看，脸上的神情，仿佛一个受了委屈的孩子。

“看到了吗？在这儿！”内侍阎文应在旁指点道。

吕夷简一脸茫然，伸头一看，皇上的脖颈上有道划痕。正要问，阎文应冷笑道：“中宫所为！”

二十二岁的皇后郭氏，是功臣名门之后。九年前，由章献明肃太后做主，十三岁的郭氏被册立为后，与十五岁的皇上成婚。她相貌平平，性格倔强，仗着章献明肃太后撑腰，约束嫔御甚严。章献明肃太后薨逝后，皇上在后宫有种解脱感，宠幸尚美人、张美人，把皇后冷落一边，后宫往昔的宁静祥和被后妃间的公开争斗所打破。紫宸殿朝会时，范仲淹正在奏事，后宫又闹了起来，尚美人寻死觅活，勒逼内侍阎文应叫皇上回宫评理。皇上不得不命卷班，回宫化解后妃之争。他刚进姒徽殿，尚美人就哭哭啼啼迎过去，数落皇后的不是，不意皇后看见皇上进了姒徽殿，紧跟在后面追了过来，听到尚美人在说她的坏话，怒不可遏，走上前去，伸手就向尚美人扇去，皇上挺身保护尚美人，皇后的手掌重重地掴到了皇上的脖颈上，长长的指甲划出一道红痕。皇上气得浑身战栗，决计要惩治蛮横的皇后。可皇后母仪天下，惩治皇后非单纯的后宫之事，内侍阎文应出主意说可召吕夷简来商，皇上遂传召吕夷简进寝宫，让他来替自己做主。

吕夷简脸上流露出不易察觉的冷峻神情。他没有想到，他和皇后之间，一报还一报的报应，这么快就到来了！

章献明肃太后薨逝后，皇上调整中枢，本是和吕夷简一起商议的，可次日宣布的制书中，吕夷简却是第一个被外放的人。吕夷简不相信皇上会在一夜间抛弃他，不动声色间，从内侍阎文应那里得到了内幕：皇上抑制不住第一次决定宰执大臣命运的兴奋，把和吕夷简商议的结果和皇后说了，皇后撇了撇嘴道："晏殊他们依附太后，吕夷简就不依附吗？只不过他心机深，隐藏得好罢了！"皇上如醍醐灌顶，当即把吕夷简列入外放名单。吕夷简闻之悚然，暗自叫苦。送走了大行皇太后，又冒出一个难对付的女人。她的洞察力和政治智慧，直追大行皇太后。倘若不加抑制，大宋皇宫，很可能再出一个大行皇太后式的女人——皇帝在世时深度介入朝政，皇帝身后垂帘听政。吕夷简相信自己的能力，也相信皇上离不开他，有朝一日，势必要和这个以一言而决定了他的命运的女人较量。只是，他没有想到这一天来得这么快，又是以这种令人啼笑皆非的方式到来。原来只听说自章献明肃太后薨逝后，后宫有些混乱，张、尚二美人突然间显得十分嚣张，闹得乌烟瘴气，却不知恶化到如此地步。吕夷简深知，刚刚摆脱羁绊的皇上有种强烈的逆反心理，对章献明肃太后强加给他的这个皇后很不喜欢。他决计抓住这个转瞬即逝的契机，报自己的一箭之仇，也为国家消除后宫干政的一大隐患。他以严肃的语调说出了自己的主张：废后！

内侍阎文应当即附和。自章献明肃太后做皇后之日起，就对内官约束甚严，动辄责罚，已经被压制了二十年，以为从此可以喘口气了，不料郭后沿袭了章献明肃太后的做法，对内官的约束毫不放松。阎文应对郭后恨之入骨，一听吕夷简提议废后，他自是推波助澜，火上浇油。

废后之念也曾在皇上脑海里闪现过。这个皇后是大娘娘强加给他的，或许，要彻底摆脱大娘娘的阴影，外廷更迭宰相、后宫决绝废后，该是两大标志？但没有过硬的理由废黜母仪天下的皇后，势必引发震荡，非同小可，他没有敢说出口，刻下听吕夷简和阎文应一唱一和，顿时挺直了腰杆，但旋即又踌躇起来："吕卿，皇后虽然可恨，但废后一事，却有干清议。"

吕夷简打气道："废后之事，古亦有之。光武帝是史所公认的明主，为了立青梅竹马的阴丽华为后，无缘无故就把郭后废了。今日皇后居然打伤陛下，废后有何不可？”

皇上吸了口气，还是难以决断。吕夷简又道：“皇后不能诞育皇子，事关社稷，此其一；后宫备嫔御乃古制，皇后出于妒忌不许皇上接近其他嫔御，失德，此其二；皇后掌掴皇上，虽是无意，却已造成后果，实为犯上，此其三。”

“单妒忌一桩，就是女人‘七出’之一，平常之家的女人，倘若有妒忌一恶，丈夫即可休了，何况皇家！”阎文应插话道。

皇上蹙眉沉吟着。宰相和最得力的内侍都主张废后，让他有了底气，但若照吕夷简所列三条罪状，皇后颜面无存，家丑也被张扬于天下，于皇家威望有损，他不愿接受。斟酌片刻，以商量的口气道：“只说皇后因不育，主动辞位，如何？”

“陛下圣明！”吕夷简兴奋道，“就以皇后因不育，自请入云霄宫修道为由颁制废后！”踌躇片刻，又道：“但兹事体大，当召辅臣共议。”

皇上点头：“吕卿先向宰执通气。”又嘱咐道：“勿使台谏知之！”

可是，消息还是在当天就传了出来，御史中丞孔道辅闻讯，一言不发出了御史台，疾步赶往谏院。

谏院本无公署，与御史台混在一起当值。章献明肃太后垂帘听政后，特命将门下省迁往右掖门之西，而以门下省官署作为谏院廨署。所以谏官的直房十分宽敞。孔道辅来到谏院，并未到知谏院孙祖德的直房，而是径直去找右司谏范仲淹。

“希文，听到了吗？”孔道辅一进门，就焦躁地问。

“台长，出了何事？”范仲淹惊问。

“官家要废后！”孔道辅忿忿然道。

“啊？”范仲淹大叫一声，脸上的肌肉不住地跳动着，不假思索道，“当上章谏诤！”

“好，有希文出面，分量足矣！”孔道辅拱手道。

范仲淹虽非谏院之长，但百官却视其为谏官领袖。见范仲淹态度鲜明而坚决，孔道辅勇气大增，转身辞出。范仲淹顾不得起身相送，抓起笔拟写《谏废郭后奏》：

后者，所以掌阴教而母万国，不宜以过失轻废之。且人孰无过？陛下当谕后失，置之别馆，择嫔妃老者劝道之，俟其悔而复宫。

尚未写完，左司谏滕宗谅闪身进来了，上前抓住范仲淹的手腕道："希文，你赈灾刚回来，当在家休息几天。"

"与天子争是非、辩邪正，乃谏官之职！"范仲淹盯着滕宗谅，正色道，"子京，你当知我！"

正说着，知谏院孙祖德、左正言宋庠、右正言刘涣一起涌进了范仲淹的直房，见他正在写谏疏，不再多言，回到各自的直房，分头起稿。只一个上午，就有二十多位台谏官接踵到内东门拜表处呈递谏章。

散班了，宫内悄无声息。范仲淹拖着疲惫的身体，一路思忖着下一步的对策，闷闷不乐地回到家中。刚进首门，就看见连襟郑戬等在院子里。

郑戬时下担任知制诰，是天子近臣，位置十分重要。一见范仲淹进来，便道："希文兄，听说你带头谏阻废后？"也不等范仲淹回应，就劝道："希文兄，当年你吁请皇太后还政受到压制，朝野都说你是官家的人，如今正是受重用之时，怎么反倒不站在官家一边了？"

范仲淹见郑戬是来劝阻他的，不悦道："范某不是谁的人，也不懂站边，所知者，道与义而已！"

郑戬反客为主，拉着范仲淹的袍袖进了书房，边走边道："想必希文兄听说了，时下百官都在议论，说官家赏识范希文，范希文不久将大用。何必为皇室的家务事误了自己的前程！"

"天休！"范仲淹脸一沉，瞪眼道，"废后岂是家务事？且不说皇后无显过，不当无故被废；即使皇后真有大过要废，也不能偷偷摸摸瞒天过海！倘若台谏官置若罔闻，那以后是不是官家想做什么，就可以偷偷摸摸做了？以皇后之尊受到不公平对待，却无人站出来鸣不平，这个国家将来还有公道可言吗?”

郑戬摇了摇头道:“希文兄，以官家的性格，倘若没有取得外廷支持，敢出此举动吗? 若君相达成共识，废后之事，不可能有反转余地嘛!”

范仲淹的脑海里，蓦然闪出吕夷简急匆匆赶往大内的情景。或许郑戬说的对，皇上和吕夷简已达成共识，果如此，挽回的希望委实渺茫。

郑戬见范仲淹沉吟不语，又道:“希文兄，谏疏既然上了，言责已尽，道义无亏，万毋再有举动。何必做劳而无功之事?”他伸过手臂，在范仲淹的手腕上拍了拍:“希文兄，于公，官家对你有厚望;于私，妻儿老小跟着你，才过上几天安稳日子? 你好好想想吧!”

## 五

垂拱殿在紫宸殿次北，皇宫宣佑门之内，属于内殿，是皇上日常处理国政、召对大臣之所。这天，交了午时，寒风凛冽，天上飘着雪花，十多名台谏官结队来到殿前，呼喊道:“台谏官请求奏对——”

站在队列最前面的，是御史中丞孔道辅和右司谏范仲淹。

昨晚，听着儿女稚嫩的欢笑声，反复斟酌连襟郑戬劝阻他的一番话，范仲淹本已打算放弃。可躺在床上，一想到皇后受到不公平对待，身为负有言责的官员却不站出来鸣不平，他就感到脸上火辣辣的，羞愧难当;又想到皇后受此委屈，该是多么痛苦、无助，范仲淹心里阵阵酸楚。既然心里过不去这道坎儿，那就只能继续抗争。但郑戬的话提醒了他，废后之举恐非皇上一人所为。如此一来，台谏官的谏疏很可能被压下。今日一上朝，他就先到通进司查问，通进司果然得到了不得呈报谏疏的指令。范仲淹忙找御史中丞孔道辅商议办法。刚出谏院，正和来找他的孔道辅相遇，方知二府大臣已联名上表，乞降郭后为净妃，移长宁宫修道。范仲淹顿足道:“诏命一下，恐难追复，事迫矣，惟伏阁抗争一途！”随即，二人分头在御史台和谏院找此前上过谏疏的同僚联络。知谏院孙祖德、侍御史蒋堂等十多人愿意参加。孔道辅作为御史台长官率御史；孙祖德作为谏院长官率谏官，二人并肩走在最前面。可快到宣佑门时，孙祖德的步子慢了下来，低头佯装整理束带，落到了队尾，范仲淹见他分明是不愿再打头，便加快步伐走到了最前面，和孔道辅并排而行，到得殿前，昂首挺立，呼喊请皇上召对的口号。

“快，快，关阁门！”阁门使没有见过这样的场面，愣了片刻方缓过神来，惊恐地喊道。

按制，台谏官有急务，可非时入对，但不能直牒阁门使，而需经政事堂呈递，候朝旨方可入殿；今日台谏官事前并未递帖，竟集体到垂拱殿前高喊请对，令一干内侍大惊失色。

“哐啷啷——”殿门关闭了。与此同时，手持剑戟的金吾卫跑步环立殿前，个个神色威严，如临大敌。

孔道辅满脸涨红，怒道：“朝廷设台谏，谏诤乃职责；如今进谏无门，是何道理！”说着，上前用力拍打殿门上的铜环，高声呼喊：“皇后乃天下之母，因何无故被废，累及圣德？又为何不让台谏官说话？我辈要面圣，让官家解释清楚！”他是孔子四十五代孙，却致力于提升孟子的地位，是第一个倡言为孟子立家庙的人，赢得了朝野的尊重，威信很高。

“天下公议在台谏。圣朝立国，元气也在台谏。官家因何不愿听台谏官一言？”范仲淹上前，边拍打殿门，边高声喊道。

台谏官集体到内廷请求奏对的消息传出，举朝震惊。即使饱读史册的侍讲学士，也只听说过汉代曾有太学生示威事件，作为中枢重臣后备人选的台谏官，结队向皇帝示威，还是第一次听说，就连参加请对的孙祖德等人，也一阵阵打着寒颤。孔道辅和范仲淹似乎嗅到了皇宫里的紧张气息，鼻尖上冒出汗珠。

“有旨——”正不知所措间，随着一声尖嗓，入内省都知阎文应手持拂尘，一溜小跑来到殿前，紧紧盯着打头的孔道辅、范仲淹二人，高声道：“官家口谕：皇后无嗣，自愿退位修道，特封为净妃、玉京冲妙仙师，赐名清悟，居长宁宫。众台谏官若还有疑问，可到政事堂与宰相说话！”

“明白了！”范仲淹像是自言自语，又像是回应阎文应。他已然判断出，吕夷简乃是废后一事的同谋。他来不及多想，向孔道辅使了个眼色，孔道辅心领神会，向东南方一挥手，和范仲淹一起，带领众人大步流星，直奔政事堂。

早有堂吏跑过去禀报，吕夷简神情紧张地起身迎接。孔道辅抱拳一揖，大声质问道：“相公，臣子于帝后，当像儿子视父母；父母不和，可以劝他们和解，安得怂恿父休母？”

右相李迪沉着脸，抢先道：“废后非本朝首创，台谏官不必大惊小怪！”因郭后是章献明肃太后为皇上择娶，李迪赞成废后，将其作为与太后听政时代决裂的一个标志，但皇上撇开他单独找吕夷简商量，李迪耿耿于怀，言毕甩袖而去，把难题甩给吕夷简应付。

“李相公说的是！”吕夷简勉强挤出一丝笑意，附和道，“汉唐盛世，废后也不乏其例嘛！汉之景帝、武帝、宣帝、光武帝；唐之高宗、玄宗，说得上是有道明君，都曾有过废后之举嘛！”

孔道辅怒斥道：“大臣当引导皇上为尧舜之君，相公因何偏偏要引汉唐之君的失德事作为借鉴？”

“孟子云：‘逢君之恶其罪大。’相公身为宰相，官家要废后，不惟不规劝，反而支持，这怎么说得过去！”范仲淹接言道。他一向景仰吕夷简，钦佩他的才干和政绩，但眼前的吕夷简，在范仲淹的心目中突然变得猥琐了。

吕夷简招架不住。他想与台谏官辩明皇上废后算不算失德，可孔道辅、范仲淹一上来就设定废后就是失德，而作为宰相不予阻止就是逢君之恶。如此一来，就没有辩论的余地了。吕夷简眼珠子转了几转，拱手道：“废后出于宸断，明日朝会，众位还是在官家面前力陈吧！”

## 六

第二天，晨曦初露，京城百姓多半还在睡梦中，丹凤门外，上朝官员随从们举着的灯笼火把，将街道照得通明。百官陆续来到待漏院，等待宫门开启。

台谏官个个精神抖擞，既兴奋又紧张地等待着那个时刻的到来。昨日，宰相吕夷简被台谏官逼问得无力招架，推脱说可在朝会上向皇上陈情，孔道辅、范仲淹方领众人推出政事堂。此刻，范仲淹闭目而坐，脑海里还在不断演练，想象着皇上会摆出什么理由，他该如何辩驳。

突然，院外响起嘈杂、急促的脚步声，睁眼一看，入内省都知阎文应带着皇城司一干逻卒，呼啸而至，径直闯进台谏官待漏的朝房，还未等众人反应过来，阎文应一甩拂尘，高声道："有旨！"

待漏院里一片哗然！皇宋开国七十余年了，从未听说过到待漏院向台谏官宣旨的。有何紧急之事等不到朝会，非要赶到待漏院宣旨？从阎文应身后簇拥着的皇城司逻卒这一情形看，似乎来者不善。众人从惊诧中很快缓过神来，慌慌张张站起，躬身听宣。

阎文应面色冷峻宣读起来。只听谕旨先说孔道辅、范仲淹带头伏阁请对，盛世无闻，径行冒昧，殊失大体；接着，昭告此后台谏官进谏，只许分别密奏，不得相互串通，集体行动。阎文应停顿片刻，目光扫在孔道辅和范仲淹脸上，继续宣读：御史中丞孔道辅贬知泰州，右司谏范仲淹贬知睦州，左司谏段少连，侍御史蒋堂、马绛，监察御史郭劝、杨偕等到垂拱殿前伏阁请对的十余人，各降级、罚俸、罚铜不等。

众人愕然！他们没有想到会有如此决绝、果断的惩处措施，而且打了一个措手不及。左司谏段少连抗议道："都是伏阁进谏，为何处罚不同？孔台长、范司谏外贬，也请官家将少连一同外贬！"

侍御史蒋堂举起右臂，高声道："要外贬就一同外贬！"

阎文应冷笑道："嘿嘿，本使只奉命宣旨，别的事，诸公可上表请官家宸断。"

侍御史蒋堂对着宰执大臣待漏的朝房大喊道："宰执大臣狐假虎威，贬孔道辅、范仲淹，以后台谏官谁还敢进言？宰相何不向官家奏明，索性把台谏裁撤了！"

"不要吵啦！"阎文应用力甩了甩拂尘，大声制止道。转身对着一脸茫然的孔道辅、范仲淹，用拂尘向外一指："二位太守，请吧！"又转过脸去吩咐逻卒："傻站着做甚，还不快护送二位太守回家整备行装！"

一直沉默着的范仲淹这才明白过来，之所以急不可待地跑到待漏院宣旨，就是为了不让他们再入宫。可是，既然圣旨已颁，他也只能服从，在皇城司逻卒的押送下回到家中。事前，他也曾设想过会有什么结果，就是没有想到会是这样的结果：以霹雳手段将谏诤者外贬，而皇后被废黜的事实却无可挽回。不能改变皇后被废的命运，皇上又做出贬谪台谏官的失德之举，范仲淹深感痛心。

看着范仲淹进了首门，押送他的皇城司逻卒悄然撤走了。范仲淹默然走进内室，脱下官袍，和衣上床。已经连续两夜几乎没有合眼了，此时方觉困乏，很快就睡着了。不知过了多久，蒙蒙眬眬间，听到李三妹的抽泣声。他的心揪了一下，不知如何面对，索性蒙上头，佯装还在睡觉，思忖该如何向三妹交代，直到室内光线已然暗淡下来，方翻身下床。

听见卧室有了动静，长子纯祐进来禀报，有客人在书房候着。

范仲淹走到书房一看，竟是富弼。

三年前，富弼听从范仲淹的劝告，放弃进士科，改试制科，以甲等第一及第，通判河阳，并与晏殊长女成婚。不久，回洛阳丁父忧。富弼忧思国事，效法范仲淹，屡次冒哀上疏。服丧期满，即匆匆到京向流内铨和御史台投牒，要求起复。正要去拜谒范仲淹，却听到了他被从待漏院押出的消息，震惊万分，挥笔写了一道《论废嫡后逐谏臣奏》呈上，怀揣着副本，急急忙忙到范宅拜谒。

二人见礼毕，富弼掏出副本递给范仲淹。范仲淹一看，富弼指斥皇上以色欲之心，纵私忿、藐公议、废嫡后，为天下人耻笑；不告宗庙而废后，不敬父母，不会治家；废嫡后又逐谏臣，一举两失，令人寒心！又说，时下内忧外患，天下马上就要大乱，皇上当幡然悔悟，晋升忠直不挠的范仲淹。

“彦国年轻气盛，言重了！”范仲淹苦笑道。

“就是要说重些，官家才会醒悟，收回成命！”富弼一梗脖子道。

“彦国当知，汉光武帝是公认的明君，可他废郭后时，群臣莫敢置一辞。像彦国这样指责官家，若在汉唐，恐有性命之忧。皇宋优容士大夫，士大夫遂争相以大忠为报！”范仲淹感慨道。此刻，他感到内心踏实、平静。倘若没有出面抗争，或许不久就会接到晋升的诏旨，但他相信，接到那样的敕牒时，自己的心里绝不会像现在这般坦然。所以，对富弼指斥皇上的激烈言辞，他不能苟同。

富弼虽依然是一副忿忿不平的样子，却也被范仲淹的一番话所折服，抱拳道：“六丈的胸襟，弟子见识了！”

范仲淹突然笑了：“呵呵，彦国，吟诵岁月静好的晏公，千挑万选，选中的却是满眼内忧外患的门婿！”

富弼哼了一声，愤懑道：“岁月静好，就是坐等出事！”

一心回主意，十口向天涯。

——范仲淹

# 第十二章　十口向天涯

## 一

关中平原向北，是一望无际的黄土高坡和荒漠沙丘。虽则沟壑纵横，山梁交错，却也不乏广袤的牧场，出产优良的战马、上好的青盐。遥想当年，这里曾是匈奴人的驰骋之地，一个名赫连勃勃的枭雄，在此修筑统万城，建夏国。此后，这一带即被中原称为夏州。唐代宗时，将羌族的一支党项人迁居于此。后来，其首领拓跋思恭协助李唐朝廷收复被黄巢占领的都城长安，被封为夏国公，赐国姓李，准其世袭定难军节度使一职，统领夏州、银州、绥州、宥州、静州，形同独立王国。皇宋立国，不得已继承了大唐做法，太宗时授其酋长定难军节度使衔，并赐国姓赵。国人以西夏称之。多年来，西夏内部好战势力不断增强，利用国朝与契丹交战，无力西顾之机，夺取灵州，改称兴州。西夏虽奉大宋为正朔，却又接受契丹的册封，利用皇宋和契丹的敌对关系从中渔利。这个策略，就使得小小的西夏变得甚难对付。尽管如此，在皇宋与契丹达成澶渊之盟后，西夏也与朝廷签订了和约，赵德明在位的三十余年里，双方大体上保持了和平，西夏一直使用大宋年号，作为奉正朔的标志。去年，德明去世，其子元昊继位，皇宋册封其为定难军节度使、西平王。朝廷改元，把“天圣十年”改为“明道元年”，新年号颁给西夏，元昊以其中一字犯了其父名讳为由拒绝使用，而改为“显道”。朝廷吵吵嚷嚷争论了一阵后，无形中默认了。

听到元昊拒绝使用皇宋年号的消息，不愿辜负自己才华的华州书生张三才看出了危险，也看到了机遇。

张三才累举进士不第，意不能平，眼巴巴地盼望天下大乱，好建功立业。他不惟这样想，还毫不避讳地狂言于外。在应天府书院与范仲淹、张方平、孙复等人这么说，回到他的家乡华阴县，张三才还是这么说。县令闻言，逮而笞之，致使其卧床一月。痊愈后，张三才满怀悲愤离开家乡，与同病相怜的好友吴久侠、姚嗣宗结伴薄游塞下，观览山川风俗，慨然有志经略。一路上，放意诗酒，出语惊人，赋诗云：

五丁仗剑决云霓，直取天河下帝畿。
战罢玉龙三百万，败鳞残甲满天飞。

三人正在塞下游走时，忽闻元昊弃皇宋年号不用的消息，张三才既惊且喜，对吴、姚二人道：“我辈既不能仕簪缨，当效班超、虞诩之事，岂能碌碌度日！”遂又赋诗一首，其中云：

好著金笼收拾取，莫教飞去别人家。

于是急返关中，投奔以枢密副使外放陕州的范雍。得知范雍正在视察军旅，张三才和吴、姚一番谋议，雇了几个人，拖着一块大石板在前面走，石板上刻着嗟叹怀才不遇的诗句，行之军阵前，张三才吟唱道：

踏破贺兰石，扫除西海尘。
布衣能效死，可惜作穷鳞。

边吟诗边高声痛哭，希望以此引起范雍的重视。

范雍闻报，吩咐传见。

“小生夜游山林，吹铁笛而行，声闻数里，群盗咸避走！”张三才一见范雍，就吹嘘道。

吴久侠道：“我辈长葛县斩巨蟒之事，不知范帅可曾耳闻？”

“元昊欲叛圣朝，若不用我辈，必不能制！”张三才一拍胸脯道，又一晃脑袋，口占诗一首：

昨夜云中羽檄来，按兵谁解扫氛埃。
长安有客面如铁，为报君王早筑台。

范雍有颇知人、喜荐士之誉，但此时尚未从突然被外贬的打击中平复下来，心情郁闷，见几个布衣书生如此张扬，打头的张三才顶青巾缁裘，猬髯黑面，目光狡黠，摇袖以谒，顿生反感。硬着头皮听完，揶揄道：“三位壮士才比天高，待老夫筑起高台，再拜将不迟！”

话不投机，三人悻悻而去。张三才长叹道：“看来，我辈在皇宋已然无施展余地矣！”来到渭水边，不知前路何往。张三才顿足道：“党项人久在西北，其君锐意求治，不如前去投奔，或许，我辈之志，得以舒展！”

吴、姚二人踌躇良久，无可奈何地同意了。三人遂装扮成商人模样，相偕北上。

正是仲秋季节，边境一带却是一片肃杀。三人登上崆峒山，姚嗣宗在崆峒寺内壁题诗一首：

百越干戈未息肩，五原金鼓又轰天。
崆峒山叟笑不语，静听松风春昼眠。

出了崆峒寺，走出不远，有座项羽庙，庙中空无一人。三人解下行囊，打开酒壶，对着项羽的塑像，边饮酒边悲怆地吟诵“秦皇草昧，刘项起吞并”之词，禁不住放声痛哭。

“项王，我辈才干，远高于庙堂之上的庸碌之辈，他们欣赏不了。我辈要证明给他们看！”张三才边哭边向项羽倾诉，“项王，你一世英豪，当能体谅我辈的心境，我辈实在不愿辜负自己的才华啊！要死，也要像前辈那样，叱咤风云，一展才华，再刎颈于江畔！”

三人边哭边饮，不知不觉大醉。待醒来时，已是阳光高照。三人跪地向项羽像叩头，垂泪而去。

秋风呼号，黄沙弥漫，三人趁着夜色，驰马来到边境。姚嗣宗突然浑身战栗，勒马悚然道：“二位兄台，我辈这是叛国啊！”

张三才、吴久侠低下头去，默然不语。

姚嗣宗继续说：“历朝历代，制度再完善，难免有遗珠之憾。不能因我辈屡不登第，就证明圣朝制度不好。况且，我辈饱读圣贤书，深知做人要讲大义。不管遭受多大委屈，也不能背叛国族；更不能以自己的才华，帮助敌人对付自己的国族。”

张三才仰天笑道：“功名指日而得，兄台何畏惧徘徊，徒增后人笑！”

姚嗣宗见张三才不为所动，拱手道：“恕小弟不能奉陪！”说完，打马回转。

张三才长叹一声，即兴赋诗一首：

太公年登八十余，文王一见便同车。
如今若向江边钓，也被官中配看鱼。

吟毕，头也不回，打马向兴州疾驰。

到得兴州城下，张三才勒马道：“不出奇无以动羌人观听，先把名字改了！我叫张元，你名吴昊！”

吴久侠一缩脖子道：“这……要被砍头的！”

张三才道："皇宋讲究翩翩儒者风，凡事从容淡定；羌人乃蛮族，驰骋马背，不懂礼教，要有霸气豪情，方可令其敬畏。听我的，错不了！"

吴久侠喏喏。

二人进了城，刻意在西平王宫殿左近寻找到一家酒肆，剧饮终日，边饮酒边故意以名相呼，大声叫骂。

"张元，你听着，大宋朝廷里，都是有眼无珠之辈！"

"吴昊，你听着，这党项人的宫阙里，恐也是些井底之蛙！"

酒肆掌柜、酒保、食客，都被两个汉人的话惊得目瞪口呆。张元将一把碎银子往桌上一撂，高声道："笔墨侍候！"掌柜拿过笔墨，张元提笔在墙壁上奋笔疾书，书毕，把笔投掷于地，扬长而去。

掌柜上前一看，但见上写着："张元、吴昊饮此！"他怕看错了，揉了揉眼睛，细细看了一遍，确认无误后，不敢怠慢，急忙亲自跑去报官。

官府闻报，即差逻卒追捕。

张元、吴昊并未走远，单等官府来捕。二人被带进官府，大呼小叫，非要面见西平王不可。元昊闻报，感到事有蹊跷，传令将二人押至王府。

高坐虎皮交椅上的元昊中等身材，圆脸正中那只硕大的鹰钩鼻衬托出一股英武之气，两眼发出凶鹜的光芒，质问道："尔等汉家书生，当知入国问讳之义，因何公然犯本王的名讳？"

张元早就听说元昊通晓蕃汉文字，喜佛学、绘画，对《太乙金鉴诀》《野战歌》这类兵书手不释卷，是能够明白道理的，遂昂然冷笑道："哼哼，入国？什么国？我辈只知这是大宋国定难军的地盘！问讳？谁的讳？大王姓什么？李？赵？拓跋？姓尚未理会明白，何谈名讳！"

元昊大怒，腾地从虎皮交椅上站起身，声嘶力竭道："拉出去，砍了！"

张元大笑道："哈哈哈！砍了我辈，那你就只能姓赵；留下我辈，不惟有姓，还会有国！"

元昊眼珠子"滴溜溜"一转，发出几声怪笑，笑声在殿庭里回荡，像是刮进了一阵旋风。

张元淡定道："我观夏地，经大王父祖两代东征西讨，已有夏、银、绥、宥、静、灵、盐、会、胜、野、甘、凉、瓜、沙、肃，计十五州之多，南有横山可据，北跨贺兰山脉，西达祁连山下，绵延数千里。《易》六十四卦，首卦为乾。其第二爻曰：'见龙在田，利见大人。'目今的夏地，龙已不再蛰伏，而是开始在广袤的田野游走，只差贵人相助了。得我二人襄助，游走之龙，自可一飞冲天！"

"松绑！"元昊激动地搓着手，大喊道，"酒肉伺候！"

## 二

西京洛阳，天下名都，物华天宝，文人荟萃。这里不惟有西京留守府，还有河南府、河南县，三个衙署里，都有以文章闻名一时的才俊。罢枢密副使出任西京留守的钱惟演是文坛领袖，判官谢绛也早有文名，二人经常邀请下属欢聚，西京留守府推官欧阳修、河南府户曹尹洙、河南县主簿梅尧臣等，更是无日不在一起诗酒相娱，号称"洛阳八友"。

欧阳修在西京任职已经三个年头了，西京的名胜古迹，不止一次游览过，每次游览，由于游伴或季节不同，总会有新的感悟。这年冬至，三年即将考满，估计很快就会离开西京了，欧阳修借冬至假期，邀请他最好的朋友梅尧臣、尹洙到嵩山游览。

嵩山胜景甚多，公路涧就是其中之一。这是悬崖峭壁下的一条溪流，因三国袁术曾居于此，便以他的字"公路"命名。来到涧旁，欧阳修下马道："如此美景，当作诗以记。"

梅尧臣道："永叔脑子快，你先来。"

欧阳修当仁不让，晃脑吟诵一首。

"且听我！"梅尧臣紧接着口占一首。比欧阳修大五岁的梅尧臣苦寒出身，酷爱读书却屡试不中，家贫无力继续供其再读书，便以叔父的恩荫补任太庙斋郎，出任主簿。

“圣俞的诗和平简远，淡而不枯，丽而有则，堪称上品！”欧阳修赞叹道。又转向尹洙，问道：“师鲁兄，该你了！”

尹洙写诗颇类唐之贾岛，灵感来得慢，他见欧阳修、梅尧臣都盯着他，越发不成句，灵机一动，咏道：

嵩高发灵源，北望洛阳注。
清流引河汉，白气横云雾。
英雄惜此地，百万曾相距。
近代无战争，常人自来去。

欧阳修大笑道：“师鲁，你蒙骗他人尚可，蒙骗我和圣俞，就捉襟见肘啦！这是范公的诗作嘛！”

尹洙也笑了：“二兄知我灵感来得慢，还催，只好拿范公的诗来充数喽！”

当年范仲淹自河中府前往陈州赴任途中，曾游览嵩山，赋《和人游嵩山十二题》。欧阳修、梅尧臣、尹洙都是范仲淹的崇拜者，对他的诗作自是谙熟。提到范仲淹，欧阳修突然感慨起来：“世界充满沙砾，其间偶有几颗璀璨夺目的美玉。这些美玉，就是儒家的君子。他们学识渊博、道德崇高、人格无瑕，是国家的柱石。范公乃美玉中最晶莹纯粹的一颗！我敬仰范公人格，若考满后能到朝廷任职，得追随范公之后，于愿足矣！”

尹洙道：“范公刚回朝廷，不顾开罪宰相，吁请赈灾，又不辞劳苦去安抚灾民。古往今来，忧天下者，其行为背后，必有民本观，更有其自检的人格力量在支撑。”

“是啊！范希文乃天下读书人的标表。”梅尧臣道，“只是他太爱说话，此番赈灾回朝，想必又会发一番议论。我担心他未必在朝廷立得住。”

欧阳修眺望远方，微眯双目道：“正因为范公有忧天下之心，敢言直谏，方显出人格伟岸！”

尹洙一扬手道：“既然我辈都仰慕范希文，何不追随他的足迹，跑遍嵩山十二景，作诗以和他的《嵩山十二题》！”

欧阳修、梅尧臣拊掌称善。三人带着随从，流连嵩山十二景，赏景赋诗，忘却了寒冷。

从嵩山返回洛阳途中，突降大雪，行路艰难，到了香山，眼看天就要黑了，只得就地投宿。住处偏僻，天气恶劣，所携的酒肉业已消耗殆尽，三人正惆怅间，忽见一辆马车顶风冒雪向这边驶来。

梅尧臣遥望马车，拉了拉欧阳修的袍袖道：“如此天气，马车渡伊水何往？莫如截下，若有美酒佳肴，今夜同欢，岂不美哉！”

欧阳修、尹洙两人被梅尧臣说得不约而同用力咽着口水，伸长脖子紧紧盯着马车。赶车人似乎也看到了他们，扬鞭催马，不多时就到了客栈前，“吁”的一声，车停了下来。欧阳修定睛一看，赶车人是留守府的府校。

府校上前施礼，禀报说，留守钱公怕他们在这里寂寞，特差他赶车来送美食美酒和歌伎。说着递给欧阳修一张稿笺，是钱惟演写的短柬：“山行良劳，当少留龙门赏雪，府事简，毋遽归。”

钱惟演因与章献明肃太后是远亲，早在太后垂帘听政不久就以外戚不得参与朝政为由被赶出了朝廷。他是几十年来独霸文坛的“西昆体”的领袖人物，欧阳修等人正发起一场针对“西昆体”的古文运动。尽管如此，钱惟演却对欧阳修等人关爱有加，鼓励他们人尽其才，大胆自由地创作，以期繁荣天下文教。看到风雪中送来的美酒、美姬，欧阳修禁不住热泪盈眶。

“是你？”梅尧臣发出一声惊叹。

欧阳修抬眼一看，马车上下来的女子，是名叫柳荷的官妓。

梅尧臣指了指欧阳修，又指着柳荷，暧昧地嬉笑起来。

盛夏时，西京留守钱惟演在普明园举行宴会，客人都到了，只有欧阳修和官妓柳荷久等不至。官妓职在侍奉长官酒宴，长官已到而官妓未到，属于失职。等了好久，欧阳修悠然进场，身后还跟着官妓柳荷。钱惟演厉声责问柳荷何故迟到，柳荷羞怯答因天气太热，在凉堂睡觉，丢失金钗，寻觅半天也未找到，故而来迟。钱惟演顿时明白了，说欧阳永叔把官妓金钗弄丢了，当赔一个，但若能即席填词一曲，他愿奉送柳荷一支金钗。欧阳修略一思忖，提笔写了一首《临江仙》。宴后，钱惟演果然把金钗送给了柳荷。虽然朝廷有令，官员不得与官妓有染，但此事却传为文坛佳话，害得欧阳修见到官妓柳荷，便觉尴尬。

有好酒好肉，又有美姬侍奉，欧阳修、尹洙、梅尧臣围炉畅饮，时而争论，时而戏谑，时而吟唱，直到酩酊大醉方休。

虽有钱惟演不必急于回城的示意，但三人只在龙门多留了一日，便赶回了洛阳。尚未回到衙署，就听到钱惟演被贬谪的消息。

宰相张士逊被外放河南府后，闻欧阳修等人在钱惟演庇护下大肆诋毁“西昆体”，而他乃“西昆体”领袖杨亿的弟子，感铭杨亿对他的提携之恩，又见这批年轻人对钱惟演恭敬有加，而对他却不理不睬，遂恼羞成怒，一纸奏疏，把钱惟演赶出了洛阳。

辞别日，谢绛、欧阳修、尹洙、梅尧臣等一直送钱惟演至彭婆镇，钱惟演老泪纵横，置酒作长短歌，命歌姬吟唱，甚悲怆。欧阳修等人为之泪下。张士逊闻讯，勃然大怒，将欧阳修等人召集在一起，拐弯抹角说了一通，言外之意是说，钱惟演是章献明肃太后的人，而他张士逊是今上的师保，要众人睁大眼睛，分清好歹。

尹洙冷笑道：“相公，范仲淹是皇太后的人还是官家的人？他为何上章要求官家全太后之德？”

张士逊被问得张口结舌，沉着脸道：“诸位皆知寇公吧？你们的才干，谁比得过他？可是，寇公这样的人，尚且因为耽于宴饮而被贬官，何况尔等？”

众人掩面窃笑。谁不知晓，张士逊是因为饮酒误事而被贬的，如今却大言不惭地训斥后辈不要宴饮。欧阳修年轻气盛，反应敏捷，顶撞道：“以修所论，寇公之所以被贬，不是因为耽于宴饮，而是因为一把年纪了仍不知进退！”

张士逊年逾七旬，欧阳修此言，分明是讥讽他的，气得喘着粗气，把雪白的胡须吹得乱舞，却也说不出反驳的话来。

“永叔，你考满该升迁了，得罪了张相公，你进朝廷、入馆阁之梦恐难圆矣！”事后，梅尧臣担心地说，“要不，找机会向张相公赔罪？”

欧阳修不以为然道：“圣俞，别忘了，我辈敬仰的范公，连听政的皇太后都敢得罪！”

梅尧臣一笑道：“我观永叔，处处在效法范希文啊！但愿范希文早登政府，好举荐他的这些追随者！”

欧阳修虽然觉得梅尧臣的话未免功利，可并未反驳。他也迫切期盼着范仲淹入中枢、掌国柄。

不料，仅仅过去十多天，却传来范仲淹贬睦州的消息。

梅尧臣顿感失落：“范希文风头正健，稍稍忍耐就能大用，可惜啊！”

欧阳修痛苦地摇头道：“圣俞，你到底是不知范公。范公是绝不会苟且的。他的忠，是超脱的忠，是对江山社稷、对圣朝长远利益的忠，是大忠。他永远做他认为对的事，而不是官家和宰相希望他做的事，这就是我皇宋读书人应有的品格！倘若入仕的读书人都能像范公这样，天下就会充满浩然正气！”他长叹一声：“只可惜，这次我不能为范公送行！”

## 三

天气阴沉，北风中还夹带着几分寒意。辰时刚过，项城北门外颍河码头上就热闹起来。乘船的一家十口陆续登船，送行的人群里也发出“一路顺风”之类的送别语。右司谏、秘阁校理、知睦州范仲淹，身着绯袍，向众人抱拳一揖，转身正要登船，忽见四岁的幼子纯礼哭喊着“回家——”踉踉跄跄跑出了船舱。范仲淹弯身抚慰，劝他进舱，纯礼跺着脚，哭声越发高亢起来。范仲淹脸一沉，伸手将纯礼携在腋下，“噔噔”几步跨进船舱，吩咐艄公开船。纯礼不敢哭出声，抽噎得脑袋一抖一晃。李三妹走过来，将纯礼的脑袋揽在怀里，泪水止不住滴落下来。

一个多月前，皇城司逻卒奉命将外贬的孔道辅、范仲淹押送出待漏院，但只是为了不让他们再入宫，并未立即逐出京城。当晚，范仲淹送走到访的富弼后，方把外贬之事说给了李三妹，又和她商量，安置他们母子到应天府。李三妹执意要随夫君赴睦州。范仲淹也舍不得离开妻儿，便决定全家人外加两个女使、一个男仆共十口人一起南下。京城距睦州遥遥三千里，携妻将雏赴任，相当艰苦。审官院接到范仲淹携家眷赴任的禀帖，特宽限上任时日，允许他待开春后走水路南下。其间，除富弼上《论废嫡后逐谏臣奏》外，御史郭劝、段少连也分别再上《论废郭皇后奏》，请求收回贬放孔道辅、范仲淹的成命。奏疏呈上，皇上既未采纳，也未对他们的激烈言辞予以责罚，废后风波渐渐止息了。过完年，范仲淹写了七份举状，荐七名选人可改京官，便启程南下。孙祖德、滕宗谅、刘涣、段少连、蒋堂等二十多位台谏官，直集贤院、监左藏库韩琦，太庙斋郎苏舜钦，丁忧期满刚被任为绛州通判尚未赴任的富弼，齐聚南熏门外的南山亭为他饯行。范仲淹上次外放河中府，苏舜钦送行时有"此行极光"之语，此次又有"此行愈光"之说。这么多同僚和年轻一代俊杰理解他、尊敬他，范仲淹深感欣慰。船到项城，去年被外放的晏殊从亳州差人前来祖饯，宴请两日，范仲淹修书致谢，今日继续南下的航程。

儿女在京城近一年，留恋大都市的繁华热闹，尤其是年幼的纯礼，与小姨家的次子成为玩伴，上元节一起玩耍了数日，难舍难分，此时想念起表哥来，哭闹着要回家，令李三妹心疼不已，范仲淹"咳"了一声，见李三妹抬头看他，用手比划了几下，做出拿东西往嘴里放的样子，示意三妹拿出晏殊从亳州捎来的油杠哄哄纯礼，李三妹点了点头。纯礼有了好吃的，总算不哭闹了。范仲淹刚要进舱读书，隐隐约约听到纯祐、纯仁在嘀咕着："听表哥说，都是爹爹多管闲事，不听劝告，咱一家才被赶出京城。"

"表哥怎的知道？"

"小姨夫说的。"

"我真不想离开京城。"

"傻子才愿离开呢！"

李三妹听到了，垂泪道："可怜我的儿女，小小年纪，就颠簸几千里！"

范仲淹反身拉住李三妹的衣袖，又向纯祐招招手，一起进了他读书的舱间，郑重道："人生在世，怎会一帆风顺、事事如愿？遇到挫折是难免的，不要气馁，更不要抱怨。"

话虽这么说，望着儿女稚嫩的面庞和不时垂泪的发妻，范仲淹心里隐隐作疼。他读不进书，提笔赋诗：

重父必重母，正邦先正家。
一心回主意，十口向天涯。
铜虎恩犹厚，鲈鱼味复佳。
圣明何以报，没齿愿无邪。

一首写毕，意犹未尽，一连作了五六首。

官船顺颍河而下，经沈丘、太和、颍州，在颍上县沫河口入淮河。这天的天气有些怪异，太阳一露头，就出了一圈淡黄晕，东南方天空澄清万里，西北方却乌云翻滚。在沫河镇用罢早饭，艄公踌躇着该不该挽船入淮，范仲淹望望天，又见水面上已有不少船只不紧不慢地行驶着，便挥了挥手，命艄公启航。本朝优容士大夫，官员赴任途中，每行一两程，照例要停留一晚，如遇到熟人或朋友在当地为官，免不得还要挽留一两日，游览名胜，吟诗填词。故自项城出发后，三百里水路走了半个多月方到淮河，范仲淹不想因拿不准天气再耽搁了。

"轰隆隆！"西北方响起几声闷雷，河水像是受到惊吓，波浪翻滚，大风从东南方呼啸而来，推波助澜，顿时，河面上的船只像醉汉般东倒西歪，惊恐的喊叫声沉浮在汹涌的波涛里，令人毛骨悚然。范仲淹乘坐的官船正向东南方行驶，大风掀起的巨浪，忽地将船身颠起，坐在舱中的范仲淹身子向北一歪，倒在舱板上，船舱里响起"哐里哐当"的撞击声和揪心的惊叫声。颠簸中，他看见纯祐、纯仁、纯礼和两个女儿翻滚着撞上了舱壁，李三妹"啊——"

的一声惊叫，疯也似的扑向儿女，一阵剧烈颠簸，将她甩到舱门边，扑倒在地。范仲淹一边向妻儿身边匍匐移动，一边无助地大喊："抓牢！抓牢！"却也不知道要他们抓住什么。瞬间，全家十口葬身淮河的恐惧袭来，令他浑身战栗，汗水湿透了衣衫。儿女还小，妻室何辜！他高声喊叫道："老天啊——范仲淹若该遭受惩罚，就惩罚我一个人吧！"

忽地一声，船身又被巨浪掀起，舱内的十口人在惊叫声中被甩到舱尾，滚作一团。一阵颠簸过后，又被分散开来，在舱壁上撞击着。

不一会儿，船身平稳下来。大风似乎只是为了吹散云霭而来，不大工夫就撒欢而去。罩在太阳周边的黄晕不见了，万里无云，河面上波光粼粼，仿佛适才的巨浪只是淮河在睡梦中翻了一个身，就又甜甜睡去了。船工、女使、仆从战战兢兢爬到几个孩子身边，将他们扶起。范仲淹和李三妹也扶着舱壁站了起来，逐一把儿女周身抚摸了一遍，见他们都没有受伤，畅出了口气。李三妹的膝盖磕青了，她忍着疼痛，把哭泣中的纯礼揽在怀里。范仲淹把纯礼抱起，腾出一只手搀扶住李三妹，把惊魂未定的儿女都叫进茶室，望着全家围坐在一起的场景，他眼圈一热，泛出了泪花，忙举袖擦拭，感慨道："平安是福啊！"

八岁的纯仁紧握拳头，怒目圆睁，咬着嘴唇哼了一声。范仲淹伸手拉住他，边掰开他的拳头边道："二郎生爹爹的气？"

"哼！儿生、生官家的气！"纯仁鼓着腮帮道，"谁让他贬爹爹了呢，害得咱一家差点喂了鱼！"

范仲淹沉下脸来，刚要训斥，心中不忍，正色道："当今皇帝是仁德之君，若在汉唐，爹爹恐早被杀头啦！爹爹告诉尔等，爹爹只要还有一口气，就是四个字——"他顿了顿，铿锵道："忠君报国！"说着，起身走进他读书写作的舱间，拿出在项城登船不久写的那首《十口向天涯》诗读了一遍，细细解说道："爹爹为了维护正国先正家的道义，让官家回心转意，连累得一家十口颠簸于通向远方的旅途；但是，爹爹并不后悔。对爹爹来说，以正直无邪的品格忠君报国，是到死也要坚守的道义。坚守道义，需要付出代价，十口向天涯，就是代价。”他扫视了一眼五个儿女，又道：“睦州是富庶之地、鱼米之乡，朝廷让爹爹到睦州主政，是优待嘛！那里有很多很肥的鲈鱼，到那里就有口福啦！”

纯仁不为所动，扭脸低声问纯祐：“哥哥，谁是宰相？”

“吕夷简。”纯祐答。他十一岁了，常听父亲和友人谈话，熟悉吕夷简这个名字。

“哼！吕夷简，你等着！”纯仁握拳一晃道。

范仲淹又生气又好笑，问：“二郎，你因何恨吕夷简？”

“官家仁德，那就是宰相使坏！”纯仁噘嘴道。

“你看你看，这孩子！”范仲淹哭笑不得，指着纯仁对李三妹道。

“你要是一直在书院教书，何至于有今日！”李三妹心有余悸地说，“咱不做官了，回应天府教书，好不好？”

范仲淹默然。他扭头望着窗外，突然一指道：“看，那些船只，船上的人并不是做官的，他们不同样也要经受风浪颠簸吗？他们又该生谁的气，抱怨谁呢？”

李三妹不语，拿出手帕，默默地为儿女擦拭脸上的泪痕。

春风似旧花犹笑，往事多遗石不言。

——范仲淹

# 第十三章　春风似旧花犹笑

## 一

初夏的富春江，两岸郁郁葱葱，染绿了江水，江水淡定地流淌着，不急不躁，无声无息。一艘小船在江中缓缓行驶。知睦州范仲淹和推官章岷站在船头，目光穿过淡淡的江雾，在寻找着什么，不时指指点点，交换看法。

走了约莫五十里，章岷惊喜地向前一指道："太守，快看！那就是严陵濑了，人迹罕至，一片蓬蒿。"

范仲淹举目望去，是一座被苇草遮蔽的一亩见方的高台。他吩咐靠岸，第一个下了船。高台上长满了青苔杂草，几只受惊的鸟儿"扑棱棱"从苇草里惊慌失措地飞去，一些叫不上名字的野花摇头晃脑，似乎在看鸟儿的笑话，又像是欢迎光临高台的客人。范仲淹蹚着杂草，一直走到东台山麓方才驻足，环视高台，背着手，陷入了沉思。眼前，富春山麓仿佛出现了一座茅庐，严陵濑上，一个笠翁坐在江边，静静地垂钓。他深深吸了口气，慨然道："严先生一生不为利禄所动，是何等高尚，此足以使贪夫廉、懦夫立！"

章岷笑道："下官只知太守乃忠亮直节之士，却不知太守竟有隐士情怀。"

范仲淹惊讶之余，这才意识到，他的内心深处，委实隐藏着章岷所说的隐士情怀。

一个多月前，范仲淹一家抵达睦州。睦州辖建德、寿昌、淳安、遂安、分水、桐庐六县，治所梅城位于新安江、兰江、富春江汇合处，背靠乌龙山，面对三江口，群峰四来，翠盈轩窗，范仲淹为之陶醉。他在《睦州谢上表》中说："事君无远，为郡甚荣……静临水木之华，甘处江湖之上……乐道忘忧，雅对江山之助；含忠履洁，敢移金石之心。"这是向皇上表明自己的态度，也是为了坚定自己的信念：废后非盛世之象，直谏乃忠诚之举，理或当言，死无所避。可心不由人，十口向天涯的场景、淮河遇险的余悸，让他久久难以释怀，又时常生出谪官的惆怅。夜深人静时，他思考最多的是，人生难免遇到挫折，如何做到乐道忘忧，不自怨自艾？昨天夜里睡不着觉，悄悄披衣下床走到室外，一轮皎月在官舍的院落里洒下一片银光。范仲淹的脑海里蓦然浮现出一个场景：终南山之夜，圭峰之下，山姿秀整，云意闲暇，紫翠万叠，横绝天表。月高露下之时，忽有笛声自西南依山而起，上拂廖汉，下满林壑，清风自发，长烟不生，天地人物洒然在冰壶之中。一人曰："此一书生，既老且贫，每风月之夕，则操长笛奏数曲而罢，凡四十年矣！"对曰："嗟乎，隐君子之乐也，岂待乎外哉！"这是二十岁的朱说随王镐游关中时的一幕，倏忽间二十六年过去了，王镐也早已故去，可这个场景还深深印在范仲淹的脑海里，在这贬所之夜，显得格外清晰而充满震撼力。人若不存追逐名利之心，该省去多少烦恼？为官者若都不追逐名利，官场的风气该多么清新！越是这样想，对隐士的倾慕之情就越强烈。睦州当代没有隐士，历史上却有一位大隐士，就是东汉的严光，字子陵。他曾与布衣时的光武帝同窗共读，光武帝得天下，严光却拒绝为官，隐居于睦州七里濑耕读垂钓。范仲淹仿佛得到一位久违的师长的消息而急切地想去拜谒一般，今日一早就吩咐州校整备船只，叫上从事章岷，一起寻访严子陵钓台。此刻，站在荒芜的高台旁，听到章岷说他有隐士情怀，范仲淹陷入沉思。细细想来，与其说自己有隐士情怀，莫如说有崇尚隐士的情怀。严子陵对功名利禄毫不动心、飘然而去的隐士精神，弥足珍贵。想到这里，范仲淹便以决断的语气道："当在此建祠堂，让高士遗风，代代传承！"

章岷兴奋道:“此乃太守德政!”

范仲淹叫着章岷的字道:“伯镇,建祠事,就由你亲自操办;范某不揣浅陋,撰写祠堂记!”

过了十来天,祠堂尚在筹划中,范仲淹的《桐庐郡严先生祠堂记》就已写成。他先请章岷过目。章岷阅罢,惊喜道:“范公此篇,可垂万世!”又拿起细细品评:“太守称颂严先生的品质比日月还高,光武帝的气量比天地还广。倘若不是严先生,就不能成就光武帝气量的宏大;倘若不是光武帝,又无以彰显严先生品质的崇高。太守处江湖之远,心里还是牵挂着君上,向君上发出呼唤,希望他像光武帝那样气量恢弘,彼此成就,英名千古不灭!”

范仲淹笑而不语,目光柔和亲切。睦州的山水令他陶醉,但遇到知音更让他欣慰。近两个月来的相处,他深感与章岷甚是投缘。章岷一眼就看出他在祠堂记里所要表达的深意,这让范仲淹感到快慰。

章岷又道:“士大夫有兼济天下之志,本与隐士情怀不相容;但圣朝优待文士,以儒立国,儒、释、道三教渐趋合一。儒家积极入世的思想使士人精神振奋,热情参政;道家任自然、轻去就和佛家自我解脱的思想又使得士大夫超然对待荣辱得失,自如游走在情与理之间,得以保持健全的人格。”

“甚是!”范仲淹赞叹道,“历史上,即使是汉唐盛世,也从未像圣朝这般对士大夫优容宽厚,倘若不斤斤计较于利禄权位,完全可以不做作,不虚饰,率性而为。故士大夫身上所兼有的养分格外深厚,在不同的环境下能够扮演治国者、诗人、议政者等多种角色。士大夫的坦荡从容,真是史所罕见!这种坦荡从容,是免于恐惧的安然。官场上,昨日是谏官,侃侃而论;今日是郡守,用心治理一方;闲暇之余,就是多情的诗人。而且,这些角色,随时可能互换。今日为宰辅,明日知州郡;今日知州郡,明日为宰辅,这样的事时常发生。有幸置身其中,不该抱怨,也不该感到委屈,而应尽情展示时代赐予的坦荡从容。外贬时坦荡从容,朝堂上就不惧廷争!”

说这番话时,范仲淹已然生出了发自心底的解脱感,脸上的笑容变得坦然而真诚，就像富春江水一样流畅。

此后的几天里，他连作《潇洒桐庐郡》十首，基调与赴任途中所作十绝已大不相同。其中一首云：

潇洒桐庐郡，乌龙山霭中。
使君无一事，心共白云空。

写这些诗时，范仲淹想象的读者是晏殊。虽然他在外放河中府时写的《上资政晏侍郎书》满是激愤、责备，差不多相当于绝交书，可晏殊并没有怪罪他，依然时常修书寄诗，互通讯息。皇宋的读书人还保留着一颗赤子之心，像孩童那样，吵了几句嘴，转脸又手拉手玩耍起来。士大夫可能为政见争吵，也各有为人处世方式，但只要没有害人之心，就不会计较。范仲淹为此感到自豪。他渐渐体认到了，晏殊不是圆滑，是旷达内敛。这样的人是值得尊重的。他给晏殊修书，向他禀报治理睦州情形，又极言山水之美，并将《潇洒桐庐郡》十首拜献，请晏殊赐教。

书札发出了，范仲淹也把十首诗的抄稿给章岷一阅。章岷也拿出一叠诗稿，请范仲淹过目。

范仲淹一看，是章珉写的《斗茶歌》。斗茶，是本朝士大夫的雅好。睦州产茶，斗茶之风甚盛。范仲淹也数次兴致勃勃地观看从事们斗茶，看了章岷的诗作，也和了一首，其中云：

商山丈人休茹芝，首阳先生休采薇。
长安酒价减千万，成都药市无光辉。
不如仙山一啜好，泠然便欲乘风飞。

“呵呵！范公和一首《斗茶歌》，提到历史上最著名的隐士商山四皓和伯夷、叔齐，看来范公为隐士所倾倒了！”章岷笑道。

范仲淹道："我在此大得隐者之乐，唯恐逢恩，改移他处。"言毕，仰脸哈哈大笑起来。

## 二

瑶琳仙境位于州城西北四十余里处，是猴岭山麓的一个溶洞，主洞深达二里，洞内高敞清凉，有一根擎天大柱般的石笋凌空矗立，还有层层叠叠的石笋群，五彩缤纷，千姿百态，游人入洞，宛如走进虚无缥缈的神仙境地。

正值盛夏，城中来此地消暑的人络绎不绝。离洞口不远处，一个上穿窄袖短衣，头上梳着双丫髻、系着红罗头须的十来岁的女子站在那里东张西望，目光在游人身上扫来扫去。

巳时许，一辆厢式马车停在洞口外，从车上下来一大一小两个少年，侍立车旁。接着，一位四十来岁的中年妇人下了车，虽衣着朴素，却难掩华贵之气。大些的少年拿出一件褙子为妇人穿上，欢笑着向溶洞走去。

洞外少女的目光，始终没有离开这母子三人，随即又快步跟了过来，伸手搀扶住了中年妇人。

"敢问小娘子，我等与你非亲非故，并不熟悉，因何如此?"大些的少年惊问。

女子脸一红道："奴看夫人无人搀扶，正巧奴闲来无事，就来帮衬一下。"

中年妇人蔼然道："小娘子叫什么名字，多大了？哪里人？家里还有谁呀?"

女子微微下蹲施礼，答道："禀夫人，奴姓张，乳名小鬟，十三岁了，是本地人。奴有一个姐姐，早已出嫁，父母都下世了，奴只好寄养在姐姐家里了。"

妇人摸了摸小鬟的脸颊，叹息道："可怜见的!"

两位书生模样的人从旁侧走过，边走大声边谈论着。一个书生问："太守正给严子陵修祠堂，兄台听说了吗?”

“听说了。这位范太守，听说是位高洁之士!”另一个书生道。

小些的少年听得真切，得意道:“他们在说爹爹哩!”大些的少年像个大人，忙上前捂住弟弟的嘴，不让他出声。

小鬟睁大了眼睛，露出惊喜的神情。难怪气度不凡，原来是太守的家眷。

中年妇人正是李三妹，两个少年，大的是十一岁的纯祐，小的是八岁的纯仁。范仲淹被贬睦州，起因于秉持治国先治家的道义责任而谏阻废后。所以，他对治家越发看重了，暗暗敦促自己履行好为人夫、人父的责任。在赴任途中写的诗作，就有不少是怜惜夫人的。到睦州后，范仲淹很快就从失意情绪中解脱出来，只是对妻儿的愧疚之情难以排遣。他嘱三妹带儿女多到外面走走，呼吸新鲜空气，品味山水之美。昨日，又特意安排长子纯祐、次子纯仁陪他们的母亲到瑶琳仙境消暑散心。李三妹不愿拂了丈夫的好意，今日带着两个儿子前来游览。一听有人在议论丈夫，不觉加快了步伐，跟在两个书生之后，屏息细听。

“听到过吗? 太守说二浙风俗，躁而无刚。”

“听到过! 还听说，他的对策是，豪者如虎，示之以文;弱者如鼠，示之以仁。”

“哈哈哈!”二人发出爽朗的笑声。

叫小鬟的女子拿出一件披肩，嘤嘤道:“洞里有寒气哩!”说着，给李三妹披上。一路上，她搀扶着李三妹，不是提醒她小心脚下，就是向她解说洞内景物，殷勤备至，乖巧之极。

大家闺秀出身的李三妹自从嫁给范仲淹，就成为付出者，开始是照顾婆婆，后来是五个子女，再加上还要照顾丈夫的衣食，常常心力憔悴。小鬟的照顾，竟让她心里涌上一股暖流。就要分别时，李三妹有些不舍，拉着她的手不愿松开。小鬟眼睛忽闪了几下，眼巴巴地望着李三妹，恳求道:“奴能不能给夫人做女使?”

李三妹心中欢喜，但旋即叹了口气道："常言官差不自由，不知何时又会被差到何地。"

小鬟听明白了，抬起头，语气坚定地说："奴愿跟随夫人，到哪里都行！"

纯祐问道："你愿跟着我家到处漂泊？"

小鬟对他一笑道："愿意的！"

近年来，钱塘一带流传着"虽蓬门贫女，也有一两件锦衣罗裙、几样头饰"的说法，渐兴一股风尚：苦寒人家稍有姿色的女儿，争着给富贵之人做妾婢或女使，倘若生儿育女，就过下去；若被主家所厌，就再找新主或带着钱财嫁给一个平常男子为妻。这是苦寒人家的女儿为改变命运的放手一搏。小鬟家里贫寒，父母早亡，她看到出嫁的姐姐整日辛劳，还要忍受婆家人的折磨，发誓今生不再嫁人。姐姐看她日渐长大，却想让她早些嫁人，姐妹为此怄气。还是姐姐想了个法子，带她到街上卜卦。卦师相看良久，说她"当显父母"。姐姐以为卦师以美言多挣赏钱罢了，却不料卦师又道："小娘子若嫁庸儿，终身埋没于里巷，不如想法子进到贤者之家。"姐姐不以为意，照卦师的说法，无非还是走置办锦衣罗裙的路子。可家里置办不起锦衣罗裙和像样的头饰，此事也就不了了之。小鬟却放在了心上，一心想找富贵人家去做女使，遂整日到左近的瑶琳仙境去观察。看到李三妹气度华贵，这才主动上前搭讪。

李三妹见小鬟乖巧伶俐，很是喜欢；范家人口众多，两名女使年纪偏大，都是应天府人，照顾孩子、洗衣做饭，本已吃力，加上不会做南方菜，肥美的鲈鱼也只会在白水里炖煮，孩子们饿肚子也不愿举箸。她早想雇一个江南女使了，便爽快地答应了。

多年来，家务事都是李三妹主持，范仲淹很少过问。雇小鬟做女使的事，也就未和他说起。

这天晚上，范仲淹没有回官舍用饭，李三妹差人去问，方知他还在前厅和推官章岷、户漕阮慕籍一起商谈着什么。睦州郡小政简，章、阮二从事俱富文能琴，范仲淹与二人夙宵为会，迭唱交和，至忘形体。李三妹对此是知道的，也常常差人给他们送些夜宵去。今日，她差小鬟先端去几样小菜，供几个人佐酒。

范仲淹和章、阮等人并非在谈诗论琴，而是在商量政务。知睦州，是他第一次主政一方。到任两个月了，范仲淹对州政已梳理清晰。首先是教育。他已考察过，选定在梅城庙学原址上创建睦州书院，融庙学与书院于一体。其次是兴修水利。三江口常有水患，通过咨访耆老，又经实地踏勘，得知梅城西湖淤塞是导致下游水患的一个源头，为此，要在三江口修筑南北相连的堤坝，同时对西湖实施疏浚。三人对着舆图边看边议，竟忘了饭时，见一女子进来送佐酒小菜，三人才不约而同伸了伸懒腰，相视一笑。

小鬟低着头，动作麻利地把几碟小菜摆放在三人中间的一张高脚茶几上。范仲淹打量了她一眼，见女子年纪不大，身材瘦弱，宽脸庞，眼睛虽不大，却显得格外明亮，透着几分倔强，顿时生出一家人的奇怪感觉。他刚要开口问话，阮慕籍指着菜肴道："恕下官直言。闻得太守在京城饮食简俭，在此地却务为丰腆，这是何故？"

范仲淹一笑道："进则简，退则丰，此进退之道，自适而已！"

"明白了！"章岷笑道，"有些为官者，升则穷奢极侈，贬则现憔悴可怜之色。太守则不然，视进退为士大夫之常态，进则节俭，无所恋著而轻去就；退则丰腆，有以自适而气自若。"

阮慕籍感叹道："范公深达进退之理也！"

范仲淹笑而不语，为两位从事的理解而欣慰，又将目光转向走到门口的小鬟，问道："你是哪里人啊？"

小鬟扭过脸来，甜甜一笑，答："奴是本地人。"

"喔哟！要出事！"范仲淹惊叫一声，顾不得回身和章、阮说话，迈开大步，急匆匆往官舍而去。

## 三

苏州是江南藩郡，但州城小巧精致。南北九里许，东西只有七里，城垣周长也不过三十二里。整座城市为江南运河所环抱，运河内又有城墙，开阊、盘、娄、齐、葑五座水陆城门。城墙内又挖护城河，城内二十多条河道纵横交错，六条纵贯南北，十四条横越东西，河道出入城墙处建有七座水门。二百五十多条街巷划分为六十余坊，布局呈前门是街、后门临河的特色，水陆并行的两套交通体系使得整座城市通畅便捷，充满生机。

自古富庶繁华的苏州，景祐元年一开春，就阴雨连绵，入夏更是暑雨倾盆，河水暴涨，湖溢江壅，濒太湖、临松江的常熟、昆山、华亭诸县，田不得耕，民不得食；州城内米行桥、鱼行桥、丝行桥、果子巷桥的桥墩没入水中，药市街、大酒巷、绣线巷、幛子巷、巾子巷成了航道，临河的门户都浸泡于水中，整座城池已成泽国。昔日繁华的商业区乐桥一带已不见商贩，偶有乞丐涉水追逐漂浮的果蔬死禽，聊以充饥，城内十万户百姓嗷嗷待哺。

知苏州叶参年过古稀，平时无事尚可支应，应对如此灾变力有不逮。正当绅民焦虑万端之际，突然得到一个令人意外的消息：吴县范氏家族的后代范仲淹以右司谏、秘阁校理知苏州。本朝差遣官员，通常会回避家乡，朝廷打破惯例任命范仲淹莅苏州主政，让范氏家族既意外又兴奋。虽受到水灾，许多族人自顾不暇，可族长还是召集族人商议，待仲淹莅临姑苏之日，全族各户都要出一人到城门迎接，既表示欢迎，显示荣耀，也有弥补当年复姓归宗时薄情之过的意思。范仲淹的三哥范仲温受命打探消息，接洽联络。

可是，等了十余日，范仲淹迟迟没有莅临州城。范仲温或骑驴或泛舟，不时到位于乐桥之南的子城去问讯，却始终不得要领。有的说，太守不愿到祖祢之地主政，已请求朝廷他调；有的说，太守正在海上董役，指挥疏浚松江。范仲温揣度，六弟大体是回避了，若已到苏州上任，因何竟不知会一声？这样一想，他不再去子城打探，便和族人一起忙于自救去了。又过了旬日，城里的积水慢慢泄去，又见各坊正、里长火急火燎逐户登记灾民，发放赈灾粮米，安置无家可归者，范家便差家院到子城打探。家院回禀，太守已入城，但子城外贴着榜示：赈灾事急，概不见客。范仲温又惊又喜，喜的是六弟真的来苏州主政了；可何时上任、何时入城，连他这个亲兄也一无所知，六弟该不会对当年的不愉快经历耿耿于怀吧？他心中忐忑，泛舟到子城亲自探访。尚未驶到乐桥，远远望去，子城外围着黑压压的人群，无数只舟船正紧急向那边驶去，一队队马车、驴车在积水尚未退尽的街道上穿梭，践踏得水花四溅。范仲温调头返回灵芝街，如实向族长禀报。族长年近八旬，经历过十六年前范仲淹复姓归宗之事，追悔不已。二人商定，待灾民安置有了头绪，一起到州署一行，主动表达歉意。

半个多月后，见市面趋于平静，范仲温陪族长泛舟去往子城，为了不打扰太守的公务，他们特意选择在晚间拜访。

已过了重阳节，苏州的天气依然闷热。城里低洼处的片片积水，在月光和灯笼的映照下，闪出点点灰暗的亮光，透过附着的一层尘垢，散发出腥臊味。

州署后堂内，范仲淹忙碌了一天，草草用罢晚饭，便坐在书案前埋头疾书，一名州校奉命在外候着。过了一会儿，范仲淹唤来州校，交给他一封书札，命他明日一早赶往丹阳。睦州严子陵祠堂建成了，他在离开睦州时答应过章岷，要请以小篆闻名天下的隐士邵竦抄录他写的《祠堂记》，并请悦躬和尚画一幅唐代大隐士方干的画像于祠堂东壁，以期祠堂成为弘扬隐士精神的集大成之所。这件事，拖不得了。

州校领命而去，范仲淹又提笔给晏殊修书：

> 伏惟参政尚书台候起居万福。仲淹伏自睦改苏，首捧钧翰。属董役海上，至还郡中，灾困之氓，其室十万。疾苦纷沓，夙夜营救……

两个多月前，到睦州视事仅三个月，范仲淹突然接到移知苏州的敕牒。

苏州乃藩郡，由睦州移苏州属重用。但到家乡主政，是荣耀也是负担，他更留恋睦州的山水，有些不舍，赋有“姑苏从古号繁华，却恋岩边与水涯”之句，遂上表朝廷，请求不到祖祢之邦任职，或留睦州，或改移他郡。奏表封发两天后，接到三司使范讽书札，告知他，因苏州水患严重，需得力郡守主持，宰相吕夷简决定差他到苏州主政。范仲淹像听到冲锋号角的士卒，抖擞精神，一刻也未耽搁，恐家眷随行误事，只身日夜兼程赶往苏州赴任。官船到昆山浏河码头，前任太守叶参之子叶清臣已在此迎候，接他直接转往华亭县交政，就地指挥疏浚松江之役。他本以为只是沿江滨湖的属县受灾，不意州城也成泽国，待疏浚松江之役有了头绪，即火急赶回苏州，指挥救济。灾民闻听太守莅临，都涌到子城求救。范仲淹连夜召集从事、州吏紧急商议后，发牌调遣南北两寨驻军，将无家可归的灾民转移至城内六十余座寺庙道观，就连胥门内接待外国使臣的姑苏馆、盘门内的高丽亭也腾出来用于安置灾民，又在城外地势高处搭建毡棚，总算让灾民有了临时居所。与此同时，南北两寨和城内四隅的军营，昼夜不停开锅煮粥，供灾民果腹。经过半个多月日夜营救，州城灾民大体有了着落。他移知苏州的消息见诸邸报后，晏殊、庞籍、滕宗谅等师友致书赋诗相贺，然而两个月过去了，范仲淹都未顾得上回复，已有失礼之嫌，今晚终于腾出些时间，急忙着手略作回应。刚写了几句，忽接族长和三哥来访的通禀，范仲淹放下笔，疾步出迎。

族长和范仲温正担心吃闭门羹，一见范仲淹亲自到首门相迎，又一脸歉意地连连施礼，露出如释重负的神情。范仲淹上前搀扶着族长，边往木兰堂走，边解释未及时拜谒族人的原因。进了木兰堂，范仲淹又一次抱拳谢罪：“竟让长辈上门，罪过罪过！”说着，把族长往首座上推让。

木兰堂乃郡守宴客之所，辟有会客间。一幅绘着松鹤图的屏风下放着一张坐榻，坐榻正中摆放着茶几，供宾主隔几而坐；两边东西相对，各有十把靠背与扶手同高并连为一体的玫瑰椅。

“布衣草民，在官府岂有坐的道理，更别说首席了。”族长推辞着，“念及族人身份，老朽就大胆坐一坐！”说着，坐在了西向的一把玫瑰椅上。

范仲温跟着坐在族长的下手，灯光下，见六弟虽身着官袍，却面庞消瘦，皮肤粗糙，一脸倦容，心疼道："六弟越发消瘦了，莫要太劳累了。"

范仲淹向三哥拱了拱手，说不出话来。去年赈灾三个月，尚未来得及休整，即遭外贬；如今又在野外治水、赈灾，体疲心累，三哥的一句叮咛，让他感到亲情的温暖。他没有往榻上坐，而是在族长对面的椅子上落座。州吏送来了茶盏，范仲淹边让茶边前倾着身子问："此番受灾，族人都安好吧？是否得到安置？"

"托太守的福，老宅一带地势稍高，受灾略轻。前段时间有些饥馑，时下都安置好了。"族长答。

"那就好！"范仲淹舒口气道，"前辈枉驾郡舍，不知有何见教？"

族长捋着雪白稀疏的长须道："范氏后人出掌苏州，全族深感荣耀，老朽已祭告天平山祖茔，让祖宗也高兴高兴！"

范仲淹抱拳向上一举道："幸赖祖宗阴德！"

族长咳了两声，语调变得低沉："当年复姓归宗时……"

范仲淹忙摆手道："前辈不必提过往之事！圣贤豪杰如何，晚辈不敢断言，但我等中人，谁能免俗？"又忙转移话题："前辈年高，可知苏州水患因何如此严重？有何良策？"

族长道："当年吴越国，建有专门的营田军，有七八千人之多，导河筑堤，以减水患。如今的太守，都不再理会治水之事，有了水患，赈济了事。"

范仲淹一脸歉意道："圣朝仁德，远过吴越国，只是偶有个别官员，以卧治为高，视水患为天灾，无所作为。但晚辈也听说，治水，也只有疏浚松江以泄水，其他兴作，皆徒劳民力，因大江水位已高，即使开浚河道，也难容纳这里的水流。"

接政后，在赈灾的同时，范仲淹就留心咨访治水良策，然而得到的答复，几乎全是江海湖泊之势如此，如果发动治水工程，只会劳民伤财，不会有功效。所以，范仲淹也以为，疏浚松江设法将城中积水泄出，也就大功告成了。此时他特意将群议中"江水已高"的理由提出，是想听听族长的看法，有没有别的治水策。

“江海之所以是江海，就是它能纳百川，为何偏偏我苏州的水纳不得？”族长以老成的口吻发出感慨。

范仲淹坐直了身子，又道：“有人说江海日有来潮，一涨潮，水会倒灌。”

族长一笑道：“江海嘛，有来潮就有退潮，且来之刻短，退之时长，故可汇天下之水。”

“晚辈明白了！”范仲淹一阵惊喜，仿佛是向苏州百姓起誓，以坚定的语气道，“晚辈守此地，非根治苏州水患不可！”

族长本想请范仲淹到老宅一行，但见他心思全在治水上，也就未说出口，起身道：“太守事情多，待治水有绪，再与族人共贺！”说着向范仲温递了个眼色，二人起身告辞。

“三哥有无交代？”范仲淹将二人送至首门，见三哥目光游离，几次欲言又止，料他有事，便低声问。

范仲温支吾道：“是、是有二事……”

## 四

江南运河冬季不结冰，依然通航。范仲淹的家眷在冬至前两天乘船走运河抵苏州，穿过阊门北侧的水门，顺河直抵子城西门外的小码头。范仲淹在岸上迎接。船泊稳了，纯礼第一个跑了出来，远远地就唤道：“爹爹！爹爹！”范仲淹慈爱地叫了声“礼儿”。又往后看去，纯仁本跟在纯礼身后，扭脸见哥哥纯祐走过来，驻足等哥哥走在前面，范仲淹满意地一颔首，唤道：“祐儿，仁儿！”又见两个女儿也出了船舱，忙唤道：“大丫，二丫！”目光又落在了最后出来的李三妹身上，蓦然一惊。搀扶三妹的，竟是小鬟！他走过去，问三妹道：“不是说了吗，怎么她……”

在睦州时，李三妹将小鬟带入家中，收为女使。范仲淹得知后出了一身冷汗。因朝廷有条贯，监临之官及其亲属，不得娶监临地之女为妾，不得买当地女口。范仲淹作为睦州最高长官，收当地女子为女使，显系违法，若因此事被朝廷追究，对推崇“治国先治家”而谏诤皇上废后的范仲淹来说，岂不是莫大嘲讽？所以，他责备夫人差点闯下大祸，急命小鬟离开。今日忽见小鬟跟来了苏州，范仲淹自是吃惊不小，语气中有责备之意。但当着下人的面，他不便多问，转脸说笑着，带儿女往官舍安置。

到了晚上，一家人吃了团圆饭，问了儿女的课业、女红，打发他们读书习字，范仲淹方向三妹问起了小鬟。

小鬟被劝走后并不死心，不时到州署旁打探消息。得知范仲淹调任苏州，便设法见到了李三妹，禀报说她的姐姐病故了，她已无家可归，恳求收留。李三妹不敢做主，让小鬟向推官章岷请教，章岷言收留孤儿与买女使不同，况太守已他调，不必顾虑。李三妹这才答应下来。小鬟虽年纪不大，却做事麻利，把家务打理得井井有条，家里已然离不开她了。听罢三妹所述原委，范仲淹没有说话，算是默认了。

“奴看郎君瘦了不少，不要太劳累了。”李三妹心疼地说。

“三妹，你说怪不怪。”范仲淹一笑道，“睦州山清水秀，郡小政简，要离开时，舍不得那里的隐逸生活；到了姑苏，忙得席不暇暖，却忽然觉得这种日子才是充实的，要我再去那里过隐逸般的日子，我会觉得是一种惩罚。”

李三妹感叹道：“你就是劳碌命啊——”

范仲淹嘿嘿一笑：“三妹知我。若不是等家眷，我该在常熟县的工地上了。今年冬至节我就不陪你们过了，明日即启程去常熟。”

常熟县城东北三十多里处的古里镇地界，是白茆塘注入长江的入口处。秋末，数千名夫役被派往这里，疏浚入江口。已是冬至，天气寒冷，范仲淹要到工地上咨访，以决定是否停工。

冬至节是大节，官府休务两日。范仲淹却马不停蹄赶到古里镇，住了一晚，次日用罢早饭，便出了临时下榻的院落，骑马赶往白茆塘工地。

天上飘着雨丝，又像是细细的雪粒。范仲淹骑马查看了半个时辰，正与一位吏目交谈，忽见远处有几匹快马向这边奔来，打头一人有些眼熟，范仲淹擦了擦眼睛正待细观，骑马人喊声传来："范太守，一年不见，别来无恙啊！"

范仲淹看清楚了，是侍御史蒋堂。

蒋堂称得上是范仲淹的同道。去年底，在阻止废后的台谏中，蒋堂也名列其中，并因此被罚俸半年。前不久，朝廷差遣他出任两浙路转运使。到了江南，蒋堂第一站就来到苏州。

范仲淹喜出望外，忙迎过去，跨马一同回到古里镇，一进院子就高声吩咐侍从奉茶备酒。

"希文，你外放一年，后宫里乱了！"蒋堂刚进屋，尚未落座，就迫不及待叹息道。

范仲淹摆摆手，示意左右退下，这才道："仲淹在江南，通过邸报而对朝廷动向略有所闻，对宫内事则一无所知。"

蒋堂一句三叹，把发生的事大略说了一遍。

郭后被废的始作俑者就是尚美人。但是，等待赢得废后胜利的皇上和尚美人的，并不是鲜花和美酒，而是铺天盖地、言辞激烈的批评。流言中，皇上的形象变得不堪，成为一个终日饮酒作乐的荒淫好色之君。入秋，皇上突然生病，似乎为甚嚣尘上的流言提供了某些佐证。进士及第后在应天府任推官的石介上书执政，询问这些流言几分是假，几分是真；左司谏滕宗谅上疏说，皇上上朝无精打采，神情疲惫，处理政务心不在焉，显系酒色失度，今后当以远离内宠为宜。日甚一日的流言，越来越尖锐的批评，惊动了皇上的小娘娘宝庆太后。她出面规劝皇上将张、尚两美人遣出宫去，以堵朝野的嚣嚣之口。内侍阎文应接到宰相吕夷简的暗示，也不厌其烦地劝说皇上将张、尚两美人安置于外。皇上既想保护两美人，又忌惮台谏的讥诮、太后的规劝，无可奈何地说："你看着办吧！"阎文应即以毡车将张、尚两美人一起押出了皇宫。在宝庆太后和朝廷大臣的压力下，皇上不得不册立名将之后曹氏为新皇后，与郭后一样，这个皇后依然是别人强加给皇上的。

叙述了宫内之事，蒋堂笑道："尚美人被逐，最伤心的是官家；但最懊悔的是三司使范讽，我判断，朝廷又要起风波……"

话未说完，一名州校在门外高声禀报，进门后即把一道朝廷公牍呈递给范仲淹。范仲淹接过一看，哑然失笑，顺手递给了蒋堂。

蒋堂阅罢，拊掌道："希文，好事！"

"回避苏州，本是仲淹在睦州就向朝廷提出的请求。"范仲淹苦笑道，"可时下治水之役方兴，一旦移去，恐前功尽弃。"

那天晚上在木兰堂与族长一番对话后，范仲淹次日便启程到常熟、吴江等县实地踏勘，咨访耆老，查找水患原因，最后梳理出四条：一是入海口减少，二是上游调节太湖水量的五堰被毁，三是吴江塘路的修筑阻碍了湖水入江，四是为便利漕运破坏了塘浦圩田体系。范仲淹这才明白，多年来主政苏州的官员都未兴治水之工，不是没有原因的。工程浩繁，用度非小，且看法不一。但他还是决心兴动治水之役。在借鉴吴越国治水经验基础上，又集思广益，提出"修围、浚河、置闸"的治水策。骨干工程分两步走：第一步是对松江入海和入江的一些大的支流进行疏浚、置闸；第二步是将松江的一个著名的大湾盘龙汇裁弯取直。方案一定，即迅疾发榜招募饥民，以工代赈，每人每日粮五升，应募者人山人海，治水工程旋即紧锣密鼓开始实施。在这个节骨眼上，朝廷发来了将他移知明州的敕牒，范仲淹有意请求朝廷让他继续知苏州，可自己出面向朝廷奏陈，岂不有朝三暮四之讥？

蒋堂摇头道："希文，你没明白我的意思。"他看了满脸倦容的范仲淹一眼，侧过脸去，似乎不忍出言相伤，可有些话却又不得不说，遂叹了口气道："实话告诉希文吧，苏州治水之事，朝廷里横议四起，对希文多有讥诮，甚或猜疑。因赈灾，今秋苏州蠲放三十万斛；治水夫役万人，一个月耗米达一万五千石，众议汹汹。在下领命按察江南，三司特嘱仔细监察此事。我料此番朝廷命希文移郡，也是为希文好，还是躲开是非场为上！"他低头端起茶盏，举到嘴边，又停住了，补充道："在下得出按江南，说明官家对废后已有悔意，对谏诤诸臣有意重用。希文离开此地，悠游明州，想必不旋踵就会提调入朝。"

世上遭非议、受委屈的，总是那些卖力做事的人。范仲淹早就看透了这一点，也有思想准备；但听了蒋堂的话，还是被一阵悲凉感笼罩，他的喘息明显加重了。他强忍悲愤，感叹道："有所兴作，横议先至。这样下去，谁还愿做事？谁还敢做事？都不愿做事，百姓怎么办？国家怎么办？"说着，缓缓站起身，走到窗前，目视远方，声音低沉："仲淹不会放弃！治水，不仅关乎百姓疾苦，还有扭转以守静为高的风气之效。凡事，总要有人带头去做。我就咬紧牙关，带这个头了！"

蒋堂被范仲淹的一番话感染，高声道："既如此，我这就上表，请朝廷改敕！"似乎是为缓和气氛，对着范仲淹的背影道："希文淮河遇险传到京城，百官议论说，若范希文果葬身淮河，必博得屈原第二之名！"

范仲淹转过身来，苦笑一声说道："分符江外去，人笑似骚人。"略一思忖，又道："轲意正迂阔，悠然轻万钟。"

蒋堂点头道："说的是。圣朝不同于楚国，所以希文不会是屈原第二，而是像孟夫子一般，只要道义能行于天下，高官厚禄无足轻重！"他又一笑："不过我相信，官家是不会忘了希文的。"

## 五

苏州的子城，是官府衙署所在地，四周以城墙环绕。在子城西城墙上，建有一座城楼，唐时白居易守苏，名其楼曰西楼，并赋《西楼喜雪命宴》诗以记。皇宋景祐二年大年初一辰时许，右司谏、秘阁校理、知苏州范仲淹，身披斗篷，独自登上西楼。俯身看去，不远处的乐桥上车水马龙，笑声可闻，东南方的万岁禅院，笼罩在缭绕的烟云中。听着街面上响起的此起彼伏的爆竹声，范仲淹仰天畅出了口气。半年来的心血没有白费，灾民得到妥善救助，姑苏恢复了生机，百姓可以过一个安稳年了。

阳光像是不愿错过古城过年的热闹，透过爆竹燃后的烟霭，转着圈豪迈地洒了下来。盘门内，一根高耸的旗杆上挂着的幡旗吸引了范仲淹的目光。只看了一眼，他如梦方醒似的“喔呀——”一声，快步下楼，吩咐候在城墙下的州校：“备马！”

须臾，两匹快马在盘门内的一座祠堂前停下。范仲淹下马，把缰绳向州校手里一甩，整理冠带，神情肃穆，迈步走进庙门。早有不少绅民前来上香，见到绯袍冠带的官员走来，都自觉闪开了。祠堂的执事见是太守来谒庙，急忙出迎。范仲淹走到西厅的一座塑像前，躬身施礼，口中道：“大宋苏州郡守范仲淹，拜谒先贤！因苏州水患，仲淹忙于救灾，破了入城来敬的规矩，乞先贤赎罪！”他连施三礼，方抬起头来，久久凝视。

执事走过来问：“太守还要到何处？”

范仲淹这才收回目光，答：“夹石。”

执事引导着范仲淹移步夹石前，驻足观瞻。

遥想当年，伍子胥相吴王夫差，竭忠尽智，功业惊天地，却因直言极谏而被赐死。千百年来，苏州百姓追念他，胥门、胥江、胥口、胥溪，都是因伍子胥之名而来。在这座为纪念伍子胥而建的庙宇里，白天于夹石中立一杆挂幡旗，晚上挂起长明灯，表达苏州绅民对伍子胥不朽功勋的崇敬，抒发对他忠而见谤、信而见疑的不平和惋惜。适才看到幡旗，范仲淹蓦然想起姑苏有“凡入城者必敬礼之”的规矩，可他忙于赈灾治水，一直无暇来谒，乘此过年之机，便带着赎罪的愧疚急匆匆赶来了。伍子胥怀忧君之心，抱救国之志，却因谏而死；他范仲淹又何尝不是满怀忠君报国之诚，直言而谏？于今却已两度外贬。但他不灰心，不抱怨，一意报国，不辞劳苦，兴动治水之役，非但没有得到肯定，反而招致非议。心中的委屈不能向人诉说，在瞻仰伍子胥像的瞬间，范仲淹似乎找到了知音，一时抑制不住，流下泪来。

“皇宋到底是开明之世，皇上到底是仁德之君，你该感到庆幸才是！”他暗暗安慰自己道。重回伍子胥像前，口中默念着：“先贤伍相，正直之气像海涛一样汹涌，耿耿忠心像江月一样清明，仲淹高山仰止，终生追慕！”这样想着，万古千秋、家国天下的豪情油然涌出，诗兴也不期而至，口占道：

胥也应无憾，至哉忠孝门。
生能酬楚怨，死可报吴恩。
直气海涛在，片心江月存。
悠悠当日者，千载只惭魂。

死不足为憾，何况受委屈？受委屈而不改初心，方是真忠诚！真忠诚者，就要敢担当，以遂报国之志；只有为国立不朽功业，方可名垂千古！怀着这样的豪迈之气，范仲淹昂首出了伍庙，周身充满了力量，心中一片敞亮。

“六弟！”

范仲淹循声看去，三哥范仲温站在庙门不远处向他招手，笑道：“嘿嘿，到子城去找，说六弟到这里来了，到底是遇上了。”

范仲淹眉头一皱，思绪从万古千秋瞬时回到了当下。

冬至前，范仲淹接到朝廷敕牒，命他移知明州，转运使蒋堂急奏朝廷，言范仲淹在苏治水有绪，愿留以毕其役。朝廷收回了移知明州的成命，重新颁下知苏州的敕牒。主动要求留在家乡任职是有嫌疑的，不能给人留下照顾亲族的口实。因此，接到敕牒后，他给族长和三哥捎话，留任家乡，惟日夜谨事，与众协力，把事做好，同时还要避嫌，不能授人以柄。因此，就连过年，也只是差人给族长和三哥买些礼品送去，权当拜年。族长和三哥都很体谅他，今日因何追到这里来了？他忽然想起，上次三哥陪族长到州署时，吞吞吐吐和他说起过两件事，或许是为此而来？他走过去，向范仲温拱了拱手道：“三哥，那件事，弟已上表，要夏季方有准信。”

“六弟，三哥是为另一件事而来。”范仲温上前拉住范仲淹的袍袖道，“六弟平时没有工夫，今日过年总该有闲暇，无论如何得去看看，估计族长已然到了。”

一听族长候着，范仲淹不便推辞，骑马跟在三哥的毛驴之后向北而行，在文庙西侧的一片空地旁停下，范仲温用手一指道：“六弟看，这可是一块风水宝地!”又向北一指:“老宅距此不远,就在此建南园吧!”

范仲淹没有说话。上次三哥向他说的第一件事就是想替他在苏州物色一块地,造所宅子。范仲淹还未想过造私宅之事,在他的心目中,有了应天府李家陪嫁的那所宅院,也就是儿女的家了。但若说不同意,怕三哥怀疑他还惦记着老宅。所以,当时也就未置可否。如今三哥真的物色到了地方,倒让他感到为难。

“喔呀!这是绝佳的风水宝地啊,若在此造屋,今后贵宅定会世代出公卿!”一个声音在身后响起。

范仲温忙道:“六弟,这是姑苏最有名的风水大师郭先生。”范仲淹看去,在风水先生身旁,还站着披着斗篷的族长,二人像是刚从旁侧的文庙中出来。

范仲淹向族长施礼问安,祝贺新春。郭大师向范仲淹一拱手,咂嘴道:“太守请看,东边就是新建的文庙,这块空地是建文庙后余下的。像这样的风水宝地,莫说苏州,就是在两浙路,恐也难觅第二处咯!”

族长捻着胡须道:“这样的风水宝地,满苏州也只有我范家配得上,也理应由我范家拥有!”他咳了两声,威严道:“太守当将此地购下,造座宅院,等将来告老还乡了,也好有一个落脚的地方。”

“好!”范仲淹拊掌道,“我正要物色地方呢!”

“六弟答应了?”范仲温惊喜道。

赶往苏州赴任路上,范仲淹就思考过造福乡梓要做的事,除了赈灾治水,第一位就是兴学。来苏州快半年了,忙于治水,兴学之事耽搁了。适才从伍庙出来时,他一直在思忖,伍子胥之所以为万世敬仰,在于他的卓越功勋和敢言直谏的大忠。时代不同了,以自己时下所处的地位,能够为国家立万代基业的,就是带头兴学。唐末五代百年战乱,庠序失教,官学无存,而古圣王治天下,必先崇学校。是故,他决计创办一所官学,为天下州县示范。一听风水先生说到世代出公卿,他蓦然想到了办学之事,范仲淹顿感轻松,向族长和三哥拱手道:“既然这么好的风水宝地,仲淹独占了,岂不只一家富贵？莫如在此建学舍，让吴中子弟都来受教，为国培英俊，世代出公卿，真乃盛事！”

“这……好是好，可以后六弟回来……”范仲温支吾着道。

“三哥，弟自有安排，放心就是了。”范仲淹见兄长忐忑不安的样子，忙安慰道。又指着眼前的空地说：“我差人来相度，节后就兴工，必建成江南一流郡学！”说罢，向族长和三哥抱拳深揖作别。

一路上，范仲淹处于亢奋中，顾不得欣赏沿途风景，一心思忖着办学之事。回到州署，未及与妻儿照面，就径直进了后堂，坐到书案前，正要伸手拿笔录下在伍庙口占诗句，忽见案头放着一封书札，打开一看，是宰相吕夷简写给他的。

去年夏，在睦州赶往苏州的船上，他曾上书吕夷简，说明他本不愿到祖祢之地任职，但鉴于赈灾治水事急，已启程赴任。吕夷简此书是给他的复函，询问他治水之事进展如何。虽然，围绕废后一事他与吕夷简针锋相对，但并无私怨。在对他的治水之举横议四起时，吕夷简关心此事进展，让范仲淹有几分感动。思忖片刻，提笔给吕夷简上书：

> 某连蹇之人，常欲省事，及观民患，不忍自安。去年姑苏之水，逾秋不退，计司议之于上，穷俗语之于下，某为民之长，岂敢曲沮焉？然初未甚晓，惑于群说；及按而视之，究而思之，则了然可照。

接着，他就反对其治水策的各种横议一一辩驳。有感于时下州县令欲有所作为，甚为不易，当设法改变这种局面，遂又写道：

> 今之世，有所兴作，横议先至，非朝廷主之，则无功而有毁，守土之人，恐无建事之意矣！

写到这里，已近千言，该收住了，但他总觉得还不放心。治水之事若不是他守苏州，恐横议一出，也就作罢了，足见郡守对地方治理，实负有重大责任。朝廷不能再袭故套论资排辈任官，甚至用以安置大臣养老。这样想着，又提笔写道：

> 苏、常、湖、秀，膏腴千里，国之仓庾也。浙漕之任及数郡之守，宜择精心尽力之吏，不可以寻常资格而授，恐功利不至，重为朝廷之忧，且失东南之利也。

写好抄清，已是申时半了。李三妹差人请他回官舍吃饭。除夕守夜，吃罢早饭儿女都睡下了，午饭晚了些，适才忙着修书，他没有感到饥饿，听到“饭”字，顿感饿得心慌。回官舍用完饭，就又起身回到后堂，提笔给朝廷上表，请求在苏州试办郡学。他已打定主意，若朝廷否决，他就通过向富商劝募把学堂办起来，所以，奏表封好后，就迫不及待地提笔修书，向他心目中的两位名师发出邀请。

两通书札写毕，抬头向窗外看去，夕阳正在收去余晖。范仲淹这才感到肩膀酸沉，起身甩了甩，又坐下录谒伍庙时口占诗句，写到“生能酬楚怨，死可报吴恩”之句时，他停住了。转运使蒋堂恐朝堂再起风波的一番话在耳边回响起来。他放下笔，披上斗篷，迈步出了后堂，又一次登上西楼。这一次，他无心四处观望，而是面北而立，遥望京城，心中默念着：“官家，这个年过得好吗？”

碧寺烟中静，红桥柳际明。

——范仲淹

# 第十四章　红桥柳际明

## 一

这个正旦节，皇上是在愧疚、自责、委屈中度过的。

体己的尚美人、张美人被阎文应以毡车遣送出宫；曹皇后比起被废的郭后来还要强势，而且大婚半年，未有身孕。皇上感到后宫里到处冷冰冰的，没有一丝暖意。除夕夜，独自徘徊在偌大的福宁殿，伶仃之感挥之不去。他坐到御案前，有气无力地拿起笔，想以写飞白打发寂寥时光，眼前蓦然浮现出郭后的倩影，不禁浑身一颤。他没有想到郭氏的性格那么刚烈，本只想把她降为净妃，安置于长宁宫，郭氏却自愿出宫，住到瑶华宫去了。一年过去了，那个陪伴自己十个年头的女人，枯灯相伴，该是多么孤寂！想到这里，皇上提笔作《庆金枝》词一首，差贴身内侍蓝元震悄悄赶往瑶华宫，将词作送给郭氏。

大年初一傍晚，皇上接到了郭氏的唱和诗作，哀婉凄凉，读罢不禁为之垂泪。踌躇良久，再差蓝元震带毡车赶去瑶华宫，乘正旦节大臣休务之机，接郭氏入宫一见。过了不到一个时辰，蓝元震垂头丧气回奏：净妃言，废后、出宫，官家皆有诏旨颁发，若让她入宫，也应先颁诏旨，并向百官宣读，然后方可。皇上闻之，黯然无语。这样的事若为外廷所知，不惟不可能相见，还会遭到尖刻的批评。废后之举已让臣子近乎挖苦谩骂了一番，刚消停下来，岂敢再捅马蜂窝？接郭氏相见之事只好作罢。他长叹一声，内心充满对郭氏的愧疚，愧疚又转化为自责，对废后之举暗自追悔。自省自责了良久，望着空荡荡的殿庭，陡然生出几分委屈。富弼上疏，指责他以色欲之心，纵私忿、藐公议、废嫡后，为天下人所耻笑；石介上书执政，询问皇上是否真的如传言所说终日饮酒作乐；滕宗谅上疏责他处理政务心不在焉，显系酒色失度，提醒他当以远离内宠为宜。这些说法早已传遍朝野，令圣誉蒙羞。事实又怎样？事实是，大过年的，他在宫中忍受着孤寂……想到这里，他真想找一个知心人抱头痛哭一场。可是，谁是知心人？惟一想到的，就是入内省都知阎文应了，遂命蓝元震将阎文应传进福宁殿，与他对饮，借着酒劲，一诉心中的委屈。

"如今天下承平，国库充盈，政通人和，朝堂有吕相主持，官家自可安做太平天子，不必伤感吧！"阎文应劝慰道。

皇上接连喝了几盏酒，已有醉意，目光迷离，叹口气道："外廷内宫，都轻看朕！"他探过头去问阎文应："倘若是汉武帝、唐太宗，要召一个妃子……"他停顿片刻，纠正道："就说召一个熟悉的女子吧……召一个熟悉的女子进宫，她不来，算不算抗旨？汉武帝、唐太宗会如何措置？"

"谁敢不应召？"阎文应警觉地问。

"净……"皇上欲言又止。"不说了，喝酒！"

"哐啷"一声，阎文应手一抖，端在手里的酒盏掉落下来。他没想到皇上生出召废后郭氏之念，万一他们旧情复燃……阎文应大汗淋漓，再也坐不住了，支吾道："官家微醺了，若让外廷知道了，老奴吃罪不起，还是早些歇息吧！"说完，吩咐众内侍服侍皇上就寝，便慌慌张张出了福宁殿，差心腹将皇上欲召郭氏之事，向宰相吕夷简通禀。

朱雀门外州桥南街的吕夷简宅邸，灯火通明，笑语不断。吕夷简却独自一人倚在书房内的坐榻上，细细阅看一道文牍。这是蒙城县令苏舜钦的《乞纳谏疏》：

纳善进贤，宰相之事。蔽君自任，未或不亡。……前孔道辅、范仲淹刚直不挠，致位台谏，后虽改他官，不忘献纳。二臣者，非不知缄口数年，坐得卿辅，盖不敢负陛下委注之意，而皆罹中伤，窜谪而去，使正臣夺气，鲠士咋舌，目睹时弊，口不敢论。

虽然已读数遍，吕夷简还是倒吸了口凉气。这道奏疏，矛头是对着他的。苏舜钦祖父是状元出身的太宗朝名臣苏易简，外祖父是真宗朝名相王旦，他的岳父是当朝谏议大夫、枢密直学士杜衍，苏舜钦更是以“诗老”名震文坛，早年以恩荫获太庙斋郎，去年刚进士及第，分发蒙城令。范仲淹两次外放，苏舜钦都祖饯于国门，对范仲淹“此行极光”“此行愈光”的赞誉，早已传遍朝野，此时又上疏为范仲淹鸣不平，字里行间流露出对范仲淹的推崇。苏舜钦官虽微，影响力却非同小可。吕夷简突然意识到，范仲淹已俨然成新势力领袖，韩琦、富弼、欧阳修、苏舜钦、尹洙、张方平、石介等才俊，都是他的拥趸。这股势力不可小觑。想到这里，吕夷简重重吸了口气，暗自思忖：对范仲淹，即使不能收于门下，也要设法笼络。

“大人，阎文应遣心腹小黄门来谒！”门外响起长子吕公绰的禀报声。

吕夷简已下令正旦节休务期间不接待任何访客，但一听阎文应的心腹来见，吃了一惊，当即吩咐传请。听完小黄门的禀报，吕夷简脸色煞白。他没有料到废后之举竟引发台谏官集体激烈抗争；更没有想到，皇上这么快就后悔了。且不说一旦郭氏回宫势必对他实施报复，仅皇上后悔废后这一点，就足以让他胆战心惊。倘若认定废后之举是错的，这个责任当然不能由皇上承担，更何况正是他鼓动皇上废后的。既然废后之举是错的，谏阻废后的范仲淹等人就是对的，而正是他，给皇上出主意，以迅雷不及掩耳之势将孔、范从待漏院直接押送回家，贬往外地，这岂不是错上加错？富弼所指斥的“废嫡后逐谏臣一举两失”的责任，只能由他吕夷简承担。

整个正旦节、上元节假期，吕夷简都在思忖对策。他一直在寻找机会，借单独面君之机，向皇上表明态度。

这天朝会卷班后，吕夷简被单独召进内东门偏小殿。

“今日召对吕卿，只为庞籍劾范讽一事，该如何处分，一起商量。”皇上和颜悦色道。

前年底，郭皇后被废，三司使范讽巴望早登政府，便打起了走内线的主意。他知尚美人在皇上心目中的分量，恰巧他的下属尚怀德是尚美人的弟弟，范讽便贿赂尚怀德一大笔钱财。不料，钱财刚送出，尚美人却被遣送出宫了。范讽懊恼不已，便以借用之名将存放于左藏库属于翰林院的千余件金银器皿搬回自己家中，以求得心理平衡。侍御史庞籍上章弹劾范讽行贿买官、侵占公物。在范讽的姻亲、右相李迪的一手操控下，庞籍以诬陷大臣的罪名被贬到岭南，出任广南东路转运使。可庞籍外贬后仍揪住范讽不放，继续上疏参劾，李迪恼羞成怒，将庞籍贬知临江军。庞籍到贬所后，又上疏揭发范讽放纵不法、伤风败俗等新罪。这些弹章都被李迪压下。一直冷眼旁观的吕夷简看不下去了，一个多月前，他把庞籍弹劾范讽的所有弹章都搜集起来，一并呈达御前。皇上大怒，传旨御史台审勘。尽管李迪一再包庇，但翰林院金银器皿被范讽据为己有一事到底隐瞒不住，范讽被定侵占公物罪，朝野大哗，纷纷要求重惩范讽，只有与范讽诗酒相娱的“东山逸党”滕宗谅、石延年上疏替他辩护。

自将庞籍的弹章呈报御览之日起，吕夷简就预料到了结局，他早已成竹在胸，提议将范讽贬为武昌军节度行军司马；李迪因包庇范讽，以刑部尚书知徐州；庞籍召回朝廷，晋天章阁待制，判大理寺。说完这些，他主动提起了苏舜钦的奏疏，起身道：“陛下，想必苏舜钦的《乞纳谏疏》业已呈御览，疏中对宰相多有责备，臣德不足以服众，请陛下将臣罢相，安置一闲郡。”

皇上蹙眉道：“吕卿，苏舜钦批评朕不纳谏，是这样吗？历朝历代，像本朝这般广开言路的，有过吗？还要朕怎么样呢？他愿怎么说就怎么说吧，朝廷离不开吕卿，首相，还要吕卿来做！”

吕夷简道：“陛下若不允臣辞，臣不敢独相。六年前，首相王曾因承担玉清昭应宫被毁的责任，罢相外放；王曾为人持重，对陛下忠心耿耿，臣敢请陛下召回王曾，与臣共相陛下。”

皇上笑道：“当年王曾荐吕卿拜相，如今吕卿又荐王曾，也是本朝的佳话。王曾可召回，但吕卿列首位，王曾任右相。”

吕夷简躬身谢恩，又道：“陛下，圣朝开国以来，未尝罪一言事者，纵有薄惩，旋即超升。臣请召回孔道辅、范仲淹，破格重用。”

皇上又皱了皱眉，道：“此二臣并非因言事被贬，乃因纠集台谏官集体示威，有失体统，与一般言事者不同。”

“虽如此，但朝野不明真相，皆以为孔、范因言事被贬。”吕夷简进言道，“为圣威计，臣以为当超升二人。”

皇上沉吟片刻，道：“待二府三司调整完毕，再说孔道辅、范仲淹的事，给二人晋升何职，吕卿酌之。”

吕夷简谢恩辞出。走出殿门，他擦了把汗，回头看了看站在殿门口的入内省都知阎文应。阎文应神情紧张，似乎还在担心郭氏有朝一日会回到宫里。看得出，作为鼓动皇上废后的内官，他的压力很大。

## 二

苏州黄泗浦水闸前站着一群人，被水闸开启、关闭时水流忽而倾泻、忽而被截断的神奇场景所吸引，不时发出一片叫好声。

范仲淹头戴斗笠，一身长衫，背手站在水闸旁，露出了欣慰的笑容。随着黄泗浦水闸的启用，治水的第一期工程顺利完成。经过几个月的努力，已先后疏浚了白茆塘、福山港、黄泗浦、许浦、奚浦、三丈浦、茜浦、下张浦和七丫浦等松江支流，并在这些支流的入海、入江处设置水闸，随时启闭，遇到大旱，可引水灌溉；遇到洪涝，则开闸泄洪。同时，还能有效规避海潮侵袭时的泥沙淤塞之弊，可谓一举三得。

水闸试验成功，众人正要散去，忽见一名州校骑马奔来，到得范仲淹面前，捧递过一道公牍。范仲淹打开一看，连连道："没有想到！没有想到！"

几名从事凑过来，伸着脖子问："太守，有好事了吧？"

范仲淹随手递给靠近他的一位从事。从事扫了一眼，直勾勾看着范仲淹，抱拳道："恭喜范太守，贺喜范天章！"

这是一份吏部敕牒，右司谏、秘阁校理范仲淹晋礼部员外郎、天章阁待制。

礼部员外郎与右司谏一样，是官阶，右司谏官阶十七，礼部员外郎官阶十五，升两阶；天章阁待制与秘阁校理同属馆职，获得此职，即迈入天子近臣、后备宰辅的"两制"序列。一个贬官突然得到如此超升，范仲淹自是大感意外。回到州署，他径直进了后堂，神情庄重，展纸提笔，埋头写谢表：

> 伏蒙圣恩，特授臣前件官充职者，涣渥自天，震惶无地。……敢不内守朴忠，外修景行，进退惟道，尊圣贤视履之方；始终一心，副君父育材之造。

州吏在门外禀报，诸从事正预备酒席，为太守贺。范仲淹摆摆手道："明晚。"他要先和家人一起庆贺，或者说，借此机会向儿女表明心迹。封发了《苏州谢就除礼部员外郎充天章阁待制表》，便回到官舍，把升职的消息告知了李三妹，平静地吩咐道："晚饭加两道荤菜。"

"大人，咱们能回京城了吗？"正在书房读书的纯祐、纯仁听到了父母的对话，跑出来惊喜地问。

"回开封，回开封，找表哥玩！"纯礼听到哥哥们说回京城，不知从何处跑过来，兴高采烈道。

范仲淹坐在正厅的一把卷叶搭脑靠背椅上，慈爱地看着三个儿子，向他们招招手，待三人围到跟前，耐心解释道："皇宋的官员，有官、职、差遣之分。礼部员外郎是爹爹的官，只用于定官阶、俸禄、章服和叙迁，称正官或本官；职是指馆职，只有极少数通过馆选的官员才有，天章阁待制就是馆职，是标文学高选并示荣宠之衔；差遣是朝廷根据需要和官员才能，差派给某个官员的职位，上到宰相、参知政事，下到监当官，都是差遣之任。朝廷未给爹爹新的差遣，故而爹爹即以礼部员外郎、天章阁待制知苏州。”见三个儿子似懂非懂的样子，范仲淹又道：“皇宋官职与差遣分离，官员既能上能下，又于体面、待遇无损。比如晏殊晏资政，他的正官是刑部尚书，馆职是资政殿学士，原来的差遣是参知政事，但皇上不再用他当参政了，就保留尚书、学士的官和职，差遣他去知集庆军。皇宋的宰相、参知政事时而在朝廷，时而差遣去知州，又从知州差遣为宰相、参知政事，这是常事。”

“哦——明白了！”纯祐若有所悟道。

纯仁、纯礼也跟着点头。

范仲淹站起身道：“好了，读书去吧，爹爹晚上有话和你们说！”

到了晚饭时，一家人围坐在餐厅里的一张圆桌旁，菜肴比平时丰盛了许多，待酒水斟上，面南而坐的范仲淹端起酒盏道：“汝等听着：为父一介寒儒，进士及第入仕为官，没有为国家做过值得一记之事，只是追慕古人气节，屡屡危言犯上，若在他朝，必死无疑。皇宋仁德，皇上日月垂光，有江海之量，恕我万死，差遣守睦州，再移苏州。为父对升官本已绝望，不料朝廷忽降圣旨，授以天章阁待制的荣衔，为父惶恐，惟有以死报国恩！”言毕，起身面北，拜了三拜，躬身将酒饮下。烛光映衬下，妻儿都看得分明，范仲淹的眼中闪着泪光。气氛陡然变得肃穆起来。他回到座位，举箸为妻儿每人碗里夹了一块鱼片，又道：“今日放开吃，明日起，恢复在京城时的规矩，每日至多一个荤菜。”

纯礼正要把鱼片往嘴里放，听了父亲的话，哼了一声，把鱼片放下，噘着嘴，低头生气。范仲淹见状，又举起酒盏道：“为父的话还没有说完。你们的祖母，操劳一辈子，没有过上一天丰裕的日子就下世了。每念及此，为父都痛心疾首！你们一生下来，就不愁吃穿，比起苦寒人家，不知好多少。若锦衣玉食惯了，将来入仕为官，怎会体谅百姓疾苦？况且，为父已发誓以死报国，儒者报国，以言为先。言就直言无隐，绝不阿谀逢迎，若触怒君相，贬谪蛮荒之地，哪里还会有锦衣玉食？所以，希望汝等明白为父的苦心！”

纯祐一挺身道：“儿明白！”

纯仁也学着哥哥的样子道：“儿明白！”

纯礼年幼，听不明白，但见两个哥哥都说“明白”，他也挺直了身子道：“儿、儿也明白！”

范仲淹露出笑容：“慢些吃，吃完饭一一检查你们的课业。”

“爹爹，儿有一问！”次子纯仁放下筷子，坐直身子，“爹爹说胡先生是大儒，因何不让我和哥哥入郡学？”

年初，范仲淹上奏朝廷，请求试办官学，没有想到，朝廷很快批准了。在给朝廷上表的同时，他就给自己心目中的两位大儒孙复和胡瑗分别修书，邀请他们到苏州讲贯经籍，教育人才。孙复因故未能成行，胡瑗则很快赶来了，学舍尚未建成，范仲淹决定暂借文庙开班，延聘胡瑗为教长。范仲淹早在监西溪盐仓时就与小他四岁的胡瑗定交。在泰州文会堂相聚时，胡瑗曾侃侃而论，认为致天下之治者在人才，成天下之才者在教化，教化之所本者在学校。这与范仲淹不谋而合。就如何办好教育，胡瑗也有自己的主张：一要师儒，二要普及于民，三要官府兴办学校。范仲淹深表赞成。多年来，胡瑗游历齐鲁，寻访孔孟遗迹，隐居泰山读书、讲学，积累了丰富的教学经验，能够延聘到胡瑗，郡学也就成功了一半。他常常在几个儿子面前夸赞胡瑗的学识，此刻听纯仁这么一问，郑重答道：“郡学是官学，入学有补贴，学舍又有限，要多收苦寒子弟。况且，课子读书，也是士大夫该做的事嘛！”

“当爹的，不能只顾儿子呀！”李三妹嗔怪道。随即一声轻叹：“大丫已经十四岁了，只盼能早日回京城。”

范仲淹回避着三妹的目光，沉默了。

## 三

每到炎夏，朝廷百官都要轮流休务，各地官员也仿效朝廷，纷纷在暑期休务。但知苏州范仲淹不仅没有休务，还连日升堂，不间断地审理积压的案件。他已从邸报上看到，与他一同外放的孔道辅已以龙图阁直学士回任御史中丞，想必召他回朝的日子也为时不远了，来苏州后因忙于赈灾、治水、办学，积压了一些案子，他要赶紧审理完结。

又一天升堂下来，范仲淹感到疲惫，正要回官舍休息，州吏来禀，学舍胡先生求见，已迎进木兰堂。他心里"咯噔"一声，难道学舍又发生了什么事?

两个月前，胡瑗突然呈上一封禀帖，提出辞教。范仲淹大吃一惊，忙差人询问原因。经多方查问方知：胡瑗教学甚为严厉，上午讲经义，课后复读五百遍；下午讲历史，复读一百遍；晚上讲子书，复读三百遍。不惟如此，他对学生衣着坐姿也有严格要求，春夏之交，天气已经热了，他依然公服端坐堂上，见有位生徒头稍稍有些偏了，他就大呼："头容直!"所以，在文庙开班仅一个月，许多生徒就感到难以忍受，几个富家子弟故意散漫以对，并散布说胡先生讲授令生徒不知所云。胡瑗颜面受损，一气之下提出辞教。范仲淹一边诚恳挽留，一边忙将长子纯祐送到学舍，嘱咐他要谨遵先生教诲，带头遵守学规，为众生徒作出示范。十二岁的纯祐自打出生起就跟随父亲漂泊各地，在范仲淹的言传身教下，也养成了不怕吃苦的品格。他到学舍后，谨约谦恭，尊师守规，顽皮生徒见太守公子如此，也都大大收敛了，学舍很快步入正轨，辞教之事，胡瑗也就不再提起。前不久，郡学学舍建成，又有不少生徒入学，胡瑗教学法也越来越获得认可。今日因何突然到州署求见?范仲淹心中忐忑，不知不觉加快了步伐。

"范天章!"胡瑗笑容满面地站在木兰堂门口，见范仲淹疾步走来，唤了一声，抱拳施礼。

范仲淹见胡瑗满脸笑意，心里踏实下来，还了礼，与胡瑗并肩登上台阶，抬头看见两个男子站在平台上。

“呵呵，范天章，此乃来自莱州胶水县的父子儒士。”胡瑗向范仲淹引荐道。指着中年男子：“此为蔡元卿。”又一指他身后的少年：“此其长子，名交，字子田。”

蔡元卿父子忙躬身施礼。范仲淹还礼间，忽然想到已任参知政事的好友蔡齐就是胶水人，便问：“胶水蔡执政……”

胡瑗不等范仲淹把话说完，就截住道：“正是蔡执政一族，这是他的亲叔，这是他的堂弟。”官场尊称参知政事为执政，故范仲淹、胡瑗皆以蔡执政称蔡齐。

“喔呀！”范仲淹惊喜道，“幸会幸会！”说着，引导三人进了木兰堂，依序落座。

“禀范天章——”蔡元卿向范仲淹拱手道，“胡先生在泰山讲学时，元卿投其门下。胡先生教程里，列有外出游历一项，又常教导弟子：‘必游四方，尽见人情物态，南北风俗，山川气象，以广其闻见，则有益于学者矣。’弟子遵循先生教诲，偕子游历江南，特来拜谒胡先生。”

范仲淹笑道：“胡先生教学有方，已为姑苏绅民津津乐道矣！”说话间，余光却在端坐着的蔡交身上飘来飘去，见他十四五岁年纪，高高的个子，皮肤白净，给人以俊朗知礼之感，范仲淹心生欢喜。

蔡交略显局促，欠身向父亲靠了靠，伸过头去，附耳对蔡元卿低语。蔡元卿频频颔首，待儿子说完，对范仲淹一笑道：“犬子想说，范天章创办官学，乃开先河之举，可载史册。”

适才蔡交与其父低语时，范仲淹看在眼里，还以为他年少不懂规矩，听蔡元卿此言，范仲淹微微一笑，对蔡交道：“公子有话，自可大声说出来嘛，何必还要转述！”

蔡交起身施礼道：“长辈交谈，晚生不敢插嘴。”

范仲淹露出惊喜的神色，忙示意他坐下，打量他的目光，变得柔和而亲切。

“范天章，治水之役如何？”胡瑗问。

“疏浚五河，导积潦于江海，已解燃眉之急。”范仲淹答，“松江盘龙汇段迂曲狭窄，容不下太湖入海之水，遇多雨年份，难免还会有泛滥之灾。但工程浩大，且涉苏、常、湖、秀四州，恐一时难以兴作，目下在踏勘相度，制定方案，奏呈朝廷决断。”

“那就好！”胡瑗笑着劝说道，“郡学房舍也已完竣，正值暑期，学舍式假十日，在下欲陪蔡氏父子游览苏州名胜，一起去怎么样？赋诗以纪，这也是兴文教之举嘛！”

正好已把积压的案子审结，范仲淹爽快地答应了。

两天后，四人带着两个随从，先谒伍庙、泰伯庙，游阊门，然后出城，游洞庭山、虎丘山、灵岩寺……每到一处，各赋诗为纪，范仲淹作了八首诗，连同此前登西楼、谒伍庙所作两首，合成《苏州十咏》，与胡瑗、蔡氏父子切磋。

“这就是我圣朝的读书人！”胡瑗感慨道，“昨日升堂问案，执朝廷三尺之法；今日登临名胜，抒内心思古幽情！”

范仲淹也为之自豪。但更让他兴奋的是结识了蔡交。一路上，他细细观察蔡交，见他沉稳谦恭，举止得体，越发赏识。胡瑗似乎看出了什么，笑着试探道：“范天章，该榜下捉婿了吧？”

范仲淹微微一笑道：“约期，请胡先生带蔡氏父子到官舍饮酒！”

从灵岩寺回到官舍，范仲淹迫不及待地把蔡交向李三妹夸赞一番，又把胡瑗的话说给她听。李三妹喜出望外，催促道：“那就快些定日子吧！”

夫妇正说着，州吏来禀，范仲温来见。范仲淹料定三哥此来必是有事，一边吩咐传请，一边往木兰堂走去。

“六弟！”一见面，范仲温便喜滋滋道，“敕牒来了！”他第一次到州署来时，除了购地建宅一事外，还请求范仲淹为他谋个官职。皇宋官员有恩荫之制，虽统称“荫子”或“任子”，其实可荫及亲属甚至门人。每当皇帝圣诞和三年一度由皇帝亲自主持的祭祀昊天上帝的大礼——南郊礼时，七品以上文官至少可各荫一人。三哥提出荫官要求后，范仲淹即上疏朝廷，请求将南郊礼荫补的恩泽转给范仲温。三月，流内铨授范仲温将作监主簿，候差遣。前天接到流内铨敕牒，任范仲温为越州新昌尉，限期赴任。范仲温特来向六弟报喜，同时邀请六弟全家到老宅一聚。

“明日就去！”范仲淹爽快道，“不过弟要带三位客人去。”

“我这就回去预备，你三嫂一定很高兴！”范仲温道，说着起身辞去。

“不可惊动族人，悄悄去就是了。”范仲淹对着三哥的背影嘱咐了一句，转身坐下写了邀帖，差州吏即送郡学胡先生。

第二天刚交午时，两辆厢式马车在灵芝街范氏老宅前停下。长衫皂履打扮的范仲淹下了车。三哥、三嫂早已在首门迎候。三嫂丁氏见李三妹下了车，笑吟吟迎上去，拉住她的手，用吴侬软语亲热地说着什么。在李三妹听来，三嫂不是在说，而是在歌，虽八成听不懂，却也明白是夸赞、感激以及表达亲情的话。李三妹微笑着，附耳把今日要相看女婿的事向三嫂嘀咕了几句。丁氏露出惊喜的神情，慌忙拉过大侄女的手，风风火火往院内走，径直登上阁楼，让了座，吩咐下人奉茶。

约莫过了两刻钟，胡瑗领着蔡元卿父子到了。范仲淹从正房出迎，领着三人先到两棵松树前，感慨道：“尧舜受命于天，松柏受命于地，物之有松柏，犹如人之有尧舜。此二松对植，扶疏在轩，灵根不孤，本枝相茂，卓然而立，俨乎若思。可谓六月无炎光，长如玉壶清。”

“呵呵，范天章自况！”胡瑗笑道。

范仲淹转脸对三哥道：“松后之屋，就命名岁寒堂吧。”

范仲温连连点头。范仲淹又一指前方的阁楼道：“此阁宜登临，上有松风吟。”又一拊掌道：“三哥，此阁命名松风阁吧！”范仲温又是连连点头，走过去拉了拉他的袍袖，向他使眼色。范仲淹会意，只是在松风阁前走了一圈，一扬手道：“酒后登临，更有意境。”

此时，李三妹母女正在阁楼上，已把蔡交看得真切，见他果然是俊朗少年，母女对视一眼，女儿面颊泛起了红晕，低头抿嘴，却也挂着笑意，李三妹知她必是满意了，便放下心来。

三哥得官，长女有婿，双喜临门，使得岁寒堂正厅里的酒宴充满欢声笑语。范仲淹开怀畅饮，直喝到微醺，李三妹不断差人来提醒他节制饮酒，方才意犹未尽地结束了这场酒宴。出了岁寒堂，他的脚步有些不稳，可还没有忘记宴前的话，领着胡瑗等人登上了松风阁。范仲淹临轩四望，感慨良多，扭头一看，阁中有张书桌，笔墨纸砚齐备，一时诗兴大发，回身走到案前，蔡交伶俐地研墨，范仲淹提笔连写三赋。胡瑗、蔡元卿、蔡交细细赏读。

“范天章主张文以言志。观此三赋可证！”胡瑗以赞叹的语气道。

范仲淹拱手道：“共勉！”又提笔写道：“俭可助廉，恕可成德。”起身交到范仲温手里：“三哥要赴任了，弟以此相赠！”

“六弟放心，愚兄不敢说建功立业，但守廉是决然要做到的，不会给六弟、给范氏家族丢脸！”范仲温发誓似的道。

三哥平常的一句话，却让范仲淹心头突然颤动了一下。家族带给一个人的，不仅仅是俗世的人情枷锁，还有维护家族荣耀的激励。他向三哥一抱拳：“我兄弟共勉！”

范仲温低声道：“六弟，听街面上的人议论说，六弟快要回朝廷了。别的三哥不操心，只望六弟回到朝廷，念及我范氏家族引六弟为傲，谨言慎行些。”

范仲淹抬头望着窗外，两棵松树挺然而立，他随口吟出适才所作《君子树》中的一句：“有声若江湖，有心若金璧。”

千年灵气何求药，八变奇姿已过人。

——范仲淹

# 第十五章 八变奇姿已过人

## 一

开封内城宋门外的仁和酒家，一个轩敞的雅间里，烛台上一排硕大的红蜡，把室内照得通明。韩琦、富弼、欧阳修、尹洙，都没有着官袍，不约而同地穿了一身儒生装，高脚幞头、一袭棉袍。已是寒冬，可店家还是为他们各自插上一朵看上去煞是鲜艳的像生花，一个个被衬托得格外风雅。

“被请的都到了，请客的倒不见踪影！”欧阳修笑道，“范公像变了一个人似的，整天扎在国子监里，不知在忙些什么。”

两个月前，知苏州范仲淹接到朝廷敕牒，召他回朝，以天章阁待制判国子监。早在八月，宰相吕夷简就通过他数度举荐过的李纮转达要召范仲淹回朝的意思。范仲淹遂提出，若回朝，愿主国子监，教书育人。吕夷简遂进行一番腾挪，空出了国子监的位置，给了范仲淹判国子监的差遣。接到敕牒时已是十月上旬，要赶在结冰前抵京，所以很快就启程北上，十天前抵达京城。欧阳修等人迫不及待要为他接风洗尘，正巧富弼从绛州赴京参加馆选，范仲淹提议待他入馆后再聚。前天，富弼接到直集贤院的敕牒，范仲淹主动发出邀帖，请韩琦等人来此欢聚。被邀的人都到了，范仲淹却迟迟未露面，欧阳修有些急了。

“永叔、师鲁！”韩琦叫着欧阳修和尹洙的字，叮嘱道，“范公刚回京不久，那件事，先不要提起。”

“快看快看！”正站在窗口向外张望的欧阳修大惊小怪喊了一声，众人移步窗前，只见窗外喷出一串火苗，再细细观望，原来是一个卖艺人，大冬天的赤裸着上身，手持一根棍子，棍子一头点着火，他伸出脑袋吞一口，再吐出，火苗“噗噗”向外喷射。

“这没啥看头，”富弼一摇头道，“倒不如耍刀舞棒，还能让少年知武事。”正要转身，忽见吞火人和旁观的几个人撕扯起来，场面一片混乱。“我去看看。”说着就要往外走。

“彦国，算了吧！”韩琦拦住他，“打架斗殴，时有发生，自有逻卒去处置。”

“唉——”欧阳修叹气道，“时下京城的治安委实不敢恭维，京兆王举正，勉为其难了，该换人！”

“若差杜衍、夏竦二公知开封，局面必不是这样。”尹洙附和道。

“呵呵，我辈就别替吕相公操心了吧！”韩琦一笑道。

“稚圭，你的话我不爱听！”富弼对着韩琦一瞪眼道，“京兆尹号称‘四入头’，如此重要的位置，用何人，当出自官家，怎么是宰相的事？”

按照多年惯例，宰执大臣必出自御史中丞、三司使、知开封府、翰林学士这四个职位，故朝野有“四入头”之说。

韩琦微微一笑道：“时下的用人行政，官家悉心委政吕相公，尽人皆知，我只是陈述事实罢了。”

“哎呀呀！范公范公，你终于来了！”欧阳修激动地叫道，嘴唇不住地嚅动着。对范仲淹回朝，欧阳修像是流落他乡的游子遇到了故知，兴奋难抑。两年前，他和尹洙受寇准女婿王曙之荐参加馆选，入为馆阁校勘。自称“洛阳花下客”的欧阳修来到京城，虽说保持着“座上客常满，樽中酒不空”的习惯，但他迫切想见到的范仲淹被外贬了。欧阳修怅然若失，耿耿于怀，做梦都盼着他最崇拜的君子回来。虽然之前和回京的范仲淹已经见过面，但还没有在一起痛饮，一见范仲淹匆匆进来，欧阳修兴奋得不知所措。

范仲淹向众人一拱手，径直坐到上手的蒲墩上，摇着头道："可叹！"

"范公，怎么回事？"富弼问。

范仲淹喝了口茶，把适才在门前看到的情形说了一遍：一个外地杂耍艺人正在表演吞火，有几位本地的年轻人嘀嘀咕咕一阵，先由一位少年拿出一根竹竿，让艺人用竹竿换掉棍子再表演一次，艺人不从，争执间，一个年轻人在收赏钱的盆里抓了一下就跑，艺人急忙追赶，一把拽掉那人身上的香囊，几个人打了起来，双方都受了伤。幸亏逻卒及时赶到，将双方带走了。略述了经过，又是一阵长叹："唉——天子脚下，闹市之内！"

"听说京城恶少横行，百姓争诉不断，京兆王举正每天要处理的案件都要上百。还有人夸他勤政，我看他是无能，该换人！"欧阳修忿忿然道。

韩琦向欧阳修使眼色，又对着范仲淹拱手道："请范公入席！"

众人入席，刚依年齿坐定，就听间壁传来嬉闹声。韩琦摇摇头道："适才看到张士逊的公子张友直带着一帮高官子弟进来了，必是他们在嬉闹。这帮人都靠父荫得官，又都不愿到外地任事，拿着俸禄，留在京城等候补在京衙门的缺，闲极无聊，时常欢聚。"

范仲淹皱起了眉头，竟忘记提议举盏。欧阳修不想因旁人扫了难得欢聚的雅兴，抢先举盏，提议共饮。众人同饮三盏，韩琦、富弼、欧阳修、尹洙又一一敬范仲淹一盏。放下酒盏，范仲淹从袖中掏出一封书札晃了晃道："诸位知孙明复其人吗？这是他写来的。"

韩琦道："近闻泰山下有位孙复先生，字明复，以《春秋》教授生徒，道德高迈，学问精深。"

"想不到吧，他就是昔日到南都书院索游的孙秀才！"范仲淹感慨道。孙复索游应天府书院，范仲淹给他安排了一个学职，孙复对他执弟子礼，二人一直保持联系。范仲淹知睦州时，得到孙复第四次落第的消息，即修书安慰他，邀请他到江南一行，孙复则先期到了大名，投奔以天章阁待制出任河北路都转运使的李纮。范仲淹知苏州时邀请他到郡学任教，孙复却已到了泰山。原来是进士及第后在应天府做推官的石介丁忧回乡，在泰山脚下为孙复筑屋，迎其到泰山讲学。短短两年，孙复就名扬京城了。说完孙复的经历，范仲淹又是一阵感慨："贫困是可怕的，若孙明复一直乞讨到老，俊彦岂不湮没沉沦？庙堂中人当有责任感，朝政要以富民为根本，让天下有志读书者，都能读得起书，养得起家！"

欧阳修点头道："范公总能以小见大！"

范仲淹一笑道："今日提到孙明复，是为了他的一个提议，诸位看他说的如何？"说着，把书札递到韩琦手里。

韩琦埋头阅看，欧阳修等不及了，摆摆手道："稚圭，读来，让大家一起听听嘛！"

"孙明复这句话说得是！"韩琦点着稿笺道，"他说范公自请判国子监，不汲汲于富贵而孜孜于圣贤之教化。"

"哼！"欧阳修不满道，"依我看，范公不该掌国子监，当做台谏领袖，这样才大益国政，孙明复到底是布衣，不知内情！"

韩琦不回应，又道："孙明复建言范公当利用掌国子监之机，广招鸿儒硕老，参酌古今，致力于重新注释儒家经典大业。"

"这件事值得做，我有意用两三年时间来做这件事，诸位以为如何？"范仲淹兴奋道。

"两三年？"欧阳修不满道，"这件事该做，但未必范公亲自做，范公还有更重要的事情要做，不然，恐朝廷要出大事！"

范仲淹问："永叔有所指？"

欧阳修道："汉唐宦官祸国之事，说不定会复现于圣朝矣！"

范仲淹心里一沉。在苏州时听蒋堂说到内侍阎文应擅自以毡车将皇上的宠妃遣送出宫，他就隐隐感到担心，一听欧阳修的话，顿时警觉起来，问："阎文应？他又做了什么？"

尹洙一撸袖子道："废后郭氏之死，有内情！"

韩琦故意"哗"的一声将茶盏碰翻，待尹洙向他这边看时，不住向他递眼色。适才就叮嘱尹洙和欧阳修不要提此事，眼看二人还是没有忍住，韩琦忙设法阻止。

欧阳修眼一瞪道："反正早晚会知道，不如趁早说了，憋在心里难受！"

年仅二十四的废皇后郭氏去世的消息，范仲淹也听到了，为之痛心，但掌国子监是朝廷根据他的请求特意安排的，他欲专心把国子监的事理顺，做出些名堂来，故而对外间事无暇过问。听了尹洙、欧阳修的话，他沉不住气了，惊问："到底有何内情？"

欧阳修道："据说，当年吕夷简外放，是官家听了郭后的一句话所致，吕夷简耿耿于怀，这才借机鼓动废后。阎文应是吕夷简在宫中的耳目，也力主废后。又听说，官家对废后有悔意，阎文应怕帝后旧情复燃，一直提心吊胆。今年入冬，郭净妃染恙，官家差阎文应偕太医前去诊视，可阎文应早上去，晚上郭净妃就暴卒了。街谈巷议间，说是阎文应毒死了郭净妃！"

"也有人私下说，宰相吕夷简或难脱干系！"尹洙补充道。

"啊？"范仲淹大惊，刚要追问，韩琦摆手道："揣测，不足为凭。"

"不尽然吧？"欧阳修反驳道，"监察御史高若讷不是上章弹劾阎文应了吗？他的弹章里白纸黑字写着，朝野都怀疑是阎文应毒死了郭净妃，要求官家查明真相，严惩阎文应。"

"高若讷是御史，有权风闻而奏，他的话也是道听途说。"韩琦举起酒盏，对范仲淹道："范公，重注六经，大功业，早日启动吧！"

范仲淹仿佛没有听到，嘴唇微微颤动着。

## 二

吃晚饭时，天上飘起了雪花，不到一个时辰，院子里就一片白茫茫的了。离京两年间，纯祐、纯仁、纯礼没有见到积雪，见父亲一直在书房没有心思检查他们的课业，便悄悄跑到院子里踏雪。

李三妹站在门口，注视着儿女快乐玩耍的样子，眼睛里涌出幸福的泪花。可转瞬间，一股不安的情绪袭上心头。这些天，郎君突然变得寡言少语，用罢晚饭就躲进书房，会不会又要惹事？这样想着，她转身往书房走，待推开门一看，范仲淹眉头紧锁，正提笔写着什么，她心里“咯噔”一声，却故意笑了笑道：“孩子们回到京城，真是高兴呀，你看他们只是在雪地里来回走几步，就兴高采烈了呢！”

范仲淹慌乱地拿过一册书盖在稿笺上，抬头向三妹笑了笑。

李三妹以恳求的语调道：“朝廷对你有厚恩，差使也是你自己挑选的，就好好做自己的事吧，看在五个儿女的面上，不关你职守的事，少说话，好不好？”

范仲淹道：“常言幼吾幼以及人之幼。天下的儿女都是父母的心头肉。为人父者，有的有能力保护儿女，有的没有这个能力。因此，读书入仕的儒者，有责任为下一代营造一个清明的世道。遇到不公不平之事，都明哲保身，不站出来说话，世道会清明吗？”

李三妹叹了口气：“我说不过你。可我是做母亲的，做母亲的只知保护自己的儿女，让儿女不受苦辛。”

看着结发近二十载、多半时间跟随自己辗转在途的妻室，范仲淹心里一软，拿起适才写好的奏疏，“嚓”的一声撕成两半，一笑道：“好了，不上疏！”

李三妹畅出了口气，走过去替丈夫斟上一盏茶，这才转身出了书房。望着三妹的背影，范仲淹呆坐良久，一拍书案，自语道：“就这么办！”

那天在仁和酒家宴饮，听了欧阳修、尹洙的话，范仲淹就决计要参劾阎文应。皇上宽厚，阎文应专恣不恪，倘不尽早遏制，汉唐宦官之祸将复现于今日。皇宋优待读书人如此，身为读书人中的佼佼者，置身朝堂，有责任阻遏这样的悲剧在皇宋重演！他之所以没有马上出手，一则是因为监察御史高若讷、左正言姚仲孙已相继上疏弹劾阎文应，要求查明郭氏之死的真相，他在等待结果；二则也是考虑妻儿的感受。可是，七八天过去了，高若讷、姚仲孙的弹章如石沉大海，没有任何动静。范仲淹感到，皇上袒护宦官已是不争的事实，越是这样，越令人担忧。他这才提笔拟写参疏，请求皇上清除阎文应这个隐患。适才他撕掉参疏，固然是为安抚三妹，但也是突然想起他的身份已变，天章阁待制，已属天子近臣，可以递帖请对。他还没有单独请对过，相信皇上不会不见他。当面向皇上进言，要比上疏更有分量。

历史一再表明，清除宦官是一件冒险的事。皇宋固然没有发生过宦官公然诛杀大臣的事，但也不是没有因开罪宦官而丧命的。就在范仲淹入选馆职的当年，枢密使曹利用在发往房州安置途中于襄阳驿自杀。朝野议论说，这是因为曹利用开罪了时任大内总管罗崇勋、内押班杨怀敏，二人设计逼其自杀，却以暴卒向朝廷复命。阎文应跟随皇上多年，深受宠信；又与首相吕夷简关系密切，与他较量，不能不做最坏的打算。既如此，就该先向三妹交个底。可一旦向她交底，恐她承受不住，还会极力劝阻，不好收场。

“小心，别滑倒了！”窗外响起纯祐的声音，是嘱咐弟弟们的。

“纯祐大了！”范仲淹感慨了一句，起身走到门口，向纯祐招招手，唤他跟自己进了书房。范仲淹拉住他的手，低声道：“祐儿，你是长子，也懂事了。爹爹有几句话，你要记住。”见纯祐点头，他郑重道：“爹爹要上疏言斥君侧小人，必得罪以死。我既死，汝辈勿复仕宦，但于坟侧教授为业。爹爹若不死，这些话，千万不必让你母亲知道！”

纯祐惊恐地仰脸看着父亲，刚要说什么，范仲淹拍了拍他的肩膀，神色庄重道：“祐儿，这是道义，爹爹不能推卸！”说罢，拉着纯祐的手，送到书房门口，才又返回书案前，提笔写请对的禀帖。

禀帖于次日一早就送出了。当天午后，一个小黄门骑马到国子监传旨：官家在内东门偏殿召对。

内东门偏殿是皇上召见大臣之所。范仲淹刚到宣佑门，两个红衣吏便走上前去，引导着他来到了内东门偏殿前，站在殿门两旁的两名内侍动作整齐地推开殿门，躬身请范仲淹进殿。

范仲淹回京后已照例陛见谢恩，礼节性的话该说的都已说过，此次奏对，也就不必再说客套话，遂开门见山道：“陛下，道路传闻，净妃之死，乃内侍阎文应所害，台谏官也有章奏质疑，要求查明真相，惩治阎文应，却未见下文。朝野愈发疑惑，浮议腾天。因郭后之废、之死，陛下圣威已然受损，阎文应难辞其咎！臣又闻，阎文应专恣不恪，常矫旨以令外廷。此乃汉唐宦官祸国之兆。有鉴于此，臣敢请陛下查明真相，处置阎文应，以全圣德而绝隐患。”

“阎文应办事尚算尽心。”皇上蹙眉道。又问：“卿刚回朝，那些传言，何处听来的？”

“陛下，郭后之废、之死，谁担其责？难道陛下因一阎文应而甘受臣民非议？”范仲淹反问道。

皇上愣了一下，无奈地叹了口气道：“容朕与宰相商量。”

“臣以为，此事当陛下独断！”范仲淹以坚定的语气道，“臣闻百官窃议，阎文应有与外廷大臣里应外合之嫌，此最是隐忧。”

皇上沉吟着。阎文应擅自以毡车将尚、张两美人遣送出宫的事，在他心里留下了阴影，这么看，外间说阎文应专恣，并非空穴来风。遂低声问：“卿以为，当如何处置阎文应？”

范仲淹决绝道：“不重处不足以息浮议、全圣德，臣以为当将其流放岭南！”

皇上沉默着，似乎于心不忍，难下决断。

范仲淹已想好了说辞，又道：“陛下，汉唐宦官之祸，令人发指！圣朝也有王继恩、周怀政密谋政变之事发生。当年章献明肃太后不还政，对外所称理由，就是担心陛下不能约束宦官。臣敢请陛下振圣威而除隐患！”

皇上依然沉默着。

“陛下，清明之世，明君御宇，宦官专恣之说纷传朝野，臣为之痛心！”范仲淹继续道。

皇上重重呼了口气道：“就依卿议。”

范仲淹担心阎文应得知消息后在皇上面前哭诉求情，皇上心一软会变卦；宦官一旦反扑，后果不堪设想，遂紧追不舍道：“清除宦官，贵在机密而迅速。陛下既已宸断，宜即召内制草诏。”

皇上点点头，吩咐传翰林学士胥偃进殿，口授“词头”道：“入内省都知阎文应，专恣不恪，常矫旨以令外廷，贬为右监门卫将军、岭南安置。”

范仲淹没有想到事情会如此顺利。细细琢磨，方有所悟：士大夫为皇上量身定做的“明君”外衣，委实牢牢束缚住了他；而对废后的悔意，又让皇上以此来弥补对死去的郭后的愧疚。范仲淹深感，能不能当面向皇上进言，是大不一样的。倘若仅仅是上章参劾，十有八九会石沉大海。成为天子近臣，分量到底重多了。他感到高兴，没有再回国子监，而是急急忙忙往家里赶，远远地，就看到纯祐在首门外徘徊。

“大人！”纯祐一看到父亲回来，惊喜地唤道。

范仲淹知纯祐是在为他担心，心里一热，下马抚摸着他的脸颊道：“祐儿，宦官被逐，爹爹没事了，昨日的话就权当爹爹没有说，不要让你母亲知道。”他又感慨了一声：“圣朝的士大夫，是不必心存恐惧的。”

“呦！今儿太阳打西边出来了？”李三妹见范仲淹拉着纯祐笑容满面进来了，笑着问。

“加道荤菜，今日喝两盏！”范仲淹笑着道。

尚未用完饭，郑戬从外面进来了，叫道：“三姐，备酒，备酒！”一个多月前他还以知制诰兼掌国子监，为了给范仲淹腾挪国子监的位子，郑戬改知审刑院。

“姨夫！”纯祐带头唤道，五个儿女边叫着“姨夫”边起身给郑戬施礼。

郑戬此时造访，说不定是说发遣阎文应的事，范仲淹不想让李三妹知道，向书房摆了摆脑袋道：“到书房去喝。”

一进书房，尚未落座，郑戬就说明了来意：“官家将发遣阎文应的诏书送政事堂副署，吕相公很吃惊，问后方知是你面奏所致，即召我到政事堂，嘱我来向你传句话。”

“哦？”范仲淹有些意外，转念一想，阎文应乃吕夷简的内应，赶走阎文应，等于割掉了他的耳目，不免恼怒，所以方急急忙忙差郑戬来传话。既然差的说客是郑戬，说明他还不想把关系搞僵，便问：“吕相公有何言？”

郑戬与范仲淹隔几坐下，低声道："吕相言：'范希文乃官家近侍之臣，非口舌之任。'"

范仲淹冷冷一笑："天休，你转禀吕相公，就说我请教他：仲淹固然不是台谏之任，但向官家进言，不正是天子近臣当做的吗？"

郑戬手一摊道："话是这么说，可这么说给吕相公，你不是把他得罪了吗？希文兄超擢，吕相公之力也。我观吕相公对你范希文颇有罗致之意。"

范仲淹正色道："官职是公器，感恩只能感皇上之恩，不能感大臣之恩。大臣若存要人感恩之念，那是有私心，不可称纯臣！仲淹以言得用，当言之益切，这才是报恩的体现。"

郑戬叹口气道："希文兄可知，官家对吕相公眷倚非常。孔道辅被贬，御史中丞职位空缺许久，官家垂问吕相公因何久久不除授新台长，吕相公答，台长是监察宰执的，人选当出自宸断。希文兄试想，就连御史中丞官家也认为当由宰相决定，信任之专，史所罕见，希文兄还是不要和他作对吧！"

范仲淹一笑道："仲淹从不和谁作对。故意和人作对者，必有私心。"他起身走到书案前，拿过一份文牍递给郑戬："国子监拟重新注解经典，为的是复兴儒学。复兴儒学的目的是什么？要天下读书人都懂得'行道'。既然带头致力于儒学复兴，就要带头'行道'，一切以道义衡量，有是非，无利害。"

郑戬默然良久，伸手拍了拍范仲淹的手臂道："希文兄，吕相公气势熏炎，他若报复你，你承受得住吗？"

## 三

京城封丘门内马行街之东，灵感塔之西，就是国子监所在。这天午后，范仲淹邀请欧阳修、尹洙前来参详国子监课目设置案，眼看到了散班时辰，欧阳修扭了扭酸沉的脖子道："范公，西昆体把持文坛多年，一味追求辞藻华美，极尽雕琢，我与师鲁誓言打破此陈腐文风，推行古文运动。”

“好！”范仲淹拊掌道，“复兴儒学，是重整信仰，但这需要一个过程。圣朝开国七十多年了，诸多领域该革新了。革新文风自是当务之急，功莫大焉，永叔、师鲁堪当此任！”

“疲倦了，不谈这么严肃的话题。”尹洙摇手道，“说到诗，范公也是大家。所赋《淮上遇险》诗，都说真是杜诗。我谓是杜子美之人，方可作杜子美之诗，于范公验之矣！”

“不惟如此吧！”欧阳修道，“范公此诗，虽弄翰戏语，卒然而作，其济险加泽之心，未尝忘也！”

尹洙嘿嘿一笑道：“范公诗作气概豪俊，但失于斟酌。”

“哦？”范仲淹笑问，“请师鲁举例言之。”

尹洙道：“范公在睦州时所作《斗茶歌》，脍炙人口久矣。其中有‘黄金碾畔绿尘飞，碧玉瓯中翠涛起’之句。此句便经不起推敲。因茶之绝品，其色甚白，翠绿乃茶之下品耳！”

范仲淹仰脸笑道：“我不如师鲁知茶。”

尹洙又道：“改‘绿’‘翠’二字，此诗尽美。”说着，摇晃着脑袋吟道：“黄金碾畔白尘飞，碧玉瓯中素涛起，如何？”

“咬文嚼字！”欧阳修一撇嘴道，“范公诗作，天下共爱，皆因立意高远，存教化之理，他人远不及！”

“哈哈哈！”尹洙笑道，“范公知否？无论是何场合，也不管是谁，只要对范公稍有非议，永叔必与之辩，恨不能扑上去咬人家一口。我看永叔对他的恩公兼岳丈，远没有对范公更敬重。”

欧阳修本吉州人，父亲是小吏，在他出生不久就去世了，孤儿寡母到随州去投奔叔父。叔父家也不富裕，日子艰困，寄人篱下的欧阳修聪明好学，没有钱买笔墨纸张，就用秸秆在沙地上习字。叔父由此看到重振家族的希望，全力支持他读书，可两度进京会试，都落第了。知贡举的胥偃赏识他，保举他就试国子监，并把女儿字于他，资助他完成学业，进士高第。这门亲事给欧阳修带来了人脉：岳外祖父盛度是参知政事，岳父胥偃是翰林学士，加上欧阳修中进士甲等，文名冠天下，所以几年工夫就入馆阁。但他年轻气盛，无论对官场还是文坛，都一百个看不惯。他希望有人振臂一呼，扭转一味守成、无所作为的局面。范仲淹《上执政书》传出，还是国子监监生的欧阳修仿佛漫漫冬夜里突然见到了温暖的曙光；范仲淹甫入馆阁就要求垂帘听政的皇太后还政，欧阳修又被他的勇气所折服，已然将范仲淹视为导师、标表。他的文友如苏舜钦、尹洙、梅尧臣等人，在他的影响下，也对范仲淹执弟子礼。此时一听尹洙说他比敬重岳父胥偃还要敬重范仲淹，欧阳修摆出自豪的神态道："胥丈，官僚也；范公，君子也。不可相提并论！"

三人正谈笑间，门外突然响起"钦差到——"的喊声。

范仲淹忙整理冠带，到正厅恭迎。

两个小黄门簇拥着一名宣赞舍人，手捧圣旨，一面迈着方步往正厅走，一面喊道："礼部员外郎、天章阁待制、判国子监范仲淹接旨！"

范仲淹一惊。原以为是颁旨国子监的，却是颁给他个人的。吕夷简让郑戬传话仅仅不到十天，报复这么快就来了？这样想着，他心怦怦直跳，面色凝重。

进了正厅，宣赞舍人面南站定；范仲淹面北躬身而立，静听宣旨。宣赞舍人展旨宣读："尚书礼部员外郎、天章阁待制范仲淹迁吏部员外郎权知开封府。"

"啊？"范仲淹刚听到第一句，就禁不住低声惊叫。竟是让他尹京的制书，太意外了！

宣赞舍人读罢，又道："皇上口谕：年关将至，京兆事剧，着范仲淹克日赴任！"

范仲淹接过制书，恭送钦差出了首门，依然没有从惊诧中缓过来。他怎么也没有想到，回京刚月余，就会接到新的任命，竟是主政京城。知开封府不属地方官，不惟与朝廷大臣一样参加朝会，按照"四入头"之说，知开封府即是入相的四个职位之一。朝廷多数宰执，都有过知开封府的经历。现任首相吕夷简就是由知开封府入为参知政事的。范仲淹想不到突然之间会得到如此炙手可热的位置。

“恭喜范天章！”

“恭喜恭喜！”

身后传来国子监众同僚的祝贺声。

“哈哈哈！”欧阳修边拱手向范仲淹致贺，边大笑道，“前些天我就说京兆该换人了，不出一个月，果然就换了；当时说到莫如请杜衍、夏竦二公来做，想不到会是范公！”

“好兆头！”尹洙兴奋道。

范仲淹向众人拱手致谢，又向欧阳修、尹洙使了个眼色，领着二人进了他的直房，尚未落座，就吸了口气道：“师鲁、永叔，我很意外。”

“这还用说吗！”欧阳修自信道，“多则一载，少则半年，我辈可贺范公登政府矣！”

“永叔说的没错！”尹洙补充道，“官居‘四入头’，又颇得官家信任，半个屁股坐到政事堂啦！”

“尽人皆知，时下朝廷用人，多出自吕相公；命仲淹尹京，未必不是吕相公的主意。”范仲淹说出了他的疑惑，这才把吕夷简传话给他及他的应对之语说给欧阳修、尹洙听。

尹洙眨巴了下眼睛道：“范公不留情面将吕夷简的劝告顶了回去，何以几天后，突然就有京兆之命？吕夷简是示好，还是另有意图？”

“让我想想……”欧阳修蹙眉道。

范仲淹突然觉得揣摩动机有失君子之风，一笑道：“朝廷重用仲淹，仲淹只思竭忠报国就是了。已过腊八，明日就赴任。二位不妨帮我想想，如何把京城治理好。”

对于开封府来说，每年腊月、正月两个月是最繁忙也是最紧张的时刻。这些年来，天下承平，百姓富庶，正旦节、上元节，京城格外热闹，几近狂欢；皇上还要与民同乐，乾元楼赏灯。所以，一入腊月，开封府就要全力以赴投入各项筹备事宜。

欧阳修晃了晃脑袋道:“修是有志于治史的,所以常翻阅故牍,有一个发现,历任知开封府者,凡是声望欠佳的,不是因为治安恶化,就是因为案件积压。”

范仲淹拱手道:“永叔提醒的是!”

欧阳修一脸严肃道:“范公,你是天子近臣,不可只顾开封府那一亩三分地嘞!”

范仲淹不语。入仕以来,第一次觉得肩上的担子有了沉重感。

大议摇岩石，危言犯采旒。

——苏舜钦

# 第十六章 大议摇岩石

## 一

知开封府地位显赫，仪仗威严，每一出动，旌旗节钺，皆以髹漆为杠，涂以红色，散从戴红色软冠，将校头盔上飘着红缨，远远望去，羽仪散从，灿如图画，见之者每每惊叹："好一条软绣天街！"

范仲淹骑在一匹高头大马上，抬头望了望，难得没有风，但烟霾很重，午后的太阳有些无精打采。他抖了抖手中的马鞭，吩咐仪仗启动，动身巡视。五天前，他到南衙接印，当日就召集开封、祥符两县并开封府诸从事、吏目，商议两节筹备。此事早有成例，在御街搭建舞台、设置栏杆，扎造花灯，邀请各地艺人进京，增加逻卒与各巡铺分片巡逻等等，业已按部就班进行。他着重问起历年两节期间发生过什么事故。众人一起梳理了一遍，有火灾、拥挤踩踏、偷盗、调戏妇女、孩童走失五类。据此，分别商定了对策：在各街道划定灯展和表演场所；在每处灯棚旁设云梯一架、巨桶一口、铺兵五人，桶中贮满清水，一旦起火，立即扑灭；各坊巷搭设小影戏棚，专供孩童围观，防止他们因到处乱跑走失或被拐；节日期间，现场抓获的窃贼或调戏妇女的泼皮，拉到专设的地方示众，施以刑罚，以为震慑。今日，范仲淹就是巡查落实情形。用了一个多时辰，先后巡视了御街、州桥、大相国寺街，见各厢、坊长都按照他的要求亲自到场督促,范仲淹放心了,披着余晖返回南衙。

“哈哈! 范天章回来啦!”军巡使判官石延年候在首门,一见仪仗打道回府,便向衙中喊了一声。十七年前,他就和范仲淹在真源县太清宫订交,后来接受三班奉职恩泽入仕,做幕职官多年,后经范仲淹等人举荐,得以改京官,升太子中允。去年,作为“东山逸党”的一员,与滕宗谅一起为犯有私罪的三司使范讽辩护,激怒君相,滕宗谅被贬监池州酒税,石延年被贬开封府军巡使判官。昨日散班前,范仲淹宣布,今晚他要在府衙宴请府中执掌审判的官吏。石延年嗜酒如命,一听说有宴席,早就迫不及待了。

范仲淹下马,命府校:“把馒头端到餐厅。”昨日他就传令伙房做一百个馒头,一个不能多,一个不能少。须臾,府校来禀,馒头已端去,范仲淹又吩咐:“差官妓一人看守,他人不得入内。”

更衣洗漱毕,范仲淹亲自到餐厅数了馒头数量,当面叮嘱官妓严加看管,这才吩咐传请开封府负责审案的判官、推官四人,左右军巡使判官二人,左右厢公事勾当官四人,司录参军一人并使院行首一人,到餐厅聚饮。

待众人到齐,却见范仲淹聚精会神在清点馒头,他先后数了两遍,只有九十九个,少了一个馒头。

“端来时本府亲自数过,正好一百个,因何少了一个?”范仲淹召来看守馒头的官妓,厉声质问,“那一个馒头哪里去了?”

官妓惶恐道:“没有人进来过,奴婢也没有偷馒头。”

范仲淹喝道:“不动大刑,谅你不招! 来人,拉出去用刑!”

官妓大惊失色,哭着求饶道:“奴婢、奴婢偷吃了一个馒头。”

“哈哈哈!”范仲淹突然发出一阵大笑,从袖中掏出一个馒头,举在手里道,“馒头在此,你因何承认是自己偷吃?”言毕,挥挥手,让官妓退出了。

这是范仲淹刻意设计的。自那天在国子监听欧阳修一番话,范仲淹就在思考,除了两节筹备这一阶段性事务,主政开封府后的当务之急,就是如何扭转治安恶化之势和消化积案。他判断,治安恶化,缘于恶少横行;而恶少之所以横行,多半因为打击不力。他想起那天在仁和酒家前发生的本地恶少与杂耍艺人斗殴之事，到任当天，便吩咐使院行首冯士元调出案卷，夜里秉烛阅看，不禁大吃一惊，前任王举正竟判杂耍艺人犯强盗罪！他传来使院行首冯士元查问，冯士元只说杂耍艺人已招供画押。范仲淹追问是否用刑，冯士元吞吞吐吐道，为按期结案，用刑不可少。冯士元是府吏首领，在开封府几十年，经历过十多任知府，谙熟刑律，范仲淹没有驳他，方设计了今日的场面。

冯士元不以为然地摇摇头，走到范仲淹面前，躬身道："朝廷按大、中、小事，将案件分三类，听狱之限，分别为四十日、二十日和十日审结。下吏还是那句话，若不动刑，如何能按时结案？"

范仲淹没有回应，示意众人入座，这才道："断狱必以情，横者绳之，弱者持之，非害于物，当缓其狱，不可穷治。本府不是不知道，刑讯为律法所定，本府只是反对使用酷刑；若因屈打成招结案，案子是结了，良心账结得了吗？"顿了顿，又道："仁和酒家外杂耍艺人阿朱一案，当重审。此事发生时，凑巧本府亲睹，阿朱非强盗，倒是那几个泼皮滋事！"

冯士元道："范天章，此案已审结……"

范仲淹打断他："审案要事实清楚，据理依法，不能为结案而审案。此案重审！"他举盏喝了口茶，郑重道："今日宣布一条规约：京城达官贵人、宗室外戚众多，范某也有一些亲朋故旧，不管案子涉及谁，也不管谁来说情，不必请示，径直回答范仲淹不准即可，该怎么判就怎么判，不必瞻前顾后。"这是他想到的加快积案审理的一个办法。

"哼！"石延年又道，"还有一个案子，延年主审，被王举正批注驳回，要求按他的批注判，我看他是胡乱批注。事情是这样的……"

"曼卿！"范仲淹叫着石延年的字道，"喝酒吧，不然诸位该说范某设的是鸿门宴嘞！"

"哈哈哈！喝酒喝酒！"石延年流着口水道。

酒菜已然备齐，范仲淹举盏，与众人同饮一盏，又向在座众人一一敬酒，放下酒盏，起身指着满桌菜肴道："诸位，朝廷待我辈不薄，酒菜皆百姓血汗。

若不尽心做事，上负朝廷，下愧百姓，仲淹拜托诸位协力办事，一新局面！”说着，抱拳向众人一揖。

“天章放心！”

“当竭尽所能！”

众人高声回应。

范仲淹坐下，又举盏与众人同饮。宴饮进行了一个时辰，尽欢而散。

从餐厅出来，范仲淹径直进了后堂。开封府政务繁剧，且不说下辖的十七县，仅京城内人口即有近百万，又临双节，他昼夜不敢懈怠，赴任前已交代过妻儿，正月十八收灯前不能回家，以后也以回家为例外、宿南衙官舍为常态。

刚在后堂的书案前坐下，军巡使判官石延年就跟了过来。范仲淹抬头一笑道：“正要找你说说案子的事。”他指了指坐榻，移步过去，二人隔几坐定，府吏端来了茶水，石延年迫不及待把案子约略说了一遍：一个叫徐绍时的男人死了，其后娶之妻再嫁，将她名下的财产带走了。徐绍时没有儿子，在娶这个后妻前过继一个侄子为继子；这个继子诉再嫁寡妇带走了他家的财产。前任知府王举正批注：“妇人随嫁奁田，乃是父母给与夫家的产业，自有夫家承分之人，岂容卷以自随？”

“此批注与律法抵牾，当纠正！”范仲淹不假思索道。

章献明肃太后听政期间，大力提高妇女地位，颁布敕令：女子出嫁时的嫁妆，无论田产房舍还是衣物、首饰，一律登记在女子名下，归其支配，并有权指定继承人。

石延年蹙眉道：“麻烦在于，继子诉状云，再嫁寡妇带走的不全是嫁妆，还有他叔父的财产。因怕兄弟分产，其叔父把自己的财产也登记到寡妇名下，此事有里长等人作证。只是哪些财产属于寡妇的嫁妆、哪些是其叔父的财产，双方各执一词。”

范仲淹摇摇头，恨恨然道：“为了多占一点家产，不顾手足之情，弄虚作假。可恼！既然登记在寡妇名下，她要带走，别人也不宜阻拦。判给寡妇，以为薄情贪财者戒!”

石延年点头,“咕咚”喝了一大口茶,一抹嘴道:“弟来找希文兄,不是说案子的。时下朝廷里,都是吕夷简的人,只要攀上吕夷简,像陈执中、贾昌朝这些唯唯诺诺之辈,也可联翩开坊!更可气的是,台谏官也是吕夷简用的人,没有一个人站出来说话。弟与滕子京无故被贬,就是吕夷简排斥异己的明证!”

范仲淹没有接石延年的话茬,嘱咐道:“曼卿,你牵头,把太宗皇帝判开封府时的判例检出汇集,以资参照。”说这话时,他的眼睛里,分明闪出忧虑的光芒,胸口快速起伏着。

## 二

正月已过,大内后苑的杏花、月季花都开了。皇上特在后苑金华殿曲宴宰执大臣和在京任职的两制官员。君臣见过礼,先在后苑漫步、赏花,午时半,进入殿内宴饮。

众人在悦耳的韶乐声中入座。皇上命内侍端出一盘月季花,吩咐道:“为众卿簪花!”

国朝惯例,只有亲王、宰执方享受内侍为其簪花的待遇。但皇上特命内侍也为两制官员簪花,翰林学士宋庠、天章阁待制范仲淹等两制官都为皇上此举所感动,起身谢恩。

“嗺酒——”躬立殿角的教坊司伶人吟唱一声,韶乐班乐声大作。

宰相吕夷简拊掌道:“此情此景,正是‘淑景易从风雨去,芳樽须用管弦嗺’啊!”

皇上笑着举盏,韶乐停止。皇上喜悦道:“正旦节观灯,举目望去,灯火璀璨,都人熙熙,此皆卿等辅弼之功,今特设宴与卿等同庆!”说完,一饮而尽。

韶乐再起。

吕夷简举盏，韶乐停止。他向皇上一揖道："圣主在上、朝堂协和、百官同心、万民称颂，真乃盛世之象。臣等为我圣朝贺！"说完，恭恭敬敬向皇上敬酒。

曲宴气氛轻松，不时响起开怀的欢笑声。

范仲淹端坐着，抿嘴不言，似乎与欢快的气氛格格不入。好不容易熬到曲宴散去，走出金华殿，恭送皇上的御辇过了金水桥，他从侍从手中接过斗篷披在身上，紧追了几步，赶上宰相王曾，唤了一声："王相公！"

王曾转过脸来，袖手不语。他是故相李沆的女婿，有意模仿岳父，对谒见者沉默以对。当年施压晏殊改举范仲淹应馆选之事，除了他和晏殊，无人知晓，他也从未向范仲淹提起过。复相一年来，对范仲淹也一直持不冷不热的态度。范仲淹三番五次递帖请谒，王曾都推脱了，今日不得不拦道向他进言。他向王曾躬身一揖，直截了当道："举荐德才兼备的正人君子，本是宰相的责任。相公无论哪方面都无可挑剔，惟在这一点上，是一大缺憾！"

这是范仲淹经过反复思考，要说给王曾的话。从苏州入京三个多月了，对朝廷的人事了解越多，范仲淹越是不安。时下用人，凭吕夷简一言而决，给一些投机钻营之辈提供了机会，百官对用人不公多有非议，却没有人站出来公开指摘。范仲淹为之忧心。但初到开封府，百务缠身，没有精力纠缠这些事。经过一番精心部署，正旦节、上元节秩序井然，没有出现差错，不仅为历年罕见，而且也为范仲淹赢得了赞誉；通过重新审理仁和酒家门前斗殴案，公开惩治了几名恶少，又命逻卒与巡铺划分片区负责治安，不到两个月，京城肃然称治，街面上很快就传出"朝廷无忧有范君，京师无事有希文"的民谣。范仲淹终于腾出手来介入朝政。时下非议最多的是吕夷简任用私人，他想到向王曾进言。朝廷设两宰相，就是要他们相互牵制的，王曾资历在吕夷简之上，只要他振作起来，吕夷简一手操控朝政的局面就能够扭转。但直接说出要王曾牵制吕夷简的话，有挑拨高层关系之嫌，范仲淹就以王曾在荐人方面有缺憾为由，委婉提出。

王曾面无表情，瓮声道："执政者若把举荐官员的恩德都归到自己身上，请问范待制，那怨恨归到谁身上？"

范仲淹语塞。王曾的话无懈可击，没有反驳余地，他只好说了句"此乃良相之风"，怏怏退下。寄希望于王曾遏制吕夷简的想法落空了。但他做了两手准备。径直去往和宁门外的阁门，将袖中请对的禀帖交到一个阁门祇候手里。

次日朝会，卷班出了紫宸殿，一名站班内侍追上范仲淹，请他到内东门偏殿去。请对的禀帖，需要经过宰相批准方可上呈。他昨日递帖，皇上接到禀帖就召对，说明是很看重他的，范仲淹感到心里热乎乎的。下了丹陛，两名红衣吏迎过来为他引路。进了殿，施礼间，他窥见皇上面带笑容，显得格外亲切。

"闻京城肃然称治，朕心嘉悦。"皇上先开口道。

范仲淹本已坐下，又站起身，一揖道："得为朝廷分劳，臣荣幸之至！"

皇上示意范仲淹入座，问："今日范卿请对，所为何事？"

范仲淹道："陛下，臣闻台谏官皆由宰相举荐，为之忧心。祖宗成例，台谏官应由翰林学士、三司副使、御史知杂事举荐。台谏官若出自宰执所荐，则台谏岂不成了宰相的耳目风纪之司？兹事体大，故臣特向陛下陈之。"

皇上不以为然道："宰相久历中枢，颇识人，故朕特委之，非宰相侵夺君权。"

范仲淹又道："区别邪正、进退左右，操荣辱之柄，乃人主之权，不可尽委于臣下。汉之霍光、王莽，唐之李林甫皆前车之鉴。"

皇上露出惊讶的神情。他没有想到范仲淹会对吕夷简发难，皱了皱眉头，笑了笑道："范卿晋天章阁待制也好，委以京兆重任也罢，都是吕夷简所荐。怎么范卿反倒认为吕夷简用人不公？"他似乎不想再听下去了："朕知范卿忠诚，有厚望焉！"言毕，向外摆摆手，示意范仲淹退下。

范仲淹怏怏退出。皇上如此袒护吕夷简，只是空口劝谏，恐很难说动他，得另想办法才行。骑马穿过乾元门，过州桥，范仲淹一直皱眉沉思。快到南衙时，见照墙外的一片空地上聚集着一群人，饶有兴趣地听一位银须老者在指指点点讲解着什么。范仲淹下了马，不声不响地走近细观，老者在砖地上用水作墨密密麻麻画出一张图，对着图在讲解五代十国传承。范仲淹眉梢一挑，蓦然有了主意。

此后的一个多月里，每到夜深人静，范仲淹就坐在后堂里，把从邸报、公牍搜集来的和从各处打探来的用人讯息罗列出来，绘制成《百官图》，哪些官员是正常升迁，哪些官员是非正常升迁，一一列明。皇上御览此图，对吕夷简任用私人就可一目了然了。一旦意识到幸进之辈枝附叶着，长此下去举朝皆吕夷简的势力，皇上必会醒悟。但《百官图》毕竟不同于一般的奏疏，看起来还是复杂一些，当面向皇上略加说明效果会更好，范仲淹遂又递帖请对。

可是，这一次，皇上没有回应。是宰相未报闻，还是皇上不想见他？虽然皇上接到请对的禀帖不予理会是常有之事，但在范仲淹看来却事态严重。倘若是吕夷简压下他的请对禀帖不报，说明宰相已然操控一切；倘若是皇上不想见他，说明皇上不愿听到他对吕夷简的批评。这样下去，只能助长吕夷简的气焰，他不再等待，把《百官图》仔细核校、抄清，直送内东门拜表处。

“这是向吕夷简下战书啊！”站在内东门平台上，范仲淹长长呼了口气，自语道。

## 三

春天转眼间过去了，明晃晃的太阳让人避之唯恐不及，街头的小贩纷纷把摊位摆放到树荫下，闲逛的士子们摇起了折扇。官府里，吏役开始在厅堂的地上洒水，增加一些阴凉之气。到了午间，便是街上的行路人，也显出几分慵懒。

“嗒嗒”的马蹄声响过，一匹快马在被称为南衙的开封府的首门前停下。

馆阁校勘欧阳修跳下马，抹了一把鼻尖上的汗珠，边往里走边道："快通禀，欧阳修求见范待制！"

范仲淹正躺在官舍的床榻上闭目小憩。他并无睡意，满脑子都是《百官图》。十天过去了，吕夷简必是已经看到了，皇上也应该看到了吧？可无论是朝会还是朝仪典礼，皇上和吕夷简神态举止，一切如常，倒是谏议大夫判国子监贾昌朝，几次相遇都对他怒目而视。贾昌朝是他在《百官图》里标出的非正常升迁的官员中的一个。显然，他看到了《百官图》，至少，了解了《百官图》的内容。范仲淹突然意识到，《百官图》不惟是向吕夷简宣战，也是向所列的十几名非正常升迁的官员发起进攻。对方实力太强大了，而他却是孤军奋战。

正思忖间，忽听侍从禀报欧阳修来谒，他一边吩咐传请，一边翻身下床，用湿手巾擦了把脸，到宅门迎候。

欧阳修脚步急促，一脸愠怒地走了过来。

"永叔，这是怎么了？"范仲淹惊讶地问。

欧阳修一抱拳，算是施礼，口中道："有吃的吗？拿些来填填肚子。"

范仲淹吩咐侍从到伙房取吃食，把欧阳修引进书房，在坐榻上隔几坐定，这才问："已是过午，永叔因何没有用饭？"

"罢宴了！"欧阳修气呼呼道，"我要与胥某人断亲！"

"呵呵，永叔，胥公不惟是你的岳丈，还是你的恩公，安得如此？"范仲淹笑着道。

欧阳修喘着粗气，道出了原委：前不久，翰林学士胥偃奉命到开封府察狱，对范仲淹重审的杂耍艺人阿朱一案和继子诉寡妇再嫁带走家产一案提出异议。欧阳修得知后，对岳父挑剔范仲淹颇有怨言。今日是他的岳外祖父、参知政事盛度的七十寿辰，他和胥偃都去祝寿，便借机劝说胥偃，不要做出不利于范仲淹的结论。胥偃知会欧阳修，他已奏报朝廷，范仲淹判阿朱一案刑名不当，乞下大理寺详定；判寡妇带产再嫁一案区断任情。欧阳修闻讯既惊且怒，翁婿不欢而散。

范仲淹虽不能接受胥偃的指责，但也不愿欧阳修牵涉其中，便劝道："永叔，当年你家贫无以就学，胥公出手相助，还把千金许配于你，不可为了我伤了翁婿之情。"

"那是私事，这是大义！"欧阳修一梗脖子道。他对着范仲淹一抱拳："范公若为个人计，凭治理京兆的政绩、口碑，不久必会大用；但范公有忧天下之心，谁攻讦范公，谁就是小人，我不会原谅他！"

范仲淹唤了一声"永叔"，是感激相知的欣慰。但欧阳修刚届而立，很有名望，又任馆职，范仲淹不想牵累他，故作轻松道："我早有准备，此事，永叔不必放在心上。"他到任后即命汇集太宗以亲王尹京时的判例，达七百一十卷，不少正是太宗当年基于情理兼顾法条断的案子。在胥偃对两个案子提出异议后，范仲淹已将汇集的案牍呈奏。

侍从端来了几个馒头、一碗鸡蛋汤，欧阳修向旁侧一推，忿忿然道："我现在方看明白，让范公尹京，是吕夷简的一箭三雕之计！"

"一箭三雕？"范仲淹惊诧道。

欧阳修掰着手指道："第一，是想以开封府的繁剧琐务来消耗范公的精力，无暇对朝政说三道四；第二，以皇上近侍之臣知开封府，让范公误以为有拔擢宰执之望，对吕夷简感恩戴德之余，不再挑剔他；第三，府政千头万绪，难免出错，轻者失去对朝政评头论足的道义资格，重者失去君心人望，届时顺势外贬！"他喝了口茶，以鄙夷的口气道："吕夷简于天下事，屈伸舒卷，动有操术！"

范仲淹沉默着。接到知开封府的制书，他就感到这个差遣非同寻常，脑海里曾经有过一个闪念，即郑戬所说的，吕夷简在设法将他罗致门下。听了欧阳修一番分析，虽不免有诛心之嫌，但也不能说没有一点道理。不管怎么说，有一点是明确的，那就是吕夷简千方百计要堵他的嘴。对此，他并不感到意外。他担心的是皇上。与其说他激切言事是针对吕夷简的，不如说是想通过纠正皇上凡事推委宰相这件事，来履行儒者致君尧舜上的责任。皇上成年后，大权仍由章献明肃太后掌握；皇上亲政这三四年来，又将权力委托于宰相。专断的君主固然不能称圣君,但事事不做主的君主,又怎称得上圣君明主?吕夷简固然不是奸臣,但谁又能保证将来的宰相不是李林甫式的人物?倘若皇上仍然像现在这样委政于他,后果就严重了。这才是他深感不安的。但这样的话一旦说出口,就有蔑视皇上之嫌,即使是欧阳修这般贴心的人,他也不能挑明。

“不管老辈对范公如何看,天下正人君子,无不奉范公为标表,范公足可宽心!”欧阳修义形于色道。是宽慰,也是打气。

“吕相公对范某不薄,我与他无私怨,若为个人计,自是不该与他作对。”范仲淹仰起脸,感慨道,“读书人谈起名教贤训,无不头头是道,但遇到事体,多是明哲保身。能保持初心,保持锐气者,方为真儒!永叔放心,我不会退却!”

## 四

端午属于小节,式假一日,官员不休务。但每逢节假日,开封府上下都要比平时忙碌。范仲淹生恐出现治安事件,授人以柄,节前就精心部署,过节这天,又骑马到大相国寺一带巡视。刚走到相国寺牌楼下,忽有侍从骑马驰来,禀报说,内官到南衙传旨,皇上召他到内东门偏殿奏对。

范仲淹感到意外。

一个月前呈奏的《百官图》没有得到皇上的回应,但范仲淹并未就此罢手。不久前,为了向皇上阐述治道,他精心撰写了两篇文论。第一篇为《帝王好尚论》,从引用老子、孔子的话入手,举出历史上正反两面例子,说明帝王要好尚谏诤、好尚仁义、好尚恭俭,方可长治久安。第二篇为《选任贤能论》,提醒皇上圣人以俊乂为德,不以柔讷为行;如以柔讷为行而宠之,则四海英雄无望于时。这既是劝谏皇上的,也是针对吕夷简的。但两篇文论呈奏后,同样没有得到回应。参加朝会时,无论是皇上还是吕夷简,对他都没有表现出异样，仿佛什么事都没有发生过。近日他并未递帖请对，因何端午节里，皇上突然召对？是为《百官图》和那两篇文论，抑或胥偃上奏纠察开封府案件的事？不管为了何事召对，要借此番单独面君的机会，再向皇上进言。抬头看看日头，召对的时辰未到，他转回南衙，把《百官图》副本揣入袖中，跨马向皇宫疾驰。

五月的天气已然炎热，到了内东门，范仲淹用袍袖拭去脸上的汗珠，这才迈步进殿。

“范卿，你举荐的胡瑗不惟通音律，学问也很好。”范仲淹施礼间，皇上就高兴地说。

“胡瑗乃大儒！”范仲淹夸赞道。上元节灯会期间，喜好雅乐又谙熟音律的皇上为朝廷里缺乏定雅乐之人而苦恼，范仲淹知道胡瑗精通音律，便上表举荐，朝廷颁敕召胡瑗进京，皇上亲自召见了他。胡瑗以布衣摇身变为朝廷之官，还受到皇帝召见，一时还引起轰动。

待范仲淹坐定，皇上道：“范卿，今日召对，只为一事。契丹人有背盟迹象，御史中丞孔道辅建言迁都洛阳，范卿之意如何？”

范仲淹心里涌出一股暖流。他原以为，自从回朝以来，他锲而不舍上疏言事，皇上或许已感到厌倦；可如此重大、机密之事，皇上特意召对听取他的意见，表明他在皇上心目中的地位，既非一个京兆尹，又非仅一个天章阁待制，而是等同辅弼大臣。如此看来，皇上对他言事益切不惟没有反感，还充满期待。他更应知无不言，不辜负皇上的信任。对于迁都，范仲淹早有此意。遂奏道：“契丹人擅骑射，从边境到京城一马平川，无险可守，开封作为国都非长久之计；而洛阳地势险要，负关河之固，进可攻，退可守，长远看，还是要以洛阳为国都。但迁都事大，不可仓促行事。臣以为当先营建西京，庶几有备。太平则居开封舟车辐辏之地，以便天下；急难则居西洛择山河之宅，以保中原。此乃安国固本的长世之策，望陛下纳之。”

皇上沉吟着，微微颔首。

“臣所呈太宗尹京时判案故牍，不知陛下御览否？”范仲淹问。

皇上当即明白了范仲淹的用意，笑道："范卿，太宗尹京是开国之初，忙于混一四海，法令尚未健全；当今是守成时代，律法已备，当循守常法。胥偃奏卿区断任情，卿当引以为戒。朕知范卿勤政爱民，出于公心，但此事不可与人争辩，也不必再言。"

既然皇上如是说，范仲淹只好不再辩白。他从袖中掏出《百官图》，奏道："陛下，臣所呈《百官图》，想必陛下已御览。"他起身走上前去，将《百官图》展于皇上御案前，指点着解说，如此为序迁，如此为不次，如此则公，如此则私，不可不察。

皇上耐着性子听着，不时皱皱眉头，终于还是打断了他："好了，时下北边吃紧，朕还要与二府大臣会议军机。"

范仲淹只得收回《百官图》，施礼退出。

回到南衙，刚用罢午饭，家院来传李三妹的话，小妹一家晚上要到家里做客，请他回家过节。范仲淹心生疑窦。他到开封府半年了，从未发生过三妹特意差人让他回家的事，仅仅因为郑戬一家要去过端午节，就要他回去？郑戬时下任知制诰，专责起草诏令，会不会是他得到什么内幕消息？这样一想，也就答应了下来。

"祐儿——"薄暮，范仲淹回到家，一进首门就唤了一声。纯祐带着弟弟妹妹边唤"爹爹"，边跑出房门，郑戬的三个儿女也唤着"姨夫"，跟着跑了出来。范仲淹又唤道："天休何在？"

郑戬迎了出来，反客为主拉他进了书房，压低声音道："今日午前官家召见二府大臣，商议营建西京事，吕相公对官家说，范仲淹其人迂阔，务名无实，他的话听听罢了。"

范仲淹愣了一下，顿感脸上发烫，张了张嘴，却未说出话来。

"也难怪吕相公那么说！"郑戬叹了口气道，"你那个《百官图》，得罪吕相公不说，那些被你称为不按序升迁的官员，哪个不怨恨你？"

范仲淹正色道："那些人攀附权门不怕正人君子怨恨，因何揭穿他们的人反倒怕招怨？朝廷里不能无直言无隐之臣。切莫说吕相公任用私人，便是他没有错，知道有人时刻在挑剔他，不敢恣意妄为，朝政因此不会出大错，这对国家不是好事吗？"

郑戬伸手掀了掀范仲淹的长须道："年近半百了吧？闺女该出嫁了，儿子也老大不小该……"

正说着，纯祐在门口唤道："爹爹，母亲请爹爹过去说话。"

范仲淹向郑戬拱拱手，往内室走。三妹和小妹正坐在床沿上说话，见范仲淹进来，小妹施礼退出了。三妹笑着说："小妹做媒，要把大伯家的一个孙女字于纯祐，亲上加亲，你看如何？"

"家事都是三妹操心，三妹认可的事，我无不赞同。"范仲淹回应道，说着就要走。

李三妹伸手拉住他的袍襟道："天休捎话让请你回家来的，是不是你又惹官家不高兴了？听天休一句劝，没有坏处。"

"不要为我担心。"范仲淹安慰了李三妹一句，急忙转身返回书房。

郑戬见范仲淹进来，一脸无奈道："希文兄，你晓得吗，时下百官私下里都在议论，说你以言得用，言事益切，太好名了！"

范仲淹脸一红，辩驳道："天休，说仲淹好名，我不否认。我看人求名并非坏事。倘若人都不在意自己的名声，世道何堪！孔子作《春秋》，无非是让后世君臣爱令名而劝，畏恶名而慎。人若不爱名，则虽有刑法干戈，不可止其恶。如取道家之言，人皆不好名，则岂有忠臣烈士为国家之用哉！"

"诡辩！"郑戬摇头道，"希文兄，你只要不再说话，我看事情也就过去了。"

"过不去！"范仲淹断然道，"《论语》云：'天下有道，则政不在大夫。'可时下用人行政，官家却尽委于宰相，显然不合于道。难道就这么眼睁睁看着？历史上汉成帝、唐玄宗的教训，不深刻吗？"

郑戬眼一瞪，大声道："这么说，希文兄非要拿鸡蛋碰石头不可？"

范仲淹"嘘"了一声，向外指了指，示意他不要让家人听到。

## 五

当又一次迈进内东门偏殿时，范仲淹脸上挂着轻松的神情，仿佛辛劳了一季的农人，终于盼来了收获的时刻。

端午节后的三天时间里，范仲淹先后上《近名论》《推委臣下论》《指陈时政奏》，一则为非议他好名辩护，再则提醒皇上不可把权力委托宰相。为了当面向皇上进言，他再次递帖请对。皇上这么快就召对他，很可能是要对他攻讦吕夷简之事做个了结，几个月来的努力，要见分晓了。

进殿后，施礼间，他向御座觑了一眼，见皇上远不像前次召对时那样和颜悦色，只是袖手端坐，似乎在思考着什么。可能是皇上尚未做出最后决定吧？范仲淹暗忖。惟其如此，当面向皇上陈情方显得格外重要。他开口道：“臣此次请对，欲向陛下一陈古今治乱之道。”见皇上不语，他继续道：“汉成帝时，日食、地震频发，吏民都说导致这些灾异的原因是王氏专政。成帝半信半疑，便向他最信任的大臣张禹垂询。张禹言灾异原因不易知，缘于王氏专政之说不可信。听了张禹的话，成帝依然信用王氏，终于酿成王莽篡汉的结局。唐玄宗初用姚崇为相，天下大治，悉心委之，遂成惯例；及李林甫代之，委之如故，却不知李林甫奸邪，打击异己，朝廷无敢言其得失者。玄宗不闻谏诤，以为宰相得人，泰然无为，直至安史之乱起。初以推委而天下治，终以推委而天下乱。何也？当推委之初，进擢十人，帝从其九，九分之恩归于宰相矣。如此，则数年之间，左右前后皆权臣之党。若罢黜十人，帝从其九，九分之威出于宰相，则数年之间，中外远近皆不敢忤权臣矣！下情无以上达，帝王之势孤矣，此唐玄宗之失，望陛下鉴之。”

“范卿，朕像汉成帝、唐玄宗吗？”皇上问。虽无怒容，语气中却透出几分不悦。

皇上这样说，是在提醒范仲淹，吕夷简不是王莽、李林甫。在皇上的心目中，朝廷不能没有吕夷简。章献明肃太后去世，因郭皇后一言将吕夷简外放,结果朝政陷入混乱,直到吕夷简复相后,方完成了平稳过渡。还有两件事让皇上记忆深刻:章献明肃太后去世不久,皇叔荆王说皇上的生母是李宸妃,被太后毒死了。震惊之余,皇上命追查此事。打开棺木,只见李宸妃的遗体,以水银浸泡,容貌如生,服饰严具,一切都是皇太后的规制,更找不到中毒的蛛丝马迹。事后方知,这都是宰相吕夷简在太后面前不屈不挠争取到的。去年秋,皇上突然患病,紧急召见宰执,吕夷简不顾内侍催促慢吞吞地往福宁殿走,皇上忍怒质问他因何不急不躁,吕夷简道,若宰相表现过于慌张,怕别人怀疑有大事发生,惊扰人心。皇上听后,对吕夷简的沉稳老练彻底叹服了。近日迁都之争,孔道辅建言迁都洛阳,范仲淹建言先营建西京、择时迁都,吕夷简认为开封有汴河水运之便,作为国都已近八十年,若此时突然营建洛阳,不仅财用难支,且动摇人心,非固本之策。皇上认为吕夷简老成谋国,欣然采纳。况且,是吕夷简提议升范仲淹天章阁待制,又提议其知开封府,若照范仲淹所说吕夷简任用私人,他何以如此重用范仲淹?开始,皇上对范仲淹屡屡攻讦吕夷简,虽不信其言,却也欣赏其忠直,可接到他的《近名论》《推委臣下论》《指陈时政奏》,不禁皱眉。恰在此时,阎文应死于发配岭南途中的消息传来,一些内官纷纷在皇上面前进言,说范仲淹咬着吕夷简不放,背后必有一股势力,要取吕夷简而代之。巧合的是,进士出身、以文改武、颇受朝野推崇的环庆路副都部署刘平上疏云:"臣见范仲淹等毁訾大臣,此必有要人授旨仲淹辈,欲逐大臣而代其位者。臣于真宗朝为御史,顾当时同列,未闻有奸邪党与、诈忠卖直,所为若此。"阅此,皇上对范仲淹不遗余力攻讦吕夷简的动机,开始产生怀疑。再读范仲淹的《推委臣下论》,白纸黑字写着:"深于正道,有忧天下之心者,可备辅相……"在皇上的印象里,欧阳修辈常称道范仲淹有忧天下之心,范仲淹这样说,有伸手向他要宰执之位的嫌疑。所以,接到范仲淹请对的禀帖,皇上即同意召对,以便摸一摸他的底细,劝他适可而止。不意范仲淹上来还是那些话,把吕夷简比作王莽、李林甫,提醒他不要做汉成帝、唐玄宗。皇上强抑怒火,故意试探道:"范卿,你认为吕夷简不可用,当用谁为相?"

范仲淹精神为之一振。看来，皇上有意采纳他的谏言，而且和他商议宰相人选，这岂是一般臣子所能遇到的幸事？虽然他从未想过向皇上举荐宰相之事，但又不愿让皇上失望，略一思忖道："韩亿可用。"

知枢密院事韩亿是先朝名相王旦的女婿，已年近古稀，为人庄重。范仲淹与他素无渊源，但知他治家严饬，见亲旧之孤贫者，常助其婚葬；知益州时，蜀地大旱，按照惯例，益州每年只能拿出官粟六万石赈粜贫民，韩亿毅然决断拿出十二万石先期救济灾民，又疏浚九升江口，下溉民田数千顷。这都是让范仲淹所钦佩的，故而举荐了他。

皇上默然。即使是宰相病危或致仕时，皇帝垂问其谁可继之为相，他们总是以论相乃天子特权回应；范仲淹只是京兆尹，却脱口而出举荐宰相！况且，韩亿的才干、人望，怎可望吕夷简之项背？范仲淹因何偏偏举荐他？这背后会不会有交易？如此看来，范仲淹是通过攻击吕夷简，来交结另一些宰执大臣，以求进位！

"陛下，臣还有一言，欲陈于陛下。"范仲淹又道。他并没有觉察到皇上的异样，反而被皇上对自己的信任所感动，自顾道："为江山社稷计，臣请立皇太弟或皇太侄。"

二十七岁的皇上育有几位公主，却未有皇子。去岁皇上曾大病一场，朝野忧恐。所忧者，不惟是皇帝个人的安危，更重要的是皇位继承。当年先帝封禅泰山，很重要的一个原因就是为了巩固太宗一系皇位的合法性，今上没有亲兄弟，也就没有亲侄，一旦发生意外，势必导致皇位继承的纷扰，好不容易理顺的皇统又会陷入混乱中，甚至像唐末五代那样，为争夺皇位，给国家带来深重灾难。为消除隐患，安定人心，范仲淹反复斟酌，方大胆进言。他想让皇上明白，他攻讦吕夷简，并不是个人恩怨，而是为了江山社稷，他时刻在思考着治国安天下的大事，而且愿意把所思所想直言无隐地说给皇上听。

皇上的耳朵唰地红了。这是他愤怒、紧张时就会出现的一个特异现象。迄今未有皇子，是皇上的隐痛。但他才二十七岁，而且已育有多位公主，范仲淹因何断定他不会有皇子？如此急不可待地要他立皇太弟侄，是何居心？

难道，他和宗室也有什么勾连？皇上越想越生气，喘着粗气说不出话来，扭过脸去向外摆摆手，示意范仲淹退下。

范仲淹愕然，施礼辞出。尚未走出殿门，就听到皇上吩咐内侍的声音："速召吕夷简来见！"

急召吕夷简？范仲淹心里"咯噔"一声。若要罢相，该召翰林学士或知制诰才是，若一时拿不准，当召其他宰执垂询而不是召吕夷简。这样想着，范仲淹生出几许不安。但想要说给皇上的话都说出来了，他又感到一身轻松。

次日，五月初九，是在紫宸殿举行朝会的日子。天气阴沉，闷热异常。范仲淹若无其事地进了候班幕次，向先到的翰林学士宋庠等人拱了拱手，在知开封府的位次落座，打开折扇慢慢扇着。外面响起了鸣鞭声，提醒候班的百官，御驾到了后幄。该列班了，众人纷纷起身，却不见阁门吏前来引导，正纳闷间，突然传来内侍的尖叫声："范仲淹听宣——"

廷臣谏列复钳口，安得长喙号丹墀。

——蔡襄

# 第十七章　安得长喙号丹墀

## 一

内侍到候班幕次宣旨的声音，引得邻近幕次正在列班的百官都把目光向两制幕次投来。紫宸殿两庑顿时一阵躁动。

正欲出幕次列班的范仲淹吃了一惊，急忙迎出，躬身而立。

跟在内侍身后的宣赞舍人走上前去，清了清嗓子，朗声道：

范仲淹言事惑众，离间君臣，自结朋党，妄有荐引，知府区断任情。每因进对之时，屡谈时务，姑挟谋身之利，辄兴摇众之端；离间大臣，历加诋毁；交结在位，阴有荐论。动形危害之言，居显比周之迹。免勘，落天章阁待制，知饶州。

"轰隆"一声，殿外响起几声闷雷。范仲淹战栗了一下，闭上了眼睛，贬官的责词如此严厉，所列五款罪名令人不寒而栗！恍惚间，当年在苏州范氏族长家中听到拒绝他复姓归宗时那种被抛弃的感觉，忽地袭上心头。落职天章阁待制，预示着政治生命的完结，昭示着他被皇上无情地抛弃了！耿耿忠心，换来的是这样的结局，他一时接受不了，胸口堵得难受，喘息困难，迈不开脚步。

两名内侍走过来搀扶，他一把甩开了，仿佛瞬间恢复了知觉，挺起胸，大步出了幕次。

外面下雨了，候在殿外的随侍拿着斗笠、蓑衣跑过来，范仲淹抖了抖绯袍："本官已没有资格穿了，浇湿无妨！"出了大庆门，跨马欲回南衙，又觉身体难支，吩咐随侍："到南衙交代判官人等，本官有了新差遣，不再知府。"说完，打马径直回家。

"多备好酒好菜，今日要大喝一场！"回到家，范仲淹站在院子里大声吩咐道。

"你、你怎么这个时辰回家来了？"李三妹跑出来，望着浑身被雨浇透的范仲淹，惊讶地问。

"三妹，仲淹对不起妻儿，又要离开京城了。"范仲淹向李三妹拱手道。

李三妹愣了一下，没有再问，扭过脸去拭泪。

纯祐、纯仁、纯礼听到了父母的对话，站在门口，齐齐地望着父亲，纯礼年幼，怯生生问："爹爹，又要到哪里去呀？"

"鄱阳湖畔！"范仲淹答。他不敢直视三个儿子天真的脸，泪珠连同雨水，簌簌地滚落下来，怕妻儿看到，急忙低头往厢房走去。

"娘——"

"娘——"

突然，身后传来儿女惊恐的呼叫声。

## 二

五月初十并无朝会。可是，辰时许，百官都被召到紫宸殿，分批观看立于殿庭内的一块敕榜。上面写着：

为臣之方，憸言罔上者苟辟；行己之道，挟私立党者必惩。质于旧章，敢废公议？范仲淹比缘奖擢，骤委剧烦，罔畏官守之堕，专为矫厉之趣。奏述狂肆，疑骇众多。既妄露于荐称，仍密行于离间。本于躁率，但恣诋欺……

众人看得目瞪口呆，却也明白了，这道敕榜，把范仲淹的五项罪名公之于众，谕中外臣僚，要以范仲淹为戒，不得越职言事，不得结朋党。本来还交头接耳的官员，急忙与对方拉开了距离。

一个身材魁梧、须发花白的武将阅罢敕榜，大声道："早该如此！刘某在真宗朝做过御史，未闻奸邪党与、诈忠卖直如此者！"

众人有的认得他，是步军都虞候、环庆路副都部署刘平。他本将门出身，热衷骑马射箭，却又能读书，进士及第，做监察御史时因多次上疏谈论时事，为人所忌，刘平一气之下，请求以文改武，替国守边。朝廷遂授其龙神卫四厢都指挥使，知定州，再晋步军都虞候，环庆路副都部署。因酒后破锁入甲仗库，为转运使所劾，落管军，知同州。得知范仲淹屡屡攻讦吕夷简，刘平上章指此必有要人授旨，欲逐大臣而代其位；又说，武臣不应听文官一言而弃用，并为自己被罢管军叫屈。朝廷特召入问状，正赶上贬谪范仲淹、榜示不许越职言事，刘平感到欢欣鼓舞。

"你……"馆阁校勘欧阳修气得一顿足，要上前与刘平辩论，被太子中允尹洙拦住了。欧阳修喘着粗气，向尹洙一摆脑袋，尹洙会意，二人出了紫宸殿，结伴去探望范仲淹。到了首门，却被告知主人吩咐闭门谢客，谁也不见。或许，范仲淹受打击太大，也可能是怕拖累了他人。欧阳修和尹洙只得怅然而归。

"吕夷简城府深不可测，平时不动声色，一出手，我辈就无招架之力！"欧阳修愤愤然道，"师鲁，要出面论救范公啊！"声调近乎哽咽。

"回去起稿！"尹洙说着，打马就走。进了乾元门，勒马回头道："永叔，戒百官越职言事的朝堂榜示甚严厉，上疏论救无异于坐实了'朋党'之说。况且，永叔岳外祖父是执政，岳父是天子近臣，一旦牵连进来，事情就复杂化了，你不要出面，我来上章！”

欧阳修默然，向尹洙抱拳作别。

两人分手后，尹洙只身前往政事堂，质问吕夷简道：“相公，给范希文所定罪名，证据何在？”

吕夷简淡定道：“官家自是有证据的，只是这些证据，不宜公之于众。”

尹洙道：“既如此，请相公将尹某偕贬！”说罢，拂袖而去。

欧阳修步履沉重回到直房，无心办事，烦躁地在室内徘徊。忽有吏目送来一张邀帖，接过一看，是秘书丞余靖所发，邀请他当晚到家中宴饮。余靖在秘书省主持校勘《史记》《汉书》，虽是馆阁之职，却时常上疏言事。欧阳修揣测，余靖此番相邀，当与范仲淹被贬一事有关，便欣然赴约。

果然，一到余靖位于封丘门外的住所，见尹洙也在，另有由御史升任左司谏的高若讷、左正言姚仲孙等几位台谏官。这几位台谏官，当年曾弹劾过大珰阎文应，或者参与伏阁抗争反对废黜郭后，都是同道。这证实了欧阳修的推测。

众人入了席，气氛压抑，一向在酒宴上谈笑风生的欧阳修闷头饮酒，不出一语。东道主余靖打破沉默道：“诸位，朝野皆知，范希文乃正人君子，人格高洁。如今因言获罪，不当漠然视之。官家戒越职言事，他官不能言，台谏官可言，这不正是台谏官一展风采的良机吗？”

左司谏高若讷叫着余靖的字道：“安道，欧阳永叔擅诗词，不妨让他选个词牌，写首词吟唱，以助酒兴！”

欧阳修似乎没有听到高若讷的话，扭脸望着窗外，幽幽道：“勇气，是范公生命的底色。他体内仿佛有释放不完的勇气在推着他前行，不管刀山火海，宁死不回头。倘若范公为了私利，不会这么做。范公的可贵之处在于，他在官场沉浮数十载，逆境多于顺境，却始终保持初心，保持锐气！真不愧天下读书人的标表！”他突然一拍桌案，怒气冲天道：“贬逐范公、戒臣僚越职言事，是圣朝一大耻辱！圣明君主，不应因言罪人。不然，必导致人人自危，言路壅蔽，朝政败坏！”

左正言姚仲孙道：“范希文不该把吕相公比作王莽。倘若吕相公真是王莽之流的大奸臣，那官家岂不成了信用奸臣的昏君？范希文说话欠斟酌，也怪不得君相动怒。”

“恐不止说了过头话，”左司谏高若讷高深莫测道，“诸位细读范希文的责词，当有内情。‘交结在位，阴有荐论’一语可证。人君为维护高层力量平衡，致力于抑制浮薄侥幸。侥幸之辈为求速进，就可能勾结身居高位的某些人，去攻击另一些宰执大臣，以求其同党在巩固权力的同时提携自己。这种做法满足了一己私利，却不利于人君对高层人事的控制，一旦被发觉，必受严惩。今上是仁君，一向宽厚，何以这次对范希文如此严厉？以高某揣测，必是官家怀疑范希文有交结大臣、希合求进之意图。总之，这件事，绝非因言获罪这么简单。我知诸位皆与范希文相善，方一陈管见，以免诸位受不必要的挫折。”

“这是什么话！”欧阳修气得胸脯鼓了又鼓，欲出言辩驳，又担心让东道主难堪，暂时隐忍了。但他不愿再与高若讷同席，起身向余靖拱手道：“安道兄，弟有事，摇席！”

余靖起身相送，欧阳修回头瞥了高若讷一眼，投以鄙夷的目光。

高若讷佯装不知，又道：“官家仁厚，不会无故贬大臣。从范希文的责词里，得不出他是因言获罪的结论。只离间君臣、自结朋党两端，若不是在我皇宋，恐脑袋不保矣，岂止贬谪这么轻松！”

尹洙愕然道：“司谏身为谏官，焉出此语！朝廷的责词未免太过。范希文乃正人君子，我辈当维护；况朝廷戒越职言事，公然压制言论，此非盛世之象。我辈岂能缄默！”

“说的对！”余靖边重新入座边附和，“官家亲政以来，不是第一次压制言论了。压制言论，人人自危，其结果，必导致朝政败坏。此事，绝非范希文个人荣辱进退这么简单！”

高若讷起身抱拳道：“告退！”说罢，转身就走。几位台谏官见状，也纷纷离席而去。

“安道兄，散了吧！”尹洙烦躁地说。

余靖道：“也罢，该说的话都说到了，各自斟酌行事吧！”

送走了众人，余靖走进书房，提笔写道：

> 仲淹以刺讥大臣，重加谴谪。倘其言未合圣虑，在陛下听与不听耳，安可以为罪乎？……陛下自亲政以来，屡逐言事者，恐钳天下口，不可。

看到余靖的奏章，吕夷简即命进呈御览。皇上大怒。刚颁下敕榜，戒越职言事，一个负责校勘典籍的秘书丞就上章大谈时政，这不是故意作对吗？为杀鸡儆猴，将余靖落职监筠州酒税。

尹洙本已写好了奏疏，看到余靖被贬谪的敕书，便把和余靖大同小异的疏稿撕碎，重新写了一道：

> 今观敕意，乃以朋比得罪。臣与仲淹，义分既厚，纵不被荐论，犹当从坐。……况余靖自来与仲淹踪迹比臣绝疏，今来只因上言，犹以朋党被罪；臣不可苟免，愿从降黜，以昭明宪。

皇上阅罢，默然良久。自范仲淹上《百官图》之日起，皇上就观察吕夷简的反应，见他淡然处之，并不辩驳，对他越发信任。能够做到攻之不怒、逐之不怨，委实是良相风范。但范仲淹却咄咄逼人，不仅不遗余力地攻讦吕夷简，还举荐宰相、乞立皇太弟侄，动机可疑。一怒之下，即召吕夷简奏对，把范仲淹荐韩亿、乞立皇太弟侄的话含怒说了一遍，吕夷简态度骤变，言范仲淹膺寄京兆之任，不尽心本职，而是希求荣进，把精力用于越职言事、荐引朋党、离间君臣上，有失臣子事君之道。皇上然之，即召内制，口授了词头。敕书呈览时，皇上恐“荐引朋党”之说一出，人心惶惶，反复斟酌，改为“自结朋党”，意在把责任全算在范仲淹一人身上，既可为结朋党者戒，也免得牵连他人。想不到还是有尹洙这样的臣子，不体谅圣心，公然说自己就是范仲淹的朋党，自请贬黜。若不严惩，恐还有效尤者，届时难以收场，遂传旨吕夷简，将尹洙落职外贬。

欧阳修痛心疾首，气愤难平。百官碍于不许越职言事的戒条保持缄默也就罢了，可恨台谏官没有一个人站出来为范仲淹说句公道话。想到高若讷之辈竟说范仲淹被贬是咎由自取，欧阳修压抑已久的愤恨终于找到了发泄口，提笔给高若讷修书：

> 希文平生刚正好学、通古今，其立朝有本末，天下所共知。今又以言事触宰相得罪。足下既不能为辨其非辜，又畏有识者之责己，遂随而诋之，以为当黜，是可怪也。……昨日安道贬官，师鲁待罪，足下犹能以面目见士大夫，出入朝中称谏官，是足下不复知人间有羞耻事尔。所可惜者，圣朝有事，谏官不言而使他人言之，书在史册，他日为朝廷羞者，足下也。

高若讷接阅书札，大汗淋漓，恼羞成怒。欧阳修此书洋洋千言，全面否定他的才干和人品，公然说他“不复知人间有羞耻事”！他把书札往书案上一摔，当即写了一道奏表，表白自己作为台谏官之所以不上疏论救范仲淹，是因为感到朝廷对他的处分并无不当，而欧阳修在书札里却说范仲淹班行无比，无辜受惩，乃是天子与宰相以忤意逐贤人。他提醒皇上，此说一旦传出，范仲淹因何受贬的真相也就被掩盖了，故不敢隐瞒不报。奏疏抄清后，连同欧阳修的《与高司谏书》，一并呈上。

## 三

天色微明，巷陌里报晓的铁牌子的敲打声刚刚响起，两辆马车就悄然驶出了开封外城的东门——新宋门。刚走出不远，突然又停了下来。骑在马上的范仲淹不知何故，正要开口问，却见李三妹掀开车帘，扭头向城门深情回望，似乎是要向京城作最后的告别。范仲淹鼻子一酸，低下头去，轻轻叹了口气。

就在范仲淹带着一身雨水回到家中的当天，李三妹闻听又被外贬，急火攻心，晕倒了。次日晚间，小妹来家里探视，李三妹方知此番外贬与前两次大不同，责词严厉，落职贬谪，预示着被朝廷抛弃，再也回不到京城了。她受到惊吓，病势加重。范仲淹本打算尽快离开京城，以免牵累他人；但三妹的身体不适宜远行，她又不愿带儿女到应天府去，坚持要一家人在一起相互陪伴，范仲淹与新任知开封府贾昌朝交政后，即闭门谢客，等待三妹病情好转再启程。

这一等，就是一个多月。

这一个多月里，秘书丞余靖落职，监筠州酒税；太子中允尹洙落职，监郢州酒税。欧阳修《与高司谏书》被高若讷呈报朝廷，也被贬谪，知峡州夷陵县。这些消息让范仲淹忿忿不平，又有几分自责，感到是自己连累了他们，只想早日离开是非之地。李三妹觉察出了丈夫的焦虑，虽未痊愈，仍催促启程。出了城门，她的心"突突"跳个不停，像是有一个幽远的声音提醒她，此去恐再也回不来了。她浑身一抖，吩咐驻车，回望京城，久久不忍离去。

"三妹，趁着天凉快，还是快走吧！"前来送行的堂兄李纮下了马，走上前去劝道。前不久，任河北路转运使的李纮迁刑部郎中，以天章阁待制知承进司，刚回到京城，范仲淹一家却要离京了，他依依不舍，特来送行。

依例，朝廷官员外放，交游官员当祖饯于都门。可是，时下的朝廷空气异常紧张，朋党之说甚嚣尘上，就连在京的韩琦为了避嫌也未敢出来送行。范仲淹怕李纮受连累，劝他不必送行，李纮道："希文乃贤者，得为其党，乃我之荣。"范仲淹也只得同意他送到虹桥码头。

"兄长——"李三妹声音虚弱，唤道，"祐儿婚事刚起头，尚未插钗，妹放心不下。"说着，拿出一根金钗："有劳兄长代祐儿给新妇插钗吧，定下这门亲事，妹心里还好受些。”

“三妹放心，亲上加亲的事，不会反悔。”李纮接过金钗，安慰道。

“吁”的一声，一辆马车在旁侧停住了，从车上跳下一个中年男子，向范仲淹抱拳施礼。范仲淹一看，是度支员外郎、集贤校理、知流内铨王质。他是先朝名相王旦的侄子，家世显赫。范仲淹与他既无渊源，又无交情，想不到他会来送行，慌忙叫着他的字道：“子野兄，你不该来！”

“也有人这么劝我。”王质一笑道，“在下单知希文乃天下贤者，若得为朋党，也是希文对质的厚赐！”说着，向范仲淹和李纮招手道：“上车，为希文饯行！”

范仲淹和李纮随王质上了他的马车。随从已将食盒里的酒菜摆上车内的桌台，王质亲自把盏，斟上酒，举盏道：“来来，为希文饯行！”

饮了三盏酒，王质从袖中掏出一叠稿笺，递给范仲淹道：“希文请看！”

范仲淹接过一看，是名为《四贤一不肖》的诗作。翻开再看，第一首就是写他的：

中朝鸾鹤何仪仪，慷慨大体能者谁。
之人起家用儒业，驰骋古今无所遗。
当年得从谏官列，天庭一露胸中奇。
矢身受责甘如荠，沃然华实相葳蕤。

待范仲淹阅罢，王质这才说明原委：朝廷接连贬谪范仲淹、余靖、尹洙和欧阳修四人，朝野为之震惊。西京留守推官蔡襄与欧阳修同为洛阳八友，他为四人鸣不平，又对高若讷出卖欧阳修甚愤恨，遂为范、欧、尹、余、高每人赋诗一首，冠以《四贤一不肖》之名，都中士人争相传抄。

范仲淹闭门不出，并不知此事，闻言惊诧不已，又读《四贤一不肖·右高若讷》，其中有：

司谏不能自引咎，复将己过扬当时。
四公称贤尔不肖，谗言易入天难欺。
朝家若有观风使，此语请与封人诗。

“但愿蔡君谟不会招祸。”范仲淹尚未看完，就心有余悸道。

“泗州通判陈恢，上疏乞请正蔡襄之罪；韩琦则上疏指责陈恢越职言事，宜重惩。”王质笑着道，“吕相公都压下了。”

李纮轻蔑一笑道：“高若讷或许是受了蔡君谟之诗的刺激，近日接连参劾皇亲，不依不饶，像要一展风力谏官雄才！”

“小聪明而已！”王质不屑道。他掏出一张稿笺：“希文过目。”

范仲淹接过一看，是在家丁忧的苏舜钦的诗：

伊人秉直节，许国有深谋。
大议摇岩石，危言犯采旒。
苍黄出京府，憔悴谪南州。

“这般空气下，蔡君谟、苏子美有此诗作，令仲淹感愧！”范仲淹声音颤抖道。

“公道自在人心！”王质感慨道，“一个人在一生中，哪怕有一次鼓起勇气，都不是一件容易的事。希文一而再，再而三，愈挫愈勇，正人君子，谁不钦佩！圣朝不能没有这样的忠直之士啊！”

李纮道：“可惜苏子美不能来。闻得希文第一次外放，苏子美谓之‘此行极光’；第二次外放，又谓‘此行愈光’；若苏子美此时在场，不知他会怎么说。”

“此行尤光！”王质举盏道。

范仲淹大笑道：“哈哈哈！如此说来，范某已三光矣！”

整整一个月了，范仲淹没有这样开怀过。

王质见范仲淹兴致正高，问道："希文三位公子，不知定亲否？"

李纮道："长子纯祐已定亲；次子纯仁十岁，三子纯礼六岁，都未曾定亲。"

王质拊掌道："巧得很！家有两女，长女与二公子、幼女与三公子年纪相合。"他看着范仲淹："希文，做亲家，如何？"

范仲淹大喜，举盏道："一言为定！"但是酒盏到了唇边，又放下了，怅然道："子野兄，仲淹是戴罪之人，此去可能再也回不来了，不忍误令嫒！"

王质把范仲淹的酒盏重新端起，递到他手里，慷慨道："我之所以愿与希文结亲，无他，看重的是希文的道德人品。能为两女选个好人家，乃王家的福分。"

范仲淹热泪盈眶，向王质抱拳相谢。

李纮欠身道："我这就去和三妹说，让她高兴高兴！"突然又叹息一声，对范仲淹道："希文，三妹的身体，我很担心……"

王质拿出一本书递给范仲淹："希文不妨练练气功，既可健身，又能安神。此去保重身体第一，会有东山再起之机的！"

范仲淹笑了笑道："《易》云：'乐天知命。'一切听从命运的安排吧！"

三出专城鬓似丝，斋中萧洒胜禅师。

——范仲淹

# 第十八章　三出专城鬓似丝

## 一

饶州位于鄱阳湖畔，水上交通发达，商贾云集，虽非藩郡，却也相当繁华，州城从早到晚，回荡着生意人叫卖的喧嚣。

位于州城北端的州署内，有一座歇山式砖瓦屋宇，被新到任的吏部员外郎、知饶州范仲淹命名为养正堂。这是他的读书、会客之所。

深秋的一天，晨霭在阳光照射下逃散了，水汽开始升腾。养正堂里一片寂静，两名州吏在堂前百无聊赖地站着，司理参军卫希道带着一个三十岁左右的男子走过来，州吏迎上前，连连摆手，示意不可靠近。卫希道向旁侧的男子歉意一笑道："太守在行气，不宜打扰。"

范仲淹身着道袍，半蹲在养正堂正厅，闭着眼睛，双臂成半圆形架于胸前，憋气至脸色发紫，方重重吐出一口，然后再憋气，循环往复着。自京城至饶州，遥遥两千里，停留过百程，慑于"朋党"罪名，除知扬州吴遵路外，再无官员至驿站官舍祖饯。没有了应酬，也无心游览，范仲淹一路上专心研读王质送他的修炼气功之册，参读《素问》，一个多月后到达饶州，每天雷打不动，早饭后的半个时辰，闭关在养正堂内修炼气功。可一个多月过去了，他没有感觉到身心与往昔有何不同，一旦静止下来，淤积于胸的一团郁气反而在体内上下翻腾，直抵咽喉，让他喘不过气来。此时，他又被一股郁气堵住了胸口，不禁有些急躁，练到三刻时，气血仿佛都冲到了脑袋里，胀得太阳穴跳个不停，浑身不住地颤抖着，大汗淋漓。正想停下，听到堂外卫希道的声音，他双臂下垂，慢慢站直身子，摇摇晃晃进到东间，用搭在盆边的湿手巾擦了擦汗，故意咳了一声。

两名州吏打开了堂门，卫希道边往里走边大声道："太守，看谁来了！"不待问，又道："是李泰伯啊！"

范仲淹感到头重脚轻，四周的物什仿佛都在旋转，可听到"李泰伯"三字，他还是打起精神道："快请——"

泰伯是布衣学者、建昌军南城人李觏的字。李觏以"南城小民"自称，却是博学通识、尤长于《礼》的大学问家。前不久他致函范仲淹，表达敬意，自称因科场失意而羁居山岩，却不敢一日忘忧国，又不愿以诗词自娱，而是依托《周礼》，撰写政论之文，以期影响舆论，达成先王之治。附函还寄来了一首《论文》诗和所撰《富国策》一书。读其诗，遣词用句另辟蹊径，蕴涵忧国忧民之思，范仲淹有知音之慨。再看《富国策》，开宗明义写着"治国之实，必本于财用"一句，范仲淹眼睛为之一亮，粗览全书，意在阐明物质利益是人类生存的根本，治国的基础是物质财富，欲富国，就不能不注重财富的增加，万不可把物质利益和道德原则对立起来。此论颇有孟轲之风，范仲淹奇之，早就盼着与他一见，不意李觏长途跋涉五百里，特来拜访一个贬谪之人，范仲淹自是喜出望外。他勉力支撑着走到堂门口，扶着门框唤了声"泰伯"，视线突然变得模糊，仿佛卫希道、李觏在旋转，忽而眼前一黑，晕倒在地。

卫希道大惊，一边跨步上前搀扶，一边吩咐州吏请医官来。州署首门东南角就是一座医馆，不大工夫，医官气喘吁吁赶来了，范仲淹已被几个人抬到里间的床榻上，口吐白沫，不省人事。医官忙上前掐人中，压胸口，揉太阳穴，范仲淹这才慢慢苏醒过来，露出歉意的笑容，低声道："行气有差失，以至于此，无大碍。"

州吏端来热茶，范仲淹欠身喝了几口，用力晃了晃脑袋道："已缓，到厅里坐。”卫希道、李觏弯身将范仲淹扶起，搀扶着他进了正厅，落了座，范仲淹四处看了看，吩咐在场的人道：“晕倒之事，不可告知官舍家眷。”

卫希道点点头，露出悲悯的神情。太守落职贬谪到此，夫人抱病卧床，太守定是不愿让她知晓，以免还要替他操心。望着范仲淹憔悴的面容，卫希道叹息一声道：“太守这段时间太累了。”

范仲淹到饶州当日，就有妇人在州署前喊冤，问后方知，妇人的丈夫因带头抗税被抓进班房，本是身体健壮的男人，不久却被告知亡故了。范仲淹恻然，安慰妇人一番，即到狱中调查，证实了妇人的丈夫确系拷打致死。他下令将涉事狱吏查办，随后又颁发狱规，严禁狱中严刑逼供。回过头来，细细查问抗税一事来龙去脉，长途跋涉到鄱阳县东北的铁炉冲村走访，和茶农细算投入、产出，查出弊病出在贡茶上。返回城里，他连夜写成《奏免饶州贡茶鸟御茶》上奏。属僚都以为，范仲淹遭严遣，必是心灰意冷，却不料他倒比以往的郡守敬业许多。州署上下，都对他充满敬仰，内心里又夹杂着几分同情。

“卫从事这么一说，加上看到泰伯，我倒坐不住了。”范仲淹试着站起身，感觉晕眩感消失了，向外一扬手道，“备马，我要请泰伯登芝亭！”

州城西北芝山之顶，建有芝亭，晴朗之日登上此亭，可饱览近处的湖光山色，还能远眺西北深处的庐山五老峰。出了城北门向西北疾驰一刻钟，就到了山下。登上芝亭，举目四望，范仲淹拉住李觏的袍袖道：“泰伯看，此为东湖，那里是督军台，再往远处看，是妙果禅院的一座塔，我命名为文峰塔。以东湖为砚，以督军台为印星，以文峰塔为文笔，建学于此如何？若泰伯不弃，届时来主持郡学。”

李觏心里一热。在他的想象中，范仲淹必是一位冷峻、刚毅的人，可眼前看到的，却是一张纯净柔和、蔼然可亲的面孔，双眼发出和善的、令人如沐春风般舒适的光芒。他抱拳深揖道：“小民久闻范公视阙政如己之疾，视恶吏如己之仇；又奖掖后进，孙复不因索游见弃，胡瑗更以布衣蒙荐。小民来谒，即是表达崇敬之情，让范公知道，在天下读书人心目中，范公是贤者，是标表。今亲见范公不因贬谪而怨，进则持正，退则守恬，真乃君子也！小民得以追随范公，何其幸哉！”

卫希道一晃脑袋，吟出一首诗：

三出专城鬓似丝，斋中萧洒胜禅师。
近疏歌酒缘多病，不负云山赖有诗。
半雨黄花秋赏健，一江明月夜归迟。
世间荣辱何须道，塞上衰翁也自知。

吟毕，解释道：“此乃太守所作《郡斋即事》。太守知睦州、苏州，此番知饶州，已是做三地郡守了。自言心中的洒脱自在超过了云游天下的禅师们，人世间的荣辱不足挂齿。太守没有哀怨，只是感叹华发已多，增添了报国的紧迫感。”

范仲淹笑了笑道：“不说这个了，带泰伯游览名胜！”

一行人下了芝亭，一路游览，到了芝山寺，用了斋饭，这才下山。回到州署，范仲淹又带李觏在院内漫步。来到后圃，李觏道：“范公，小民看州署低矮，何不构高堂崇楼以避潮湿？”

范仲淹微笑着点了点头，带李觏进了养正堂。望着眼前这个屡试不中的书生，突然想到口口声声不愿辜负自己才华的张三才。张三才固然有才华，可他所思所想的只有自己；而同样科场失意的李觏，居江湖之远不忘忧国，以自己的方式踏踏实实奋进着。范仲淹生出敬佩，也感到几许愧疚，似乎是他亏欠了李觏，动情道：“泰伯，就凭《富国策》，你就有资格做圣朝的官！惜乎仲淹落职，已无权举荐。若有朝一日获得举荐布衣的资格，必荐泰伯入仕，更好报效国家！”

李觏抱拳道：“多谢范公谬奖！小民即使一直在野，也会以文章愤吊世故，警宪邦国，引领思潮，致力于康国济民！”

范仲淹越发感动，抱拳回礼道：“泰伯，你是圣朝读书人的标表，即使羁居山岩，也不忘忧国爱民；即使布衣白丁，也在为国家贡献才智！”

两人边喝茶边交谈，忘记了疲劳。话题转到如何面对失意、乐天知命上，李觏道：“小民看过梅尧臣《读范桐庐述严先生祠堂碑》一诗，小民早就盼着一读范公的祠堂记了！”

范仲淹一笑，起身从书案上翻出一叠文稿，递给李觏。

李觏如获至宝，迫不及待诵读起来。读到“先生之德，山高水长”，他一蹙眉，反复吟了几遍，眨巴了几下眼睛，笑道：“范公，这个‘德’字太实，若改为‘风’字，似乎更好。”

范仲淹诵道：

云山苍苍，江水泱泱，先生之风，山高水长！

他拱手道：“泰伯，一字之师！”

正说着，州吏来禀，池州建德县差急足来投书。

范仲淹惊喜道：“刚提到梅尧臣，他的急足就到了。”

## 二

上元节过后，饶州州署后圃北端，耸立起一座古色古香的新建筑。基平而栋隆，势巍而气壮。仪门对着正厅，门匾上是范仲淹所书“庆朔堂”三个大字。堂前建有春香、虚静二亭，东西相对，各以回廊相连。

“圣俞，你是我在此堂招待的第一位客人！”范仲淹拉着池州建德县令梅尧臣的手，披着午时的春光，边走边说。来到虚静亭前，用手一指道：“圣俞看，此乃仲淹亲手所栽。”

梅尧臣看去，虚静亭的东南角植有海棠两株，以栏相围，便笑着道：“亭台前植海棠，最是相宜。我观这两株当是西蜀海棠。待到明年春天，花开似锦，迎风俏立，明媚动人，楚楚有致，自成一景。”

范仲淹得意一笑，与梅尧臣并肩拾级而上。庆朔堂正厅轩敞明亮，左右各设清心、退思二阁，都是范仲淹手书匾额。梅尧臣感叹道：“嗯，左瞰蜀锦，右连流杯，前占春香、虚静，旁对湖光，范公为鄱阳创一景也！”又回身一指“庆朔堂”三字道：“范公之意非所以示游玩，而是以之承宣风教、发施政令，仪乎古诸侯之藏朔焉，故题曰庆朔堂。”

“呵呵，圣俞知我。”范仲淹笑道，“今日特在退思阁设宴，请圣俞品尝河豚，诸从事一概不来作陪。”

梅尧臣与有“诗老”之称的苏舜钦并称为“苏梅”，又与欧阳修并称“欧梅”，在西京与欧阳修、尹洙等结成“洛阳八友”。但因他以恩荫入仕，未出选海，只能做幕职官，时下为与饶州邻界的建德县令。听到范仲淹被贬的消息，梅尧臣曾赋诗把他喻为啄木鸟，辛劳勇敢地啄去大树上的蠹虫，却惹怒园林的主人，被主人发出的金弹射落在落日余晖中。范仲淹颇觉形象贴切，赞叹其诗才。范仲淹刚到饶州，又接到他寄来的诗作，赞其德行出众，众人皆沉醉于浮名浮利，惟其不为名利所动。就在李觏来访的当天，梅尧臣差急足专程送来他的新作《灵乌赋》，为范仲淹鸣不平。范仲淹也作《灵乌赋》回赠，并邀请梅尧臣开春后到饶州做客。建德县虽属池州管辖，却紧邻饶州，梅尧臣应邀前来，范仲淹很感动，特意在新落成的庆朔堂设宴。他向站在不远处的州吏招了招手问：“纯祐因何还未到？”

本朝文武出外做官，多带长子在侧，以资历练。梅尧臣是文章大家、天下名流，又是老友，范仲淹嘱咐纯祐午间陪同宴饮，可迟迟不见他过来，心里有些生气。州吏走上前，附耳低语了几句，范仲淹的神色黯淡下来，边拉住梅尧臣的袍袖往退思阁走边道：“也罢，今日就我与圣俞二人对饮。”

“叫官妓来，不然两个大男人，况味不够。”梅尧臣笑道。

主官公私宴饮，官妓出而助兴，也是惯例。可适才州吏附耳禀报，纯祐因母亲病情不稳不来陪客了，范仲淹心情沉重，只是碍于梅尧臣刚到，不能失礼，不得不强颜欢笑以尽地主之谊。一听梅尧臣要召官妓，他现出为难的表情。梅尧臣一拍范仲淹的肩膀道："寇公当年有歌姬蒨桃，钱惟演有歌姬惊鸿；欧阳永叔在洛阳，与官妓打得火热，都是佳话啊！"

范仲淹不想扫了梅尧臣的雅兴，没有召官妓，差州吏去唤女使小鬟来侍候酒宴。酒菜尚未备齐，他从书案上拿出一叠文稿，请梅尧臣过目。梅尧臣细细翻看，最上面一份是范仲淹写的《饶州谢上表》。只见上写着：

处事未精，发言多率。智者千虑而有失，愚臣一心而岂周。情虽匪他，罪实由己。然而有犯无隐，惟上则知；许国忘家，亦臣自信。

梅尧臣吸了口气，点着稿笺道："何必写'罪实由己'四字？好像真有什么罪。朝野皆知，四贤被贬，是吕夷简排除异己，打击忠良！"

"求仁得仁，此心无憾！"范仲淹悲壮道。他知道，几个月来，梅尧臣为他和欧阳修、尹洙及余靖写了许多诗作，赞颂他们"宁作沉泥玉，无为媚渚兰"，并攻讦吕夷简"当途食人肉"。朝野也都在流传着是吕夷简进谗言导致四贤被贬谪。但范仲淹心里明白，他之所以受到严遣，是触怒了皇上。几个月来，他也在反思：人，无论多么无私，也是从自己的角度看问题的，而看问题的角度不同，感受就会不同；便是心地纯良的人之间，仅仅因为看问题的角度不同，同样也会产生误解甚至冲突。意识到诸如举荐韩亿为宰相、建言皇上立皇太弟侄的言行有些冒失了，没有考虑皇上的感受，所以他在谢表里才写上"罪实由己"四字。但事君如事亲，直言无隐，方称得上忠诚。他并不后悔。皇上误解了他，把他看成急于求进的凡夫俗子，这才是最令他痛心的。他希望皇上能够慢慢理解他的一片忠心，对于自己遭严遣，便以"求仁得仁"来自我安慰。

梅尧臣继续翻看着，看到范仲淹写给直史馆叶清臣的诗，感慨道："尧臣读此诗方知，自进入谏院那一刻，范公就有了以死报国的打算。"再继续翻看，是写给谢绛的《和谢希深学士见寄》。谢绛是梅尧臣的妻兄，时下任龙图阁直学士、知制诰。梅尧臣尚未读完，高声叫好道："这'心焉介如石，可裂不可夺’一句，掷地有声！与‘宁鸣而死，不默而生’一语，皆可传千古！”

去年秋，梅尧臣送来的《灵乌赋》，把范仲淹比作报忧不报喜的乌鸦，人间有了凶兆，乌鸦及时鸣叫相报，对人类何其忠诚；但人类却不这么想，认为是乌鸦带来了厄运。那么，乌鸦，还是算了吧，不要再那么辛辛苦苦为人类报信了吧！不如像凤凰一样发出符合时令的美妙声音，自然就不会招人厌烦了。范仲淹和了他一首同名赋，也以乌鸦自喻。乌鸦的叫声固然不好听，但能警示于无形，让人类防患于未然。因此，哪怕引火烧身，也要冒死啼鸣。无论如何，决不学太仓里的老鼠、荒城里的狐狸，苟且偷生。宁可像千里马那样狂奔而累死，也不做贪图安逸被圈养的驽马。他深知，天下绝大多数读书人，初入官场时，无不怀揣着一颗忠君报国之心，都有一股锐不可当的勇气和志向，但在渐渐熟悉官场规则后，就会慢慢磨平棱角，变得圆滑世故。既然欧阳修、富弼、韩琦、孙复、李觏这些朝野才俊视他为精神领袖，他就不能让他们失望，务必树立起在逆境中始终保持初心、保持锐气的风范，故而在《灵乌赋》中郑重宣告：“宁鸣而死，不默而生！”

梅尧臣紧紧盯着范仲淹，端详良久方笑道：“我观范公，温文尔雅，面相和善，却不知内心如此刚强！”

正说着，厨役挑着两个食盒进来了，跟在身后的小鬟手脚麻利地将酒菜端上了桌，给二人斟上酒，莞尔一笑，又去拿茶壶，壶里近乎空了，忙转身出了退思阁，去伙房煮茶。

梅尧臣目光随着小鬟的动作游移着。见此女虽身材瘦弱，一双眼睛却格外明亮，又见她出出进进，举手投足，像是女主人的样子，便笑道：“想不到范公也有欧阳永叔般的艳福啊！”

范仲淹正要为梅尧臣夹河豚，蓦地住箸，正色道：“圣俞，不可乱讲。”

“哈哈哈！”梅尧臣大笑道，“庆朔堂里艳闻飞！”

范仲淹这才解释道：“此为内人贴身女使，非官妓也。”

“女使？”梅尧臣歪着脑袋看着范仲淹，笑问，“还是‘一生人’？”

“一生人”，是世人对初做女使的女子的通称。但范仲淹明白梅尧臣问话的弦外之音，他心里想着病中的三妹，无心说些风流韵事的话题，点了点河豚道：“圣俞，不能白吃，要有诗。”

“诗自不在话下！”梅尧臣爽快道，目光又落在了进来的小鬟身上，口占河豚诗一首。吟毕，眼睛盯着小鬟，似乎在说：“梅郎才华横溢吧？”

小鬟向梅尧臣笑了笑，上前用银勺为他挑过一块河豚，放在碗里，又斟上一盏酒，向后退了两步，面带微笑地站在旁侧。

梅尧臣向范仲淹挤了挤眼，露出暧昧的笑容，刚要说什么，从事卫希道兴冲冲进来了，激动地晃了晃手中的邸报，禀报道：“太守，吕夷简罢相了！”

## 三

六月的饶州城，潮湿闷热，举步流汗。用罢早饭，范仲淹就拿着一把蒲扇，在官舍的院子里焦急地徘徊。

“郎君！”小鬟唤着女使对男主人的通称，关切地说，“庆朔堂里凉爽些，莫不如郎君到那里坐坐。”

范仲淹摇摇头，没有说话。发妻李三妹缠绵病榻三个多月了，虽遍寻饶州名医诊治，却未见好转，他放心不下，没有公务时，便到官舍陪她。昨夜三妹昏昏沉沉一夜未醒，他怎可到庆朔堂里躲阴凉。

过了约莫一刻钟，小鬟又跑出来，一脸兴奋道：“郎君，主母清醒了，还喝了一碗米汤！”

“哦？”范仲淹一阵惊喜，快步回到内室，果然看见李三妹半倚在床头，正在和儿女说话。见他走过来，以虚弱的语调道：“听小鬟说你一直在院子里徘徊，奴好多了，你去忙吧！”

望着发妻消瘦得已然脱形的面容，范仲淹心中酸楚，点了点头，弯身道：“好生养着，我到工地上看看就回。”

三个多月前，范仲淹陪同来访的梅尧臣游览州城街巷，见市面繁荣，熙熙攘攘，只是城中臭气弥漫，环境堪忧，为之蹙眉。送走梅尧臣后，即带两名州校到城内四处查看。待将城内走了个遍，终于找到了症结所在：百姓将垃圾随地向沟渠倾倒，河道淤塞，城中污水排不出去；还由于河道被垃圾填占，发生火灾无水可用。范仲淹即召集州署和附郭的鄱阳县官员一起商议对策。经踏勘，实施三项举措：将大龙桥、小龙桥至永平门外浮桥的沟渠全部疏通；在城内离沟渠较远之处，开挖一批水井；划定垃圾倾倒处，官府定期回收运出。方案确定后，即招募工役，投入施工。他委托司理参军卫希道现场督查，卫希道昨日禀报，沟渠疏浚工程已然完竣，范仲淹急着到现场查看，又放心不下三妹，方焦急地在院中徘徊。三妹到底是相伴相知二十年的夫妻，不必言说就能猜透彼此的内心。范仲淹走出内室的瞬间，眼眶湿润了。

一行人从大龙桥一直到永平门外的浮桥，不时下马到沟渠内查看，个个挥汗如雨。刚到浮桥，忽见一匹快马赶来，惊慌地禀报，夫人病危！范仲淹浑身一颤，慌忙跨马，却因浑身瘫软，双腿战栗而上不了马。两名州校忙上前扶持，把他扶到马上，向官舍疾驰。

刚进院落，就听到室内的哭喊声，范仲淹打了个寒颤，踉踉跄跄进了内室，儿女守在病榻前边哭边呼唤着，见父亲走来，都闪开了。范仲淹弯身拉住夫人的手，唤道："三妹！"

李三妹听到范仲淹呼唤，慢慢睁开眼睛，气若游丝道："儿女还小，奴放心不下！"

"三妹——"范仲淹唤了一声，哽咽道，"这辈子，跟着我，让你受苦了，仲淹对不起你啊！"

"奴不……不后悔！"李三妹挤出一丝微笑，吃力地抓住了范仲淹的手。

范仲淹强抑悲伤，安慰道："三妹，往后我再不会让你担惊受怕了，只要你好起来，我们带着儿女回应天府！"

李三妹举袖想为范仲淹擦汗，却没有了力气。范仲淹扶着她的手腕，将袖子举到自己脸上，上下轻轻拂了几拂，心里一阵钻心的疼痛，却笑着说："三妹舍不得仲淹，更舍不得儿女，三妹不是急着当奶奶、做姥姥吗？咱一家人就回应天府,先给祐儿成亲!”

“娘啊——”纯祐哭着道,“儿和兄弟姊妹还都没有孝敬娘呢,儿想孝敬娘啊!”

李三妹泪珠不住地淌着,良久,仿佛用尽最后的气力,断断续续道:“五个儿女……儿女,都交给……交给你了,恳求你,将……将儿女抚养成人!”

范仲淹抽泣着,用力点头。

李三妹向外吐了口气,手臂从范仲淹的手中滑落下来,慢慢闭上了眼睛。

“三妹——”范仲淹大哭一声。

“娘——”儿女们撕心裂肺地唤着,哭倒在地。

二十年了,范仲淹一直没有纳妾,却常怀愧疚。想到三妹以大家闺秀与他成婚,不惟没有过上安稳的日子,还要在提心吊胆中度日,侍候婆母、抚育儿女,耗去了她所有的精力。几乎每家都有儿女夭折的事发生,而三妹却把五个儿女都养活了,人都说这是奇迹。三妹付出的心血之巨大,仅此可证。如今四十出头就客死他乡,临终还放心不下儿女……范仲淹心如刀绞,肝肠寸断。

纯仁突然止住哭声,直挺挺地站着,紧握双拳,怒目圆睁,发出令人悚然的哼声。

“仁儿——”范仲淹唤了一声,正要问他,纯仁“噔噔”几步跨出内室,在门外大声哭喊:“娘啊——娘啊——”

“郎君,儿女还小,你再哭坏了身子,这个家可怎么办呀?快为主母办理后事吧!”小鬟抹泪道,上前搀起范仲淹,把他扶到椅子上坐下,又把几个儿女劝起。除了小鬟,家院、女使都是李三妹从应天府娘家带来的,沾亲带故,见主母故去,都不知所措,只有小鬟保持冷静,一时成了家中的主心骨。

两个女儿在小鬟的帮助下为母亲净身、更衣,旋即入殓,以大漆涂殡,厝棺荐福寺。

儿女白天到荐福寺守灵祭奠,到了晚上,范仲淹独自悄悄过去,默默地坐在灵柩前,直到深夜。

李三妹三期祭日，众人正在荐福寺祭奠，执事人等在寺门外高声喊道："池州建德令梅尧臣来祭——"

范仲淹迎过去，拉住梅尧臣的手，放声痛哭。卫希道上前劝慰，范仲淹这才松开手，梅尧臣趋灵前哭祭。

"圣俞——我内疚啊！"待梅尧臣从灵室出来，范仲淹又拉住他的手，哽咽道。

梅尧臣劝慰良久，范仲淹方平静下来，偕梅尧臣回到州署，在退思阁与他对饮，以舒缓心中的痛楚。梅尧臣劝道："丧妻很普遍，非范公一人。晏公就是丧妻后续娶的，近接欧阳永叔书札，得知胥氏夫人殁了！"

"啊？"范仲淹一惊，旋即叹息道，"永叔无辜被贬，年纪轻轻又失去妻室，一定很痛苦。是我连累了他。"

梅尧臣道："范公多虑了。欧阳永叔很坚强。"说着，复述出欧阳修给他的书札里的一段话：

> 每见前世有名人，当论事时，感激不避诛死，真若知义者；及到贬所，则戚戚怨嗟，有不堪之穷愁形于文字，其心欢戚无异庸人，虽韩文公不免此累。

范仲淹很欣慰，感慨道："圣朝的谪官敢理直气壮批评韩愈被贬后向皇上求情的表现，说明今日的士大夫，比唐代更君子、更勇敢、更有气节！这是时代的荣光，是圣朝士大夫的荣光！"

梅尧臣道："也说明皇宋朝政宽大，远非李唐可比。令人不解的是，今上以汉文帝自居，可惜在处分范公和欧阳永叔这件事上……"

范仲淹已是微醺，呼着酒气道："人言汉文帝恭俭，恐未足取。"

侍候在旁的小鬟见范仲淹眼睛红得像要着火，劝道："郎君，夫人前些天交代过奴，要奴看着点，不让郎君多饮酒。"

"呵呵，这小妮子还是管家婆呢！"梅尧臣盯着小鬟道，起身从照袋中拿出一首诗递给范仲淹，是他写的《听文都知吹箫》。范仲淹一看，内有“欲买小鬟试教之”之句，心里一紧。暗忖：士人称女使为小妮子，也有称小鬟的，并非专指眼前的小鬟吧？他用余光觑了梅尧臣一眼，想从他的神情中分辨出他的诗句所指。

梅尧臣的目光却紧紧盯在小鬟的身上，以打趣的口吻道：“范公，听口音、看长相，此小妮子是江南人，嫂夫人故去了，就把这小妮子转给尧臣吧！”

“不可！”范仲淹摇头道。友人间互赠女使，也是寻常事。可在范仲淹看来，小鬟不像是女使，倒像是女主人。有小鬟在，仿佛女主人还在，不惟家务打理得井井有条，为他煮茶、添香，照顾起居，也是周到细致，范仲淹早把她看作家中一员了。

梅尧臣呵呵一笑：“尧臣明白了。”

“圣俞啊，莫说这等话吧！”范仲淹摇手道。他转向小鬟，恳求道：“再饮一盏，只一盏。”说着，举盏对梅尧臣道：“圣俞，来，最后一盏！”

洞庭连天九疑高，蛟龙出没猩鼯号。

——韩愈

# 第十九章　蛟龙出没猩鼯号

## 一

兴州西平王府，定难军节度使、西平王赵元昊，正搂着他最心爱的女人野利氏嘴对嘴饮酒。野利氏出身党项大族野利族，兄长野利旺荣、野利遇乞是元昊的左膀右臂。野利氏身材婀娜，面容娇美，又甚聪慧，深受元昊宠爱，以至于为与契丹结盟而娶的契丹国兴平公主耶律氏竟被元昊撇在了一边。

宰相张元进殿，见此情形，皱了皱眉头。元昊知张元反对他专宠野利氏，急忙把她推开，伸头问道："先生有何见教？"

"出兵唃厮啰！"张元以决断的口气道。

元昊不解："这个……先生不是说，要养精蓄锐……"

"与唃厮啰一战，只能败，不能胜！"张元打断元昊，生硬地说。

"这是何故？"元昊腾地站起身，瞪眼问。

张元伸开双臂向上高举，诡秘地说："为了那个辉煌时刻！"

为了那个时刻，那个梦想，他们已经准备了四年。

四年前，张三才、吴久侠故意改名张元、吴昊，以吸引元昊的注意。当元昊责以入国问讳之义时，张元一句"姓尚未理会明白，何谈名讳"，击中了元昊的要害。他从张元的话语中嗅到了与他的勃勃野心暗合的味道；又听张元说到乾卦“见龙在田”，顿觉热血沸腾。他认定，张元、吴昊，就是助他这条游走田野之龙腾飞于九天的“大人”。虽然开始只授二人“行军校尉”的官职，却让他们随侍左右，尊称为“先生”。张元和吴昊的目的达到了，不忍辜负的才华，要在这边陲之地大放异彩。他们给元昊的第一个建言是：以五年为期，建国称帝！

元昊的体内，早就豢养着一只桀骜的野兽，咆哮嘶吼；张元的一句话，像是给这头野兽喂饱了血淋淋的鲜肉，它要跃入原野驰骋。可是，猛兽也有冷静的时刻，再凶猛的野兽，也不能不时时环顾四周，观察环境。而元昊面临的环境是，他不仅是大宋的藩属，还送上门去做了契丹的藩属，正是在与大宋、契丹的三角游戏中，求得生存壮大。一旦建国称帝，两个宗主国必兴师问罪，如何招架？张元早已成竹在胸，提出了他的战略构想：大宋富庶，但兵马、战力远不如契丹；宋和契丹虽自澶渊之盟以来和平相处三十年，但彼此戒备，敌意未消，契丹觊觎大宋财富，蠢蠢欲动，极大地牵制了大宋的主力。他又引苻坚及元魏故事，建言元昊取陕右地，据关辅形胜，东向而争，更结契丹兵，时窥河北，届时，宋一身二疾，势难支撑。元昊闻言，血脉偾张，恨不能即刻宣布称帝！张元又为元昊设计了路线图：内部改制强体，养精蓄锐；但不必等到一切条件具备再有动作，而是同步进行，不断发出建国称帝的信号，试探两个宗主国的反应。在张元的一手操控下，元昊开始向建国称帝步步迈进。第一步：改名换姓。元昊改名“曩霄”，自称“嵬名兀卒”。“嵬名”是鲜卑“元”的党项音译；“兀卒”是青天子之意。通过改名换姓，向大宋发出一个信号：他不姓李，也不再姓赵，而是姓拓跋改称的元，他还要做与大宋皇帝平起平坐的天子！第二步：不再奉正朔。大宋改元“景祐”的历书颁到兴州，元昊不再找任何借口，公然自取年号“开运”，旋即改为“广运”。与此同时，内部改制之事也紧锣密鼓地推进：先是为增强族群凝聚力，所有党项人都要剃发易服，男子要剃去头顶的头发，只留四周，结成短辫，头戴尖顶冠，身穿圆领、窄袖、收腰白长袍；继之根据党项语言，将汉字加以改造，创党项文字；实行全民皆兵的军国体制，一户为一帐，男子十五到六十称为丁，一帐有两丁以上者，强壮者为正兵，其余为负瞻，正兵为战斗兵，负瞻为杂役，合为一抄，家有四丁则编为两抄，战时为兵为役，自备甲胄弓矢刀戈和粮草，平时则为民，或耕或牧，全境分为十二监军司，各立军名。前不久，又仿照大宋，设立中书省、枢密院、三司、御史台。至此，国家雏形已成，只差最后一步——对外宣布。元昊每有方略、经纶事，辄闻教于张元、吴昊，三人如同一体。只是，没等到宣布建国称帝，吴昊病故，元昊予以厚葬，同时晋升张元为中书门下平章事，这是一人之下万人之上的宰相之职。

为了全力对付大宋，张元恳请元昊不能冷落兴平公主。当年德明为与契丹结盟，向其皇室请婚，契丹为拉拢党项人讹诈大宋，便把兴平公主下嫁元昊，同时封其为驸马都尉、夏国公。德明去世后，契丹更册封元昊为夏国王。可元昊除了开疆拓土的勃勃雄心外，还有对女人不可遏制的征服欲，使得兴平公主对他多有抱怨，尤其是元昊将野利氏纳入帐中，宠爱有加，更让兴平公主大为不满。张元多次劝谏，元昊虽未听从，却也有意遮掩。不意今日与野利氏浓情蜜意，竟忘了张元要来奏事的约定。

野利氏早就对张元不满了，见张元又在鼓动打仗，她一撇嘴，嘀咕道："背叛故国的人，可靠吗？"

张元哈哈大笑道："昔者乐毅赴燕，吴起至楚，商鞅相秦，孙膑佐齐，使四国富强；今张某效法的，即昔日之乐、吴、商、孙，而张某才华又是四贤之集合。张某不愿辜负自己的才华，大宋有眼无珠，未给张某提供施展才华的机会，那就让大宋君臣为此而后悔吧！"

元昊相信张元的话，把野利氏支开了，对张元道："相国适才说攻打唃厮啰，是何道理？"

唃厮啰是吐蕃首领。吐蕃在李唐时强盛一时，后分裂为各个部落。大宋真宗朝，吐蕃王室后裔唃厮啰受到部族拥立，立法建制，聚众数十万，部族渐强，甘心附属大宋，朝廷授唃厮啰为宁远大将军、爱州团练使。唃厮啰迁王城于青唐，成为西北牵制党项人的有生力量。在与党项人的交战中，数破强敌。元昊之父德明，就是在与唃厮啰交战时受伤而死。大宋朝廷和元昊都心知肚明，控制河湟地区的吐蕃部落，是大宋抑制党项势力的一枚棋子。张元力主集中力量对付大宋，不可三面受敌，故元昊对他突然提出要与唃厮啰一战自是不解；而且只能败，不能胜，岂不有损其一世英名？

“兀卒！”张元诡秘地说，“我一旦战败，唃厮啰必向大宋朝廷献捷，届时看大宋朝廷如何措置。一句话，先摸摸大宋的底，再作计较！”

“哈哈哈！”元昊恍然大悟，笑声震彻宫殿。他知枢密使山遇惟亮反对他建国称帝，特意嘱咐张元：“此事，不要让山遇惟亮知道底细！”

过了不到旬日，大将野利遇乞率三万大军向河湟扑去。

这三万大军中，有近百人是狱中囚犯。他们接到宰相张元签发的敕书，凡作战勇敢者不惟赦免，还会加官。野利遇乞将这近百名囚犯编成前锋，浩浩荡荡向妙敦进发。

对党项人西征拓土，吐蕃人习以为常，时刻保持警戒。党项大军一到，吐蕃军列阵迎战。甫一交战，野利遇乞下令撤退，只留下前锋与吐蕃厮杀。此一战，吐蕃斩敌首近百级，打退了党项大军。

唃厮啰差使臣日夜兼程前往东京，向朝廷献捷。

## 二

几个月来，每到深夜，泗州公署官舍里总会传出阵阵嚎啕大哭声，令人毛骨悚然。开始，州署上下都在传，官舍在闹鬼；后来才知道，夜半在官舍痛哭的，是秘书省著作郎、泗州通判陈恢。

陈恢虽居官泗州，却心系朝廷。范仲淹、欧阳修等人被贬，西京留守推官蔡襄作《四贤一不肖》诗，把朝廷贬谪的范仲淹等四人称为大贤，把维护朝廷决定的谏官高若讷称为不肖。陈恢读之愕然，上章参劾蔡襄，结果蔡襄不惟没有受到任何惩处，还摇身一变，晋升为朝廷馆阁之臣；而他，因被韩琦弹劾为越职言事，成为天下笑料，灰头土脸！陈恢本已深受伤害，忽闻朝廷使臣在出使契丹时看到《四贤一不肖》诗被贴在驿馆的墙壁上，他更是愤恨不已。蔡襄公然为被朝廷贬谪的范仲淹等人大唱赞歌，诗作又被国人心目中的强敌购去四处张贴，对圣朝虎视眈眈的契丹人一定会问：倘若大宋皇帝不是昏君，何以贬谪天下最优秀、最正直、最忠诚的"四贤"？蔡襄这不是给敌国递刀子吗？陈恢久久不能释怀，密切关注着朝廷的动向，寻找机会来为自己正名。泗州是交通孔道，运河穿城而过，每天都有来来往往的官员。可陈恢听到的，几乎全是为范仲淹鸣不平的声音。皇宋的官员如此是非不分，令他痛心疾首，彻夜难眠，便以嚎啕大哭来宣泄心中的委屈和不甘。

几个月下来，风向没有任何转变，陈恢陷入绝望中，连哭泣的气力也没有了。他给老友梅尧臣修书一封，恳求他到泗州来见一面。

陈恢和梅尧臣是总角之交，少时在一起读书，一起赶考，多年来，彼此书札不断，常来常往。可他参劾蔡襄后，梅尧臣就中断了和他的联络。陈恢不想失去这个朋友，他想向梅尧臣解释，自己不是趋炎附势的小人，他所做的一切，都是基于忠君报国的理念。

接到陈恢的书札，梅尧臣颇为难。他从饶州吊唁范仲淹夫人回来后，又赋《范饶州夫人挽词二首》寄去；昨天，刚接到范仲淹的书札，邀他一起游庐山散心。他有意前去，而总角之交陈恢凄凄哀哀的恳求，让他不得不改变主意，遂给范仲淹写了《范待制约游庐山以故不往因寄》一首，便启程赶往泗州。

池州建德县在皖江之首，离泗州几百里，但水路发达，梅尧臣顺皖江东下，至扬州转运河北上，几天后便抵达泗州。

陈恢扶病宴请梅尧臣。酒过三巡，陈恢痛哭流涕解释了他参劾蔡襄的原因，梅尧臣不语，把他写给范仲淹的诗拿出来，递给陈恢：

山水番君国，文章汉侍臣。
古来中酒地，今见独醒人。

"范仲淹是独醒人？"陈恢抗议道，"朝堂敕榜严厉谴责的人是独醒人，我辈披肝沥胆一心维护朝廷的，都是糊涂蛋？”

梅尧臣只是一笑，又把范仲淹的一首诗递给他：

卓有梅圣俞，作邑郡之旁。

矫首赋灵乌，拟彼歌沧浪。

陈恢读罢，哽咽道：“做臣子的，对君父毫无敬畏心，这是什么世道啊！我们的皇上，仁德宽厚，历史上的守成之君，也只有一个汉文帝可比，一帮躁进之辈损圣威、藐君父，却受到追捧，愚兄实不忍睹！”说着大哭。

“汉文帝？”梅尧臣嘴角一撇道，“范希文以汉文帝恭俭为无足取者。”

陈恢愕然道：“这是什么话？分明是暗讽皇上，藐视君父！”

梅尧臣一惊，连连摆手：“不可引申！”他伸了个懒腰，对多年不见的总角之交总谈些朝政的话题感到厌倦，遂一笑道：“老兄，找官妓来助兴嘛！”

陈恢正色道：“我只知忠君报国，维护君父，余一概不知！”

梅尧臣大笑：“寇公不知忠君报国？歌姬蒨桃日夜随侍。欧阳永叔在洛阳时与官妓赴宴迟到，赋词得金钗，遂成佳话，和忠君报国何干？就连范希文身边，还有一个江南少女小鬟呢！洒脱些，学会找些寄托，病就好了。”

陈恢“嗵嗵”拍打着胸脯，悲怆道：“耿耿忠心，谁人理解！”

“行啦！”梅尧臣用手一点自己的鼻子，不耐烦道，“看看梅某吧，洛阳八友，诗文誉满天下，一个个跻身馆阁，惟尧臣，只能在选海挣扎，心里的苦，和谁去说！”

两人各自为自己心里的苦而哭，不觉大醉，席地而眠。

梅尧臣在泗州盘桓了两天，二人时而痛哭，时而争论，大醉了两天。待梅尧臣一走，陈恢又陷入了锥心的痛楚中。明知契丹人都在张贴《四贤一不肖》诗，对皇上圣威有损，朝廷为什么不惩处蔡襄？陈恢越想越愤恨，提笔写了一道弹章。可冷静下来，又用力撕碎了。圣旨煌煌，戒越职言事，不能不听皇上的话啊！

“不甘心哪，不甘心！”陈恢躺在病榻上，不时发出痛苦的呐喊。儒者忠君报国，明知有人损圣威、藐君父，遍结朋党，岂可为自保而安于缄默？苦苦思索了两天，把梅尧臣说过的话梳理了一遍又一遍，陈恢不觉眼前一亮。或许，这是一次机会？只要朝廷治范仲淹之罪，那么说明那些维护范仲淹的人错了，而他忠君报国的君子形象，就为世人所认可了。可是，皇上下旨戒百官越职言事，他不能上疏……陈恢突然想到高若讷。想必受到欧阳修、蔡襄羞辱的司谏高若讷也和他一样痛心疾首吧？何不以私人书札的方式，投递给高若讷？他是台谏官，有权风闻而奏。这样一想，陈恢有了精神，起身坐到书案前，提笔给高若讷修书。

高若讷接阅陈恢书札，大吃一惊，当即赶到开封府，拿给知开封府的好友贾昌朝阅看。

贾昌朝靠恩荫入仕，因献颂诗受先帝赏识，赐进士出身，不断晋升，时下以尚书礼部郎中、龙图阁直学士知开封府。范仲淹在所上《百官图》中列举未按序升迁的官员，第一个就是他。贾昌朝耿耿于怀。但他为人沉稳，凡事不动声色。阅罢陈恢的书札，叫着高若讷的字问：“敏之，要呈奏官家吗？”

高若讷摇头。蔡襄《四贤一不肖》诗将他说成“不肖”，天下读书人无不晓，但他未作一字辩白，而是咬紧牙关，将满腹委屈、一腔幽怨深深埋在心底，暗下决心，要让世人看看，他高若讷不是尸位素餐的懦夫，而是敢言极谏的勇士。朝廷颁敕，以外戚王蒙正知蔡州，高若讷上疏反对，诏寝其命；又奏古之三公坐而论道，今召对二府大臣，每每数刻即毕，何以尽万几？宜赐坐从容，如唐延英殿故事。由于他不断地谏诤皇上、抨击宰执，一跃成为风力谏官，朝野瞩目。但他从受到的羞辱中总结出了教训，皇帝不可怕，中枢大老不可怕，抱团的人却惹不起。他已发誓，对范仲淹、欧阳修等人，敬而远之，不再出一语。

贾昌朝夸赞道：“圣朝士大夫一向宽厚谨慎，彼辈却以刻薄动朝廷。敏之忍辱负重，以德报怨，真君子也！”

出了南衙，高若讷正要上马，忽见夜空中，有无数流星倏忽划过，向西南方坠落。他战栗了一下，大汗淋漓。上天因何发出这样的警示？高若讷闭目思忖了片刻，若有所悟，自语道："或许是因为那件事？"

昨日，后宫诞下一位皇子，朝野欢忭，正拟旨普天同庆，皇子却在当晚夭折了。皇上深受打击，下诏命在大庆殿设道场，祈福消灾。高若讷揣度，上天或许是对此看不下去，方以流星示警。这样想着，跨马返回家中，提笔写谏疏："大庆殿，国之路寝也，岂可聚老、释为渎慢？"

皇上接到谏疏，收回了大庆殿设道场的成命。

翘首等待着高若讷将范仲淹二事揭出的泗州通判陈恢，从邸报上看到皇子夭折、高若讷谏阻大庆殿设道场的消息，夜里又大哭一场。他心疼皇上，也痛恨高若讷。皇上盼皇子盼了二十年了，得而复失，该是多么痛心！高若讷身为谏官，不敢揭发藐视君父的臣子，却无情地在皇上的伤口上撒盐，太狠心了！

在痛苦的煎熬中，陈恢又等待了几个月，年关时，却等来了朝廷中有人上疏要求起用范仲淹的消息。他彻底绝望了。夜半，站在永安桥头，仰天大叫道："上天不容忠臣啊！"口吐鲜血，气绝身亡。

## 三

正旦节式假结束，上元节假期之前，京城天寒地冻，滴水成冰。皇上坐在垂拱殿批阅章奏，不到小半个时辰，就感到寒气穿透了衣衫，便起身搓手跺脚，还不时往手上呵几口热气。入内省都知杨怀敏看在眼里，凑过去道："官家，再添口火盆吧？"

皇上摇头道："上天屡屡示警，敢不敬畏？"

年前腊月初八，京城突发地震，人心惶惶。好在只震了一下就停了，皇上刚松了口气，接到河东路急报：忻州、代州发生地震，伤亡惨重。七月初皇子夭折，流星西坠；腊月初地震频发，一时间，必是朝政有失，所以上天示警的议论传遍国中。皇上既惊惧又烦恼，凡事不敢稍有逾越。垂拱殿火盆有定数，宁愿受冻，也不愿因为增加一口火盆受到臣子的指责。

杨怀敏轻叹一声，退下了。皇上又坐回御案前，顺手拿起一道章奏。仔细一看，是一个叫苏舜钦的微官写的一份揭帖，言诏戒百官越职言事，亏损朝廷大政，实自取覆亡之道；范仲淹刚直忠臣，因得罪奸臣被贬，上天看不下去，故而接连示警；要回应上天的警告，避免更大灾难发生，就应立即废除越职言事禁令并召回范仲淹，委以重任。

皇上有些恼怒。微官的揭帖也呈达御览，可见时下的宰执大臣毫无担当，倘若吕夷简在位，绝然不会出现这等状况。

吕夷简是去年初夏被罢相的。随着《四贤一不肖》诗洛阳纸贵，朝野都在流传，范仲淹、欧阳修辈乃君子，吕夷简排斥君子，是奸邪小人。吕夷简威信大跌。右相王曾借机向他发难，密奏吕夷简受贿。皇上命吕夷简和王曾当面对质。吕夷简矢口否认，王曾也拿不出证据。皇上一怒之下，将二人全部罢相，吕夷简知许州，王曾知郓州。事后，皇上问参知政事盛度，吕夷简和王曾不和的责任在谁。盛度不直接回答，建言皇上让吕夷简、王曾举荐谁可继任宰相。吕夷简举荐参知政事宋绶，王曾举荐参知政事蔡齐。皇上悟出，原来中枢重臣竟拉帮结派，相互倾轧，遂将宋绶、蔡齐也一起罢黜，任命六十五岁的王随、七十五岁的陈尧佐为宰相；六十六岁的韩亿、五十岁的程琳为参知政事；七十二岁的盛度为枢密使，五十八岁的陈执中为知枢密院事。这些元老大臣不喜多事，忽接苏舜钦的揭帖，直接压下了。次日，通进司又送来直史馆叶清臣的奏疏，两位宰相又压下了。参知政事程琳提议说，既然朝野都说是吕相公排挤范仲淹，如今吕相公已外放，就让官家看看是否该将范仲淹召回吧！王随、陈尧佐默然，程琳命把苏舜钦的揭帖、叶清臣的奏疏，一并报闻。

皇上把苏舜钦的揭帖扔在一边，再拿起一道，正是叶清臣的奏疏，用语比苏舜钦还要激烈，言上天屡屡示警，表明皇上下失民望，上戾天意，自范仲淹等被贬谪，百官不敢言事，故而朝政多失，望皇上深自咎责，详延忠直敢言之士。皇上阅罢，既感到委屈，又有几分畏惧。他若不是仁厚的君主，臣子岂敢以如此尖刻的用语责备君父？他把叶清臣的奏疏扔在案边，喘起了粗气。但很快，就重重吸了口气，低声自语道："难道，真的冤枉了范仲淹吗？"

在皇上看来，贬谪范仲淹，虽列出五宗公罪，但真正的原因是他贸然说出的立皇太弟侄的话和举荐韩亿为宰相。事后，皇上写手诏给韩亿，垂询其事先是否知晓范仲淹荐他之事。韩亿回奏："蒙陛下宣谕，臣方知范仲淹密荐臣。仲淹举臣以公，臣之愚陛下所知；举臣以私，则臣委质以来，未尝交托于人。"皇上阅罢，觉得对范仲淹与韩亿私下有交易的怀疑似乎轻率了。如今苏舜钦、叶清臣认定朝廷冤枉了范仲淹等贤者，惹怒了上天，也不能说没有道理。这样想着，吩咐内侍，召中书奏对。

宰相王随、陈尧佐，参知政事韩亿、程琳听到皇上召对，不紧不慢来到垂拱殿。施礼毕，皇上问："苏舜钦、叶清臣的上章，卿等看过了吗？"

王随、陈尧佐、韩亿三位年迈的宰执秉持务守清静的宗旨，从容淡定地上朝、散班，朝堂上呈现出一派翩翩儒者风。对皇上的垂问，四人不是沉默以对，就是支支吾吾。皇上见问不出所以然，只得挑明道："上天屡屡示警，凡有失误处，务必纠正。迩来多有为范仲淹鸣不平者，此事当有回应。"

殿庭里陷入沉默。右相陈尧佐脸上的肌肉跳了几跳，晃了晃肥胖的身躯，似乎在作艰难的抉择，良久，举笏道："陛下，臣闻私下有议论，范仲淹在饶州的一些言行，颇令人不解。"

"甚样言行？"皇上问。

"臣闻……"陈尧佐吞吞吐吐道，"范仲淹在饶州与雏妓厮混，还有……范仲淹以汉文帝恭俭为无足取者，闻者以为，此乃薄陛下也！"

这是陈恢在给高若讷书札中揭发的。陈恢听梅尧臣说寇准有歌姬蒨桃、欧阳修在洛阳与官妓有染、范仲淹身边有江南少女小鬟，即断定范仲淹必是与雏妓厮混；而梅尧臣提到的范仲淹以汉文帝恭俭为无足取的话，也让陈恢联想到，今上每以汉文帝自居，范仲淹必是故意以此表达对今上的蔑视。贾昌朝从高若讷那里读到陈恢的书札，深感震惊，私下禀报了岳叔父陈尧佐。陈尧佐嘱咐贾昌朝不可外传。此刻，听出皇上有意重新起用范仲淹，陈尧佐胆战心惊。吕夷简号称能臣，尚且被范仲淹攻得体无完肤，何况是他？他断定，范仲淹回朝之日，就是元老大臣离开之时。为了阻止这样的事情发生，他便以风闻私下有传言的方式，奏报给了皇上。

皇上的耳朵瞬间变得通红。难怪范仲淹请立皇太弟侄，原来他内心看不起他这个皇帝！皇上的愤恨达到了顶点，以前所未有的严厉的语气道："范仲淹目无君父，置之岭南，以儆效尤！"

有情芍药含春泪，无力蔷薇卧晓枝。

——秦观

# 第二十章　有情芍药含春泪

## 一

宰相王随、陈尧佐，参知政事韩亿、程琳出了垂拱殿，都低头不语。一阵寒风吹来，七十五岁的陈尧佐突然一阵战栗，腿抖得不能下丹陛。程琳忙上前搀扶，陈尧佐颤颤巍巍慢慢挪动着脚步，回到政事堂，已是满头大汗。

作为久历中枢的元老大臣，陈尧佐亲故、门生在朝廷百司任职者甚多，从他们口中，陈尧佐得知，在许多人的心目中，范仲淹是贤者，忽遭严谴，天下人识与不识，私下皆叹息怒骂宰相蔽君怙权，不容贤者在朝。无此言者，众人指以为愚。便是嫉恨范仲淹之声名过人者，慑于群议，也不敢出言指摘之。今日他在皇上面前揭出范仲淹的两桩过失，激起皇上雷霆之怒。范仲淹若真的被流放岭南，必是举朝哗然。万一被人知晓是他所揭之事导致范仲淹遭此厄运，他的声誉就会毁于一旦。陈尧佐越想越后怕，坐在政事堂里不住地打寒颤。

“召知制诰草诏吗?”参知政事程琳故意问。

没有人回应。程琳看出来了，二府大臣谁也不希望范仲淹回朝；但谁都害怕落个压制、排挤范仲淹的恶名。他判断，既然皇上对范仲淹极度恼怒，绝不会召他回朝，倒不如请求皇上收回流放范仲淹至岭南的成命，这样对各方都有好处，遂道："当递帖请对，劝官家收回成命。"

陈尧佐抱拳向程琳一揖，表示赞许。

"官家盛怒中，待有召对时再劝谏为宜。"宰相王随决断道。

次日，紫宸殿朝会毕，正要卷班，皇上命宰相和参知政事四人留下议事。昨日召对，本为商议如何回应上天示警，却因听到范仲淹以汉文帝恭俭为无足取而发雷霆之怒，该议的事给搁置了。所以，借朝会卷班之机，在后幄召对宰执。

经过一番商议，议定：蠲免忻州、代州一年税粮；朝廷罢公宴一月；皇上幸太平兴国寺灵感塔为百姓祈福。

"陛下，政事堂尚未起草流放范仲淹的诏书。"议事毕，宰相王随奏道。

"臣闻范仲淹律己甚严，所谓薄陛下、与雏妓厮混，恐是忌惮仲淹者捕风捉影的无根之言。"参知政事程琳接言道，"仲淹《饶州谢上表》中'此而为郡，陈优优布政之方；必也入朝，增蹇蹇匪躬之节'一语传出，天下皆叹仲淹至诚，许国始终不渝，不以进退易其守。迩来天变迭起，中外又多有荐仲淹者，朝廷反而要置之岭南，恐非应天变、洽舆情之举。"

"臣等反复斟酌，为应天变、洽舆情，当移仲淹守藩郡。"陈尧佐急忙附和道。

皇上已然冷静下来，把这些年来范仲淹的表现梳理了一遍，仅皇太后掌权时他要求还政、皇太后薨后他呼吁全太后之德，就足以说明他言事没有私心。或许正如程琳所说，朝堂上不少人忌惮范仲淹，不想让他回来，所以捕风捉影造出那些无根之语。但对范仲淹请立皇太弟侄的话，皇上仍不能释怀，遂把始终不愿为外人道的秘密说了出来："向贬仲淹，盖以密请立皇太弟侄，非但诋毁大臣。"

众人愕然！要二十多岁并有生育能力的皇上立皇太弟侄，不是断定皇上命不久矣，就是诅咒其绝嗣。难怪范仲淹遭严遣！非皇上仁厚，恐他的脑袋不保矣！

首相王随一举朝笏道："因内情不为人知，朝野多有范仲淹因言获罪之议。当将内情晓谕中外，以正视听。”

皇上思忖片刻，谕道：“立皇太弟侄的话，卿等知之可也，不必尽人皆知。至于范仲淹移藩郡，卿等商议拟敕；欧阳修诸人也移出贬所吧。”

陈尧佐道：“请陛下写手诏，以为存证，留于后人知。”

皇上遂降札至政事堂：

> 门下：向贬仲淹，盖以密请建立皇太弟侄，非但诋毁大臣。今中外臣僚屡有称荐仲淹者，事涉朋党，宜戒谕之。

天章阁待制李纮掌管通进司，苏舜钦的揭帖、叶清臣的奏疏进呈后，他就密切关注着事态进展。忽闻皇上所降札子，震惊之余，又大惑不解，急忙谒见参知政事程琳，打探消息。

李纮改京官、入馆阁，皆赖吕夷简举荐；程琳则是吕夷简的姻亲。李、程在吕夷简门下游处多年，彼此交好，经不住李纮一再追问，程琳不便以密勿为由相搪塞，方把垂拱殿奏对的一幕，择其要者，约略说了一遍。李纮大惊失色。他很清楚，范仲淹由寒儒而晋身士大夫，对皇帝抱有强烈的感恩之情，不可能有藐视君父之念；与雏妓厮混之事，李纮也持怀疑态度。朝廷里一些人，或出于嫉恨，或出于自保，不想让范仲淹东山再起，时时窥伺其过失，以快己意。对此，范仲淹不可能意识不到。他本就律己甚严，有克己做圣之心，在这种背景下，范仲淹不会放纵自己。士大夫妻妾在侧又留恋歌楼妓馆偎红倚翠，也是时尚。先帝时为相二十年的王旦，性俭约，无姬侍，先帝特嘱内东门司传谕，责令为王旦买妾二人。像范仲淹这样多年不纳妾的官员并不多见。但范仲淹丧妻，又未纳妾，五个儿女都未成年，日子该怎么过？别的事帮不上他，续弦的事还是要为他张罗。李纮当即请了假，日夜兼程赶回应天府。

婶母聂氏一见李纮，拉住他的手痛哭良久，为失去女儿哀伤，也为女儿撇下的五个子女无人看顾而担心。

李纮劝慰了聂氏几句，说明了来意："侄儿特意赶回，就是为和婶母商议为希文续弦之事。"

"纮儿回来的正好，老身已物色好了，正想找纮儿商议。"聂氏说着，命女使把选好的女子领来。

须臾，一个二十多岁、个子不高、相貌平平的女子跟在女使身后进来了。李纮认得，是婶母娘家侄女。他早就听说过，这位表妹的母亲早故，弟弟妹妹众多，作为长女，充当了母亲的角色，自己的婚事耽搁了。婶母选择自己的娘家侄女为范仲淹续弦，符合人之常情。

近来，京城就流传一则佳话：直集贤院、盐铁判官王拱辰七年前中状元时，被参知政事薛奎捉为门婿，王拱辰去岁丧妻后，今年再娶薛奎另一女为妻。欧阳修的续弦也是薛奎的女儿，他赋诗调侃连襟王拱辰："旧女婿作新女婿，大姨夫成小姨夫。"薛家做出这样的选择，不为别的，只为亡女留下的儿女不受后娘的气。聂氏表妹虽非范仲淹佳偶，但自幼操持家务，克己奉人，极是贤惠，为儿女计，范仲淹不会拒绝。所以，李纮便修书一封，命堂弟李纲带聂氏女立即启程赶往饶州。

## 二

正月初七，饶州百姓还沉浸在过年的欢乐气氛中，两艘官船就悄然驶出码头，向鄱阳湖而去。船过永平桥，范仲淹出了舱门，回望饶州城，内心五味杂陈。城内的水道业已疏通，打井的事还在持续着；请求蠲免的特税都获朝廷批准，百姓负担因此减轻；州县监牢禁止酷刑的条规已然实施，没有再发生过致死囚犯之事。惟一感到遗憾的是，朝廷下诏，须藩郡方可立学，他州勿得立，饶州虽繁华，却非藩郡，相度好的郡学胎死腹中。

"介之，我兑现了《饶州谢上表》里'此而为郡，陈优优布政之方'的诺言。"范仲淹叫着站在旁侧的新郡守魏兼的字道。

“呵呵，守鄱阳一年半，希文还写了不少诗赋，也是一大收获嘛！”魏兼回应道，“还记得希文写的《同年魏介之会上作》里‘心存阙下还忧畏，身在樽前且笑歌’两句，无奈之情，充溢其间。”

“二丫——”永平桥上传来一声哭喊。范仲淹举目望去，是小鬟站在桥上，边拼命向这边招手，边大声呼唤着。

“小鬟——”二丫跑出来，哭着回应。纯礼也跑出船舱，望见小鬟，“哇”的一声大哭起来。

范仲淹不语，拉着魏兼转身进了舱室。

把小鬟留在饶州是无奈之举。李三妹去世后，范仲淹自责、哀伤，难以自拔。抚琴扣《易》，皆不足以舒缓，便常到天庆观访道。他听从禅师劝告，游庐山散心。从庐山回来，见家事打理得如同女主人还在，儿女都说多亏了小鬟的主持，范仲淹对她心存感激。每到夜里，他在庆朔堂读书写作，小鬟忙完家务，就会去为他煮茶、添香。望着她忙碌的身影，听着她清脆悦耳的声音，范仲淹内心涌出阵阵暖流。过了腊八，小鬟忙着预备年货，说是要把主母过世后第一个正旦节过好，尽量让儿女忘却丧母的痛苦。就在这时，应天府忽然来了男男女女五六人，范仲淹原以为是来祭奠三妹的，读了李纮的书札，他一脸错愕。如果以汉文帝不足取而薄今上、与雏妓厮混这两条罪名成立，他就身败名裂了。扪心自问，他无愧于君父、无愧于国家，可也不是没有半点瑕疵。小鬟毕竟是他在知睦州时到家里做女使的，仅此一点，就容易留下把柄。人言无欲则刚，只说对了一半。严格说，是无瑕则刚。他不想留下任何瑕疵，忍痛让小鬟离开了。此时，见小鬟依依不舍在向官船招手，范仲淹不忍直视，只好避回舱内。

“希文，我看还是把小鬟带走吧！”魏兼劝道。他本以礼部员外郎提点江西铸钱司，官厅就设在饶州城，因与范仲淹同年，二人常来常往，范仲淹便把小鬟托付给了他，去他那里做女使。今日离饶州，范仲淹没有惊动他人，接替他知饶州的魏兼执意要送他出鄱阳湖，到彭泽一同拜谒狄公祠，范仲淹答应了。看到几个孩子哭着唤小鬟，魏兼心有不忍，又劝道：“欧阳修在西京和官妓的风流韵事还传为文坛佳话呢，你收小鬟做女使，算得了什么呢？”

范仲淹摇摇头，叹息道：“不做事、不说话的官员，即使声色犬马，也没有人挑剔他。这就是世道。可我还想做事，也不会在遇到不公不平事时保持缄默，所以，还是谨慎为好。”又苦笑道：“欧阳永叔不是监临官，又刚入仕不久，没有对立面要找他的麻烦，以后他再有什么风流韵事的传闻，就不是佳话了，说不定还会掀起风波。”

“外头有风，冷，快回去吧！”甲板上传来聂氏的声音，像是在抚慰纯礼和二丫。

听到聂氏的声音，范仲淹感到陌生。对于岳家送来的这个继室，为了儿女，也为了亡妻，他惟一的选择就是接受。想到三妹去世刚半年，他不想欢天喜地续弦，就把几位从事、在饶州城的同年魏兼请来，摆了酒宴，算是成婚。相处不到半个月，范仲淹总觉得她是陌生人，两人除了说到子女，就没有别的话了。小鬟在时，总在他面前忙来忙去，有时还会噘嘴嗔怪他一两句；聂氏只知埋头忙家务，对儿女很尽心，只是与范仲淹很生疏，能回避单独相处就设法回避。范仲淹没有挑剔她。只要对儿女好，助他把儿女抚育成人，将来九泉之下，也能向三妹交代了。

“哗啦！哗啦！”舵公的摇橹声，杂乱中自有节奏，激起的浪花和涟漪，像是挥洒在水面上的一幅幅图画，瞬间又被客船行进的波浪推开了。透过窗口，范仲淹盯着一个图画，想知道它被波浪裹挟到了哪里，可他找不到轨迹。

“希文，饶州毕竟闭塞，润州不同了，交通孔道，到后常通讯息啊！”坐在他对面的魏兼笑着说。

八天前，范仲淹忽接吏部敕牒，移知润州。由相对偏远的饶州移繁华之地的大州，体现了朝廷对他的照顾。终归还是皇上仁慈，不忍轻弃，让他躲过一劫。他没有延宕，大年初三就与新任郡守魏兼交政，初七就启程赴任。与一家十口同行的，还有亡妻三妹的棺柩。

“娘啊——我的娘呢，我的娘在哪啊！”忽听一声哭喊，纯仁跑出了舱室，对着后面装载棺柩的舟船大哭了几声，疯也似的大叫道：“停船！快停船！”

范仲淹急忙出舱，搂过纯仁："仁儿，仁儿，莫再伤心了，回舱去吧！"

"娘太孤单了，儿要去陪娘！"纯仁顿足哭道。

范仲淹的眼泪滚落下来，拉住纯仁的手，劝慰道："仁儿还有弟弟妹妹，坚强些，要像兄长的样子。"

纯仁止住哭声，眯着两眼，咬牙道："是他，害死了我的娘！"

范仲淹心里一沉。去往睦州时，纯仁就说过是吕夷简害他们一家离开京城；三妹咽气时，纯仁的表现也有些异常。范仲淹今日方明白，次子是心怀仇恨，这让他感到担心，忙蹲下身去，抚摸着纯仁的脸颊道："仁儿，生死平常事。你看，爹爹尊为师长的晏公，他的儿子比你还小时就失去了母亲。那时晏公一家在京城过着平静的日子。这是命，不由人。当年你祖母教我，不要怨恨人。你要记住祖母的话。"

纯仁点点头，抹了把眼泪，回舱室去了。范仲淹不由自主转过身去，向永平桥望去。

## 三

冬末春初的鄱阳湖风平浪静，又是过年期间，航道上几乎看不到舟船，官船行驶很快，当日就到了彭泽。

大地被雾霭笼罩，刚交了申时，已是一片昏暗。官船小心翼翼靠了岸，缆绳尚未拴好，范仲淹就迫不及待下了船，拉着魏兼的袍袖就往狄公祠而去。武则天称帝时，狄仁杰被酷吏来俊臣诬陷谋反，几丧命，免死后贬彭泽令。进得祠中，望着狄仁杰的画像，想到自己险些被置岭南，耿耿大忠之臣却总不免遭受坎坷，范仲淹不禁潸然泪下。他心潮澎湃，当晚几乎一夜未眠，伏案写下洋洋千言的《唐狄梁公碑》。

次日晨，范仲淹把文稿递给魏兼过目，只见开头一段写着：

天地闭，孰将辟焉？日月蚀，孰将廓焉？大厦仆，孰将起焉？神器坠，孰将举焉？岩岩乎克当其任者，唯梁公之伟欤！

“希文兄，这几句话气势恢宏，音韵铿锵，褒誉激切，真乃大手笔！”魏兼抬头望着范仲淹，惊叹道。

威武不能屈，是为大丈夫！

读到此句，魏兼又停了下来，大声吩咐州校：“拿酒来！”

范仲淹叫着魏兼的字道：“介之，一大清早就饮酒，不妥吧！”

“弟有预感——”魏兼神情肃穆、略带神秘道，“后世论起圣朝大丈夫，希文兄必在列焉！弟今日得与圣朝大丈夫对饮，后人该是多么歆羡！”

范仲淹摇手道：“仲淹不过中人而已，不敢与狄公相提并论。”

魏兼未再接话，继续阅看《唐狄梁公碑》。

为大理丞，抗天子而不屈；在豫州日，拒元帅而不下；及居相位，而能复废主，以正天下之本。岂非刚正之气出乎诚性，见于事业？

“希文兄这几句话，是赞颂狄公的，也是自勉的。”魏兼评说道。

范仲淹目视远方，慨叹道：“目今天下与狄公所处时代虽然大不同，但强敌环伺，中枢漠然，同样令人忧虑。”一路上，他与魏兼谈到元昊已不奉正朔，而中枢被朝野讥称为养老院，忧心如焚。

魏兼道：“都说当下是历史上的黄金时代，古训云乱世用能人，治世求平稳，当用老成。目今中枢用老成，恰是盛世之象嘛，希文忧思过甚啦！”

范仲淹摇头道：“非有大变故不足以唤醒人心。无武氏篡唐，即不会有狄公全唐之功。”

“哈哈！”魏兼笑道，“希文兄多年前就以《上执政书》呼吁振作，皇宋若有大变故，孰将辟焉？孰将廓焉？孰将起焉？孰将举焉？岩岩乎克当其任者，惟范希文之伟欤！”

范仲淹笑了，笑声里带着几分苦涩。

州校取来了酒菜，魏兼和范仲淹对饮，直喝得有了醉意，方依依惜别。

登舟再行，就是池州建德县了。一入建德界，远远就望见岸上有几个官员模样的人在向官船招手。范仲淹猜想，当是梅尧臣在此祖饯。

“加速，不得靠岸！”范仲淹吩咐舵手道。

年年忆着成离恨，只托春风管勾来。

——范仲淹

# 第二十一章　只托春风管勾来

## 一

看到邸报上刊出范仲淹移知润州的消息，韩琦一阵兴奋，手指敲着书案，自语道："该出手了！"

范仲淹、欧阳修等人被贬谪，朝堂风波迭起，视范仲淹为师友的韩琦却一直保持沉默。就在范仲淹抵达饶州的当月，韩琦由太常博士、度支判官升任右司谏。他的第一道上疏是针对泗州通判陈恢的。陈恢上章要求追究作《四贤一不肖》诗的蔡襄的责任，韩琦以谏官身份参劾他越职言事。宰相王曾提醒他："当纯意国事，若高若讷未免徇利，而范仲淹未免好名。不要学他们。"韩琦虽未心悦诚服，却也给自己暗暗定了规矩，以后言事，对事不对人。凡朝政中事有不便，未尝不言，每以明得失、正纪纲、亲忠直、远邪佞为急，但未再对具体的人提出弹劾。去年，吐蕃唃厮啰差使臣来朝廷献捷，枢密院奏请为唃厮啰加"节制"衔。皇上召集二府大臣御前会商。宰相王随、陈尧佐，参知政事韩亿、石中立一致反对，谓唃厮啰和元昊皆圣朝藩臣，今不能谕令其解仇，已然有失宗主国颜面了，还要为一方加赏，非绥御四方之策。皇上纳其言，唃厮啰使臣大为失望，含愤而去。韩琦暗骂"老贼误国"，弹章已拟好，最后还是撕碎了。攻击宰执误国，固然可痛快一时，却于事无补，他在等待时机。去年秋天，各府州举办取解试，宰相陈尧佐的儿子选为府试解元；参知政事韩亿的四个儿子全部脱颖而出，成为开封府贡生。瓜田李下，未免生疑，一时舆论大哗。接连出现的天变又让朝野人心惶惶，苏舜钦、叶清臣等人借机为范仲淹鸣不平。虽然朝廷未召回范仲淹，但将其移知润州的举动表明，皇上对他已然有了某种程度的谅解。韩琦感到，时机已然成熟。

几只喜鹊"叽叽喳喳"欢叫着，落在谏院的一棵大槐树上，伸出脑袋向韩琦的直房张望。韩琦向它们颔首一笑，起身燃上一炷香，提笔拟写《丞弼之任未得其人奏》。

韩琦是谏官，又是参劾宰执大臣的，宰相王随、陈尧佐不敢压下，奏疏很快就呈达御前。皇上一看，韩琦开门见山，直言之所以天变不断，乃皇上用人不当所致。在罗列了王随、陈尧佐等的种种失职表现后，韩琦提醒皇上，要选用忠直的辅弼大臣，可用杜衍、胥偃、宋庠、范仲淹；若选用能干的辅弼大臣，当选用吕夷简、王曾、蔡齐、宋绶。如今皇上弃这些贤能之臣不用，偏偏选用一帮庸碌无为的老迈之辈，就连上天也看不下去了，若不改弦更张，圣朝八十年基业，将葬送在这帮庸臣之手！

自范仲淹被贬，凡替他说话的，必话里话外斥吕夷简怙权蔽君；凡为吕夷简辩白的，必拐弯抹角责范仲淹躁进刻薄。可韩琦的这道奏疏，既说范仲淹忠直可用，又言吕夷简这样的干才不可弃之。皇上为之动心，连颁制书，将宰相王随、陈尧佐，参知政事韩亿、石中立罢黜。

韩琦一纸黜四相的说法，当即在朝野流传开了。

可是，皇上并没有起用韩琦列举之人，而是将东宫旧臣、西京留守张士逊重新起用，又把亲政后外放的枢密副使夏竦，从知应天府提调朝廷，任三司使。

张士逊刚上任，忽接知延州郭劝密报，西夏枢密使、掌管左右厢军的山遇惟亮携家眷来投。山遇惟亮述称，元昊在张元等汉家叛人鼓动下要建国称帝。惟亮认为此举必导致大宋兴兵，将夏国拖入灾难深渊，不如做独立藩属，享受大宋岁赐、维系边贸，对夏国更有利。元昊不仅不听，还密嘱惟亮的从兄惟序诬告其谋反。山遇惟序悄悄知会了惟亮。惟亮深知元昊嗜杀成性，连同其生母在内的舅父卫幕一族被他斩草除根就是明证。无奈之下，惟亮只好前来投奔大宋。惟亮并称，若大宋有福分，即当收留他。

“这是苦肉计！”张士逊不假思索道，“记得前年十二月，元昊献马五十四给朝廷，求取佛经；今年正月，元昊又上表朝廷，请求派使者赴五台山礼佛，并主动恳请朝廷派使臣引导保护，发给馆券。元昊向佛如此，怎么可能叛去？”

“山遇惟亮是西夏最高军事长官，便是行苦肉计，也不会是他来充当人肉吧？”参知政事程琳提出了异议，“元昊差使者上五台山礼佛，说不定是探测道路，作进兵准备也未可知。”

张士逊恼怒道：“先帝时与西夏有规约，我不可隐匿西夏叛臣，若接纳山遇惟亮，是违约，必引发争端，打破安静局面。故当把山遇惟亮引渡给元昊。”

二人争执不下，只好递帖请对。皇上闻报大惊，即在垂拱殿召对二府三司大臣。张士逊、程琳把各自意见陈奏一遍，三司使夏竦悚然奏道：“陛下，张士逊公忠体国，致力于维系安静局面，然元昊若果真建国称帝，我圣朝兴兵否？既然安静局面已难以维系，接纳山遇惟亮为宜。”

张士逊道：“夏国本就存在；三年前元昊又创党项文字，以其夷语改姓嵬名，称兀卒。兀卒者，译为华语，即‘青天子’也。此可等同于突厥之可汗、匈奴之单于。我圣朝泱泱大国，不与戎狄争小忿，已予优容。不知元昊还要建什么国，称什么帝？故山遇惟亮的话，不可信。因接纳一叛臣伤两家和气，打破安静局面，得不偿失！”

皇上颔首，诏命驱逐山遇惟亮一家出境。

张士逊仿佛打了一场胜仗，洋洋自得。他年过古稀，没有想到还能再入中枢，从洛阳赴京途中就思考到任后要做的大事——为皇上加尊号。五年前因范仲淹一再上疏，言江淮灾情严重，皇上以减尊号的方式罪己，张士逊念念不忘，决定以为皇上加尊号来回报皇上对他的信任。所以，处理了遣返山遇惟亮一事之后，张士逊即提议为皇上加尊号。

加尊号属于朝廷重大典礼，仪式隆重，堪比南郊大礼，仅仪仗就要动用两万人。右司谏韩琦以元昊叛迹已露，西事骤起，当集中精力应对为由上疏反对。张士逊翻阅韩琦奏疏，怒火中烧，恰好益州呈来灾报，他眼睛一亮，吩咐道："召知制诰草敕，命韩琦为益、利两路体量安抚使，以半年为期，前往蜀川赈灾！"

## 二

润州西津渡，依山临江，风景峻秀，更有始创于六朝时期近二里长的古街，店铺林立，喧闹繁华。已近薄暮，吏部员外郎、知润州范仲淹站在石阶上，不住向渡口观望，阵阵秋风夹带着江上的水雾吹拂到脸上，他也浑然不觉。终于看到一艘官船泊稳了，下来两个身着官袍的男子。范仲淹迎上去，拱手道："子京、介之，快请！"

前不久，朝廷颁敕，监池州酒税滕宗谅知湖州，知饶州魏兼改江西提刑典狱，二人相约赴任途中泊舟西津渡看望同年。范仲淹思念心切，亲自到码头来接。暌违日久，年已半百，见滕宗谅走过来，范仲淹一掀花白长须道："子京，老矣！"

"哈哈！希文兄正青春年少！"跟在身后的魏兼神情诡异道。说着，吟出四句诗来：

庆朔堂前花自栽，便移官去未曾开。
年年忆着成离恨，只托春风管勾来。

吟毕，笑道："这才离开多久，就'年年忆着成离恨'？哪里是怀庆朔堂，分明是怀人嘛！"又诡秘一笑："希文兄，待会儿有礼相赠。"

范仲淹脸上一热，嗔怪道："介之，你误会了！"

今年正月十七，范仲淹抵润州，将三妹的棺柩暂安瓜洲寺，带聂氏和儿女哭祭一番。回到官舍，长子纯祐就病了，不住请医人调理，久未见好，又接长山朱氏兄弟来书，询问荫官之事。范仲淹已给范氏三哥一个荫补，下次就要给朱氏一个。他给朱氏回书，作了耐心解释。又因聂氏初到，儿女与她总不如与小鬟相处融洽，家事俗务耗费范仲淹不少精力，心情为之烦闷。春日，州署院子里开满了鲜花，范仲淹想到了庆朔堂。去年亲手栽种的两株西蜀海棠，该开花了吧？遂赋《怀庆朔堂》诗寄魏兼。想不到魏兼一见面就笑他是怀人的，他知道魏兼所指，暗自感到心虚。在小鬟身上，他看到了自己的影子，不向苦寒命运屈服；也看到了母亲的影子，克己奉人；还看到了亡妻三妹的影子，为儿女而忘我。还有没有别的情愫，范仲淹不敢想，至少，小鬟小小年纪，却像个小大人儿似的，让他心生爱怜。

"哈哈哈！什么误会不误会的！"滕宗谅大笑道，"顺境如磁石，遇针不觉合为一处。无情之物尚尔，况我辈终日在情里做活计耶？苏武陷虏营，啮雪啗毡，缩背出血，无一语少屈，然犹不免纳妇生子；杜衍帅长安，初守清俭，宴饮简薄，官妓不许入宴厅，可久之却自索歌舞。情之所钟，正在我辈，希文兄何能免！"

范仲淹摇了摇手，请二人上马。赶回州署，宴客厅已备好了酒席，同年相聚，范仲淹未让从事作陪。三人甫落座，魏兼掏出一叠稿笺递过去，范仲淹拆开一看，是梅尧臣的一首诗作，匆匆扫了一眼，顺手递给了坐在左手的滕宗谅，揶揄道："梅圣俞的消息倒是灵通。"

滕宗谅边看边道："梅圣俞对希文兄可谓倾倒！"又点着梅尧臣的诗作道："明是赞造桥，实则赞范太守，句句用典。"

抵润州不久，范仲淹上街体察民情，顺着南门大街向东走了近一里路，看见一条河，谓之关河，上架一座竹搭便桥，人走上去左右摇摆不止，很不安全。探问后方知，因正北一里路已建有嘉定桥，这里就不能再建桥，百姓即以竹木搭桥，常有人从竹桥坠河，淹死人的事也时常发生。范仲淹当即动员自愿认捐，很快建起了一座石桥，名曰清风桥。梅尧臣此诗，以赞造桥为名，颂范仲淹有大才，不宜久留地方。范仲淹不为所动。他断定，所谓与雏妓厮混、诮汉文帝以薄今上，必是梅尧臣传播出去的。好友间互诉衷肠的话，岂可断章取义随口对外人道？梅尧臣未免不知轻重，遂决计与之单向绝交。所以，船过建德时，他明知梅尧臣在岸上祖饯，却不许停船，大半年过去了，一直未再与梅尧臣通音讯、和诗作。梅尧臣是天下名流，范仲淹之所以未向他明确表示绝交，是不想让外人知晓，闹得沸沸扬扬。故而，他也不好向滕宗谅、魏兼解释什么，又恐二人察觉到，忙举酒盏道："来来来，为二位同年洗尘！"

放下酒盏，魏兼似有心事，不时伸头向外张望。不多时，两名随从带着一个女子进来了，范仲淹抬头一看，竟是小鬟。

"完璧归赵！"魏兼对范仲淹拱手道。又"嘶"地吸了口气，笑道："口误！以此礼赠同年！"

"累！"滕宗谅摇头道，"做人太紧！"

魏兼露出赞同的神情，又道："当年王曾为相，欧阳永叔为其捉刀代笔写了些应酬文字，王曾即以两名女使为赠。同年之间，赠一女使，不必介意吧！"

范仲淹会意一笑，向魏兼抱拳致谢。

小鬟低着头，默默上前为三人各自斟满了酒，又把茶盏斟满，目光不时向范仲淹投去，察言观色。

范仲淹笑了笑道："也好，纯礼、二丫天天闹着找小鬟呢！"

滕宗谅大笑："哈哈哈，《怀庆朔堂》该不会是纯礼写的吧！"

范仲淹脸一红，扬脖唤来门外的随从，带小鬟到官舍去。又忙举盏仰头把酒饮尽，口占诗句：

长江天下险，涉者利名驱。

二公访贫交，过之如坦途。

风波岂不恶，忠信天所扶。
相见乃大笑，命歌倒金壶。

自三妹过世后，范仲淹从来没有像今晚这么开心了。

次日，范仲淹兴致勃勃偕二同年到京口怀古，登北固山，访甘露寺。来到南楼唐代宰相李德裕的奠堂，得意道："李公才大名高，见咎于当世。但他独立不惧，经制四方，有名相之功。弟初来拜谒，见其奠堂狭小，命移于此。"

魏兼蹙眉道："李相是'牛李党争'的一方，后人对他评介不一，希文兄却推崇备至?"

"党争"二字，让范仲淹联想到他的"朋党"之罪，佯装没有听到魏兼的话，指着一块石刻道："这也是弟嘱咐办的，把《唐书》中的《李德裕传》刻下来，立于此。"

出了甘露寺，登上后峰，东看焦山，西望金山，隔江望去，扬州平山堂清晰可见，两岸熙熙攘攘，江中舟船相连，一片繁华。范仲淹的自豪感油然而生，口占道：

六朝人薄命，不见此升平。

"是啊!"滕宗谅感慨道，"皇宋升平景象，古之未有，我辈躬逢其盛，何其幸哉！希文兄以后还是多想想盛世繁华，少些忧思吧!"

"正因皇宋盛世繁华，我辈才更要忧思国事。何也?"范仲淹正色道，"确保这样的升平景象，永远持续下去!"

"哈哈!"滕宗谅笑道，"看希文兄一入润州境，先上茅山访道士，赋《移丹阳郡先游茅山作》，内有'竭节事君三黜后，收心奉道五旬初'之句;《赠茅山张道士》中，又有'有客平生爱白云，无端半老尚红尘'之句，还以为希文兄消极了呢!"

"哪里会消极!"魏兼道，"我观希文的《润州谢上表》，要比《饶州谢上表》

的口气硬朗多了。以公子牟身处江湖而不忘于魏阙自况，誓言进则持圣政之方，冒雷霆而不变；退则守恬虚之趣，沦草泽以忘忧。这哪里有消极的意思嘛！”

滕宗谅仰脸一笑道：“希文兄冒雷霆而不变，三番五次也没有攻倒吕相，还是韩琦厉害，一纸黜四相！”

韩琦一纸黜四相及其后接连发生的张士逊复相、拒绝接受山遇惟亮避难、筹办上尊号大典等朝事，范仲淹或通过邸报、或从过路润州的官员口中，都了解到了。听了滕宗谅的话，他凝视远方，诵出《上执政书》里的一段话：“朝廷无忧则苦言难入，天下太平则倚伏可畏，兵久弗用则武备不坚。”诵毕，突然叹息道：“圣朝太平既久，兵战不习，若元昊兴兵，如之奈何？”

“希文兄多虑了吧？”滕宗谅、魏兼异口同声道。

## 三

京城阊阖门外，次北偏西，坐落着契丹国信使驻地——都驿亭；再向西，是专门接待西夏来使的怀远驿。景祐五年十一月十日辰时许，怀远驿前突然涌出六十多名峨冠变服、举止诡秘的男子，嘀嘀咕咕着向阊阖门而来。守门的军士神情紧张，“哐”的一声，剑戟交叉门前，拦住了他们的去路。

“我等乃大夏国使介，要觐见大宋皇帝，递交国书。”打头的一位男子上前道。

守卒不敢怠慢，一边请众人先回驿馆，一边火急禀报上官。到了午时，枢密使盛度接到了禀报。藩属国使介进京，有明确且严格的规矩，事先未接到任何文书，竟有六十余人混入京城，盛度既惊且怒，差人前去盘查。

前年春，按照张元的画策，元昊差大将野利遇乞率军攻打吐蕃，佯败而归，唃厮啰差使臣向朝廷献捷，朝廷对唃厮啰并未有一言嘉勉。张元闻报大喜。通过这一试探，足以得出结论，朝廷对党项人建国称帝之举毫无戒备。

不惟如此，唃厮啰献捷受冷遇，必对朝廷生出怨怒，轻易不会服从朝廷调遣，从而可一举摆脱东西夹击的困境。建国称帝万事俱备，只差对外宣布了，不意冒出山遇惟亮投奔大宋之事，元昊不得不亲自率兵赶往宥州，以备不测。没想到大宋竟拱手将山遇惟亮遣返，元昊更加倨傲，当即令军校射杀惟亮于宥州城外，又借助野利家族，将山遇一族诛灭。至此，西夏内部已没有任何势力可阻挡建国称帝大业了。张元深知，拉开建国称帝的大幕，大宋和契丹势必不能接受，为此进行了精心布局：北部，部署七万兵马以防契丹；西南与环庆路接壤处，部署五万兵马；南部与鄜延路接壤处，部署五万兵马，皆以对宋；甘州部署五万兵马，以防吐蕃与回鹘。排兵布阵停当，十月二十日，元昊宣布建立大夏国，改兴州为兴庆府，定为国都；随即在南郊戒坛寺筑坛受封，文武推戴三十四岁的元昊为大夏国世祖始文本武兴法建礼仁孝皇帝。当日，两路使者携带国书，分别赶赴开封、上京，昭告两宗主国大夏建国、元昊称帝之讯。前往东京的使者多达六十余人，他们冒称赶考的举子，一路畅行无阻，混入了京城。到了怀远驿，方更换党项人服饰，说出了来意。

盛度接到奉命前去盘查的枢密院堂吏的禀报，目光迷茫，不敢相信。可是使介带来的国书白纸黑字写着，党项人文字已制、礼乐衣冠等器用已备，受册即帝位，希大宋皇帝能许以西郊之地，册为南面之君。这不会有假吧？盛度把国书揣入袖中，颤颤巍巍站起身，往政事堂走去。

宰相张士逊闻听枢密使盛度来访，急忙起身相迎。两位年过古稀的老人见过礼，盛度默默地把元昊的国书掏出来，请张士逊过目。

“戎狄不知礼，不可理喻！”张士逊连连摇头，笑道，“按说，与戎狄接洽，乃枢密院权责，士逊不便置喙。然上尊号大典在即，士逊贸然提请枢相，不妨先将此事压下，待大典过后再报闻。”

盛度踌躇片刻，点头赞同。

七天后，上尊号大典如期举行，张士逊代表百官为皇上加“宝元体天法道钦文聪武圣神孝德皇帝”尊号。三司使夏竦建言，为示庆贺，当改元，以皇帝尊号中的“宝元”二字为新年号。皇上龙心大悦，不惟接受了夏竦的提议，而且迫不及待，将已过去十一个多月的景祐五年，改为宝元元年，以明年为宝元二年，颁历书于天下。

办完了这件大事，张士逊才把元昊建国称帝一事提到朝堂。为安慰皇上，他率先表态道："元昊小丑，出师征讨，旋即诛灭！"

此言一出，群情振奋，纷纷建言即刻发兵挞伐，一举诛灭之。

"臣以为不可轻敌。"知制诰吴育道，"元昊既敢称帝，必是做了充分准备。朝廷仓促出兵征讨，以无备战有备，凶多吉少！元昊早已称'兀卒'，圣朝予以优容，'兀卒'与'皇帝'，不过是番语与华语之别。况且，契丹主也称皇帝，并不妨碍圣朝为天下正朔。对元昊不妨因而抚之，然后备边选将，以议攻取为便。"

"迂腐！怯懦！"张士逊厉声驳斥道，"契丹主在圣朝创立之前就建国称帝，而西夏乃圣朝藩属，敢面南称帝，岂可容之？山遇惟亮来投时，供称西夏正规军只有八万人，我陕西前线常年驻守的将士即达二十万，朝发兵，夕灭之矣！"

三司使夏竦道："元昊之所以跳梁，是因为三十年休养生息积累了财富，这些财富，强半来自我圣朝。一则圣朝每年都赐其银两绢帛，二则允开榷场贸易。既然元昊反叛，不再向其赐银帛自不必说，榷场亦应关闭，禁绝与西夏一切贸易往来。"

皇上道："拟旨，削夺赐予元昊的所有官爵，撤回所赐国姓，贬为庶民；关闭榷场，禁绝贸易。"

夏竦又道："以正义之师讨伐叛逆，名正言顺。但不可仓促发兵，当务之急是充实陕西前线文武大员，有备而战。"

张士逊顺水推舟道："夏竦之言当纳。知河南府范雍，曾任枢密副使，近日又上疏陈安边六事，可出知延州；夏竦亦曾任枢密副使，谙熟军政，可出知永兴军；夏竦、范雍同管勾陕西都部署司事，分帅陕西。此二臣资兼文武，当速赴边任，整备兵马，朝发而夕灭昊贼矣！"

皇上振奋道："速颁制书，命夏、范二卿火急赴任！"

## 四

夏竦踌躇满志，决计一举平定西夏，为国立奇功，不惟得享高官厚禄，还可名垂青史。他一到长安，就带着在京城最著名的勾栏莲花棚重金购得的伶人若荷，马不停蹄巡边。到得距夏界不远的原州，亲笔写成一张榜文，称有能砍下元昊脑袋来献者，赏五百万钱，封西平王。他命将榜文刻刊，在边境城寨广为张贴，借以显示大宋的富庶和豪气。

几天后，正在得胜寨巡视的夏竦忽接牙兵呈来的夏人榜文，上写谁砍下夏竦脑袋，赏钱两贯。夏竦气得跳脚大骂，心情郁闷，原定次日辰时出发巡视笼竿城，直到交了巳时，他还搂着宠妾若荷不肯出被窝。站在风雪中久候的兵士等得不耐烦了，“呼啦啦”把夏竦的大帐围了，要进帐揪出夏竦，杀死妖女。夏竦征辟的经略判官田况见状，急忙上前劝阻，命牙兵将围帐兵士与大帐隔开。

看到边寨情形，夏竦心灰意冷，又受此惊吓，豪迈之气荡然无存，匆匆结束了巡边之旅，返回长安。刚入城，忽有自称姚嗣宗的华阴书生拦道求见，向夏竦禀报了张三才、吴久侠投敌事。夏竦这才知道，元昊的谋臣张元原来是屡试不中的华阴书生张三才，他咬牙切齿道：“败类！圣朝读书人中的败类！”但愤恨归愤恨，面对现实，需要冷静应对。他又向姚嗣宗细细了解了张三才家里人口状况，吩咐经略判官田况，起草两道奏表，举荐姚嗣宗为大理评事，环州军事判官；请求朝廷优待张元家属，以反间之。

回到官舍，夏竦与若荷一起泡了热水澡，正在卧室对酌，牙兵来禀，京城有使者来见。若荷忙替夏竦更衣，出了官舍，夕阳余晖中，远远就看到宅门内有一个熟悉的身影，他惊喜地唤了声：“醇之！”

“夏公！”天章阁待制庞籍迎上去，躬身施礼。

自去年冬天元昊建国称帝，京城里就弥漫着一举荡平西夏的喧嚣，可两个月过去了，并没有出兵征讨的动静，朝野议论纷纭，急不可耐。朝廷眼巴巴盼着夏竦、范雍请求颁布挞伐令，谁知范雍却上疏云："延州最当贼冲，地阔而寨栅疏，近者百里，远者二百里，土兵寡弱，又无宿将为用，而贼出入于此，请益师。"宰相张士逊气得把奏疏啪地摔在书案上，直喘粗气。夏竦、范雍不主动请战，舆论又不容再拖下去，皇上只得在垂拱殿召对大臣，商议征讨元昊事。经过一番争论，最后决定还是先征询边臣意见，特遣天章阁待制、判群牧司庞籍，火急赶往长安。庞籍进士及第后分发黄州时，夏竦因"鱼轩不睦"贬知黄州，他赏识庞籍气度才干，一力举荐。庞籍对大自己三岁的夏竦执弟子礼。说明来意后，他又恭维了一句："夏公资兼文武，朝廷倚为干城，西事凭夏公一言而决。"

夏竦拉住庞籍的袍袖进了宴客厅，刚落座，就叹息一声道："醇之，形势比想象的严峻得多。圣朝天下承平三十年，边备废弛，文恬武嬉，一旦有事，如何招架？当务之急不是讨伐，而是如何防御！"

"啊?"庞籍发出惊讶的叫声。

夏竦屏退左右，从历史借鉴、军队战力、地形地势、武器装备四方面进行分析、比较，得出结论：对夏，只宜固守，不可轻易出击。最后道："我这就连夜起稿，向朝廷奏明。"

庞籍虽感意外，却又觉得夏竦所言凿凿有据，不能不信，荡平西夏的豪情顿时减了大半。尽管官妓百般殷勤，这顿酒喝得还是千般苦涩。庞籍大醉，痛哭流涕。

次日午时，庞籍方醒酒起床。待用了酒饭，夏竦把庞籍请进书房，将连夜写好的奏疏拿给他过目。

庞籍头脑已然冷静下来，细细阅读一遍，赞叹道："夏公不愧才识超迈的能臣，虽任边帅不久，却对形势有精准判断。所提九条建议，弟子以为思虑周详，应对得当，可谓字字珠玑。只是……"他深吸了口气："时下百官对西夏情形毫无所知，却一个个理直气壮，豪气冲天，大有朝发兵而夕灭之之势。官家受群情感染，也有意速战速决。夏公的意见，与群情不合，也非官家所喜，恐因此受到攻讦。"

夏竦沉吟片刻，双眉一挑道："醇之的提醒对，通篇没有一句说到征战，加上一条：诏令各路协同作战，相互呼应增援。"

加上了这一条，就显得有些模棱两可。但其他九条都是强调固守的，同样会让朝廷冷静下来。庞籍钦佩夏竦的才智，携带着他的一疏二表返京复命。

"夏竦打的是小算盘！"宰相张士逊义愤填膺道。

庞籍回京后，将夏竦的表章呈上，对举荐姚嗣宗和优待张元家属二事，朝廷当即允准；但夏竦奏疏所提十条建议，却让君臣大感意外。朝廷里激荡着一举诛灭元昊的豪情，夏竦作为朝廷寄予厚望的边帅，却倡言固守，令张士逊怒不可遏，在垂拱殿召开的御前会议上，他一改昔日的沉稳，忍不住对夏竦展开攻讦："夏竦是前线统帅，生恐战事一起，要冒矢石锋镝之险，故而有固守之议。"

"夏帅也有'诏令各路协同作战'之议。"庞籍替夏竦辩解道。

"那是夏竦耍滑头！"知制诰郑戬驳斥道，"模棱两可，岂是帅臣对军国大事的态度？"

三司使晏殊缓缓道："陛下，夏竦知边事，所奏颇务实，朝廷不可不重视。臣以为，即使要征讨，总要有备战的时间；况且，元昊本为藩臣，叛我圣朝，却也来疏奏报，我当先礼后兵，传谕命他取消帝号，宣誓臣服，他若置若罔闻，再征讨不迟。"前不久，鉴于亲政后调整中枢被罢的宰执大臣，除晏殊和去世的姜遵外都先后起用，皇上遂召他回朝，填补夏竦留下的三司使遗缺。晏殊先后知集庆军、陈州，写词赋诗，优哉游哉，对朝政、人事，从不出一语；回朝后仍保持沉默。但对西夏战守是大事，眼看君臣被诛灭元昊的豪情所振奋，要仓促发兵征讨，晏殊不得不打破沉默，提出自己的建言。

"晏卿说的是。"皇上语气颇为沉重，"我文武当思强敌环伺，国家多难，振作有为，积极备战！"

张士逊有些尴尬，又道："去岁从夏竦议，改元'宝元'，不吉。宝元，似乎暗示我圣朝以元昊为宝，骄纵他不知天高地厚。这个年号不宜再用。"

皇上苦笑道:“也罢,卿等议个新年号,明年改元。”

“陛下,陕西几面受敌,当充实文武力量。”晏殊又道。

皇上为难道:“不知何人可用?”

张士逊奏道:“枢密直学士杜衍,熟悉边情,才堪边任。可命杜衍与夏竦同知永兴军;右司谏韩琦,奉旨体量安抚蜀地,蜀民德之,他前日刚回朝,昨日即有章奏,剖析陕西边备甚详,可充陕西安抚使。”

皇上道:“卿等议后拟旨。”

张士逊与枢密使盛度一番商议,升杜衍刑部侍郎,知永兴军;升韩琦龙图阁直学士,任陕西安抚使。诏旨于当日颁发,张士逊拉上枢密使盛度,共同宴请杜衍、韩琦。酒过三巡,张士逊起身,慷慨道:“蕞尔小国,也敢挑战圣朝,如不狠狠教训之,国威何存?圣朝优待士大夫如此,目今面对藩属叛逆,敢不敢为国一战,是检验士大夫忠君报国的试金石!”他一掀雪白稀疏的胡须,躬身向杜衍、韩琦颔首致意,举盏道:“老朽愿与二公共勉!”

百越干戈未息肩，五原金鼓又轰天。

——姚嗣宗

# 第二十二章 五原金鼓又轰天

## 一

正值隆冬，草木萧萧，寒风呼号，元昊率三万人马，不宣而战，气势汹汹向保安军扑来！

张元一身戎装，骑在一匹纯白大马上，紧跟在元昊身后。去年初派往五台山礼佛的使介，肩负的使命就是探测进兵路线。按照使介绘成的舆图，党项人顺利跨过了归娘岭，踏上了大宋的土地。这一刻，张元突然泪流满面。得知夏竦、范雍出任边帅的消息后，张元神经紧绷，派遣大批细作到各处打探，命随时把二帅动静向他密报。他知夏竦多智，范雍是书呆子，决计在延州撕开缺口。但表面上，摆出与夏竦决战的态势，故意发榜文刺激他，却遣人与范雍通款曲："我兀卒素知范老子厉害，范老子一来延州，我兀卒就只有向大宋称臣一条路了。"范雍颇自得，信以为真。张元闻报，得意地仰天大笑。一场撕开大宋缺口的战役，开始在兴庆府宫殿内进行沙盘推演。正在这时，张元之侄张起、张仲经突然来到兴庆府。一问方知，朝廷接受夏竦的建议，赐他的家属月米十石、钱二十千；以其侄张秉彝为华州长史，张起、张仲经等并为文学，令往西夏劝张元回归。张元命两个侄子留而不返。夏竦又上奏朝廷，将张元家属五十余口安置随州。张元伪造了一封朝廷密诏，遣张仲经率骏马轻车，悄然驶向随州，将家属五十余口接上，大摇大摆北行。厢军奉命堵截，张仲经拿出密诏，称他奉旨到西夏行反间计，其叔张元已密奏朝廷，答应里应外合，朝廷特命将其家属接走。这番话说得神神秘秘，高深莫测，厢军只得放行。靠着这一套说辞，五十余口悉数外逃至兴庆府。张元再无后顾之忧，终于可以放开手脚实施他东向而争、定鼎中原的大计了。当元昊在誓师大会上铿锵地说出“朕当亲临渭水，直据长安”的豪言时，张元激动得浑身战栗。不过五年时间，他助元昊实现了建国称帝目标；争取再用五年，灭掉大宋，一统中原。到那时，他就可以在东京的城头，庄严地向世人郑重宣告：华阴书生张三才，没有辜负自己的才华！此刻，看到离开五年的故土，想到五年后的庄严场景，张元抑制不住激动、自豪、期盼的情绪，潸然泪下。他策马疾驰，在一座土岭上勒马喊道：“已过归娘岭，行三十里即顺宁寨，再行四十里，就是保安军了！”

保安军乃太宗时代所设军事要塞，真宗时，德明臣服朝廷，双方在此设榷场，贸易繁盛，保安军由军事要塞变成了繁华的塞上明珠。前不久，作为对元昊反叛的回应措施之一，朝廷下令关闭榷场、禁绝贸易，往日熙熙攘攘的人流不见了，代之而起的，是一队队巡哨的士卒。

虽然“战争”二字频频出现在文臣武将的训词中，准备打仗的口号也喊了一年有余，可没有人相信战争会真的来临。将帅设想的是集结大军讨伐反叛的元昊，不料却是元昊先发制人，率先发起了进攻。随着刺鼻的膻骚味飘散开来，狼烟四起，战马嘶鸣，胡刀发出凛凛寒光，黑压压的人马排山倒海向城寨压了过来，大有摧枯拉朽、横扫千军之势，令人胆战心惊！三十年不曾打仗的大宋将士，不要说迎战，就连逃跑，双腿也不听使唤了。保安军巡检刘怀忠虽头冒虚汗，却也不忘使命，声音颤抖地高喊：“养兵千日，用兵一时，我辈军人，守土有责，宁可战死，不可后退！”说着，催马迎上敌阵，举刀砍杀。党项人的箭矢如雨点般向他射来，刘怀忠坠马身亡，军阵顿时溃散。

眼看城池就要陷落，千钧一发之际，但见一个披散长发、脸戴青铜面具的高大男子，“哇”的一声震天吼叫，纵马扬枪，驰入乱阵，凶猛如罗刹，迅捷似闪电，左冲右突，锐不可当，惊得党项人目瞪口呆。霎时，敌阵中血肉飞溅，惨叫声一片。守城将士纷纷跟进，越战越勇，党项人被这阵势惊得四散逃命。

元昊见状，急令撤退。

知延州范雍接报，庆幸自己救下了死囚狄青的性命，危急时刻扭转了战局。

狄青少时替兄受过，编入军武。人犯从军者，要在脸上刺字，谓之面涅。面涅后的狄青在京城拱圣营做禁军士卒。接到元昊称帝的消息，为讨伐叛逆，朝廷动员军人开赴前线，狄青主动报名，被任命为保安军巡检司指挥使，是最低一级军官。他性情刚烈，沉默寡言，训练士兵时失手将一名士卒打死。杀人偿命，依律当斩。范雍为官宽厚，见狄青气度不凡，训练士卒也是职责所在，失手打死非为私仇，便刀下留人，命他戴罪立功。狄青果然不负期许，立下战功。

可是，严峻的局势让范雍忧心如焚。朝廷没有颁发挞伐令，叛臣却向皇宋发动了战争，战争的主动权已然握于元昊之手，目下不是皇宋想不想打仗，而是不得不打仗。从元昊突袭保安军的举动看，他分明是想在延州打开缺口。范雍后悔受张元麻痹，整备不足，要求增兵的奏疏没有得到朝廷答复，却也未再申前请。此时，他终于惊醒，报捷的奏表刚发出，就又上了一道请求为延州紧急增兵的奏疏。

接到范雍的捷报，举朝欢腾，对元昊越发蔑视，忽接要求增兵的奏疏，张士逊沉脸道：“又来了，又来了！元昊，跳梁小丑，安得让他牵着鼻子走！”随手把范雍的奏疏压下了。

张士逊正在下一盘大棋，不愿半途插进边陲之事，打乱他的布局。

## 二

推出了应对元昊建国称帝的举措，君臣都松了口气。就在为杜衍、韩琦送行的次日，张士逊不失时机地向皇上提出了一个私人请求：长子张友直屡试不第，靠父荫入仕，请求皇上为长子赐进士出身，特旨任为馆阁校勘。皇上降手诏征询二府大臣意见，参知政事程琳反对："馆阁所以待英俊，不可破例。"皇上只得折中，只令张友直在馆阁读书，同时诏馆阁校勘毋得增员。

张士逊对程琳恼恨不已，却也不动声色，将接替贾昌朝知开封府仅三个月的胥偃调回，升郑戬为龙图阁直学士，知开封府。张士逊和郑戬当年都是文坛领袖杨亿的弟子，二人同门，关系密切，他特意设家宴为郑戬饯行，嘱咐道："开封府水很深，天休遇事果敢必行，蹚蹚这潭浑水也好！"

知开封府者少则几个月，多则一两年，只有程琳知开封府时间最长，长达五年。郑戬一到任，即以开封府使院行首冯士元私藏禁书为由，将其下狱。冯士元长期任职于开封府，且是吏人头目，号为"立地京兆尹"，郑戬亲自审勘，拐弯抹角往程琳身上引。冯士元很快交代：程琳知开封府期间，曾委托他购买房产、木材、女口；程琳的女婿、吕夷简的儿子吕公绰参与购买木材事；现任枢密使盛度，天章阁待制、曾任开封府判官的庞籍也曾委托购买女口。

郑戬大喜，立即下令将吕夷简之子吕公绰下狱勘问；因程琳、盛度、庞籍等皆朝廷高官重臣，开封府无权审勘，奏请移交御史台拘提。可是，此案奉旨移交到御史台后，御史中丞孔道辅坚持独立审勘，不许二府大臣和郑戬再介入。经彻查，程琳委托冯士元购买房屋、木材，均有正当手续，照价支付，并无不当；程琳、盛度、庞籍等委托冯士元购买女口并不违法，但替他们购买女口的官员乃庞籍所荐，他从监临地买女口，违反禁条。张士逊大失所望，对皇上道："台狱阿徇，非出自宸断，何以惬中外之论！"照例，对涉及高官的案件，若皇上认为法司审理不当，可直接下旨裁定。张士逊久历中枢，知道这个规矩，因此建言皇上宸断。

正在这个节骨眼上，西北传来击退元昊进攻的捷报，范雍却紧接着又奏报前线将乏兵弱、形势危殆，张士逊自是不想让皇上看到。

皇上纳张士逊之议，召对大臣听取意见，以了结开封府程琳一案。在去往垂拱殿的路上，张士逊悄悄对御史中丞孔道辅道："官家不满程琳为小人所诬，台长可为之辩。"

孔道辅相信了张士逊的话，在奏报案情后，刻意加了一句："程琳罪薄，不足深治。"

皇上本对张士逊所谓"台狱阿徇"之说将信将疑，可听孔道辅公然为程琳辩解，不由得相信了张士逊的说辞，怒声呵斥道："身为台长，竟然朋比大臣，不可再立朝班！"

因孔道辅为程琳辩护的一句话，让皇上对涉案诸臣的观感发生了变化，有意从严惩处，遂连颁制敕：盛度罢枢密使，致仕；程琳罢参知政事，知颍州；孔道辅罢御史中丞，知郓州；庞籍落职龙图阁直学士，知汝州。

朝野关注的大案就此了结，正值年关，张士逊下令，借改元"康定"的时机，正旦节、上元节要营造欢乐祥和气氛，庆贺圣朝升平、繁荣。正月十五，皇上偕群臣登上乾元楼观灯。俯瞰京城，一片繁华，君臣喜笑颜开。张士逊乘机恳求皇上照顾其长子，皇上微笑着答应了。以恩荫入仕的张友直赐进士出身，授馆阁校勘，知襄州。为了不引起百官关注，上元节灯会一收灯，张士逊即命张友直急赴襄州上任。

七十五岁的张士逊越发精力充沛，每天都是第一个来到待漏院。不动声色间，以查贪黩为名，一举将不附己的程琳、孔道辅赶出朝廷；长子如愿以偿获得了馆职，差遣到一个大州主政，不过一年半载即可回到朝廷，升任要职……想着这些，在去往待漏院途中，张士逊坐在马车里，禁不住摇头晃脑吟起了诗句。

马车在待漏院前停下，张士逊慢悠悠从车上下来，忽见一匹快马喷着白气飞驰而来，骑马人看到他的随侍灯笼上的"张"字，又见他一身紫袍，猜出了他的身份，勒缰下马，喘着粗气道："相公，有紧急军机禀报！"

张士逊愣怔间，骑马人将一封羽书捧递给他，张士逊示意随侍将灯笼挑来，展开一看，顿时脸色煞白，手抖得拿不住文牍，惊恐道："快、快叩拱辰门入觐！"

## 三

大宋与西夏漫长的边境线上，横贯着横山山脉。经党项人多年来的苦心经营，不断蚕食，横山一带的蕃部，多半被其收编，大宋失去了横山屏障。党项人的铁骑沿清水河谷，呼啸可至宋境。作为试探，张元将突破口选择在保安军，不料出师不利，遇到一个散发青面的战神，乱了党项人的阵脚。但这没有让张元灰心。相反，这次失利，正可用以麻痹敌人，让本就对党项人力量估计不足的大宋愈发轻敌。所以，大军撤回后，未等喘息，张元就向元昊进言，乘宋人欢度节日之机再次发兵。他选择的作战线路是塞门寨至金明寨一路，却故意散布说要再攻保安军，以雪前耻。

"哈哈哈！"元昊一阵大笑，"朕听相国的！"

正月初二，正旦节式假未完，元昊就率十万大军突袭延州。张元命一路人马沿长城岭道佯攻保安军；元昊率主力出乌延口、过芦关，奔袭距延州不足二百里的塞门寨。佯攻的一路在归娘岭列阵不战，攻取塞门寨的一路突袭成功，寨主高延德被俘。拔掉塞门寨后，大军绕过龙安寨，直扑金明寨。金明寨乃延州门户，距州城仅四十里。拿下金明寨，就扫清了延州城的外围。

元昊大军即将到达金明寨时，知延州范雍才接到塞门寨失守的消息，忙召集守城将领会议军机。众人判断，这当是普通的边境冲突。此前，范雍根据收到的谍报，已命鄜延路都部署石元孙率部驻守保安军，此时火急传檄石元孙并环庆路都部署刘平、都监黄德和、巡检郭遵，各率所部共一万兵马，在保安军汇合，夺回塞门寨。

范雍调集兵马欲夺塞门寨，元昊大军已围住了距塞门寨一百一十五里的金明寨。张元劝阻元昊不要急于进攻。他早已探知，驻守金明寨的是同为羌人的蕃部巡检使李士彬。此人勇猛过人，手下兵力善战，人称“铁壁相公”，故宜智取而不宜强攻。张元先用反间计未得逞，继之又行诱降计，李士彬怒斩来使，张元随之又抛出诈降计，派出大批羌人士卒佯装投降，被李士彬接纳。李士彬奏请将这些降卒迁往内地，范雍指令依“以德怀远”的圣人之训，将降卒接入城寨，编入本军。张元见官军上当，遂向金明寨突发进攻，大批“降卒”作内应，一举生擒了李士彬。张元又献计道：“延州城墙坚固，宋军不肯出战，要想办法把他们引出来。我攻金明寨，范雍必调集兵马驰援延州，届时正可在途中全歼，所以要慢慢来，等他们出城送死！”

元昊连连颔首，哈哈大笑。

接到元昊大军攻打金明寨的消息，范雍大惊失色。一旦金明寨失守，延州即直接暴露在夏军面前。守城主力已奉命在开国名将石守信之孙石元孙的率领下夺回塞门寨，延州城内只有几百名老弱士卒，范雍亲披甲胄，登上城墙，对天祈祷，希望有援军前来解围。

环庆路都部署刘平接到延州被围的消息，率部日夜兼程赶往延州。踏着坚硬的积雪，赶到了离州城五里的三川口，与先期抵达的鄜延路都部署石元孙、都监黄德和、巡检郭遵部汇合。诸将正商议入城时，忽见四山鼓角雷鸣，埃烟斗合，夏兵墙进，难计其数，双方隔清水河对峙。巡检郭遵见敌我悬殊，劝刘平暂时撤退，刘平凛然道：“义士赴人之急，蹈汤火如履平地，何况是为了保卫国家！”遂下令与夏军就地列阵而战。

午时，元昊下令进攻，夏军渡河。巡检郭遵一手提铁鞭，一手持铁枪，杀向敌阵，所向披靡，一鞭击杀夏军勇将，官军骑兵随着郭遵往来冲突，士气大振，打退了敌军的第一次进攻。但终因寡不敌众，经过三天三夜激战，双方伤亡惨重，官军渐不支，刘平退至西山坡。张元多次遣使来劝降，刘平不为所动，夏军遂向官军驻守的西山坡围攻。年过花甲的刘平率数千将士，凛然投入这场注定没有胜算的惨烈战争，直到全军覆没。浑身是血的巡检郭遵见大势已去，高呼杀贼，单骑冲入敌阵，舞动大槊，左砍右杀，夏军人仰马翻，无法抵挡，连连后退，郭遵立即殿后，护卫少量官军撤退，夏军用铁索企图拦住郭遵，郭遵奋力将铁索砍断，夏军忙调来弓箭手，万箭齐发射向郭遵，郭遵的坐骑中箭倒地，夏军像黄蜂般涌过来，将摔倒在地的郭遵剁成了肉泥。

范雍接报，差人疾驰京城，向朝廷奏报。宰相张士逊在待漏院里接到羽书，得知官军三川口大败，延州被围，愕然失色！

宫门一开，张士逊即递帖请对。皇上知事态紧急，当即在垂拱殿召对。听完奏报，皇上面带戚容，良久方吩咐颁旨，命知永兴军、管勾陕西都部署司事夏竦调集永兴军、庆州、泾州兵马，驰援延州。

## 四

已近仲春，延州城西北五里处的三川口，到处灰蒙蒙的，不见一抹绿色。西北风依然凛冽，河面上还漂浮着一层细碎的冰渣。

龙图阁直学士、陕西安抚使韩琦站在高高的西山坡上，举目四望，泪流满面。

半个月前，元昊十万大军在三川口消灭官军近万人，随即围困延州城，发起一波又一波的攻城战，范雍率仅剩的几百士卒，再物色一批青壮年百姓穿上盔甲，在城头布下疑兵。支撑到第六天，城破在即，大雪突降，嘉岭山山神发怒的谶语迅速在夏军中传开，元昊大惧，下令退兵。

得知官军三川口大败、夏军围攻延州的消息，正在邠州的韩琦日夜兼程赶来，在坊州遇到驰援延州的永兴军兵马回撤，方知元昊已退兵，但他还是马不停蹄，于昨晚赶到延州，今日一早就来到三川口祭拜亡灵。一万将士的鲜血，洒在这片荒凉的土地上，惨烈的搏杀场景，仿佛在眼前浮现。供养百万大军的皇宋，眼睁睁看着只有二百万人口的藩属西夏建国称帝，未加挞伐，却被叛贼欺负到了家门口，真是奇耻大辱！备受优宠的皇宋士大夫，如不奋起，有何颜面再立人世！

不知是因寒风吹透了衣衫，还是过于激愤，韩琦浑身战栗，挂在脸颊上的泪珠变得冰凉。这个季节的京城，早已绿树成荫，江南更是花繁叶茂了吧？这个闪念一出，他的脑海里顿时浮现出范仲淹的身影。十五年前，刚改京官的范仲淹就有《奏上时务书》，呼吁朝廷不可轻长世之策，苟一时之安，而应议武于朝，以保天下；此后的《上执政书》，更大声疾呼，武备不坚则戎狄或乘其隙，当举将才，备戎狄，确保皇宋长治久安。方今国难当头，朝廷该让范仲淹担当大任了！这样想着，他一溜小跑下了山坡，跨马回到驿馆，提笔拟写奏表。

蘸好了墨汁，韩琦又把笔放下了。前年，他以片纸黜四相，并将范仲淹的名字列入可用为宰执的数人中，皇上并未听纳。韩琦推测，皇上似乎对范仲淹不能谅解。不过，此一时彼一时，如今国家出现了重大变故，再不抓住这个时机，年过半百的范仲淹或许就再也没有机会了。这固然是范仲淹个人的损失，更是皇宋的损失。只是，朝廷里的元老大臣，未必愿意看到范仲淹回朝，还是先荐他到前线来。昨日，范雍在接风宴上透露，朝廷追究三川口战败的责任，已下旨将他贬知安州，诏命知环州赵振改知延州。赵振是武将，且年近古稀，岂可为边帅？何不借机建言朝廷将范仲淹调知延州？思路理清了，韩琦下笔写道：

> 范雍二府旧臣，尽瘁边事，边人德之。且乞留雍，以安民心。赵振粗勇，俾位部署可矣。若谓范雍节制无状，势当必易，则宜召越州范仲淹委任之。

写毕，韩琦心里还是不踏实。自范仲淹被贬而朋党之论起，朝士牵连，出语范仲淹者则有朋党之嫌。虽然举荐范仲淹的话隐藏在奏疏末尾，轻描淡写，似乎漫不经心，可有可无；可朝廷重臣皆知他和范仲淹谊兼师友，倘若有人在皇上面前说一句他乘机荐引朋党，效果就适得其反了。韩琦挠了挠额头，起身在室内徘徊，斟酌良久，又在结尾处续写道：

方陛下焦劳之际，臣岂敢避形迹不言，若涉朋比，误国家事，当族！

誊清封好，韩琦吩咐随侍："送马铺急脚递！"

本朝传递公牍的递铺分步递、马递和急脚递三等，以急脚递为最快，只有军兴时才设。时下西事骤起，国家进入军期，从京城开封到陕西各州军，都开设了急脚递，长者旬日、短者五六日，即可往返。韩琦的奏疏于五天后呈达御前。

皇上御览，见韩琦以身家性命作保吁请起用范仲淹，不禁为之动容，但还是踌躇难决。且不论范仲淹当年请立皇太弟侄的不敬，便是他时下的威望，不过来自数以言事动朝廷，一个靠言事博得大名且从未到过前线的书生，可委以边帅之任吗？况且，即位以来已三次贬放他，范仲淹或许满腹委屈，已然消极了。毕竟，年过半百之人已属老迈，从山清水秀的江南调往蛮荒苍凉、杀机四起的前线，有几人会愉快应召？他若以年高体衰为由不奉召，朝廷即无话可说。想到这里，皇上叹了口气，靠在御榻后背上闭目沉吟。突然，耳边一阵嘈杂的"嗡嗡"声，仿佛是战死在三川口的万名将士在悲壮呐喊："陛下！圣朝泱泱大国，因何败于小小的夏戎之手？"皇上打了个寒颤，像是蓦然从梦中醒来，用力揉了揉眼睛，传召宰相张士逊进殿奏对。

君相一番商议，将值守的翰林学士、知制诰都召进殿内，口授了词头，命连夜起草诏旨。

次日，紫宸殿朝会上，宣赞舍人接连诵旨：陕西路沿边各州军所设鄜延、环庆、泾原、秦凤四路，增设经略安抚招讨使司，以延州、庆州、渭州、秦州知州兼各该路经略使、都部署；任夏竦为陕西经略安抚招讨使、陕西都部署，总揽西北军政；知枢密院事陈执中罢知青州，三司使晏殊任枢密使，起用三年前被罢参知政事的宋绶同知枢密院事，知开封府郑戬升枢密副使；御史中丞贾昌朝为三司使；知永兴军杜衍移知开封府；知越州范仲淹复天章阁待制职，知永兴军；撤回对赵振知延州任命，天章阁待制、陕西都转运使张存升龙图阁直学士，知延州。

西北告急，不能再按部就班，命范仲淹知永兴军的敕牒，以八百里加急送往越州。

## 五

越州的治所在会稽，州署就设在古越龙山越王台之后。正是暮春时节，初升的太阳转眼间就羞怯全无，变了脸色，把明晃晃的阳光洒在院落里。吏部员外郎、知越州范仲淹，坐在清白堂里，为一篇墓表做最后的润色。

越州会稽人孙沔以秘书丞知处州，前不久改知楚州，顺道回家省亲，他带着一摞发黄的文稿拜谒范仲淹，请为其曾祖写墓表。范仲淹与孙沔素无交游，且他的曾祖籍籍无名，无以表彰，墓表难以落笔，故屡次婉拒。孙沔却大发感慨，言唐末海内支裂，武人横肆，读书人不能为皇家所用，不知埋没了多少人才；圣朝以来，读书人工一词、明一经，无远近，即登天子堂，为邦家争光，故读书人当珍惜这个时代，享受这个时代。孙沔这番话，本是解释他的曾祖何以没有显名于世的原因的，在范仲淹听来，却可作教化之资，遂改变主意，以此为主题，写了一篇墓表。

前年十一月，在润州不到十个月，范仲淹接到了移知越州的敕牒，去年正月底到任。越州历史悠久，环境优美，商贸发达，市面繁荣，秩序井然，就连修路架桥，也用不着官府操心。范仲淹便围绕“以德化治”四字施政。最终答应孙沔为其曾祖写墓表，也是基于这个思路。

“太守，时辰已到！”门外响起州校的声音。范仲淹起身走出后堂，跨马向曹娥江码头奔去。

曹娥江码头上，一艘客船泊稳了，下来一位身穿长衫的中年男子，举头一望，见身着官袍的人站在岸上向他张望，不觉一惊，他想不到范仲淹会亲自来迎，激动地唤了声："范公——"

"哈哈，泰伯，可把你盼来了！"范仲淹兴奋道。自在饶州与李觏一晤，范仲淹就认定他是大儒。在饶州初次相见，就邀他共同踏勘郡学校址，可因朝廷不允，郡学未建，承诺李觏的事也就落了空；知润州时，将州署东南隅学宫进行了扩建，即邀请李觏前去主持，书札刚发出，他就移知越州，到任后在古越龙山上创办稽山书院，遂致函李觏："此地比丹阳又似闲暇，可以卜居，请一来讲说，因以图之，诚众望也！"十天前李觏捎来书札，定于今日到达。范仲淹在苏州时就定下尊师规矩，故叮嘱州校，提醒他届时亲迎。见到李觏，兴奋之情溢于言表，拉住他的袍袖道："上马！"

到了州署，喝了盏茶，李觏问："不知范公又有何大作？"

范仲淹早有准备，从书案上拿起一叠文稿递给李觏道："小作一首，请泰伯批评。"

李觏一看，是《题翠峰院》诗一首。

翠峰院是范氏先祖范蠡的故居，范仲淹到任后即去参拜，写下了这首诗。李觏阅罢，肃然道："此诗虽短，意味深长。范蠡是历史上公认的功成身退的著名人物，不留恋功名利禄。范公视此为先祖流传下来的家风，誓言要传承这种家风。"

范仲淹点点头，笑了。

李觏继续道："只有不为权位利禄所惑，才能做堂堂正正的君子。但这只是一个方面。中枢一味守静，实则是得过且过，长此以往，眼前的盛世繁华将被断送。范公看到了隐忧，也迫切盼望担负起消除隐忧的责任。可朝廷却不容置喙，内心的忧虑、伤感，只能通过追慕严子陵、范蠡这流人物，方可得到些许慰藉。"

范仲淹苦笑道："越州富庶祥和，同年滕子京寄诗来，言此地是风光绮丽的人间仙境。像范某这样的谪官，有幸来守，已是朝廷莫大的恩宠了！"说着，起身道："龙山风景秀美，我带泰伯一游，观赏清白泉，到那里煮茶。"

刚到任所不久，范仲淹在山上漫步，偶见山岩间杂草丛中有一口废井，便命州吏雇人清理，除去杂草，淘尽淤泥，发现古井泉清而味甘，遂命名为"清白泉"，并在井之侧构筑"清白亭"，还把郡守居住的凉堂改名"清白堂"。

李觏随范仲淹围着清白泉观赏一番，在清白亭坐下。随从端来用井水烹煮的卧龙茶请他品尝。范仲淹又从袖中掏出不久前写成的《清白堂记》，请李觏过目。李觏阅罢，笑道："范公在润州修桥，以'清风'命名；来越州，又拿这口废井大做'清白'文章。不惟是自我期许，实在是以德化治的手段，借'井德'喻'官德'，所盼者，乃为官之人所信不移，所守不迁，所施不私。"

春风吹拂，树间传来子规鸟的叫声，范仲淹为有李觏这样的知己而欣慰，一时诗兴大发，口占道：

夜入翠烟啼，昼寻芳树飞。
春山无限好，犹道不如归。

"哦！范公不可存高蹈之念！"李觏笑着道，"范公是开风气的人物，有忧国之志、救时之勇。如今西北起狼烟，国家出了大变故，该范公施展才干了！"他突然叹了口气："三川口惨败，国人震惶。但愿升平之世不会就此中断。我中华多灾多难，国人享受太平的日子实在太短暂了！"

"我担心朝廷为了维护天朝上国的颜面，做出冲动的决策。"范仲淹忧心忡忡道。

李觏道："《尚书》云：'克明俊德，以亲九族；九族既睦，平章百姓；百姓昭明，协和万邦。'皇宋乃大国，大国自可屈己以宁天下，没有必要自轻而与戎狄竞小忿。小民看，江南绅民都不赞同打仗。战争，无论胜负，都是对百姓的伤害，故上古有周古公让地之事。"

范仲淹摇头道："元昊公然称帝，反叛朝廷，攻我边寨，屠我军民，皇宋不能不因应。但打仗终归是拿百姓的财富、生命作赌注的，当慎之又慎，断断不可争意气！”

二人谈兴正浓，州吏来报，户曹病故了。范仲淹一惊，连连叹息道：“惜哉！惜哉！”吩咐州吏带李覯去驿馆歇息，他急忙赶到户曹住所吊慰。

府州军设司户参军，简称户曹，多由新科进士分发出任。越州户曹孙居中年过四旬，进士及第分发越州刚两年。他家境苦寒，为官清廉，孀妻幼子无力料理他的后事。范仲淹分俸三百缗相助，其他官吏也纷纷效仿，很快凑了千缗，为孙居中置办寿衣棺椁，并雇船送其家属扶柩返乡。孙居中家乡距越州路途遥远，范仲淹特遣办事妥帖的老吏护送。灵柩起运之日，他恐路上关卡刁难，提笔赋《孤儿扶丧》诗一首：

十口相携泛巨川，来时暖热去凄然。
关津若要知名姓，便是孤儿寡妇船。

写毕，亲自护送灵车到曹娥江码头，将诗稿交到老吏手上，嘱他到各关卡把诗稿出示给关吏，让他们体恤孤寡。

望着载着灵柩的舟船远去了，范仲淹背手在江边漫步。他想到了自己的亡妻，感到人生的无常。胡须已然花白，五十二岁了，同年蔡齐在前年刚去世，年仅五十一岁；刚被起用为知枢密院事的宋绶不久前也在五十岁的知命之年去世了；曾和他一起伏阁谏废郭后的御史中丞孔道辅，去年第二次被贬出京，未到任所就去世了，年五十四。面对亲友的纷然凋零，范仲淹突然间对死亡敏感起来，也有了时日无多的紧迫感。不禁仰天慨叹，将来或许有人会说，范某每感激论天下事，奋不顾身，一时士大夫踔厉尚风节，自范某倡之；但这也仅仅是论政而已，若有机会革除积弊，开启由守成到革新的振作政风，那才是真正的开风气。

“有这样的机会吗？”范仲淹望着曹娥江静静流淌的澄清江水，发出了深沉的一问。

“太守——吏部急递！”

范仲淹转身看去，州吏骑马奔来，到得面前，翻身下马，将一封急递呈上。范仲淹打开一看，是吏部审官院敕牒，上写：范仲淹复天章阁待制、知永兴军。他微微一怔。西北战事，到底和他这个远在江南的谪官的个人命运，联系到一起了。

昨夜云中羽檄来，按兵谁解扫氛埃。

——张元

# 第二十三章　按兵谁解扫氛埃

## 一

日上三竿，宰相张士逊才慢悠悠地骑马进了乾元门。自西北用兵，他的压力陡增，正思谋要不要让贤时，被长子张友直打乱了阵脚。好不容易安排长子友直以馆阁校勘知襄州，岂料军贼张海剽劫州城，友直身为最高长官，惊慌失措，逃之大吉。台谏官一纸弹章上奏，朝廷只得将其罢归。张士逊声望大跌，却也打消了让贤的念头。在儿子未安置妥帖前，他不想让出首相宝座。昨晚喝了一场闷酒，今日起晚了，好在他以帝师而任宰相，皇上鉴于他年迈，特许他免去每日常朝，并享有骑马入日曜门的特权。所以，即使晚到，也不会招致台谏官的弹劾。

刚过了大庆门，就听到人声嘈杂，放眼望去，一群妇人扶老携幼，哭喊着向枢密院聚集。

“怎么回事？”张士逊惊问。

新任枢密副使郑戬正要到政事堂求援，看到姗姗来迟的张士逊，忙跑过来禀报道：“相公可来了，出事了！”

前不久，知延州张存向朝廷呈报了元昊的一封奇怪的书札。说是书札，却没有发送对象，也没有投递，是逻卒在边境捡到的；说不是书札，却有元昊亲笔署名，内容更是傲慢无礼。先是指责大宋处置其建国称帝之事的态度有失宏规，全忘大体；接着说他称帝为众所推，且身为拓跋远裔，为帝图皇，并无不可；最后又说，大夏与契丹关系匪浅，他又是契丹皇室的驸马，宋廷对他态度如此恶劣，恐契丹亦不会坐视。这是对朝廷颁旨要他取消帝号的答复，无疑是对皇宋的极大挑衅和公然要挟！看到元昊此书，朝廷以“嫚书”称之。三川口败战本已让军民深受刺激，又见元昊如此傲慢无礼，一时群情激奋，纷纷上章，要求集结大军，诛灭夏戎。陕西文武，更是誓言要为三川口阵亡袍泽报仇雪恨，争相奏请集结河东麟府路，陕西鄜延路、环庆路、泾原路、秦凤路共五路四十万兵马，深入夏境征讨元昊。虽然朝廷尚未做出最后决断，但为补充前线骑兵不足的劣势，枢密院奏请从御辇院中挑选四十岁以下的士卒充禁军，开往陕西。经过一番挑选，共选出一千余人。这些皇家车马护卫不愿到前线去，便鼓动家眷到枢密院大闹。

“这、这如何是好？”张士逊惊慌道。

正向枢密院聚集的妇人里，有人认出了张士逊，便带头朝这边围拢，哭喊声响成一片。张士逊的坐骑受惊，前蹄一跃而起，把慌乱中的张士逊重重地摔在地上。郑戬见状，忙命侍从将张士逊抬到太医院诊治。太医诊断，宰相只是受到惊吓，并无大碍。但为了回避眼前的难题，他当即修表，请求在家养病一月。

右谏议大夫权御史中丞高若讷怒不可遏，声言政事堂不是养老院，当更换宰相以应时局。他带头一呼，台谏官纷纷上章，要求罢黜无能宰相张士逊。张士逊接报，颜面尽失，急忙上表请辞。皇上顺水推舟，免去张士逊宰相差遣，奉朝请。

御辇院禁军家眷大闹朝堂、张士逊受伤，延误了差拨兵马的时间。延州、庆州、渭州、秦州，请求紧急增兵、早日颁发挞伐令的奏疏一道接一道。朝廷答应从御辇院差禁军为前线补充骑兵，却迟迟未见动静，陕西经略安抚招讨使夏竦坐卧不安，忽接邸报，见张士逊罢相，心怦怦乱跳，在节堂里来回踱步。

经略判官田况进来，把一道文牍呈上。夏竦没有打开，叫着田况的字道："元均，张士逊老迈无能，皇上此举，甚洽舆情。"他搓了搓手，问田况道："当此非常时期，宰相必用干才。元均以为，谁可任之？"

"舆论多倾向于吕夷简。"田况答。

"元均这么认为？"夏竦以吃惊兼带失望的语气道。他知田况是富弼的妹夫，与其妻兄一样钦仰范仲淹。时下颇有西事赖范仲淹出山方可平定的舆论；而朝野都将范仲淹被贬谪归罪于吕夷简的嫉贤妒能，既然将平定西事的希望寄托于范仲淹，怎么同时又希望吕夷简再相？这是夏竦所不能理解的。正因如此，他认为朝廷让他主持中枢的可能性很大。

田况猜透了夏竦的心思，补充道："圣朝士大夫皆有主人翁意识，国难当头，一切以国事为重。尽管对吕夷简有各种非议，但都认为只有他出山，方可驾驭当下局势。至于夏公，也是朝野公认的干才，故朝廷方委以平定西事的重任。下官以为，待西事稍有端绪，朝廷必以相位以酬。"

夏竦不相信那些吁请重用范仲淹的人会接受吕夷简复相，但对田况的后一句话颇为认同，所以巴不得明天就能把西事理出端绪来。田况见他目光飘忽，心神不宁，怕误了事体，忙指了指他手里的公牍。夏竦这才低头阅看，是枢密院的御前札子。皇上命将元昊的嫚书送他阅看，速提交对西夏战略供朝廷抉择。夏竦阅罢，连连摇头，沮丧道："庞醇之来时，我已提交十条建议，朝廷怎的又要提供战略？分明是否决了固守战略。可明知进讨不可行，顺从朝廷的意思提出来，败坏国事，谁承担责任？"

"这未必就是官家的意思。"田况以揣度的口吻道。

夏竦沉吟不语。良久，忽地抬起头，盯着田况道："或许，五路进讨，速战速决，也不失为一个选择？"宰相的位置太具诱惑力，夏竦急于平定西事，凯旋回朝，有意改变战略，支持大军进讨。

"时下宰相尚未到位，朝廷无人主事，此事不妨缓一缓，听听范希文的意见再说。"

一听范仲淹的名字，夏竦心头一颤。此公对皇上、宰相尚且不留情面，何况他夏竦？他叹息一声，问田况："范希文何在？甚时能到长安？"

## 二

应天府南桥码头，一艘官船缓缓启航，范仲淹站在船尾，望着岸边不住向他招手的小鬟和四个儿女，眼圈红了。

三月中旬接到朝廷复天章阁待制、知永兴军的敕牒，范仲淹即带家眷乘船北上。朝廷所定上任期限两个月，船过润州时，将暂厝瓜洲寺的李三妹灵柩接上，一路回到应天府，将灵柩浅土葬于宁陵职田。念及子女年纪尚小，他让聂氏留下来照顾，只带长子纯祐随行。小鬟顾念他年过半百，体弱多病，执意要随行，范仲淹阻止了。夏竦带宠妾巡边差一点激起兵变的消息已传遍国中，他不想因为小鬟随侍给人留下口实。但士大夫带长子赴任是惯例，十七岁的纯祐也已以父荫得将作监主簿，也该带他历练了。

官船溯流而上，逆光望去，小鬟和儿女们的身影渐渐变得模糊，范仲淹含泪进了船舱，思绪立刻就转到对西事的担忧上。他在《奏上时务书》中说到的苟一时之安，《上执政书》中预言的武备不坚则戎狄或乘其隙，都不幸而言中；可举将才、备戎狄的建言却无人理睬。方今经历过战争的将帅凋零殆尽，就连能够率兵杀敌的名将之子也少得可怜，如何能抵御党项人的虎狼之师？可朝廷似乎并未引以为忧，几个月来，无论是邸报还是遇到的官员，都充斥着一举诛灭元昊的豪情。这越发加深了他的忧思。

船到陈留桥，离京城不足二十里了，范仲淹吩咐泊舟，在陈留驿过夜。他要好好想一想，要不要在京城停留。

与西夏的战和是关乎国运的头等大事，既然朝廷恢复了他的天章阁待制的馆职，有了天子近臣的身份，就要为皇上分忧、为国赴难，不能局限于一个郡守的职责范围。他迫切希望知道庙堂上对西北情形了解多少、有何考虑，也把自己的担忧向掌军政的晏殊、郑戬陈述；但是，以知越州改知永兴军，并不需要到京陛辞请训，贸然进京，会引来不必要的麻烦甚至台谏官的弹劾。这让他一时踌躇难决。

刚下了船，忽见岸上几匹快马披着夕阳驰来，看到官船旗帜上的“范”字，大声问：“范天章何在？”

不待范仲淹反应过来，快马已驰到面前，一个内官下了马，掏出一道敕牒躬身捧上，范仲淹打开一看，上面写着：天章阁待制范仲淹改刑部员外郎、陕西路都转运使。

范仲淹畅出了口气。

太宗时，划定十五政区路，各路设转运使，提举一路财赋，故又称“漕使”。但除此之外，还兼有考察各该路官吏、举贤荐能等职责。若以五品以上官员充任，或本路设多名转运使，兼领者称都转运使。陕西兴兵，设转运使多人，范仲淹任都转运使，负责军旅的后勤保障，监察文武官员，向朝廷举荐贤能。这个差遣比起知永兴军，更能介入西事、参与陕西全局，范仲淹感到欣喜。不惟如此，按照朝廷规矩，陕西、河东、河北属于防范戎狄的前线，这三路转运使赴任前，都要陛辞请训，且可荫一子、赏钱三千贯。对于荫子、赏赐的规矩，范仲淹早就提出过废止的建言，不得不接受这些，只能加重他的心理负担；但照例陛辞请训，扫除了他入京的障碍，他的心情顿感敞亮。

在陈留驿住了一夜，次日辰时启程入京。

离开京城三年余，物是人非，这里已经没有家了。妻兄李纮知梓州，不在京城；连襟郑戬虽在京城，但范仲淹在应天府听李家人说，李小妹因三姐客死他乡，对他耿耿于怀，认为是他爱出风头害死了姐姐，所以他不便寄宿亲戚家，只是让纯祐前去探望小姨，他则到四方馆缴凭，在官舍安顿下来。

“六丈！六丈！”室外传来富弼欣喜的声音。

富弼任开封府判官，近来一直关注着范仲淹的行程，差人在东水门码头专候。得知范仲淹到了四方馆，急急忙忙赶来了。

“彦国！”范仲淹急忙迎出来，拉住富弼的手往屋里走。一边示意他入座，一边迫不及待问：“彦国，京城对西事如何看？”

“悲愤!”富弼一顿足道,“自三川口失利,朝野议论纷纭,多谓朝廷用人不当,策画颠倒,以致兵帅败没,国威受损。六丈当年的《奏上时务书》和《上执政书》一时又被翻出,皆骂彼时当国者因循守旧,不纳忠言。自朝廷解除越职言事禁令,朝野都说如不贬谪范六丈,也不会有今日局面。”富弼说着,突然兴奋起来:“时下的舆论是,非吕夷简出山无人可主持大局,非范六丈之才不能了西事。”

“仲淹何德何能,受此抬举!”范仲淹摇手道。又问:“听说朝野俱谓当集结大军讨伐元昊?”

富弼道:“朝发兵而夕灭之,或许有些轻敌。但纵观历史,论兵力,皇宋多于汉唐;论财力,更是汉唐所远不及;论士气,皇宋读书人忠君报国之心,非汉唐人可比。汉唐可逐戎狄于万里,我皇宋全盛之时,一小小的西夏,还是可以镇服的。”

范仲淹微微摇了摇头,声音低沉道:“汉唐之时,能拓疆万里者,盖当时授任,与今不同。那时的边臣,既委之以任,又与之税赋,进不俟朝廷之命,退不关有司之责,观变乘胜。方今兵不识将、将不识兵,进退皆京城遥度,作战还要循朝廷所颁阵图行事。”

“嗯,六丈是说体制,”富弼点头道,“太祖鉴于唐末五代武人横暴,严密防范,武将受到抑制、边帅权力皆收归朝廷;便是朝廷这里,又让中书、枢密院二府分立。以弼观之,更革体制是不可能的,但调整却是必需。弼已上章,力主在军期以宰相兼领枢密院事。”他掸了掸手,轻蔑一笑道:“不过,西夏精兵不过八万,余皆老弱,不任战斗,岂是皇宋百万大军的对手,六丈不必怀忧。”

“八万?”范仲淹惊问,“哪里得到的数据?”

“前年来投的山遇惟亮供述。”富弼道,“山遇是西夏的枢密使,他的话应该可信。”

“对西夏了解太少了!”范仲淹喟叹道,“他们实行的是府兵之制,战时兵,平时牧。所谓精兵八万,恐是指元昊亲率兵马,不可为此说所惑,盲目轻敌。”

富弼在座椅上向外一侧身，扭脸盯着范仲淹道："六丈该不会怯敌吧？"

范仲淹道："怯敌固不可，轻敌更可怕。朝廷对西夏内部情形一无所知，还是审慎为好。"说这话时，他浑身冒出虚汗，巴不得立即就赶到前线，探明虚实，以便向朝廷提出对夏战略。

## 三

端午前夕，夏竦在邸报上看到了范仲淹任都转运使的消息，不禁头皮发麻。他坐在官舍的书案前，神情紧张地扭头四处扫视，总感到有一双鹰隼一样的眼睛在紧紧盯着他，令他毛骨悚然。他抓起书案上的一叠稿笺，重重地摔在地上。

这是举荐韩琦和庞籍的奏表。得知范仲淹来知永兴军，夏竦如芒刺在背。自朝廷解除越职言事禁令，范仲淹名声大噪，士林领袖地位隐然形成，人不敢议其非。他一来，自己难免要吃苦头。经过反复斟酌，决定举荐韩琦、庞籍二人做他的副手。庞籍是范仲淹的同年、好友；韩琦与范仲淹义兼师友，让他们和范仲淹周旋，或许会减轻些自己的压力。谁知荐表尚未发出，范仲淹的职务变了。知永兴军属于陕西最高军政长官的部属，两个副手还可以沟通；转运使非他的部属，且有权按察各该路官员，恐怕他这个最高军政长官，也逃脱不了范仲淹挑剔的眼睛吧！副手也很难起缓冲作用了。本想构筑一道防火墙，谁知火在他的头顶烧起，夏竦叫苦不迭。他肘支书案，手搓额头，口中发出"嘶嘶"的吸气声。良久，突然一拍书案，弯身将荐表捡起，发出"哼哼"的笑声。他把荐韩琦的奏表在书案上展开、抚平，小心翼翼地置于一旁，提笔又写了两道荐表。一道荐范仲淹为陕西经略招讨安抚副使、同管勾陕西都部署司事；一道荐庞籍补范仲淹遗下的都转运使之缺。

次日一早，夏竦吩咐经略判官田况，将三道荐表登簿封发。

傍晚，京城发来的文牍送到。夏竦展读邸报，赫然刊登着吕夷简复相的消息。失落之余，他倒吸了口凉气，忙吩咐校尉到马铺将荐表追回。可是，已然来不及了。夏竦闻报，连连甩手。四年前，范仲淹将吕夷简比为王莽、李林甫，三番五次要求皇上罢黜他，吕夷简再有肚量，恐也很难释怀。举荐宰相痛恨的人，不是自找苦吃吗？

十天后，当夏竦的三道荐表呈达御前时，皇上皱眉压下了。经略副使虽是文臣，实为军帅；虽是副帅，实则镇领一方，乃前线最高指挥官，责任重大，所关甚巨。前年的吕、范之争尽人皆知，若批准了夏竦的举荐，范仲淹就是镇守一方的统军大员。自古将相不和即是兵家大忌，需要试探吕夷简的态度后再作定夺。

过了几天，吕夷简自大名抵京，到职视事。当日朝会毕，皇上将吕夷简和枢密使晏殊、枢密副使郑戬召进后幄。

“开封府判官富弼已两次上章，力主宰相兼领枢密院事，不知卿等以为如何？”待三臣施礼坐定，皇上开口道。他有意采纳富弼的建言，又担心晏殊会消极，特意召三臣商议。

晏殊率先道：“时下是军期，政府与枢密院应一体负责；还应赋予边臣以指挥权，以便视敌情而定战守。这两点，虽与祖制不甚相合，但也是时势使然。”

枢密副使郑戬反驳道：“二府分设，祖宗深意，岂可擅改！”

吕夷简道：“臣以为，郑戬说的是。”

皇上轻轻吸了口气，难以决断。

吕夷简又道：“祖制不可破，但非常时期，不妨变通。臣意于崇政殿设议事厅，专议西事。平时，由一位参知政事在议事厅当值，与枢臣共同阅看文牍，有事时二府大臣一起议事。”

“卿议周详！”皇上欣喜道，“拟旨颁行！”

“陛下！”吕夷简唤道，“方今国难当头，正是用人之际。欧阳修等应复馆阁职，调回朝廷；富弼自登第以来，屡屡上疏议兵事，亦应提调朝廷重用。”

“就依卿议！”皇上爽快道。他见吕夷简主动提出召回欧阳修等人，又提议重用富弼，而这些人都被视为范仲淹一党；既然吕夷简对他们没有芥蒂，对范仲淹或许也可谅解？遂转向晏殊道：“晏、郑二卿退下，朕与吕卿有事相商。”

晏殊、郑戬施礼辞出，皇上道：“吕卿，朕听到一些议论，说非范仲淹之才不能了西事。”铺垫了一句，方以试探的语气道：“夏竦荐韩琦、范仲淹佐贰，卿意如何？”

吕夷简不假思索道：“韩琦、范仲淹，皆贤者。当此军兴之际，用于前线，当予晋升。以臣之见，韩琦当晋枢密直学士、范仲淹晋龙图阁直学士，同为陕西经略招讨安抚副使、同管勾都部署司事。”

皇上露出惊喜的神情，以亲切的语调道：“吕卿襟怀坦荡，忘私怨而顾大局，朕会让范仲淹向吕卿道歉致谢！”

吕夷简忙道：“圣朝优容士大夫，士大夫又岂可不以一颗宽容之心对人？道歉致谢的话，陛下不必说了吧，臣相信，范仲淹不会计较私怨。这就是圣朝训育出的读书人的品格！”

皇上欣喜道：“军情紧急，就照吕卿所说，颁敕，命内侍前去宣旨。”

次日一早，天色微明，几匹快马就出了新郑门，向长安方向疾驰。

## 四

夏竦正和宠妾若荷坐在官舍院中一棵粗大的梧桐树下喝茶闲谈，宅门里牙兵高喊一声：“到了——”夏竦向若荷一拱手，迈步向前院走去。到了仪门口，明晃晃的阳光从东南方斜照在他的脸上，晃得睁不开眼睛，他手搭凉棚看去，经略判官田况陪着范仲淹正快步向这边走来。

四月底就接到了范仲淹任都转运使的邸报，夏竦以为他会在五月底到任，可眼看已是六月中旬，还没有见他的人影，直到昨日方接到消息，范仲淹今日上午入城。夏竦特差田况到城门迎候。一大早又吩咐牙兵关注门外动静，等范仲淹一到即刻禀报。听到“到了”的喊声，他亲到仪门相迎。

范仲淹见夏竦竟迎于仪门，不觉一惊，忙疾步上前施礼，口中道：“仲淹见过太尉！”士大夫将掌军政的高级官员尊为太尉，因夏竦曾任枢密副使，此时又是西北最高军政长官，故范仲淹有此称。

夏竦回了礼，满脸堆笑道：“希文哪，可把你盼来了！”说着，一把拉住他的手：“走走，有要事相商！”

身材矮胖、皮肤白皙的夏竦，比范仲淹大四岁，看上去却显得比他年轻许多。他亲自引导着范仲淹穿过回廊，径直进了都部署司内专设的军机堂，示意众人在一张铺着雪白布单的桌案前围坐，收敛了笑容，迫不及待问：“对西戎，希文以为当进讨还是防御？”

范仲淹拱手道：“仲淹对前线情形知之甚少，不敢自出意见，贻误军国大计。”

夏竦吸了口气，又问：“希文陛见时，官家有何训词？”

“有征无战、不杀非辜，王者之兵也，汝往钦哉！”范仲淹答。

夏竦咂嘴琢磨良久，也揣摩不出皇上是主战还是主守，抱拳向上一举道：“官家仁德！”说着拿起一道文牍道：“此前，庞醇之奉旨前来征询对西戎战略，夏某上十条建议。”他随手转给范仲淹，又拿起一道文牍：“可朝野对西人甚轻视，三川口损兵折将，又受元昊嫚书刺激，无不燃烧着复仇的火焰，大有一举荡平之势。朝廷降御前札子，要本帅再上对西戎战略，为此特拟五路进讨策，以陕西四个帅司路外加河东路所属的麟府路，集合四十万大军进讨，诛灭元昊。”

范仲淹粗略浏览一遍，前者主固守，后者却是进讨方案。身为前线最高军政统帅，竟出两套对立的方案，未免太不负责任了。都说夏竦多智，看来此言不虚。他本不愿在不掌握前线实情的时候就自出意见，可眼看夏竦要上五路进讨策，朝廷一旦采行，后果堪忧，遂以忧虑的口气道：“太尉，仲淹入潼关后，先到近里走了走，关中之备无二三分者。”

入京后与富弼的一番交谈，使得范仲淹的紧迫感大大增加，急于到前线了解实情。陛辞前，他谒见了枢密使晏殊，拜会了枢密副使郑戬。晏殊出言谨慎，只说了“有备而战”四字；郑戬则和富弼一样，誓言大军进讨，一举诛灭。前去四方馆官舍拜访他的一些熟人，个个慷慨激昂，似乎只要朝廷颁布挞伐令，西夏旋踵就能灭掉。他本想在陛辞时向皇上陈情，可一来陛辞有固定的礼仪，不容君臣随意说话；二来担心自己从未到过前线，也没有任何与军事有关的经历，说出话来，皇上未必信用。所以陛辞时也只能行礼如仪而已。陛辞后，他即与三司使贾昌朝晤面，商议陕西军费、粮草保障事宜。在京城盘桓了十余天，于五月初离京前往陕西。入潼关后，他并未直驱长安，而是到华州、同州、耀州一带走了一圈，察看粮仓、草场，了解备战情形。半个月下来，方知各地军备比他想象的还要差。不要说进讨西夏，就是抵御入侵也勉为其难。所以，一听夏竦要呈奏五路进讨策，不得不婉转地表达了自己的担忧。

“关中二三分，沿边城寨，也不过有五七分之备。”经略判官田况接言道。

范仲淹皱眉道：“倘若昊贼铁骑深入，乘关中之虚，或东阻潼关，隔断蜀川贡赋，朝廷不得安……”

话未说完，牙兵进来，附耳向夏竦嘀咕了几句，夏竦向范仲淹一拱手，快步出了军机堂。

须臾，牙兵来请范仲淹到节堂去。范仲淹跟在牙兵身后进了节堂正厅，见有内官手捧圣旨面南而立。一见范仲淹进来，扯着尖嗓子道：“范仲淹接旨——”

范仲淹慌忙整理冠带，面北躬身施礼。内官宣读圣旨：刑部员外郎、天章阁待制、陕西路都转运使范仲淹，晋龙图阁直学士，任陕西经略招讨安抚副使、同管勾都部署司事。

“啊？”范仲淹惊得差一点叫出声来。在赴任途中，从邸报上得知吕夷简复相的消息，他曾有过要不要上表请求改调闲郡的闪念，以免因与吕夷简之间的隔阂而影响到西北军政推进。可国难当头，非士大夫逃避之时，他不愿失去报国的机会，这才打消了退避的念头。不料吕夷简刚复出，就为他晋升职务，赋予重任，让他既吃惊又感动。

颁旨毕，中使将宰相吕夷简的一封书札交给范仲淹，又向夏竦密语良久。夏竦连连点头，吩咐田况带中使到长安最有名的唐宫酒楼宴饮，他则把范仲淹延进宴客厅，为他接风洗尘。

酒过三巡，夏竦屏退左右，向范仲淹拱手道："西事，以后就仰仗韩稚圭和希文了！"

范仲淹刚要谦辞，夏竦神秘一笑道："希文可知，朝廷因何特差中使前来为希文宣旨？"可他并不解释，搓着手，支支吾吾，像是有什么话难以出口。

"太尉有何见教，不妨直言。"范仲淹催促道。

"呵呵！希文不妨上启吕相公，对此前的误会，略表歉意。"他觑了范仲淹一眼，又补充道："这是圣意。差中使前来，就是为了把官家的话捎来，嘱夏某转达于希文。"

范仲淹已阅看了吕夷简的书札，全是赞誉和期许之语，无一言谈及过往恩怨。忽听皇上捎话让他给吕夷简道歉，遂正色道："仲淹早以孤贱，荷国家不次之遇，夙夜不遑，思所以报，故竭我诚心，自谓无隐，非针对某个人，与吕相公岂有个人恩怨！"

## 五

夏竦为范仲淹调拨了指使、牙兵，将他们父子在部署司官舍安顿下来。当夜，躺在床上，范仲淹辗转反侧，难以入眠，脑海里却总是闪现出吕夷简的身影。

晋升龙图阁直学士，当是吕夷简之功。就这件事而言，吕夷简不失贤相之风。这就是圣朝读书人的品格。皇上特意差中使来，转达口谕，让他给吕夷简道歉，虽则他当着夏竦的面说了那样一番话，但冷静下来，又觉得是该有所表示。不为别的，他时下的身份与以往不同了，大敌当前，将相和是大局，应当向吕夷简表明态度。这样一想，他翻身下床，点着了蜡烛，举着烛台走到书案前。可呆坐良久，却不知如何落笔，又起身走到窗前，望着繁星点点的夜空，感慨万千。长安，大唐的都城，曾经发生过多少恩恩怨怨。他在脑海里梳理着，突然想到了郭子仪和李光弼。此二人素来不睦，互不理睬。安史之乱起，郭子仪出任朔方节度使，副使李光弼向他求情："光弼死不足惜，请放过我的妻儿！"郭子仪握住李光弼的手道："国家多难，皇上受辱，正是我辈臣子同心共纾国难之际，岂可怀私怨！"二人冰释前嫌，协力平定安史之乱。想到这则史事，范仲淹一阵兴奋。先贤故事，正可为今日之鉴，遂提笔在《上吕相公书》中写道：

> 昔郭汾阳与李临淮有隙，不交一言，及讨禄山之乱，则执手泣别，勉以忠义，终平剧盗，实二公之力。今相公有汾阳之心之言，仲淹无临淮之才之力，夙夜尽瘁，恐不副朝廷委之之意。重负泰山，未知所释之地，不任惶恐战栗之极。

次日辰时，封发了书札，范仲淹觉得浑身轻松，不必再有顾虑，可全力以赴为国效力了。他来到夏竦的直房，请求尽快启程巡边。

"呵呵，希文，不着急。"夏竦劝阻道，"已差人急召韩稚圭回来，待见了面再启程不迟。"

韩琦此前的身份是陕西安抚使。依例，凡诸路遇天灾及边境用兵，辄派安抚使体量安抚，事毕即罢。但陕西、河东、河北及两广路常置安抚使司，掌管一路民事。韩琦入陕后，马不停蹄四处巡视安抚，一直不在长安。

范仲淹只得打消即出巡边的想法，集中精力，在直房细细阅览经略判官田况为他整理出来的文牍，查看各路舆图。

"元均，张亢何许人也？"这天，范仲淹举着一道文牍，问进来给他送邸报的田况道。

“张亢字公寿，是进士出身的武官。”田况答，“当年元昊甫继位，他就上疏朝廷，认为元昊喜诛杀，势必难制，宜亟防边；随后又连上十章，向朝廷提出西北攻守之计，未引起中枢重视。元昊称帝后，张亢从河北调来陕西，以文改武，任鄜延路钤辖。”

“以文改武者，都令人钦佩！”范仲淹赞叹道，“我看张亢针对三川口之战失利原因所作分析，颇有道理。此人有见识。”

“范公！”门外传来熟悉的声音。

“喔呀，是韩稚圭！”范仲淹兴奋道，忙疾步去迎。他盯着四年不见的韩琦，细细端详。韩琦的皮肤晒黑了，也瘦了许多，却分明增加了几分英武之气，夸赞道：“稚圭，堂堂大帅之风！”

“范公比过去见老了。”韩琦心疼地说。

“患了肺疾，还长了痔疮，衰病交加咯！”范仲淹一掀花白的胡须，向韩琦拱手道，“就不给稚圭上启了！”依例，被荐之人上任后当向举荐者上启或致函表达谢意，韩琦以身家性命担保举荐他，让范仲淹很是感动，但以二人之间的关系，若上启，显得有些生分，范仲淹便以这样一句话表达了对韩琦的谢意。

韩琦笑道：“天下无师长向弟子上启的道理嘛！”

二人同时笑了起来。田况上前与韩琦见礼后辞出了，范仲淹和韩琦并肩进了直房，在坐榻上落座，韩琦迫不及待道：“朝野有非范公出山无以了西事之议。既然范公已出，当速集结大军，进讨昊贼！”

韩琦一向沉稳，入陕西后又遍巡边寨，应该是了解前线实情的，与不知将略、高论于朝的人不同，可一见面就说出这样的话，却让范仲淹感到意外。他皱了皱眉道：“田元均言，沿边城寨，不过有五七分之备。”

“正因如此，才要尽快集结大军进讨！”韩琦不假思索道。

范仲淹重重吸了口气。他相信自己的判断，但一个从未上过前线的人非要和刚从前线回来的人争论，是缺乏说服力的。沉吟片刻，问道：“稚圭见过夏太尉了？”

韩琦点了点头，道："夏太尉此前倾向于固守，时下也有五路进讨之议。"

范仲淹咳了一声，刚要说话，田况来请。三人出了直房，顺着回廊进了军机堂，夏竦已候在那里。待三人坐定，夏竦道："朝廷命我辈经略西事，帅陕西。夏某居长安；韩密学驻鄜延路，兼管勾环庆路；范龙图驻泾原路，兼管勾秦凤路，若二位无异议，夏某即以此奏报朝廷。"

韩琦、范仲淹点头。夏竦举着一道文牍道："鄜延帅张存奏请移郡，朝廷征询意见，二位有何主张？"

范仲淹已经听说，三川口惨败后，范雍被贬谪，朝廷挑选了几位继任者，不是借故不愿赴任，就是遭到韩琦等人的强烈反对而作罢，只好由武将葛怀敏摄州事，后命都转运使张存知延州，帅鄜延路，他接到诏命后拖延很久不愿赴任，朝廷催促再三，无奈之下方慢慢吞吞前往延州，不意刚到任就请求离开。延州刚经历了一场生死大战，正是需要强有力统帅之时，张存却急于脱身。范仲淹一听就急了："张存若去职，诸将何禀焉？仲淹愿与韩密学调换，驻鄜延路；但可与韩密学同管勾环庆路事。"

夏竦点头，认可了范仲淹与韩琦互换的提议。他拿出所拟五路进讨策，对范仲淹道："夏某与韩密学已押字，也请范龙图押字。"

"仲淹不能押字！"范仲淹断然道，"容仲淹即日启程，到边上一窥实情后再说。"

夏竦、韩琦虽然不约而同皱了皱眉，却也不好反驳范仲淹提出的理由，只能催他快去快回。

次日一早，范仲淹携长子纯祐启程巡边，夏竦送至都部署司首门，嘱咐道："葛怀敏是鄜延路副帅，他是名将之后，足可仰赖。"

范仲淹点头。

夏竦呵呵一笑，拉住范仲淹的袍袖向旁侧走了两步，低声道："希文，京城有人昨来，转告了吕相公的一句话：'范希文乃贤者，夷简岂敢复以旧事为念耶！'"

范仲淹肃然道："吕相公颇言开释，仲淹何敢存芥蒂？太尉放心，仲淹已上书吕相公。”言毕，向夏竦抱拳一揖，辞别而去。

韩琦、田况一直送到春明门，范仲淹从袖中掏出一封书札递给田况：“请元均呈夏太尉。”从田况那里，范仲淹得知是夏竦举荐他任经略副使的，临行前写下《谢夏太尉启》，感谢他的举荐：“深惟山野之材，曷副英豪之荐。”又拉住韩琦嘱咐道：“此番膺寄方面，当开置幕府，收策志虑英杰之士以自广。举凡将帅之能否、军旅之勇怯、人民之忧乐、财利之通塞、戎狄之情伪，皆需广接人以访问，复尽心以思度。”

韩琦点头，一笑道：“琦要辟尹师鲁来，范公不要抢啊！”

尹洙四年前因主动上章，请求以范仲淹朋党之罪贬谪，皇上大怒，贬为监郢州酒税；范仲淹移知润州时，朝廷也将尹洙移出贬所，知长水县。韩琦既赏识尹洙的文采，又钦佩他的忠义耿介，范仲淹一说要开幕府，韩琦第一个想到的幕宾就是尹洙。

范仲淹也笑了：“我已荐欧阳永叔、张安道为经略节度掌书记。”

欧阳修是天下名流，风头已盖过尹洙。他刚被吕夷简提调朝廷，复馆职；张方平是范仲淹在应天府书院时的弟子，后中制科，时下任睦州通判。范仲淹认为此二人有宰辅气，希望他们在前线获得历练，所以接到副帅之命，就写了两道荐表。

韩琦问：“闻得梅圣俞屡次请缨，不知是否可用？”

范仲淹不认为梅尧臣适宜做幕宾，但他没有直接说出口，沉吟片刻道：“陕西是前线，开幕选人要有选择，须可为己师者乃可辟之，否则，虽朋友亦不可辟。我敬之为师，则心怀尊奉，每事取法，则双方欢喜。”

韩琦若有所思地点了点头。范仲淹向他和田况拱了拱手，跨马出了春明门。

这次，是名副其实要奔赴前线了，不能辜负了朝廷的重托、士君子的期许啊！范仲淹心里这样暗暗叮嘱自己。可是，作为从未到过前线、更未经历过战事的一介书生，突然间镇领一方，为数万大军之帅，他心里到底还是有些许忐忑。

塞下秋来风景异，衡阳雁去无留意。

——范仲淹

# 第二十四章　塞下秋来风景异

## 一

沿横山一线，东起麟州、府州，西至原州、渭州，东西两千余里，是国朝与藩属西夏的边境线。朝廷将其划分为陕西路、河东路两大政区。应防务所需，根据地势，把沿边州县分为鄜延、泾原、环庆、秦凤、麟府五路，各设都部署司，谓之帅司。为示与设转运使政区路的区别，这五路被称为帅司路。其中前四个帅司路属陕西路，麟府帅司路属河东路。

鄜延路在洛水以北、无定河以南，子午岭以东，北限横山，包括延州、鄜州、坊州、丹州和保安军。自失去横山屏障，鄜延路成为防御西夏要冲，防区州县分布于与河流近乎平行的西北—东南走向沿河谷的狭长区域，划分为极边、次边、近里三级防区，形成纵深防御态势。

范仲淹自长安出发，日夜兼程走了三百五十里，进了鄜延路的坊州。坊州属近里，他只停留了两天就又启程了。自坊州向东北行一百六十里，到达鄜州。

鄜州属于次边州，因是屯兵之地，范仲淹决定在此巡视六天。刚入城，在迎候的军、政官员中，一个身材高大、须发花白的官员引起了他的注意。别的官员都是笑脸相迎，而此人却绷着脸，像是有人欠他债却不愿归还的样子。轮到见礼时，他瓮声报上了姓名："鄜州判官种世衡拜见范大帅！"

"哦，听说过！听说过！"范仲淹笑着道。种世衡的叔父是闻名国中的终南山隐士种放，真宗朝曾授左司谏之职，种世衡以叔父之荫补官。虽是文官，却一脸杀伐之气。范仲淹难掩欣赏之情，说话的语调格外亲切。

种世衡却依然表情严肃，脸上没有一丝笑容。

此公该不会以为书生做不好边帅吧？范仲淹暗忖。他的脸上掠过一丝阴翳，但很快又恢复了常态，举止言谈间却也刻意显示出威严。

六天里，检阅军旅，查看营舍、草场、粮仓，与将佐一一交谈以观其才识。从各处调来轮换的禁军，陕西称为"东兵"，有的须发尽白，有的躬身驼背，更多的是对陌生环境的一脸茫然。尽管依照律法，凡脱逃者抓回后即就地正法，逃跑之事还是时有发生。

"这样的军队，能打仗吗？"自从检阅了鄜州驻军，范仲淹常常这样暗暗自问。

"范大帅，种世衡求见！"这天晚饭后，范仲淹刚回到驿馆，首门外传来一声喧哗。像是有人受到守门牙兵阻拦，故意高声大气，以便让里面的人听到。

一听是种世衡求见，范仲淹吩咐传请。

随着沉重的官靴声，种世衡大步进来了。范仲淹坐在正厅面南的座椅上，待种世衡施礼毕，方起身回礼，延之左手的杌凳上。

种世衡落座，拱手道："范大帅明日就要转往延州了，世衡有一言，欲陈于大帅！"

"讲！"范仲淹面无表情道。

种世衡道："极边州军，当务之急是大修城寨！"

"哦？"范仲淹两眼放光，盯着种世衡，期待他阐述理由。

种世衡道："庆州东北有金汤、白豹，国初为镇，先帝咸平五年，官军自白豹入蕃界，焚党项人帐族二百余，斩首五千级。这是西北有名的战例。今上天圣年间，转运使陈尧佐请缮治金汤、白豹等镇，以处投归的蕃族。朝廷虑劳民，不许。六年前，元昊不再奉正朔，出兵占领了金汤、白豹，在此修筑城池，一举扼住东进鄜延、南下庆州的通道。此例表明，城寨不存，则国土必失。还有，沿边皆蕃汉杂居之处，如无城寨，何以招徕蕃部？以世衡看来，蕃部助夏则夏胜，蕃部助我则我胜。”

“仲平说的是！”范仲淹点头道。他改为以字相称，以示亲近。

种世衡依然绷着脸：“可朝廷有旨，寨堡众多，有分兵之患，命远不足守者废罢之。”

“这倒不必过虑。”范仲淹自信道，“本帅有龙图阁直学士之职，朝廷诏旨有不合前线实情、滞碍难行者，作为天子近臣，自可上章提出。官家仁德，从善如流，必纳而改之。”

种世衡腾地站起身，从袖中掏出一张舆图，摆在范仲淹面前的卷头条案上，又移来两根蜡烛，指着一个圈点道：“延安东北二百里，乃唐代宽州城古迹，东控黄河一带贼路，可在其废垒上兴作，不惟可固延州之势，护河东、河西粮道，且可作为进图党项人银、夏二州的桥头堡，一举两得！”

“甚好！”范仲淹兴奋道。他打量着种世衡，又问道：“仲平愿主持否？”

“范龙图果然名不虚传！”种世衡大笑，改了称呼。此前，他先后向范雍、张存两任边帅陈情，范雍以“再议”相搪塞；张存则以与朝廷诏旨抵牾为由予以否决。他本已不抱希望，没有想到范仲淹这么爽快就同意了，顿时情绪大振，向范仲淹躬身一揖：“世衡等的就是这一天！”

范仲淹比种世衡还要兴奋，上前拉住他的袍袖道：“仲平，这就商议一下，需要多少兵马、民夫。”

二人趴在灯下，对着舆图，把故宽州周边山川地形、夏境兵力、蕃部状况等梳理一遍，商定了调拨兵马、民夫数量，直到午夜方散。

送走种世衡，范仲淹连夜起草了《乞修宽州屯兵长守》。疏稿写毕，隐隐约约听到了鸡叫声。他却睡意全无，精神处于亢奋中。修城寨，进可攻，退可守，又可招徕、安抚蕃部，这当是经略西事的重中之重！像是迷失在茫茫大海中的一叶扁舟，突然看到了导航塔上闪烁的亮光，他为自己终于找到了方向而快慰。索性迈步出了室内，站在院中仰望夜空。宇宙浩瀚，万古永存，而朝代的江山社稷却总是短暂的。皇宋君主至仁，士大夫至忠，但君臣沉湎于盛世繁华而恬静自守，无视积弊，令人痛心。元昊的反叛，或许能促使朝野清醒、振作起来。

一阵带着浓浓凉意的秋风吹过，花白的胡须在胸前飘动。范仲淹用手捋了捋，不禁感慨。已是五十二岁之龄，方有鹰寄方面之任，如不能建功立业，自己的历史形象会是怎样？或许徘徊于酸儒与狂士之间？要牢牢把握这来之不易的机遇，遂报国之志，展安邦之才，庶几不负平生所学。这样想着，他浑身充满了力量，也增加了几分自信。

## 二

范仲淹一行从鄜州北行三十五里，到达汉雕阴故城，稍事休息，即赶往四十里外的甘泉县。在此休整了一天，因北行四十五里处的野猪岭极为险隘，不易通行，为了赶早，一行人不到五更就从驿舍上路了。

一到野猪岭，但见往边上输运粮草的人流堵塞了道路，四轮大车不能通行，或牛驴驮行，或推独轮车爬坡慢行，人人汗流浃背，抱怨声不绝于耳。

“打仗，苦的都是咱老百姓啊！”一个上了年纪的民夫哀叹道。

“老百姓生就命苦，抱怨有甚用？难不成官爷会可怜咱，不让咱支移？”一个中年男子无可奈何道。

骑在马上缓慢穿梭在支移人流中的范仲淹，对百姓的抱怨声听得真切，侧身问中年男子：“不知老乡从何处来，到何处去？”

中年民夫道：“咱是河中府人，要支移去保安军。”

“天气好的话，一个月。”上了年纪的民夫带着哭腔道，“遇雨雪天气，寸步难行，要两三个月，两三个月啊！”

“裹缠干粮用光，离家三五十天，还要抽出人手赶回去取盘缠啊！”围上来的民夫纷纷诉苦道。

本朝根据田亩、财产等将农户分为九等，五等以上农户需缴纳赋税。为确保边境粮草供给，关中和河中府税户，必须无偿将粮草运送到指定地点，谓之支移。这是军兴以来实行的一项强制举措，不是范仲淹以一己之力可以改变的。他心里隐隐作痛，向众人拱手道："皇宋仁德之朝，为官之人，无不体恤百姓。国家有难，不得不如此。不过，本官会想办法减轻百姓支移之苦。"

话虽这么说，他一时也想不出有何对策，面对纷纷表达谢意的支移民众，范仲淹闭目不敢直视。

自野猪岭至延州城不足三十里，却走了近一天，直到酉时将尽，太阳的光线变成了暗红色，范仲淹一行方疲惫地赶到延州城下。

地处清水河下游的延州城，又称延安，东带黄河，北控灵夏，为形胜之地，有三秦锁钥、五路襟喉之称，是极边之地，也是鄜延路的治所。帅司路的文武大员，都驻扎在延安。在城外驿舍里，范仲淹特意更衣换装：头戴虎头兜鍪，顶部缀一丛长缨，官袍外披一件黑色斗篷，腰间佩了一把宝剑，以壮威严。

龙图阁直学士、鄜延路都部署、知延州张存，捧日天武四厢都指挥使、鄜延路副都部署葛怀敏，分率文武在城门迎候。比范仲淹年长五岁的张存老气横秋，无精打采；年过花甲的葛怀敏神情庄严，一身戎装，铠甲齐备，昂然而立，令人望而生畏。

迎候礼毕，众人跨马进了城门，搭眼望去，到处可见露营的士卒惊魂未定地来回走动。范仲淹蹙眉问："这怎么回事？"

张存一脸无奈道："延州守军二万六千余，营舍却寥寥无几，库缗空虚，难以主持营造，大部分兵马只能露营。"

范仲淹轻叹一声，没有说话。三川口之战硝烟未尽，兵火之后，文武官员、士绅百姓，似乎尚未从惊恐中缓过神来。面对此景，紧迫感陡然而生。虽则一路鞍马劳顿，肺病未愈，痔疮复发，已是衰病不堪，范仲淹还是强打精神，摆出英武凛凛之势。张存、葛怀敏簇拥着他进了都部署司军机堂，请他在虎位落座。范仲淹伸出手臂，示意二人在他对面的两把椅子上坐下，这才道："本帅初到边上，就请二公略陈边情。"

鄜延路最高军政长官张存一脸苦楚，心不在焉，夸张地咳了几声，嗫嚅道："存年迈体弱，不谙军情，就请葛帅禀报。"

葛怀敏是太宗朝名将葛霸之子，以父荫授武职，久历边陲，作为鄜延路副都部署，是此路最高武将。他身材高大肥胖，满脸自信，伸手一指西墙上挂着的舆图道："请范龙图移步。"

范仲淹走下虎位，因痔疮疼痛，步履有些蹒跚。

葛怀敏觑了一眼，不禁撇嘴。想到范雍在陕西为官多年，还做过枢密副使；张存也曾任陕西、河北两路转运使，都有长期在边关任职经历，尚且难以胜任；范仲淹既未在朝廷做过高官，又未在前线任过职，不过是以谪官在江南悠游数载的书生，今日一见，又是一副病恹恹的样子，不禁暗暗抱怨朝廷无识人之明。

范仲淹透过余光察觉到了，不便说什么，背手站在舆图前等待葛怀敏禀报。葛怀敏却半天不说话。随侍又点上两排粗壮的红烛，照得室内一片通明。范仲淹拱手道："请葛帅赐教！"

葛怀敏并不谦辞，边在舆图上指点着边道："西贼善骑射，自失去横山屏障，延州作为极边要冲，在险隘关口和军事要道构筑大批寨堡以为防御。根据西贼入侵通道，延州设中东西三路防御。东路：由延安循清水河东北行三十里至丰林县苇子驿，经县东北合岭关至一百五十里处的延川县，沿吐延水河谷北上一百八十里，即西贼之绥州城。三川口之败，延安几不保，东路被迫废却南安、承平、长宁三寨。中路：沿清水河谷有条南北通道，唐谓之芦关道，圣朝谓之金明道，溯清水河北上，向西北行四十里至金明寨，再北行三十五里乃龙安寨，再北行三十里至栲栳寨，继续北行五十里至塞门寨，再北行一百八十里至芦关，此为清水河源头，出此关经乌延口一百八十里，即达西贼之夏州。三川口之战后，金明寨、栲栳寨已成废墟。"

范仲淹眉头紧锁，边听边在舆图上一一对照，记在心里。

葛怀敏见范仲淹听得入神，声调越发高亢："西路：出延安西行八十里至万安寨，再向西北行八十里至保安军，由此西行四十里至顺宁寨，向北三十里至归娘岭，再十里出长城岭至奈王井驿，即入西贼之宥州。前年，西贼寇保安军，万安寨破荡。"

范仲淹见葛怀敏条理清晰，颇为欣赏。或许因其乃名将之子，又是曾任枢密使的名将王德用的妹夫，故无论是在京城还是在长安，都有不少文武大员以才荐之，今日一见，果然不凡，遂扭过脸去，蔼然问道："葛帅，延州兵马如何？"

"禁军两万六千，其中骑兵四千；厢军一万二千；乡军弓箭手一千五百；至于蕃兵，因边寨残荡，蕃部熟户多流离，已不成军，至多不过千人。"葛怀敏如数家珍道。

"自三川口大败，西至保安军，东至白草寨四百余里；北至边境，南至金明寨百余里间，几无人烟，惟东路近里有数千户。"张存心有余悸，补充道。

范仲淹蹙眉叹息一声，又问："葛帅，若西贼几路来攻，何策以对？"

葛怀敏不假思索道："出兵！"

范仲淹心里凉了半截，强忍着没有出语责备，追问道："出兵，该怎么出法？"

葛怀敏又一撇嘴，暗忖：此公果然对兵事一窍不通！他向后一仰头道："太宗时即有诏分边兵，部署率一万、钤辖率五千、都监率三千，互相独立，敌至御之，官卑者先出；又据朝廷排阵法，自来汉家兵马先出，只排作一阵，被贼奔冲，便见输折。"

范仲淹本不是问葛怀敏这些出兵列阵规矩，而是试探他有无御敌良谟，听他如是说，微微摇了摇头，暗忖：兵机险恶，量敌而行尚不能稳操胜算，将领出战不按敌之多寡强弱，而以官位高低为序，岂不是自取失败！但他不便妄议祖宗成规，又继续问："以葛帅看，当务之急，该做什么？"

葛怀敏挺胸道："当请求朝廷增兵，集结大军，剿灭昊贼！"

范仲淹大感失望,问张存道:“钤辖张亢何在?传他来见。”

张存答:“张亢因斩军不当之罪,已被夺职。”

范仲淹刚要追问,张存咳了两声道:“范龙图,接风洗尘的宴席已准备停当,众人都候着。”又向葛怀敏拱手道:“葛帅,张某有话和范龙图单独说。”

葛怀敏昂然退下,范仲淹正要问张亢的事,张存抱拳道:“范龙图,老朽不谙兵事,且老母年逾八旬,寓于老朽女婿、华州判官司马光处,肯请范龙图向朝廷陈情,将老朽调往内地,以便迎养老母;若朝廷不允,老朽只愿领郡,求免军马之务。”

张存早就上章请求调离,却迟迟没有回应,借范仲淹来巡视,又不失时机地提出请求。范仲淹心中不悦。但张存无论是官阶还是资历都在他之上,他不便责备,只是若有所思道:“鄜延密迩灵夏,为西贼入中原必由之地;延安又是重镇,数州仰赖,若不主戎政,所失则大。”

“老朽非军旅才,恐误军机。”张存恳切道。

范仲淹沉吟不语。读书人言必称忠君报国,可一旦真到了为报国需要付出代价时,又会瞻前顾后甚至退却。惟其如此,才需要有人挺身而出。这个念头一闪出,他很快做出了决断。

## 三

刚交辰时,刑部员外郎、龙图阁直学士、陕西路经略安抚招讨副使同管勾陕西都部署司事范仲淹,一身戎装,率文武出了延州城。刚入中秋,高原上的西北风已夹带着丝丝寒气。一出北门,众人不约而同地把斗篷的系带系紧了。

走了不足二里路,忽见几匹快马从河谷疾驰而来,到得范仲淹马前,一位身材矮胖的武官下马,施礼道:“禀范龙图,职乃中路巡检、龙安寨寨主李惟希,有要情禀报!”

范仲淹摆摆手，示意众人回避，李惟希刚说了一句，范仲淹就大吃一惊，瞪大眼睛问："消息真确？"

"真确。"李惟希自信道，"先是从贼境归来的蕃人禀报，卑职多方访咨，确认消息属实。"

三川口之败后，关涉战争过程、战败原因尤其是主将刘平的议论很多，流言四起，朝廷命陕西路都转运使庞籍和侍御史、知河中府文彦博在蒲州置狱，审勘真相，最后上奏说刘平力战而殁，宜加恤其子孙。朝廷追赠刘平朔方节度使，谥壮武，子孙及诸弟皆优迁。此时，范仲淹正要率众人去三川口祭奠阵亡将士，不料龙安寨寨主李惟希却带来了刘平并未战死，而是被党项人押往其都城兴庆府的消息。范仲淹甚感意外。愣了片刻，唤鄜延路副都部署葛怀敏、都监周美近前，问道："延州官民对朝廷优恤刘平，有无异议？"

二人惊讶地对视一眼，都不说话。四年前，环庆路都部署刘平上章参奏范仲淹奸邪党与、诈忠卖直；又为自己被转运使所劾辩白，朝廷召他入京问状，正赶上范仲淹落职天章阁待制，贬饶州，敕榜戒朋党。刘平大呼痛快。这件事早已传遍官场。此时范仲淹突然问起对刘平有无异议，葛怀敏、周美不知该如何回答。

范仲淹看出了二人的顾虑，催促道："如实回答！"

"未闻异议！"都监周美回应道。

范仲淹又问："朝廷优迁刘平亲属，他的亲属有无在边上任职者？"

"不下五六人。"葛怀敏答。

范仲淹点点头，拿定了主意，率众人继续前行。来到三川口，部卒已摆好香案，范仲淹趋前上香，展纸宣读祭文。读毕，感慨道："诸位！延州被围，刘帅驰援，面对十倍于己的党项人的虎狼之师，刘帅一不撤退，二不投降，以慷慨赴死的忠勇，与敌搏杀达三日之久，拖住了昊贼主力，这三天宝贵时间内，知麟州折继闵、柔远寨主张岊，袭破浪黄、党儿二族，以兵入贺兰谷，昊贼接报，只好退兵，延州得以保全。"

葛怀敏一晃脑袋道："阖城绅民都说，是嘉岭山山神显威，突降大雪，吓跑了昊贼。"

范仲淹没有回应，继续说："三川口将士的鲜血没有白流。将士们向死而战，英勇不屈，虽败犹荣，是我皇宋军人的荣光！我辈后死者，还有什么利禄可计较，还有什么苦累不能受！"一番话，说得众人肃然无语，却也热血沸腾。范仲淹环视众人，又道："今闻刘帅并未战死，而是被俘押在兴州。三川口之战，刘帅秉义不屈，庶几烈士者哉！今其子弟效命边上者数人，我辈边臣，皆不可有所憎爱，别造飞语。不惟如此，本帅还要乞朝廷对其亲属倍赐照管！"

此言一出，众人惊诧之余，都暗自钦佩范仲淹的胸襟，对眼前这位体弱书生，生出几分尊重。

祭礼毕，张存等人返回延安，范仲淹则率延州通判马端、武将葛怀敏、周美等数人，沿清水河河谷，直趋金明寨。

过三川口北行，但见道路随河川在沟壑山谷中穿行，不过三十里路，先后十三次渡河，赶到金明寨时，已是夕阳西下了。年初元昊夺下金明寨，撤兵时下令捣毁，落日余晖中，只见断壁残垣，一片狼藉。范仲淹久久伫立，神色黯然。

"禀范龙图！"都监周美打破沉默道，"昊贼新得志，势必再来攻袭。金明当边冲，乃延州门户，若不尽快修复，此地将不再归我所有矣！"

葛怀敏冷笑道："本帅送周都监此议八个字。"他故意停顿片刻，提高了声调："危言耸听，劳民伤财！"

范仲淹初到边寨，只想多看、多听，不愿表态，以免被视为轻率。直到用晚饭，他都沉默不语。饭后，悄然走出营帐，沿着一条小道攀上了山梁。举目四顾，月光澄明，夜幕下，山梁间的沟壑如同张着大嘴的野兽，又像是张牙舞爪的鬼怪，令人毛骨悚然。

突然，一个黑影从前边的树丛旁闪出，范仲淹汗毛竖了起来，摸了一下腰间，宝剑并未佩在身上。不知何时跟来的牙兵疾步上前将他夹护在中间，举刀向黑影大喝:“什么人?”

“哈哈哈!”黑影发出怪异的笑声,“借着月光喝酒,别有一番滋味,诸位要不要陪咱一起喝?”说着,举着酒壶向这边走来。

“你是何人?”范仲淹问。

“革职钤辖张亢。”黑影答。

“哦?”范仲淹惊喜道,“是张将军!”他本就对进士出身的张亢以文改武充满钦佩,读他的章奏又觉颇有见地,到延州当天就问起他,知延州张存偷偷禀报说,张亢桀骜不逊,摄州事的葛怀敏积不能堪,找借口给他定了斩军不当之罪,发往金明寨招抚蕃部。范仲淹正要找他,不意在此遇上了,自是喜出望外,向他拱手道:“张将军以文改武,效命边上,仅此一点,范某就钦佩之至!”

张亢早知范仲淹大名,又一听他如是说,放声大笑:“范龙图有人望,出帅陕西,犹如晋朝谢安之出山也!”说着,快步走到范仲淹跟前,把酒壶一扔,抱拳躬身施礼。

范仲淹看去,是一个彪形大汉,颇有武将风度,越发欣赏,迫不及待问道:“将军招抚蕃部,情形如何?”

张亢答:“边境之地,蕃汉杂居,延州以北以羌人、吐蕃等蕃部为多。金明原辖三十六寨堡,人马数万,昊贼撤去后,招安回来的熟户只有三百二十八户。”

范仲淹叹息道:“难怪延州蕃兵只有千人,无兵源矣!”

张亢又道:“蕃部叛服无常,不时私下与西贼来往,卖粮食、贩青盐、通消息,甚是恨人!但究其原因,还是官府疏于招抚、关照不够所致。目今战事又起,招抚蕃部是当务之急,使用得当的话,不惟边地稳定,还可增加兵源。蕃兵战力最强,又熟悉山川地形,故谓之藩篱之兵。面对昊贼虎狼之师,万万不可失去藩篱!”

范仲淹大受启发,道:“说的是!但不知招抚蕃部有何困难?”

张亢道:“当修复寨堡,一则御敌,一则维系蕃部。”

范仲淹闻听此言，恍惚间仿佛对面站着的是种世衡，他笑道："所谓英雄所见略同，此之谓也！"

张亢大喜，咧嘴一笑，继续道："此番招徕的三百余户，虽给与田土，蕃人无力耕种，缺少粮食。"

范仲淹稍一思忖，说道："牒各寨，将本寨现管蕃部熟户，每家十口以下，各支粮二石；十口以上，支三石。张将军以为如何？"

"范龙图果然不凡，初来乍到，就抓住了要领！"张亢赞叹道。

"集思广益！"范仲淹郑重道，"适才听张将军一席话，就有胜读十年书之慨。"说着，摆摆手，令牙兵回避，问张亢："以将军看，对西贼，该守还是攻？"

"守，未必守得住；攻，恐一败涂地！"张亢直言不讳。也不等范仲淹追问，就条分缕析道："就以三川口惨败原因来说，其一，官军指挥权分散，不相统制；其二，沿边虽有数十万大军，可兵力过度分散，以寡敌众；其三，主将与军队经常互相调换，上下不熟悉；其四，通讯不畅，各处将士难以及时了解战场情况变化；其五，训练不精；其六，将校往往贸然出击、盲目作战。"

范仲淹暗忖：此人见解务实，切中要害，确非一般武夫悍将或未经战火的文臣统帅所能及。他一步上前，拉住张亢的袍袖道："将军且随我巡边。"

张亢大笑道："哈哈哈！范龙图，莫再喊张亢将军啦，亢时下是一名罪卒！"

范仲淹摇头道："值此国家用人之际，岂可弃将军这样的军旅才？本帅这就上章，乞朝廷免将军斩军不当之罪，复钤辖职。"

张亢鞠躬道："亢必不负龙图期许！"

范仲淹已知葛怀敏与张亢不和，起用张亢，势必引起葛怀敏的不满，当晚写好《奏乞放免张亢斩军不当罪》，次日用罢早饭，即传葛怀敏到帐内，将奏疏递给他过目。

葛怀敏脸色铁青，瓮声道："龙图与张亢有渊源？"

范仲淹摇头，正色道："国家用人之际，当阔略细故。"说完，不等葛怀敏回应，起身吩咐道："牒龙安寨寨主李惟希，明日检阅所部。"

龙安寨在金明寨西北三十五里处。范仲淹一行涉清水河到了西岸，忽有一队人马向这边驰来。仔细观之，盔甲不整，灰头土脸，张亢最先认出来了，吃惊道："打头的不是郭逵吗？必是塞门寨被突袭！"

范仲淹抬眼望去，见一个与纯祐年纪相仿的男子，宽大的脸庞上，目光如炬，虽满脸血污，却仍不失虎虎英气，不禁心生欢喜。

"西贼突袭塞门寨，前去监寨的陈弟、王继元被蕃贼杀死，蕃贼首领美兀率七百兵马已进驻寨中，我辈力战方得突围！"郭逵下马禀报道。

范仲淹忙下马，召葛怀敏、周美、张亢就地商议对策。

张亢道："塞门寨孤悬边陲，极易被攻陷，时下当置之不理，修我战备，待时机成熟再收复不迟。"

"畏敌如虎，有损国威！"葛怀敏一脸怒容，高声道，"塞门寨乃中路桥头堡，当速发兵夺回！"

张亢辩驳道："延州去塞门寨一百八十余里，沿途需涉渡六十多处，周边并无人烟，又无旧日熟户，即使夺回，也难以驻兵守护。"

范仲淹内心赞成张亢的主张，但又不便驳葛怀敏的面子，遂制止道："不必再争。本帅先奏闻朝廷，为陈弟、王继元二人乞特赐奖录，以劝死节之士；至于是否夺回塞门寨，再议。"又一指站在不远处的郭逵道："郭逵是否郭遵亲属？"

"郭遵之弟。"张亢以赞叹的语调道，"郭将军三川口殉国，朝廷优恤，录其弟郭逵为三班奉职，时为塞门寨指挥使，募得本地丁壮十七人入军旅，结为青冈社，每日习格斗、骑射。"

范仲淹敬仰郭遵的忠勇，又见郭逵年少勇武，正可要他与纯祐为伴，遂道："调郭逵做牙兵指挥使，其余军士收周都监麾下。"说罢，上马继续前行。

次日辰时，龙安寨一千五百名将士在演武场集合完毕，范仲淹骑马站在点将台上，一眼望去，秋风中，一些士卒的白须被吹起，格外显眼。他轻叹一声，命骑兵披甲上马，却见有些士卒动作笨拙，良久方爬上马背；再命射箭，有的士卒射出的箭矢在马前一二十步便落地；再命步兵携兵器、口粮行军，走不过一两圈，不少人已是气喘吁吁。范仲淹转脸问葛怀敏道："葛帅，用以打仗，可有必胜把握？"

葛怀敏一挺胸脯道："我将士皆怀忠君报国之志，必能克敌制胜！"

范仲淹苦笑一声，没有说话。巡边的所见所闻，触目愁人，若夏兵来袭，以现有军队战力、寨堡情形，保住延州的可能性微乎其微，更莫说主动出兵征讨了。想到这些，他浑身燥热，高声吩咐："回延安！"

## 四

秋雨淅淅沥沥下了两天，到处是泥泞。阵阵寒气让刚从暑热中过来的人们颇感不适。范仲淹在官袍外加了一件夹斗篷，大步进了军机堂，在面南的虎位落座的同时，环视东西对坐的文武，却见副都部署葛怀敏的位子还空着，不悦问："葛帅何在？"

众人皆不语。约莫过了一刻钟，身着铠甲的葛怀敏方阴沉着脸进了军机堂。范仲淹初来乍到就赦了张亢，将其带在身边，视为左右手，对他言听计从，而自己的提议却屡屡被否决；回到延安后，范仲淹连续召集文武商议练兵事，置祖宗成规于不顾，将鄜延路二万六千名将士重新编组，淘汰老弱，只留一万八千人，编为六部，以朱吉、梁绍熙、周美、许迁、郑从政、张建侯六将分任都监，各领一部，每部三千人，日夜训练，演习阵法，并规定，作战之时不再按位卑者先出的旧规出击，而是根据来敌的数量强弱，分布军事力量，少则轮流而战，多则全体出动。事体如此重大，范仲淹只依照其所上《分延安兵马作六将教习奏》，便行动起来了。葛怀敏极为不满。一腔怨气无处发泄，故意姗姗来迟。

范仲淹没有责备，大声道："本帅经略鄜延路，以选将练兵、修筑城寨、招抚蕃部为要。选将练兵已有了端绪，今日专议修寨。"说罢，一招手，两名牙兵将一幅舆图展开在众人面前。

葛怀敏顶撞道："朝廷以寨堡众多，有分兵之患，颁旨命远不足守者废罢之。范龙图因何力主修寨？我辈是军人，军人当与敌人沙场搏击，非是修墙建屋的工头！"他一拍自己身上的铠甲："此乃名将曹玮所用，官家赐于葛某，葛某只恐辜负官家期许！"

"朝廷诏旨，指的是'远不足守者废罢之'，如塞门寨者是。"范仲淹沉脸道，"金明等城寨，正是为了务必守住方急需修复。"说着，从袖中掏出一道文牍，一举道："此本帅所上《乞修废寨》，修寨之事，已奏明朝廷！"

自在鄜州与种世衡一番交谈，范仲淹就决计把修筑城寨作为经略西事的首务。巡视鄜延路中部防御体系后，又听张亢一番陈情，他的决心越发坚定了，只是耳闻目睹的军队现状，让他把选将练兵也提到与修筑城寨同样的高度。所以，回到延安后，就一口气连写《乞修废寨》《分延安兵马作六将教习奏》，以急脚递呈送朝廷。他知道，这两项举措势必引起中枢争论，短期内不可能批复下来，但严峻的现实不容他等待下去，好在天章阁待制、妻兄李纮主动请缨，由河北路转运使调任陕西路转运使，驻鄜州，全力支持他的主张，为他调拨了一批经费。但细究起来，很容易被人抓住把柄，所以他不得不缓和了语气，转向葛怀敏，解释道："修寨，进可攻，退可守，又是招抚蕃部所必需。一旦废却城寨，无异于变相放弃国土。金汤寨、白豹城之例可鉴！"

"范龙图深谋远虑！"都监周美起身，在舆图上一指，"金明寨乃延州门户，当复；栲栳寨建于清水河与桥子川汇流处，把截安远、塞门、龙口川的贼马来路，再重修此寨，则中路可支。"

"与其重修栲栳，莫如夺回塞门！"葛怀敏驳斥道。

"夺回塞门不难，葛帅能保证守得住吗？"范仲淹问。

葛怀敏哼了一声，低头不语。

张亢走到舆图前，提议道："西路，万安寨在环州往返保安军路中，东控五龙川之延州咽喉，当速修复；东路，当先修复丰林，此城位于延州东北二十五里，就崖为城，为东路咽喉，另有承平寨，把截承平川大路，距寨六十里为大里河，自来蕃部就在大里河北岸居住，为招抚蕃部计，也应相机复之！”

范仲淹沉吟片刻，以决断的语气道：“先复金明寨，以都监周美领其事。其余诸城寨，先予相度，奏明朝廷后再次第修复。”他提高了声音：“修完诸寨，训齐六部，相山川、利器械，可图大举！”语调中充满自信。言毕，宣布散会，目不斜视，快步走出军机堂。

葛怀敏跟上去，质疑道：“范龙图，本该奏乞朝廷增兵，反倒裁去数千，军士又分散各处，若西贼大军来攻，如之奈何？”

“共谋对策！”范仲淹含糊应答道。他并没有驻足，而是径直回到官舍，吩咐牙兵：“本帅有要事，不许任何人打扰！”

他不是不想回答葛怀敏，而是一时回答不了；而且他也的确有重要事情要做——提出对西夏战略的初步构想。适才葛怀敏以朝廷正酝酿大军进讨为由反对修寨，这让范仲淹再也坐不住了。大军进讨的呼声越来越高涨，而前线的情形可以用“触目愁人”四字概括。无论是历史还是现实都让他意识到，仓促发兵进讨，只能以惨败而告终。这无疑是拿国运作赌注。他本想有了相对成熟的对策再向朝廷上章，可当下的形势不容他再保持沉默。即使是先笼统提出建言，也好让朝廷听到不同声音而冷静下来。他坐到书案前，提笔将早已在脑海里盘旋了不知多少遍的想法，写成《论西事札子》：

> 为今之计，莫若且严边城，使之久可守；实关内，使无虚可乘。西则邠州、凤翔为环、庆、仪、渭之声援，北则同州、河中府扼鄜、延之要害，东则陕府、华州据黄河、潼关之险，中则永兴为都会之府，各须屯兵三二万人。若寇至，使边城清野，不与大战。关中稍实，岂敢深入？复命五路修攻取之备，张其军声，分彼贼势，使弓马之劲无所施，牛羊之货无所集。三二年间，彼自困弱。待其众心离叛，自有间隙，则行天讨，此朝廷之上策也。又闻边臣多请五路入讨，臣窃计之，恐未可以轻举也。

疏稿写成封发，又将副本抄录给夏竦和韩琦。他自知，此疏一出，主守的帽子就戴在了头上。无论是他的这个主张还是他在鄜延路实施的选将练兵、修筑城寨、招抚蕃部三大举措，都会引起巨大争议，为此，需要取得宰相吕夷简的支持，至少向他做出必要的解释。在赴延州途中，他收到了吕夷简对他《上吕相公书》的复函，赞赏他有忧国之心、报国之志、济世之才，嘱他对时政随时指陈，有需要朝廷支持处，尽可提出。一个月过去了，也该给吕夷简禀报这里的情形了，遂又提笔给吕夷简修书：

> 今延安兵马二万六千，患训练未精，将帅无谋。……仲淹今与延安当职议定约束，急于训练。俟其精强，可御可伐。亦令录奏，乞朝廷特赐威命，则边鄙可定，庙堂无忧。

读了一遍，总觉得意犹未尽。自到延州后听了张存的请求，范仲淹就决意自兼延州，可直接向朝廷提出，恐引发不必要的揣测，故而向朝廷举荐了段少连、明镐二人。内心的真实想法，只能向枢密使晏殊表白，遂又提笔，除了禀报延州情形，着重把他的选将练兵法和自兼延州的想法向他禀报：

> 张龙图言，累陈乞只愿领郡，求免军马之务。诸将何禀焉？某已有奏章，乞别选人。段待制西人所望，无出右者；明镐亦知边事，颇见疚心。如佥议未谐，即某不敢避。……近分擘延安兵马，作六将教习，由鄜州之始，其于利害，奏牍具焉。

书札写毕，范仲淹胳膊酸沉，腿脚麻木，欲起身活动筋骨，尚未站直，突然感到一阵晕眩，腾地一下，瘫坐椅上。

## 五

“啪”的一声，欧阳修的书札被范仲淹重重地拍在书案上。

或许这些天太劳累，压力过大，又多少有些水土不服，在饶州练气功不当落下的毛病又犯了。可中秋节照例要举行酒宴犒赏将佐，范仲淹不得不拖着病体出面主持，欢声笑语中，他的脑海里却总是浮现出修寨兵士的身影，形象虽不具体，却仍让他鼻子一酸。兵士风餐露宿，能吃上酱菜就是改善伙食，若能为他们申领些许酱菜钱，也不枉做一回他们的统帅。宴后回到帅司，便提笔写下《乞为修寨及搬运粮草工役月支酱菜钱》。来陕西两个月，公牍、书函已达二三十道，还有更多的公牍要起草，急切地盼望着他征辟的欧阳修、张方平能尽快赶到。张方平迄无回应。欧阳修的书札倒是来了，可他一言老母在堂，不便偕边陲；二言要避嫌，彼时共退，不是为了斯时共进。期盼有多迫切，伤感就有多刺痛。他本想顺手把书札撕碎，最后还是忍住了，拍到书案，算是发泄自己的失望和恼怒。

缓缓站起身走到窗前，望见一棵枣树在秋雨中挺立着，叶子已然变黄，雨点掠过，枯叶开始飘落。他闭上眼睛想象着，此时的睦州、越州、苏州、饶州、润州，天气还很炎热，到处一片墨绿；京城里秋高气爽，正是文人骚客诗酒相娱的美好时节。欧阳修、张方平他们不愿到此杀机四伏的苦恶之地，也可以理解吧！这样想着，他的怒气渐渐消了。可前线事体比腹地要繁杂百倍，太需要人手了。时下只有长子纯祐散处将士间，体察军情，可纯祐毕竟年轻，还帮不上太多忙。范仲淹恨不能把过去的熟人都招徕到此地。他把多年来熟悉的人快速梳理一遍，连写荐表，改辟任长垣令的苏舜钦为经略节度掌书记；又请朝廷将他在应天府书院的同窗王洙、老友滕宗谅差遣陕西重用；鉴于前线州县多是将佐兼摄，一些杂途入仕者佐助，他又写一通荐表，一揽子举荐刘牧、钱中孚等选人十七人，请朝廷将他们差遣到陕西前线任职。

牙兵指挥使郭逵进来禀报，有一位书生求见。

常有失意书生到边陲来谒，或想讨些馈赠，或想谋个饭碗，为了避免再出现一个张元式的人物，范仲淹总是挤出时间接待。今日正想物色一名书手，便吩咐郭逵将书生带进他的书房。

不多时，一个二十岁上下的矮瘦男子走了进来，躬身施礼，朗声道："小生张载，字子厚，拜见范公！"说着，从袖中掏出一叠文稿，恭恭敬敬呈上。

范仲淹歉意一笑道："子厚，老夫犯了晕眩之症，此刻看不清文字，不妨说来我听。"

张载道："小生开封府人，生在陕西，自幼即听说夏戎经常侵扰，圣朝息事宁人，每年要赐给夏戎绢、银和茶叶以换得边境和平。可夏戎不知餍足，忘恩负义，起兵反叛，小生遂撰成《边议九条》，供范公参酌。"

"哦？"范仲淹露出惊喜的神情，夸赞道，"少年才俊，有忧国情怀，甚好！"说着，扬了扬手，示意他说下去。

张载将《边议九条》要领说了一遍，当说到罢除戍兵换防，招募当地壮丁取代时，范仲淹顿时有了精神，夸赞道："子厚，不愧皇宋的读书人！"

"小生本要组织民团，去夺回被夏戎侵占的洮西失地，为国家建功立业，博取功名。"张载又道，"如今圣朝已与夏戎开战，组织民团之事就搁置了，小生愿投笔从戎，加入军旅，请范公收留！"

"难得！难得！"范仲淹连连夸赞，眯起眼睛细细打量张载。见他面庞消瘦，一脸沉郁，却难掩儒雅书卷之气，问道："子厚读过什么书？"

张载如数家珍，禀报一遍。恍惚间，范仲淹仿佛看到李觏、孙复、胡瑗在眼前交互晃动。越看越觉得此人不凡，有大儒之风。待张载说完，他从书案上拿出一首诗，令他诵读。这是一首名为《观画鹰猎兔》诗。张载刚吟出"虽是丹青物，沉吟亦可伤"时，脸上闪出悲悯的神情，声音也变得柔软、低沉。

"子厚，此诗如何？"范仲淹问。

"真仁人之言！"张载答道。

范仲淹本有意留他在身边，可短短几句交谈，再察言观色，他得出结论：此子不可从军，却有成为学问家的潜质，遂郑重道："儒者自有名教，何事于兵?”说着,起身从书橱中拿出《中庸》递给张载,叮嘱道:“此经典尚未经诸儒表章,子厚下工夫研读,必成一代大儒!”见张载失望的样子,又开导道:“人各有长,当以所长贡献于国家。忠君报国,不只是在沙场。子厚若能光大儒学,比攻城掠地的将帅对国家的贡献还要大,必可扬名立万!”

张载一阵激动,搓了搓手,仿佛这就要拿笔著书立说,本想开口求教钻研经典门道,见范仲淹脸色焦黄,额头上挂着虚汗,不忍再打扰,抱着《中庸》,鞠躬告退。

“叫张公寿来!”送走张载,范仲淹吩咐郭逵道。

刚坐下喝了口茶,郭逵就回来禀报,未找见张亢。

在金明寨偶遇张亢,范仲淹就把他带在身边,凡事找他商量,前不久,朝廷从其请,下诏恢复了张亢钤辖之职,范仲淹特意在帅司为他安置了一间直房,以便随时召见。可张亢不时跑出去饮酒作乐,让他颇为无奈。正叹息间,张亢急匆匆进来了,一抹脸上的汗珠道:“龙图,有敌情!”

“公寿何以知之?”范仲淹故意以冷淡的语调道。

“嘿嘿!”张亢自得一笑道,“龙图,卑职被发配金明寨招抚蕃部,交了几个羌人朋友,事先有约,一旦夏戎有举动,即来向卑职通报。”

“哦?”范仲淹从座椅靠背上蓦地直起身,“公寿快说,到底什么敌情?”

张亢走到舆图前,用力一点道:“这里,要打仗!”

## 六

鄜延路都部署司军机堂,墙壁比普通房屋厚两倍,前后各有一个斗大的窗户,拉着厚厚的窗帘,大白天也要点着两排粗大的红烛,为室内增加亮光。室外侍卫环列,不许闲杂人等靠近。

接到张亢有敌情的禀报,范仲淹急召副都部署葛怀敏到军机堂商议军机。这是他到前线后第一次面对战争,虽然心里多少有些紧张,但表面上尽量保持镇定。他刻意换上戎装，端坐虎皮座椅上，神色庄重道：“据谍报，西贼夏州团练使刚浪唛在乌延口集结一万人马，欲奔袭金明……”

“各城寨均有哨探，未曾有此谍报。”葛怀敏不待范仲淹说完，就提出了异议。

张亢正要解释，范仲淹扬手制止。军情紧急，容不得争论，他一点舆图道：“本帅度之，西贼此举意在阻挠我修筑城寨，故当出兵回击之。金明寨守军周美部三千人，葛帅再集结梁绍熙、许迁、郑从政三部九千人驰援，足可御敌。”

葛怀敏闭目不语。三川口刘平全军覆没、巡检郭遵被踏为肉泥的恐惧场景让他不寒而栗。都说范雍不知兵，难道范仲淹会比范雍更知兵？这样一想，遂拱手道：“范龙图，敌情不明，贸然出城，会不会重蹈刘平覆辙？”

范仲淹沉脸道：“现已探明，此番只是夏州团练使刚浪唛一部，目标也不是围攻州城，与年初昊贼大军来袭不同。”说着，抽出令牒，提笔押了字，向上一举：“葛怀敏听令！”

武将受文臣节制，葛怀敏不敢抗命，起身躬立。

范仲淹高声道：“命你速率梁绍熙、许迁、郑从政三部驰援金明寨，火急出城！”

葛怀敏趋前接过令牒，施礼辞出。范仲淹又签发两道令牒，一道给金明寨都监周美，命其回击西贼；一道给龙安寨寨主李惟希，命防范刚浪唛回撤时攻寨，闭寨勿出，不得追击。

传令中军怀揣令牒，驰马出了延州城，赶往金明、龙安两寨。范仲淹正和张亢趴在舆图上细细查看，商议预案，听到回廊里“踏踏”的脚步声，一抬头，忽见葛怀敏又返回来了，惊问：“葛帅因何还未启程？”

葛怀敏躬身道：“西贼来袭，当中、东、西三路联合夹击，就请龙图传令狄青出保安军、朱吉出南安寨、巡检葛宗古出德静寨，夹击敌军！”

范仲淹道：“葛帅，若是昊贼主力，自当三路夹击；今只一团练使，一万人马，若我三路被其牵制，昊贼寇保安军，又该如何？”

葛怀敏走到舆图前，一指龙安寨："当牒李惟希出兵夹击。"

范仲淹愣了一下。原以为葛怀敏只是自负，却不料内心深处隐藏的是怯懦。但葛怀敏是名将之子，又是鄜延路最高武官，还是要给他留面子，遂耐心解释道："刚浪唆只是骚扰，见我有备，必回撤。"

葛怀敏挺胸道："怀敏非怯懦，乃欲一举将刚浪唆部全歼，以振我军威，雪三川口之耻！"

"是要雪耻，但不是此时！"范仲淹不悦道，"今次只要将刚浪唆部打退即可，勿追击。"

葛怀敏讪讪辞出，集结梁绍熙、许迁、郑从政三部，黎明时分出城。他吸取刘平的教训，且探且进，生恐中夏军埋伏，行动迟缓。

夏州团练使刚浪唆的一万人马，午后就扑向了金明寨。

中路都监周美接到范仲淹的令牒，紧急集结三千人马，已列阵完毕。他骑马站在山梁上，望着黑压压的敌军，翘首向南眺望，却不见援军的旗帜，只好独自与夏军厮杀。太阳落山时，周美下令收兵。金明寨尚未修复，不能做掩体，遂令所部转移至北山，分成多股，悄然四散，再举旗哗然汇集。刚浪唆本想偷袭，一路上快马加鞭，日夜兼程赶到金明寨，一见官军列阵以待，先就泄了气，又见北山到处是"哗哗"飘荡的旗帜，以为援兵已至，忙下令撤退，撤至艾蒿堡，连夜攻闯，周美命郭逵训练的十七名青冈社勇士持火炬从间道上山，益张旗帜，四面大噪。这时，突然刮起了东南风，呼啸声裹挟着呐喊声，在山谷、沟壑回荡。刚浪唆以为已被大军围困，惊慌失措，撇下一路掠来的牛羊马驼并铠甲数千，仓皇奔逃。

葛怀敏却还在行军途中。步兵日行军五十里，而延安至金明寨只有四十里，交亥时方赶到。周美气喘吁吁来禀，刚浪唆已回撤。葛怀敏命大军扎营，不必追击。

次日一早，葛怀敏吩咐清理战场，起草报捷状。

捷报在傍晚时分就摆到了范仲淹的案头，各寨堡密报西贼南下的探报方陆续报来。范仲淹苦笑一声，吩咐书手起草为葛怀敏和周美请功的奏疏。

张亢在一旁哼了一声道："龙图要上的，不是为葛怀敏请功的奏疏，而是奏乞朝廷，将他调离前线！"

范仲淹摇了摇头。

张亢问："因为葛帅有人望，龙图不想落得不能容人的名声？"

范仲淹不语。张亢所说或许是一个原因，但不是主要原因。以自己的资历，初来乍到就让葛怀敏这样的名将心悦诚服是不可能的。这次金明寨之战，证实了自己的判断力，节度适当，没有惊慌失措、大动干戈，他相信，葛怀敏会慢慢改变态度。

张亢又道："既然龙图不愿奏调葛怀敏，请功疏也不必这么快就上。"

"公寿说的是。"范仲淹笑着道，吩咐书手退出。又问张亢："鄜延路探报太迟，若不是公寿事先得到羌人密报，此番金明寨之战要吃大亏。不知公寿与羌人交友，有何秘诀？"

"诱之以利！"张亢答。

"要花多少钱，如何开支？"范仲淹追问。

张亢哈哈大笑道："龙图不必问这么细啦！"

范仲淹正要继续追问，陕西都部署司传令中军到，送来了夏竦令牒，命范仲淹速回长安。

夏竦相召，必有重大机宜要商议，不能不去。但范仲淹放心不下鄜延路，连夜召集张存、张亢，起草了两道令牒。第一道：鄜延路都部署兼知延州张存、副都部署葛怀敏、钤辖张亢坐镇延州城；东路合提防之处，都监朱吉与东路巡检驻延安寨，把守合岭关；西路，知保安军王信、巡检狄青、张建侯、黄世宁，在保安军每日训练，并严密把守归娘岭、洛水河谷；巡检葛宗古驻德静寨，都监周美驻金明寨，控中路；都监张宗武等分驻鄜政等诸要塞，密令分布兵马，若西贼来袭，放令入界，会合掩击；若西贼数路并入，且并力御敌，若破敌一处，即便邀击别路。第二道：牒环庆路都部署司，一如鄜延路设防。在令牒上押了字，又吩咐张存命延州通判马端亲往庆州，将鄜延路设防情形通报于环庆路都部署任福。

惟以人占天，不问昂与参。

——范仲淹

# 第二十五章　惟以人占天

## 一

入了九月，长安已有几分寒意，陕西经略安抚招讨司的军机堂里，几位军政大员们的脸上，却都挂着汗珠。刑部尚书、陕西经略安抚招讨使、都部署夏竦，神情严肃地环视着在座的副使韩琦、范仲淹，都转运使庞籍，经略判官田况，清了清嗓子，挑明了主题："朝廷已多次敦促，命我辈速拿出对西戎战略呈奏。夏某请诸位献策，若能达成共识，押字进呈。"

刑部员外郎、龙图阁直学士、陕西经略安抚招讨副使、同管勾都部署司事范仲淹率先道："仲淹已有《论西事札子》呈奏朝廷，想必夏太尉、韩密学也已阅知。窃以为，为今之计，莫如严戒边城，使持久可守；充实关内，使无虚可乘。"

"西戎乃我藩属，自圣朝开国，即奉正朔，称臣子。如今逆贼犯顺，忘食肉衣绮之恩，肆猾夏乱华之虐，夺我城寨，杀我将士，猖獗至极，欺人太甚！泱泱大国，忍气吞声，不敢发兵征讨，不敢出寨还击，岂不让天下笑？故以琦之见，当速集结大军进讨，不可再瞻前顾后！"刑部郎中、枢密直学士、陕西经略安抚招讨副使、同管勾都部署司事韩琦语气坚定道。他三十出头，血气方刚，满脸英气，说出话来铿锵有力。

“韩密学的话是不错，但要考虑现实。”范仲淹道，“正因我乃泱泱大国，方不可与戎狄争小忿。以目下情形看，短期内不宜出击，而应取积极防御之策……”

“防御？”韩琦打断范仲淹，气呼呼辩驳道，“防御就是被动挨打，被西贼各个击破！西戎人口不过两百万，而我沿边的官军就达三十万，但分散布防，每一处兵力都处于弱势地位。西贼来攻，每每是以数万人对我数千人，我只有惨败而毫无胜算。诸公试想，三十万重兵散布各处，经年累月坐守界壕，耗费粮饷无数，百姓不堪重负，而身为军人却不敢主动出击，等着被敌人一个个吃掉，每念及此，韩某都痛心疾首！”说到最后，他握紧拳头，在条案上重重一击，提高声调道：“是故，当将各处兵马集结，大军征讨，方可破敌！”

范仲淹心平气和道：“太祖太宗混一四海，南征北战，将帅久历沙场，可太宗曾以精兵强将五路进讨反叛的李继迁，竟无功而返。圣朝承平日久，时下无论将帅还是士卒，都不如太宗时代了。仲淹到延州，问及西贼来攻当如何，将帅以‘出兵’相答。既无名将，又无精兵，对西戎境内地形更不熟悉，也不适应其气候，深入敌境纵深作战，粮车甲乘，绵延百里，虏骑轻捷，邀击前后，乘风扬沙，一日数出，进不能进，退不能退，何来胜算？是故，现实可行的战略，仍是加强各寨堡防御。我已切断对西戎贸易，昊贼穷兵黩武，不出几年就会把家底败光，届时他不得不取消帝号，臣服圣朝。”

“胜败乃兵家之常事，太宗时代征讨失败，从此就再也不敢进讨，是何道理？”韩琦红着脸大声质问，脖子上的青筋像蚯蚓一样蠕动着，声调越来越高，“不仅要进攻，还要从速发起进攻，慢不得了！昊贼嫚书虽则无礼至极，但其提及契丹，并非全是要挟。若不尽快解决昊贼，北虏与西戎结成犄角之势，则圣朝危矣！”

范仲淹摇头道：“说到昊贼以契丹作要挟，仲淹的看法与韩密学不同。我攻西戎，若胜，契丹人不会坐视；若败，更不可言。我取守势，契丹人即使想助昊贼，也没有借口。”

韩琦不停地变换坐姿，心烦意乱。见范仲淹与他针锋相对，彼此都执念甚坚，辩也无益，赌气道："韩某力主对西戎取攻势，尽人皆知。官家差韩某来前线，就是要韩某率军进讨的，倘若一味取守势，韩某只有辞职一途！"

"韩密学血气方刚，精神可嘉！"范仲淹笑了笑道，"攻是定然要攻的，但时机未到；攻，是大军进讨还是另有方略，也需探索。"他转脸看着一直沉默的夏竦，想从他那里得到支持。

夏竦回避着范仲淹的目光，低头沉吟。他事先已叮嘱庞籍和判官田况，会上让韩琦和范仲淹辩论，不必多言。所以他和庞籍、田况都没有插话。他本是倾向于范仲淹的，有他和庞籍、田况支持，最后当是防御策占上风，以此奏报朝廷即可。可韩琦的话点醒了他。在舆论的强大压力下，皇上可能会支持进讨策。若以防御策上奏，不洽舆情，还会惹恼皇上，落个畏敌怯战的名声，职位可能不保；若为顺从舆情而以进讨策上奏，不啻为拿国运作赌注。他权衡再三，难下决断，勉强挤出一丝笑容，打圆场道："今日就议到这里，各自把对方观点好好斟酌一番，明日再议。"

"不必了！"韩琦断然道，"除非上进讨策，否则韩某不会押字！况且时下正值秋收，西贼很可能出兵抢掠，边帅不可久离！"

"折中一下如何？"夏竦面色尴尬道，"不妨以一年为期，选将练兵，然后大军进讨。"

范仲淹道："以仲淹所见，选将练兵，非一年可成。"

"一年？"韩琦瞪眼道，"那就不止一个三川口惨剧了！届时，我辈如何向皇上交代？又有何面目见关内外父老？"

夏竦不停地搓手，眼珠子转了又转，呼了口气道："也罢！此事就由夏某斟酌奏上吧！"

韩琦闻言，腾地站起身道："既如此，琦这就回渭州！"他转身向范仲淹一拱手："范公年高多病，在此休整几天再走为宜。"

"稚圭！"范仲淹唤了一声，既无奈又心疼地看着他，不知说什么好。

## 二

重阳节前后，横山南北已是一片肃杀。接到夏州团练使刚浪唆突袭金明寨失败的消息，张元的心情如同伤秋的文士，郁闷不已，叹息连连。他判断，大宋君臣受三川口惨败的刺激，必出兵征讨，故年初从延州撤军后，他就谋划了下一步的作战方案。得知范仲淹在延州紧锣密鼓训练军旅、修复城寨、招抚蕃部，明显摆出了防御姿态，他大感意外。大宋关闭榷场、断绝贸易，不啻给初生婴儿断乳。大宋耗得起，夏国却耗不起。惟一的选择就是进攻。要取关中，最便捷的通道是金明大道。得知延州在抢修金明寨，张元即奏请元昊饬令夏州出兵突袭，结果是刚浪唆狼狈撤退。经过反复斟酌，他决定放弃鄜延路通道，不与范仲淹交手，转攻泾原路。

张元入宫，把一幅舆图摆在元昊面前，用手一指道："陛下请看这里。陇山，从西北翼虎视关中。"他的手指继续向右移动："陇山东翼地势相对平坦，乃关中平原缓冲地带，十分不利于防守。故大宋在陇山以东依次设立镇戎军、渭州、泾州等军事重镇。其中，镇戎军首当我军之锋。拿下镇戎军，就打开了通往关中的缺口。从这里到渭州、泾州，沿途几乎是一马平川，无险可守，只要拿下它，我雄师便可南下渭、泾，直取关中！"

"好！"元昊大喜，摩拳擦掌道，"朕率大军亲征！"

张元又在舆图上指点道："大宋在陇山以西，未设立州县，而是在关口要塞遍立寨堡，这些寨堡多隶属于镇戎军。其中，位于镇戎军西北九十里的三川寨，乃镇戎军咽喉。"

"先吃掉它！"元昊一扬手臂道。

重阳节刚过，党项人的六万兵马就浩浩荡荡南下，直扑镇戎军咽喉三川寨。

驻守三川寨的泾原路西路都巡检杨保吉接到探报，一面火急向镇戎军禀报，一面指挥防守。驻泊都监兼知镇戎军桑怿接报，差人飞马疾驰长安、渭州，向陕西经略安抚招讨使夏竦、副使韩琦禀报，并发简檄通报环庆路、鄜延路都部署司。

韩琦刚从长安赶回，就接到了镇戎军的羽书，一面命泾原路兵马驰援，一面急牒环庆路都部署任福出兵牵制。

三川寨守军只有一千人，面对夏军强大攻势，不堪一击。杨保吉下令紧闭寨门，不许撤退。他手握钢刀，冲到城墙上，边对着攀墙的夏卒砍杀，边高喊："凡我皇宋男儿，以死报国，誓与此寨共存亡！"

"以死报国！"将士的呼喊声响彻城寨上空。

箭矢像雨点般向城头飞来，官军一片片倒下。冲杆上的夏卒踏着官军的尸首爬上了城墙。寨门被打开，敌军呼啸着冲了进来。杨保吉和三川寨守军全军覆没。

三川寨被破，镇戎军危在旦夕。

环庆路都部署任福接到韩琦的令牒，急差瓦亭寨都监王珪率骑兵驰援镇戎军。王珪率领的三千骑兵自瓦亭出发，一路冲杀赶到镇戎城下，请城内增派援兵，一起与党项人厮杀，为知镇戎军桑怿所拒，只用绳子坠下食物。饱餐一顿后，王珪集结人马道："兵法上说，人数少的攻击人数多的，一定要在晚上。我军人少，乘着现在晚上攻击敌人。"说完挥动手中的铁鞭，冲入夏军营帐，接连砍杀夏军二将，把夺得敌将的两杆枪插在山上，夏军惊恐后撤。

长安，陕西都部署司节堂里，夏竦接到元昊破三川寨、寇镇戎军的消息，大惊失色。这是他就任陕西最高军政统帅后元昊首次出征，来者不善，取关中的狼子野心暴露无遗。如今一举拿下了三川寨，一旦扫平外围，镇戎军必不可守，渭、泾无藩篱，阻挡不住党项人的虎狼之师，长安岌岌可危！他感到阵阵寒气顺着后背向上蹿出，急颁两道令牒，命关中各城寨进入战备状态，又命韩琦、范仲淹设策应对。

"太尉不传此令，韩琦、范仲淹也会设策应对。"经略判官田况建言道，"昊贼号称大夏天子，既已亲自出征，太尉似宜出长安，到前线调度兵马，指挥御敌。"

“非我不愿赴前线。”夏竦苦笑道，“元均晓得的，韩稚圭、范希文，是那么好指挥的？我不去尚好，去了，徒增烦扰，反而不利于御敌，就让韩、范二帅按照各自的想法做吧！”他叹了口气，搓着手在室内徘徊，口中喃喃：“韩稚圭的说法也不是没有道理，防御就等于坐等寨堡被西贼一个个吃掉。真是无法向皇上交代！”

“可范希文说的也有道理。若大军进讨，一旦失败，后果更是不堪设想。”田况接言道，“太尉，作为主帅，总要有所行动才是啊！”

夏竦捻须不语。仅仅传令给韩、范设策，显得主帅可有可无；可移节堂于前线，并不能扭转战局，反倒把责任都揽到自己身上。既不出长安，又有所举动最好。忽然想起前不久他曾有联络唃厮啰部夹击党项人之议，朝廷已允，尚未来得及实施，何不即刻行动？他蓦然转身，拉住田况的手，以恳求的语气道：“元均，辛苦你一趟，带上三百人马，立即启程前往吐蕃部，请唃厮啰自熙州、河州方向出兵，牵制元昊。他提什么条件，先答应下来！”说着，疾步走到书案前，挥笔签发了令牒、蕃书，双手捧递到田况手里，抱拳晃了又晃，一脸焦躁道：“拜托元均，要快！一定要快！”

望着田况急匆匆出了节堂，夏竦走到舆图前，心中默念着：“但愿唃厮啰答应出兵！但愿韩琦能抵挡住西贼！”

韩琦比夏竦还要焦虑。想到元昊称帝已两年，大败官军于三川口也已过去九个月，朝廷迄未发布讨伐令，元昊却又一次欺负到家门口，此番三川寨、狮子堡全军覆没，刘璠堡开门出降。他火气上冲，大骂道：“懦夫误国！”转身吩咐牙兵：“拿铠甲、宝剑来，本帅要率兵马驰援镇戎军！”

经略判官尹洙劝阻道：“密学是文官，朝廷有规矩，文官节制武将，武将阵前冲杀。故密学不可亲自上阵。况且，泾原一路兵马仓促间与西贼主力决战，绝无胜算，不可冲动！”

尹洙因夏竦、韩琦交章举荐，被任为陕西经略司经略判官。他的一番提醒让韩琦顿时冷静下来，但眼看镇戎军被围，又不能不设法援救，韩琦急得在节堂来回转圈。尹洙上前拉住韩琦的袍袖回到舆图前，在环庆路东北方向一点道："围魏救赵！"

## 三

庆州，环庆路都部署兼知庆州任福，正在军机堂与幕僚和应召而来的将佐密议入界牵制夏军事宜。二十多天前，范仲淹差延州通判马端送来命他设防的令牒，并通报了鄜延路设防情形。作为统领一个帅司路的武将，任福力主进讨，以雪三川口之耻。因此，对范仲淹的固守策大不以为然。他只将范仲淹的令牒转给与西夏接壤的环州了事。五天前忽接元昊寇镇戎军的简檄，任福急命瓦亭寨都监王珪率骑兵驰援，又召来都监武英、王怀政，柔远寨蕃部巡检赵明，商议是分兵入夏界破羌人族帐，还是会合大军佯攻兴庆府，以牵制元昊。正争论间，接到了韩琦围魏救赵的令牒。

任福年过花甲，多年守边的风霜，染白了须发；又因做御前侍卫时即为皇上所赏识，到各地任职后，时常上章言事，屡被嘉纳，故举止言谈间，充满自信。接到韩琦的令牒，他一脸兴奋，即携武英、王怀政、赵明及长子怀亮、侄女婿成皓，紧急赶往位于华池县城东北五十里处的凤川寨，召集邻近各城寨将佐举行秘密会议，约定九月二十日丑时出击。

会议一结束，任福即跨马赶回庆州城，当晚，庆州郡舍里，灯火通明，歌姬云集，觥筹交错。宴会从交酉时开始，一直进行到了戌时半，任福方起身宣布散席。他走出宴客厅，径直进了军机堂，庆州几位文武干员已被召来，听他对州城留守防务作出部署。交了亥时，庆州各城门关闭，任福传出两道军令：一、将盔甲及作战器械发放给随行诸将；二、各城门非随军人员，不得放任何人出城，严密封锁消息。

九月十七日，晨曦初露，任福就率大军浩浩荡荡出发了，对外宣称巡边。当夜，宿业乐镇。这一夜，任福睡得格外踏实。天亮后，大军不紧不慢向柔远寨进发，傍晚时分入寨休息。次日交辰时，传令兵手持任福邀帖，分送柔远寨熟户蕃官。交了午时，各族帐首领陆续到了坐落于柔远寨十字街东北角的寨署。人到齐后，任福健步进了宴客厅，甩掉斗篷，抱拳一晃，面带微笑道："诸位蕃官为皇宋守边，备尝苦辛，本帅巡边至此，特设宴犒劳！"话音甫落，乐声四起，众歌姬分散开来，袅袅婷婷走到各蕃官身边，跪地斟酒，殷勤侍奉。酒酣耳热，任福站起身，乐声静止，歌姬与闲杂人等退出。他环视服饰各异的蕃部首领，以低沉的声音道："诸位，我皇宋乃天朝上国；元昊，乃圣朝藩属。两家和睦，蕃汉百姓皆受其利；可诸位都看到了，元昊背叛朝廷，僭越称帝，又屡屡带兵马入侵，致使蕃汉百姓不能安居乐业。距此七十里的白豹城，本我皇宋之土，元昊夺去筑城，皇宋忍而未发，就如同分家单过的儿子，抢占父母家一垄地，做家长的不和他计较，可这做儿子的却得寸进尺，不惟不再认父母，还跑到老宅撒野，是可忍孰不可忍！本帅奉命攻袭白豹，当与诸位共底于成！"

柔远寨寨主谭嘉震腾地站起身，大声道："请老帅下令！"

众蕃官也都起身，齐声道："请老帅下令！"

任福转脸吩咐牙兵："传本帅命令：柔远寨各城门全部关闭，不许任何人出入！"又向众首领抱拳道："为防机密外泄，各位首领一律不得擅自离席！"言毕，伸出双臂向下压了压，示意众人落座。

众人坐定，任福一脸威严地宣布："本帅押大阵，居城南；驻泊都监王怀政，率兵马围白豹城西面，攻敌李太尉衙署……驻泊都监武英，率兵马攻城，与城内之敌厮杀！"

被点到姓名的将佐一一起身，昂首道："遵命！"

牙兵端来酒盏，任福接过，高高举起："来来来，本帅敬诸位一盏！"

乐声再起，宴会继续进行。不多时，牙兵附耳嘀咕了两句，任福起身道："时辰已到，散席！"

汉蕃兵马七千人已集结完毕，任福率众人出了宴客厅，翻身上马，命令道："打开北门，驻泊都监武英部为前锋！"他一指站在旁侧的一群蕃官，命令道："蕃部巡检赵明，领诸位蕃官行于本帅马前，共同押后！"说着，抽出宝剑，高声道："兵贵神速，七十里路程，马衔枚，人噤声，打他个措手不及，出征！"

出了寨门，夕阳映衬下，满目一片荒凉，北风还在不知疲倦地刮着，几只鸟儿对行进的大军置若罔闻，站在路边的树枝上梳理羽毛。

队伍进入柔远河谷，急速北上，翻过打扮梁，转向白豹川东进，夜漏未尽，悄然到达白豹城下。

白豹原属庆州安化县，被元昊蚕食后，在白豹川与其支流交汇处北侧半山腰，依山构筑了一座城池，谓之白豹城，是西夏深入皇宋国境建立的军事要塞，控制着东进鄜延、南下庆州的交通要冲。西夏在白豹城设置太尉衙署，总理军政事务，委派团练使级将领镇守。

任福的军帐搭在城南半里处高坡上，他站在坡顶向北眺望，城墙四角的敌楼上挂着的灯笼摇曳间发出微光，偶尔可见一两个黑影在城墙上晃动，迹象表明，城内对官军的行动尚未察觉，任福露出满意的笑容。

交了丑时，各路兵马先后来报，俱已到达指定位置，围城之势已成，任福下令："攻城！"

伴随着进攻命令，抬着云梯的兵士四面涌到城墙下，竖梯攀爬。巡城逻卒听到了动静，慌慌张张吹响了牛角号，报警的牛皮鼓声格外刺耳，打破了城中的寂静。睡眼惺忪的守军尚未明白过来，率部攻打南门的武英已登上城楼，数十名守卒抵挡不住，被官军挥刀砍翻。攻打西城的王怀政对准城上的风灯嗖地射出一箭，风灯刹那间变成了一团火球，引燃了敌楼，守卒惊惶失措间，有的跳墙而逃，有的乖乖就擒，几个冲上去抵抗的兵卒，瞬间成了官军的刀下鬼。

"哐啷啷——哐啷啷"几声响，南门、西门几乎同时被打开，官军手持火把，蜂拥而入。

都监武英高喊道："将士们，我泾原、鄜延两路大军，正在向兴州行进，直捣昊贼老巢，我辈先占了此城！"

放出两路大军奔袭兴州的消息，是韩琦刻意交代的，意在让元昊因担心国都被袭而回撤，这正是尹洙所献围魏救赵之策。武英遵嘱高喊后，又故意放出几个夏兵，以便把这个消息快速转报于正围攻镇戎军的元昊。

攻破西门的王怀政引兵直扑西城下的李太尉衙署，将火把四处乱扔，顿时火光冲天，“嘎嘎”的着火声，伴随着砍杀声、惨叫声，在城寨上空回荡。一个女子衣衫不整，哭喊着从衙署中跑出。王怀政上前将她一把抓住，交牙兵押走。

“集结人马！集结人马！”镇守白豹城的夏军张团练使被牙兵从歌姬怀中唤醒，边穿衣边声嘶力竭大声喊叫着，牙兵刚把铠甲拿来，尚未披挂上身，一把寒光凛凛的钢刀架在了他的脖子上，定睛一看，是大宋的一位武将，他哆嗦了一下，束手就擒。武英一挥手道：“绑了，押出游街，让贼兵都看看，不要再负隅顽抗了！”

夏兵失去主帅，群龙无首，不敢抵抗。

刻漏报了卯时，任福接到禀报，官军已占领全城。在牙兵簇拥下，任福从南门入城。武英押着张团练使，王怀政押着蕃官四人、麻魁七人外加一名少女来迎。火把照耀下，但见惊魂未定的少女相貌姣好，惊恐地忽闪着一双大眼睛，楚楚动人。

任福盯着少女问：“你是何人？”

“奴是李家妹。”少女答。

“她是城主之女，不可杀害。”张团练使浑身哆嗦着道。

“报——”一个探马气喘吁吁滚下马来。任福一扬手，命武英道：“押走！”武英押着张团练使并李家妹等人向瓮城而去，任福这才向探马颔首，探马禀报：“探得昊贼率精锐向白豹城扑来！”

智名勇功不入眼，可用折箠笞羌胡。

——黄庭坚

# 第二十六章　智名勇功不入眼

## 一

宽州故城，东临黄河，向西沿吐延水行百里，为安定堡。唐李世民成功剿灭吐谷浑后，留下部分军队在吐浑岭之东筑城设州。本朝太宗年间，绥州为党项人所占，宽州汉人和熟户大量内逃，州废。

大理寺丞、鄜州通判、修宽州城使种世衡身披黑色斗篷，腰挎战刀，骑在一匹枣红色战马上，沿着吐延水堤岸的羊肠小道，向笔架山疾驰。登上山顶，一眼望去，笔架山、草场山两山夹吐延水，裸露的青色石块，像是在望眼欲穿期盼故人；一涧清水，仿佛是思归的泪水汇成。满目疮痍，关山阻隔，四百年风蚀的故垒，在风中早已沉沉睡去。南眺群山如涛，十里长涧，烽火成烟；北望草场山，一片苍茫，羌笛断肠。种世衡明白，重修宽州，无异于虎口夺食，党项人的军队随时会包抄而来，而他只带了两千人马，既要筑城，还要作战，又无城堡可守，危险而又艰辛。惟其如此，方见英雄本色。他感激范仲淹的信任，暗暗发誓，必在宽州建一座固若金汤的城堡，重现大唐时的辉煌！

一排南归的大雁“嘎嘎”鸣叫着，从笔架山上空飞过。种世衡目光追踪着排成“人”字形的雁群，蓦然有了灵感。只要把散居村落、族帐的蕃汉百姓动员起来，队伍就壮大了。

突然之间，宽州地界兴起射箭之风，凡有人烟处，必设标杆，挂金钱，就连和尚道士、儿童妇女都踊跃参加，只要射中钱孔，就可将钱取去。这片被遗弃的土地上，到处是男女老少弯弓射箭的场景。种世衡则忙着携带茶彩、腰带，拜访蕃部，又照范仲淹所定，给蕃部十口以上粟米三石、十口以下两石。一番安抚后，即召集蕃汉族长，申明筑城后皇宋屯兵于此，保护百姓安居乐业。

氛围营造出来了，一切悄悄整备停当，种世衡方下令进场筑城。

黑压压的人群热火朝天筑城的场面，很快就引来了绥州党项人的围攻。种世衡以草场山为掩护，一半队伍与敌交战，一半人还在抢筑城池。党项人惊讶地发现，就连女子也搭弓射箭，阻挡他们向城池靠近。这样的场景还从来没有遇到过，数度踌躇不敢前。就这样，且战且筑，只用一个来月，城垣已然成形。待党项人大军来攻时，军民撤往城内，弓箭、石块如雨点般倾泻而下，不擅攻城的绥州散军只好狼狈撤回。

种世衡正要大摆宴席庆贺，这才发现，城内无井，饮水都要到城外的吐延水去取。倘若敌人围城几日，军民难以生存。种世衡急忙招募工匠掘井。不意凿地十五丈，尚不见水，反倒被坚硬石层所挡。种世衡闻报，亲临现场，命令道："挖！给我继续挖！"

"挖不得了！"工匠们满脸无奈，摇头叹息道。

种世衡俯身趴在井口，望了又望，拿起一块拳头大的石子向下砸去，井洞里响起"哐"的回声。他起身拍了拍官袍上的黄土，绕井口转了两圈，大声道："凿一畚箕屑石，偿百钱！"

工匠们彼此对视一眼，露出惊喜的神情，纷纷拿起工具，再次下井。不多时，铁钻与石层碰撞的声音在井内回响。不大工夫，第一畚箕屑石缓缓地吊了上来。

次日一早，种世衡接到禀报，石层已被凿穿，清泉涌出。他兴奋得顾不上备马，一溜烟地奔跑过去，抱起一只水桶，"咕咚咚"饮了几口，"嘶哈"一声道："泉水既清且甘，真乃人间佳酿！"放下水桶，一扬手臂道："赏！"说完，转身回到营帐，只带两名牙兵，悄然出城，飞马向范仲淹报喜。

二百里路程不足两天就赶到了，他在延安痛痛快快沐浴，唤来两名歌姬，饮酒作乐，又美美睡了一觉。次日辰时，兴冲冲来到帅司首门求见，却被告知，范龙图不在延安。

## 二

郭逵、纯祐骑马在前，排军殿后，范仲淹一行出了三川县，沿洛水北行，赶往六十里外的鄜州。

在陕西都部署司参加商议对夏战略的军事会议时，范仲淹接到了朝廷颁下的敕牒，升他为户部郎中，以龙图阁直学士、陕西经略安抚招讨副使、同管勾陕西都部署事兼知延州。兼知延州，同时就具有了鄜延路经略安抚招讨使、都部署的身份。这意味着，除陕西副帅之外，朝廷已把鄜延路交到他的手里。再赴延州，与上次的巡边不同了，必须做好长期驻守的打算。为此，他又在长安停留了几天，一面极力说服夏竦以守策奏报朝廷，一面入医馆治病、取药，直到九月中旬方启程北上。

"看，那里有一队兵马！"快到鄜州城时，走在最前面的牙兵指挥使郭逵突然喊道。范仲淹看去，只见人马荡起的黄尘像云团般翻滚着，一队人马边喊叫着边向东南追逐。

正疑惑间，忽见从城内驰来一匹快马，骑马人兴奋地大喊："范龙图——希文兄——"

范仲淹觉得声音有些耳熟，却猜不出是谁。他用力挤了挤眼睛，还是没有认出来。

骑马人已然到了跟前，拱手道："孙沔来迎！"

"元规，是你啊！"范仲淹惊喜道。

孙沔是范仲淹在越州结识的，范仲淹觉得此公为人豪爽，有军旅才，一接到都转运使的敕书，就举荐调孙沔任陕西路转运使。前不久，李纮为避嫌，改驻秦州；知楚州孙沔改任陕西路转运使后，日夜兼程前来赴任，被派驻鄜州。

“元规，适才大队人马驰过，有何公干？”范仲淹指着尘土飞扬的东南方问。

孙沔向前一扬手道：“不管那事，不管那事，快进城，一醉方休！”

众人跟在孙沔马后入城，鄜州军政官员候在城门外，见过礼，簇拥着范仲淹进了驿馆。孙沔做东，招待众人。酒过三巡，范仲淹又问起大队人马何事疾驰，孙沔这才禀报了原委。

陕府税户朱大成等八百零九户，在支移税粮途中，行之野猪岭，艰困难行，遂抛下税粮，悉数逃走。孙沔闻报，牒鄜州差厢军前去追拿。略述了经过，他举起酒盏向范仲淹一晃：“范龙图，一旦拿获这伙刁民，问明挑头者，要军法从事，砍几颗脑袋嘞！”

“哈哈哈！来得早不如来得巧啊，闻到酒香咯！”随着高声大气的说话声，种世衡不请自来，进了宴客厅。

前天在延州未能见到范仲淹，得知他去了长安，种世衡便赶到鄜州等候，顺便与还在这里的家眷团聚。这里到处是他的熟人，听到范仲淹已入城，他就径直到宴客厅来谒。孙沔刚到任几天，不识得他，见他如此放肆，面有愠色。范仲淹却是一阵惊喜，起身相迎，吩咐为种世衡看座。

种世衡落座，连干了三盏入席酒，向众人一抬手道：“诸公继续，继续！”

“仲平在就好了，有件事早就盼着和仲平商量嘞！”范仲淹以期盼的目光看着种世衡道。前次赴延州路过野猪岭，他曾经向支移民夫承诺，会设法减轻百姓支移的痛苦；可两个月下来，却没有理出任何头绪。适才孙沔的陈情，令他感到既焦急又愧疚。他知种世衡熟悉边情，资兼文武，正想听听他的看法，便把支移税户弃粮逃跑一事说了一遍，戚然道：“斯民之心，在忧如割！方今兵火之下，莫说极边、次边，即使近里乃至腹地百姓，负担都大大加剧，仅支移一项，就令人不忍视思。陕府百姓支移，惟鄜延一路最受苦辛，且靡费数倍。盖因山陵道路不可通大车，只得以小车和驴子搬运。不惟如此，访得延州秆草每捆一百七十文，而支移入边秆草，每捆只折三十文，甚亏民。我辈在边上为官，要想出法子，减轻支移百姓的痛苦才是。”

众人默然，宴会的气氛顿时变得凝重起来。

“大唐时就没有支移，行府兵制，战时为兵，闲时为农，自给自足。”种世衡打破沉默道。

种世衡开了头，众人立即热烈议论起来。范仲淹静静地听着，渐渐有了思路，举起酒盏道：“来，本帅敬诸公一盏！”

“怎么，龙图有主张了？”孙沔饮干了一盏酒，抹嘴问。

范仲淹微笑着道：“鄜城县本为屯兵之地，我意奏请朝廷，将县改为军，令建营舍、仓廒、草场，腹地支移税粮，只运到此地，可减一半恶路，至春可挪减鄜延军马到此屯泊，稍减百姓劳敝苦辛。”

“算个法子！”种世衡勉强赞同道。

“明日就去鄜城相度！”范仲淹以决断的语气道。又转过脸来盯着孙沔：“漕使，那些弃粮逃跑的支移民夫，追回后都放了吧。知会他们，官府在设法减轻他们的负担。百姓最是通情达理，若知官府体谅他们的难处，他们就感激不尽，无需杀人震慑。”又叮嘱纯祐：“嘱书手起草一道《乞建鄜州鄜城县为军奏》；再起草一道令牒，牒陕府、鄜延、环庆诸州军，逃税人户，州县官府拘管其物业，不得损毁，当设法相度安恤，招诱归业。”

“范龙图，仁者。”孙沔抱拳道。听不出是讥诮还是赞叹。

仿佛心里的一块大石头被搬开了，范仲淹顿觉轻松，知种世衡来谒，当是筑城之事遇到了难题，他急于听取禀报，与众人又饮了几盏酒，反客为主，宣布散席，带着种世衡回到驿馆，尚未落座便问：“遇到甚样难题？”

“哈哈！”种世衡大笑，“世衡是来向龙图报喜的！”说着，在坐榻的几案上摊开一张舆图，一拍道：“范龙图请看！”

范仲淹看去，是一座形如茶壶的城池图案，抬头向种世衡抱拳道：“仲平筑得此城，居功至伟!"

种世衡没有谦辞，把筑城经过禀报一遍，一指舆图道："新城北靠草场山，南临吐延水，东墙外乃沟壑，西墙隔水可望笔架山。"他得意一笑："吐延水两岸的石头都是青色的，两山夹水涧，新城耸立其间，就请范龙图赐名!"

范仲淹摆手道："呵呵，此城非一般城寨，当奏请官家赐名。不过，先想一个名字请官家裁夺也是应该的。"略一思忖，兴奋道："就叫青涧城如何？我这就奏报朝廷，把青涧城作为与州军同级的建制，并请朝廷叙功，以仲平知城事。"

种世衡抱拳相谢："多谢范龙图信任!"

范仲淹问："城池孤悬贼境，城内水源、军士粮草俱是难题吧?"

种世衡把打井的经过绘声绘色讲了一遍，又道："粮草，今冬明春还需接济，明年夏秋就不需要啦！世衡相度过了，吐延水河谷有地可垦，至少可开垦出两千顷，足可自给；再广招河东商贾，把买卖做起来，必打造一个繁荣的青涧城！以世衡看来，屯田营边，以后就无需百姓支移了。"

"好!"范仲淹一拍几案，夸赞道，"圣朝官员若都像仲平这般，朝廷何忧!"他眼睛一亮："即牒诸寨堡，或利用官地、无主地，或开垦土地，种植菜蔬、五谷，除自用外还可贩卖。如此，可大大减轻百姓支移负担。"他吸了口气，紧紧盯住种世衡问："听仲平适才禀报，若无当地蕃汉百姓一起抵御西贼，恐筑城不会如此顺利，看来与其增调东兵，不如多招土兵，仲平以为然否?"

种世衡沉默良久，突然叹了口气："世衡听说，近来军中有非议，言范龙图不惟不奏请增兵，反而把二万六千人减为一万八千人，不知意欲何为。"

范仲淹苦笑道："怪不得别人非议，连我自己也暗自捏了把汗。但请求增兵非上策。听说西戎建官置兵，不用禄食，战事一起，农牧民即为兵，自带粮草器械出征，风集云散，未尝聚养。皇宋则供养百万大军，花费不菲，又经常换防，路途遥遥，人未到身已疲，又不谙山川地势，多半还会水土不服，故逃亡者不少，战力甚差，而百姓支移又不堪重负。故我不主张增兵，但面对昊贼虎狼之师，无论是攻还是守，没有足够的兵力又难以应付。”

种世衡点头道：“龙图所说多募土兵是个法子。在沿边蕃汉百姓中所募土卒，熟悉山川道路，强悍敢战，又因保卫乡土，斗志必强，还免去换防的麻烦，节省大批开销。”顿了顿，又道：“世衡从守卫筑城的历次战斗中得出结论，对付西贼，弓箭手很管用。一个熟练的弓箭手，比调来十个东兵都有用。”

“仲平这个经验甚宝贵！”范仲淹兴奋道，“当从河中府、陕府大量招募弓箭手，充实到沿边寨堡。”

驿馆里响起一阵木鱼的敲击声，报了亥时。种世衡见范仲淹虽则一脸兴奋，却也难掩倦容，不敢再多勾留，从袖中掏出一张手绘的舆图，神情诡秘道：“世衡还有密事禀报。”说着，起身走到门口，伸头四处张望了几眼，把门关上，这才回到座位，点着舆图上标注的一个红圈：“龙图请看这里！”

## 三

鄜延路都部署司军机堂里，范仲淹和张亢、郭逵、纯祐，近乎头抵头，在查看一张摊开在书案上的手绘舆图，四人的眼睛里，个个放射出兴奋的光芒。

范仲淹在鄜州相度县改军事，踏勘了四五天，又与转运使孙沔一同商议了拨款事，于三天前刚从鄜州回到延安，与落职龙图阁直学士知泽州的张存交割毕，今日上午送张存出了城门，返回都部署司，便召张亢、郭逵共议军机，也让纯祐在旁见习。

半个月前，种世衡向范仲淹密报，他见夏军盔甲皆冷锻而成，非劲弩不可入，遂用心打探，探得夏州多铁，州东离河东路麟府界黄河西约八十里，设有铁冶务，是西贼打制盔甲、兵器之所。铁冶务之西七十里弥陀洞，即为夏州团练使刚浪唆驻泊地。刚浪唆兵马强劲，为分贼势，当以河东路石州、隰州、麟州、府州兵马，与陕西路延州兵马会合掩袭。范仲淹为之一振。因涉及河东、陕西两路，范仲淹当夜写了奏疏，紧急奏请朝廷批准。昨日傍晚，接到枢密院札子，批准范仲淹统一调度鄜延路和麟府路兵马，合力捣毁铁冶务。

"卑职愿率五千骑兵前往！"张亢自告奋勇道。

范仲淹起身走到墙上挂着的舆图前，查看片刻道："路途遥遥，恐误戎机。葛帅由嵬年岭袭破夏兵数千人，已入夏界追击，离铁冶务不远，还是由葛帅自夏州界、麟府都监朱观自洪州界，两面夹击为宜。"

就在到达鄜州的次日，范仲淹接到元昊寇镇戎军、三川寨被破的消息。依例，一路受到攻击，他路当发兵深入贼界，以为牵制。范仲淹即牒副都部署葛怀敏率梁绍熙、郑从政部离延安往保安军，以刘政充先锋，出保安军北木场谷，由嵬年岭突袭夏界；西路巡检狄青攻取芦子平；都监朱吉率张宗武、黄世宁部，自鄜州西北入德静寨，进兵讨掠西夏属羌族帐。回到延安后就得到消息，葛怀敏、狄青均已进兵夏界。此番突袭铁冶务，范仲淹有意让葛怀敏充任主力，固然有位置近便的考虑，但更重要的是顺便考验他的才干到底如何。

"龙图，金明寨击退刚浪唆，乃周美之功；葛怀敏进兵迟缓，不惟无功，还有过！"张亢忿忿不平道。范仲淹不在延州期间，张亢提请张存差人到金明寨清扫战场，核查战况，了解了真相，借机向范仲淹禀报。

范仲淹沉吟不语，默默签发了令牒，命郭逵交给传令中军，分头持令牒飞马驰送葛怀敏、朱观。

一盏茶工夫，郭逵兴高采烈进来了，举着一道文牍道："任帅夜袭白豹城，大获全胜！"

范仲淹接过一看，任福夜袭白豹城，斩杀夏兵首领七人、士兵二百五十人，活捉张团练使及蕃官四人、麻魁七人；缴获各类器械三百三十件、印记六面、宣敕告身及蕃书五十余通。回撤时，将白豹城付之一炬。城外，柔远寨蕃部巡检赵明率兵马袭击周边族帐，计攻破羌人族帐四十一处，城周四十里内收获的庄稼全部烧毁，搜获马、牛、羊、骆驼七千八百余只。整个战斗，官军阵亡一人，负伤一百六十四人，大获全胜。围攻镇戎军的元昊接到白豹城被突袭的急报，又闻环庆与鄜延两路官军合兵进攻其国都兴庆府的消息，自率一支精骑驰往白豹城。任福率军撤出白豹城后，又密嘱担任后卫的洛都巡检范全在打扮岭下一段崖险处设下埋伏。元昊赶到白豹城，得知官军已撤出，急令蕃将率骑兵火速追击，在打扮岭下突遭伏兵夹击，人仰马翻，被斩首四百多人，俘虏七十多人，余兵仓皇逃回。因担心国都遭袭，元昊匆匆率兵马回撤，镇戎军解围。

范仲淹阅罢捷报，一语未发，良久方问："狄青何在？"

因独闯敌阵，击退围攻保安军的夏军，范雍为其请功，狄青超四资授官，由指挥使升任巡检，已是鄜延路赫赫有名的将佐了。

张亢答："狄青奉命取西界芦子平，当还在贼界追击逃散之敌。"

"狄青自来入阵勇猛，恐为敌所诱。"范仲淹忧虑道。边说边抓起签筒里的一根令牌，押了字，吩咐郭逵："快，差人告知狄青，当持重，不得自身闯敌！"

"哦，明白了！"张亢恍然大悟道，"范龙图是担心将士受白豹城大胜的鼓舞，急于立功，贸然出击。"

范仲淹点头道："只给狄青发牒还不够，索性戒约各寨堡不得冒进！"说着，提笔写道：

> 戒各城寨：若是贼马大段入来，不得出兵迎贼斗敌，但且坚守，一面供报。部署司并策应官员，候逐处军马到来，方得设谋掩杀。如轻易出兵，致有输折，其本处官员，立行军法。

"范龙图！"张亢吃惊道，"恐朝廷得此牒，会以为龙图畏敌怯战，还是不发了吧？"

"不仅要发，还要速发！"范仲淹断然道。虽然尚未找出经略西事的有效战略，但大端已然明晰，那就是暂取守势。时下，选将练兵、修筑城寨、安抚蕃部三事都在按照他的画策推进中，前不久在鄜州，他积压在心的两个难题——减轻支移百姓痛苦、在不奏请朝廷增加东兵的同时充实兵力，都有了应对之策，范仲淹陡然增加了几分自信。既然是防御策，就要保存实力，在没有必胜的把握前，以避战为上。

“龙图三思啊！”张亢提醒道。

范仲淹摆摆手：“一寨堡多者千人，少者三二百人，防守城池尚嫌不足，要他们出击，就是让将士送死，吾不忍也！”

张亢又道：“鄜延路若破西贼铁冶务，朝廷对范龙图，必刮目相看，不然……”他不再说下去了，伸过脑袋，压低声音道：“葛帅那里，当速差腹心之人前去监军。”

范仲淹摇头道：“赴前线的将帅，系之安危，尤要取信。”

张亢搓了搓手：“要想捣毁铁冶务，就要不惜代价，若无人现场督战，恐葛帅无此胆略。”

范仲淹不语。捣毁铁冶务，无疑会大大提高他的声望，但张亢“不惜代价”四字一出，却让他感到后背阵阵发凉。时下并未到与西夏决战时刻，即使捣毁铁冶务，也难以扭转大局，派人去督战，无非是强令进攻，拿将士的生命换取自己的威望，既与他的战略不合，也非他所愿。良久，方语气深沉道：“一时一事胜败不必计较，要注重大战略。我最担心的是，韩稚圭会不会被白豹城之胜冲昏头脑！”

二十四万兵，抚之若青衿。

——范仲淹

# 第二十七章　抚之若青衿

## 一

夜漏将尽，东方已经发白，接到夜袭白豹城大获全胜的捷报而彻夜狂欢的泾原路都部署司方安静下来。西北风吹落了紧靠院墙的一棵高大的杨树上仅剩的两片黄叶，预示着寒冬即将来临。

睡意袭来，韩琦没有回官舍，就在节堂屏风后的一张木床上和衣而卧，带着笑意进入了梦乡。不知过了多久，蒙蒙眬眬中，忽觉脖颈一凉，睁眼一看，一个黑衣人站在床前，手握一把寒光凛凛的匕首，刀尖正对着他的咽喉。

“你是何人！”韩琦不敢动弹，惊问。

“大夏国张相公所遣刺客。”黑衣人压低声音道。

韩琦一阵战栗：真是乐极生悲，吾命休矣！可转念一想，刺客既然要杀他，因何不赶紧割下头颅回去请功？难道事有蹊跷？他镇定下来，冷冷一笑道：“张元背叛国族，元昊忘恩负义，可耻！壮士为可耻之徒卖命，可悲！”

刺客虽仍以匕首相抵，却躬身道：“小人仰慕韩帅威名久矣，今日一见，果然气度不凡，小的实不忍加刃。”叹息一声，又道：“可空手而归，张相公必杀我。”他一指韩琦的束带道：“若蒙大帅赐此物，小的回去也好有个交代。”

韩琦听罢，爽快道：“壮士道义之念未泯，本帅自当成全。”

刺客收回了匕首，向韩琦躬身一揖。

韩琦坐起身，解下束带递给刺客："壮士速去！"

刺客闪身出了卧室。韩琦起身跟到门口，看见刺客像豹子般爬上了杨树，纵身跳到墙头，忽地不见了。

"来人！"韩琦喊了一声，两名牙兵睡眼惺忪地跑过来，扑鼻的酒气让韩琦屏住了呼吸。昨晚，是他命牙兵纵情饮酒的，此时也不便责备，吩咐道："请尹判官来！"

尹洙刚睡着，就被唤醒，顾不得梳洗，胡乱套了长衫，顶帽系勒帛，小跑着进了节堂。一听韩琦说有刺客谋刺，惊问："刺客何在？"

韩琦云淡风轻地把情形说了一遍，自得一笑道："呵呵，师鲁试想，张元何以差刺客谋刺于我？"

"韩帅主张大军挞伐，西贼恨之入骨。"尹洙分析道，"夜袭白豹城，昊贼狼狈回撤，前功尽弃，自是恼羞成怒。"

"正是！"韩琦得意一笑道，"师鲁，你这就起稿，奏请朝廷速下挞伐令！"

尹洙劝阻道："夏太尉已将主攻主守之议奏报，朝廷尚未表态，还是等等再说吧。"

韩琦默然。月初，因韩琦与范仲淹一个主攻，一个主守，彼此持念甚坚，最后夏竦起草了一个五路进讨奏，一个以选将练兵、修筑寨堡、招抚蕃部为主要内容的固守奏，一并进呈，请朝廷抉择。眼看一个月就要过去了，朝廷迄无回应。韩琦等得有些不耐烦了。但对西夏战略是大事，朝廷慎重抉择，也可以理解。他摆摆手，刚要示意尹洙退出，忽见牙兵手持一条束带慌慌张张进来了。

"哪来的？"韩琦惊问。

牙兵禀报，束带是从城门上取下的。整个渭州城，也只有韩琦的官阶方有资格束银鱼瑞草圆胯带，守城官急忙送进帅司。

韩琦蓦然醒悟。刺客不取脑袋而索束带，原来是为了羞辱他。

"备马，即刻启程赴长安！"韩琦高喊一声道。

尹洙劝阻道："进讨策已然上奏，再跑一趟长安又能如何？夏太尉怕承担责任，是不会公开支持密学的。况且，范公所说大军深入夏境可能遇到的难题，也不是没有道理。若想让朝廷采纳进讨策，就必须把如何规避范公提出的那些风险说清楚。"

"师鲁说的是。"韩琦若有所思道。他上前拉住尹洙的袍袖："走，到军机堂细商！"

经过两天两夜闭门密议，一套全新的进讨策形成了。韩琦信心陡增，对尹洙道："师鲁，一来文来文往耽搁时日，二来应向夏太尉当面陈情，请他支持进讨策。西北三帅两帅主张进讨，朝廷必采纳。故而，当速往长安一行。"

尹洙点头，吩咐整备行装。

渭州至长安六百里，韩琦一行用了不到三天就赶到了。日头尚未落山，二人顾不得歇息，直奔都部署司而去。

夏竦正在官舍饮酒，忽听韩琦来谒，惊得酒盏掉到了地上，推开依偎在身上的若荷，边整理冠带，边穿过宅门进了节堂，这才吩咐传请。韩琦、尹洙进了节堂，施礼间，夏竦看过去，见二人一身尘土，满脸疲倦，忙命牙兵端来脸盆，请二人洗脸，韩琦胡乱洗了两下，拿起湿手巾用力擦了几下，顿觉轻爽了许多。

"夜袭白豹城，干得好啊！"夏竦夸赞道，"圣心为之大悦！"

韩琦开门见山道："太尉，下官此番赶来，只为一件事：请太尉上奏朝廷，进讨西贼！"

夏竦已然猜到了，沉吟良久方苦笑道："稚圭是晓得的，对于征讨，范希文极力反对，故朝廷迄未做出决断。"

韩琦情绪激动道："三川寨将士，面对西贼攻袭，誓死抵抗，何等忠勇！忠勇之士因我辈不敢进讨而白白丧命，死得冤枉，我辈边帅，对不起他们啊！"

夏竦神色黯然，点了点头。

韩琦又道："白豹城被破，昊贼火速回撤，就是担心我鄜延、环庆两路出兵直捣兴州贼巢。正反两方面例子都证明了，进讨是惟一正确的选择！”见夏竦不语，韩琦起身道：“太尉，不能再拖了！面对三川寨捐躯将士，琦深有愧焉！面对跋涉沟壑间支移的百姓，琦不忍睹焉！西贼视我边臣为懦夫，肆意羞辱，琦无地自容矣！”

“稚圭不必激动。”夏竦劝道，“范希文反对进讨，也不能说没有道理。固然，不能说太宗五路大军进讨失败，从此以后就不能再有进讨之举，但范希文的三个担忧该如何解答，这是关键。”

韩琦知夏竦对前线情形十分熟悉，不必过多解释，便掏出新拟的进讨策递给夏竦：“请太尉过目。”

夏竦打开一看，露出惊讶的神情。韩琦的进讨策，并非五路大军进讨，而是以泾原路为主攻，鄜延、环庆两路协同；只要求鄜延路先出兵夏州，分散并牵制西夏兵力，泾原路并调集环庆路兵马，随后深入夏境与其主力决战。

这是重大机密，夏竦不敢大意，忙起身请韩琦、尹洙随他进了军机堂。

刚一落座，夏竦就吸了口气道：“只泾原、环庆兵马进讨……”

“昊贼精兵不足八万，再分兵抵御鄜延路兵马，我泾原、环庆两路可调集十万精锐，足可与之决战。”韩琦自信道。

夏竦盯着尹洙问：“师鲁，范希文会协同吗？”

“范帅以天下为己任，不会固执己见，贻误国是！”尹洙一拍胸脯道，“若范帅有异议，下官愿往延州一行。”

“皇宋国力鼎盛，圣主御宇，正义在手，同仇敌忾，西戎何足畏！”韩琦给夏竦打气道。

夏竦捻须不语。进讨虽是中枢主流意见，若范仲淹执意反对，恐实施不下去。朝廷以寨堡众多，有分兵之患，颁旨命远不足守者废罢，可范仲淹却连上三疏，要求修寨。从这件事可以看出，范仲淹一旦有了主张，很难改变。若要实施进讨策，先要罢了范仲淹才有可能。可是，这话他不能对韩琦、尹洙说。更重要的是，只泾原、环庆两路出兵与元昊主力决战，胜算几何？但韩琦的话代表了多数国人的看法，皇上和宰相也是倾向于进讨的，他又不能否决韩琦的提议。夏竦深感棘手，一时难以决断，便推脱道："稚圭，我得君命，差田元均前去联络唃厮啰，就要回来了，看看唃厮啰的态度再定？"

韩琦还要说什么，夏竦起身道："一路鞍马劳顿，吃几盏酒解解乏嘛！请请请，到宴席再说不迟！"

宴席上，官妓殷勤侍奉，歌舞相娱，夏竦只字不提进讨之事，韩琦、尹洙想再陈情，但碍于歌姬、随侍俱在，也不好开口，索性纵情作乐，大醉而散。

次日辰时，夏竦再请韩琦、尹洙赴宴。一进宴客厅，见经略判官田况也在，韩琦忙问："唃厮啰从命吗？"

田况是昨夜赶回的。他带着一脸倦容，叹息道："前年唃厮啰击败党项人，差使臣向朝廷献捷，朝廷以双方皆藩臣，为一方加赏非绥御四方之策，故对唃厮啰并未有一言嘉勉。唃厮啰耿耿于怀，出言相讥，不肯相助。"

"本来就没有指望唃厮啰！"韩琦不屑道，向夏竦一抱拳，"太尉，就照琦之进讨策奏报朝廷吧！"

夏竦经过一夜思考，已有了主意，嘿嘿一笑道："有劳韩帅！"

## 二

牙兵指挥使郭逵把纯祐拉到回廊一根柱子后面，低声问："大衙内，军中对龙图的议论，你禀报龙图了吗？"

纯祐眨巴了几下眼睛，没有回答，踮起脚尖向外张望，口中喃喃道："葛帅若破得铁冶务就好了。"

郭逵在他肩膀上拍了一下，道："别看了，没这么快！"

"你看，那不是葛帅吗？"纯祐惊叫道。

郭逵转身一看，果然是葛怀敏正向节堂走来。他一甩手道："必是铩羽而归，不然不会这么快就回来。"说着，小跑着前去迎接，将葛怀敏迎进军机堂，这才去禀报范仲淹。

范仲淹一进军机堂，葛怀敏就惊魂未定禀报道："龙图，西贼重兵围堵，若不是怀敏果断回撤，全军覆没矣！"

元昊寇镇戎军时，葛怀敏率六千兵马自嵬年岭破敌寨，夏兵数千人逃散，他率军入夏州境追击，忽接范仲淹令牒，命他与朱观协同突袭铁冶务。葛怀敏只得率兵马东移。此时，麟府都监朱观已率兵马五千人入洪州界，破敌十一寨堡、族帐二十余处，抵达洪州城下，与葛怀敏形成夹击之势。夏州团练使刚浪唆一面列阵扞拒，一面急令横山蕃部尽据险要，从背后夹击官军。葛怀敏见状，忙令回撤。

范仲淹听罢禀报，叹息道："功败垂成，可惜也！"又安慰葛怀敏道："无关大局，葛帅不必沮丧。"说着，把他上呈的《奏乞在陕府河中府募弓箭手充边寨》《奏乞募沿边蕃汉青壮以土兵充边寨》递过去："葛帅担心的兵力不足之事，已有对策。"不等葛怀敏打开阅看，又问："葛帅，据报，本帅命你驰援金明寨，可四十里路走了整整一天，等刚浪唆已回撤，你才赶到，是这么回事吧？"

葛怀敏怔了一下，躬身道："禀龙图，怀敏知龙图持重，故不敢冒进，为汲取刘平教训，且探且进，因此略有迟缓。"

范仲淹沉脸道："西贼回撤，金明寨安然，此事就不追究了，但向朝廷请功，就没有葛帅的份了。"

葛怀敏突然冷冷一笑道："龙图，那些人只说退敌之功是周美的，有没有密报周美所部斩杀属羌十余人之事？"

"有这等事？"范仲淹惊问，"因何不禀报？"

"怀敏这就命人送来。"葛怀敏答。

八月中旬，奉命驰援金明寨的葛怀敏因姗姗来迟，刚浪唆已退兵。在清理战场时，查得新编入周美部的号称青冈社的募兵十七人，斩杀熟户羌人十余人，便写了状申，因担心一旦呈报，范仲淹差人核查，他救援迟缓的事也会暴露，所以就压下了。只要蒙混过关，他也就无意揪住此事不放。如今救援迟缓之事已被范仲淹揭穿，他怀疑是郭逵所结青冈社的同党密报的，遂恼羞成怒，索性把此事揭出。

葛怀敏辞出不久，就有他的牙兵将一道状申送来了。招抚蕃部是范仲淹的重大部署，斩杀属羌，就是扰乱大局。一怒之下，提笔写下令牒，命将这十七人依军法处斩。

“龙图，这、这……”青冈社十七人皆郭逵的结义弟兄，一看范仲淹下令处斩，他又惊又惧，话也说不利落了。

“以后结交朋友，要长眼睛，不要结交没有识见、铁石心肠的泼皮无赖！”范仲淹呵斥道。又向外一指：“召张亢、马端来见！”

郭逵眼里闪着泪花，吩咐一名指使到州署去叫马端，他自己一溜小跑去找钤辖张亢。

过了不到两刻钟，通判马端、钤辖张亢前后脚进来了。

马端在陪同范仲淹巡视金明寨时，即奉命接替张亢，负责招抚蕃部。金明寨一别，三个月没有见过范仲淹的面了。走进军机堂，施礼间，见范仲淹端坐椅上，面带愠色，以为是嫌他招抚蕃部不力，便讨好一笑道：“下官出入蕃部，闻得西贼对范龙图甚敬惧。他们称范雍为大范老子，称范龙图为小范老子。言‘别再打延州的主意了，时下的小范老子胸中有数万甲兵，不像大范老子好欺负’。”

范仲淹笑了。近来，军中有不少对他的非议，葛怀敏至今尚未敬服；倒是西戎对他生出了敬惧。这说明，自己的方略是正确的，他为此感到宽慰。但他很快收敛了笑容，神色庄严道：“种世衡筑清涧城之所以成功，招抚蕃部是一大原因；此番袭铁冶务未果，蕃部受西贼所用，夹击官军，又是一大原因。正反两例证明了，招抚蕃部的重要性不亚于选将练兵。今日特请二位，专议此事。”说着，转过脸去盯着马端问：“情形如何？”

马端答：“范龙图令给招徕的蕃部十口以上支粮三石，于就近寨堡领取，蕃部归心。只是，东路承平寨并保安军北巡检刘化基手下熟户，遭西贼打掳，惊恐之下，都跑到诸寨侧近坐住，未曾归业。”

“记下！”范仲淹一指纯祐，“牒沿边各城寨，相度空闲官地，权拨于遭西贼打劫而逃散的蕃部耕种，如无牛具者，垫资为之购买；各寨堡相度蕃部户数，每十口以上，量支借贷禄粟各一石，十口以下支借五斗。常切照管安抚，无令失所。”

马端又道：“枢密院发下买马宣头，可这些宣头到了县、寨官吏之手，成了尚方宝剑。他们拿着宣头到熟户家强行低价索马，甚或一个宣头反复使用，蕃部怨声载道。”

范仲淹又吩咐纯祐：“记下，上章乞朝廷颁旨，将买马宣头一律收缴。”又问马端：“还有何难题？”

马端摇了摇头。

范仲淹追问：“还有什么招数可更有效招抚蕃部？”

马端思忖片刻道：“若许各寨堡购买蕃部青盐，可招抚大量蕃部内附。”他嘿嘿一笑：“不过朝廷已严禁与西夏交易，此事恐做不得。”

“做得！而且一举两得！”范仲淹以不容置疑的语气道，“给朝廷上章，乞于沿边诸寨设榷场，用匹帛等博买青盐，只于沿边州军添起一倍价钱出卖，收得一色现钱，既为守军增加收入，又可收拢蕃部。”

“范龙图敢言。”马端一缩脖子道。

范仲淹盯着张亢问：“公寿因何一言不发？”

“亢在为未能捣毁铁冶务而扼腕，更为十七名壮士的性命而担心。”张亢答。适才郭逵流涕恳求他在范仲淹面前为青冈社十七名弟兄说情，又告知葛怀敏无功而返的消息，张亢只想着这两件事，对招抚蕃部兴趣全无。

“今日只议招抚蕃部事。”范仲淹不悦道，“公寿有何建言？”

张亢漫不经心道：“超出了鄜延路范围，不说也罢。”

“啪”的一声，范仲淹拍了一下条案，怒气冲冲道：“范某还是陕西经略副使，凡陕西四路的事，都有权管勾！”

张亢还没有见过范仲淹发火，揣度他的火气可能是因听到了散播于军中的那则流言引起，也就不想再刺激他，把本想嘲讽葛怀敏突袭铁冶务无功而返的话咽了下去，一点条案上摆着的一幅舆图道：“柔远河谷一带，有明珠、密臧二部，最为强盛，昊贼赫赫有名的精锐‘横山羌’，多出自此地。”

范仲淹又一指纯祐："记下，给朝廷上章，乞枢密院指挥泾原路招抚此二部。"

通判马端见气氛有些紧张，从袖中掏出一张状申，禀报道："任帅破白豹城，俘获一女子名李家妹者，乃城主之女，已发遣给摄庆州事王家骅为奴。本路都监朱青递来状申，言此女之亲叔岁奴率蕃部百余帐来投，安置于怀安镇，岁奴在四处打探他侄女李家妹下落。"

"城主之女发官为奴，恐蕃界首领闻及，转生怨毒，别起奸弊。"范仲淹蹙眉道。稍一思忖，抽出一张令牒押了字，递给马端："差指挥使石斌带上朱青的状申，速到庆州，将李家妹取出，交给其叔岁奴收管，择婿嫁人。"言毕，向外摆摆手，示意众人退下。

张亢并不起身。范仲淹知他是受了郭逵所托，要替青冈社十七人求情，先发制人道："嗜血成性，败坏大局，这样的人岂可饶过？求情的话不必说！"言毕，不再理会张亢，顺手拿起案上的一叠文牍阅看。刚看了几眼，突然勃然大怒道："此三人，更该杀！"

## 三

大风刮了一夜，气温骤降。范仲淹患有肺疾，纯祐把厚厚的棉袍拿出来，让父亲套进官袍里。出了官舍，范仲淹还是不禁打了个寒颤，第一次见识了大西北的寒冷。刚穿过宅门，就吩咐郭逵道："让通判马端来见！"一抬头，却见副都部署葛怀敏黑着脸走了过来，向他拱手道："范龙图，怀敏有要事求教！"

范仲淹猜到了葛怀敏的来意，一言不发，径直进了军机堂，屏退左右，连纯祐、郭逵也支开了，只留他和葛怀敏二人。他在条案北端面南而坐，又示意葛怀敏在另一端面北的椅上落座。

"龙图，请刀下留人。"甫坐定，葛怀敏就向范仲淹抱拳道。

上月，就在签发军法处斩青冈社十七人的当天，范仲淹看到转运使孙沔咨送的公牍，查得鄜州户曹马勋，曹吏张式、黄贵，减克兵士请受三千贯。范仲淹大怒，即差钤辖张亢前去核查，勘得情况属实，范仲淹随即牒鄜州，命以军法将马勋、张式、黄贵三人处斩。令牒刚颁下，葛怀敏就来说情了。他没有发火，耐心解释道："贪黩本已恶劣难容，况当此军期，戍边兵士撇下老幼，到此苦寒之地，生命旦夕不保，若还要减克他们的请受，简直就是丧尽天良！葛帅身为兵士官长，怎还为贪官墨吏说情？"

葛怀敏道："不瞒龙图说，依照圣朝恩荫法，先父荫及不少门客，这些人候补多年，怀敏摄延州、帅鄜延期间，一些人来投，鄜州户曹马勋即其中之一。看在先父的面子上，请龙图宽贷之。"

范仲淹摇头道："葛帅，别的事都可商量，惟此事不能。非本帅不近人情，贪克兵士请受，委实罪不可恕，如不严惩，恐激起兵变。"

"郭逵，乳臭未干的小儿，范龙图给了他面子。"葛怀敏冷笑着道，一掀花白的长须，"葛某堂堂副帅，在范龙图眼里，难道不如一幼稚小儿吗？"

签发依军法处斩青冈社十七人的令牒后，任凭张亢、郭逵一再求情，范仲淹都没有松口。不久前，金明寨都监周美呈来状申，勘得十七人是在夜半追击刚浪唛部时误杀属羌。范仲淹急令收回成命，牒周美赦之以责后效。一听葛怀敏拿这件事攀比，范仲淹脸色沉了下来："鄜州曹司三人与金明寨十七兵士不同。金明寨十七兵士夜间冒死捕虏，误杀属羌，其情可原。唐人张说有言：'活人于死者，必舍生而报恩。'我闻这十七兵士勇皆绝人，俱为死士，留下他们为国效死可也。本帅倒是要问，葛帅状申因何回避此十七人乃夜半追击刚浪唛部时误杀情节？本帅受误导，差点酿成大错。也怪本帅疏忽，此事不再细究，但我辈皆应从中吸取教训，引以为戒。"

求情半天，不惟没有救下故旧的命，反倒挨了一通训诫，一向受人推崇的葛怀敏颜面尽失，深感屈辱，勃然色变，冷笑道："武将在文臣眼里，真是一钱不值！葛某明白，凡是武将与文臣龃龉，不管谁对谁错，永远是武将的错！"他腾地站起身："就请龙图押牒，命葛某率兵马夺回塞门寨，便是战死，也是为国捐躯，比委屈苟活强过万倍！”说完，向范仲淹一拱手，扭头就走。

范仲淹火气上冲，手抓得袍服“嚓嚓”作响。自从到延州，葛怀敏就没有敬服过。散处将士间体察军情的纯祐前几天禀报说，葛怀敏私下对他兼知延州冷嘲热讽，说什么范希文其人好功名，居长安，只能做夏竦的副手，有了功业也是夏竦的，故索性跑到延州以自异；不然，经略副使对陕西所有州军皆可发号施令，他为何局守一州，舍安逸以就危险狭隘之地？范仲淹听罢，感到阵阵心寒。正是因为担心有人会对他兼知延州有非议，方先举荐他人，再说若实在没有人选，他愿意自兼。结果到底还是引来了非议，而且提出非议的竟是延州的武将。但人的立场、境界、识见不同，不能要求别人都像他一样看待自兼延州一事，何况他曾和葛怀敏说过要阔略细故，也就忍着没有发作。今日葛怀敏竟因求情不得，无礼至极，说出要他发兵夺回塞门寨的话，分明是对他的对夏战略不满。他伸手抓起笔来，在砚台里蘸上墨，正要落笔，一阵剧烈的咳嗽，震得手里的狼毫笔墨汁四飞，只得唤纯祐进来。

郭逵跟在纯祐身后进来了，恨恨然道：“他以为他是谁？喜功徼幸，徒勇无谋，他日必败朝廷事！”

范仲淹右手捂口，憋得脸色发紫，却还是伸出左臂向外用力一摆手，示意郭逵退下。

纯祐替父亲轻轻捶着后背，范仲淹的咳嗽慢慢缓解了，把笔递到纯祐手里，吩咐道：“拟道《奏乞处置军马公事》。诸路都部署以下，出入进退，处置军马公事，俱听经略诸使处分。”

纯祐记下，开始斟酌词句。范仲淹突然一扬手道：“算了，不必写了，也不许对外人说起。”

上这样的奏疏，无异于向朝廷表明，凭他自己的能力，已难以节制武将。这无论是对他还是对葛怀敏，都是不利的。事态并未严重到这样的地步。葛怀敏既未向朝廷告状，又无公然违抗军令之事，只是内心不敬服而已。作为深受外界推崇、久历边陲的名将之子，对初来乍到的书生服服帖帖，未免难为他了。或许自己对他也尊重不够？明知葛怀敏与张亢有隙，却一直把后者留在身边，葛怀敏难免会失落。龙安寨与塞门寨不远，已成前沿，将士羸弱，不如将张亢差往那里练兵兼招抚蕃部。想到这里，他提笔写了令牒，命张亢前往龙安寨驻泊。办完这件事，蓦然想起召马端来的事，问纯祐："马端到了吗？"

郭逵耳尖，在门外听到了，高声道："延州通判马端在外候着！"

范仲淹一指挂在衣架上的斗篷、兜鍪，吩咐纯祐："巡街！"

纯祐欲阻止，范仲淹瞪了他一眼。纯祐只得将斗篷、兜鍪替父亲披挂好，一起出了军机堂。昨夜，听着呼啸的风声，范仲淹想起初进延安时看到的兵士露宿街头的场景，便决计到街上看一看。

骑马转了南北大街，又转向东西大街，忽见一群衣衫单薄的男子缩着脖子游荡，范仲淹一惊，扭过头去，厉声问马端："这些人衣衫因何如此单薄？"他初到延安时，张存禀报因府库空虚无钱营造新营舍，致使调来的新兵露宿街头。范仲淹便向转运使司申领了一批款项，用于营造营舍。他得到的禀报是，守城兵士都已入住新舍，今日一见此景，自是既惊且气。

马端答："朝廷从范龙图所请，允许鄜延路多募弓箭手，这些人都是募来的清边弓箭手。"

范仲淹"哦"了一声，又问："弓箭手因何未穿军服？"

"这些人不在编，州司不敢拨钱。"马端答。

"回去！"范仲淹沉脸道。

他并没有回州署，而是往都部署司而去，径直进了节堂，在虎皮座椅上坐定，吩咐跟进来的纯祐道："坐下，起稿！"

"沿边苦寒之地，所有清边弓箭手已到延州，缺少衣装，牒延州火急支给！"

"牒延州？"纯祐以为父亲口误，问道。

"以经略副使名义牒延州，用陕西经略安抚招讨副使、同管勾都部署司事之印！"范仲淹加重语气道，"这样延州司属有了凭据，责有所归！"

马端手持令牒辞出了，可喘息间就又返了回来，禀报道："帅司首门外跪着十来个布衣，说是庆州来的，求见范龙图。”

“啊？”范仲淹不敢相信，“布衣？遥遥六百里跑延安来见本官？”见马端点头，他顾不得披斗篷，快步赶到首门，果然看到寒风中十几个布衣蜷缩着跪在地上。他走上前去，向跪地众人拱手道：“本官就是范某，诸位父老起来说话。”

“范龙图——青天大老爷，救救庆州百姓吧！”众人哭喊着叩头道。一位像是读过书的中年人对众人摆摆手，向范仲淹作揖道：“范龙图，摄庆州的王家骅是个酷吏，盘剥百姓不遗余力！”说着，从袖中掏出一叠文状捧递过去：“这都是王家骅的科目，花样翻新，催征又急，百姓不堪重负，不得已纷纷逃窜他乡，有走不了的，就以自残逃避重税。我等无奈之下，听说范龙图体恤百姓，亟相提挈，驰于麾下！”

范仲淹接过文状粗略翻看，果是一些额外科目，怒道：“边地百姓屡蒙兵火，日子已然够艰困了，何堪再盘剥！”他已知环庆路都部署任福攻袭白豹城时辞去了知庆州兼职，夏竦命凤翔府天兴令王家骅暂摄州事。王家骅是持夏竦所颁符檄摄州事的，无需经过朝廷，遂向众人拱手道：“本官为陕西经略安抚招讨副使，庆州的事自是管勾得的。诸位父老这就回去，本官即日走符檄，责令天兴令回任，苛征暴敛，全部罢去！”说完，转身吩咐郭逵：“差人持符檄去庆州，发遣王家骅，宣布罢去苛征暴敛！”

“夏太尉那里……”郭逵嗫嚅着提醒道。

“为百姓的事，不必瞻前顾后！”范仲淹语气坚定道。

## 四

大西北的冬季，空洞而苍凉。范仲淹坐在州署后堂里，目光投向窗外，几只小鸟相伴着在一棵杨树枝头飞来跳去，不知是在嬉戏，还是在相互传授着捉虫捕食的技艺。直到几只鸟儿不见了踪影，范仲淹还在呆呆地看着，一阵强烈的孤独感向他袭来。

纯祐在旁侧的条案上整理昨日收到的文牍，看见一封书札夹杂其间，举起来道："大人，苏舜钦的来书。"

"快拿来我看！"范仲淹伸出手，急切道。

征辟欧阳修、张方平未果后，范仲淹又举荐了苏舜钦。想到夏竦身边有田况、韩琦身边有尹洙，他越发急切地盼望着苏舜钦应召。苏舜钦以恩荫入仕，六年前又登进士第，虽为县令，却很关注西事，作《吾闻》诗曰："予生虽儒家，气欲吞逆羯。斯时不见用，感叹肠胃热。昼卧书册中，梦过玉关阙。马跃践胡肠，士渴饮胡血。"看了这首诗，范仲淹相信苏舜钦不会拒绝他的征召。可已经过去两个月了，苏舜钦还是没有消息。忽听苏舜钦有书来，他既兴奋又不安，举笺的手竟有些颤抖。刚读了开头几句，范仲淹的脸色就变了。苏舜钦说自知无成就大计的本事，不出主意自己觉得可耻；出了主意对方不接受更觉可耻，故还是不入幕为好。范仲淹叹了口气，再看下去，喘息声不觉间急促起来。苏舜钦言范仲淹兼知延州的消息传出，物论哗然，议论说他因居长安只是夏竦的副手，不能明白立功名，遂高举远去以自异。这些说辞与延州军中的那些流言如出一辙。不知是延州的流言传到了外地，还是京城先有非议传到了延州，以至于连苏舜钦也信其然了，还明确表示不赞成他兼知延州之举；又说招募土兵、弓箭手入军旅，是危险的举动，这些人一旦呼啸而起，将不可制，提醒他早日离开延州，把重心转到关中去。最后说：

> 古之善御戎者……盖务训抚吾民，以安其业，不以非义动；扼其冲塞，绝其互市，闭之沙漠之外，俟其隙且困则破散之。晨钞夕盗，与竞寸尺之地，非大国之体也。

范仲淹脸上冒出虚汗。除了同样不主张进讨外，二人几无共识，也难怪苏舜钦不愿意应召。放下书札，一股怒气渐渐在胸中升腾。边患日深，百姓满目疾苦，更需官员得人，可举荐的人纷纷拒绝已然令人气恼的了，朝廷已经任命并见诸邸报的，也会以各种理由拖延不赴任。朝廷宽仁，多半又会满足这些人的请求，致使像庆州这样的重镇不是由武将兼代，就是随便差一个幕职官来摄事。范仲淹早就看不下去了。他猛敲一下书案，吩咐纯祐道："起稿，上《陕西奏荐官员乞催发赴任奏》！"稍作斟酌，口述道：

臣自膺寄任，奏荐颇多，乞朝廷深加照察，知非请托。其所奏之人，多是侥幸优稳之处，永祝辞免，不来赴任。朝廷遂一夫之私情，忘百姓之深患，满目疾苦，将何以济？伏望圣慈特赐爱轸，应陕西所奏官员曾经免者，除别有擢用外，却乞尽底催发，前来赴任。

记录毕，纯祐抬头看着父亲，深吸了口气道："大人，儿听说朝廷里的大老都愿网开一面，怕得罪人；大人上此章，会得罪人的吧？"

"怕得罪人的官，不会是好官！"范仲淹怒道。

纯祐很少见父亲发火，有些不知所措，不敢再说话，埋头拟写奏疏。范仲淹起身在室内踱步，走了两圈，驻足道："只催发赴任还不够，沿边县军缺官不补，百姓疾苦无人照管。还要再上一道《乞举充县令先期移陕西路奏》。"随即口述道：

乞朝廷念及边远之人率多无告，特告朝旨，应举充县令人，限一季内并与移陕西路。如在沿边州军，即便乞与除职官知县。如人数不足，即乞委清望官于三举以上进士有行止文学者，具事状连坐，各荐一两人，不至阙官办集边事。

纯祐根据父亲口述，将两疏拟就，范仲淹阅后，命纯祐誊清。

"一味对官员宽仁，却不顾惜百姓，那不叫仁政。"范仲淹像是自言自语，又像是向纯祐阐明上这两道奏疏的用意。

须怜铁甲冷彻骨，四十余万屯边兵。

——欧阳修

# 第二十八章　须怜铁甲冷彻骨

## 一

一进垂拱殿，韩琦就被庄严、神圣的气氛所感染。今日到此参加御前会议，他内心激动，也有些许紧张，但他步履稳健、神色庄重，在殿班内侍的引导下，在为他指定的砖位站定。

半个月前，韩琦赴长安向夏竦递交了进讨策，夏竦打破惯例，让他晋京向朝廷陈情。韩琦日夜兼程，于昨晚赶到开封，向枢密院呈递了进讨策。今日刚交午时，就接到枢密院札谕，命他到垂拱殿参加御前会议。

宰相吕夷简、章得象，参知政事宋庠，枢密使晏殊，枢密副使郑戬、杜衍，御史中丞贾昌朝已各就砖位。皇上吩咐闲杂人等回避，只留内押班王守规一人在旁侍候。

韩琦成竹在胸，先罗列三条理由以为铺垫：其一，西夏能够用于对圣朝作战的兵马不超过十万，而圣朝部署在陕西沿边的兵马已达三十万人之多，但因分散据守，屡屡被其各个击破，金明寨、三川寨这两座陕西兵力最强的大寨，一举被西贼吃掉，足以表明修筑寨堡劳民伤财，却起不到防御作用，惟一出路是主动出击，与之决战，毕其功于一役；其二，元昊一介穷寇，忘恩负义，朝廷含容，久拖不决，人力、物力、财力不堪重负，陕西百姓的负担更是已达极限；其三，防止契丹与西夏结成犄角之势，亦应纳入战略考量之中。

皇上频频颔首。

枢密使晏殊问："范仲淹上《论西事札子》，明确反对进讨，他的担心如何化解？"

韩琦答："范仲淹反对进讨，一是担心大军进讨供给困难；二是担心昊贼避开我主力，奔袭关中；三是担心没有精兵强将。这三个担忧不无道理。"他对着御座躬身一揖："陛下，按照臣所拟进讨策，深入进讨的，只有泾原一路，再适当调集环庆路精锐，兵马不过十万，供给完全可以保障，此其一；秦凤、环庆、鄜延、麟府四路尚有三十余万大军布防，足可防御昊贼突袭关中，此其二；臣和范仲淹为两路帅臣，以葛怀敏、任福、张亢、王珪、朱观、狄青等为将佐，不能说没有强将；官军在三川口、镇戎军之战中虽有败绩，但都是被昊贼各个击破，寡不敌众之所致，我将士之忠勇，足可彪炳史册，不可以弱兵视之，此其三。有此三者，范仲淹的担心，足可化解。"

枢密副使杜衍道："西人多年来从未停止过战争，战力不可小视，寄托于侥幸成功，非万全计，宜纳范仲淹防御主张，寻觅战机，小规模出击。"

韩琦辩驳道："屯三十万重兵，只守界壕，不敢与敌一战，中国之弱，自古未有！臣恐春失数寨，秋陷数堡，边障日虚，士气日丧，贼志乘此，则有吞陕右之心！"

御史中丞贾昌朝因上《陈边防六事》，深受皇上赏识，自诩通边事。听了韩琦的陈词，他热血上涌，慷慨道："文武边臣中的庸懦之辈，畏事恶劳，一闻战则咋舌蹙额，如恐矢石所及己，此等懦夫，不足以与有为！"

枢密副使郑戬道："自昊贼叛逆，天子不得怡，宰相不暇食，百官不敢退安于私第，中书置议事之厅，群策集经略之谟，可主攻主守，莫衷一是，致使西事久拖不决，国威受损，财用难支。今韩琦未袖手于大事当决之时，仆仆于途，慷慨陈词，有理有据，臣以为朝廷当俯纳，早定西陲！"

"吕卿，你意如何？"皇上问吕夷简，目光中满是期盼的眼神。

吕夷简道："自三川口之败，凡论西事，人人怯懦。如今韩琦有此勇气，为国赴劳，岂可压制！”他举止言谈一向沉稳，可说这番话时，语调竟有些激动。

“中国之弱，自古未有”一语，似乎深深刺痛了皇上；他也知道韩琦为人端正，绝非鲁莽之人；又听吕夷简支持进讨，不再踌躇，当场作出宸断：“拟旨：命夏竦速画作战策进呈！”

大事已定，众人卷班。皇上却未起身，唤晏殊道：“晏卿且留。”

晏殊又转过身来，回到自己的砖位，躬身而立。

“朕接鄜延路边臣密报。”说着，向内押班王守规一颔首，王守规从袖中掏出一道文牍，捧递给晏殊。

晏殊阅罢，佯装思考，沉默不语。

皇上不悦问：“七百蕃贼驻泊塞门寨，鄜延路为何不差人马掩杀？”

晏殊一揖道：“臣这就颁御前札子给范仲淹。”

八天后，范仲淹接到了枢密院御前札子，打开一看，上面写着：

> 奉圣旨：西界首领约遇、美兀等二人，部领蕃贼七百余人，在塞门寨驻泊，其部署司为何不差人马掩杀？

范仲淹脸色陡变。此事，皇上因何知晓得如此详细？必是葛怀敏向朝廷告的状。看来，维系文武和谐局面的努力失败了。葛怀敏虽有名望，实则怯懦不知兵，就连郭逵也看出来了。既如此，不能再替他掩饰了，遂提笔写下《奏调葛怀敏》，请求朝廷将他调离陕西，免误边事。写完这道奏疏，方回过头来细细研读御前札子。越读越觉得不安。此前，朝廷以寨堡众多有分兵之患为由，命远不足守者废罢，他已连上三疏要求修复废寨，朝廷迄未明确答复，何以突然对他废却塞门寨严厉责问？如此前后抵牾，岂不令边臣无所适从？强忍着心中的怨怒，提笔回复枢密院：

> 纵得此寨，其势孤绝，亦恐难为驻兵。以此，不如训练兵士，候春暖

可以涉水,或轻兵掩袭,或大军攻贼。纵被弃去,自家兵士不至有损。

写毕,心突然怦怦跳个不停。朝廷听武将一言就下旨责问边帅,绝非小事;此札子看似与此前诏旨抵牾,实则预示着朝廷的风向转了。这不是好兆头。

## 二

坐在军机堂里的范仲淹,已经一整天没有说一句话了。

三天前,他接到朝廷密件后,几乎天天如此,在军机堂里,一坐就是一天。那道用红漆蜡封的密件的内容,在鄜延路,只有他一个人知道。在没有思考出对策前,甚至连副都部署葛怀敏也被他瞒着。如此一来,连一个可以商量的人也没有。

天已经黑了,范仲淹还坐在书案前闭目沉思着。牙兵指挥使郭逵神色诡秘地走了过来,附耳密语了几句。

"什么?"范仲淹有些不相信自己的耳朵,一脸惊诧地盯着郭逵问。

"金明寨都监周美差人押送而来,就在茶室候着。"郭逵向外一指,神秘地说。

范仲淹略作思忖,低声嘱咐道:"先把他安置到安远亭,差人严密把守,不许任何人走漏一丝风声!"他没有想到,元昊会在此时差人来投书。事发突然,在没有想清楚之前,不能贸然接见元昊的使介,所以方吩咐先安置于专门接待西夏朝贡使的驿馆安远亭。

按照朝廷条贯,人臣无外交。未经朝廷授权,任何人不得与外邦、藩国擅自接洽。元昊僭越称帝后,朝廷又特颁诏书,规定今后贼界差人送到文字,如仍用帝号,立便发遣出界,不得接受。但元昊既然主动差人来请求通好,不失为一个纳降的机会,万一成功,可免于战火,和平息争,也是为国家立下大功，范仲淹不想放弃这个机会。

可是，元昊在战场上占据上风，何以突然求和？“也可能，元昊是故伎重演，想麻痹我！”范仲淹像是突然醒悟似的，自语道。他又一扬手：“无论如何也要见一见，看看元昊书中说些什么，再定行止！”

“龙图，夜深了。”郭逵不知何时进来了，提醒道。

“就是要等到夜深时分。”范仲淹道，“你这就去把元昊的使介押到节堂，不要声张。”

“范龙图——”两刻钟后，元昊的使介疾步进了节堂，一进门就充满深情地唤了一声，接着“嗵”地跪在地上，哭道：“延德愧对国家，可延德也是无奈啊，延德想念故土，很想回来。”

年初，元昊突袭塞门寨，寨主高延德被俘。他本是羌人，到夏境后，出任夏军石州监军司教练使。此番化装成盐商，与当地蕃部十几人，佯装归附，到了金明寨，向都监周美说明来意，周美遂差两名官军押送至延安。

范仲淹一扬手道：“你是藩国使介，不必如此，坐下说话。”

高延德擦了把泪，施礼入座，从怀中掏出一封书札，双手捧递给范仲淹。范仲淹接过一看，抬头就是“大夏国皇帝曩霄致书大宋国龙图阁直学士范”一行字。他脸一沉道：“照朝廷规矩，本帅当将你发遣出界！”但他没有抬头，继续阅看下去。

元昊书札语气傲慢，意思只有一个，只要大宋承认他是大夏国皇帝，两国就可和平相处。可皇宋所怒者，也正是元昊僭越，公然用帝号。只要他不取消帝号，朝廷不可能罢手。表面看来，矛盾不可调和，无和谈基础，但细细推敲，反倒令人鼓舞。皇宋与西夏，并没有实质性争端，无非是元昊僭越称帝一事。若元昊取消帝号，仿照汉唐时戎狄用他们自己的语言称可汗、单于的先例，以“兀卒”为号，一切矛盾皆可化解。如此看来，晓之以理、动之以情，并非无纳降之可能。这个念头一闪出，范仲淹兴奋起来，对高延德道：“且留延安，等候本帅处分。”

高延德施礼辞出，郭逵亲自押送他回到安远亭，安置停当返回帅司，见军机堂的灯还亮着，走过去一看，范仲淹还在踱步，走走停停，似乎有重大事端难以抉择。

范仲淹见郭逵进来，回身抓起书案上的一道令牒，吩咐道："差人连夜赶往龙安寨，召张亢火急回延安！"

郭逵转身出去了，范仲淹走到书案前，拿出那道密件又细细看了一遍。这道密件，是命鄜延路进讨西夏的圣旨。身为边帅，不能违抗军令；但明知进讨不可行，身为天子近臣，岂可不向朝廷直言？只是，若还是以前的那些理由，朝廷必视他为固执己见，为反对而反对。所以，必须有新的理由，或者说为朝廷指出进讨之外另一条平定西事的可行之路。皇上仁慈，并不愿意看到战争。元昊差使介前来投书，若借此机会展开和谈，罢战息争并非没有可能。这就是一条可行之路。思路一定，遂提笔拟写奏疏。可刚写了开头，他又停下了。进讨令已颁下，他却上章请求与元昊和谈，朝廷断断不会批准，还会责备他懦弱怯战。落得怯懦的名声，仍未能阻止注定惨败的进讨，岂不是误国又误己？

他放下笔，走到窗前，拉开窗帘，久久伫立。起风了，院中的各色旌旗被刮得"啪啦啦"作响，房顶上的积雪被大风吹起，在空中飞舞，为高原沉沉夜色增加了几分野性。范仲淹心潮起伏，掀起的阵阵波涛，比夜风还要猛烈。

## 三

钤辖张亢一进延州城，就被召进都部署司军机堂。

范仲淹屏退左右，请张亢在书案对面的椅子上落座，拿出已收到五天的密件递过去："公寿一阅。"

这是朝廷进讨西夏的圣旨，后面还附有夏竦呈报的作战策。朝廷令鄜延路、泾原路速做整备，于来年正月内进讨西夏。具体的作战方案是：先由鄜延路向北出芦关，穿横山入夏界抄掠，以吸引西夏兵力；韩琦调集泾原路兵马并环庆路精锐，以任福为帅，从西路北进，直趋兴庆府，逼元昊以主力决战。

张亢阅罢，一脸惊诧，却还是腾地站起身，挺胸道："末将愿率军入夏界！"他知范仲淹认定葛怀敏滑懦不知兵，已奏请朝廷将其调离，今日火急将他召进州城，必是要他担当率军进讨之任，便以此表明自己的态度。

"公寿以为，此进讨策可行否？"范仲淹问，摆手示意他坐下。

张亢复又落座，思忖片刻道："看运气吧！"

"如此军国大计，岂可寄托于运气？"范仲淹不悦道。

"可朝廷已颁旨，军令如山哪！"张亢手一摊道。

"自古双方诉争，一则打仗，一则和谈。公寿以为，与元昊有无和谈可能？"范仲淹试探道。

张亢眨巴眼睛道："昊贼桀骜不驯，风头正健，恐不愿和谈。"

"元昊顾盼自雄，欲自尊大，易被汉家叛人所误。这些叛人必是煽惑元昊说，圣朝太平日久，已不习打仗；又谓边城无备，所向必破，所以越发轻狂傲慢，侵扰不已。几次侵扰，他应当察觉出眼下边上的情形与一年前不同了，度其已失本望，有通和之愿，也未可知。"经过两天的思考，范仲淹判断元昊非欺诈，确有通和之意。此时，便把他的想法说于张亢。

"嗯，龙图的推测也有道理。"张亢点头道，"当年山遇惟亮坚决反对元昊称帝，可谓清醒；元昊受一时之误，早晚也会幡然悔悟。"他一拍胸脯："若龙图有此意，亢愿与党项人在界上相见，以为试探。"话刚出口，突然歉意一笑："嘿嘿，人臣无外交，末将莽撞了！"

范仲淹又问："以公寿看，朝廷会允准与之和谈吗？"

张亢答："进讨令已颁，说明朝廷已决计以战争平定西事，和谈之议大不合时宜。"

范仲淹没有说话，从抽斗里拿出元昊的来书，向张亢面前推了推。

张亢拿起一看，又是一惊。匆匆浏览了一遍，点着"大夏国皇帝"几个字道："龙图，朝廷有旨，凡元昊文牍署衔用帝号者，无需奏报就当将投书者发遣出境。”

范仲淹本想向张亢通报一下自己想法，但话到嘴边又咽了回去。触禁之事，还是不牵涉武将为好。他收回来书，向外摆摆手道：“公寿不必急着回去，留州城候命；招抚蕃部事，暂停。”

张亢辞出，郭逵递上来卯牌。范仲淹吩咐道：“召葛怀敏来见。”

不大工夫，葛怀敏进来了。范仲淹把密件递他过目，又把烛台向他面前推了推，细细观察葛怀敏的表情。只见他先是面带惊喜，继之便皱紧了眉头，嘴里不断发出“嘶嘶”的吸气声。阅罢，抬头看了范仲淹一眼，张了张嘴，想说什么，又闭上了。

“葛帅，已入腊月，正月内就要进讨，时间已相当紧迫。请葛帅牵头，画进讨策。”范仲淹神情庄重道，“举凡进兵路线，所需兵马、粮草、辎重，搬运上项所需厢军人数等，细细列明。”

“范龙图，兹事体大，似应召集将佐会议。”葛怀敏提出了异议。

“先有了画策，再议为好。”范仲淹决断道。

葛怀敏喏喏，施礼辞出。纯祐来请用饭，范仲淹摆摆手，吩咐郭逵：“非有军机，不许任何人打扰。”说完，拿出元昊的来书，反复看了几遍，开始构思给元昊的回书。

该如何称谓？称元昊皇帝、兀卒，显然是不可的。称西平王？这是朝廷册封的，按说该用这个称呼，但时下是特殊时期，双方争议的焦点就是称谓，索性避开正式称谓，称其为“大王”。

接下来就是答复的内容了。

不妨先回顾历史，先帝和今上如何有恩于夏，夏之先王赵德明如何尊重朝廷，双方和睦相处，百姓安居乐业，是多么值得珍惜的美好时光；接着写两年来兵戎相见，百姓、将士死伤相枕，哭泣相闻，仁者为之扼腕；再下来就要晓之以理、动之以情了。为了让其动心，不妨用“兄弟”相拟。既然范某和大王过去都是皇上的臣子，皇上是君父，我们之间就是兄弟，岂有孝于父母而害于兄弟者？以此切入，从儒家经典入手，说明名不正则言不顺，言不顺则事不成。既然大王世居西土，衣冠、语言皆从本国之俗，为何名号非要与皇宋侔拟？何不仿效汉唐时匈奴、突厥用本族语言称单于、可汗的先例？同样是极尊之号。夏国不可与契丹比，契丹在皇宋开国时就有皇帝了，而夏只是皇宋的藩属，皇宋对夏不薄，若执意称帝，有伤天地之仁，而《易经》说得清清楚楚，国家要以仁获之，以仁守之，方可长久。皇宋就是这样的国家，希望大王也能明白这个道理。

再下来，要忠告他，不要被汉家叛人所误，以为皇宋边城无备、士心不齐，可以长驱直入。两年下来，得到了什么？何况时下皇宋已然训练兵马、坚固城寨，有功必赏、败事必诛，将士效命，今招讨司手握四十万大军，约五路入界，不知要有多少人丢掉性命。如不取消帝号，就是自祸其民。虽然君父仁德，训示有征无战，不杀非辜，但一旦大战爆发，刀锋之下，不知有多少冤魂，为妖为灾，千万不可忽视这一点。

示威的话说完，就要晓之以义、诱之以利了。先说朝廷以王者无外，有生之民，皆为赤子，何蕃汉之限？何胜负之言？范某与招讨太尉夏公、经略密学韩公尝议其事，莫若通问于大王，计而决之，重人命也，其美利甚众。接着，罗列取消帝号的益处：以爱民为意取消帝号，天下皆颂其贤，一也；仿效汉唐可汗、单于先例，以本国语言为便，又不失其尊大，二也；免于战祸，蕃汉之民安居乐业，不招天下之怨，三也；朝廷每年必有厚赐，为大王之助，四也；朝廷可为夏国功高者授官，以尊大王之体，五也；为示诚意，范某已命暂停招徕夏境蕃部内附，一旦达成和平，皇宋即不再招徕夏境之蕃部，六也；大开榷场，互通有无，各得其所，七也。将这七条记下，又反复斟酌，觉得还应对张元这些叛人有所表示，要告知这些人，我国家以四海之广，岂无遗才？有在大王之国者，朝廷不戮其家，望其善事其主，以报国士之知。惟同心向顺，自不失其富贵。这也可列入取消帝号的益处之一。

远处传来鸡叫声，新的一天到来了。他走出军机堂，东方已露出些许亮色。回到官舍，和衣而卧，蒙眬间，恍惚听到一阵躁动，皇城司逻卒呼啸而至，大喝一声："范仲淹通敌叛国，拿了！"

## 四

除夕夜，延州下了一场雪，深达半尺。初一晨起，范仲淹身披棉斗篷，缓步走出官舍，举目四望，到处白茫茫的，掩盖住了黄土高原上的荒凉凋敝。他刚要踏雪往军机堂走，忽听首门外传来吵吵嚷嚷的声音，只见延州通判马端急匆匆走过来道："禀范龙图，延安绅民几十人聚集衙前，恳请官府出面，即到嘉岭山祭山神。"

去年初，元昊十万大军围困延安七天未下，绅民都说，多亏嘉岭山山神护佑，降下大雪才吓退西贼。时任知延州范雍特上疏朝廷，奏报嘉岭山山神灵验，朝廷敕封嘉岭山为威显公。范仲淹对此说法并不认同，便不愿以祭祀山神为其背书，吩咐马端前去将请愿绅民劝退。

"以下官看，龙图不妨去上炷香。阖城百姓都相信嘉岭山山神护佑着延安，有了这个信仰，心里踏实。"马端建言道。

范仲淹踌躇片刻，点头道："既如此，去一趟无妨。"

嘉岭山在城东南，出南门不足半里路，喘息间就到了。阖城百姓都赶来祭山神，堵塞了道路。看见官人到来，人群自觉闪出一条通道。

山顶摆着香案，牙兵在周边围了一道人墙，范仲淹走过去上香，双手合十，闭目祈祷："皇宋陕西经略安抚招讨副使兼知延州范仲淹代延州百姓祈祷：盼我国家五野之丰登时至，四方之战斗声销。"

一阵旋风呼啸着吹过，上山时冒出的汗珠变得冰凉，范仲淹打了个寒颤。郭逵、纯祐都看到了，急忙上前搀扶。

"此山有灵气，当在山脚办嘉岭书院。"范仲淹对站在身旁的通判马端道，"身为郡守，办学一事不可忽视。"

"山神保佑我全家平安！"

"山神保佑，不再打仗！"

人群里不时响起的喊叫声，淹没了范仲淹的声音。他本想踏勘选址，可听到百姓的呼声，又改变了主意，吩咐喝道下山。入了城，范仲淹径直进了军机堂，屏退左右，提笔上《论正月内未宜进讨》。

自接到朝廷的进讨诏书，范仲淹就想上章，请求收回成命。但身为边帅，这样的话不能轻易出口，几次写好了开头，又撕碎了。他只能一边指挥葛怀敏做进讨的准备，一边斟酌如何向朝廷进言。高延德衔命来投书，让他捕捉到了进言的切入点。但在进讨令已颁的情形下，又不便直接说出以和谈取代战争的话，所以迟迟难以动笔。百姓扶老携幼前去祭山神，就是期盼能够免于战祸，安居乐业。百姓主宰不了是战争还是和平，当政者不能不为他们着想。作为鄜延路最高统帅，几十万人的身家性命、皇宋的国威国格，都担在他的肩上，他感到责任无比沉重，不能再瞻前顾后了！

街面上不时传出爆竹声，百姓在欢度正旦节。帅司和州署大大小小官吏，也多半式假休务，只有郭逵率十几个牙兵在堂外守护。喧闹的节日气氛中，军机堂里却格外寂静。

"嚓嚓"几声，写了一半的奏稿，又撕碎了。直言反对进讨，结果只能是将他贬去；贬去又不能阻止进讨，意义何在？他起身在室内踱步，慢慢梳理出了思路：先把帅鄜延路以来的举措，诸如修城垒、运兵甲、积粮草、移士马，大为攻守全胜之策，鄜延路三路防御体系的部署，特别是遣葛怀敏、朱观破敌的例子等详细举出，以此向朝廷表明，不是因怯懦畏敌而反对正月出兵进讨；作了铺垫后，也不直接反对进讨，只说正月内起兵进讨时机不对，待贼界春暖、马瘦人饥、其势易制之时出兵，还可扰其耕种之务，便是没有大获，也不至有他虞；重点落在提醒朝廷，除了战争，和谈也是一条平定西事的可行之路，并暗示正在作试探，请求朝廷允许他行招纳之举。思路厘清，提笔一气呵成：

今鄜延是旧日进贡之路，蕃汉之人颇相接近。愿朝廷广天地包荒之量，存此一路，令诸将勒兵严备，贼至则击，但未行讨伐，容臣示以恩意，岁时之间，或可招纳。……臣又近召张亢到延州熟议，亦称愿与戎人相见于界上。臣所以乞存此一路者，一则惧春初盛寒，士气愈怯，二则恐隔绝情意，偃兵未期。若施臣之鄙计，恐是平定之一端。苟岁月无效，遂举重兵，取绥、宥二州，择其要害而举之，屯田营田，作持久之计。如此，则茶山、横山一带蕃汉人户，去昊贼相远，惧汉兵威迫，可以招降，或即奔窜，则是去西贼之一臂。拓疆制寇，无轻举之失也。

写毕誊清，吩咐纯祐以蜜蜡红漆封好，即交急脚递，火急送往京城。

“或许，等来的是又一次贬谪。”范仲淹走到窗前，默念了一句。

潭潭大度如卧虎，边头耕桑长儿女。

——黄庭坚

# 第二十九章　潭潭大度如卧虎

## 一

军机堂里的会议一散，范仲淹提笔押字，签发了一道向朝廷申请差派进讨所需厢军的奏状。此前，他根据葛怀敏所申，已陆续奏上过三状。前后四状所列数以万计的军需粮草、搬运粮草所需二三万厢军和两万头骆驼、骡子，除本路筹集外，还需从别处征调，短期内恐难办齐。今日已是正月初六，而朝廷所定的进讨时限是正月内。如此仓促的进讨，如何能指望其成功？他只盼朝廷采纳他的《论正月内未宜进讨》，收回成命，至少，另择进讨时机。

走出军机堂，范仲淹心绪烦乱，低头暗忖：六天了，朝廷当已接到《论正月内未宜进讨》，时间紧迫，不管是否采纳，都该有回复才是。

“龙图，有人求见！”牙兵指挥使郭逵禀报道，见范仲淹没有回应，上前递上一张门状。范仲淹一看，边快步向首门方向走，边迫不及待地大声唤着：“师鲁何在？师鲁啊——”

“范公！”经略判官尹洙小跑着进了首门，趋前施礼。

“师鲁！师鲁！”范仲淹连声唤着，声音哽咽。他上前紧紧拉住尹洙的手，打量着比自己小一轮的故人，见他已是须发花白，一脸沧桑，垂泪道：“师鲁，是我连累了你！”

五年前，范仲淹落职天章阁待制，贬知饶州，尹洙上疏自言与仲淹义兼师友，是他的朋党，当同贬，遂被贬监郢州酒税。但他从未后悔挺身而出为范仲淹辩护，一听他说出“连累”二字，哈哈大笑道：“范公非连累尹洙，而是抬举了尹洙啊！不然，尹洙微官下僚，初到朝廷，无尺寸之功，安得跻身‘四贤’之列？”说完，又是一阵大笑。

范仲淹也笑了。尹洙名声大噪，固然与他是公认的文章高手有关，但蔡襄的《四贤一不肖》诗，极大地提高了他的知名度，也是不可否认的。京城一别，五年未曾谋面，如今在边陲相见，恍如隔世，范仲淹感慨万千，边拉住尹洙往官舍书房走，边道：“师鲁，冰天雪地，你跑八百里来看我？”

尹洙呵呵一笑道：“是啊，过年了，来看看范公。不意路途上耽搁了，还是没赶上。不过大年初六还算过年，不晚，不晚！”

范仲淹盯着尹洙问：“到底是衔命而来，还是专程来看我？”

尹洙嘿嘿笑了笑，含混道：“思念范公啊！”

范仲淹珍惜老友相见的愉快气氛，不再追问，把尹洙的手握得更紧了。扭脸吩咐跟在身后的郭逵：“速去知会伙房，整备菜肴，我要与尹判官一醉方休！”

进得书房，范仲淹松开尹洙的手，请他在靠墙摆放着的坐榻上并坐。室内本已放着一个火盆，两名牙兵又抬来一个，另一名牙兵端来了茶水，刚要往茶几上放，范仲淹摆手道：“换了，煮最好的茶来！”

尹洙笑了笑道：“范公，我给你带来一个人。”

范仲淹问：“谁？”

尹洙道：“范公先要赦了他的罪，我方敢说。”

范仲淹想不出什么人要他赦罪，又见尹洙一脸笑意，断定所谓赦罪，多半是玩笑话，便道：“师鲁说赦罪，自是可赦的。”

尹洙仰脸笑道：“路过保安军辖境，特意差人叫上了他。过年嘛，是有式假的。虽未经主帅批准，我这个经略判官权且做了一次主。”

范仲淹听出来了，点头道：“知道了。早就想见他了！”

话音未落，一个身材高大、长相英俊、三十岁出头的男子稳步迈进了书房，恭恭敬敬施礼。

“狄青，狄汉臣！”尹洙伸手一指，向范仲淹引介道。

狄青由御马直戍边，因屡立战功，已升任保安军西路巡检。虽常常听人提及狄青的名字，可见面还是第一次。范仲淹上前拉住他的手，请他在旁侧的一把座椅上落座。狄青慌忙躬身施礼，不肯入座，执意拱手挺胸，站立坐榻之侧。

范仲淹回到坐榻，扭脸对尹洙道：“我一到延州，就听说了保安军大战时，披头散发、带着铜面具的勇士，杀得夏军望风而逃！”他又转向狄青，蔼然笑道：“呵呵，摘下青铜面具，却是一位貌奇伟、美姿容的俊郎嘞！”

狄青脸一红，躬身一揖，又站直了身子。牙兵端来了新煮的越州瑞龙茶，范仲淹招手，命狄青入座喝茶，狄青一挺胸脯道：“禀龙图，卑职带兵奔走荒漠，除在饭时，从不饮水！”

范仲淹脑海里，蓦然闪现出当年在应天府书院时拒绝食用李纮送去的佳肴的场景。他没有想到，在狄青身上，竟然看到了自己年轻时的影子，内心喜悦又感慨，夸赞道：“好啊！成大事者，必有过人的意志力！”

尹洙见范仲淹果然对狄青赏识有加，趁热打铁道：“汉臣，把此前袭破西界芦子平的经过给范龙图说说。”

去年深秋，范仲淹牒狄青攻袭夏军粮仓芦子平。驻守此地的夏军因连战连胜而生出轻敌之心。这天半夜，看守粮仓的夏兵不是蒙头大睡，就是喝酒作乐，忽听远处传来依稀的马蹄声。夏军以为是自己的骑兵巡逻经过，并未在意。当他们回过神来时，一队官军骑兵已经杀入营寨。当粮仓上的火焰渐渐燃起时，照映出官军为首者的模样：披散的长发下，遮掩着冷冰冰的面具，幽幽的目光让人不寒而栗，夏军吓得四散奔逃。部下都提议追击，狄青却下令撤兵。事后方知，夏军果然在前面沟壑里设了伏兵。此事已在前线传遍，但狄青不愿表功，抱拳道：“都是遵范龙图所示。”

范仲淹笑道：“我知汉臣自来入阵勇猛，恐为敌所诱，特差人前去嘱其持重。后来看了捷报，又见人说汉臣计事深思熟虑，用兵先定远略，方知我的担心是多余的。”

尹洙点头道：“此良将之材，故特引荐于范公座前。”

“看得出，看得出！”范仲淹连连道，“我观边上将校，多半未精方略，昧于韬钤，以至败事。每见有弓马精强、谙知边事之人，未曾习学兵书，不知为将之体，都会为之惋惜。我给朝廷的奏章里多次说过，御寇之力，赖之将佐。军气强弱，系于将校。将校得人，士卒增气。甚盼汉臣能脱颖而出，成一代名将！”

狄青躬身道：“卑职定牢记教诲，不负期许！”

范仲淹笑问：“汉臣因何上阵时披头散发，戴上面具？是仿效兰陵王高长恭吗？”

高长恭乃南北朝时北齐名将，因长相俊雅，恐以真面目示人而被敌所诮，故特戴面具领兵作战。

狄青摇了摇头。

尹洙上前点着狄青脸上的刺字，替他解释道：“为挡住这里，也为了给敌军以震慑！”

范仲淹暗忖：适才狄青摇头，是不知兰陵王高长恭其人，还是否认效法他？便笑着问：“汉臣读些什么书？”

狄青答：“禀龙图，卑职自幼喜读兵书。”

范仲淹颔首。他已设想在练兵一事里，加入给将校讲授兵法的内容。但只读兵法，对狄青的要求就太低了。他有成大器之象，要求应更严格，遂道：“将帅不知古今历史，就只有匹夫之勇，不足尚也！”说着，起身从书橱里拿出《春秋》《汉书》，向站在门口的郭逵招招手，吩咐道：“拿去，装柳条箱里，让狄巡检携去研读。”又附耳低语了两句，这才回身落座。

“卑职当悉心研读！”狄青躬身道。

须臾，郭逵将柳条箱抱来，放在书案上。狄青向窗外望了一眼，躬身一揖道：“尚未交午时，卑职告退，即返营地。”

范仲淹一摆手道："酒菜即将停当，吃了饭再走不迟嘛！"

"卑职是武官，不敢也不该宴饮！"狄青抱拳道。

范仲淹笑问："那是为何？汉臣说说看。"

狄青道："国家养兵，就是为了保国卫土，到边上驻守，乃分内事；文官不同，不是非来边上不可，故朝廷鼓励边上文臣宴饮，以为激劝。卑职作为武官，自是不敢也不该参与文官宴饮。"言毕，又是一揖，转身往外走。

范仲淹故意不提醒他，看他是不是知道把书箱带上。狄青走了几步，拐了个直角，大步跨到书案前，抱起了柳条箱。范仲淹露出满意的笑容。他适才密嘱郭逵把知湖州滕宗谅辗转捎来的顾渚紫笋茶也装进箱子里，这时便提示一句："里面还有些许湖州茶，汉臣回去品尝。"

狄青鞠躬道："多谢龙图体恤，卑职携去，与士卒共尝。"

范仲淹与尹洙对视一眼，尹洙笑道："范公，你总说军中无良将，故不可进讨西贼；今日见了狄青，怎么说？葛怀敏，名将之子，久历沙场，赫赫有名；任福，白发戍边，夜袭白豹城，一举捣毁！就连你保安军的一个巡检，嗯，狄青，不也是智勇兼资，能识机变吗？"

"师鲁，你召狄青来，另有用意。"范仲淹收敛了笑容，盯着尹洙问，"说吧，到底因何而来？"

"军机不可泄露！"尹洙诡秘道。旋即哈哈大笑，拍了拍自己的肚子："饥肠辘辘啦，总是要用了饭再说嘛！"

## 二

范仲淹设宴为尹洙洗尘，张亢作陪，歌姬环绕，笑声不断。宴后，已然微醺的尹洙睡了一个长觉，直到傍晚才起床。晚饭只简单吃了碗馎饦，就急不可待地要与范仲淹密谈。范仲淹已然猜出了他的来意，特意把他请进军机堂，只有纯祐在侧侍奉，端茶递水，不时往火盆里添些炭火。

尹洙拿出夏竦和韩琦共同押字的令牒，捧递到范仲淹的手里。

令牒是颁给尹洙的，命他到鄜延路与范仲淹商量协同进兵事宜。范仲淹不语，起身从抽斗中把《论正月内未宜进讨》副本递给尹洙。

尹洙阅罢，一脸错愕。夏竦和韩琦只是担心范仲淹态度消极，于协同作战不利，想打消他的顾虑，不料朝廷进讨令已颁，他却仍有这样的上疏。字里行间可以看出，表面上是请求春暖时再进讨，实则是不欲出兵。“存此一路”四字，已昭然若揭。若鄜延路不出兵，如何进讨？沉吟片刻，他决定从范仲淹在《论正月内未宜进讨》中提出的理由入手劝说他，遂道：“范公提议春暖时出兵，正月末也要春暖了，不妨就正月末出兵。朝廷已在开封府、京东路、京西路、河东路征调了五万头毛驴，正发遣陕西途中，以备运输粮草之用。”

范仲淹端起茶盏，递到尹洙手里，语调低沉道：“师鲁当知，《孙子》开宗明义曰：‘兵者，国之大事，死生之地，存亡之道，不可不察也。’进讨，多半会以失败告终，最好的结果也无非屠戮其妻孥、焚毁其族帐而已。仲淹愚钝，不知意义何在！”

尹洙喝了口茶，放下茶盏道：“可是范公，是元昊叛逆，又屡屡发兵侵扰，我泱泱大国，只能忍气吞声吗？须知，兵不可久，久则民困而财乏。”

范仲淹道：“报国之仇，不可仓促。《孙子》云：‘合于利而动，不合于利而止。’时下合于战吗？我师新败，三军夺气，当自谨守，以观其变，岂可轻言进讨？以今观之，但见败形，未见胜势，重兵轻举，实乃不自量力！”

尹洙连连摇头，良久方道：“韩帅让洙转告范公：‘人臣当尽力事君，死生以之。至于成败，天也。战事未起，岂可先预估其败，遂不敢有所为？’”

范仲淹道：“也请师鲁转告韩稚圭：争胜逐利之师，则有巧直拙速之异。兵无常势，水无常形，强弱之势是可以转变的。当下最需要做的是积蓄力量，捕捉战机，备成而战。欲毕其功于一役，是骄纵轻敌，不可忘记欲速则不达的道理。战争中，不要斤斤计较于一时的小胜与小败，更不可意气用事，因小失大，与戎狄理曲直，争胜负。”

“我不出师，昊贼却不断大军来攻，照你的说法，就只能这样被动挨打？国威何存！国体何在！”尹洙提高了声调，气势汹汹质问道。他突然一撇嘴，揶揄道：“对了，还有求和一途，范公正思谋求和吧？”

“若元昊能幡然悔悟，通和也不是没有可能。”范仲淹平静道。

“我料昊贼必遣使投书来了。”尹洙以不屑的口气道，“他也差人给韩帅投书了，但韩帅断定这是昊贼的阴谋，只一句‘无约而求和，诈也’，便将使介发遣出境了。范公切不可上其当。”

范仲淹默然。

“这样拖下去，何时是个头？”尹洙情绪激动道，“你当知，一卒之费，岁不下百千，万人则为百万缗。时下仅陕西沿边就分布三十万大军，要耗费多少？粮草供应更是难题，民苦于运输，实不忍这样拖下去！”

范仲淹摆手道：“师鲁不必激动。鄜延路这里，朝廷已批准将鄜城县改为康定军，可省去向沿边寨堡运输粮草的三成；还要借鉴府兵制，屯垦戍边。种世衡在青涧城就开出三万亩地嘞！别忘了，我皇宋，大国也，家底雄厚，西贼与我耗不起嘛！昊贼累年用兵，蕃界劳扰，横山蕃部先就不会再死心塌地追随他，若不求和罢兵，内部必有变乱。”

尹洙一拍坐榻扶手，呼地站起身，瞪眼道：“切莫再说这样的话啦！堂堂天朝大国，面对戎狄欺凌，不敢奋起一击，却寄希望于敌人内部崩溃，岂不令人齿冷！”

范仲淹并不生气，又拿出他去年呈奏的《延州谢上表》的副本让尹洙过目。

尹洙一看，谢表上一些地方用红笔画了小圈点，有“臣职二统戎，志在殄寇”之言，最后一段写着：“重念百姓屡惊，体当招抚；五兵久戢，务在训齐。如治乱绳，必期于耐事，先除害马，亦假于行权。仰赖圣威，即纾边患。”他明白了，范仲淹是以此表明，平定西事既是他的愿望也是他的誓言；但审时度势，时机未到，要有耐心。这种话尹洙耳朵已听出茧子了，遂道：“三川寨被破，只是没有损失像刘平、石元孙这样有名的大将，朝廷也有了一定的承受力，才没有引起像三川口之败那样的震动。朝廷只是将几名武将免职，没有追究韩帅的责任。试想，若还取固守策，难免有下一个三川口、三川寨，韩、范二公的帅职还能保得住吗？到那时，不得不在国人唾骂声中灰溜溜走人，哪里还有机会等待时机！”

“攻还是守，绝不能与个人进退挂钩。”范仲淹断然道。他把茶盏向尹洙面前推了推，缓和了语气：“我已上章，朝廷若驳回，再与师鲁详议出兵次第。”说着，向纯祐递了个眼色，纯祐会意，用力咳了一声。

门外响起钤辖张亢的声音：“范龙图、尹判官，累了吧，喝盏酒解解乏嘛！”

这是范仲淹事先交代好的，一旦尹洙情绪激动，就中断谈话。张亢的话音甫落，范仲淹也站起身，笑道：“师鲁，是该解解乏了。稍安勿躁，我料朝廷的回复这几日必到，届时再议不迟。”

## 三

朝廷的诏旨是两天以后的正月初八傍晚时分急递到延州的。这道圣旨，同意鄜延路暂不出兵，但责令范仲淹和夏竦、韩琦商量，择机进讨，不必拘泥于出兵时间。

接到这道圣旨，范仲淹松了口气。但从圣旨中可以看出，朝廷的进讨策并没有变，而且对他向元昊示以恩信的请求只字未提，又让他感到失望和不安。

看到元昊书札两天后，范仲淹就开始构思回书。他和张亢都认为，进讨令甫颁，不宜向朝廷提出和谈的建言，朝廷也不会批准；但不经朝廷授权擅自与外邦和藩属国通书者，触犯人臣无外交禁条。这让范仲淹陷入进退两难的境地。因焦虑过度，以至于完成构思的当夜，似睡非睡间，他做了一个令人后怕的梦。虽然这并没有使他改变主张，但让他放慢了节奏。长达千言的长篇回书早就完成了，反复修改了不知多少遍，却未交给高延德。在《论正月内未宜进讨》中，他用很长篇幅向朝廷作了暗示，只是没有明说要与元昊通书劝其取消帝号罢了。他想等朝廷有了回复再作决定，可朝廷的回复回避了这件事。严格说，进讨策未改，等于事实上否决了试探和平的提议。

贸然进讨，成功是侥幸，失败是大概率的。届时，作为边帅，同样要被追究责任。即使是个人被押入监牢甚至杀头，败战所带来的严重后果、国家的重大损失、万千将士的生命，已无可挽回；触禁，是个人承担风险，即使通和不成功，也于国家无损。这个风险值得去冒！

一旦有了这样的判断，他的紧迫感陡增。虽然圣旨中说进讨时机要他和夏竦、韩琦商量，不必拘泥时间，但他在《论正月内未宜进讨》中作为托词，提议春暖时出兵，急于进讨的韩琦一定抓住这一点不放，定于春末进讨的可能性很大。若在这宝贵的两个来月内，元昊被他的劝说打动，同意取消帝号，双方即可正式和谈。如此，进讨之议，自然也就搁置了。

“郭逵！”范仲淹唤了一声。见郭逵应声进来，他低声吩咐了几句，又叮嘱道：“严格保密，不可让任何人知道，包括张亢。”

交了亥时，绅民多半已入梦乡，城中行人稀少。几个人影避开大街，从小巷穿梭，闪身进了州署后堂。

“高延德！”范仲淹一脸肃穆，唤了一声，把给元昊的回书交给他，嘱咐道，“你黎明前出城，回去知会元昊，他虽有意通好，但来书用帝号署名，本帅不能闻于朝廷。”又转向一直负责看管高延德的牙兵韩周、张宗永二人，吩咐道：“你二人护送高延德出境，在边上探伺，若西人有进奉之意，即深入晓谕。”说完，把一道令牌交到韩周手里。

高延德恳求道：“既如此，请二使介与延德同行，到兴庆府去。”

范仲淹虽有此意，但未经朝廷允许擅自差人前往处于交战状态的西夏国都，有通敌之嫌，他没有回应，摆摆手，示意高延德退出。

打发走高延德，范仲淹起身前往驿馆去见尹洙。

尹洙一夜间嘴上起了几个燎泡。朝廷已然下达讨伐令,正月内就要出兵。箭在弦上,不得不发。倘若范仲淹不出兵,不啻置韩琦于险境。他原以为,以他和范仲淹的交情,只要一见面,半天工夫就能将其说服,然后约定进兵日期后即赶回渭州复命。不意范仲淹执念甚坚,没有缓和余地。不能说服范仲淹出兵,会影响全局;但再拖下去,时间又不允许,范仲淹以等待朝廷的回复为由不再见他,却把一摞文牍让他阅看,都是范仲淹到延州后的上章或书札,多半是阐述他的防御策的。尹洙既急且气,看不几眼,就起身在室内踱步,思忖说服范仲淹的办法。两三天熬下来,他已烦躁到了极点,踱步声"噔噔"作响,忽听范仲淹夤夜来访,急忙开门相迎。

"师鲁,文牍都看完了?"范仲淹一进门就问。

尹洙一脸怒气道:"洙不知其他,只知正月内出兵!"

范仲淹从袖中掏出同意鄜延路暂不出兵的圣旨,递给尹洙。

"这……"尹洙嘴唇抖了几下,"驿馆非谈军机之所,到军机堂去说。"

范仲淹之所以到驿馆来,就是不愿再和尹洙谈出兵事;可尹洙显然并未放弃进讨的主张,他提出到军机堂去商议,范仲淹也不便拒绝。

"前方作战,诸路不协同出兵,乃兵家大忌。范公背离朝廷旨意的反对意见竟被接受,朝令夕改,足见范公在皇上心目中的分量。不过,圣旨并未说取消进讨,而是让三帅重商进讨时间。我奉夏、韩二帅之命而来,正好与范公从容商量。二月底? 三月中? 再不行四月初?"一进军机堂,尚未落座,尹洙就急不可耐地说了一大通,语气中流露出不满。

"师鲁,你该知我。"范仲淹平静道。

尹洙一抱拳,作揖道:"范公,春暖时出兵,是你自己主动向朝廷提出的。看在好友面上,别再固执了好不好?"

"国事重大,不可掺杂私情。"范仲淹淡淡道,"历史上许多人和事之所以败坏了,就是因为掺杂太多的私情。"

"韩帅进不得,退不得,该怎么办?"尹洙瞪眼问。

"练兵,修寨,招抚蕃部。"范仲淹答。他一掀自己花白的长须,感慨道:

“某已年过半百，衰病之躯，很可能回不去了，尚且还有耐心；韩稚圭刚过而立，因何反倒急不可待？”

“现在看，范公不及韩帅。”尹洙以怅然兼带嘲讽的语调道，“仗还没有打，范公就说必败。可韩帅不这么看。他说：‘大凡用兵，先得置胜负于度外。’这才是统帅该有的风度！”

范仲淹道：“大军一动，千万人性命所系，怎敢置之度外？不可有这样的想法啊！”

尹洙见范仲淹没有松口之意，气得面色通红，怪笑一声道：“嘿嘿，不商量好出兵日期，我不离开延州。我有夏、韩二帅的令牒，你不能赶我走！”

满川龙虎辇，犹自说兵机。

——张元

# 第三十章 满川龙虎辇

## 一

眼看正月要入中旬了，出兵时限仅剩二十来天，差去延州的尹洙还没有消息，忙于调兵遣将、筹措粮草，一直处于亢奋中的韩琦，隐隐感到不安。自奉夏竦之命晋京陈情，朝廷俯纳，他便匆匆赶回长安，与夏竦一起拟定了作战策奏上。他和夏竦皆知范仲淹反对进讨，方特差尹洙赶赴延州。他相信，朝廷已颁下进讨令，再经尹洙劝说，范仲淹没有理由不出兵。届时尹洙和范仲淹商定出兵细节，正月下旬即可发兵进讨。可尹洙迟迟没有赶回渭州，说明事情没有他想象的那么顺利。

果然，正月初九这天，快马送来了朝廷的密件，是同意鄜延路暂不出兵的圣旨，后面还附有范仲淹《论正月内未宜进讨》。韩琦阅罢，既生气又好笑。生气的是范仲淹要求"存此一路"，明显是不愿出兵；好笑的是他在奏疏里居然写着容他向元昊示恩信，或许可招降之类的话。这必是被元昊差人投书所误。两年来，皇宋从未主动与之一战，被动迎战又屡战屡败，凭什么招降元昊？即使真的和谈，会是什么结果，用脚指头就能想明白。元昊差来渭州投书的使介，当即就被发遣出境了，而范仲淹却如获至宝，在做着招降元昊、为国家立奇功的美梦。想到他年过半百还如此天真，韩琦摇头不止。

好在朝廷并没有改变进讨的决策，范仲淹给朝廷的奏疏里也提出春暖时出兵，整备进讨之事不可停顿。

上元节这天，韩琦正在军机堂听取泾原、环庆两路调集兵马、粮草情形的禀报，随尹洙去延安的一位牙兵回来了，带回尹洙的一封书札，禀报劝说范仲淹情形。韩琦阅罢，气得从座椅上腾地站起身，怒容满面道："朝廷已然让步，待春暖时再出兵，也是范某人向朝廷提出的，如今还是不愿出兵！"他一指尹洙差回的牙兵："你速回延安，转告尹师鲁，即使泾原一路也要出兵进讨！命他速回渭州！"

尹洙还在焦急地等待着范仲淹回心转意。他紧紧咬住范仲淹在给朝廷奏疏里"苟俟春暖举兵，犹未为失策"这句话，一遍又一遍探问范仲淹春暖时的举兵日期，令他难以招架。恰在此时，夏竦又颁来令牒，向范仲淹宣达朝廷诏旨："所有行军所需，令三司与韩琦等商量，疾速擘画应副。"尹洙底气更足了，到州署去见范仲淹："朝廷已在疾速擘画军需，出兵日期该定下来了吧？"

范仲淹拿出一道文牍递给他，是给夏竦的状申：

> 鄜延路入界，比诸路最远。若先修城寨，却是远图。请以二月半合兵万人，自永平寨进筑承平寨，俟承平寨毕功，又择利进筑，因以牵制元昊东界军马，使不得并力西御环庆、泾原之师，亦与三路俱出无异。

尹洙惊得目瞪口呆，良久方道："军国大计，岂可如此搪塞！"

范仲淹也不辩白，只是点了一下书案上的稿笺道："正在写奏章，请朝廷裁夺。"

随着正月将尽，春暖时节快到了。虽然朝廷给他的诏旨没有规定具体进讨日期，但从夏竦所颁令牒看，已把他提出的春暖时节作为进讨时机。春暖时节是他自己提出的，他不便上章反对，经反复斟酌，想出了以修寨牵制夏军，等于分散元昊兵力的主意。他也知道这个借口有些勉强，但只要可以免于进讨，他宁愿受人嘲讽、非议。兹事体大，只向夏竦禀报显然是不够的，需要向朝廷详细陈奏明白。经过两天斟酌，《奏乞先修诸寨未宜进讨》完成了，其中写道：

> 臣相度前项军须粮草万数不少，必是一两月办集未得。……若多差人夫，即恐有雨雪之变，崎岖暴露，稍有惊危，便多逃散，抛弃粮草，为贼之资。臣窃见延州废却承平、南安、长宁、安远、塞门、栲栳六寨之后，自延州去贼界三程，斥堠渐远，贼马动息，卒不可知；又退却疆界，贼转深入。……乞作圣意指挥，遣近上使命急至鄜延路，令与臣催促诸将，于二月半后出兵万余人，于废寨中拣有利处先次修复。

写毕，范仲淹吩咐郭逵："正本封发，副本送给尹师鲁阅看。"

尹洙刚接到韩琦命他速回渭州的令牒，正担忧间，看到了范仲淹的《奏乞先修诸寨未宜进讨》，气得两眼冒出金星，吩咐随从："整备行装！"

次日辰时半，尹洙气鼓鼓地来到帅司，脸色阴沉，目露怒火，厉声道："范公，韩帅冒死举荐你，你因何欲置韩帅于死地！"

范仲淹惊问："师鲁何出此言？"

"韩帅言，便是只泾原一路，也要出兵进讨。一路进讨，结果会怎样？"尹洙一顿足，抱拳一晃，"在下这就回渭州。今生再也不相见！"说罢，用力一甩袍袖，转身而去。

"师鲁——"范仲淹唤了一声，急忙追出去。尹洙年轻，长着一双大长腿，范仲淹追出帅司首门时，他已跨马驰去，任凭范仲淹连声呼唤，头也没有回一下。

范仲淹突然一阵晕眩，摇晃了几下，差一点栽倒。郭逵、纯祐眼疾手快将他扶住，慢慢往官舍走。医官很快被传到，为他诊治。

卧病三天，已是二月初二了。三天时间里，他一直在思忖，《奏乞先修诸寨未宜进讨》明确提出了反对进讨的意见，若朝廷不改变进讨决定，是等待朝廷解职贬谪的敕书，还是主动请求守一闲郡？直到今日病势见轻，他方做出决定：经过几次向朝廷上疏，经略西事的思路渐渐清晰，除非朝廷将他解职，否则决不主动请求调离。

几天来一直阴沉的天气，今日终于转晴了，阳光透过窗口洒进卧室，范仲淹下床了。听到屋里的动静，纯祐闪身进来，捧递来一叠厚厚的文牍。范仲淹接过一看，是枢密院札子，专为转送夏竦、田况的奏疏而发给陕西四个帅司路的。夏竦奏疏言，由于鄜延路坚不出兵，三路进讨策事实上已难以付诸实施，请求朝廷重新研究攻守策。田况奏疏则列出七条理由，力言进讨不可取。最后写道："欲果决进讨，则又仲淹执意不同，或失期会。乞召两府大臣定议，但令严设边备。"范仲淹阅罢，紧绷的神经松弛下来。夏竦、田况都不支持进讨策，他不再是孤军奋战，或许能够阻止冒进之举。但夏竦、田况都把进讨策难以付诸实施归结为他的阻挠，又让他倍感压力，遂提笔写了一道奏疏：

> 去秋遣朱观等六道掩袭，所费不赀，皆一宿而还。……或更深入，事实可忧。臣与夏竦、韩琦皆一心速望平定。但战者危事，或有差失，则平定之间，转延岁月。所以再三执意，非不协同。

上了这道奏疏，范仲淹判断，朝廷即使不收回进讨的成命，也不会再催促春暖时出兵了。惟一让他担心的是韩琦，会不会真的像尹洙转述的那样，便是泾原一路也要进讨？

此时，坐在泾原路经略使司里的韩琦，正在阅看夏竦转来的范仲淹的状申。范仲淹竟然说出鄜延路大筑城寨同样可牵制西贼，与出兵无异的话，让韩琦哭笑不得。严酷的战争，不是小孩子过家家，岂可拿这哄骗孩童的把戏搪塞？范仲淹已决计不出兵了，韩琦虽未打消进讨的想法，却也不禁浑身冒汗，急忙差人给夏竦送去状申：

三路协力尚惧未能大挫黠虏，若鄜延路以牵制为名不出兵，则是委泾原路孤军于敌手。

眼看进讨的兵马、粮草、辎重已整备就绪，尹洙还没有回来，韩琦在渭州等得不耐烦了。泱泱大国，衮衮诸公，视军国大计为儿戏，朝令夕改，岂不令天下笑？他恨不能踏破贺兰山、荡平兴庆府，惟有战火，方能驱散淤积于心头的阴翳。他决定不再等待，启程巡边，亲自踏勘进兵路线。

二月初十夜，韩琦来到怀远城。

三十年前，开国名将曹彬之子曹玮守泾原，翻过陇山，修筑笼竿城，首次将皇宋触角伸入山外蕃部；后来的守臣又先后筑羊牧隆城、怀远城，将泾水上游防御区越陇山推进至渭水流域。如今皇宋国力鼎盛，人才济济，即使不能开疆拓土，至少也不应该任凭戎狄欺凌而不敢奋起一战。韩琦心绪难平，一夜未眠。辰时许，刚昏昏欲睡，门外响起急促的脚步声，随着牙兵一声通禀，一名武将出现在面前，是从麟府路新调来泾原路的都监朱观，他神情紧张地禀报：元昊亲率十万兵马，已穿越关山峡谷，过折姜南下，向镇戎军扑来！

“本帅欲发兵进讨而不能，昊贼倒找上门来了！”韩琦摩拳擦掌道，“备马，本帅要亲往镇戎军，牒任福速赶去会议军机！”

给任福的令檄发出了，韩琦也披挂停当，幕僚纷纷劝阻：“大帅是文臣，不必亲历矢石锋镝，坐镇帅司即可。”韩琦不理会，跨上马背，口中道：“今番要让范希文看看，便是他袖手旁观，我泾原路照样也能大败西贼！”

## 二

镇戎军军机堂里，探马、斥候不断穿梭，将探得的元昊行踪随时报来。韩琦盯着舆图，不时在上面圈圈点点。午夜时分，此前已奉韩琦之命驻扎原州待命的任福赶到镇戎军。韩琦连夜召集军事会议，经过一番商议，下达作战令：以任福为帅，镇戎军都监桑怿、朱观、武英三部归任福统一指挥，桑怿为先锋，自三川寨越陇山，由怀远城、得胜寨一路南下，从侧翼迂回到夏军后方，于羊牧隆城设伏，待元昊攻城疲惫时发动突袭。韩琦恐任福因白豹城大胜而自负轻敌，待部署毕，沉着脸道："将帅不得擅自变更行军路线！"说这句话时，他用余光扫视了一下任福，见他眨巴着眼睛，似乎在顾自思忖着，韩琦心里隐隐生出一丝不安。

大军于天亮前出发，韩琦为任福壮行，分别的一刻，把写好的一道令牒交到任福手里，嘱他细看。借着灯笼的亮光，任福只看了一眼，就塞进怀中。

镇戎军至羊牧隆城不足百里，一两天可至。快到怀远城时，忽接探报，夏军悍将刚哩正在围城。任福命朱观、武英率部向张家堡行进，他则率兵攻打围城夏军。

夏军一触即溃，慌不择路，向南逃去。任福下令追击。参军事耿傅是文官，劝阻道："老帅，这会不会是西贼的诱敌之计？韩帅有令，不得变更……"

任福打断耿傅道："夏军南逃，官军也要南行，一路追击，同样可达羊牧隆。"说完，挥舞长剑，催动兵马，一路追击而去。

刚哩率军逃至张家堡山道，被埋伏在此的朱观、武英部击溃，丢下劫掠的牛、羊、骆驼，越过笼竿川，仓皇西逃。正是去往羊牧隆城的方向。任福率军紧追不舍，日暮追至好水川，任福下令扎营。

翌日晨，官军沿好水川河谷西进。西北风呼啸着在两岸高耸的悬崖峭壁上打转，仿佛是受伤的野兽发出瘆人的哀嚎，自东向西流淌的好水川里，开河后的细流，像是发出低沉的哭泣声，空气中弥漫着膻腥味。任福的坐骑紧张地打着鼻喷，抬腿落蹄间露出惊恐的眼神。任福心"嗵嗵"跳了几下，传令加速前进。走出不远，见前行的兵士指指点点，他扭脸望去，是几个密封的银泥盒，走近细听，盒中似有跃动声，任福大惑，下令捣开，一群兵士上前，小心翼翼打开泥盒，"扑棱棱"一阵响动，一群家鸽展翅飞出，盘旋于河谷上空。鸽子身上还带着悬哨，哨音清脆，悠远可闻。

“列阵！”任福神色惊恐，大声命令道。布阵未成，遮天蔽日的尘土飘来，前方响起清晰的马蹄“踢踏”声，回头向后望去，夏军的旌旗“呼啦啦”的响声越来越近。任福明白了，刚哩佯败，将官军诱入了元昊的埋伏阵中。刹那间，暴雨倾泻般的箭矢飞来，伴随着阵阵惨叫声，兵士、军马一片片倒地。令人望而生畏的党项人铁鹞子骑兵闪电般向河谷中的官军冲来，滚滚铁蹄下，官军方阵被冲得四散开来，前锋桑怿力战而死。

“大军掩护老帅，向后杀出一条血路！”参军事耿傅喊道。任福一举长剑，大声道：“身为大将，当以死报国！”铿锵悲壮的声音在河谷回荡。见官军在铁骑的冲杀下难以立足，任福命向山崖冲锋，欲夺取两坡，居高制下。官军将士“呼啦啦”向山崖靠拢，奋力向上攀爬，忽见山头上夏军大旗左右摇摆着，伏兵一跃冲出，猛扑过来，杀声震撼山谷。率军攀援的任福长子任怀亮一声惨叫，从悬崖上坠落，摔得粉身碎骨。任福闭上眼睛，扭过脸去，大喊一声，冲向蜂拥而至的夏军，拼死力战，箭矢“嗖嗖”向他射来，扎满了全身，雪白的长须变成了红色，粘连在了一起，他拼尽全力，挥动四刃铁锏与敌搏杀，一名虏卒手持长枪向他刺来，“噗”的一声，刺穿了他的咽喉，任福喷出一口鲜血，坠马而死。

泾原路行营都监王珪接到官军陷入重围的探报，自羊牧隆城率四千兵马驰援。初到好水川，望见统帅的旗帜还在，全力冲向敌阵，欲救出任福，但敌阵坚不可破，任福的帅旗转眼间已经不见了。王珪知大势已去，向东拜道：“非珪辜负了国家，委实是末将能力不够，只有一死以报国了！”说完就又冲入敌阵，杀得铁鞭弯曲，手掌虎口也裂开了，坐骑中箭，三次换马，犹力战不屈，左右奋击，终被流矢射中左眼，坠马而亡。参军事耿傅虽为文官，也挥剑拼杀，被夏军剑戟刺死。

五里之外的朱观、武英二部，几乎同时在姚家川遭到伏击。一场厮杀，武英战死，只有朱观率一千人马突围。

“将军、将军，这是真的吗？”见到满身血污的都监朱观，韩琦紧紧拉住他的手，求救似的问。探马不断将好水川战况报来，韩琦无论如何不敢相信，见朱观率突围的一千人马仓皇撤回，他还是不愿相信。朱观痛苦地点了点头，禀报战况，韩琦眼含泪水，松开他的手，步履沉重地走到书案前，抓起笔，拟写自劾疏。

“韩密学，昊贼横扫山外，势必挥师围攻镇戎军，我主力已全军覆没，目下只有三两千人，守不住镇戎军啊！”朱观提醒道，“密学还是火急撤回渭州为宜！”

韩琦这才缓过神儿来，命令道：“留下的将士，不能再白白送死了，若西贼来袭，朱将军率兵马撤离，韩某不能离开镇戎军，届时当自裁以谢天下！”

朱观道：“此败非密学节度失当，是任帅违令，擅自变更……”

“不要说了！”韩琦打断他，哽咽道，“任帅力战而死，壮烈殉国，岂可把责任推到他身上？万方有罪，罪在韩某一人！”

## 三

大夏国宰相张元站在好水川高高的山梁上，发出爽快的大笑。自开战以来，他一直俯视着这场精心设计的惨烈厮杀。摇摇欲坠的太阳发出血红色，照在他那张亢奋的方脸上，看上去像是滴血的猪肝。出征前，元昊发出了“饮马渭水，直捣长安”的动员令；他提出的大军设伏，诱敌入瓮，会战好水川河谷的画策已然大获成功。河谷里、山梁上，厮杀声已然停止，浓浓的血腥味弥漫山谷，好水川的溪流变成了暗红色。

哈哈大笑了一阵，张元忽发诗兴，跨马绕道来到河谷，提刀寻觅，欲割块战袍，权作写诗的稿笺，可死尸的战袍都被鲜血染红，他找得不耐烦了，弯身把自己的战袍割下一块，伸出食指，沾着尸首上还在汩汩外淌的血水，赋诗一首：

夏竦何曾耸，韩琦未足奇。

满川龙虎辇，犹自说兵机。

写毕，吩咐牙兵："牢牢绑到宋军的帅旗上！"说完，又是一阵大笑。抬头一看，元昊正勒马站在高坡上，张元急忙赶过去，躬身奏道："陛下，此番泾原、环庆两路精锐被歼；鄜延路范仲淹持重，不会驰援，也不会出芦关袭夏州，可放心大胆拿下镇戎军啦！"

元昊脸色阴沉，一语不发。

"陛下！"张元又道，"拿下镇戎军，即可饮马渭水，直捣长安！"

元昊还是不说话。

正尴尬间，探马来报，秦凤路副都部署王仲宝率军奔袭宥州。

"回撤！"元昊大喊一声，声音有些颤抖，仿佛充斥着满满的恐惧。

"报——"一声高喊，探马把元昊撤军的消息禀报于韩琦，又把张元的诗呈上。韩琦两眼红肿，面无血色。他将镇戎军托付于都监朱观，只带几十名牙兵返回渭州。

约莫走出一半路程，忽见前面不远处烟雾缭绕，道旁白花花跪满了头顶白布的男女老少，哭嚎声响彻云霄。韩琦吩咐牙兵前去打探，方知是阵亡将士的亲人在烧纸钱招魂。

韩琦羞愧难当，长叹一声，硬着头皮上前，下马向众人作揖谢罪。

"我的儿啊，你随招讨出征，如今招讨回来了，儿的魂随招讨回来吧！"人群哭喊道。

韩琦闻言，以袖遮面，垂泪跨马而去。

又走出不远，看见一队人马向这边赶来，打头的是环庆路兵马都监蒋偕。

韩琦叫着蒋偕的字，惊问："齐贤，本帅不曾发令，你因何带兵前来？"

蒋偕本是进士出身，任同州通判时，范仲淹以都转运使入陕西后，到同州查勘兵马、仓廒，得知他屡次上书言边事，又恳请以文改武，到边寨为国效命，便向朝廷举荐，朝廷遂命蒋偕为环庆路兵马都监。任福出征前，命他留守庆州。忽见他率兵赶往镇戎军，韩琦颇为意外。蒋偕急忙掏出经略判官尹洙押字的令牒，呈于韩琦。

韩琦大惊："尹师鲁乃判官，岂可押字发兵？"

蒋偕沉默片刻，屏退左右，向韩琦禀报原委。

原来，尹洙自延州返回渭州途中路过庆州，接到元昊率大军南下的消息，即调头往镇戎军赶去，刚出庆州城，就接到官军在好水川中了西贼埋伏，激战正酣的探报，急忙返回城内，勒令留守庆州的蒋偕率锐卒五千驰援。

韩琦听罢，捶胸道："尹师鲁糊涂，看来他也保不住了！"

## 四

延州帅司院子里的桃花开了，满园芳香。

范仲淹背手站在桃树前，口中喃喃："好水川为国捐躯的将士，再也看不到花开了。"

"龙图看邸报了吧？"身后传来钤辖张亢的声音。

范仲淹知道张亢问的是什么，却没有回应。

好水川败战后，韩琦引咎自劾，愿承担全部责任。夏竦派人打扫战场时，在任福身上发现了韩琦的令牒："苟违节度，虽有功亦斩！"遂奏报朝廷。但前线统帅为败战承担责任是惯例，朝廷还是免除了韩琦陕西经略安抚招讨副使、同管勾都部署司事的差遣，以枢密直学士知秦州。得到这个消息，范仲淹把早就构思好的《奏乞处置军马公事》呈奏了。彼时，他担心呈奏后会给朝廷以文武不和的观感，此时不同了，任福擅自改变韩琦规定的行军路线，不能不说是导致惨败的直接原因。所以，奏请朝廷训示武将，严令诸路部署以下，出入进退，处置军马公事，俱听陕西三帅处分，就是关乎大局的事了。但朝廷并未回应，却颁敕急调鄜延路副都部署葛怀敏任泾原路都部署。

范仲淹正月初就曾上表，以葛怀敏不知兵为由请求将他调离前线，迟迟未见动静，这时突然调他到泾原路，适才阅邸报，朝廷又为葛怀敏加泾原路经略安抚招讨副使，说明朝廷并不认可他对葛怀敏的评价，反而倚为干城。范仲淹正是看到邸报上的这个消息，方起身走到院中，以赏花来排遣心中的烦闷。

"龙图，朝廷差中使来了。"牙兵指挥使郭逵跑过来，禀报道。

范仲淹愣住了。中使由宦官充任，传达皇上密旨。朝廷在这个时候差中使千里迢迢、跋山涉水到前线来，会不会是宣旨将他拿问的？

好水川之战，仅阵亡将士即达一万零三百人，几十位将佐只有都监朱观一人生还。消息传出，关中悚怖，朝廷震惊。有人把好水川之败的责任归咎于范仲淹，说倘若不是他执意不出兵，正月内三路协同进讨，绝不会发生这样的惨剧。还有一些风言风语，说韩琦、范仲淹之辈只能以言邀名，徒有其表，难当大任。这些非议，朝廷不可能没有听到。韩琦已然被贬，也该轮到他了。他抖了抖官袍，将思绪从悲怆中抽回，快步到首门迎接。

进了帅司节堂，中使并未宣旨，而是屏退闲杂人等，将一道密诏递给范仲淹。范仲淹打开一看，一脸惊愕！

他本以为，好水川惨败的教训能让中枢放下傲慢，正视党项人的强悍，放弃冒进主张，接受他的防御策；不料，局面却正在向反方向演进。中使携来的密诏说，好水川惨败，群情激愤，朝议决定，将鄜延路都部署司名号罢去，表面上向元昊明示息战通好之意，以此迷惑他，使之骄怠；暗地里秘密集结大军，神不知鬼不觉间深入进讨。为此，特命范仲淹体量士气勇怯，如不至畏懦，即可驱策前去，乘机立功。

范仲淹摇头不止，吩咐郭逵召新任鄜延路副都部署许怀德来见。

"许帅，你看看这个。"待许怀德进了后堂，范仲淹将密诏递给他，抬抬下颌道。

许怀德阅罢，将密诏恭恭敬敬捧递到范仲淹手里，露出不知所措的神情。

范仲淹又递回去，嘱咐道："此密诏由许帅亲自掌管，不要对任何人说起，我会上章向朝廷陈情。"

许怀德施礼辞出，范仲淹蓦然意识到，用荒唐来形容朝廷的密诏未免轻描淡写了。好水川惨败，国威受损，颜面大失，以大军进讨挽回面子、雪边将之耻的呼声越来越高涨，便是主张持重的人，慑于舆论，轻易不敢站出来谏阻。今若自己也承顺朝旨，不能持重王师，为后大患，虽加重责，无以谢天下。这样想着，快步走到书案前，提笔拟写《论不可盛怒进兵奏》：

任福以下，勇于战斗，贼退便追，不依韩琦指踪，因致陷没。此皆边上有名之将，尚不能料贼，今之所选，往往不及，更令深入，祸未可量。……孙子曰："胜兵先胜而后求战，败兵先败而后求胜。"今欲以重兵密行，军须粮草，动数万人，呼索百端，非一日可举。

尚未写完，郭逵神情诡秘进来了，压低声音道："他们回来啦！"

范仲淹微微一怔，旋即明白过来，吩咐道："快让二人来见！"

卞生无出游，何以得此刖。

——晁补之

# 第三十一章 何以得此刖

## 一

好水川之战后，奉命发遣高延德出境的韩周、张宗永仍没有消息，范仲淹捏了把汗，生恐西贼将二人杀害，届时不好向朝廷交代。漫长的四十余个日日夜夜，此事一直搅得他心神不宁，忐忑至极，忽听二人返回，急忙召见。

韩周、张宗永神色惶恐地进了军机堂，不待二人施礼，范仲淹就迫不及待问："情形如何？"

"禀龙图，我二人出界时，西人叩头相迎，都说龙图老子差使介来，就不会再打仗了，他们要为之庆贺。可走了两程，西人态度陡变，一下子凶巴巴的了。听他们说，大夏国皇帝把泾原、环庆两路的精锐一举灭掉了，西人命我二人留住夏州，不许再行，滞留达四十多天。后来有人携野利旺荣回书一封，命我二人带回。"韩周惊魂未定，断断续续禀报道。说着，把一封厚厚的书札捧递给范仲淹。

范仲淹接过一看，封条上写着"大夏国枢密使野利致大宋国龙图阁直学士范"的字样。他未敢开启，摆摆手，示意郭逵、韩周、张宗永都退下了，独自坐在书案前捻须沉思。

听到西戎围攻镇戎军的消息，范仲淹即知靠一封回书招降元昊的幻想已然破灭，又听韩周的禀报，再看元昊已不屑给他回书，而是改用枢密使野利旺荣名义，写些什么内容，大体可以猜到；好水川场面惨烈，官军阵亡将佐十多人，群情激愤，这个时候暗地里与元昊通书，便是朝廷追究他通敌之罪，他也是百口莫辩。思忖良久，唤郭逵召钤辖张亢来见。

“龙图，此事非同小可！”张亢一听范仲淹私与元昊通书，惊恐道。但话一出口，又觉失言。观范仲淹神情，甚是凝重，召他来是让他出主意的，不是让他唬人的，遂改口道：“也没有什么大不了的，末将隐隐约约记得曾有朝旨，若得外界文字，须先开视，看看有没有僭越文字或用语悖慢的，若有，当就地焚毁，勿使腾布。龙图不妨开启阅看。”

“我二人同看。”范仲淹说着，慢慢打开了密封，抽出一看，厚厚一叠，达二十六页之多。

刚看了几眼，二人的嘴唇就不约而同地哆嗦起来，强忍着阅看完毕，张亢举拳往回书上一砸：“无礼至极，欺人太甚！”

范仲淹长叹一声：“山外之败，去人沮气，贼乃益骄，势使然也！”

“恨不能踏破贺兰山！”张亢咬牙道。

范仲淹拿起回书用力抖着，恨恨然道：“此非戎狄之能言，皆汉家叛人所为枝叶之辞！”

张亢起身抓起发烛，啪地打着了，拿起回书要烧，范仲淹拦住他：“兹事体大，不能不报闻朝廷。但如照转，上黩圣聪，或传闻于外，为轻薄辈增饰而谈，有损国体。”说着，将书札拆分，把前面的十八页递给张亢：“措辞傲慢，极尽辱骂之能事，烧了！”又举着后六页道：“这些，是西人提出的息战条件，当进呈朝廷。”

张亢摇头道：“一旦呈奏朝廷，龙图必受追究，还是不报的好。”

范仲淹沉吟良久，语调沉重道：“圣朝太平已久、轻视武备，遂有今日之祸。靠武力一时难以平定，若和谈有一丝希望，也要抓住不放。此回书尽管甚无理，但毕竟是西人开出的条件，且野利旺荣在书中称元昊为‘兀卒’而不称皇帝，这是个重大变化。当录副本，把刺眼的文字删改一下，免得朝廷受此刺激，乘盛怒而冒进。”

“可龙图个人……”

范仲淹摆手打断他：“国事至此，还斤斤计较个人得失，非正人君子所当为。”

张亢喘着粗气道：“好水川惨败，朝廷正无处撒气，若拿龙图泄愤，重者置刑典，轻者贬官，当三思啊！”

范仲淹喟叹道：“朝廷受好水川之败刺激，若乘盛怒进讨，祸不可测。进呈此书，是想让朝廷知道，除了战争，还有别的出路。只要能阻止冒进，别的都顾不得了。我亦知，不从众议则获罪必速；但成败安危之机，国家大事，岂敢避罪于其间？”说着，拍了拍张亢的肩膀，故作轻松道：“做事若没有私心，就不必心怀恐惧！”

## 二

崇政殿位于皇宫宣佑门西北，本是会庆殿的后殿，会庆殿举办宴庆、殿试时，御驾先到崇政殿歇息。自从去年三川口战败，中书和枢密院二府大臣，就在崇政殿设立了议事厅，每日上朝，先要到此阅看文牍，会议军机。

暮春时节，京城天气渐渐转热，但清晨的崇政殿里仍然凉爽。宫门刚开启，宰执大臣就齐集议事厅。殿庭正中南北向摆放着一张长条案，宰相吕夷简、章得象，参知政事宋庠等中书大臣西向；枢密使晏殊，副使杜衍、郑戬等枢府大臣面东，掌管国用的三司使叶清臣、负有监督二府之责的御史中丞贾昌朝列席，在桌案南端面北而坐。自好水川之败的消息传来，议事厅里气氛压抑，都期盼着范仲淹能按照朝廷的密诏，以迅雷不及掩耳之势秘密进讨，重创西贼，一雪连战连败带来的屈辱，为皇宋挽回些许颜面。可等来的，却是一道《论不可盛怒进兵奏》。皇上阅罢，良久不语，搁置了两天，方转交议事厅一议。

“范仲淹未免太自以为是了!”郑戬率先打破沉默,“朝廷密令他体量士气勇怯,可他的回答却是,不需体量,此时深入进讨,祸不可测。他这个人,总是把事情往最坏处想!”

御史中丞贾昌朝“嘁”的一声冷笑:“哼! 他从来就是这个腔调,不奇怪!”

“既然是要范仲淹体量,他如实相告,岂可责之?”枢密副使杜衍辩驳道,“陈执中不是也有静守之议吗?”

好水川惨败后,朝廷急调曾任知枢密院事的陈执中到长安,与夏竦同任陕西经略安抚招讨使、都部署。他一到任,便与夏竦不和,朝廷命二人互出巡边,陈执中先出巡,驻泾州。他日前上疏说,今贼势方张,宜静守以骄其志,蓄锐以挫其锋,增土兵以备守御,然后徐议荡平。

贾昌朝没有与杜衍争论,嘴角一撇道:“朝廷说取消鄜延路行营之号以麻痹西人,使之骄怠,范仲淹说这是个别将帅的一时之谋,自欺欺人。他已将密诏交副都部署许怀德掌管。身为边帅,擅自将朝廷诏旨束之高阁,合适吗?”

“一意承顺、阳奉阴违才是最不负责任、最可怕的!”杜衍又辩驳道,“我辈坐而论道,万里遥控,范仲淹毕竟在前线,更了解实际情形。正如他所说,顶着被治罪的风险也要实话实说,就是不想误军国大计。”

枢密使晏殊微闭双目,缓缓道:“范仲淹疏尾有言:‘不敢久冒此职,妨误大事。’若认为他不宜再任,换人就是了。”

吕夷简扫视众人,以无可奈何的语调道:“既然范仲淹说秘密进讨不可行,陈执中也主张静守,密诏所说各事,都搁置吧!”随即有气无力地一抬手:“散了。”

众人刚走出议事厅,枢密承旨朱寀神色惶恐地走过来,把一叠文牍捧递给枢密使晏殊,又附耳低语了几句。

晏殊一愣,连连摇头,唤道:“吕相公,殊有要事与相公商。”

吕夷简刚走下台阶,听到唤声,又默默回转。晏殊等他气喘吁吁到了平台，拉住他的袍袖返回议事厅，屏退左右，开口道：“范希文竟敢擅自与元昊通书！”

“他不怕杀头吗？”吕夷简愕然道，忙低头翻阅文牍，是范仲淹所录野利旺荣给他的回书。阅罢，蹙眉道：“似非原文。”沉吟片刻，决断道：“此事暂且压下，由枢密院出札子，要范希文将详情奏来。”

过了十余天，范仲淹的《焚元昊复书奏》到了，上面写着：

> 臣始闻虏有悔过之意，故以书诱谕之。会任福败，虏势益振，故复书悖慢。臣以为使朝廷见之而不能讨，则辱在朝廷，乃对官属焚之；使若朝廷初不知者，则辱在臣矣，故不敢以闻也。

接到奏疏的当天，傍晚时分，内侍到政事堂传谕，皇上在垂拱殿召对二府大臣。参知政事宋庠问吕夷简：“吕公，官家此时召对，会是何事？”

“参政与范希文交好，不时诗词唱和，当是了解他的。”吕夷简以惋惜的语调道，“范希文擅自致书元昊，得其回书又焚去，只抄录部分内容奏来。”他叹了口气：“范希文做事不计后果。自知闯了大祸，请求解除边帅之任，让他专领边城，以继续为国竭力。他未免把此事想得太简单了。想必皇上震怒，要商议处置办法。”

“啊？”宋庠大惊，“竟有这等事！”他快速眨巴着眼睛，似乎在捕捉吕夷简的弦外之音。进了殿庭，施礼间，觑了御座一眼，见皇上面色阴沉，眉头紧锁，确信皇上果是为范仲淹的举动所激怒，待宣赞舍人把范仲淹的《焚元昊复书奏》读完，便抢先奏道：“陛下，人臣无外交，禁条昭昭；况两国交战正酣之际，范仲淹置朝廷所颁进讨令于不顾，极力阻止进讨，暗地里又私通敌国，依律当斩！”

枢密副使杜衍一惊，忙道：“范仲淹之志出于忠果，欲为朝廷招降叛虏而已，不可……”

“人臣无外交，况边帅乎？”皇上厉声打断道，“朕对韩琦、范仲淹寄予厚望,可经略一载,西事可有进展?朝廷密诏又被范仲淹驳回,那么接下来怎么办?就这样任凭局面糜烂下去?”

自元昊叛逆,皇上对进讨还是防御举棋不定,支持韩琦进讨,却又同意范仲淹不出兵的请求。接到好水川惨败的消息,震惊之余,急切寻求应对之策,恰好接任韩琦出帅泾原路的老臣王沿和名将葛怀敏联名上奏,建言秘密集结大军进讨,皇上虽接受了,却又担心范仲淹反对,特差中使携密诏去见他;范仲淹回奏,果然把秘密进讨策驳回了。但是范仲淹所说不可乘盛怒进讨,也不是没有道理。只是,这样一来,短时间内平定西事的希望落空。面对元昊的叛逆和欺凌,堂堂天朝大国已是束手无策。皇上恼怒、失望、忧虑之际,突然接到范仲淹擅自与元昊通书、又焚其回书的奏报,自是感到怒不可遏。

杜衍猜透了皇上的心思,固然对范仲淹私与元昊通书不满,但更多的是对西事无头绪的失望,他要打开皇上的这个心结,遂奏道:“陛下,经略西事,本就有进讨和防御二策。仲淹持重,修寨练兵,招抚蕃部,西贼不敢再犯鄜延。臣以为,以仲淹防御策经略西事,方有望平定。”

皇上挺了下身子,若有所思地吸了口气,微微颔首。

“对夏战略是一回事,范仲淹故违禁条是另一回事。”宋庠坚持说,“边臣手握重兵,若视禁条为无物,朝廷不得安枕矣!”

杜衍道:“臣记得范仲淹在《论正月内未宜进讨》中,有‘容臣示以恩信,岁时之间,或可招纳’之语。安得说他擅自通书?”

宋庠望着吕夷简,等待他出言相助。可吕夷简始终沉默着。宋庠只得与杜衍辩:“杜衍之言,臣不敢苟同。仲淹三番五次阻止朝廷进讨,理由是西人强悍,战必败;既然战场上不能制胜,难道靠一纸书札就能招降?何以自洽?仲淹其人太喜功名,以致为功名心所累。臣与仲淹素善,之所以乞斩仲淹者,乃为维护朝廷纲纪,绝无私心存焉!”

皇上盯着吕夷简问:“吕卿以为当如何?”

## 三

庆历元年的气候有些怪异，春季格外寒冷，春夏之交，却突然变得闷热难耐。范仲淹坐在耀州郡舍，提笔拟写《耀州谢上表》。门窗大开，过堂风阵阵吹过，他的额头上却还是挂满汗珠，足足坐了半个时辰，也没有写下一个字。

一个多月前，朝廷颁敕，范仲淹因触犯人臣无外交禁条，解除其边帅职任，官阶由郎中降为员外郎，以龙图阁直学士知耀州。耀州属陕西路，是靠近长安的一个关中小城。在《谢降官知耀州表》中，他虽有“实负大尤，尚从宽宥”及“屡有狂率，自取贬放”的自责，也有“苟利国家，不恤典宪”这样柔中带刚、绵里藏针的自白，又向朝廷表明“削其官足以明大戒，存其职足使思后图”的态度。该说的话都说了，可又觉得有许多话想说，不知如何说起，接政后照例要呈奏的《耀州谢上表》，一时竟无从下笔。

正苦思冥想间，陕西路都转运使孙沔的使介到了，给他送来一封书札，是孙沔呈报朝廷的《论范仲淹答元昊书》的副本。三月间，范仲淹的帅职由陕西都转运使庞籍接替，转运使孙沔改都转运使。四月初，范仲淹自延安前往耀州，途经鄜州，与孙沔相携南下赴任。其间，孙沔细问与元昊通书经过，范仲淹如实相告，孙沔忿忿不平，果然就上了这道达数千言为他鸣冤的奏疏。疏中列出三条理由，说明贬范仲淹乃朝廷失策；又列三条理由，以论证范仲淹与元昊通书，有其利而无其害，盛赞范仲淹尽诚许国，立义忘躯，独处边徼，不顾危亡，求之品流，罕有伦拟。

与孙沔在越州相识后，只觉此人疏阔仗义，可任边事，故荐他西来，却未曾把他看作知己；可此疏通篇皆知己言，说出了他的心声，范仲淹不禁潸然泪下。前不久，张亢差人给他送来一道文牍，是宝元二年七月十四日圣旨札子一道，令接到西人悖慢文字即焚毁。有了这样的依据，说明无论是与元昊通书还是焚烧回书，都不算自专。入仕不到三十年，已被贬放四次。一腔忠君报国的耿耿热忱，没有得到皇上的理解，换来的却是贬谪。越是委屈，越觉得自己没有做错。不能就这样忍气吞声，就像当年的《睦州谢上表》通篇是为谏废后之举辩白一样，这次的谢表要为与元昊通书一事辩白。遂奋笔疾书，详述与元昊通书经过，把依据一一列入，证明他并未自专。最后写道："倘朝廷欲雪边将之耻，当振皇威，大加讨伐，亦系朝廷熟议，必持重缓而图之；或朝廷欲息生民之弊，屈一介之使，重谕利害，苟能听服，亦天下之幸也。臣前所措置，与此二道并未有妨。"

谢表写就，他周身战栗，晕眩感陡然袭来，用尽力气唤道："传医官……"

纯祐跑过来，和两名牙兵慌忙把父亲扶到床上。范仲淹痛苦得五官变形，抓住官袍用力撕扯。医官拿出布条，紧勒他的额头，晕眩感方慢慢减轻。他摆摆手，示意众人退出，伸手抓住纯祐，悲切道："为父怕是不久于人世了，这就起稿，向朝廷乞骸骨，若能死在应天府，于愿已足。"

"大人只是旧病复发，无大碍。"纯祐哽咽着安慰道，"儿访得知永兴军有医官治眩晕症有方，这就陪大人到长安治病。"

范仲淹闭目不语。真要告老还乡，又对西事放心不下；越是放心不下，心里越感悲凉。这样煎熬下去，州政难以料理，身体也支撑不住。思忖良久，决定纳纯祐之言。在到耀州接政五天后，他把州政委托于通判，带上纯祐，悄悄去往长安治病。

刚到长安三天，州校赶到医馆，送来陕西体量安抚使王尧臣的书札，请范仲淹就边事一陈己见。纯祐劝道："大人忧思过度，导致旧疾复发，宜安心治病，边事就不必再劳神了。"

范仲淹摇头道："为父处事疏略，忤朝廷意，虽去职任，尚怀国家之忧。如下生献璧，不知其止，足可刖，而璧犹自贵。今受晕眩之苦，不堪王事，可边事为大，不能不略陈一二。"说着，命纯祐备好笔墨，口述道："先说野利旺荣回书时称元昊为'兀卒'而不称皇帝，此理颇顺，当抓住这个机会，仿效当年真宗与契丹达成澶渊之盟的先例，与夏议和，不然，不知还会有多少祸患。"略作思忖，又道："下一节写如何备边。时下缺乏良将精兵，只能防守。

达到让元昊来无厚获、去无全胜的效果就算成功。”他喝了口茶，继续道：“再一节说将佐的事。有些边将巧于结托，以图虚名，不可恃。最后提醒朝廷，泾原路地势平坦，元昊下次出兵，还可能走此路，需要增兵，小心防守。”

纯祐照父亲口述成稿，范仲淹改了两遍，命州校携去复命。

天气炎热加之心情郁闷，诊治旬日，病情未见好转。他时而为自己一腔报国忠忱换来贬谪感到不平，时而又为经略西事一年未能解皇上宵旰之忧而愧疚，躺在病榻上不时垂泪。

纯祐看在眼里，急得上火，也病倒了。

“儿侍奉大人回应天府吧？”躺在病榻上的纯祐扭过脸去，看着另一张病床上的父亲，小心翼翼提议。他知道，倘若不脱离眼下的环境，父亲的病情难以治愈，父子的身体早晚要被拖垮，不得不出此下策。

看着病榻上的长子，想到离别一年多的家眷，范仲淹心中隐隐作痛，挣扎着起身，提笔写了一道《乞小郡表》：

> 窃念臣前在饶州日，因学行气而有差失，遽得眩转之疾。……旧疾遂作，近日颇加。……伏望皇帝陛下，推至仁之恩，不循常例，以臣学士之职，改一庶官。……或于随、郢、均、汝之间，守一小州，庶获安静，尚图痊愈。

《乞小郡表》呈达御前，皇上恻然。近一个月里，在如何应对西夏的讨论中，采纳范仲淹防御策的主张逐渐占据上风，近日更是不断有人为范仲淹鸣不平。接替范仲淹帅鄜延的庞籍上章，言范仲淹忠义智勇，名动列藩，不宜以小故置散地；接替庞籍任陕西都漕的孙沔上疏，言贬谪范仲淹是夺三军之帅，毁国家栋梁。如今范仲淹上表乞小郡，必是变相表达不满。想到这些，皇上命内侍宣宰相吕夷简奏对。

“对范仲淹不予薄惩，恐再有触禁者，非针对范仲淹也，故未让他远守。”吕夷简奏道。三月间商议处分范仲淹时，正是他力主对范仲淹只宜薄惩，不可深罪，并特意将其贬到离前线不远的耀州；此刻一听皇上有意再用范仲淹，吕夷简又奏道："目今西事急需范仲淹出而经略，当上紧起用！"

"卿说的是。"皇上颔首道，"如何用范仲淹，卿拟敕进呈。"

吕夷简突然叹了口气，以惋惜的语气道："参知政事宋庠以范仲淹私通元昊书，力主斩之，传至中外，为人所议；枢密副使郑戬、三司使叶清臣、知开封府吴遵路，与宋庠同年，私交甚笃，四人皆居要路，舆论谓有朋党之嫌。"

皇上听到"朋党"二字，眉头皱了起来，待吕夷简说完，不假思索道："四人皆罢！"

四面边声连角起，千嶂里，长烟落日孤城闭。

——范仲淹

# 第三十二章　四面边声连角起

## 一

环庆路东以子午岭与鄜延路相隔，西过泾河可达泾原路治渭州，南为耀州，北接夏界，统领庆州、环州、邠州、宁州、乾州，治所庆州城，又称庆阳。襟带两川，揖拱群峰，北控胡羌，南藩关陕，自古就是兵家必争之地，如今又是与党项人对峙的极边州军。

庆阳建在北山延伸下来的高阜之上，环江与柔远河两水夹流，山衔水抱，城墙高耸。东南城墙外，有一名胜处，谓之鹅池洞，附着于城墙之上，共有两洞。上洞在城墙半腰间，斜穿城墙拾阶而下，可达一个几亩地大的平台，平台上建有关帝、药王等庙宇与亭台楼阁。

正是炎夏，虽刚过辰时，阳光却已像是带着火球，不由分说洒了下来，让行人顿生灼热感。但这并未打扰到范仲淹的兴致，他撩起官袍，沿石阶健步往下走。纯祐欲上前搀扶，被他甩开了。一口气走到平台，气短汗流，便在一个亭子下落座。抬眼望去，见城门外不少牛车，拉着行李、坐着老幼，向城门驶来。刚要开口问，庆州推官张问笑着禀报道："去岁范龙图走符檄责令摄州事的天兴令回任，罢其所行苛征暴敛，庆州绅民为之加额；龙图赴任途中，上《奏乞救济陕西饥民札》，请朝廷速委本路转运使救济饥民，办给军食，军民为之感泣。今闻范龙图来知庆州，逃者遂急归矣！”

范仲淹笑了。

这是自春末因私通元昊书被贬以来没有过的。

一个月前，正在长安治病的范仲淹突然接到朝廷敕书，命他以户部员外郎、龙图阁直学士知庆州，兼管勾环庆路部署司事。范仲淹颇为意外。从贬谪到再起，前后只有一个来月。他理解了，朝廷虽贬他知耀州，但并未怀疑他的谋国之忠，只是做出维护纲纪的姿态。他对上《乞小郡表》感到后悔，暗自嘲笑自己年过半百，冲动时还像个孩童。或许，这就是所谓的赤子之心吧。他这样替自己解嘲。说来奇怪，接到敕书，他的病情蓦然好转，由过去的昏昏沉沉，变得神清气爽起来。大敌当前，边事旁午，没有必要扭扭捏捏，随即自长安医馆启程，回耀州交政，冒着酷暑赶来庆州赴任。

此番到庆州，与去年赴延州时的心绪已大不同。彼时，三川口新败，延州破荡，做枢密副使有年的范雍被嘲笑为“书生误国”而灰溜溜离任，朝野荡平西贼的呼声甚嚣尘上，范仲淹心头像压了块千钧重的大石头般奔赴延州。范雍是书生，他何尝不是书生？不要说统率大军，亲历矢石锋镝，就是苍凉的黄土高原，他也是第一次踏足；是攻还是守，攻与守当如何措置，都还是未知数；当举朝几乎无人相信防御策可行的、皆曰当大军进讨时，他又独持异议，数度抗辩，不从众议则获罪必速的压力同样让他喘不过气来。时下不同了，他的对夏方略已逐渐清晰起来，并且得到了越来越多的支持。虽然朝廷尚未拿定主意，但迅速起用他掌管一路军事的事实表明，中枢已开始重视他的对夏主张。至少，急于进讨的观点正在被持重论所压倒。就在他赶到庆州之日，又看到邸报上载有陕西体量安抚使王尧臣的奏疏，言韩琦、范仲淹乃天下之选，忠义智勇，名动夷狄，不宜以小故置之散地。这似乎是朝廷以此为他和韩琦恢复名誉。这些，都让范仲淹感到欣慰。不惟如此，到延州前，他从未有过统军经历，心中难免忐忑。时下不同了，他已有了在延州开创的分将练兵、量敌出阵的训练、作战之方；也摸索出了丰以衣食、使壮其力，积以金帛、示有厚赏，牛酒以悦之、律罚以威之的驭兵心得。所以，此时的范仲淹，远不像在延州时那样焦灼，到任次日，就到鹅池洞览胜。

在平台休憩片刻，范仲淹站起身，远眺周祖陵，近观柔远河，不禁感慨道："登此台，令人生出飞云破空之感！"

众人喝彩，异口同声请范龙图赋诗填词。范仲淹摇摇头。自进入陕西，倏忽一载，他的诗人身份已消失得无影无踪，此刻也没有一丝诗兴。他招了招手，一行人继续沿着平台外的石阶往下走。下洞是一个深坑，坑底有一水池，坑沿向外凿洞，平通柔远河，河水擦洞口而过。水虽在外，内能汲饮。范仲淹指着洞口问："他处可否以此法汲水？"

众人明白了。庆州虽两水抱城，但城高水深，取水困难，突然间涌来大批兵马，万一遭遇围城，后果不堪设想。范龙图急急忙忙到鹅池洞来，与其说是览胜，不如说是寻求答案。但此问一出，众人立即争论起来。

"汲江河之水工程浩大，莫如打井。"

"若能打井，还等到今日？"

听了众人一番争论，范仲淹把种世衡在青涧城打井之事约略说了一遍，慷慨激昂反对打井的人顿时噤口，众人很快达成共识，在州城四处相度，打井取水。

争论声被欢笑声取代，众人指指点点，欣赏鹅池洞风景，忽听石阶上响起"噔噔"的脚步声，抬眼望去，是帅司的传令中军，一溜小跑来到范仲淹跟前，附耳道："禀龙图，柔远寨蕃部巡检赵明，偕怀安镇酋长来谒，言有机密禀报。"

范仲淹点了点头，向指使党武一招手，吩咐道："速回帅司！"

州城东南小南街，街口为州署，西间壁为帅司。范仲淹满头大汗进了帅司节堂，纯祐拿着湿手巾递过来，他擦了擦脸，端坐帅位，吩咐传请。一个身着官军戎装的羌人武将快步进来了，不用说，这是巡检赵明。身后跟着一个四十多岁的中年人，白衣窄袖，毡冠红裹，双耳各戴着一个大耳环。施礼时叉手展拜，全然是羌人的礼节。礼毕，赵明指着身后的羌人道："禀龙图，此怀安镇酋长岁奴，有密事禀报。"

“岁奴?”范仲淹蹙眉思忖,觉得名字耳熟,却又想不起来他是何人。

“龙图老子!”岁奴交手于胸前,躬身唤了一声,以感激的语调道,“去年龙图老子从延州差指挥石斌到庆州,寻得侄女李家妹下落,押送到怀安镇,由小子收管,小子与侄女抱头痛哭,感激不尽! 如今侄女已嫁人为妻。”

“唔——”范仲淹想起来了,连道,“那就好,那就好!”

岁奴又打了一躬,神情肃然道:“禀龙图老子:元昊一直在引诱我辈羌人归附,边地的酋长中,有六百人与元昊相约,答应做他的乡导。小子蒙龙图老子大恩,誓死以报,得知龙图老子到了庆州,火急来禀。”

范仲淹心里一沉。他早知道,环庆路与夏界最近,属羌众多又素不为用,助为边患。但六百酋长与元昊暗中有约的严峻局面,还是有些出乎他的预料。党项人也是羌人的一支,同族之间,极易勾连。与元昊争夺蕃部,是防御策的一个重要方略,他在鄜延路已多有创举,可那里招抚蕃部的做法,在这里未必奏效,至少是远远不够的。眼前的事该如何处置,也一时未有主意,只得对岁奴蔼然一笑道:“酋长心向朝廷,值得嘉勉。此事先不必声张,本帅自有措置。”又转向指使党武道:“赏岁奴银带、马绂各一,银二十两!”

岁奴兴冲冲随党武领赏而去,赵明刚要施礼告辞,范仲淹一招手道:“将军且慢!”

范仲淹早就知道赵明的大名。任福夜袭白豹城,赵明奉命破荡白豹城周边四十里内的羌人族帐,受到朝廷嘉勉。身为羌人,又领蕃兵,对蕃部情形当比汉家文武要熟悉得多。范仲淹已经意识到,帅环庆之日,无论攻守,都不能不把招抚诸羌作为重中之重,但如何有针对性地施为,他心中无底,便借机向赵明访咨。为了表示对他的尊重,范仲淹出了帅位,拉住赵明的袍袖走到舆图前,恳切道:“将军谙熟蕃情,请为本帅略陈之。”

赵明受宠若惊,边在舆图上指点,边禀报道:“环县有首领慕思统辖的百余帐,还有熟仓、白马、七臼、旺家、兀族一千五百户和酋长苏尚娘的部落;环州与原州间,有明珠、密臧、康诺三大族;庆城县境内,有野鸡、三门、旺家二十族;镇原、宁县也有大量羌人与各族人户杂居。”

范仲淹深吸了口气,问:“以将军之见,对岁奴适才所禀的六百酋长,该如何措置?”

赵明身为羌人,似是担心替他们说话会引起范仲淹的怀疑,遂一拍胸脯道:“若龙图朝发牒,则末将夕灭之!”

范仲淹摇头道:“四望族落皆属羌,安抚属羌乃固边大事,不可轻举,待本帅筹策以对。”

## 二

炎夏的阳光照得兴庆府大街上热浪翻滚,行人稀少。坐在中书省直房的张元却直淌冷汗。好水川之战,他的画策神奇般一一实现,大宋环庆、泾原两路精锐被一举聚歼。可面对南下渭州的良机,出征前还誓言饮马渭水、直捣长安的元昊却突然收兵回撤,令他感到错愕。回到兴庆府,元昊没有了三川口大败官军后的豪迈,显得意志消沉。倘若不是他灵机一动,以野利旺荣的名义给范仲淹回了一封措辞严厉、语气傲慢的书札,说不定元昊已与大宋展开和谈。和谈,就意味着他的失败,甚至殒命。张元不甘心。戎狄究竟是戎狄,没有天下观,格局不大。可事到如今,后悔已然来不及了。经过一番盘算,终于又想出了一个新计策,遂冒着酷暑入宫觐见。他展开一张舆图奏道:“陛下请御览!”

元昊一看,张元手指的地方,不是渭州,而是麟、府、丰三州。

这三州属于大宋的河东路,被称为“河外三州”,从南向北与夏接壤,府、丰二州北部又与契丹相邻。麟、丰在黄河以西,府州在黄河东岸。自横山北部一直向东延伸到黄河西岸全是夏境,切断了大宋陕西路通往三州的通道。

张元突然改变进攻方向,让元昊大惑不解,他一改往昔的爽快,久久不语。有些话，元昊不愿说出口，以免有损他开国之君雄才大略的高大形象。攻打保安军、围困延州时，狄青、郭遵的勇猛，已令他对官军刮目相看；目睹三川寨、好水川之战的场景，大宋官军慷慨赴死的忠勇壮烈，让他深感震撼，心生敬畏。所以，好水川之战后，与其说是听到秦凤路副都部署王仲宝率军攻宥州的探报下令回撤，不如说是缘于心灵深处陡然间受到的震撼。大宋毕竟是大国，后备力量充沛，损失一军，又有新的一军迅速补充上来。不要说攻取渭州，占据长安，就是曾经攻取的寨堡，也因无力分兵据守而不得不放弃。他不可能把大宋的寨堡都拔掉，若蛙跳式进兵渭州、长安，必陷入大宋的包围圈难以自拔。两场大胜反倒让元昊渐渐清醒过来，倘若契丹人不在河北出兵，张元描绘的侵吞关中的图景，纯属纸上谈兵。而迄今为止，契丹人并没有出兵攻宋，反而或明或暗对他予以压制。因此，元昊对张元描绘的愿景，已失去往昔的热情。

张元对元昊的心思了然于胸，他诡秘一笑，指着舆图上契丹的边境道："我铁骑一旦攻打河外三州，因陕西通道已被我切断，大宋只能从这里运兵输粮；而澶渊之盟时有约定，大宋和契丹都不得向边境增兵。届时，契丹人必以此为借口与大宋开战，局面当一新！"

"哦？"元昊精神为之一振，"相国足智多谋，朕岂能不言听计从！"

张元又献计道："青涧城对我绥州、洪州威胁甚大，蕃部大量归附，不可不拔！"

"荒僻之地，没有油水可捞！"元昊摇头道，"出兵一次所费非少，各部落颇有怨言呐！"

张元只得道："臣意差细作打入清涧……"

"相国便宜行事吧！"元昊不等张元说完，就一抡手臂道，"集结兵马，朕要率兵攻取河外三州！"

元昊要攻打河外三州的消息，很快为探马侦知。朝廷闻报，急差中使蓝元震星夜赶往陕西，分别向鄜延、环庆、泾原三路帅臣庞籍、范仲淹和王沿宣旨：速出兵夏界牵制，勿使并出河东路。

范仲淹正领着一干人等在城东北相度打井,忽听中使来,忙回到帅司接旨。听完宣旨,即召集将佐会议。说完了开场白,众将佐都低头不语,蓝元震脸色变得难看起来。都监蒋偕见状,起身道:“年初昊贼南下欲攻渭州,诸路依例入界牵制,环庆折却兵马一千余人,衣甲器械无算。”

范仲淹叹了口气。西事以来,每遇元昊主力入侵一处,朝廷即指挥诸路入界牵制贼势。诸路事前无谋划,例行公事仓促出兵,几年实行下来,所获甚微,所损颇大。因西贼早已看穿了皇宋的牵制术,主力并不会因别路出兵而回撤,反而在境内设伏把入界的官军吃掉。所以,范仲淹对朝廷动辄下令入界牵制不以为然。听了蒋偕的话,他对惯用的牵制战术越发反感。一千余人,都是鲜活的生命啊!军人为国捐躯,值得敬佩,但要死得其所。让将士为无效的战术白白送命,身为统军大员,于心何忍?心里这样想,却不愿在下属面前妄议朝廷的决策,便起身拉住蓝元震,走到舆图前,指点道:“环州永和寨西北一百二十里有折姜会,庆州东北一百五十里有金汤、白豹二城寨,此皆贼界和市处。环庆路若出兵牵制,惟此两处。不过,泾原路镇戎军攻折姜,鄜延路攻金汤、白豹,更为便捷。今西贼攻河东,近里兵马可以驰援,环庆相距甚远,不足以牵制。”

蓝元震不悦道:“照范龙图的意思,是不想出兵牵制了?”

范仲淹未正面回应,含混道:“本帅会向朝廷陈情。”

“到底能不能奉旨出兵牵制?”蓝元震追问。

范仲淹道:“本帅拟向朝廷举荐张亢帅麟府路,可解河外三州之围。”

蓝元震大怒,厉声道:“本使奉旨前来,是敦促诸路出兵牵制的,他事与本使无关!”

环州都监郝续起身道:“末将愿率部出安塞,入贼界牵制!”

范仲淹皱着眉头,勉强同意了。

## 三

元昊率大军浩浩荡荡扑向麟州，却久攻不下，又转攻府州，杨家将、折家军赫赫有名，能征善战，顽强抵抗，夏军再转攻丰州，丰州很快陷落。

消息传到京城，崇政殿议事厅里一片哀叹声。丰州一陷落，麟、府、丰被拦腰而断，物资缺乏，麟、府二州朝夕不保。绝望之下，弃河外，与夏戎以黄河为界的主张占了上风。可未发一兵救援就放弃三州，皇上终究不甘心，正踌躇间，接到了范仲淹举荐张亢的奏状，皇上驳回了弃守的朝议，命张亢为并代都钤辖，管勾麟、府、丰三州军马公事，火急赴任。

接到敕书，张亢浑身燥热，满脸兴奋。沧海横流方见英雄本色，大显身手的时刻到了！为了不引起夏戎的警觉，他未带随从，化装成商人，间道单骑趋府州城赴任。城门紧闭，不给开启。张亢拿出圣旨，高声道："我乃新军马张亢！"城上守军垂下吊篮，张亢将敕书放进篮中，守军看罢，疑心有诈，急呈上官核示，确认无疑后，方打开城门，放张亢进了城。

张亢明白，朝廷虽暂时打消了弃守三州的念头，但陕西路因通道早已被切断且自身防御压力大，不能相援；河东路因要戒备契丹人趁火打劫，不敢抽调援兵，惟代州一地可调度少量兵力增援。这样算起来，麟、府二州能不能保住，端赖自救。他抵达府州时，已攻陷丰州的元昊正率军二次向麟州发起围攻。乘此机会，张亢迅速决断：打开府州城门，让百姓出城汲水、砍柴，以备守城之需；守军全体出动，修复东胜、安定、金城三堡，以强化府州外围防御；贴出榜示，招募土兵，编组边军。三州是出杨家将、折家军之地，重赏之下必有勇夫，边军很快组成。张亢下令，边军不留城内，只要能带来西贼脑袋就补官、赏钱。如此一来，不惟边军被动员起来，他们的家属也明里暗里相助，夏军惊恐地发现，他们陷入了边民的汪洋大海之中，夏军的探马、传令中军……凡是小股出没和落单者，多半都会有去无回。

新组建的边军屡屡受赏，禁军颇为失落，纷纷向张亢陈情："难道我辈不如土兵，大帅因何只用边军？”张亢大笑。他见士气已被调动起来，遂率部夜袭琉璃堡。这是西夏为长期围困河东所建粮草器械储备之地。夏军没有想到张亢敢偷袭，防备不足，张亢一举成功。得胜后，张亢又指挥官军沿麟州到府州的必经之路步驼沟抢筑了一座寨堡，命名宣威寨。

府州很快安定下来，麟州却已支撑不住，旦夕陷落，告急的羽书一日三至。张亢召集将佐，宣布率军向麟州输送粮草。此言一出，众人目瞪口呆。区区几千人马，哪里是元昊数万精兵的对手？一旦出城前往麟州，刘平、任福的悲剧势必重演。

张亢语气坚定道：“麟与府唇齿相依，一旦麟州陷落，府州终不保，故务必杀出条血路来！”他高举双臂，提高声调：“相信奇迹吧！追随本帅创造奇迹吧！”会后，张亢只率三千兵马为麟州运送粮草，同时打通麟、府两州之间的生死通道。一路拼杀，悄然将沾染血迹的粮草运到，乘夏军收兵造饭之机，通过河岸边的秘密通道，连夜把粮草搬运到了城内。他未敢停留，立即原路返回，行至柏子寨，刚浪唛率领的横山羌追了上来。

“列阵！”张亢一举长剑，命令道。

三川口、好水川之战的情形摆在了三千将士的面前。张亢骑在马上，慷慨道：“我等已陷死地，如不死战，则为贼所屠无余矣！”说罢，下令前锋冲阵。

前锋兵马刚出阵，天气陡变，太阳被一团翻卷的黄沙遮蔽，风沙像滔滔大浪般由西北向东南袭来，飞沙走石，让人站立不稳。夏军被狂风吹得晕头转向，阵地一片混乱，官军被大风裹挟着冲了过去，杀得夏军人仰马翻，四散奔逃。张亢见状，急令鸣金收兵，撤回府州。

张亢全身而退，预料一场大战迫在眉睫，下令封闭城门，准备作战。可等了几天，却不见夏军的影子。他偷袭琉璃堡，元昊置之不顾；横山羌柏子寨大败，元昊依然继续围攻麟州。惊诧之余，张亢揣摩出了隐藏在背后的诡计。

浊酒一杯家万里，燕然未勒归无计。

——范仲淹

# 第三十三章　浊酒一杯家万里

## 一

范仲淹神情肃穆，双手举着一炷香，缓缓走到一座新堆起的墓冢前，低头志哀。

西事以来，大批禁军从各地征调而来，兵马人数是寻常的十倍以上，庆阳城内兵满为患，就连民房、寺庙里也住满了兵马，绅民不堪其扰。范仲淹遂下令相度地点，将兵营移出。环视内外，勘得城北隅可用，遂拓城筑宇，分列营校。兴工不久，挖掘出许多骸骨。范仲淹带头捐俸，凑了一笔钱，购得近阜一块坡地，将遗骸聚而葬之，并置办香纸，亲来祭奠亡灵。

低头志哀的瞬间，那些骸骨，突然变成了一个个鲜活的人，在范仲淹眼前晃动。有欧阳修、苏舜钦、郭逵、张亢、狄青、滕宗谅、朱氏胞弟，恍惚间还闪出长子纯祐、次子纯仁的面孔。耳边，仿佛听到死难者母亲的哀号声。这里面，分明有故去多年的母亲的哭泣声，还有亡妻的哀叹。忽而，像是又听到坟茔里发出问询声："战争结束了吗？"范仲淹浑身一颤。倘若和平来临，他还可以告慰亡灵，时下，该如何向他们交代？战事连连失利，边上形势依然吃紧。好水川一役，泾原之师暴骸满野；前天，又传来出安塞堡入贼界牵制的环州都监郝绫部折损四百五十兵马的消息。他不知道这样的局面还要持续到何时！元昊挥师攻打河外三州的消息，又一次激起了国人的愤慨，决一死战的呼声再次高涨起来，中枢势必又在攻守之间游移不定。即使明确攻守战略，元昊桀骜不驯，汉家叛人野心勃勃，战事如何平定，以解君父之忧、生民之苦，就连范仲淹自己也未有成熟的画策和笃定的预期。数十万大军分散在漫长边境线上大大小小的寨堡中，西贼以优势兵力，轻易就可吃掉。这也是反对防御策者最有力的论据。但短时间内看不到扭转此一局面的希望，他在长安医馆时悲观地向朝廷奏明，进讨祸不可测，只能防御；防御达到让元昊来无厚获、去无全胜的效果就算成功。这就意味着，分散在沿边寨堡中的将士，随时可能被西贼聚歼。可怜远离家乡的征夫，可怜须发花白的统帅，战，不能；守，未可；归，无计。面对累累骸骨，怎不怆然神伤！

一炷香快燃尽了，范仲淹方慢慢直起身，将残香插入香炉。陪祭蒋偕把一盏酒捧递到他手里，范仲淹双手接住，举过头顶，躬身缓缓洒下。酒水在新土上画出一条细细的弧线，仿佛是为亡灵铺了一条归乡的路。他的脑海里，蓦然冒出“浊酒一杯家万里”的句子，手微微颤抖，泪水在眼眶中打转。身为军帅，当众垂泪，难免为人所轻，他一甩手，把空盏抛向远处，抱拳深揖后，便独自向山梁上走去。走了几步，听到身后有脚步声，他没有回头，只是向后扬了扬手，示意随从止步。

独自走了近一刻钟，来到山梁上，四周一片秋日的肃杀。北风夹带着寒气，吹乱了他花白的长须。太阳缓缓下沉，暮霭填满了沟壑，又绕着山峦升腾。远远望去，仿佛有千万幅屏风在苍茫的黄土高原上层层叠叠耸立着。一排大雁从空中飞过，“嘎嘎”的声音传递出几分急切，似乎催促同伴快快赶路，飞到传说中的越冬之地衡阳去。江南的此时，郁郁葱葱，充溢着桂花的香气，鸟鸣如歌；可这里，却是一片苍凉，秋霜满地，弥漫着死亡的气息，连大雁也要匆匆离去了。四处吹起的号角声在山谷中回荡。举目望去，暮色笼罩下的庆阳，犹如一座孤城，在战争的恐慌中，早早就要关闭厚笨的城门。北风呼啸，似是在与羌笛和鸣。范仲淹不期然有了填词的冲动，稍一斟酌，低吟道：

塞下秋来风景异，衡阳雁去无留意。四面边声连角起，千嶂里，长烟落日孤城闭。　　浊酒一杯家万里，燕然未勒归无计。羌管悠悠霜满地，人不寐，将军白发征夫泪。

回城路上，满脑子都是这些词句和词句勾勒出的画面。苏州的秋景，垂拱殿里皇上忧愁的圣容，为战死的儿子招魂的老妇，思念家乡的兵士的泪光，故去的发妻三妹临终时依依不舍的眼神，一个又一个互不相关的片段，在他脑海里闪出。他径直进了书房，提笔把所吟写下。

写毕，默诵了一遍，心中涌出阵阵酸楚，忽而又被前所未有的孤独感所取代。孤城，他就是茫茫人海里的孤城啊！眼泪禁不住洒落下来。抬头看到墙上挂着的长剑、铠甲，不觉打了个激灵，自语道："仲淹，你不是文人骚客，是天子近臣，是军帅，不该流泪，应就权力所及，体恤那些征夫才是啊！"说罢，伸手拿过一张稿笺，边思忖边记录着。

既然反对毕其功于一役，主张防御，就不能不考虑长时间坚守的现实。庆州戍卒大多来自关中以东，时称东兵，戍期三年。数十万戍边兵马粮草供给更是一大难题。当奏请朝廷，尽量减少东兵，多招募当地土兵，并取法前代军屯之制，将兵士的家属徙来塞下，让他们同兵士一道垦荒耕种，不惟兵士全家可以获得更大的利益，他们也会因顾全父母妻儿的安全而死心塌地守卫边上。把这条记下后，脑海里蓦然闪现出狄青面颊上的刺字。自唐末五代以来，朝廷及各地武人强征民丁入伍，因担心逃亡，便在脸上刺字，涂以黑墨，谓之黥面。一旦黥面，终生留痕。因犯罪之人也有黥面之刑，故兵士无不以此为耻。此制被皇宋沿用下来，迄今未改。范仲淹自知，废弃此制并非易事，时下也非良机；但在环庆路新招募的土兵，他可以决定不黥面，改在手臂上刺字，涂黑为记便可，待兵士退伍，或躬耕于垄亩，或贩物于商道，便与常人无异。他把这一条记下，心情却越发沉重。躬耕于垄亩、贩物于商道，前提是能够活下来。可分散在沿边寨堡中的将士，随时可能被西贼聚歼，这是严酷的现实。他长叹一声，一拍书案道："不能让守边的将士白白送命！”提笔写道：“戒约诸寨堡，若贼兵大军来袭，不得出兵迎贼闯敌，一面坚守，一面供报。如轻易出兵，致有输折，军法从事！”写毕，又一思忖，大寨堡还可坚守，那些只有几百兵马的寨堡，敌人大军来袭，若让兵士坚守，岂不白白丢掉性命？索性再牒各寨堡，五百人以下的小寨堡，不必坚守，倘若西贼来攻，兵士当就近转移到大城寨里去。还有，边上实行多年的“牵制”策，无异于让兵士白白送死，当奏报朝廷，环庆路以后不做这样的事了！

记下了这几条，已是午夜，听不到羌笛，只有西北风瘆人的呼啸声，凛凛寒气充溢室内。范仲淹手脚冰凉，却无心回卧室歇息，提笔撰写奏疏。

纯祐拿着一件斗篷悄悄进来，披到父亲身上。范仲淹心里一热，唤纯祐道：“祐儿，爹爹交你办件事，不知你是否办得？”

## 二

京城开封内城左一厢，甜水巷和榆林巷交叉路口东南，观音院西北角，有一座旧宅邸，这是馆阁校勘欧阳修所赁寓所。

这天傍晚，欧阳修在书房宴客。一向好热闹的欧阳修今晚的客人只有一位——他的好友梅尧臣。刚落座，梅尧臣就惋惜道：“永叔，你把晏公得罪了。”

去年冬，京城降雪，欧阳修等门生前去给枢密使晏殊贺雪。晏殊置酒西园，欧阳修当场赋《晏太尉西园贺雪歌》，有“主人与国共休戚，不惟喜悦将丰登。须怜铁甲冷彻骨，四十余万屯边兵”之句。晏殊读之不悦。事后对人言，当年韩愈每赴座师裴度会，但云“园林穷胜事，钟鼓乐清时”，何曾像欧阳永叔这般作闹。

“我是故意嘲讽他的！”欧阳修轻蔑一笑道，“西兵未解，枢密使却整日诗酒相娱，我看不下去！”

“哼哼！”梅尧臣突然冷笑两声，“你欧阳永叔也不比晏公强到哪里去。”

欧阳修一愣。

“嘴上说得好听罢了！”梅尧臣揶揄道，“范希文荐你入幕，你因何不去？”

欧阳修起身将他抄录的范仲淹去年所上《举欧阳修充经略掌书记状》和他婉拒入幕的回书拿给梅尧臣过目。

“你婉拒范希文的两条理由都是借口，你只是不屑于去做经略掌书记罢了。你欧阳永叔不屑，尧臣却求之而不得！”梅尧臣语调悲凉道。

梅尧臣因不是进士出身，眼看昔日好友或做高官，或在馆阁，而年近不惑的他还是一个挣扎选海的选人，心中怆然。范仲淹一到陕西就举荐欧阳修、张方平、苏舜钦等人，以后不知又举荐了多少有功名和无功名的才俊，或调陕西，或充教席，或改京官，可偏偏没有举荐他，这让梅尧臣既不解又愤懑。

“往下看嘛！”欧阳修指着他给范仲淹的回书道。

梅尧臣又拿起回书，但见末尾写着：

伏见自至关西，辟士甚众。……然尚虑山林草莽，有挺特知义、慷慨自重之士，未得出于门下也，宜少思焉。

“我是刻意提醒范公，不要忘了你梅圣俞嘛！”欧阳修解释道。

“呵哈！呵哈！”梅尧臣发出一阵怪笑，有自嘲，但更多的是恨意，“尧臣与范希文义兼师友，可谓至交，无需提醒，理当荐我，可永叔又刻意提醒了，结果怎样？”

“我也颇不解。”欧阳修道，他“嘶”地吸了口气，正蹙眉思忖答案，家院推开门，露了一下头。欧阳修不耐烦道：“说过了，今晚不见客！”家院踌躇着，还是走到欧阳修身边，附耳禀报了一句。

“是他？”欧阳修瞪大眼睛道。旋即向梅尧臣一拱手：“圣俞稍候，我出去看看。”说着，快步走出书房，一溜小跑到了茶室，兴奋地唤道：“天成，你从前线回来了，令尊好吗？”

“欧阳叔叔！”范纯祐起身鞠躬唤道。

半个月前，范仲淹诵读新词时，蓦然生出对妻儿的思念之情。在应天府的儿女，由妻兄李纮安排家人照管。大女儿已经在前年由堂舅李纮代为主持，与蔡交成婚；二女儿也在前年由李纮做媒，与太常少卿、直昭文馆贾昌龄之子贾蕃定亲。前不久，贾家寄来了“请期”帖，范仲淹不能回去主持，而以天章阁待制知秦州的李纮也于初春卒于任所，家人扶柩归葬，范仲淹便让长子纯祐回应天府参加李纮的葬礼，并代父主持嫁女，顺便将家眷接来。既然反对速战速决的进讨策，就要有长期经略的打算。正巧长山醴泉寺慧通法师差一个叫法聪的沙弥前去化缘募捐，范仲淹便让纯祐与他作伴，回应天府一趟。临行前，交给纯祐一封书札，嘱他到开封停留一两天，去拜见欧阳修，将书札交于他。纯祐到了京城，投到姨夫郑戬家，在郑戬次子的陪同下，找到了欧阳修宅第。

“哎呀，天成，我很思念令尊啊！”欧阳修拉住范纯祐的手，叫着他的字，激动道。接着又迫不及待地询问范仲淹身体如何、精神怎样，纯祐知欧阳修正在宴客，三言两语回答了问询，便将书札捧递给他，知趣地告辞了。欧阳修打开书札，只有一张稿笺，上书《渔家傲·秋思》词一首。借着家院手中的灯笼照亮，匆匆浏览了一遍，笑着进了餐厅，举着稿笺对梅尧臣道：“哈哈，穷塞主！”

一听“穷塞主”三字，梅尧臣就猜到必是说的范仲淹，便忽地起身，夺过稿笺，脑袋向烛台边歪过去阅看，见是一首词，大失所望，边看边不住地摇头，撇嘴道：“言辞精到，意境悲凉，却不是他所处的地位该发出的声音。身为边帅，当高歌‘马蹀于氏血，旗枭可汗头’才对，怎可发出如此悲凉颓废的韵调？主帅如此，士气可想而知矣！”

欧阳修道：“范公是仁者，厌恶战争杀伐，悲悯天下苍生。”

“正面说是仁，反面说就是怯懦！”梅尧臣激愤道，“元昊才智堪比司马懿否？弹丸西夏甲兵堪比曹魏否？诸葛亮举数万之众往而伐之，司马懿全力抵御而焦头烂额，可谓以区区之蜀抗衡天下十分之九，诸葛亮敢做！反观今日，范希文为帅，当元昊誓师寇镇戎军之际，一面抗旨坚不出兵，一面私下向其求和，甘受元昊之侮慢，以泱泱大国全盛之力而不敢与之一战，回书中竟以‘大王’称之，仅此一事，可见其胆识、才智如何了！”

“圣俞，这些话，过了！”欧阳修不悦道，“当下的情形与诸葛亮时代全然不同。”他一挥手臂，烦躁道：“算了，不争论战还是守了，但圣俞要记住，范公不是英豪，是圣贤。圣贤以德服人，英豪以武力服人。可纵观历史，只有圣贤的事业，才是真正的千秋大业！”

“以德服人？”梅尧臣不屑道，“那是战场，不是学堂！若戎狄可教化，就不是戎狄了。”他鼻翼一张一翕，抓起酒壶，“咕咚咚”喝了几大口，哽咽道：“永叔，你晓得吗，尧臣心系边防，早在三年前就将《注〈孙子〉十三篇》进呈，如石沉大海。”

欧阳修以同情的语调道：“尹师鲁应辟投笔从戎，圣俞为其壮行的《闻尹师鲁赴泾州幕》一诗，读之令人垂泪。圣俞急于报国，博取功名之情，呼之欲出。”

“可惜啊永叔，可惜啊！”梅尧臣感叹着，饮干了盏中的酒，“尧臣请缨无路啊！说来永叔不要笑我，都说夏竦非正人君子，可为了能到前线报国，尧臣去年还给他写了一首《寄永兴招讨夏太尉》，其中有‘幸公采用不我忘’之句。可是，夏竦没有举荐我。范希文不举荐我，夏竦不举荐我，尹师鲁因何也不举荐我？永叔你说，是不是范希文向他们施加了影响？我梅尧臣对范希文一向尊崇，为他写了多少鸣不平的诗，他因何这样待我？”说着，又要去抓酒壶。

欧阳修拦住他：“圣俞，你不能再喝了。”想安慰梅尧臣，却也不知说什么好。他对范仲淹不举荐梅尧臣感到意外，一直在揣摩原因却不得其解。但他不愿看到两位好友之间产生误解，更不想听到梅尧臣贬损范仲淹的话，遂装作恍然大悟的样子道：“圣俞，我明白了。你激烈主战，与范公思路不合，故没有举荐你。别着急，范公经略西事毕，当有大用，届时不会忘记圣俞的。”

梅尧臣哼着冷笑一声，摇着头道：“对夏戎，照《孙子》行事可也。范希文号称熟读《孙子》，动辄引用，可惜他怯懦又固执，按他的思路经略西事，结局只有四个字——”他顿了顿，一拍桌子：“一败涂地！”

## 三

深秋的一个午后，范仲淹坐在环庆路都部署司节堂里，眼睛直视远方，窗外阴云密布，仿佛夜幕已然拉下。两排红烛无声地发出跳跃的火苗，他拿起已阅看数遍的邸报，沉甸甸的感觉向全身四散开来。

在这期邸报上，刊载着朝廷调整西北军政体制的重大决定：罢陕西经略安抚招讨使司、都部署司，夏竦以刑部侍郎、资政殿学士判河中府，陈执中以工部侍郎、资政殿学士判陕州；以管勾秦凤路都部署司事兼知秦州韩琦、管勾泾原路都部署司事兼知渭州王沿、管勾环庆路都部署司事兼知庆州范仲淹、管勾鄜延路都部署司事兼知延州庞籍，分任四路经略安抚沿边招讨使，兼本路都部署。四儒帅直接听命于朝廷，向朝廷负其责。一个月前，朝廷已恢复了范仲淹户部郎中之官。这意味着，朝廷将经略西事的责任，托付于他们四人，而又因中枢已采纳了防御策，颁旨令修筑沿边城寨，范仲淹感到，自己的责任格外重大。来到前线已一年有余，尽管不断向朝廷进言，可迄今未向朝廷提出经略西事的总体战略，这是他的一个心结。当再次阅看邸报时，这个心结蓦然间让他觉得喘息不畅。

“龙图，河东张帅差人来报捷！”指使党武在门外禀报。

听到“报捷”二字，范仲淹一阵惊喜。边帅最想听到的就是这两个字了，尤其是在屡战屡败的局面下。张亢帅河外三州不久，就攻破琉璃堡，继之又率三千兵马为麟州运送粮草，在柏子寨与西夏悍将刚浪唛率领的横山羌展开厮杀，借助一场罕见的大风，夏军被狂风吹得晕头转向之际，杀得刚浪唛狼狈而逃。如今又差人专程报捷，看来此番胜利要比柏子寨之胜还要重大。范仲淹难抑兴奋，把环庆路副都部署王仲宝、庆州都监蒋偕召来，一同听取张亢使介的禀报。

张亢从他偷袭琉璃堡、柏子寨大败横山羌而元昊依然继续围攻麟州的举动窥测出，元昊是要引他出兵援救麟州，从而一举围歼。不增援麟州，就是坐等被元昊逐个吃掉；增援麟州，就必须面对夏军最希望也最擅长的野战。反复斟酌，张亢决定将计就计，与夏军决战兔毛川。兔毛川是府州到麟州的必经之路，地势开阔，是最利于骑兵作战之地。但要增援麟州，就不得不穿越兔毛川。他先在府、麟必经之路上抢修了五个寨堡，屯兵、储粮，并作为作战不利时的退兵固守之所。通道打开后，张亢将能调动的兵马都集结起来，又檄调代州增援。援麟兵团以禁军虎翼军、万胜军为主力，张岊率领的折家军为中坚，加上土兵组成的边军，共计一万余，倾巢出动，向麟州方向进发。行至兔毛川，张亢密令万胜军和虎翼军互换大旗；张岊率领的折家军埋伏起来；又传令前来增援的代州兵马，在距兔毛川十里处不再进军，只等开战后，大张旗鼓，营造出大军来援的假象。一切整备就绪，元昊率领的三万精兵赶到了。看到对阵的两面军旗，跟在元昊身后的张元轻蔑地笑了。他很清楚，大宋禁军中以万胜军最弱。柿子就挑软的捏，先把万胜军击败，给官军一个下马威。命令发出，夏军向万胜军阵地发起冲锋。原以为一冲即溃的“万胜军”不惟未被冲散，反而大叫着绝地反击，双方陷入激战。夏军正迷惑不解间，早已威震戎狄的悍将张岊，率折家军伏兵突然杀出，夏军措手不及，阵脚大乱，死伤遍地；又听不远处战鼓咚咚，旌旗遍地，人喊马嘶，像是大军来援，元昊惊呆了。想到长途奔袭已达三个月之久，士卒疲惫不堪，思归厌战，若陷入官军包围圈，恐凶多吉少，他长叹一声，下令撤军。

“张亢起儒生，晓韬略，琉璃堡、柏子寨、兔毛川之捷，良快人意。区区书生，功名如此，何其壮哉！”范仲淹感慨道。

“多亏龙图举荐，给张亢施展才干的机会。”王仲宝感叹道。他已年过花甲，先后做过十六州军的巡检；又以武将先后知镇戎军、麟州、原州、环州等多个州军，好水川之战后，朝廷将他从秦凤路副都部署调至环庆路，接替阵亡的任福，以都部署兼知庆州。范仲淹到任后，他改任环庆路经略安抚招讨副使、副都部署。王仲宝虽经历丰富，却为人低调，对范仲淹颇为尊重。

都监蒋偕仰脸一笑道："朝野皆知范龙图主张防御，反对与西贼野战，而兔毛川大捷恰恰证明，与西贼野战，也是有取胜可能的嘛！"

范仲淹道："兔毛川在我境，官军不远奔而夏军已疲惫，且官军不必担心粮草供给。试想，若非麟、府城池坚固，又抢修沿路寨堡，即使张亢是神将，也难挽回败局。这与反对深入进讨的主张并不矛盾。"说完这番话，他突然陷入沉思。

王仲宝和蒋偕见状，施礼辞出了。范仲淹没有起身，甚至忘记了还礼，目光一直望着窗外，忽见亮光一闪，日头从云层露出，明晃晃地挂在东南方。他的心中也豁然开朗了。一年多来攻守之争，已给他打上了主守的烙印。似乎对夏战略，只能被动防御，陈执中甚至提出"静守"论。范仲淹虽有心澄清，却苦于没有形成完整、成熟的战略。时下不同了，经过一年多的反复观察、思考，思路渐渐清晰起来。元昊转攻河外三州，尤其是张亢取得兔毛川大捷，让他看到了战局转折的曙光。是时候向朝廷提出对夏战略了。他要郑重向朝廷申明，对夏战略既不能深入进讨，也不能一味固守，而应攻守结合，步步为营：

> 臣某言：窃观西事以来，每议攻守，未见适中。或曰：必行进讨，以期平定。臣谓诸路进讨，则兵分将寡，气不完盛。绝漠风沙，迷失方向。馈运辎重，动有钞掠。贼之巢穴，敻阻河外，非有奇将，不能远袭。至若寇常并兵，来扰一路，每有朝旨，令入界牵制。其如将帅方略，非有素定，茫然轻进，不知所图，但求虚弱之处，以剽窃为功。既不能大振兵威，故不能少分贼势，此进讨牵制之无效也。或曰：宜用守策，来则御之，去则勿逐。臣观今之守边，多非土兵，不乐久戍；又无营田，必烦远馈。久戍则军情以殆，远馈则民力将竭。岁月绵久，恐生他患，此守御之未利也。臣荷国重寄，曾无寸劳，夙夜营营，冀有所补，而才识迂昧，

终无发明。

写到这里，他突然觉得脑海里空空如也。既然第一次给朝廷上奏对夏战略，要让朝廷觉得无论攻还是守都有具体措施甚至路线图，既增加可信度，又提振信心。这就需要一些具体事例。他放下笔，吩咐左右迅疾整备，启程巡边。

## 四

腊月初一，庆州已进入严寒季节。范仲淹的脸上，却洋溢着暖暖的笑意。一大早，他就仔细梳洗了一番，还刻意修剪了胡须，神清气爽地进了州署。可坐在书案前，又有些心神不宁，翻看公牍时常常走神，不到一刻钟，就要问一遍时辰。直到翻捡出陕西转运司判官梁坚的来书，他方暂时静下心来。

两个月前，范仲淹启程巡边，走遍了环庆路沿边寨堡，命人绘制成寨堡分布图。一路上，他边查勘，边访咨御敌策，兼带考察将佐强弱，思考如何完善对夏战略。回到庆州，洋洋两千言的攻守策已成稿。恰好陕西转运司判官梁坚从庆州回朝，范仲淹将《上攻守二策状》托他带回朝廷。在这道奏疏里，他提出，西戎居绝漠之外、长河之北，依边面险，而我则将无素谋，士无素勇，大军深入进讨不可行；但固守就会被敌人各个击破，且长期拖延下去，财力、人力难支。鉴于此，当制定攻守两策。用攻，宜取其近而兵势不危；用守，则必图其久而民力不匮。在“议攻”一节里，把攻哪里、距离多少、谁可率兵等，都不厌其烦地写明；在“议守”一节里，又把长期防御所遇到的难题如何化解都一一说明。梁坚的来书，告知他已将《上攻守二策状》呈奏朝廷，又把京城关涉西事、边臣的种种议论，略述一二，随函还附上一首咏塞下的五言律诗。范仲淹阅罢，提笔写下《依韵答梁坚运判见寄》：

蔽野旌旗色，满山笳吹声。

功名早晚就，裴度亦书生。

一介书生，同样能平定内忧外患，同样能在战场为国建功，唐朝的裴度就是一例。如何经略西事，已成竹在胸，自己成就功名，也是早晚的事。自到陕西一年半来，他从未像现在这般自信。

“范龙图，元秘丞到！”指使党武跑过来禀报道。

元秘丞是韩琦举荐的，来做掌书记，替范仲淹打理文牍。好水川之败后，韩琦对深入进讨的主张深感后悔，贬知秦州后即投书范仲淹，表示“幡然共守以就公之持重”。自此，二人书札不断，有公务，也有家常。韩琦家眷在长安，他本人也正在长安治病。前不久范仲淹致书韩琦，除了商议举荐蒋偕一事，还特意嘱咐“家属一两日必到府，勿令住也，在路久矣”。范仲淹家眷一到，韩琦即差牙兵护送庆州，元秘丞也一同到了。

范仲淹已得到消息，家眷今日到庆州，故而阅看文牍时方有些心神不宁。一听元秘丞到，即知家眷也到了，他腾地站起身，和元秘丞见了礼，匆匆往官舍赶。

两个女儿已经出嫁，纯仁十五岁了，正是求学的年纪，在应天府书院读书，前来庆州的除纯祐外，还有聂氏、纯礼和小鬟三人。十一岁的纯礼看见父亲走过来，边喊着“爹爹”，边跑到父亲身边，范仲淹拉住他的手，蔼然道：“礼儿长这么高了？看来这几年没有挨饿啊！”说着放声大笑，目光却紧紧盯着马车，小鬟下了车，向范仲淹莞尔一笑，他心里顿时涌上一股暖流。小鬟回身扶聂氏下车，范仲淹仿佛看到了陌生人，不知说什么，只是向官舍一扬手道：“快到官舍喝茶！”

进了官舍，一家人围坐在一起喝茶，小鬟却坐不住，书房、卧室，一一收拾了一遍，口中喃喃：“离开女人，男人的日子过得乱糟糟的！”

范仲淹听着小鬟的嗔怪声，感到格外亲切。他突然意识到，其实他心神不宁所盼的，就是想听到小鬟的声音。

"哎哎哎!"指使党武在门外向纯祐招手,低声召唤着。

范仲淹看到了,起身走过去,党武禀报:"怀安镇酋长岁奴求见。"

初到庆州时,岁奴就密报,蕃部六百酋长与元昊有约;前不久巡边时,范仲淹嘱岁奴到蕃部散布,朝廷已知晓诸酋长与元昊相约一事,有幡然悔悟者既往不咎。想必岁奴是为此事而来。关涉蕃部,事体重大,范仲淹急忙赶到节堂,传召岁奴。

果然,岁奴一脸沮丧地禀报说,六百酋长知密约暴露,仍暗怀投元昊之意。范仲淹沉吟良久,吩咐党武带岁奴前去领赏,便起身在节堂徘徊。

要实施攻守策,招抚蕃部至关重要。他提出的攻策中,是先将深入汉界的西夏城寨攻取并留兵固守,而这些夏寨皆分布于蕃部杂居之地。若蕃部不能归心,攻守策就很难实施。可是,如何招抚这些首鼠两端的蕃部,他一时也想不出更好的对策。这是时下惟一让他感到心中无底、甚为忐忑之事。焦急踱步间,余光扫见书案上的邸报,眼前蓦然一亮。这期邸报上刊有陕西体量安抚使王尧臣奏种世衡在青涧城治状的摘录,内有种世衡抚羌,"亲入部落中,劳问如家人意"之语。范仲淹不禁拊掌一笑,疾步走到书案前,边展纸提笔,边默念道:"不必急,用对一个人,就可打开局面,张亢就是一例。安抚蕃部之事,托于种世衡,可安枕矣!"

功名早晚就，裴度亦书生。

——范仲淹

# 第三十四章　裴度亦书生

## 一

青涧城衙署的大堂里，种世衡大摆宴席，犒劳蕃部酋长。一名牙兵悄悄走到他身旁，附耳低语了几句。种世衡一扬手道："请来赴宴！"

须臾，三名身着夏军戎装的党项人被领进了大堂，照蕃俗给种世衡行军礼，又一一自报了姓名，一个名浪埋，一个名赏乞，最年轻的是一个女人，为麻魁指挥使，名叫媚娘。种世衡命侍者将三人引入坐席，对面面相觑的一群蕃部酋长道："此三人乃西界将领，慕种某之名，特来归降。"

"嘻嘻嘻！"三人不约而同发出很不自在的笑声。

酋长们窃窃私语，投以质疑的目光。几位酋长互递了眼色，一位年长者走到种世衡面前，低声嘀咕道："种老子要当心。"

"哎！"种世衡又是一扬手，大声道，"种某是没有名气还是没有实力？蕃邦将校来投，再正常不过！"

自青涧城初成，范仲淹举荐种世衡知城事，以文改武。他带领将士开垦河谷地二千顷，又在黄河辛关渡附近架设浮桥，购河东之粮，招商引贾，贷给资本，贷出的本钱竟有十倍回报，青涧城迅速繁荣起来，粮食、军械均可自给。他上疏朝廷，言朝廷不必为边寨供给劳心，只要执事者用心经略，一应军需，皆可自给。手中有了财物，种世衡大力招抚蕃部，发钱发物，又像是串亲一样登门慰劳酋长，谈到投机处，随手解下所佩腰带、银绶丢给他们。凡有敌情，蕃部酋长就会跑来报信。陕西体量安抚使王尧臣将种世衡治状奏报朝廷，龙颜大悦，降诏曰："边臣若此，朕复何忧！"皇上降诏褒扬一个八品武官，实属罕见。种世衡的大名，因此传遍国中，闻于夷狄。

"是呀是呀！"麻魁指挥使媚娘故意娇滴滴道，"听说大宋皇帝陛下颁诏褒扬种老子呢，所以我三人才慕名来投的呀！"

种世衡仰脸大笑。

宴会结束，种世衡召都监马怀德到后堂。他已确认，浪埋三人是夏人派来的奸细，嘱马怀德差人暗中将他们杀掉。正在商议细节，牙兵来禀，法崧求见。

法崧本是江湖豪杰，身材魁梧且精于骑射，游走西界，与党项人多有交往，后落魄潦倒，到紫寺出家，法崧是其法名。种世衡遂将其召置门下，恣其所欲，供亿无算。法崧多次为种世衡当向导，袭击夏营，令夏戎防不胜防。他每次求见，不是要求换一种美酒，就是提出添两名美姬，今日大抵也不例外。种世衡"请"字尚未出口，蓦然改变了主意，一扬手道："不议了，浪埋等三人不能杀，命他们监商税，配备骑从侍候！"

马怀德一脸懵懂地辞出了，种世衡吩咐牙兵备好一套绳索，这才传法崧进见。法崧摇晃着肩膀进了后堂，拱手道："种公，闻得西界有一麻魁官来降，莫如赏给老衲消受吧！"

种世衡一拍书案，喝道："我敬你忠义，待你不薄，谁知你竟是见利忘义的小人，暗中与夏戎勾结，给我绑了，押进死牢！"

法崧一脸错愕，却也未辩白。

此后长达半年的时间里，经过无数次严刑拷打，法崧仍未说一句喊冤求饶的话。种世衡觉得火候已到，命把他押到城衙军机堂。法崧一到，种世衡亲手为他松绑，抱拳道："我知你无过，但之所以如此，是要考验你。"

法崧躬身道："为恩公赴汤蹈火，在所不辞！"

种世衡拉住法崧的手一同入座，这才道明了原委：浪埋、赏乞、媚娘三人来降当日，即知其为诈降。他决定将计就计，利用三人诈降的机会行反间计。野利旺荣是夏戎野利部落首领，又是元昊野利皇后长兄，封号“大王”，与其弟遇乞皆有才谋，分掌左右厢兵，深得元昊倚重。如能策反野利兄弟，不啻砍去元昊左膀右臂。但事体重大，如所托非人，必弄巧成拙，这才上演了这出苦肉计。法崧经受住了考验，种世衡也就揭开了谜底，开始付诸行动。他先拿出一封短柬和一幅画、两颗干枣，嘱咐道：“要设法见到野利旺荣，将短柬并礼物交给他。”又拿着一封书札晃了晃，叮嘱道：“用蜡密封，藏于衣中，夏戎如何严刑拷打，都不可泄露。待要杀你时再交出。”说着，亲手将书札、画和枣都装入照袋，交给法崧。

刚送走法崧，鄜延帅庞籍差人冒雪给种世衡送来一道文牍，打开一看，是范仲淹给朝廷上的《举种世衡知环州奏》，上面写着：

> 环州勾当一郡十三寨，当此危地，须在得人。朝廷以臣不才，而轻此一路，臣恐将有麟府之祸，虽加罪于臣，无益边事。臣今乞将新授左司郎中一官回授种世衡，转诸司使、知环州、权钤辖司。

种世衡阅罢，眼角一热。范仲淹宁愿把自己降为员外郎，回授郎中官阶给他，换取他知环州、充钤辖的资格。这不是一句知遇之恩的话所能表达的。但反间计刚启动，若离开此地，恐有闪失，他左右为难。

庞籍的使介道：“朝廷以范龙图所请征询意见，庞龙图盼将军仍留青涧城。”

种世衡道：“请禀报庞龙图，世衡不能离青涧城。”

庞籍接报大喜，当即回奏朝廷，乞留种世衡在清涧城，并请迁其为洛苑副使，授鄜延路驻泊兵马都监，制置本路粮草。

范仲淹却等得心焦。《举种世衡知环州奏》发出后，他预计种世衡正旦节前可到任，届时一起到环州安抚蕃部酋长。为此，他已奏请朝廷颁下抚赏蕃部的诏书,枢密院、宣徽院也从其请,发来了空名宣头各百道,以便为蕃部中的忠顺者授官颁赏。前不久,又牒环州十三寨,令将统领百个族帐以上的部族首领五十余人召到环州,共度正旦节。可已是腊月二十九了,没有接到任命种世衡知环州的消息。一起床,口中就念叨着:“种世衡怎么还没有消息?”

“聂娘子在身边,还想别人呀!”为他梳头的小鬟打趣道。

范仲淹道:“我奏请朝廷把土兵家眷都搬来,故而方叫自己的家眷也过来,小鬟别以为我是想哪个咯!”

小鬟伸过脸来,看着他道:“郎君不想儿女吗?”

范仲淹笑而不语。

小鬟边梳头边心疼道:“一年多不见,郎君的须发快要白完了。”

“可是,我觉得自己并不老,小鬟以为我老了吗?”范仲淹打趣道。

“倒像是老小……”小鬟讥笑道,话未说完,范仲淹“嘘”了一声,他看到纯祐在门口伸了一下脑袋,便咳了一声,唤纯祐进来。纯祐走过来,递上一道文牍,打开一看,是枢密院札子,上面写着:

> 朝廷方以青涧城倚种世衡,延帅亦上言,人重其去。庆帅宜更择之。

“可恼!可恼!”范仲淹连连道,脸上露出慌乱的神情,吩咐纯祐:“去帅司传令,午后启程,赶往环州!”

## 二

环州钤辖司署的门楼上,竖起了两面大旗,迎风招展。杏黄旗上写着一个大大的“帅”字,镶着金边的红旗上,硕大的“范”字格外显眼。门楼两侧挂着两只大红灯笼，钧容韶班吹奏军乐，一派节日欢庆景象。

范仲淹坐在节堂高高的虎皮椅上，身披斗篷，腰佩宝剑，面前的长条书案上摆着金印、令牌，身后站着两名手持剑戟的牙兵，另有宣旨官、颁赏官东西立于两侧。一切就绪，传令中军手持小旗正要传令，他却一摆手制止了，起身吩咐道："改在后堂召见！"

这次出巡，专为安抚蕃部而来。种世衡来不成，又不能失信于蕃部，范仲淹只得带上柔远寨蕃部巡检赵明，在大年三十夜赶来环州。州吏依过去边帅召见蕃部酋长的惯例布置了场地，范仲淹刚坐定就觉得气氛与示恩不协调，这才临时决定改在后堂，分批召见。左右人等按照范仲淹的要求，手忙脚乱在后堂布置了座椅、茶桌，范仲淹脱下斗篷，解下束带、佩剑，只着文官袍服，在居中的座椅上落座，又屏退牙兵，只有元秘丞和蕃部巡检赵明陪坐一旁。

环县羌人首领慕思首先被单独传了进来。他摇晃着肩膀，大摇大摆走了过来，范仲淹虽心中不悦，还是起身相迎，延之入座，把填好的一份宣头递给他，微微一笑道："朝廷知你忠义，特授你同管勾环县蕃部事。"

慕思面露惊喜之色，依蕃俗行大礼，一拍胸脯道："请龙图老子放心，如有背叛朝廷者，不需官府发牒，小子必自领兵马灭了他！"

范仲淹笑道："忠心可嘉，却不可如此。莫忘了，'同管勾'三字，是让你协同官府管勾，不可擅自行事。"说着，将慕思让到自己左手的一把空椅上。

慕思哼了一声，左顾右盼了一番，这才入座，跷起二郎腿，不停晃悠着。指使党武带着第一批十位酋长进了后堂，范仲淹伸出手臂，口中道："诸位首领请坐，用茶！"

众酋长相互对视一眼，又疑惑地扫视室内，见没有伏兵迹象，又听慕思吆喝着命他们入座，众人才忐忑地坐下。范仲淹像拉家常般，询问各部人户、牲畜、收成，细细观察着每人的反应，对照名册，画上不同记号。

本来要宴请五十人，却只来了四十多个，交了午时，已分四批召见毕，众人被延之大堂，正中摆好了坐席，一阵骚动后方落了座，范仲淹进来，高声道："我皇上仁德，知诸首领心向圣朝，特颁旨嘉勉，各有赏赐。"他清了清嗓子，宣读诏书：

王者无外，有生之民，皆为赤子，太平之乐，遐迩同之，何蕃汉之限哉！

读毕，又道："诸位首领知道，元昊之父德明归顺朝廷，我真宗命为同姓，待以骨肉之亲，封为夏王，旌旗车服，降天子一等。恩信隆厚，始终如一。塞垣之下，有耕无战，逾三十年。其间，不惟朝廷年有赏赐，且边贸大开，蕃汉百姓皆受其利。今元昊为一名号，悍然开启战端，若有为百姓之心，何至于此？我皇宋泱泱大国，不与藩属争小忿。不要看他屡有胜绩，若绝边贸数载，他拿什么支撑战争？本帅劝诸位明是非、辨好坏，不可首鼠两端。"

"可是，大宋打不过人家，保护不了本族帐安全。"有人喊道。

范仲淹道："官军打不过西人，那是误解。皇帝仁德，不忍生灵涂炭罢了。本帅告诉诸位，以后，只要西人来袭，蕃部皆就近入寨堡，人吃粮、畜喂料，官府都免费提供！"

"真有这好事？"叫好中夹杂着质疑的声音。

"本帅可与诸部立约！"范仲淹郑重道。

"立约！立约！"大堂里响起一片喊叫声。

只要蕃部愿入寨堡，就成了熟户，也就不会再作元昊帮凶，反而能为我所用。范仲淹求之不得。他伸出手臂向下压了压，道："本帅随后就将条约送达各部。今日欢度佳节，本帅略备薄酒，犒劳诸位酋长，请诸位尽情享用。不过不可吃醉酒，宴后还有赏赐要颁。"说完，向外一招手，军乐响起，一干人等端着酒菜，鱼贯而入。

在众人一片欢呼声中，酒宴开席。因惦记着领赏，众酋长都不敢多喝。进行了半个多时辰，范仲淹宣布散席。军乐再起，牙兵抬着十几只系着黄绫的箱子进来了，范仲淹亲自为每位酋长颁赐衣物缯彩。送走众人，他已是口干舌燥，双臂酸沉，想着为蕃部立约之事，顾不上歇息，召赵明和元秘丞到后堂，问赵明："各寨接到札谕，已提前知会各蕃部酋长，可还是有七八人未到，这些部族难道要背去？"

赵明摇了摇头道："也未必都要背去，蕃部间也是矛盾重重，你争我抢的事经常发生，多半是打问出仇家要来，便赌气不来。"

范仲淹道："化解属羌之间的对立当纳入条约中。不妨规定，如部落间争斗已和解，还有人私下报复并伤人的，罚羊若干只、马若干匹；私自报复杀人的，依律斩首；因债务引发争执，当申告官府，听官府裁断，不经官私自绑缚对方作人质的，罚交羊若干只、马若干匹。"

赵明欣喜道："官府管他们的事，蕃部自会找官府断理。"

范仲淹又道："西贼入侵，属羌向背要有约束。夏军小股来袭，如有人私自追随其中而不回到本部去，该部每户罚交羊若干只，并将本部首领交官府为人质；夏军大队入侵，各部男女老幼全入保本寨，官府供给食物草料，如一人不入寨，这家人罚交羊若干只，如全部人户不入寨，要将该部首领扣押作为人质。"

赵明道："龙图想得周全，管用嘞！"又一笑："末将熟悉蕃俗，把'若干'换成数字就行啦！"

范仲淹点头，吩咐元秘丞和赵明一同起草《属羌条约》，牒各寨颁所属蕃部遵行，又点着书案上的名册道："我意还要阅其人马，以掌握各部实力如何，观其忠顺者，赠银带、马绂以旌之。"

赵明悚然道："龙图，时下蕃部首鼠两端者众，末将恐……"

范仲淹摇摇手，打断他："摸清蕃部虚实，宣诏教化，使其为我所用，冒险也是值得的。不必提前告知，走一处阅一处即可。"

翌日辰时，在噼里啪啦的爆竹声中，范仲淹率牙兵并副都部署王仲宝、蕃部巡检赵明等将佐随从，骑马出了环州城，继续宣慰行程。

一行人顶风冒雪，不辞辛劳，感动了各族帐，酋长郊迎，人马列队接受检阅。可到环州与原州交界处牛家族的地盘，酋长奴讹并未出迎，赵明亲自前去查问，奴讹避而不见，更无兵马列队待阅。赵明大怒，要发兵剿灭之，范仲淹摆手制止了。

环州与原州之间的明珠、密臧等属羌，因与夏界接壤，叛服不定，最难制驭。六百名与元昊有密约的酋长中，多半都属于这二族。牛家族酋长奴讹之所以蔑视皇宋大员，必是受此影响。范仲淹在《上攻守二策状》中已提出，北取细腰、葫芦泉为堡障，可断西贼之路，则二族自安。故不必为一时一事而烦恼，便调头转往马岭镇。

傍晚时分，一行人赶到马岭镇，夕阳照射下，远远望去，像有一座文庙。范仲淹仿佛看到多年未见的亲人，策马赶了过去，果然是座夫子庙，只是有些破败了。四周全是羌人，居然有人在戍城中建夫子庙，范仲淹肃然起敬，忙去看记石，乃已故兵马监押张蕴所建。看到这个名字，范仲淹"啊"了一声，记起十一岁那年，契丹人越过黄河大掠齐鲁之地，他居住的颜神镇因没有城墙，母亲牵着他的手随惊恐的百姓欲奔逃南山，忽有州校喊话，说官军可保百姓无虞，不必逃难。事后听说，是淄州兵马监押张蕴阻止郡守弃城，指挥军民守卫，契丹人退去后，州人都说："若非张公英识，我辈老幼成鱼肉矣！"想不到他后来戍边到此，在极塞穷边，犹不忘立圣人祠以尚风教，真乃有道君子也！遂高声道："我要为夫子庙撰碑阴！"说罢，在石记前鞠了三躬。刚转过身来，忽见一队快马向这边疾驰而来。

## 三

环县马岭镇简陋的驿馆里，范仲淹在一张由白茬木板临时搭起的书桌前，打开急递送来的密件，一道是皇上在他《上攻守二策状》上的御批；一道是冬至南郊大礼时朝廷颁下的大赦文。他拿起剪刀剪了剪烛芯，烛光亮了些，低头细阅，御批写着：

将帅累次挫衄，未甚勇果。若幸于获胜，恐未为良筹。假令克获，又需守备。若且勤训练，严加捍御，远设探侯，制其奔冲，见利而进，观衅而动，庶可养锐持久。即以深体此意，与邻路互相应援，叶心毕力。有便宜密具以闻。

再看大赦文，对元昊有“彼无骄动，则我不侵掠”之语。范仲淹不禁苦笑。圣旨大体上认可了他的对夏战略，只是对他的“攻策”有些疑虑甚或不太赞同。他不知道是自己跟不上朝廷的节拍还是朝廷跟不上他的节拍，思路总是有些错位。看来，需要再向朝廷陈情。梳理了一下头绪，提笔写下《再议攻守疏》。

疏文写毕，反复修改了几遍，抄写誊清，亲自动手密封好，抬头看去，晨曦已然在窗外与风沙纠缠打转。指使党武呵气连连搬来了新火盆，范仲淹吩咐道：“此件交急递。”

一夜未眠，范仲淹却没有倦意。《再议攻守疏》的呈奏，标志着他的对夏战略及实施路径已成熟、明晰。两年来所做的，都是守，现在需要做攻的事了。用罢早饭，便把随行的副都部署王仲宝、蕃部巡检赵明和庆州推官张问召来，拿出《再议攻守疏》副本，读道：“攻近而利者，在延安、庆阳之间，有金汤、白豹之阻，本皆汉寨，陷为贼境，隔延、庆兵马之援，为蕃汉交易之市，奸商往来，物皆丛聚，此诚要害之地。”

王仲宝道：“末将明白，龙图的攻策里，攻取白豹城、金汤寨、后桥堡，乃是首要目标。”

范仲淹点点头，起身指着舆图道：“攻取三城寨，环庆路当仁不让，要承担主攻责任。在朝廷批准前，要有所整备，以积累经验。我意王帅领三千兵马，以巡边名义进驻柔远寨，熟悉地形，为发动攻势作试探。”

王仲宝站起身，郑重领命。

范仲淹又拿起《再议攻守疏》读道：“环州定边寨、镇戎军乾兴寨，相望八十余里，二寨之间有葫芦泉，今就贼界，为义渠、朝那二郡之交。其南有明珠、密臧之族，若进兵据葫芦泉为军壁，北断贼路，则二族自安，宜无异志。”

“只是，时下明珠、密臧心怀异志。”赵明皱眉道。

范仲淹道：“北取细腰为堡障，是务必要做的。赵将军可差手下一指挥使，带人到明珠、密臧二族，觅得老成之人，一起到界边相度，画出详图，以便择机抢修寨堡。”

“末将遵命！”赵明起身，挺胸道。

“金汤东距延州德静寨四十里，西南距环州柔远寨八十里。鄜延路出德静寨攻取金汤；环庆路出柔远寨攻取白豹、后桥，可一举拔下这个楔子，再向横山推进，从而扭转战场的被动局面。但朝廷对进攻变得顾虑重重，若先取得庞帅支持，朝廷就有批准的可能。”范仲淹盯着庆州推官张问，指着舆图吩咐道，“你即日启程赶赴延安，谒见庞帅。如他同意，鄜延路出步兵一万二千，骑兵三千即可。”

三人领命而去，范仲淹刚欲入座休息片刻，环州通判范祥进来了，叹息一声道：“又要杀人了！”

范仲淹一惊，忙问：“又有兵士逃跑？”

“青白盐出夏界乌、白两池，味甘美，其价又远远低于汉地解盐，土人及蕃部贩青白盐者众，往往犯法抵死而莫肯止，便是守寨将士也差人偷偷购买。前天，招安寨捉到私买青盐兵士二人，驻泊都监郝续已下令将两名兵士斩首。”范祥摇了摇头道，一脸无奈道，“今日午时，人头就要落地！”

范仲淹起身抽出一张令牌，吩咐指使党武道：“快去，传本帅命令，刀下留人！”

不大工夫，驻泊都监郝续气鼓鼓地跟在党武身后进来了，一进门就质问道：“范龙图，青盐乃贼界所产，购买青盐就是资敌。军法俱在，因何不能斩？”因自告奋勇出安塞牵制西贼，输折四百五十名兵士，朝廷命范仲淹体量本路将佐时，他建言将郝续降职，改任马岭镇驻泊都监，故郝续对范仲淹心生怨气，便借机发泄。

范仲淹耐心解释：“目今兵士处于穷边，冒矢石，负星霜，若饮食失所，更绝盐味，何以聊生？禁青盐，欲以困西贼，恐未能困贼，先困我师矣！”

郝续哼了一声道：“龙图的大道理，末将不懂，末将只知行朝廷法！”

“我来问你，”范仲淹提高了声调，“二兵士买青盐，是为他们自己牟利吗？”

郝续不语。

“这就是了！”范仲淹又道，“兵士为本部众而犯罪，实不忍尽法，恐伤众兵士之心。本帅决定：买青盐二兵士，杖二十，押回本部拘管！”

“哼哼哼！”郝续发出一声冷笑，以揶揄的语调道，“范龙图，仁者！”

范仲淹不再理会他，转向通判范祥道：“屡禁难止之事，必有其合人情处。我在延州就曾奏请朝廷，允各寨置榷场，用布匹博买熟户青盐，加一倍价格出卖，我看环州也可参照实行。”

“这是善政！”范祥赞同道，“只是，禁绝与夏戎做买卖，是朝廷的明诏。”

“非与夏戎做买卖，是与蕃部做生意。”范仲淹纠正道，“诱之以利，也是招抚蕃部的一个办法。”

三月二十七，羌山始见花。

——范仲淹

# 第三十五章　羌山始见花

## 一

天近黄昏，范仲淹一行来到邠州署衙前，尚未下马，忽见十几个衣衫褴褛的百姓拦住去路，哭天喊地道："冤枉啊，没有活路啦，青天大官人为草民做主啊！"

牙兵上前驱赶，范仲淹摆手制止，下马问："有何冤屈，起来说话。"众人起身，争先恐后诉说着，范仲淹侧耳听去，人声嘈杂，秦音甚重，未听出名堂，见有一中年人像是读过书的，便指着他道："你一个人来说。"

"草民名王昭玮。"中年人拱手道，"官府修营，占却我等草民的园林地土，拆了屋舍，却不支付价钱，我等小民流离失所，没吃没喝，求青天大官人做主，照价支付钱款！"

邠州在环庆路最南端，耀州之东，临近关中腹地。为减轻百姓支移负担，环庆路招募的土兵、朝廷发来的禁军、换防的边寨驻军，多集中于此驻扎、训练。为此，需要修造军营。朝廷有条贯，征占百姓土地、房舍，须照价给百姓赔偿，还要除放随地钱税。占了百姓的土地，拆了人户的房舍，对百姓已是很大损害了，还不给百姓价钱，范仲淹顿时来了火气，一脸怒容地问站在旁侧的知邠州张明道："百姓所诉属实否？"

张明支吾道:“增兵太多,急需军营……”

“兵士要安置,百姓就该流离失所?”范仲淹打断道,“州军有何难处,应状中上官,不能置百姓困苦于不顾。此事,官府当照价支给,免除所占土地税钱,不得拖延!”

众百姓感激不已,鞠躬散去。

张明躬身请范仲淹进州署,忽有急递送密件到,范仲淹接过,转到与州署间壁的钤辖司,在节堂内将密件打开,是枢密院的札子,上面写着:

诸将在外者,若贼寇大至,须领兵先据险要觅便攻击,如敢以防守为名,端坐不出,具状申奏,乞行军法。奉圣旨:依奏。

范仲淹哼了一声,把札子丢在书案上。前不久,他已戒约各寨堡,若贼兵大军来袭,不得出兵迎贼闯敌,五百人以下的寨堡则不必坚守,就近入大寨堡避敌。枢密院的札子或许就是针对他的戒约而来。若照此去做,不知要白白丢掉多少兵士的性命。这个命令,不能执行!想到这里,也未召唤元秘丞,亲自动笔给朝廷上疏,在陈述了理由以后,最后写道:

臣谓应变之机,拘其条贯,非其利也。枢密院所降指挥,未敢施行,庶少败事,徒伤军民性命。

封发了奏疏,范仲淹方转到州署,进了宴客厅。突然冒出一件属州拖欠百姓价钱的事已令他气恼,又冒出一件枢密院瞎指挥的事,他顿感胸口堵得慌,口味全无。他不端酒盏,默默吃了几口饭菜,连夜在钤辖司召集军事会议,听取将佐练兵简报。

在《再议攻守疏》里,范仲淹谋划了攻取白豹、金汤、后桥三城寨的攻势,并设想在仲春发动。为此,他方从环庆北端的环县赶到南端的邠州,亲自查看练兵情形,挑选承担攻势的部将。听了简报,知其分将练兵、量敌出阵法得到贯彻，士气不断高涨，积压在心头的不快方渐渐消散。

经过几天校阅，又与将佐逐一交谈，选定马步兵一万八千、蕃兵八千参加攻取三城寨的战斗，由钤辖范全、都监张建侯两部为先锋。一切部署妥当，于正月底返回庆州。

刚回到庆州，就接到副都部署王仲宝差人送来的密件，禀报他于正月二十三率五百兵马踏勘进兵路线时，遭金汤寨贼兵突袭，计斩首二十七级，官军战殁四十九人。

元秘丞蹙眉道："龙图，看来攻取三城寨并非易事。"

范仲淹不以为然道："在野地与党项人硬拼，官军非其对手，所以，要步步为营，以守为攻。"

正说着，柔远寨蕃部巡检赵明求见，神情沮丧地禀报道："奉龙图之命，末将差人到细腰、葫芦泉一带相度筑城事，明珠、密臧二族酋长闻讯，带兵马围困，誓言不许。"

范仲淹微眯双目，恨恨然道："明珠、密臧二族果难制驭！"

"末将领兵，灭此二族！"赵明一拍胸脯道。

范仲淹摇头道："朝廷里也有人持此说。但二族道险，不可攻，否则其必与夏戎为表里，边患无穷矣！"又对元秘丞道："看来，非得把种世衡要来不可！起稿：夏戎日夜诱我属羌，羌爱其类，易以外向，非种世衡亲之，不能革其心，乞朝廷准种世衡知环州。"

赵明辞出，元秘丞回直房起稿，范仲淹又走到舆图前，目光在庆州和延州间来回移动，他在焦急地盼望着奉命前往延安的庆州推官张问带回好消息。

过了半个多月，张问终于回来了。刚走进军机堂，范仲淹就急切地问："怎么样？庞帅答应出兵吗？"

张问摇了摇头，将一道文牍捧递过来。

## 二

进入三月中旬，黄土高原终于迎来了姗姗来迟的绿意，河谷的柳树吐出了嫩芽，杨树上挂着一串串毛虫一般的棕穗。西北风依然强劲地吹着，却少了咄咄逼人的寒气。

凌晨时分，副都部署王仲宝接范仲淹令牒，命他率五千兵马即出柔远寨。王仲宝颇为诧异，列队毕，却还不知开往何处，正要前去探问，却见范仲淹已披挂停当，骑马到了阵前，举剑下令："出发！"

出了柔远寨东门，向东行二三里，范仲淹又突然传令北行，向白豹城方向进发。王仲宝大惊，策马来到中军大旗下的范仲淹马前，抱拳道："范龙图，五千兵马恐远不足！"他知道，范仲淹两次向朝廷上攻守策，都提出要攻取白豹、金汤、后桥三城寨，并且一直在秘密部署中。此番范仲淹亲自率军，神神秘秘，将佐兵士均不知目的地何在，王仲宝以为必是发动对三城寨的攻势。区区五千兵马攻取三城寨，太不合常理，他不免有些担心，遂不顾场合，向范仲淹提出疑问。

范仲淹向他摇了摇手，没有说话，表情轻松而神秘。

半个多月前，差往鄜延路的推官张问带回了庞籍不愿协同攻取白豹等三城寨的消息。庞籍并托张问带回一道奏疏副本。此前，朝廷将范仲淹的《再议攻守疏》分发庞籍、王沿、韩琦征询意见，这是庞籍给朝廷的回奏。他总体赞同范仲淹的攻守策，但对攻取三城寨，却主张慎重。他向朝廷陈述的理由是，元昊穷兵黩武几年来，所获不足以偿所费，已呈人心不稳、财力难支之势，若立足防御，坚壁清野，用不了多久，即可纳降之。范仲淹经与文武频频聚议，暂时放弃了攻取画策，形成了新的思路：为制衡白豹、金汤、后桥三城寨，截断夏戎来攻之路，隔绝属羌与夏戎的往来，阻断私下贸易，在距白豹城二十里的后桥川出入口处、子午岭附近的马铺山一带筑城，与作为两翼的柔远寨、荔原堡相互声援，一同构筑防御体系，并作为下一步攻取三城寨的桥头堡。经过半个多月的整备，已密遣柔远寨蕃部巡检赵明和长子纯祐，带工匠夫役携筑城所需进驻马铺山一带。为防消息泄露，范仲淹一直严格保密。

又行进了三十余里，天已放亮，马铺山遥遥在望。范仲淹传令暂停行军。五千人马列队毕，范仲淹骑在马上，高声训话，将此行目的公之于众，下令除少量兵士严密警戒外，所有将士都参与筑城，日夜施工，务必在半个月内完竣。

大军抵达马铺山，筑城所需土石、工具皆已齐备，施工图也已绘就，便立即投入施工。一部分兵士削坡，一部分兵士夯土版筑，还有部分兵士在围墙内分擘街巷，修盖军营、草场、廨署，在修好的城墙上建造敌楼，只用了十天时间，一座新城就修筑完成。新城以马铺山峁作为城内制高点，城墙从山峁旁蜿蜒而下，直至后桥川口，既占据有利地形，又有足够的水源。

午时的阳光把浓浓的春意洒进新筑的城寨内，范仲淹站在山峁上，脸上露出了欣喜的笑容。向朝廷奏报、请皇上赐名"大顺城"的奏疏已送马铺发出，留守的将士也已选定；按照他的部署，又招募当地百姓协助官军轮流守城。百姓平日在家种地，农闲训练；战时，官府提供兵甲器具，参与作战。

"报——"随着一声高叫，探马来到范仲淹面前，"贼兵大军来袭！"

这在范仲淹的预料之中。兴工三天后，就有小股夏军在对岸观望，不时渡河骚扰，官军且战且筑，昼夜不息，城已成而夏戎大军赶到，范仲淹有了底气，问："可知有多少人马？"

探马道："黑压压一片，不知多少！"

"再探！"范仲淹命令道。又转身向站在旁侧的副都部署王仲宝下令："据城列阵！"王仲宝刚要下山峁，范仲淹又叮嘱道："如交战后敌兵遁去，追兵不得过后桥川！"

说话间，随着遮天蔽日的尘土，夏军渡过了后桥川，向新城冲来。似乎是对旬日间拔地而起的新城感到惊讶，又像是被山峁上高高飘扬的帅旗所震慑，到了城下，踌躇不敢前。良久，方响起进攻的号角，五千人马发起两轮攻击，都被守城官军击退，夏军鸣金收兵，在后桥川岸边扎营。副都部署王仲宝一挥令旗，官军冲出城门，向夏军营帐冲闯过去，夏军丢下营帐，渡河遁去。王仲宝传令撤回城内，紧闭城门。

夜幕降临，四周恢复了平静，只有巡哨兵士在城墙上警惕地观望着。直到次日午时，探马来禀，夏军在山后有重兵埋伏，现已仓皇撤退。

“呵呵，必是夏戎见新城坚固，其计又被识破，灰溜溜滚了回去！”纯祐兴奋道。

“范龙图的帅旗飘扬在城中，夏戎必是被帅旗吓破了胆！哈哈哈！”蕃部巡检赵明笑道。

“我可安心回庆阳了。”范仲淹畅出口气道。

在归属西夏的蕃部土地上，大顺城拔地而起，这是实施攻守策的一个象征，也是经略西事以来第一次有了胜利果实。返程时，范仲淹心情舒畅，悠闲地观赏沿途景致。山梁星星点点迟开的野花，为荒凉的边塞平添了几分亮色。他突然有了诗兴，口占道：

三月二十七，羌山始见花。
将军了边事，春老未还家。

跟在身后的元秘丞笑道：“呵呵，大顺城筑成，范龙图了却了一桩边事，就不自觉地想家了。不过，与‘浊酒一杯家万里’相比，‘春老未还家’，洋溢着喜悦之情嘞！”

范仲淹会意地笑了。

## 三

快入四月了。到环庆路赴任眼看即满一年，范仲淹已多次往返于柔远寨与庆阳间，但没有一次像此次这般轻松愉快。大顺城顺利筑成，他感到，西事平定的曙光，已隐然可见了。

马队不紧不慢地靠近了庆阳，正午的阳光照得州城昏昏欲睡。范仲淹抬眼望去，北城门显得光秃秃的，了无生气，遂吩咐道："在此门建镇朔楼，以壮国威！"

"范龙图，你可回来啦，你得为草民做主啊！"几个中年男子从城门冲来，边跑边喊叫着。

范仲淹一看，认出打头的是在邠州拦道喊冤的布衣王昭玮，不觉一惊，问："占尔等田土房舍，已照价赔偿，还有何冤？"

"是赔付了，可是官府又向我等追要！"王昭玮叫苦道。

"会有此事？"范仲淹半信半疑道。

"千真万确！"王昭玮拍着胸脯道。

"范龙图不信？那就差人去问。官府真会哄骗老百姓啊！"王昭玮身后的几个男子哭喊道。

王昭玮回身呵斥了一句，独自走到范仲淹马前，作揖道："邠州的官爷说，是转运司不许，要邠州收回钱款，用闲散官地置换；邠州官府说无多余闲散地置换，转运司追回钱款的命令又不敢不从，故而便向百姓追讨已兑现的钱款。"

范仲淹脸色阴沉下来，扭头对身边的党武道："你这就知会走马承受张翔，速赶往邠州查明情形，速去速回！"又对王昭玮道："此事本官为尔等做主，放心回去就是了。"

过了几天，走马承受张翔回来了，情形果如王昭玮所言。范仲淹大怒，一拍书案道："都漕命找空闲官地置换没有错，可邠州既无空闲官地，就该回申都漕，却不回申，硬生生追讨已支价钱，侵害百姓，殊为可恨！"

张翔从未见范仲淹发过这么大的火，一缩脖子道："查得，向百姓索要已付钱款，乃经办此事的邠州元行典级王益等人，为向郡守邀功，擅自所为。"

“请元秘丞来!”范仲淹怒气冲冲道。元秘丞就在门外,听到吩咐急忙进来,范仲淹拿起令牒一举道:“起稿,牒邠州,不得再追缴已付百姓价钱,都漕那里追究下来,范某负其责;王益等人为邀功而欺压百姓,打一百木棍,在本州收押看管!”

张翔和元秘丞小心翼翼地走出后堂,范仲淹余怒未消,气呼呼地在室内踱步,忽听房廊传来脚步声,又听纯祐在门外禀报道:“大人,你看谁来了!”

话音未落,传来高声呼唤:“范龙图,世衡来也!”

“啊!”范仲淹喜出望外,快步出迎,拉住种世衡的手道,“将军将军,盼你盼得好苦啊!”

种世衡神秘一笑道:“龙图,非世衡不愿来投麾下,委实是另有玄机嘞!”

范仲淹眉毛一挑道:“将军快说说看!”

种世衡压低声音,把他施反间计之事,约略禀报一遍。

“喔呀,此计甚好,若能成功,必为国家立奇功!”范仲淹赞叹道。

种世衡又是一阵大笑:“哈哈哈! 刚有了端绪,见龙图相召甚急,一接到朝廷敕牒,来不及通禀,就日夜兼程赶来了!”

“来来!”范仲淹迫不及待拉住种世衡的手走到舆图前,神情庄重道,“环庆要构筑两道防御体系。第一道,以新筑之大顺城为桥头堡,以柔远寨、荔原堡为两翼,谓之大顺城防御体系。”他手指移动了一下:“第二道,北取细腰、葫芦众泉,筑城建寨,断西贼之路,打通环州至镇戎军之通道,以业乐镇驻兵作为策应,此谓之细腰防御体系。”移开舆图,引种世衡在坐榻落座,又道:“细腰、葫芦泉之南为明珠、密臧二族所居,悍狡之性,久失其驭,非智者如种将军者处之,不能制驭。将军抚羌有术,筑城有方,此事非托付将军不能成功!”

种世衡仰脸一笑道:“请龙图放心,龙图对世衡有知遇之恩,世衡必不负龙图重托!”

范仲淹点头,把他巡边时牛家族首领奴讹拒绝出迎、曾差人前去相度细腰城被二族所阻之事向种世衡详细说了一遍,嘱咐道:“将军不可仓促行事,待抚羌有了端绪，再筑细腰城不迟。”

“龙图放心就是了！”种世衡一拍胸脯道。

范仲淹还要说什么，忽见纯祐悄悄走过来，把新到密件和邸报递上。范仲淹扫了一眼邸报，脸色陡变，叹息道：“令人揪心的事，到底还是发生了！”

片心高与月徘徊，岂为千钟下钓台。

——范仲淹

# 第三十六章　片心高与月徘徊

## 一

二月初二是宫中的挑菜节，要在后苑举办挑菜宴。庆历二年的二月二，阴云密布，北风夹着逼人的寒气吹个不停。可挑菜节一向是宫中最欢快的节日，嫔妃、宫女、内侍，早就盼着这一天，皇上不好扫了众人的雅兴，辰时刚过，就在皇后、嫔妃的簇拥下来到后苑，坐在太清楼平台上，注视着欢快的挖菜场景，时而仰脸一笑，时而又会发出轻轻的叹息声，为西事未平而忧心。忽见内押班王守规匆匆跑过来，递上一个禀帖。皇上一看，是宰相吕夷简请求紧急奏对的帖子。吕夷简老成谋国，一向稳重，此时求见，必有大事发生，忙吩咐备辇，赶往垂拱殿。

吕夷简已在宣佑门候着，两个红衣吏引他迈步进殿，施礼毕，奏道："陛下，契丹主耶律宗真差人送来一封国书，责我三宗罪，一曰背澶渊之盟，在边境调兵；二曰攻打其婚姻之国而未向其通报；三曰重兵屯于雁门，且广泛招兵，意欲攻其国。国书称，已在燕云一带集结重兵，我若归还其关南之地，此事不再追究，否则将兴师问罪！"

皇上的耳根唰地红了。契丹人趁火打劫，不得不同时和西夏、契丹两线作战，是君臣不敢面对的局面。之所以希望早平西事，很大程度上也是基于担心这个可怕的情形出现。一个小小弹丸之国也对付不了，大国契丹一旦出兵南下，后果可想而知。最担心的事还是发生了，皇上心慌意乱，说不出话来。

“陛下，臣以为当速差使臣出使契丹，与之交涉，局面或可有转机。”吕夷简把自己的对策说了出来，“知制诰富弼，有才略，为人庄重，可当此任。”

“不知富弼是否愿意。”皇上踌躇道，“卿先找富弼一问。”

吕夷简辞出，差人将富弼召到政事堂，不待吕夷简说完，富弼就正色道：“国家有难，臣子何敢避烦劳！”

富弼刚出政事堂，迎面碰上馆阁校勘欧阳修。欧阳修听说契丹人要兴师问罪，坐卧不安，特来政事堂求证。一见富弼，以为他也是来打探消息的，便拉他到拐角处，询问情形。得知朝廷要让富弼出使契丹，欧阳修顿足道：“彦国，吕夷简是要你做颜真卿第二啊！”

富弼多年来从未停止过对朝政的批评，前不久奉命到开封府察狱，查出有官吏伪造僧侣名册，开封府却未治罪，富弼面见吕夷简，要求将涉事官吏下狱勘问，吕夷简沉默以对，富弼索性在朝会上将此事公之于众，并指责吕夷简包庇亲信。据此，欧阳修断定，要富弼出使契丹，是吕夷简要借刀杀人。他双手一摊道：“夷狄不知礼，只知用刀枪说话，纵然口吐莲花，能打动他们吗？即使能活着回来，名声也全毁了！”他又一顿足，愤然道：“不该向契丹派使臣，吕夷简这是敷衍塞责，欺骗皇上。我这就上疏抗议！”也不等富弼回应，转身疾步而去。

接到欧阳修的奏疏，皇上召他到垂拱殿与吕夷简辩论。欧阳修力言，出使契丹是自取其辱。无论吕夷简如何解释，欧阳修就是不肯让步，坚决反对富弼出使。皇上见二人争论不休，叹口气道：“召富弼来见。”

富弼进殿，皇上叹息道：“同时面对西戎北虏，势所难能；朕亦不忍将士喋血，百姓失所，故有使富卿赴契丹报聘之意，事出无奈！”

“主忧臣辱，臣不敢爱其死！”富弼慨然道。

“陛下，不当让富弼去白白送死！”欧阳修大声阻止道。

皇上折中道："契丹国书言，其使臣二月中旬到边境，朝廷照例要差接伴使相陪，富卿先做接伴使，到边境接待来使，看看情形再说。"

富弼领旨，日夜兼程赶到雄州，等了十多天，原说二月中旬抵达的契丹使臣萧特末、刘六符方姗姗来迟。富弼闻讯，与同来的中使王守规赶到边境相接。身穿灰蓝左衽长袍的萧特末端坐车辇，手扶长柄大砍刀，倨傲道："敝使有足疾，就不见礼了！"

富弼知萧特末是要给自己下马威，若听任他如此无礼，下一步必受制于人，遂凛然回敬道："中使乃天子所遣，使臣照例应答谢。此前敝国使臣出使贵国，途中生病，一听贵国中使到，即扶病起来答谢；如今我中使前来，贵使稳坐不动，是何道理？"

萧特末一愣。他自知理亏，挥挥手，让侍从搀扶着，装模作样下车见礼。富弼松了口气，迎二使进了雄州。早有丰盛宴席备下，萧特末与富弼开怀畅饮，喝到尽兴处，附耳道："贵使，敝国也未必非要打仗。或归还关南之地十县，或与敝国结婚姻之好，二者选一即可。"

富弼倒吸了口凉气。五代后唐军阀石敬瑭为篡夺皇位，割让燕云十六州给契丹。后周时，世宗率兵收复了十六州中的瀛州、莫州，契丹人谓之关南之地。这都是皇宋开国前的事。澶渊之盟的核心就是维持现状，宋每年给契丹岁币三十万。盟约签订后，双方通好已近四十年，契丹突然背盟，要索关南之地，等于要皇宋割地，这是万难答应的。至于通婚姻之好，以公主嫁契丹皇子，就是和亲，在皇宋臣民的心目中，也是屈辱。但富弼只是接伴使，无权与契丹人交涉，待陪同萧特末和刘六符一到京城，便急忙谒见吕夷简，向他禀报了契丹人的底线。

吕夷简递帖请对，率先表态道："祖宗传下来的土地，不能丢；和亲，汉唐虽曾有过，但多是在开国之初，国力尚薄，不得不嫁公主以求和平。方今圣朝全盛之时，安得嫁公主于蛮夷！圣朝市列珠玑，户盈罗绮，竞相豪奢，莫如仿澶渊之盟先例，花些小钱，维系和平。"

"依吕卿所议！"皇上颔首道。又轻叹一声："只是，契丹人不知会否让步?”

吕夷简又道:“既然契丹人未作必战的打算,就有缓和余地。宜遣富弼为报聘使,前往契丹交涉。此行凶险,当破格晋富弼枢密直学士,以为激劝。”

皇上颔首,即召富弼觐见。富弼听罢,躬身道:“身为臣子,为国效力理所应当,陛下岂能以官爵相诱?若先给好处才肯做艰巨的事,这样的人还能说有爱国心吗?微臣断不会做这样的人,也请朝廷不要发出这样的导向。密学之职微臣万不能受,但出使契丹聘答,微臣万死不辞!”

皇上很欣慰,接受了富弼的辞谢。

望着门婿的背影,枢密使晏殊一脸忧虑道:“陛下,经略西事不顺,圣朝为契丹所轻,出使能否达成和解,臣不敢抱期待,当有所应对。臣闻台谏争献御虏策,主张迁都洛阳,望陛下召对群臣,共谋良猷。”

皇上看着吕夷简,等待他的表态。

吕夷简奏道:“陛下试想,若迁都洛阳,等于放弃抵抗即让契丹人渡过黄河。一旦敌人兵临城下,西京城池再坚固,恐也难以抵挡了。况契丹畏壮侮怯,若匆忙迁都,是向其示弱。相反,应升大名为都,展示陛下亲征决心,如此,方能挫败契丹图谋。臣以为,当先发出拟建北都的讯号。”

“嗯,就依吕卿所议!”皇上道。又问:“西事无起色,二卿有何良策?”

吕夷简道:“范仲淹两次上攻守策,韩琦、庞籍均表赞同,看来要作长期打算。陕西四路皆用儒帅,俸禄又薄于麾下武将,于军政非便。”

“吕卿说的是。”皇上道,“该如何激劝,拟敕进呈。”

## 二

从朝廷急递来的密件和邸报上,看到契丹的无理要求和授富弼为报聘使、建大名为北京的消息,范仲淹的心像被狠狠揪了一下,阵阵作痛。所谓报聘，求和的代名词而已；在大名建北都，是宣示要做御驾亲征的准备。如此看来，一场生死大战已迫在眉睫！官军屡败于夏戎，为契丹所轻，趁火打劫是预料中的事。既然对夏戎都无可奈何，又如何应付得了强悍的契丹？西事未平，北事又动，面对如此严峻局面，皇上定然忧心如焚。恍惚间，他仿佛看到皇上要幸北京，刚一出动，北虏已知，御驾未抵大名，胡马已近，扈驾官军不战自溃，皇上被身边的某个近臣挟持，与契丹人秘密交易……

范仲淹用力摇晃脑袋，想从这不祥的幻影中摆脱出来，可是一闭上眼睛，仿佛又看到大雪纷飞，铁马冰河，契丹人绕过大名，一渡至都下，开封城千官百辟，六军万民，惶恐不知所往……

“不行，国家有难，我不能不替皇上分忧！既然营建西京已来不及了，要上紧加固京师！”范仲淹这样默念着，抓起笔来，上《乞修京城札子》：

> 臣危言孤立，久荷圣知，当此旰昃之忧，岂可循默自守。虽言而无取，亦以尽臣子之心。

“郎君，茶凉了，奴来换盏热茶。”小鬟说着，推门进来了。一看范仲淹眼圈泛红，惊问：“郎君这是怎的了？”

范仲淹揉了揉眼睛，语调低沉道：“西事未经略好，愧疚！”

小鬟道：“奴看郎君那么疼儿子，却连他们的课业也顾不上，整日都在操劳官事，尽心了呀！做事只要尽心，就能安心。对吧，郎君？”

范仲淹惊讶地盯着小鬟，点了点书案上的稿笺道：“国事为大。为了安心，所以更要尽心。知会党武，不许任何人打扰。”

“郎君对人宽厚，可对自己却太苛刻了。”小鬟嗔怪了一声，闪身退出了。

范仲淹喝了口热茶，昏沉的脑袋顿时感到清明了许多，梳理了一下思路：建北京只能虚张声势，未可为倚；再举唐朝的例子，以史为鉴，说明不宜建北京；目今惟一正确的选择就是加修京城，高城深池，军民百万，足以为九重之备；以五代亡国的历史，向皇上解释，高城深池并不失体；再向皇上说明，此事朝廷里之所以无人提，是惧怕被说成失体，而他范仲淹素来愚拙，惟知报国而不顾非议。

梳理好思路，奏章很快写就，以急递发出了。范仲淹背手站在窗前，心里默念着："没有实力作后盾的外交，艰难凶险可想而知。但愿富彦国能平安归来！"

当范仲淹在庆州帅司为富弼担心时，报聘使富弼正好行至契丹边境处。在要跨出边境的瞬间，扭头回望一眼，却见一匹快马追来，富弼勒马等候，原来是他的家院。富弼满脸不悦，家院喘着粗气禀报，夫人晏氏诞下一子，特来报喜。说着，从怀中掏出家书捧递过去。富弼没有接，吩咐道："烧了！"

众人愕然。从开封出发时，富弼的一个女儿夭折，一路上他都沉默不语，接到添丁的喜讯，按说该高兴才是，因何接到家书未拆阅就让烧掉？

富弼见众人都投以惊异的目光，解释道："我辈肩上的使命有多重，想必诸位都明白。此时务必保持清醒头脑。不知家书中所写何事，在国事未完成前，不能被这些琐事扰乱了思绪。"

"喔呀！"众人发出赞叹声。

契丹接伴使刘六符等在边境处，不知发生了什么，好奇地张大嘴巴眺望。富弼看到了，策马疾行，与刘六符见礼，一同前往契丹中京大定府。

两国通好四十年，礼节早有成例，富弼依例拜见契丹皇帝耶律宗真。一番客套后，耶律宗真即以"三宗罪"质问富弼，又威胁道："我大契丹臣民皆建言出兵攻打贵国，朕思惟再三，还是先礼后兵，只要贵国能归还关南之地，朕也就不计较了，若不然，朕定然发兵南下！"

富弼从容答道："元昊乃敝国藩属，僭越称帝，我皇上仁德，迄未发兵征讨，所有战事，均为元昊入侵所致，我只是自卫，并不是我攻打西夏；所谓边境增兵，实为元昊攻打我河外三州，代州出兵增援时路过边境而已，事毕即撤回；我雁门屯兵、筑堤，是为防元昊攻打河东路，何谈攻打贵国？"解释了所谓三宗罪后，富弼又针对耶律宗真的威胁回应道："陛下说关南之地属于贵国，要索回；敝国臣民都认为，燕云十六州乃中原旧疆，理应索回。敝使以为,还是遵守先皇帝之间达成的盟约为好。陛下说贵国大臣要求发兵攻敝国;敝国将领何尝不想攻打贵国!"

"唔?"耶律宗真吃惊地问,"此话怎讲?"

富弼道:"因为和平的好处,都让人主独享,若发动战争,一旦胜利,功劳都是武将的,一旦失败,不管是割地还是赔款,损失都是人主的。敝国提封万里,精兵百万,法令修明,上下一心,贵国欲用兵,请问陛下,能保必胜乎?"

耶律宗真如实相答:"不能。"

富弼顺势道:"两国交战,即便贵国有所胜,所亡兵马,群臣负责还是人主负责?若通好不绝,岁币尽归人主,群臣何利焉?故劝陛下用兵者,皆为自身谋耳,望陛下明察!"

耶律宗真连连点头。

接伴使刘六符看在眼里,插话道:"吾主耻受金帛,只要关南之地,贵使看该怎么办吧!"

富弼淡定答道:"敝使启程前,我皇上谕曰:'朕为祖宗守天下,岂敢妄以土地与人。北朝所欲,不过关南之地租赋尔。朕不忍多杀两朝赤子,故屈己增币以代之。若必欲得地,是志在败盟,假此为词耳。澶渊之盟,天地鬼神实临之。若北朝首发兵端,过不在我。天地鬼神其可欺乎!'我皇上之纶音,望贵国思之。"

耶律宗真沉吟不语。

次日,耶律宗真狩猎,特意邀富弼同行。众臣在皇帝面前争相展示骑射术,不多时,麋鹿、野猪、大雁,纷纷中箭,哀嚎声凄厉刺耳,血腥气弥漫原野。耶律宗真故意靠近富弼的马,压低声音道:"贵使昨天说的很有道理,但敝国臣子提出要贵国献出十县的土地,则贵我欢好可久。"

富弼坦然道:"贵国既以得地为荣,敝国必以失地为辱。兄弟之国,岂可使一荣一辱哉?以敝使看来,贵国索要土地的目的,不过是想要土地上的税赋,敝国可适当增加岁币,以维系两国和平。"

耶律宗真哈哈大笑了几声,向前一指道:"打猎,打猎!"

狩猎结束，刘六符凑到富弼马前，拱手道："吾主闻贵使荣辱之言，意甚感悟。关南之地就不提了，但结婚姻之好的事，可商量一下。"

富弼蹙眉道："婚姻易生嫌隙。谁能保证新人能过到一起？届时闹起来，反倒增加两国烦恼。况且，本朝长公主出降，陪嫁也不过十万缗，哪里像岁币，有无穷之利！"

刘六符哑然，奏闻耶律宗真。耶律宗真旋即召见富弼，口气变得客气了许多："贵使先回去复命吧，是缔结婚姻还是增加岁币，不妨选择一项，再把盟约带来。"

## 三

四月底的庆州城，不冷不热，绿色驱走了高原的苍凉，街道上散发着迟开的槐花的香气。州署之东的官舍里，却弥漫着不安、压抑的气氛。

昨日傍晚，马铺送来一道诰身、一道敕书。敕书改任范仲淹邠州管内观察使，环庆路经略安抚使、都部署。他的郎中之官、龙图阁直学士之职，即被观察使所取代。观察使为正五品武官，位于节度使之下、刺史之上，却比他原来的六品郎中俸禄高出一倍。因是由文官改为武将，特颁诰身一道。接阅两道诏旨，范仲淹深感震惊，晕眩症复发，躺倒在床，从昨晚到今日午时，只喝了一碗小米粥。聂氏有了身孕，呕吐不止，分屋另居，小鬟两边照顾，忙得团团转。

"郎君，吃些东西吧！"小鬟端着一碗鸡蛋羹走过来，劝道。

范仲淹把碗向外一推，没好气地说："叫纯祐来！"待纯祐一到，他一指书案："坐下，写辞表。"昨晚卧床，与其说是因晕眩症，不如说是为了静静思考辞表，脑子里早已成章，向纯祐口述道："臣闻先王爵以尚德，禄以报功。又闻贵贵者，为其近于君也。改四儒帅为武官，有六害。一则失朝廷之重势。以学士行都统之权，是用天子近臣节制诸将，谁不以朝廷之势而望风凛遵？

一旦不再有学士之职，以外官而行都统之权，岂不失朝廷之势？二则减议论之风采。臣等既无馆阁之职，又失近臣身份，武官以服从为天职，朝廷诏令有不便行于军中者，再也不敢抗辩。三则发将佐之怒。西贼猖獗，枝叶愈大，而臣无功却一年内三次拔擢，将佐因无功而不得升迁，岂不发其怒？四则鼓军旅之怨。时下与唐代不同，那时的观察使需要大批金钱招募死士，而皇宋的兵士，养有常廪，赏有常格，观察使要那么多俸禄有何用？徒聚于家，招兵士之怨。五则取夷狄之轻。夷狄不知龙图阁直学士品位高下，皆以'龙图老子'相称，况贼界沿边的小可头领，往往有观察使、团练使的头衔，今若受观察使之命，岂不让夷狄轻看？六则贻国家之患。有以上之害，必难成就西事，岂不贻国家之患？"他喘了口气，又道："以上六者，为国体而辞；还有一点，为私心而辞。臣以寒儒登第，粗守廉隅，朝廷奈何以贪夫畜臣，落近臣之职而增厚禄？长居边鄙，非臣所期。臣本有晕眩之疾，闻命以来，心堕气索，不知其涯，精气已衰，不堪担当武将。"他越说越激动，赌气道："若朝廷不准，则臣当自缚其身，投进庆州监牢，自劾无功冒赏之咎，又劾违制不受之罪，以候朝廷发落！若因此激怒朝廷，杀臣之头，得死于君父之命，也胜过因贪此厚禄，败名速祸，死于寇乱之手！"

纯祐睁大眼睛，嗫嚅道："大人，后面的话……"

范仲淹一瞪眼道："写上！让朝廷知道，我宁死不会接受武官之任！"

小鬟进来为父子续茶，听到范仲淹要绑缚自己投监的话，抿嘴偷笑，暗忖：男人，不管年龄多大，都是个孩子，一旦意气用事，就会露出孩子气。

纯祐起了稿，范仲淹又修改了几遍，洋洋两千五百字的《让观察使表》写成，除送马铺急递朝廷外，还录了副本，分送秦凤帅韩琦、鄜延帅庞籍，因与泾原帅王沿素无交游，没有抄送给他。

辞表刚送出，纯祐送来石昌镇的一道状申：蕃部梁家族蕃官屈都与小遇族蕃官薛娘为仇，屈都点集一千人马，声称要找薛娘仇杀。范仲淹吩咐道："速差指挥使郭庆宗，携银碗、彩绢，火急走马往石昌镇体量，务必将双方劝和！"

小鬟进来送茶,听到了,嘻嘻笑道:“郎君不是要自己投监吗? 怎么又忙起官事了呀?”

范仲淹脸一红,解嘲道:“是啊,官家若不收回成命,我就自缚投监;这不在等官家的谕旨嘛!”

“才不是呢!”小鬟笑着说,“就是官家不收回成命,郎君也不会投监。”

“谁说的?”范仲淹问。

小鬟点着自己的鼻尖道:“啵!”又以自信的语气道:“因为,郎君放不下!”

范仲淹浑身一颤,像是有一只小手在他胸口轻轻挠过,他低下头去,感叹道:“知我者,小鬟也!”口中重复着小鬟的话:“放不下,放不下!”蓦然仰起脸,畅出口气道:“若放得下,就不是我范仲淹了!”说这话时,他想到契丹人趁火打劫,元昊必借机兴风作浪,形势极为严峻,顿感浑身燥热,急忙更衣,迈步进了帅司,即召副都部署王仲宝及元秘丞、纯祐一起商议环庆防御事。

一连三天,几个人都围拢在舆图前,对照巡边时所绘寨堡详图,谋划再构筑一道防线。最后把支点选择在环州怀安镇。此镇扼元城川和糖坊咀沟交会处,乃夏戎入侵环庆的首冲要地,以怀安镇为中心,以东谷寨、西谷寨为前沿阵地,以业乐镇为其策应后方,可构成中路怀安防御体系。时不我待,范仲淹连发两道令牒,牒知环州种世衡,怀安、定边、肃远、马岭、永和、安塞诸城寨,北控夏界三条来路,屡受攻围,城墙低下,壕堑浅狭,火急以厢兵军士并雇夫役,修筑开淘;再牒环州钤辖李丕谅,移凤川寨于烽火台山上,指挥弓箭手、兵士日夜兴工。

“这样,我离开环庆路,也就放心了。”颁下两道令牒,范仲淹突然伤感道。众人明白他在暗示什么,却不知该如何回应,都沉默了。

十天后,奉命给韩琦、庞籍分送《让观察使表》副本的使介前后脚回来了。带回的消息是,庞籍也上表坚辞;韩琦却说应接受,还给范仲淹捎话:“皇上忧边甚,臣子忍择官乎?”范仲淹听罢,哼了一声,未出一语。

又过了两天,京城急递到,朝廷降诏书一道,上面写着:

改四路儒臣观察使，乃从廪秩之优，益慰戎行之望，不必谦让。

范仲淹浑身颤抖，提笔再写辞表，几乎把前表所说理由又阐述一遍，最后道：

如不获命，臣当践言，系狱上请，不敢逃罪。……况臣孤立明时，无结托之迹；远居极塞，非进用之地。如朝廷疑臣不就右职，别怀过望，即乞特许解去边任，仍落学士之职，知一小郡。如受命之日，却有翻言，甘俟鼎镬。

辞表送出，范仲淹觉得离开庆州的日子不远了，坐在州署的书案前梳理该做而未及做的事。自己在辞表里说要投监，或许朝廷会为环庆路军政担心，遂传走马承受张翔来见，嘱他急驰赴京，向朝廷奏报本路各项事宜，好让皇上放心。

张翔领命辞出，范仲淹忽然想到正月在马岭镇，自言要为夫子庙写碑阴的，遂提笔撰写《书环州马岭镇碑阴》。想到兵马监押张蕴在极塞穷边犹不忘立圣人祠以尚风教，自己在庆州一年，戎马倥偬，兴学的事迟迟未办，碑阴初稿写就，顾不得誊清，就起身赶往州署，叫上众从事，一起到官舍东边一座腾空的军营相度。

一听范仲淹说要修文庙，兼办书院，众人都沉默不语。莫说是军期，便是平时，庆州又有多少人读书？范仲淹看出来了，正色道："战争是一时的，教化却是久远的，不可忽视。"

"范观察深谋远虑！"推官张问打破沉默道。

"观察"二字，让范仲淹听着刺耳，沉着脸吩咐张问负责建庙学一事，便转身回到官舍。

一连好几天，范仲淹都闷闷不乐，还有意回避小鬟，生恐她再提及自投监牢一事。新上辞表里，他说皇上再不收回成命，就要践行自投监牢的诺言；若皇上再发谕旨命他受任，难道真的自缚入监？偏偏庞籍又差使者来传话，说韩琦、王沿皆已受命，若皇上再发谕旨，他也只能接受，劝范仲淹也不必再坚持。范仲淹一股怒气无处发泄，提笔给韩琦修书，责他不该受命。

惴惴不安中熬过旬日，马铺送来了京城急件。这次，不是诏书，而是一道御前札子。范仲淹闭目祈祷，迟迟不敢开启。忽听指使党武禀报，陕西都转运使孙沔来访。

"范观察！"门外响起孙沔的呼唤声，是揶揄的语调。随着唤声，孙沔大步进来了，一拱手，又唤了一声："范观察！"

"元规，我已两上辞表，并未就任。"范仲淹叫着他的字，不悦道。又举起御前札子："刚接到的，尚未开启，说不定……"

孙沔打断他道："不必看，官家不会允准！"

"元规何以有此判断？"范仲淹边问边伸手示意，两人一同在靠墙摆放的圈椅上落座。

"哼哼！"孙沔冷笑两声，"宰相设的局，希文兄被人玩于股掌矣！"

范仲淹一惊："元规何出此言？"

孙沔一撸袖子道："吕夷简以荐贤自任，恩归于己，朝堂之上皆其私人，惟希文兄与欧阳永叔、韩稚圭、富彦国辈，旋收旋出，不为所动。希文兄名重天下，吕夷简畏惮甚矣。希文兄身为边帅，屡次抗旨，又时常指陈朝政，吕夷简大不堪，名义上将希文兄擢居廉察，享千钟之厚禄；实则是以此让希文兄失去回朝廷的机会，以武将老死在边陲！"

范仲淹呼吸短促，却还是摆手道："诛心之论！"

"希文兄不信？"孙沔瞪眼道，"知道参知政事宋庠为什么罢职吗？吕夷简恶其不附己。希文兄私通元昊书事发，他在宋庠面前责希文兄胆大包天，宋庠以为吕夷简要深究，方有范希文当斩之语，却不知这是吕夷简借此排挤他的手腕。由此可见，吕夷简何等老谋深算！"

范仲淹镇静下来，笑了笑道："我听到的不同。说的是皇上疑宋庠、郑戬、叶清臣、吴遵路为同年好友，皆居要路，有朋党之嫌，故而外放。"

孙沔急了，一拍书案道："你还是不信？富彦国差一点被吕夷简害死，你晓得吗？"

## 四

富弼从契丹带回的消息，让君臣大大松了口气。只要契丹人不发兵南下，其他都可商量。经过一番争论，起草了缔结婚姻、增加岁币两份盟约。富弼又提出，他已和刘六符达成口头承诺，双方均不得在边境增兵、不得扩建水塘、不得收留对方逃亡人员，当一并纳入盟约中。

"纳入，纳入！"皇上爽快道。又催促说："夜长梦多，富卿先启程，待盟约制作完成，再快马加鞭追送过去。"

富弼一行抵达乐寿驿时，国书、盟约送到。拿着已然密封的盟约，富弼心里忐忑不安，对副使张茂实道："外交无小事，我与契丹人三项口头承诺不知表达是否准确，若与当时所议有出入，此行就失败了。"

副使张茂实悚然道："可密封的国书，使臣无权拆阅。"

"管不了那么多了，即使因此受到朝廷惩罚，总比让契丹抓住把柄不依不饶要好！"富弼决断道。打开一看，富弼脸色煞白，啪地摔在地上，骂道："奸臣误国！"传来随从，吩咐道："备马，我要回京城！"

"啊？"副使张茂实惊诧道，"使臣出使，没有官家谕旨，岂可擅返？"

富弼怒气冲冲道："三项口头承诺，与原议差别甚大，这不是给契丹人送把柄吗？契丹人必以我言而无信为由，推翻此前承诺，富弼一命不足惜，国家要蒙受怎样的灾难？"说完，跨马驰回开封。

天还未亮，金吾卫拦住富弼，不准入宫。富弼呵斥道："军国大事，尔曹耽搁得起吗？"金吾卫不敢怠慢，忙通禀内侍，皇上闻讯大惊，御垂拱殿召对。

"宰相删改誓约，不惟想害死微臣，更是把国家生死存亡当作儿戏，请陛下鉴察！"富弼激愤道。

皇上又是一惊，即召吕夷简、晏殊奏对。

与契丹交往，例由枢密院负责。但西事以来，根据富弼的一再呼吁，皇上命吕夷简兼管枢密院事，盟约也是他最后审定。对照富弼写下的三点口头承诺，正式文字果然出入很大，吕夷简慌了，向皇上赔罪道："臣把关不严，致有此误，甘受陛下严遣。"又举着盟约一晃道："当改正之。"

"吕夷简排斥异己，不择手段，今即一例！"富弼言辞激烈，"国事如此，皆是吕夷简所误！"

晏殊见门婿激愤之下口不择言，忙打圆场道："宰相非有意为之，因公务繁忙，一时疏忽而已。"

"陛下！"富弼高声道，"晏殊与吕夷简狼狈为奸，国事，都是这两个奸臣所误！"

皇上既吃惊又好笑。若不是富弼大骂晏殊，他还对吕夷简是不是有害富弼之心存有一丝疑虑，一听富弼骂岳父晏殊与吕夷简狼狈为奸，皇上反倒释然了，微笑着道："朕听说，富卿少时是在吕家长大的？"富弼之父富言是吕夷简叔父、太宗朝名相吕蒙正的书手。吕蒙正见少年富弼气度不凡，遂养在家中，与子侄一起读书。皇上提及这段往事，是为了说明吕夷简绝不会存心害他。故不待富弼再说话，皇上又吩咐内侍："召翰林学士王拱辰来，照富卿原稿改写盟约！"又转向富弼："富卿奔波一夜，先回家休息，待王拱辰把盟约改毕，朕亲自过目后交与富卿，好早些赶路。"

这件事，很快在朝野传开了。在长安的陕西都转运使孙沔听到消息，又得知范仲淹为不愿以文改武而烦恼，便日夜兼程赶到庆州，向他说出了自己的判断——以文改武是吕夷简的诡计。说完富弼回京大骂吕夷简、晏殊的事，孙沔一指书案上的御前札子道："希文兄若不信，打开文牍验证，朝廷一定不会改变主意！"说着，起身拿起御前札子，打开一看，上面写着：

奉圣旨：范仲淹上表陈让观察使，当体深衷，勿循小节，前来成命，即以祗受。又：秦凤、泾原二帅已受命，不宜再改回。

“怎么样？怎么样！”孙沔为自己的判断得到验证而兴奋。

范仲淹又是一阵晕眩，捂住额头道：“元规，我旧疾发作，需要歇息，暂时失陪了，让元秘丞来陪。”

元秘丞应召进来，陪孙沔去往驿馆，安排酒宴。范仲淹挪到书案前，忍住晕眩，再上辞表。

虽然范仲淹对孙沔所言改观察使是吕夷简的毒计之说并不全信，但四路文臣改武将，是吕夷简的主张无疑。所以，前两次辞表里，他都刻意写上请皇上发自独断收回成命这样的话。现在看，这种话于事无补，第三次上表，不能再有刺激吕夷简的言语。他梳理了一下思路，先说尧舜之君当舍己从人，再把前两表中反复阐述的“六害”简述一遍，接着检讨自己以文臣受命来到塞下已三个年头，进不能行讨伐之威，非勇；退不能宣怀柔之化，非智。非勇非智，岂主帅之才？接下来再拿三川口战败的刘平作例子，说明智勇远不如刘平的自己要深以为戒，不敢改武。至于其他路帅不辞观察使，或正当壮年，或身负雄才，非他范仲淹所及。希望朝廷考虑到他粗知民之疾苦、物之情伪，让他退守一州，做一名循吏。两次上表都冲动地说朝廷若不收回成命，他就自缚投狱——若真要投狱，岂不让天下笑？要找个台阶下。思来想去，也只能说不敢误公事，暂时没有投狱。最后再表态，只要朝廷同意他辞让观察使，他愿仍留这里，为国尽忠。

思路厘清后，正提笔成文，指使党武送来一道宁州状申：五月五日申时后，宁州忽降猛雨、风雹、雷电，大霹雳一声，引燃草场，烧毁秆草四千余束。转运司命推官刘铣置狱审勘。

范仲淹阅罢，吩咐党武道：“都漕正好在，送去让他过目。”

党武领命而去，范仲淹顾不得用饭，埋头写成辞表，方起身到驿馆回访孙沔，顺便为宁州官员求情。

孙沔已然微醺，一听范仲淹是为宁州草场失火一事而来，连连摇头道：“你自己在陷阱里没有爬出来，还有心思替微官操心？”

“不能这么说。”范仲淹正色道，“草场起火原因是遭雷击，如追究官吏不切防慎之罪，仓、场的监当官没人愿做了！”

孙沔摆手道：“烧毁那么多草料，总要有个交代。希文兄不必再说，我是不会松口的！”

“我是不能看人受冤枉，当年郭后如此；如今宁州草场监当官也如此！”范仲淹沉着脸道，“你不松口，我只好向朝廷陈情，乞朝廷特赐释免。”

孙沔一撇嘴道：“小事一桩，值当吗？”他诡秘一笑，从书案上拿过一叠文稿在范仲淹眼前一晃：“希文兄，这才是该办的大事嘞！”

范仲淹接过一看，是弹劾吕夷简的奏章。粗略浏览一遍，还给孙沔，劝道：“国事维艰，此章还是不上为好。”

“为何？一向直言无隐的范希文学圆滑了？”孙沔揶揄道。

范仲淹道：“吕夷简固然有不堪处，但当下可主持大局者，非他莫属。”

孙沔“嘶哈嘶哈”吸了两口气，目光却不时向内室投去。里边传出女人嘤嘤喃喃的嬉笑声，范仲淹微微一笑，起身告辞。

与孙沔的两次交谈，让范仲淹认识到，能不能保住文官身份，关键还是吕夷简的态度。所以上辞表不如向吕夷简求情更有用。他理了一下思路：先讲授观察使是朝廷的宠异，但是他不敢接受。除了辞表里说到的原因外，还因契丹蠢蠢欲动，靠花钱买来的和平恐难持久，终有一战。一旦战争爆发，作为武将他要受更高一级的文官节制，届时他若见机而动，恐被加以擅兴之罪；持重而谋，恐被诬以逗留不前之咎。他没有刘平之勇，将来势必败得更惨，他一人不足惜，关乎国家安危、万千将士性命，不能不慎重，故无论如何不能接受观察使之命。最后向吕夷简表明心迹：

> 某今日避此命者，岂偷安之人哉？诚有所存尔。为国家先重其身，而安其心，赖相公坐筹于内，某辈竭力于外，内外协一，奉安宗庙社稷，以报君亲，以庇生灵，岂小节之谓乎？

《上吕相公书》写就，连同辞让观察使第三表，一并交给纯祐封发。范仲淹缓步出了后堂，仰脸望去，夜空澄明，繁星闪烁，像是眨巴着眼睛问他：倘若朝廷不允许辞让观察使，你该怎么办？

“是啊，该怎么办？”他长叹一声，自问道。

## 五

富弼风尘仆仆再使契丹，因盟书差错一事让他心有余悸，一路上总是惴惴不安。

来到契丹中京，耶律宗真摆出大度的姿态道：“缔结婚姻，使贵国皇室骨肉分离，朕不忍心！”富弼刚松了口气，耶律宗真又道：“若贵国答应增加岁币，盟书当写‘献’岁币若干。”

富弼一惊。以下奉上谓之“献”。契丹故意以此羞辱皇宋，分明是想节外生枝。富弼气得腮帮鼓了起来，强抑怒火，驳斥道：“依澶渊之盟，敝国为兄，贵国为弟，岂有兄献于弟之理？”

耶律宗真哼着冷笑道：“贵国答应增加岁币，还不是怕我大契丹？岁币都拿了，还在乎一个‘献’字？”

富弼突然轻松地笑了：“呵呵，我皇上同意增加岁币，非惧怕贵国，只为我皇上仁德，爱惜天下生灵罢了。请贵国不要误判，使兄弟之国兵戎相见！”

耶律宗真被噎住了，良久方道：“也罢，不用‘献’字。朕闻唐朝与突厥盟约，用的是‘纳’字，就改用‘纳’字吧！”

“纳”是上缴之意，同样是对皇宋的蔑视，富弼不肯答应，辩驳道：“当年唐高祖向突厥借兵，对其称臣，故屈己用‘纳’字，后来突厥可汗被唐太宗捉拿，还有这样的礼节吗？”

“嘿嘿！”耶律宗真发出怪笑，翻脸道，“贵使不怕我铁骑南下，血流成河吗？”

“血河里，难道只是敝国军民的血吗？战争结果，谁可预料？”富弼回敬道，“陛下砍了敝使的脑袋，敝使也不会答应用‘纳’字！”

耶律宗真不耐烦道：“朕不和你谈了！”转脸吩咐刘六符：“朕命你出使南朝，代朕与南朝皇帝商议此事！”又对富弼道：“贵使不必急着回去，待我使臣回来后再返国不迟！”

富弼暗自叫苦。不是因为自己不能返国，而是担心朝廷急于达成盟约不顾及尊严，当把自己的态度向皇上奏报，遂道：“敝使留下可以，但需差副使回去，向朝廷复命。”

耶律宗真答应了。

富弼忙写成密奏，交副使张茂实带回，请朝廷万不可答应用“纳”字，以他判断，契丹人不会因此与圣朝兵戎相见。

契丹接受了增加岁币银十万两、绢十万匹的条件并且答应劝说元昊息兵称臣，特遣使臣刘六符前来商议盟约用语。消息传出，京城响起一片欢庆声。

范仲淹在邸报上看到北使赴京、远近称庆的消息，因朝廷收回文改武成命带来的喜悦，顿时被悲凉和焦虑情绪所取代。

就在《上吕相公书》和辞让观察使第三表发出的次日，范仲淹收到韩琦来书，是他给朝廷奏疏的抄本，建言陕西四路当文武兼用，不必都改观察使。范仲淹心里一热。想到得知韩琦接受观察使的消息后曾致函责备，辞表里对韩琦接受观察使也有讥讽之意，顿感歉疚，遂给韩琦回书，感谢他“为孤生之助”，又“乞矜恕”他辞表里的“壮岁雄才”之说，最后向韩琦吐露心迹：“仲淹多病，独愿一贬。量力实不可当，或有威罚。死生惟命，幸无伤轸。”表示他宁可受贬甚至更重的惩罚，也不会答应改为武将。七月中旬，接到御前札子，奉圣旨：范仲淹却守旧官。他为能够“复被儒绅”而兴奋异常，在《谢许让观察使守旧官表》里，甚至用了“手之舞之，足之蹈之”这样的话，喜悦之情溢于言表；又把他因擅自通书元昊，引起物议喧腾，祸在不测，皇上保全了他的性命这样的话也一并写上，表达感恩之心。积压在心头的阴霾一扫而光，一边推动构筑环庆中路防线，一边关注着富弼的契丹之行。他希望富弼交涉成功，避免战争，但花钱买和平是无奈之举，也是争取时间修我武备之机。可是，盟约尚未达成，朝廷上下已是一片欢庆，仿佛是契丹和夏戎向皇宋称臣纳贡一般。时至今日，朝廷仍没有大修武备的决心和举措，陶醉在花钱买和平的梦幻中难以自拔；再则，契丹素来唯利是图，因何拿盟约中的用词纠缠不休？以此推断，契丹真有和平诚意吗？可朝廷似乎对此并未有丝毫怀疑。范仲淹一连多日辗转难眠，思来想去，决定再上乞修京城札子，把他对契丹和平诚意的怀疑、应对战争的思考，向朝廷奏明：

臣近睹邸报，有北使到阙，远近称庆。及见诸处关报事宜，却言西、北两界各大点集。比疑北使之来，未甚诚实。以四十年之恩信，无故动摇，恐非有限之货，能足无厌之心，此可大为之防。盟誓不足倚也。戎情翻覆，自古非一。臣窃睹朝廷未修东京，而先修北都，臣谓东京根本也，北都枝叶也。

写下开头一段，他停顿下来，又理了理思路。当从本朝澶渊之盟的历史和汉朝征匈奴的历史入手，再分析契丹这些年的动向，从五个方面向皇上说明，应该修开封而不能巡幸北京。最后再强调防御契丹的战略：

彼知京师有备，大军持重，则南牧之志不得而纵，足以伐其谋矣。而复锐则避之，困则扰之，夜则惊之，去则蹑之，因其隙而图焉。皆须京师大固，然后能行其策。

皇上御览，看到“盟誓不足倚”几个字，久久没有移开。与契丹的盟约刚刚签订，朝野为之欢庆，而范仲淹却独持异议，皇上刚松弛下来的神经又绷紧了，命内侍传旨：富弼一到京，即刻召对。

十天后，富弼回到京城，皇上在垂拱殿召对。虽然富弼密奏里请求朝廷不要答应用“纳”字，并预料契丹最终会做出让步；但百官激烈争论后，还是接受了“纳”字，以速签盟约。富弼见木已成舟，只是慨叹一声，不再提起，但对朝廷颁敕授他枢密直学士一职，却坚辞不受。皇上心里越发打鼓，问：“范仲淹认为北人盟誓不可倚，富卿以为，契丹会守盟约吗？”

“臣以为，契丹人会守盟约。”富弼自信地说。

皇上松了口气，笑着问：“既如此，卿何以一再拒绝晋职？”

富弼恳切道：“增岁币非臣本志，特以方讨元昊，未暇与契丹角逐，故臣不敢以死争，谈何功劳？所授之职，臣不敢受！”

皇上踏实下来，对富弼又是一番嘉勉，收回了成命。

出了垂拱殿，吕夷简对晏殊道：“贵高足范希文疑北使之来，未甚诚实，可事实证明，北使委实是诚心来签约的；范希文认为盟誓不足倚，可贵婿富彦国却说盟誓可倚，以枢相之见，朝廷该信谁的？”

晏殊笑了笑：“范希文其人，忧国之心甚切，凡事总是往最坏处想。听听就是了。”

吕夷简呵呵一笑，皱了下眉头道：“北事已平，西事也该有个了断了吧！”

赤子喂犬彘，塞翁泪涔涔。

——范仲淹

# 第三十七章 塞翁泪涔涔

## 一

法崧离开清涧城，在几个羌人酒肉朋友的掩护下，穿过结冰的无定河，入了夏境，在正旦节前夕来到了兴庆府。法崧知道，党项人平民皆住土屋，只有上层人物方可住砖瓦房，他打探到一个砖瓦大院乃野利旺荣宅邸，便在门外呼喊求见。侍卫押着他进了院子，果然见到了野利旺荣，遂将种世衡写给他的短柬并两件礼物呈上。

野利旺荣一看，书札里只说见了礼物就明白其意；再看礼物，一幅画上画着两只乌龟，另有两颗干枣，思忖良久，恍然大悟，原来是早(枣)归(龟)之意。顿时大笑道："种使君一大把年纪，怎的还出此儿戏?"吩咐牙兵，将法崧连同书札、礼物一并押送皇宫，以明心迹。

元昊一脸狐疑，召张元来见。

张元奏道："去岁谋划攻河外三州时，臣就向陛下奏报，要遣细作入清涧城。随后，野利旺荣遣浪埋、赏乞、媚娘三人诈降。必是此计被种世衡识破，故而用此反间计，不可上当!"

元昊下令对法崧严刑拷打，却什么也没有问到，一缕阴翳，在心头挥之不去。他密遣亲信李文贵以野利旺荣信使的名义，悄悄前往青涧城去会种世衡。一来探究种世衡到底是不是真的与野利旺荣私下有联络，二来试探息兵通好的可能性。

种世衡已徙知环州，李文贵遂转赴延安，求见庞籍，问道："老帅给野利大王书意，是想与我大夏国通和吧？"

庞籍只知种世衡行反间计，却不知详情，但他没有说破，而是顺势道："野利大王倘密图内附，朝廷当以西平茅土分册之！"

李文贵抱拳一揖，故意发牢骚道："自用兵以来，大宋关闭榷场，大夏国的牛羊又都卖给了契丹，时下物价飞涨，一绢之价可值二千五百钱，军民怨声载道，人情便于通和。"

庞籍一笑置之。他不愿重蹈范仲淹的覆辙，命牙兵将李文贵扣下，软禁于青涧城，并将情形奏报朝廷。

忽然之间，沿边传言四起，谓野利族谋叛，黄鼠啃食庄稼，天大旱，互市久不通，饮无茶，衣帛贵，国内疲困，思纳款称臣。

流言传到张元耳中，令他寝食难安。在他的谋划里，第一步建国称帝；第二步取关中；第三步整合夏、宋，再立大一统皇朝，进而收复燕云旧疆。到那时，他不再是汉家叛人，而是统一国家的功臣，必将名垂青史。但他很快就明白了，戎狄是没有这个格局的，元昊只是想通过战争掠夺财物，并逼迫大宋承认其独立、恢复对夏贸易。三年战争，夏国本钱已然打光，却并没有什么实质收获。元昊有心仿效契丹，与大宋签署盟约。因此，二人已是同床异梦。从河外三州撤军后，元昊对他已不复有从前的宠信。听到契丹向大宋兴师问罪的消息，张元振奋异常，再次证明他的谋略是正确的，遂又鼓动元昊借机攻取渭州。元昊却以等待宋与契丹开战后再趁火打劫为由，搁置了他的提议。九月底，传来了宋与契丹签署盟约的消息，且盟约里还有契丹说服元昊息战称臣的内容，张元感到前所未有的恐惧。在这个敏感时刻，忽然传出夏国困顿、急于求和的流言，不会是空穴来风，他有末日来临的危机感，只能做最后一搏。只有战争方可遏制和平。但他说出的理由却是，即使要和，也要在战场上给宋以教训，才可得到更多的利益。这番说辞很对元昊的口味；何况连年战争，所获不足以偿所失，军民怨声载道，正可借机大掠关中，使将士有所得，减少怨气。所以，元昊接受了张元的建言，点集兵马，浩浩荡荡南下。

观察使王沿久历边上，为人刚猛，朝廷把最容易受夏戎攻击的泾原路交给他。王沿到任后，不断向朝廷呈奏经略西事建议，对本路防御，则以加固渭州城池为首务。接到元昊率十万大军自天都山出发寇镇戎军的谍报，即与副部署葛怀敏紧急会议军机，决定主帅王沿镇守渭州城，副帅葛怀敏驻守距州城不远的瓦亭寨，酌情调度兵马，坚守城寨御敌。

葛怀敏刚进驻瓦亭寨，就接到刘璠堡遭围攻的羽书。他一拍胸脯道："大敌当前，本帅岂可龟缩在远离前线的瓦亭寨?"言毕，即率瓦亭寨五千守军增援七十里外的刘璠堡，同时檄调知镇戎军曹瑛率部向瓦亭寨以北四十里的第背城集结。

观察使王沿接报，急差牙兵传令，命葛怀敏不可冒进，当背城列阵，以弱兵诱敌深入。

葛怀敏一笑道："本帅若畏敌怯战，有辱门庭!"说罢，点集急调而来的九千余兵马，直奔五谷口，行军甚急。三日后，侦骑探得夏军主力在镇戎军和刘璠堡之间的定川寨附近。葛怀敏下令移军养马城，当夜，召集军事会议，会商作战方案。

"西事以来，王师屡败，皆因将帅无谋!"葛怀敏慷慨道，"今西贼兵马虽十倍于我，但本帅决计要与之一战，打出国威!"

都监赵珣道："敌军以数倍之众远道而来，锐气正盛，我军应固守镇戎军，以利粮饷，再出奇兵断其归路，待敌军锐气衰竭，再出兵掩杀，否则必遭屠戮!"

"寻常之见!"葛怀敏不屑道，"戎机稍纵即逝，贵在出其不意，方可立下奇功!"他一抡手臂："本帅意已决，全军自养马城越长城壕赴定川!"

沿边都巡检向进道："长城壕深阔各五七丈，最为险固，一旦越之，夏军毁去板桥，断官军归路，如之奈何?"

“置于死地而后生！”葛怀敏豪迈道。

众将佐被葛怀敏的气势所震慑，不敢再提异议。

葛怀敏点着舆图，下令：“沿边都巡检向进、刘湛，出西水口；都监赵珣，出莲华堡；知镇戎军曹瑛、都监李知和，出刘璠堡；本帅自领军马，出定西堡，四路协同，夹击敌军！”

## 二

庆历二年闰九月二十二日午后，范仲淹在庆州帅司接到探事军人张遇状申：

> 早晨到镇戎军西南莲花堡、得胜堡，见自家军马与西贼相杀，又见向、刘二将手下军马被西贼杀散，所有自家军马总在定川寨，与西贼相杀。

早在闰九月初九日，范仲淹就接到北路都巡检司探报：昊贼亲率十万大军，奔往镇戎军。他判断，此番元昊目的地是关中，而西贼入关中的五条通道，三条都在环庆路，遂召集将佐，紧急制定了三条通道的防御方案。十九日，接柔远寨蕃部巡检赵明状申，禀报元昊已率大军寇镇戎军。范仲淹牒知环州种世衡等，点集蕃兵防御，招徕百姓紧急避往各寨堡。当晚，又接泾原帅王沿札子，通报西贼数目不详，奔冲围困三川、定川寨。范仲淹再牒环庆北路都巡检张建侯率部赴镇戎军左近的原州策应。

刚过了两天，探事军人张遇状申就禀报了葛怀敏的先锋军被杀散的消息。范仲淹当即传檄环州钤辖李丕凉领军马与环庆路北部都巡检张建侯在原州会合策应。部署停当，他走出帅司，登上州城北门刚建起的镇朔楼，遥望泾原路，三川口、好水川惨败的景象，在他的脑海里挥之不去。

就在范仲淹登镇朔楼北望时，击溃葛怀敏先锋军的西夏大军，已在长城壕分立营栅，切断了官军归路。葛怀敏四路夹击的部署，因先锋军的迅速溃败、夏军切断各部归路而陷入绝境。无奈之下，他只得急令各部入据定川寨。

定川寨控制着夏军自天都山东侵的咽喉。官军九千余兵马刚入寨中，夏军十万兵马便追杀而来，将定川寨团团围住。葛怀敏下令背城列阵，与夏军隔壕对垒。为防止夏军切断水源，急令都监刘贺率蕃部抢占寨西河流。夏军早有准备，抢先占领了阵地，刘贺部蕃兵被冲杀得四散而逃。元昊亲率精锐冲击官军大阵。葛怀敏与知镇戎军曹英结阵御敌。中军虽是临时拼凑而成，却英勇敢战，葛怀敏在中军旗下巍然不动，夏军不敌，转攻东偏阵的曹瑛部。曹瑛身经百战，本可抵御，不料突然一阵黑风袭来，刮得迎风列阵的官军睁不开眼睛，人马站立不稳，葛怀敏传令向寨中撤退。混乱中，曹瑛中箭落马，葛怀敏也被挤下马来，摔倒在地。退却的兵士被绊倒一片，牙兵一边大声喊叫，一边围成人墙拼命保护，又搀扶葛怀敏继续撤退。都监赵珣是定川寨寨主，他率刀斧手在门桥奋力抵挡尾追的夏军，将其击退，随即紧闭寨门。

大夏宰相张元勒马城下，向内高喊："葛怀敏，你不是部署厅上点阵图的吗？你晓畅军事，但现在入我围困，还想往哪儿跑？"

葛怀敏顿足大骂三声"叛逆"，传令召集将佐会议，商议对策。

壕外十万大军围困，路桥已断，水源已绝，又无援军解围，葛怀敏一进场就气急败坏道："这就是范仲淹的防御策！倘若不是他，四十万大军进讨，早就灭了昊贼，何至有今日？环庆路与镇戎军近在咫尺，可他却见死不救，并无兵马驰援！"见众人不说话，又道："明白他为何不愿改观察使吗？若改观察使——"他一捋银须："就得像老夫一样，要亲临战场，率军作战，他敢吗？我皇宋坏就坏在这帮懦弱而又夸夸其谈的书生手里！"

都监赵珣嗫嚅道："葛帅，生死关头，还是快拿主意吧！"

"还能怎样？"葛怀敏一挥手臂，"突围！"

赵珣劝阻道："末将以为，还是坚守为上策。一旦出寨，恐被西贼围歼。"

"水源已被切断，如何坚守？"葛怀敏呵斥道。他手指舆图："突围方向有两个：一是镇戎军，距此不足四十里；二是笼竿城，距此六十里。当向何处突围，诸位商议。"

争论到凌晨，向镇戎军突围的主张占了上风。

东方露出一丝亮光，夜色像窃贼般悄悄躲避了。一夜未眠的葛怀敏上了马，下令骑兵先突围。军令传出，统率骑兵的都监李知和却不见了踪影，葛怀敏只得亲率骑兵突围。刚到寨门下，一群兵士拉住马缰绳相拦，葛怀敏大怒，抽刀砍向拦马的兵士，打马冲出寨门。疾驰三五里，回头一看，不知是不愿突围还是被夏军所阻，只有十四位将佐和百十个牙兵跟来了，葛怀敏正踌躇间，忽见山谷里冲出黑压压的夏军，两头截击，山梁上箭矢如雨点般射来，尚未回过神来，葛怀敏和跟随的将士，全部阵亡。

站在山梁上观战的张元大笑三声，喊道："直捣渭州！"

## 三

元昊率军越过陇山，顺泾河河谷长驱直入，很快抵达渭州城下。

观察使王沿已接到了葛怀敏全军覆没的噩耗，一路精锐损失殆尽，十万夏军兵临城下，城内兵马不足万人，他站在城头，望着滚滚狼烟，传令在城垛遍插旗帜，让百姓换上军服，在城墙上穿梭。

元昊勒马仰望，见渭州墙高池深，城墙上密密麻麻站着兵士，嘀咕道："此城坚固，兵马尚众，恐非短时间能够攻破，关中沃野千里，遍地黄金，何必在此一城一地浪费时间！"遂打马绕过，驰骋攻掠。

"可恨！可恨！"庆州帅司里，尚未从葛怀敏全军覆没的震惊中缓过神来的范仲淹，又看到探马送来的元昊以大夏国皇帝名义颁布的诏书，声言此行要定关中。他把元昊的伪诏用力摔在地上，恨恨然道："都是汉地叛人在作孽啊！彼辈不甘心在穷荒之地，就以苻坚、元魏先例游说元昊，使其侵取汉地，以汉人守之，则富贵功名、衣食嗜好得如其意。”

“此番昊贼非平常抢掠可比，而是要夺取关中，只是坚壁清野的防御已不可，我陕西四路三十五万大军，当与之决一死战了！”副部署王仲宝站在范仲淹身后，咬牙道。

范仲淹沉吟不语。

“报——西贼掠仪州！”

“报——西贼掠原州！”

呈报羽书的探马穿梭不停。西贼纵横六百里，如入无人之境，所过之处，捣毁寨堡，焚烧民宅，血流成河，关中震恐。

天色晦暗，多日不解。

范仲淹日夜守在帅司，眼睛红肿，面容憔悴，反复发出“痛心疾首，无地自容”的慨叹。接到西贼向泾州方向移动的消息，他再也坐不住了，命点集兵马，他要亲自带兵赶赴邠州。

“末将率兵出征，不劳龙图亲历矢石锋镝！”王仲宝劝阻道。

范仲淹摇头道：“邠州距泾州不过百里，喘息可至，若昊贼突破邠州而掠关中，我辈还有何脸面向皇上交代？我亲自去，是为了示以兵势，以安众心，非为作战而去；况且，此去也为了……”他突然意识到，有些话是不宜在下属面前说出口的，便又咽了回去。

十月初二，范仲淹抵邠州，忽接知泾州滕宗谅檄报，言西贼已扑泾州而来。范仲淹急令都监张肇率一万兵马发离邠州，取长武路往泾州驰援，又牒副部署王仲宝自庆州发兵，分别在马莲河河谷和泾河河谷设伏，截击夏军，策应泾州。

部署完这一切，范仲淹巡视邠州设防情形，大张旗鼓点集兵马以展军威。他每天午时必登上城楼，向西北方向久久眺望。这天，他刚上城楼，远远看见大批人马向州城移动，忙举袖擦拭了一下眼睛，隐隐约约看出是官军的旌旗。正疑惑间，都监张肇驰马来到城门下，仰脸大笑道：“关中百姓都在议论，说昊贼听说范龙图出兵，吓跑咯！”

范仲淹松了口气，小跑着下了城楼，传令张肇到帅帐来见。

“滕公，干才！豪气！”张肇不住赞叹着，把到泾州后的情形禀报一遍。

滕宗谅受范仲淹举荐晋刑部员外郎、直集贤院，知泾州。泾州距渭州只有一百二十里，且多为平川，驻守泾州的兵马已被王沿、葛怀敏调去，滕宗谅独守空城，却也沉着应战。他将数千强壮农夫招募至城内，穿上军服，共同守城，以安人心；又重金招募勇捷之士，昼夜侦探敌情，得知西贼远近及兵力多少，即檄报邻郡，使之做好防备，每日送简檄多达两三次。当环庆路援军赶到时，元昊已退兵，泾州解围，滕宗谅大设牛酒宴犒劳，又在佛寺为在定川寨阵亡的泾州籍将士举行盛大祈祷仪式，哭而祭之，还不惜重金抚其妻孥。

听了张肇的禀报，范仲淹暗自庆幸举荐了这样的干才到前线来。正要吩咐张肇退下休整，突然蹙眉问：“本路一万五千兵马，滕太守设宴款待，要花多少钱？”

“我辈也甚惊奇。”张肇答，“听说滕公是借随军库钱作本，贷出回易，所得利息甚多；又听说是低价从百姓手里买来牛驴宰杀。”

范仲淹脸上的笑容消失了，眉头皱了又皱。

张肇替滕宗谅遮掩道：“龙图，定川新败，边陲昏天暗地不见日头达十天，军情愁惨，士气低迷，得滕公管设，众心大喜，莫不增气！”

范仲淹点点头，声音低沉道：“此番昊贼纵横六百里，关中大恐，生灵涂炭，圣心怀忧，此乃我辈戍边文武之耻！当思振作，刻苦训练，以实效报国！”

张肇佐喏喏称是。

范仲淹挥了挥手，命张肇退出，又传令即回庆州。

次日申时许，范仲淹回到庆州，在州署前下了马，但见成群的乌鸦在上空盘旋，“嘎嘎”的鸣叫声凄厉刺耳，几只耗子嗖地窜出来，在马前到处乱撞，坐骑也发出奇怪的嘶鸣声。众人正惊诧间，突然感到一阵剧烈晃动，州署门楼的屋檐上有几只瓦片“呼啦啦”滚落下来，街面上响起“地震啦，地震啦”的喊叫声。

范仲淹站立不稳，踉踉跄跄要进州署，指使党武和长子纯祐拉住他，三个人拥挤在一起，后退了几步。范仲淹边挣扎边喊："发令牒，牒厢军全城搜救百姓！"党武听罢，一溜小跑进了州署，把令牒和笔墨抱了出来，范仲淹提笔押字，命党武速去传令，又吩咐纯祐回官舍照看家眷。

过了一会儿，一切复归平静。范仲淹带着随从到城内巡视。因是白天，百姓并无伤亡，只有少量破旧土房被震塌。他吩咐将失所百姓暂时安置于新建的文庙，官府供给食物，这才回到官舍。一家人还算平安，只是聂氏受到惊吓早产了，生下一女。多亏小鬟处乱不惊，已将母女安置停当，悉心侍候。范仲淹抚慰了聂氏几句，看着在兵荒马乱中来到人世的幼女，眼圈红了，扭过脸去，转身往书房走。

地震，一向被视为上天示警。必是将帅失人，生灵致陷，天地震怒。他翻开占书，上面果然写着："四夷为中国之阴。夷夏交争，未宁之象也。"

既然上天示警，朝廷就应做出敬惧的表示。他提起笔，要向朝廷进言，可举在手里，突然伏案抽泣起来。

朝廷差他来经略西事，三载于兹，西贼却越来越猖獗，又因夷夏交争，不能平定，上天以地震予以示警。身为边帅，自己还有何脸面向朝廷建言？他被自责、愧疚的情绪所笼罩，似乎自己失去了指陈朝政的资格，如果要上章，就上请罪疏吧！

"哐"的一声，大风把窗户吹开了。他起身走到窗前，伸手去关，一股寒气灌进嘴里，呛得他弯身咳嗽起来。小鬟听到了，急忙跑进来，把他搀扶到书案前。

"郎君，奴听说，百姓都在议论，说范龙图帅环庆，昊贼不敢攻。"小鬟边轻轻拍着他的后背边道。

范仲淹知道小鬟是在宽慰他，摇手道："无地自容！"

小鬟又道："奴还听说，葛怀敏不听指挥，所以才败了。"

范仲淹道："葛帅虽不知兵，却也称得上忠勇。天朝大国三战三败于小小的西夏，终归是我辈文臣无能！"说着，又是一阵沉闷的咳嗽。

小鬟不知该说什么了，嘤嘤道："郎君还是不要这样想吧！"伸手摸了摸范仲淹的额头，觉得有些热，忙搀扶他进了卧室，安顿他躺下，急匆匆去煎药。

范仲淹卧病旬日，这天午后，感觉病势见轻，便要小鬟为他更衣，要到帅司去。小鬟怕他受风寒，极力阻止。正僵持间，纯祐慌慌张张进来禀报："大人，有中使前来颁官诰！"

"颁诰？"范仲淹惊问。朝廷颁布诰命，说明官职要发生重大变化。应该是追责贬官的。瞬间，心里反倒觉得好受了些，不管朝廷给予什么责罚，他都甘愿承受。

## 四

定川寨惨败的消息传至京城，朝堂上下一片哀叹声，宰相吕夷简惊呼"一战不如一战"，当天就病倒了。

陕西安抚使王尧臣上章，斥葛怀敏失误连连，致使数万之众投于死地，劲兵利器如委沟壑，用兵以来，无辱于此。陕西都转运使孙沔上章，赞范仲淹出兵援泾州之虚，西贼闻之，急忙撤退。皇上阅罢，召宰相吕夷简、枢密使晏殊到垂拱殿，面带喜色道："朕固知范仲淹可用。"

"臣以为当为范仲淹加官。"吕夷简颤颤巍巍举笏道，"泾原帅王沿依例当追责，可晋知河中府文彦博为龙图阁直学士，帅泾原；韩琦观察使之职亦应换回，再加官。"他卧病月余，已三次请辞，皇上坚不允准，吕夷简只能勉力支撑。调整陕西人事不可避免，他已事先斟酌成案，听了皇上的话，他迅疾作出了回应。

皇上轻轻吸了口气，似有异议，但一看吕夷简咳嗽不止，不忍驳他，便道："依吕卿议，二府速拟敕，差内侍前去宣旨！"

中使刘仲颜携诰身一通、敕牒一道赶往庆州。尚未痊愈的范仲淹听到纯祐禀报中使前来颁官诰，揣度必是贬谪，可展读敕牒，却见上面写着：

> 范仲淹晋右谏议大夫，充枢密直学士，差遣依旧。

他愣住了。定川寨大败、泾原路饱受蹂躏之后，朝廷突然为他升官晋职，官阶由正六品十一阶，晋为从四品第八阶；馆职由龙图阁直学士晋为枢密直学士。这太出乎意料了，负疚感蓦然涌到喉头，哽咽道："请中贵人转奏皇上，仲淹不敢受、不能受！"

把中使安置停当，范仲淹独自走进书房，提笔写让表。借着这道让官表，正可把他想向朝廷说的话一并说出来：开头先说西师久无功，定川寨之战时，以本路多虞，救援不早，正痛心疾首、日夜悲忧、化血为泪之际，怎可接受朝廷加官晋职？但要本着事君如事亲、君臣同体的圣人之训，向朝廷进言。建议朝廷做两件事：第一，皇上下罪己诏，下感人心，上答天戒。他从多年来钻研的《易》和占书入手，再结合西事以来陕西四路和河外三州伤亡军民已达二十万的严酷现实，说明这样做的必要性。第二，惩戒臣下。皇上一旦下诏罪己，二府大臣势必辞职以谢天下，皇上可稍损其爵位而复其职；四路边臣因宿兵困民，讨伐未效，其罪甚大，当削去学士之职，并贬官一阶，褫夺经略安抚招讨使的差遣，只保留管勾都部署司事，特加"责授"二字，命其继续效力，以谢边陲，以警将佐，以励军旅。

让表一气呵成，范仲淹意犹未尽。无功而受爵，愧疚感挥之不去。孙沔上章说是他出师援泾州，元昊方退兵，皇上也说出固知仲淹可用的话，这让范仲淹越发自责。元昊围攻渭州时，他坚持要亲自到邠州捍御，实是为了避罪。这层意思，他在王仲宝面前欲言又止，可闷在心里万般难受，索性给韩琦修书，一吐为快：

> 奈何朝廷本欲吾辈来了边事，今泾原全师败没，邻道无应援之效，而特进爵，天下岂无深议耶？……某昨赴邠州，设御捍之势，实惧自己

路分内放过寇马，入挠关中，其责如何？诚欲避罪，岂足为功，以邀渥泽也？惶恐惶恐！

让表和书札都发出了，范仲淹感到憋闷在胸的一口气终于喘了上来。谁知中使刘仲颜刚走不到旬日，又有入内省西头供奉官王怀德奉密旨前来，交给范仲淹一道皇上手谕：

欲移卿往泾原路，为本路近经贼马钞掠，籍招缉，与文彦博对换。

中使王怀德道："官家让本使捎话给范密学，宰相提议文彦博帅泾原时，官家即感不妥，此次特差本使与密学密商，想把文彦博差来环庆路，请密学帅泾原路，若密学无异议，再正式颁敕。"

为了换一个帅司路，不惜差中使千里迢迢来商量。皇上尊重他如此，范仲淹的眼圈红了，抱拳道："泾原地重，仲淹恐不足以独当；但仲淹有对策，请中贵人转奏皇上。"

自陕西罢总帅，弊端逐渐显现。夏戎寇泾原，诸路没有统一指挥，很难协同一致，只能各顾各路。但若四路之上有人统制，人选不当，恐又让四路帅臣难以施展。借着这个机会，范仲淹向朝廷提出了一个折中方案：

泾原重地，第恐臣不足当此路。与韩琦同经略泾原，并驻泾州，琦兼秦凤，臣兼环庆。泾原有警，臣与琦合秦凤、环庆之兵犄角而进；若秦凤、环庆有警，亦可率泾原之师为援。臣当与琦练兵选将，渐复横山，以断贼臂，不数年间，可期平定矣。愿诏庞籍兼领环庆，以成首尾之势；秦州委文彦博，庆州委滕宗谅总之，孙沔亦可办集；渭州一武臣足矣。

皇上接到范仲淹《让枢密直学士谏议大夫表》，御批不允辞；接到中使带回的范仲淹《答诏谕以文彦博泾原对徙奏》，即召二府大臣御前商议。

吕夷简抱病前来，嗓子里发出"叽叽嘶嘶"的重重喘息声，他摇晃了一下身子，喘着粗气道："陛下，如按范仲淹所说，对他和文彦博有降低地位之嫌。陕西四路，还是划一指挥为妥。臣以为，当复设陕西经略使、都部署司，以韩琦、范仲淹、庞籍共任之；余则依范仲淹所议。"

皇上嘉纳，连颁诏敕：复设陕西路都部署司、经略安抚兼沿边招讨使，以韩琦、范仲淹、庞籍同任之；韩琦、范仲淹同任泾原路经略安抚招讨使，开府泾州；韩琦兼秦凤路经略安抚招讨使；庞籍仍兼鄜延路经略安抚招讨使并兼知延州；范仲淹与庞籍同兼环庆路经略安抚招讨使；文彦博晋龙图阁直学士，管勾秦凤路都部署事兼知秦州，滕宗谅晋天章阁待制，管勾环庆路都部署司事兼知庆州。

接到邸报，范仲淹为之振奋。这次陕西军政体制、文武大员的重大调整，正是根据他的提议举荐而行。但他犹觉美中不足，遂提笔给吕夷简上书，建言四路帅臣文武兼用，两路用儒臣，两路用武将，哪怕一路用武将也好，他愿让出一路，请朝廷另差武将前来替补。

半个月后，朝廷颁旨，麟府帅张亢晋阁门使，管勾泾原路都部署司事兼知渭州，鄜延路西路巡检狄青晋东染院使，升鄜延路副都部署。

邸报送达庆州时，正下着鹅毛大雪。范仲淹阅罢，腾地站起身，大步走到帅司院子里，仰脸望着茫茫苍空，雪花飘进嘴里，清凉甘甜。指使党武走过来，要把斗篷披到他身上，被他推开了。此刻，他热血沸腾，面颊发烫。无论是朝野的议论还是他个人的意识里，经略西事的重担落在了他的肩上，而且朝廷对他的信任，已到了言听计从的程度。机遇难得，责任重大，实施攻守策的时机业已成熟，一刻也不能耽搁了！他回身吩咐道："速整备，即赴环州！"

## 五

种世衡一到环州，就把最大的部落首领慕思请到官舍夜宴，只让一名歌姬冒充侍妾，为二人斟酒奉茶。酒过三巡，种世衡借故离开，只留下慕思和歌姬二人。过了片刻，他透过门缝偷偷向内窥视，见慕思正与歌姬调情，待他伸臂揽住歌姬的当口，种世衡突然推门而入，怒目而视。慕思慌忙松开手，跪地请罪。种世衡笑道："哈哈哈！不就是一个女子吗，首领想要的话，她从现在起，就归你了！"

慕思叩谢再三，发誓道："有为种老子效命处，慕思万死不辞！"

种世衡大喜，用范仲淹给他的宣徽院空白宣头，录慕思的儿子慕化为平远寨蕃官，又赠慕思礼物一车，戏称是陪嫁，送他还家。

过了一个多月，种世衡分批传召蕃部首领宴饮，兀二族酋长狸奪勤屡召不至，种世衡大怒，传檄慕思出兵。慕思率本族帐两千兵马，将狸奪勤全家诛杀，其下一百余帐都自动归附。自此，境内凡有不听号令的蕃部，种世衡即命慕思处置。

秋末，忽闻元昊大军寇镇戎军，种世衡接到范仲淹的令牒，传檄慕思，点集羌兵五千赶往定边寨，在葫芦泉南侧设伏，把守镇戎军通往环庆路的通道。元昊撤军，戒备解除，种世衡全身心投入安抚蕃部。牛家族首领奴讹拒绝出迎范仲淹一事，让种世衡耿耿于怀，他赶往业乐镇，传檄各寨，命蕃部首领于途中郊迎。种世衡恩威并施的举措，奴讹都听到了，不敢怠慢，与各部首领一起郊迎。种世衡走到奴讹面前，大笑着问："哈哈！这位就是奴讹？"又一掀自己的银须："明日午时，种某当到贵帐犒劳部族！"

奴讹作揖道："岂敢劳种老子大驾！"

不料，当夜风雪大作，积雪厚达三尺。次日早起，种世衡不顾左右劝阻，如约来到牛家族驻牧处。

大雪封门，奴讹懒洋洋地躺在帐中被窝里不想起来。他以为种世衡只是随口一说，未必真来；即使是认真的，积雪覆盖了山梁沟壑，也是来不得了。正寻思间，忽报种世衡已到帐外，奴讹翻身而起，靴子都未穿好就蹦跳着迎出帐门，大惊道："哎呀呀！叫奴讹说什么好？说什么好！"一时激动，就地转了两圈，吩咐随从道："去，把各帐大大小小的头项都给我召来！"

种世衡大笑着，随奴讹进了帐，刚煮好茶，牛家族部落大小头项就聚齐了，奴讹请种世衡出帐，众人四面围绕着下拜，以表听命之意。种世衡一摆手道："赏！"牙兵将车上携带的皮袄、交椅、缯彩、牛酒、茶叶，点交于奴讹，由他分发。

"种老子有何吩咐，奴讹不敢违命！"奴讹叩头道。

种世衡道："既然首领愿意报效朝廷，本使命牛家族各族帐设置烽火，遇到紧急敌情，及时示警，披甲备马以待！"

"遵命！"奴讹打躬道。又一扬手："宰牛，款待种老子！"

种世衡仰脸看看天空，已是正午，恐误了行程，正为难间，忽有牙兵驰来，禀报说枢密直学士范仲淹到了州署。

种世衡对奴讹一扬下颌道："龙图老子到州城了，怎么样，奴讹首领？"

奴讹嘿嘿一笑："奴讹随使君去，拜谒龙图老子！"

种世衡带上奴讹，午饭也未顾得上吃，就急匆匆赶回，远远望见范仲淹迎在州署首门口，种世衡向奴讹一摆脑袋，奴讹滚下马来，大步上前施礼，口中道："奴讹上次失礼，给龙图老子赔罪！"

范仲淹微微一怔，拱手回礼。种世衡上前，吩咐左右设宴款待奴讹，他独自请范仲淹到官舍对饮。尚未举觞，范仲淹好奇地问："种将军，一入环州，就看到不少百姓在雪地射箭，是怎么回事？"

种世衡得意一笑，说出了原委。为发动百姓习武，种世衡分发大量铜钱作为靶心，射中者可取走铜钱。不惟如此，犯罪者，射中铜钱可酌释其罪；蕃部酋长请求或辞谢某事，皆以是否射中铜钱而作定夺。因此人人自励，都精于射箭，西贼闻之，不敢近环州境。

范仲淹连连点头，又问："将军有何妙招，连奴讹也如此驯顺？"

种世衡大笑道："范密学抚羌，可谓光明正大，以诏书犒赏诸羌，阅其人马，谕以好恶，为立条约，俾之遵向；世衡的手法，未必都端得上台面，哈哈哈！"

范仲淹会意，抱拳郑重向种世衡一揖。种世衡诚惶诚恐，就要避席，范仲淹扬手示意道："将军稳坐，仲淹此拜，有三层含义：一谢守卫之功，二嘉抚羌之效，三有一事相托。"

环州西接泾原路之原州，北邻西夏之盐州，蕃部杂居。元昊攻泾原路时，范仲淹最担心与夏戎有密约的六百酋长为之向导，所以命蒋偕和种世衡在原州会合策应。多亏种世衡抚羌有方，元昊未敢窥环庆。范仲淹庆幸自己不依不饶将种世衡要来环州。如今他成为事实上的经略西事总帅，实施攻守策的最重要举措，就是修筑细腰城。顶风冒雪赶来环州，便是为了此事。他向种世衡详细阐明了攻守策要领和筑细腰城的重要性，再次抱拳相托。

种世衡一拍胸脯道："请密学放心，给世衡一年半载时间，葫芦泉一带必有新城拔地而起！"

折冲千里虽有余，论道经邦正要渠。

——黄庭坚

# 第三十八章 论道经邦正要渠

## 一

腊月下旬的寒风，不一会儿就将范仲淹的官袍吹透了，他浑身发凉，却仍站着未动，不住地向城门方向张望着。

“哈哈！”随着一声大笑，一队人马入了城门。远远地传来喊叫声：“范密学，希文兄！”

“子京！”范仲淹唤了一声，快步迎了过去。

滕宗谅下马，拉住范仲淹的手，打量着，感慨道：“四年不见，希文兄见老咯！”

一个月前，朝廷重新调整陕西军政体制，范仲淹当仁不让，以主帅身份急赴环州部署抚羌和抢占葫芦泉筑城事宜，回庆州的路上，鉴于陕西四路寨主职田不均，奏请朝廷均定四路各寨寨主职田；随后又鉴于泾原籍土兵在环庆、环庆籍土兵在泾原者，山川道路不熟，补贴微薄，建言枢密院颁札子，土兵各回本地服役。回到庆州后，即致书韩琦，催他不必等文彦博到任，即到邠州会合；又差人前去河中府迎接文彦博；再致书滕宗谅，约定在邠州交政。接到韩琦、滕宗谅的回函，他先期赶来邠州迎接，以尽地主之谊。适才接报，滕宗谅交午时入城，他冒着寒风在州署首门专候。见到老友，激动得拉着滕宗谅的手边往里走边道："老了，可是——"他一拍胸口："这里正年轻，忠君报国，正当其时！"

滕宗谅呵呵一笑道："说的是！"旋即用力吐了口气："鬼天气，冻死人！希文兄，这就开喝吧，暖暖身子。"

范仲淹踌躇道："韩稚圭下午就到，待晚间再一起痛饮如何？"

"欸！"滕宗谅摇了摇脑袋道，"午间是午间，晚间是晚间，两不误嘛！"突然一拍脑门："对啊，朝廷命宗谅帅环庆，宗谅是主人嘛，我请客，我请客！到了我的地盘，酒肉总要管够嘛！"扭脸吩咐左右："备酒！"

范仲淹苦笑两声，只得陪他径直往宴客厅走。滕宗谅一屁股在主座坐下，一盏茶未饮完，就抓起酒壶为范仲淹斟酒。范仲淹用手捂着酒盏，盯着滕宗谅道："我知子京不拘小节，但不可拿军饷吃喝，这是底线。"

"哈哈哈！"滕宗谅仰脸大笑，"有的是门路赚钱，何必吃军饷！"他举起酒盏与范仲淹碰了一下，一饮而尽，抹嘴道："苦寒之地，与江南两重天，不喝酒吃肉，熬不住啊！"

范仲淹正色道："不管赚多少钱，不可入己，子京务必把握住。"

滕宗谅一瞪眼道："希文，你看宗谅是贪财的人吗？"

范仲淹点头道："那我就放心了。"举盏敬滕宗谅酒："子京，西事以来，三战三败，国之大耻，时下朝廷有厚望于我辈，我辈当不负皇上所托。"

"放心！"滕宗谅一扬手道，"能喝酒就能做事，保证环庆路不会有闪失！"说着，又要与范仲淹碰杯，范仲淹摇摇手："待会儿韩稚圭就到了，我还要接他。"滕宗谅不再劝他，顾自饮干了一盏。

"筑捍海堰，已是二十年前的事了。"范仲淹感慨道，"恍然已年过半百。"

二人从西溪牡丹亭、海陵文会堂、润州西津渡说到分别后各自的经历，再到边上的所见所闻，不知不觉一个多时辰过去了。牙兵来禀，韩琦就要到了。范仲淹吩咐牙兵送醉眼蒙眬的滕宗谅到驿馆歇息，他则急忙赶到城门去迎接韩琦。

韩琦并经略判官田况远远就看到范仲淹站在城门外，策马疾驰了几步，到了跟前，翻身下马，趋前施礼。范仲淹口中叫着“稚圭，元均”，一手拉住韩琦，一手拉住田况，并肩往驿馆走。尽管一年前因对西夏攻守的争论，范仲淹与韩琦针锋相对，几近绝交，可事后仿佛什么事也没有发生，一如既往保持友谊。今日一见，彼此都感到还是那样亲切，没有丝毫隔膜。

寒风吹得脸颊隐隐作痛，韩琦苦笑道：“早知饱受苦辛，倒不如不荐范公来此的好。”

范仲淹摇头道：“一个人一生，得此报国机遇，实属难得。”

三人谈笑着进了驿馆，在迎客厅落座，范仲淹突然神色庄重道：“稚圭，西事之责在你我之身。我意以后不再单独向朝廷呈文，以免观点有异，朝廷不好择纳，还会引起外人非议，凡呈文都要二人共同署名。”他又转向田况：“也要委元均从中沟通，并随时与延安庞醇之通气。”见韩琦、田况点头，他起身道：“一路劳顿，稚圭、元均先歇息，晚间与滕子京痛饮！”

韩琦笑了笑道：“我看范公精神饱满，也就没有了倦意。”

范仲淹顿时来了兴致，起身吩咐牙兵严密把守四周，不许闲杂人等靠近，这才重新入座，语气深沉道：“当务之急是画取横山策，举可用之将，速教新阵法，日夜为谋。”说着，起身领二人来到室内悬挂的一幅舆图前，指点着道：“横山，横亘千余里，是夏戎得以进攻国朝的前沿基地。自真宗将横山连同灵夏二州并授德明之后，党项人才真正拥有了立国根基。可以说，没有横山就没有夏国。第一，横山一带不惟山势纵横，且水利丰富，无定、大理、吐延、白马等河流纵横交错，使得这一带成为西夏富饶之地，蕃汉百姓繁庶，元昊每来入寇，则科率粮糗，多出其间；第二，横山东部的茶山、葭芦山是西夏盐铁的主要产地；第三，横山羌是西夏兵员重要来源，勇悍善战，他兵不及；第四，地势险要，易守难攻，夏戎在汉界沿边山险之地三百余处修筑寨堡，进可攻，退可守。可以说，谁占有横山，谁就掌握了战争的主动权。”

韩琦、田况连连点头。

范仲淹又道：“自失去横山，国朝在战略上即陷入极度被动。夏戎每于横山聚兵就粮，困以犯塞，稍入吾境，必有所获，此夏戎所以常获利，而我则攻守两难。守，易被其逐个击破；攻，因失去横山这个天然前线补给基地，七八程方至灵州，既无水草，又无人烟，未及见敌，我师已困，一旦接济不上，只能不战自退。”

“嘿嘿……”韩琦愧疚一笑，“想起来有些后怕。若不是范公持重，彼时真的发兵进讨的话，恐凶多吉少啊！”

“当时我也看不这么清楚，只是凭直观所作判断。”范仲淹笑了笑，继续按照自己的思路往下说，“方今看清楚了，若得横山，便可稳立不败之地，便是不能即灭夏戎，也可为后人争取到战争主动权，乃不世之功。我意，当渐复横山，以断贼臂，不数年间，夏戎可期平定。其要领为：选练兵将，鄜延、环庆、泾原三路协同，伺机而击；恩威并济，招纳横山蕃汉部众；据险修寨，逐步蚕食，直至将横山夺回！”

“范公大手笔！”田况赞叹道。

范仲淹手指舆图，继续说：“已筑大顺城，可制衡白豹三城寨；当再取细腰、葫芦泉筑城，北断贼路，打通环州至镇戎军通道；在朝那之西、秦亭之东修筑水洛城，断贼入秦亭之路，打通秦凤和泾原两路。同时，以三座新筑之城为桥头堡，收复横山以南被夏戎所占汉界。”

韩琦皱了下眉头，提出了异议：“大顺已成，细腰当筑，至于水洛城嘛，似无必要。”

早在范仲淹所上攻守策里，就有筑水洛城之议。朝廷征询边帅意见时，韩琦就上疏，列出三条理由反对在水洛筑城，朝廷从其请，下诏不修水洛城。

范仲淹不想与韩琦争执，便道：“再议！”说罢，伸手示意韩琦、田况入座，喝了口茶，把他此前所上攻守策与近来有关攻取横山的思考详细说了一遍，最后道：“我意，与稚圭联名上一道攻守策，若朝廷允准，即可全力推进。”

韩琦转脸吩咐田况：“元均，按范公适才所说，起稿。”

范仲淹摆手道：“不必劳烦元均，稿我已起好，稚圭核后即可上呈。”

两个牙兵端着烛台进来了，三人方知已是黄昏。门外响起滕宗谅的大笑声：“哈哈！三公在此啊，别干坐着了，喝酒去吧！”说着走了进来，向韩琦、范仲淹、田况施礼。三人回了礼，说了几句客套话，随滕宗谅进了宴客厅。滕宗谅径直走到主座坐下，笑道："今日宗谅尽地主之谊！"说着一拍手，众随从鱼贯而入，烤羊腿、带把肘子、菊花干贝、奶汤锅子鱼、葫芦鸡……摆了满满一大桌。

范仲淹蹙眉道："子京，过奢了。"

"放心，不花邠州的钱，宗谅出钱！"滕宗谅大大咧咧道。

"滕待制的俸禄？"韩琦以揶揄的语气问。

滕宗谅嘿嘿一笑道："边上苦寒，又人来人往，还要救助困厄下属，公用钱不足用。但可拿公用钱、库钱回易，利息用于支应这些费用。"他把目光投向田况："判官，也要为二位大帅筹些支应钱嘞！"

田况点头道："太祖为了安边臣之心，允许拿公用钱回易。"

韩琦的眉头这才舒展开来。范仲淹恐韩琦对滕宗谅有误解，笑着把当年筑捍海堰遇险时的情形说了一遍，宴席的气氛方活跃起来，乘着几位上官高兴，作陪的知邠州张明敬了一圈酒，道："明日宴犒将佐，几位官长可否莅临？"

按制，边上州军主官每二十日设宴张乐，犒劳驻军将佐，赛射拼酒。滕宗谅喜热闹，一扬手道："那还用问？"

次日交了午时，滕宗谅陪同韩琦、范仲淹、田况徒步到了邠州校场，旌旗招展，鼓乐齐鸣，众将佐列队行军礼，场面欢腾。宴会进行到赛射环节，滕宗谅起身到靶前看了看，一摆手道："今日非同寻常，众官射弓，以银碟为靶子，射中者取走，未中者罚酒。"

几位官妓听到了，起身高喊："奴等也算上！"

射箭开始，众人聚精会神观看，射中银碟二十九只。滕宗谅也亲自上阵，执弓射中银碟，转手交给站在身旁的官妓："归你啦！"众乐妓高声喝彩。

大宴一日，薄暮方散。回到驿馆，韩琦对范仲淹道："滕子京太张扬，恐会惹事。"

范仲淹笑了笑道："不会吧！"语调却分明有些缺乏底气，像是在自我安慰。

## 二

泾州地处泾河中游，东临关中，北依陇原，西通陇山，历来为控扼两陲之咽喉，安抚边徼之门户，壮西服而控远夷之重镇。自西汉在兼山南坡筑城，已延续千年。城郭巍峨，塔寺林立，街巷纵横。城西北有天险绝壁及西外城、兼山城和彩门城两道防线，南有泾河为天然屏障，使得泾州联络中外，翼带东西，诚关中之襟要。

庆历三年二月中旬，兼山蒙上了一层绿意。范仲淹和韩琦登上山顶的瞭望台，举目四望，远处依然一片苍凉。

韩、范开府泾州以来，一边举荐文武可用之才，一边日夜谋划攻取横山之策。在范仲淹的画策中，攻取横山的第一步是抢占生蕃所占细腰、葫芦泉和水洛，筑细腰、水洛二城。韩琦、范仲淹已联名正式牒种世衡择机而动，但当范仲淹提议牒知渭州张亢进取水洛筑城时，韩琦再次提出异议，认为连接秦凤和泾原两路的黄河子路即将完成，此通道离夏界较远，又有大山遮蔽，更加安全；水洛并不邻近夏界，筑城于攻守作用甚微，得不偿失。两人争执不下，范仲淹遂请韩琦一同登上兼山。他指着山脊上的内城北城墙道：“此墙利用山梁，把北面削成齐崖作为墙基，上面加筑城墙，形成外高内低的特殊地形，易守难攻。”又指着西城门道：“唐时此地一度被夷狄所围，有‘泾州不敢启西门，西门外皆为贼境’之说。尽管如此，泾州却从未被夷狄攻破。筑大顺、细腰、水洛三城，退可守，进可攻，即如脚下的泾州城也！”

韩琦不为所动，又提出了一条理由：“若我进取水洛，是逼生蕃归附西夏。”

范仲淹刚要辩驳，指使党武气喘吁吁跑了上来，将一道公牍呈上。范仲淹一看，是鄜延帅庞籍给朝廷所上札子副本，匆匆浏览一遍，转给韩琦道：“元昊差人到延州请和了。”

“元昊求和，撇开路途近的泾原路，跑到延安去，是范公的开创之功。”韩琦笑着道。说着低头细阅公牍，方知与契丹签订盟约后不久，朝廷即差侍郎梁适到契丹中京，敦促其兑现劝元昊息战称臣的承诺；又密令庞籍差人与元昊试探通和，庞籍以为圣朝不当迈出请和第一步，但他把此前关押的李文贵放回，让其给元昊传话，若元昊息战请和，朝廷可不追究其战争责任，只要他取消帝号，朝廷愿解除榷场禁令，并对西夏予以援助。元昊遂遣其六宅使、伊州刺史贺从勖携书到保安军，庞籍命保安军签书判官邵良佐拆阅。元昊书中自称"邦泥定国兀卒曩霄上书父大宋皇帝"。贺从勖并称，本国自有国号，没有奉表的体式，故用"上书"；元昊称兀卒，乃是仿汉唐时单于、可汗之类。庞籍从元昊不再称大夏国皇帝这一变化得出结论，元昊急于求和。但他奏请朝廷驳回其书，直至称臣方可接纳。

韩琦阅罢，问范仲淹道："范公以为如何？"

"不可轻许！"范仲淹断然道。

韩琦一惊。他知道，范仲淹一直是主张和谈的。朝廷颁旨大军进讨之际，他就有示元昊以恩信之议；在《上攻守二策状》里，又吁请皇上效法汉文帝，使百姓无内外之徭，得息肩于田亩，建言与元昊通好；《再议攻守疏》里，更说其知越州时一年税收就有三十万，以一郡之入啖戎，是费一郡之入，而息天下之弊。可如今元昊真的请求通和，他因何态度忽变？

范仲淹拉住韩琦的袍袖道："稚圭，到军机堂细细商议。"

二人在经略司署军机堂坐定，范仲淹问："稚圭，你说，元昊以累世奸雄之志，屡战屡胜，未有挫屈，何以乞和？"

韩琦略加思忖，答道："累年用兵，蕃界劳扰，交锋之下，损折兵马亦不在少数，军民多有怨气。元昊知众之疲，闻下之怨，不敢再战，故而求和。"

范仲淹点头道："息肩养锐，将来必再逞凶志，非心服圣朝而来也。有鉴于此，不可轻许。我意，若元昊大言过望，坚持不改僭号，不可许之。理由有三：其一，当年石敬瑭为称帝，割让燕云十六州给契丹，契丹实有开石晋之功，且彼时中原逼小偷生，不敢对契丹称帝有异议，坏中国大法，成千古罪人。我皇宋富有四海，非石晋可比，岂可允许夷狄称帝？其二，时下诸处皆称其‘昊贼’，人知逆顺、去就之分；一旦认可其称帝，即有‘西帝’之称，没有了顺逆、去就之分，沿边有过之蕃汉兵民将纷纷逃去，四方豪杰稍不得志，即攘臂而投，彼多得汉人，则礼乐事务与契丹并立，夹困中原，岂复有太平之望？其三，有人说元昊胡人，无居中国之心，无非自尊于夏界而已。这个观点实是自欺欺人！岂不知拓跋珪、李克用、苻坚皆胡人，或进占太原，或入主洛阳。况汉家叛人不乐处夷狄中，总是鼓动元昊居关中而窥天下。若朝廷许可其称帝，是为汉家叛人之助也！”

韩琦道：“贺从勖所携上书，用的是兀卒之称，料他不会坚持僭越之号。”

范仲淹摇头道：“元昊宁可称官家为父，自己也不称臣，其心可知。若其卑辞厚礼，请求允许其称兀卒，没有理由不许，但也不可信任之，理由有三：其一，挟屡战屡胜之势而自动取消帝号，多半是阴谋，以便麻痹我解除戒备，三四年间再启战端，我将难以支应。其二，朝廷对其四十年恩信，一旦反侧，岂有发既叛之谋、蓄未挫之锐而能久守盟信？其三，狼子野心，固难驯服，今若通和，蕃汉之人如前出入京师，或窥伺我国家，或夹带亡命之徒为刺客，必将惊扰朝廷。”

韩琦笑道：“呵呵，范公是首创通和的，如今却是反对通和最力者。我料朝廷必是急于息战通和的。”

范仲淹道：“此一时彼一时也。时下朝廷已授我辈帅臣便宜行事之权，加之种世衡、张亢、狄青、蒋偕、赵明等得力将佐已崭露头角，防御体系也趋完备，朝廷只要行我辈之谋，再诏臣僚不许随意对边事指手画脚，不出几年，西事必可平定！”

韩琦明白了范仲淹的意思，点头道：“琦愿与范公联名上疏。”

范仲淹欣喜道：“我意，除了上述内容外，还要将元昊可能会提出何种要求，朝廷该如何答复，都一一写明。”

“范公虑事周全。”韩琦微微一笑。二人遂在军机堂边商议边起稿，直写了近四千言，命马铺急递京城。

等了近一个月，有诏旨到，并不是对韩琦和范仲淹所上《论元昊请和不可许者三大可防者疏》的回应，而是皇上赏赐的诏书，赏韩琦、范仲淹、庞籍钱各百万。范仲淹苦笑着对韩琦道："稚圭，皇上因何突然给我辈重赏？我看，朝廷是急于要与元昊通和，不让我辈再说话了。"他的神色黯淡下来，叹息道："经略西事四年，三战三败，却受朝廷重赏，于心难安，当上章乞免。"

韩琦劝道："没有功劳也有苦劳嘛！范公在晋谏议大夫前，俸禄与知睦州时相仿，付出可相提并论否？朝廷以此补偿，也说得过去。若执意乞免，反倒让皇上为难。"

接受朝廷赏赐，心有不安；可若只他一人乞免，韩琦、庞籍岂不招人议论？正踌躇间，忽有快马来禀：入内省高班陈舜封奉旨前来宣谕。

"宣谕？"范仲淹吃惊道，"又有何大事发生？"

## 三

大内延和殿是皇上单独召见宰相之所，有赐座、奉茶之礼。仲春的一天，皇上颁诏，特许吕夷简骑马到殿门。吕夷简的坐骑刚到，一个内侍持凳供垫脚，两名内侍扶他下马，又左右搀扶着他进了殿门。

"陛下！"吕夷简看到御座上的皇上，哽咽着唤了一声。

待吕夷简坐定，皇上以极不情愿的口气道："朕思惟再三，为卿身体着想，准卿辞职。"

"老臣谢陛下！"吕夷简垂泪道。经过近三个月的君臣拉锯，终于获准，吕夷简激动不已。

刚入庆历三年，吕夷简就因风眩病加重，再次呈请辞职。皇上改拜他为司空、平章军国重事，不必上朝。但吕夷简病情稍有好转，皇上传谕，请他每隔数日到政事堂一次，裁决军国大事。吕夷简上表请辞，皇上剪下自己的胡须送给他，传话说："古人说胡须可以治风眩病，朕现在剪下胡须赐卿，望卿早日康复，不得再辞。"吕夷简老泪纵横，进退维谷。恰在这时，接陕西都转运使孙沔弹章，谓吕夷简在中书二十年，三冠辅相，所言无不听，所请无不行，有宋得君，一人而已，但他却不思报效，而是黜忠言，废直道，不进贤为社稷远图，惟引不若己者为自固之计，致使国是日非，为夷狄所欺。虽尽南山之竹，不足书吕夷简之罪。接到弹章，吕夷简逢人便讲："孙沔金石之言，只恨晚说了十年！"一边举荐晋孙沔天章阁待制，一边连上三表，坚决呈请辞职。皇上见无可挽回，特召他到延和殿，当面宣布准许他辞职，授予他司徒之位，与宰相、枢密使同享议决军国大事之权。更重要的是，皇上希望吕夷简举荐中枢人选。

吕夷简早已思考成熟，客套了一番，一口气举荐了十余人：夏竦、晏殊、范仲淹、韩琦、富弼、郑戬、孙沔入中枢，欧阳修、余靖、蔡襄、王随为谏官。

皇上颔首。待吕夷简辞出，即命内侍陈舜封急赴泾州，向韩琦、范仲淹宣谕：

> 为日近差除两地臣僚，未差除间，已指挥中书札记，候将来边事称宁，诏卿等用在两地。非出拟议，亦非臣僚奏举，特出朕意，宣谕卿知。

范仲淹大吃一惊。这几个月是怎么了？定川寨之败，他痛心疾首、无地自容，准备接受朝廷责罚之际，先是加官晋职，继之总掌陕西戎政，接着赏钱百万，今日又宣谕要拔擢为宰执。命运的转折来得太突然，太无缘由，令人难以置信。

"官家有口谕，韩琦、范仲淹密举臣僚，代任边事。"中使陈舜封又道。

范仲淹又是一惊。密谕里明明说"候将来边事称宁"，因何急急举荐接替者？他顿感焦虑，和韩琦密议：经略西事刚有起色，万不可使当下战略半途而废；否则，夏戎卷土重来，届时局面将不可收拾。为此，不能离开边陲。二人达成共识，分头上谢表。范仲淹《谢传宣表》云：

> 窃念臣素乏才策，误膺奖寄，经制西事，三年于兹，曾微毫发之功，

> 方俟雷霆之罚。……况羌戎素诈，边鄙多虞。……如朝廷未议解兵，臣愿奔走塞下，再竭心膂，少赎过尤，何敢辄举他人代己边任。

谢表尚在递往京城的途中，任韩琦、范仲淹为枢密副使的制书就到了泾州，并附札子一道：

> 奉圣旨，令韩琦、范仲淹交割本职公事与郑戬管勾乞，乘递马速发来赴阙。

范仲淹感到突然。看到密谕里说等西事稍宁再将他和韩琦调用两府，他揣度，当是与西夏签署盟约之时；至少，也要过了今秋，待防秋未出闪失，届时召他和韩琦回朝。想不到宣谕的中使刚走，制书就颁下了。难道，朝廷认定西事已宁？这样的判断未免太轻率了，令人忧心。他急忙与韩琦联名向朝廷上《除枢密副使召赴阙陈让状》，恳切言：

> 况贼界虽来请和，或恐盟约未合，近复却有点集事宜，将来倍须御备。今去防秋只是百余日间，夙夜经营犹恐阙漏，臣等若更离去，或致疏虞，不惟上误朝廷，愈长寇孽，显是臣等自贪宠异，移过后人，虽当万死，何以塞责？……伏望圣慈念边事至大，不可差失，特降中旨，允兹至诚，许臣等且在本任，庶竭疲驽，得裨万一，臣等无任。

陈让状以急递发出，接到的回复是命二人疾速赴阙。连同圣旨还递来了最新邸报，上刊章得象为昭文馆大学士，晏殊为集贤殿大学士，夏竦为枢密使；御史中丞贾昌朝、三司使王举正为参知政事；韩琦、范仲淹、富弼为枢密副使；吴育为三司使；王拱辰为御史中丞；知永兴军郑戬为陕西四路经略安抚招讨使、都部署，仍驻泾州；欧阳修、王素、余靖、蔡襄为左右司谏。

“枢密院有夏公、杜公、富彦国，足矣；陕西前线离开我二人，局面就不好说了。”范仲淹举着邸报道。

韩琦点头，与范仲淹再联名，上了第二状，力言志在分忧，非饰让以博取名声，恳请朝廷收回成命。封发毕，范仲淹道：“时下风气，以三让为知礼。朝廷或误以为我辈也是循此礼节辞让，我意不必等朝廷回复，即再上一状，让朝廷知道，我辈是放心不下西事，诚心诚意辞让的。”二人遂又上第三状，为表非不看重枢密副使之任，特意写明，待寇患稍平，归朝未晚。

圣旨仍是不允，钦批：“成命已行，不许改易。”

“范公，看这阵势，辞让不得了。”韩琦苦笑道。

“稚圭，我也想回京城啊！”范仲淹一掀白须，慨叹道，“且不说多病之躯，不宜久留边陲；只看一家老小，妻女多病，纯祐、纯仁都到了适婚年纪，我何不想马上就回京城？可一走了之，西事怎么办？”

韩琦劝道：“朝廷已遣保安军判官邵良佐使夏，元昊求和心切，朝廷也急于通和，和议有望达成，范公不必揪心了。”

“夏戎多诈，不可信。换郑天休来，要一年半载方能熟悉边情将佐，叫人如何放心？”范仲淹忧虑道，“即使为和议计，我辈也要留任，让元昊知道，朝廷有两手准备，不要忘乎所以，狮子大开口！”

韩琦表示赞同，二人商议再上一状，着重把易帅的害处说清楚，让朝廷斟酌轻重，收回成命。第四状发出，范仲淹对韩琦道：“不必再进退两难，安心经略边事吧！新兵已集合于邠州，我这就赶到那里，选将练兵，督修营房。”

韩琦劝道：“差得力之人就是了。”

范仲淹摆手道：“要亲自去，向外界发出一个讯号，韩、范已安心经略边事，不会离开这里。”

“既如此，琦愿前去。”韩琦道。

“我对邠州熟悉，还是我去。”范仲淹斟酌片刻，又道，“稚圭不妨到原州一行，安慰一下蒋偕。知会他，我已向朝廷再陈情，奏请为他转正使。”

韩琦笑了：“范公，枢密副使可是宰执大臣，却再三辞让；下属一个副使转正使的事，却挂在心里。”

鉴于最难制驭的明珠、密臧二族多半在原州辖界，范仲淹与韩琦举荐改知泾州的蒋偕回知原州，朝廷纳之，但蒋偕的官阶却还是洛苑副使，范仲淹急忙向朝廷上章，言从近里节镇移于极边小州，形同降贬，当为蒋偕升正使。听了韩琦的话，范仲淹也笑了：“我看不得别人受委屈。”

韩琦道：“只怕朝廷不准我辈辞让，非要我二人赴阙就任。”

范仲淹摇手道：“近来朝廷颇尊重我辈意见，我二人已连上四状，朝廷当会允准了。”

## 四

炎夏午时的官道上，布满了跳跃的火星，赶路的行人或到就近的茶棚纳凉，或找阴凉处席地而卧，暂避酷热，路上变得空荡荡的。几匹快马却加快了速度，向京城疾驰。正午时分赶到顺天门下，正要入城，一位中使挡在马前，用力一甩手里的拂尘，尖着嗓子道：“夏太尉不必下马，官家有文牍送阅！”说着，向后一扬拂尘，一个小黄门把怀中抱着的木匣递给夏竦。夏竦双手接过，颤抖着打开，粗略一翻，差点从马上跌落下来，脸色由红转白，嘴唇哆嗦着说不出话来，向中使一揖，调转马头，悻悻而去。

被罢陕西总帅后，夏竦判河中府，再移知蔡州。他自知吕夷简对自己甚为厌恶，短期内不会起用他，便把精力用于钻研阴阳、律历、佛老之书。忽接朝廷制书，任他为枢密使，惊喜之余，也暗暗佩服吕夷简的老练：消除以往的恩怨，为自己留后路。所谓名相的境界，如此正是。他没有照例上表辞让，而是立即启程，从蔡州赶赴京城。

任夏竦为枢密使的消息传出，台谏官哗然。新任御史中丞王拱辰等台官，新任知谏院欧阳修等谏官，纷纷上章，反对对夏竦的任命。皇上不得不专门召对台谏官，欲作解释。知谏院欧阳修奏道：“夏竦挟诈任数，奸邪倾险，吕夷简忌惮其为人，不肯引为同列，吕夷简退隐时，为消除积怨而荐夏竦。今吕夷简谢政，陛下亲掌人事，却首先任用胸怀欺诈不忠之臣，天下何以治?”欧阳修的连襟、御史中丞王拱辰奏道:“夏竦在陕西畏缩懦弱不肯尽力，每次议论边事，只列陈众人言论，朝廷遣使前去督促，才陈述十策。巡边时还把侍婢带在军帐，引起将士不满。西人悬赏，谓得夏竦首级者赏钱两贯，为敌所轻如此，朝廷却任他掌枢密院，恐诸边为之解体。”左司谏余靖接言道:“夏竦屡次上表因病辞官，听说召用，马上兼程疾驰。夏竦入都觐见，必感激涕零述说陛下恩典，再有内侍为之说情，圣听岂不被其迷惑!”皇上见台谏官群情激愤，起身道:“台谏官的意见，朕已知矣!”说着就要走。王拱辰不顾礼仪，上前拉住皇上的衣裾，恳切道:“陛下，当让台谏官把话说完!”皇上无奈，不得不重新落座。王拱辰继续道:“既然圣命已下，自是不便收回。夏竦将抵国门，臣请陛下把台谏弹章送他一阅，夏竦必请辞，陛下顺水推舟，准其辞职，此事可两全。”

正是预料到会有台谏官反对他的枢密使之任，夏竦方快马加鞭往京城赶，却还是晚了一步。台谏官所上弹章竟有十八道之多。他不敢入城，调转马头赶到顺天门外的徒门马铺，上章请辞。

皇上召翰林学士拟四道诏旨:夏竦改授吏部尚书、宣徽南院使，知亳州;枢密副使杜衍为枢密使;吕夷简罢议军国大事;知永兴军郑戬不必来京陛见，直接赴泾州与韩琦、范仲淹交割。

范仲淹在邠州接到了命郑戬到泾州交割的诏书和御前札子，只得返回，差人把韩琦从原州请回，向他说出了自己的想法:再上辞状，强调防秋在即，不可易帅。

“范公，郑给事已在途中，我辈再陈情不可易帅，郑给事会不会认为是针对他的?”韩琦担心道。

郑戬曾以右谏议大夫任枢密副使，因有朋党之嫌而罢，升给事中外放并州，改知永兴军。范仲淹与郑戬连襟，知他果于决断，好出其不意，暗自担心他不循既定攻防策而自行其是，确有不愿他接任的想法。但范仲淹已决计不离边陲，见韩琦顾虑重重，便道："我与郑天休是亲戚，不必顾忌那么多。"

韩琦又道："朝廷用欧阳永叔等为谏官，又召范公、彦国与琦入中枢，据闻有'天下之人踊跃歌咏，如己得之'的说法。范公执意辞让，岂不失天下之望？又闻富彦国等上章，建言范公与琦一人赴阙，一人留边，莫如照范公赴阙、琦留边的思路上章。"

范仲淹笑道："我闻边上近来流传有'军中有一韩，西贼闻之心胆寒；军中有一范，西贼闻之惊破胆'之语。如是观之，我二人当一同留边，共底于成！"

韩琦笑了笑，又与范仲淹联名上第五状，恳请皇上允许他们继续留边，以免因易帅而贻误戎机。

第五状封发两天后，接替者郑戬就到了。范仲淹以亲戚身份接待，将他接到官舍。郑戬夫人为表妹聂氏和半岁的外甥女捎来了几件夹衣，一家人见过礼，话了家常，范仲淹将郑戬引入书房，拿出他写给集贤校理、枢密承旨朱寀的一封私函。郑戬一看，上面写着：

> 十六日被旨赴阙，与韩公同上五章，为边事未宁，防秋在近，乞且留任，必得俞允。入，则功远而未济，后有边患，咎归何人？军民亿万，生死一战，得为小事耶！

"哈哈！"郑戬阅罢笑道，"我知希文兄辞让出于真心，然你可晓官家因何急于召你回朝？"又自答道："泱泱大国对西夏无如之何，连战连败；契丹违背澶渊之盟，朝廷也不得不屈意忍耻，为其增岁币以消灾，官家内心能不触动？遂起用新势力以求振作，这是开创新时代的机遇嘛！"

范仲淹心为之一颤，沉默了。

"岂止官家，朝野都作如是观！"郑戬又道，"希文兄不知时下京城的空气吧？该走的走了——吕夷简以司徒身份离京赴郑州闲住；夏竦被硬生生拒于国门之外；该来的也都来了——欧阳修辈跻身谏官，杜、韩、范、富同掌枢府，制命一出，士大夫贺于朝，庶人喜于路，至有饮酒叫号以为乐者，谓官家去邪任忠，可克日以观太平。”

范仲淹的心跳突然加快了。醴泉寺抽签、应天府上书，三十多年来，他所期盼的，不就是居中枢、行新政，为皇宋长治久安竭尽全力吗？如今可谓天时地利人和，年过半百，得此机遇，不可因一时一事而错失！可是，经略西事方略若半途而废，隐患之大，足以抵消所有革新努力……

郑戬看穿了范仲淹的心思，一拍胸脯道：“交给我，希文兄还不放心？”又一笑道：“富彦国认为自己出使契丹达成盟约不是什么功劳，不该有枢密副使之任，坚辞不就，官家利用接见契丹使臣的机会，宣布他的身份是枢密副使，迫使富彦国不得不接受。如此看来，官家同样不会允许希文兄和韩稚圭辞让的。”

范仲淹放弃了再辞让的想法，问郑戬：“天休，想必你看过我上的两道攻守疏吧？”

“哈哈哈！”郑戬笑道，“防御，防御嘛！”

“非也！”范仲淹正色道，“目今修堡练兵已有成效，狄青、种世衡、张亢这些新将帅已可独当一面，而夏戎因数年穷兵黩武，加之贸易封锁，已是兵疲财困，双方渐呈此消彼长之势。”他起身从书案上拿过一张舆图，摊于茶几，指点道：“一旦大顺城、细腰城、水洛城筑成，连四路为一体，并以此为桥头堡，拔掉金汤、白豹、后桥这些插入汉地的楔子，不断向横山推进，可将夏戎彻底压制住；若夏戎内讧，则乘机进讨，一举灭之！”说罢，抬头盯着郑戬：“希望天休照此方略推进。”

郑戬笑了笑，轻描淡写道：“希文兄，别忘了，我可是做过枢密副使嘞！”

范仲淹心里一沉，眼前飘过一片阴翳。

枢府当年日辇襄，隐然一柱在明堂。

——范仲淹

# 第三十九章　隐然一柱在明堂

## 一

庆历三年七月二日，没有一丝风，天仿佛厚厚的棉被，严严实实盖在京城上空，一大早就让人觉得闷热难耐。可枢密院大大小小的官吏，却如沐春风，人人脸上挂着笑意，列队在首门外迎接枢密副使韩琦、范仲淹到院视事。

披着明晃晃的朝霞，韩琦、范仲淹迈步向枢密院走来。一眼看去，二人笼罩在灿烂的霞光里，仿佛罩上一层金色的光环，就连脸上的汗珠，也闪闪发光。

一应礼仪毕，范仲淹就急不可待地将秘阁校理、枢密承旨朱寀唤到直房，询问与元昊议和情形。

就在范仲淹和韩琦从泾州赴阙途中，元昊遣使到京议和，提出岁赐、割地、不称臣、弛盐禁、至京贸易、自立年号、更兀卒为吾祖等十一项条件。宰相晏殊主张接受，欧阳修等谏官认为，此乃夏戎对皇宋的公然侮玩，断不可接受，和议因此陷入僵局。朱寀禀报了和谈详情后，喟叹了一句："副枢，形势严峻啊！"

这在范仲淹预料之中。他将一把蒲扇递到朱寀手里，平静道："只要切实实施横山策，元昊不难制服。”

“副枢，难题不在元昊，而在契丹！”朱寀用力摇着蒲扇，神情紧张道，“契丹境内的党项部落岱尔人春末发生暴乱，契丹要求元昊出兵协助平乱，元昊出兵平定了暴乱，他依与契丹所定盟约，请求契丹协同攻打圣朝。昨得谍报，契丹已承诺出兵，点集兵马屯于幽州一带。”

一股寒气从范仲淹后背蹿出，他起身道：“我这就去见杜公。”

枢密使杜衍已是望七之龄。治事谨密，为官清整。当年，范仲淹得知身世后发愤自立门户，走投无路时，曾设想仿效杜衍，流浪为生。如今，少时乞丐已成为朝廷的柱国大臣。范仲淹暗自感慨，皇宋给予读书人的恩德何其深厚，便是拿出自己的生命去捍卫，也当义无反顾，更何惧苦辛、何惧担责？他不便责备中枢对严峻形势无动于衷，只是急切地恳请杜衍向皇上陈情，准许他巡边，回到前线去。

杜衍微微一笑道：“我料希文在枢府不会太久，十天内当见分晓，届时再说。”

昨日，知谏院欧阳修上章，弹劾参知政事王举正最号不才，懦弱不能晓事，缄默无所建明，当罢之；范仲淹素有大才，天下之人皆许其有宰辅之业，有韩琦佐枢府即可举职，无需再借助仲淹，仲淹当转任中书，与王举正对换，以洽公论。新任四谏官一入谏院就风采飞扬，人称“四谏”，左右天子、拿捏朝政，很有分量。杜衍揣度皇上会采纳欧阳修的提议，方有十日内见分晓之说。但应对夷狄联合夹击才是当下天大的事，而且枢密副使更利于巡边，所以范仲淹对改任参知政事不以为然，他搓着手，焦急道：“杜公，契丹已屯兵幽州，等不得了！”

杜衍把茶盏向他面前推了推，宽慰道：“希文不必焦虑。此事，中枢已研议过。富彦国认为，夏戎联合契丹攻我之说，当是元昊为向我施压故意放出的风声，契丹不至于墨迹未干就背盟。”

范仲淹起身道：“我去找富……”话未说完，门外响起气呼呼的声音：“杜公，要动杀机！”随着话音，富弼一脸怒气进来了，把一道文牍往书案上一摔，

“为官如此，国将不国！”又向范仲淹抱拳晃了晃，口中道：“范副枢知王伦叛乱之事否？”

今年五月，沂州虎翼军兵士王伦见当地连年灾荒，饥民骚动，便杀死巡检使，领数十兵士叛乱，当地饥民纷纷响应，北上攻入密、青二州，旋又南下攻掠泗、楚、泰、真、扬等州，直逼滁州，所过州县望风而降，进展顺利。王伦遂穿黄衫、立年号、置官署，朝廷不得不差禁军前去镇压。范仲淹回京城十多天了，富弼、欧阳修等连番宴请，虽然约定宴席上不谈朝政，只叙契阔，但他还是听说了此事，遂向富弼点点头，喟叹道：“内忧外患，令人焦心！”

“只我辈几个人焦心，何以济事？”富弼余怒未消道，“州县的官老爷们，平时无事优哉游哉，一遇事体望风而逃。这还罢了，知高邮军晁仲约居然、居然……”他气得说不下去了，抓起书案上的文牍递给范仲淹：“六丈看看吧！”

范仲淹一看，是江淮路转运使举劾知高邮军晁仲约的奏状。王伦率众攻打泗州时，晁仲约在高邮城四门贴出榜示，要求阖城绅民有钱出钱，有物出物，以贿叛军。待王伦率众赶到高邮城下，晁仲约率官吏出城相迎，以牛酒、佳肴犒劳，又贿以金器银帛，王伦酒足饭饱，携带大批财宝离开高邮，转攻扬州。范仲淹阅罢，慨叹道：“晁仲约虽未死节，却也保全了数万百姓。”

“说甚？”富弼惊得嘴巴大张，瞪眼道，“晁仲约这是叛逆、资敌，非砍了他的脑袋不可！不然，以后谁还愿为国杀贼？”

“杀人的事，不能不慎之又慎。”范仲淹道，“我看……”

不等范仲淹把话说完，富弼就腾地起身，顿足道：“那就在官家面前一辩吧！”说罢转身往外走，到了门口，又回头瞪了范仲淹一眼，恨恨然道：“哼，仁者误国，此之谓也！”

杜衍指着富弼的背影，苦笑道：“希文，富彦国可是口口声声说是你的弟子嘞！”

范仲淹一笑道：“他的岳丈晏公不是还挨了他的骂吗？他到底留了口德，没有骂仲淹是奸佞。”说着也站起身：“既然富彦国要求在官家面前一辩，就递帖请对吧，这件事不是小事，御前一辩也好。”说完拱手辞出。

杜衍吩咐堂吏将请对禀帖送阁门，又走到间壁富弼的直房，笑着劝道：“彦国，范希文既是你的举主，又是你的保山，出言不可过激。”

富弼正色道：“杜公差矣！弼与范六丈乃君子之交，相勖以忠，相劝以义。范六丈赏识弼，正是因为弼有独立见解，非让弼诸事附和。国事为大，弼岂可因私情而忘大义？”

杜衍颔首一笑，辞出了。

过了一个时辰，皇上在垂拱殿召对二府大臣。富弼把讨王伦情形奏报一遍，语气强硬道：“盗贼公行，守臣不能战，不能守，高邮郡守更是集民财而贿之，法所当诛，不可赦！”

范仲淹辩道：“凡事要看前因，还要看后果。若州县兵械足以战守，遇贼不御，而又贿之，依法应诛。可高邮无兵无械，郡守之义固当勉力战守，然果如此，虽郡守死节，生民尽涂炭矣；今郡守虽未死节，而保全百姓数万家，事有可恕，杀之恐非祖宗立法本意，亦非陛下圣心所忍。”

富弼哼了一声，高声道：“方今大患，乃法之不行。一说要依法行事，多方设阻，何以整齐天下！”

范仲淹又道：“多年来，朝廷以四方无事，不肯为州县设防，地方官敢有治城隍、阅兵卒之请者，每以狂妄追究之；一旦出事，中枢不自引咎，专责地方官，诚有愧于青史也！”

富弼还要辩，皇上制止道：“就依范卿所议，赦免高邮守。方今内忧外患，不可再袭故套。朕以太平责卿等，当世之务，应兴应革，望卿等随时条陈，勠力而行。”

范仲淹本想借机提出巡边之请的，又恐富弼情绪激动，不能心平气和论事，朝笏举了举，又收回了。众人卷班，一出垂拱殿，他就追上气鼓鼓走在前头的富弼，低声道：“彦国，祖宗以来，未尝轻杀臣下，此皇宋圣德。轻导人主戮臣下，他日手滑，虽我辈恐也不能自保矣！”

“范六丈，宅心仁厚啊！”富弼揶揄道。

范仲淹不以为意，以忧虑的口气道："彦国，元昊无礼，契丹人又屯兵幽州，形势何其危殆，岂可慢无区处？这就到我直房商议。"

富弼爽快道："我也正想与六丈说说此事。"

## 二

枢密副使范仲淹的直房前，聚集着黑压压一群人，望着直房门上的铁锁，个个面露惊讶之色。

"皇宋开国以来，没有听说过有这等事！"

"是啊，未免怪异！"

人们议论着，疑惑之余，却又充满好奇，久久不愿散去。

今日紫宸殿朝会，宣赞舍人宣读制书，右谏议大夫、枢密副使范仲淹改任参知政事。这是他在枢密院当值的第十天。台谏官、馆阁官依例前来致贺，却吃了闭门羹，便聚集在直房前，议论开了。

枢密使杜衍只得出面解释。他走到众人面前，拱手道："诸位才俊，范希文言：'参政乃执政大臣，执政可由谏官举荐而得乎？'故他拒受命，也就不接受致贺。以老夫看，诸位还是散去的好。"

"原来如此！"

"那也不必躲避嘛！"

众人议论着散去了。

范仲淹没有躲避，而是在紫宸殿后幄奏对。那天在垂拱殿就高邮守该不该治罪和富弼发生争论，下殿后他请富弼到自己的直房，交换对契丹会不会与夏戎勾连夹击国朝的看法。富弼倾向于契丹不会背盟，更不会和夏戎勾连，但范仲淹的顾虑并未打消，加之元昊居然提出十一项无礼要求，和议濒临破裂，范仲淹忧心如焚，巡边的想法越发坚定。皇上纳欧阳修等谏官之议，把参知政事王举正外放，让范仲淹改任之。范仲淹却拒绝接受。参知政事被尊为执政，当出自宸断，不应由谏官举荐而得；何况，他已打定主意巡边，枢密副使身份更为适宜。若上表辞任，会被认为是出于礼节，三番五次，要耽搁不少时间，所以他在紫宸殿拦住了殿班内侍，请求当面向皇上陈情。皇上爽快地答应了，当即将他召至后幄。

回京以来，范仲淹已多次面君，但单独奏对还是第一次。入座后便动情道："臣本寒儒，获陛下不次之擢，在物之情，向荣必喜；自天之命，过宠则惊。况夏戎议和，变诈难信，今又与契丹互为倚援，虽富弼判断契丹不会背盟，然戎狄之性，何堪信赖？臣久居边塞，稍知边情，且留枢府，即与韩琦出陕西、河东巡边，以防戎狄入侵。此事体大，它事当为之让路，待边事稍宁，臣再任中书，辅弼庶政，以报君恩于万一。"

皇上正为契丹和西夏有勾结之迹、元昊蛮横无礼忧心不已，又见范仲淹言辞恳切，绝非虚词故套，颔首道："卿乃真忠臣也！但卿与韩琦还是留下一人为好，宣抚事可另外再择一人。"

巡边的提议得到皇上允准，范仲淹比听到宣读参知政事的制书还要兴奋。散班回到家里，借晚饭之机，向家人作了通报。纯祐一惊，筷子"哗啦"一声掉到了饭桌上。回京途中，父亲说过今年要为他和纯仁举办婚礼，二人暗自高兴，不意父亲刚回京城又要走，此去不知要到何时，便忍不住问："大人，儿和二弟的婚事？"

范仲淹放下碗筷，郑重道："国家有难，当誓死以报，岂可为家事拖累？婚事看情形再议。"说完，起身进了书房，看到书案上放着三哥范仲温的来书，想到他晋升枢密副使，在族人看来，该是光宗耀祖的大喜事，便提笔写回书，告知三哥他晋身枢府之事；三哥还问及纯礼有没有荫官，他告知三哥，今年四月十四皇上圣诞节，四品以上官员照例可荫一子，纯礼得补试监簿，告知了这两件事，又写道：

> 相次专差人去存问也。互相戒约，勿烦州县。如辄兴词讼，必奏乞深行。请三哥指挥儿侄知委。保重保重！

家书修毕，便叮嘱小鬟整备行装。

次日午后，诏敕颁下，范仲淹回任枢密副使，充陕西宣抚使，即出巡边。接到敕书，他将枢密承旨朱寀唤到直房，询问枢臣巡边有何规矩。朱寀禀报，中枢大臣巡边，出发前，照例要举办御宴，皇上还要颁锡赉；宣抚所到之处，对将士例有赏赐，由朝廷拨特支费。范仲淹心里有了底数，提笔写奏疏。想到此番宣抚陕西责任重大，若增加一位副使，便于遇事商量。副使人选他也想好了，就荐田况出任。但宣抚向无副使之设，三司那里恐无此项开支。捻须思忖片刻，想出一个主意：奏请皇上免去御宴和锡赉，把经费转拨差遣副使之用。

奏表刚呈上，就接到鄜延帅庞籍快马急递，奏报元昊差使介张延寿到延安，愿修改和谈条件，只要岁赐二十万，允其年入境售卖十万斤青盐，即愿取消帝号，也不再称“吾祖”，只用兀卒之称。庞籍并奏报说，探得元昊助契丹平乱后，未获回报，遂诱使契丹境内夹山以南党项部落叛投西夏，契丹恼恨不已，双方有交恶之势。

皇上召集二府三司大臣御前商议。范仲淹率先道：“戎狄之性向来狡诈，不可为其所惑。况年十万斤青盐，不可答应。自唐以来，晋盐之利，可以半天下之赋，若答应夏戎，我盐税损失难计其数，而夏戎不旋踵即富足矣！故当做好和议破裂之备，臣当即出，宣抚陕西！”

“宣抚已无必要，更不可存和谈破裂之念！”三司使吴育针锋相对道，“当年元昊遣使来告称帝，都说要杀来使，灭夏戎。臣独持异议，认为太平日久，将帅乏人，当援用国初吴越国钱俶之例，稍易名称加封而安抚之，朝廷不纳。结果呢？三战三败，有何底气中断和议？”

富弼转脸盯着吴育，质问道：“若答应夏戎十万斤青盐，国库永无充盈之日，身为计相，奈何？”他又转向御座道：“臣以为宣抚边鄙非急务。叛贼王伦虽被剿灭，但京西、陕西又冒出好几股盗贼，有饥民造反，有兵士哗变，不可小视。兴利除弊迫在眉睫，若再不振作，国事不忍言矣！”

皇上静静地听着，待富弼说完，盯着范仲淹道：“外患未平，内忧又起，朕意范卿不必出逃，当改回参知政事，辅弼大政。此出自朕独断，非谏官所荐，卿不可辞让！”

范仲淹躬身谢恩：“臣不敢辞，但望陛下还是允臣即出巡边。”

枢密使杜衍道：“契丹不会背盟，元昊又主动降低和谈门槛，故宣抚河东、陕西，可缓。”

韩琦奏道：“臣以为宣抚河东可暂缓，但陕西之行不可取消，恐元昊乘忿盗边也。仲淹既参大政，当留朝廷，臣正值壮年，可备奔走，愿代仲淹宣抚陕西。”

“不可！”范仲淹断然道。他知郑戬其人凭气近侠，知开封府时，为一个冯士元案折腾了一年，此番帅陕西，刚到任不足一个月，就将张亢排挤出去，以郑戬的脾气，未必把韩琦放在眼里，说不定还会起冲突，他放心不下，但又不能说担心韩琦压服不住郑戬，只得道：“臣虽年高体弱，但巡边尚能支应，还是差臣去为宜。”

皇上道：“范卿参大政，要做的事甚多，巡边，就让韩卿去吧。”

宰相晏殊咳了两声，奏道：“元昊主动降低条件，说明面临压力很大，可命庞籍差人与张延寿和谈，尽快达成和议。”

“就依晏卿议。”皇上颔首道。说着，目光扫视众人，最后落到范仲淹身上，以急切的语调道：“国事维艰，宜思振作。当世急务有可建明者，望卿等为朕言之！”

二府三司大臣喏喏告退。

三天后的紫宸殿朝会上，宣赞舍人宣读制书：右谏议大夫、枢密副使范仲淹改参知政事；再宣读诏敕：王尧臣为三司使，吴育知开封府。宣读毕，进入奏事程序，右司谏蔡襄出列奏道：“陛下已诏命仲淹巡边，又除参政，未有巡边之日。夏戎狡诈不可信，其所提条件断不可接受，势必用兵。边将虽多，莫如朝廷遣柄臣以临之；柄臣之中，未有如仲淹者。”

皇上道：“已差韩琦宣抚陕西，诏命即下。”

“臣以为不妥！”欧阳修出列道，“韩琦与仲淹，皆国家委任之臣，才识俱堪信用。然仲淹于陕西军民有恩信，犹为众所推服。若仲淹外捍寇兵，韩琦居中应副，必能共济大事。陛下新用仲淹，责其展效，但边事是当下之急，不可迟缓。不妨令仲淹速去，三两月还朝，再修阙政。”

皇上道：“此事已与二府三司商定，不必再议。朕以仲淹有中外人望，命参大政，众卿当同心协力，一新治理！”

纶音一出，群情振奋，朝会卷班，百官致贺。知谏院欧阳修率谏官贺毕，单独留下，抱拳道：“范公，终于等到这一天了，晚上修与孙明复、石守道等弟子请范公欢聚相贺！”

范仲淹摆手道：“永叔，免了吧。本朝宰执大臣，除了寇公、晏公，都是谢绝私宴的，还是不破规矩吧！”

欧阳修虽有些失望，却依然难掩兴奋，激动道：“都说皇上把治国重任托付范公了，兴利除弊，更待何时！”

范仲淹一脸肃穆，没有回应。

## 三

七月底的京城，暑气虽未退去，但晚风已带有几丝凉意。范仲淹用罢晚饭，穿长衫、戴小帽，背手在院中踱步，忽听首门外响起尖声高叫：“官家有赏——”迎出去一看，是内押班王守规带着一干人等到了，王守规一晃脑袋道：“执政公，这些银两、绢帛，乃官家赏赐，这回，该收下了吧？”

依照朝廷惯例，二府大臣获任，皆有锡赉。因任枢密副使时已领受锡赉，刚过一个月又改任参知政事，范仲淹即上《奏乞免参知政事锡赉》，皇上未再依例赏钱，却又改赏银、绢。范仲淹仍不愿接受，连连摇手道：“使不得！仲淹不难为中贵人，这就上章，乞官家免赐就是了。”

王守规无奈，只得回转。范仲淹进了书房，提笔拟写《再奏乞免锡赉》。小鬟进来奉茶，劝道：“郎君，今年家里要娶两房新妇，花销少不了，朝廷照规矩赏赐的，怎的非要回绝呢？”

“西北连年用兵，今年又遇大旱，国家也不富裕了，百姓更是困顿。我在泾州已受赏百万，晋枢密副使又受赏五十万，心里已然很不安了。”他抬头盯着小鬟，感慨道：“当知，金钱再多，也买不来一个心安哪！”

小鬟点点头，把茶盏放下，抿嘴一笑，转身往外走，范仲淹对着她的背影道：“把纯祐、纯仁、纯礼唤来。”

须臾，纯祐带着两个弟弟进来了，施礼毕，恭恭敬敬站在书案前听训。范仲淹神色庄重道：“加官升职，固然可喜。需知，每加一职，即增加一份责任。目今国家内忧外患，为父把全部精力投入朝政唯恐不能济事，家事难以顾及。当年为父成亲时，可曾有谁操持？你们兄弟成亲，一则不可攀比、铺张；二则赁屋、雇轿这些事，自己带家院操办。”他顿了顿，又道：“你们弟兄三人，已靠父荫补了官，但还要苦读，走登科入仕的正途。”他突然长叹一声：“孔子说，人无远虑，必有近忧；可照我看，人有远虑，方有近忧。就说恩荫之事。你们兄弟三人，还有吴县范家、长山朱家也各有人荫了官；如今为父做了高官，荫官名额更多，这样荫补下去，不出几十年，寒儒就没有做官的机会了，老百姓又如何供养得起啊！”

纯仁道：“儿听说，八品以上的官员都有荫子弟为官的资格，官越大荫官越多，亲戚、门客都可以补官。三年一次南郊大礼、每年的圣诞节，小官可荫一人、大官可荫三五人。就连边臣赴任时，也可荫一子弟为官。儿还听说，时下一年荫官就有五六百呢，三年一科录取进士也不过三四百，荫官倒比进士入仕者多出许多！”

范仲淹暗自惊喜。他没有想到十七岁的纯仁对时政这般熟悉，数字脱口而出。该历练他了。遂道：“我给吴县三伯父修书，说要差专人去苏州存问。今年大旱，族人生计定然困顿。纯仁明日就张罗购一船米送到苏州去，救济族人。”

纯祐抢着要去，范仲淹向他使了个眼色，摆手让三子退下，转身把专门盛放文牍副本的柳条箱一一打开，举烛翻检起来。皇上决意改弦更张，又对他寄予厚望，推行新政之事，该提上日程了。多年来他所上章奏不少关涉兴革，拿出来以资参考。

连续好几天，他每晚都在书房做着同一件事，常常到凌晨方就寝，又因思绪纷飞而睡不着觉，几天下来，面色蜡黄，双眼布满血丝。

"希文，患了眼疾？"政事堂里，晏殊盯着范仲淹端详良久，忍不住问。

范仲淹摇头。晏殊似乎明白了，起身道："到直房去，有话说。"

进了宰相直房，甫落座，晏殊就开门见山道："希文素以天下为己任，朝野也以兴致太平责希文。纵观历史可知，风气之总要，不外乎阴阳、刚柔、动静而已。阳、刚、动之世，其人热，类于墨家，其治张，热衷刑名，其弊为躁争；阴、柔、静之世，其人冷，类于道家，其治弛，必尚黄老，其弊为疲懦。战国动而汉初静，西汉末静而东汉末动，唐静而五代动，皇宋鉴五代之动，士大夫皆主静。论治则主旧章，论人则循资格，观人则主禄命。貌以丰肥为福，行以宽厚为尚，言以平易为长，文以缛丽为美，重厚笃谨慎之行，贱振奇跅弛之才，八十年于兹矣。风气如此，岂是朝廷五七项更革举措所能骤变？固然，内忧外患令人警醒，有识之士，俱思振作有为；然欲易静而动，不可急于求成。逆风气而行，旗不可举得过高，帆不可扬得太大。否则，无异于跟整个官场作对，不惟个人声誉失坠，还会令国事不复再有振作之望。盼希文三思。"

这一层，范仲淹也考虑到了。正因如此，他才感到压力巨大，夜不能寐；但听了晏殊的话，他还是为之悚然。时下西事未定，北鄙不稳，他脑海里总是不由自主地思忖此事，心神不宁。鉴此，行新政之事，不妨先放一放，待西事稍定再说。

欧阳修却坐不住了。朝野盼范仲淹主持大政如大旱望云霓；如今云霓飘忽而至，仰望得脖颈酸痛，却连一滴雨丝也未落下，怎不令人失望！自听说元昊的军师张元乃屡试不第的举子张三才，朝野哗然，纷然上章，建言改革科举之制，先考策论后考诗赋，不再以诗赋论高下。偏偏范仲淹保持沉默。众人失望一分，范仲淹的声望就损失一分。这更是欧阳修不愿看到的。

他不相信范仲淹无锐意革新之意，根子还是在皇上那里，遂提笔上章：

今韩琦、范仲淹久在陕西，备谙边事，是朝廷亲信委任之人。况二臣才识不类常人，其所见所言之事，不同常式言事者，陛下最宜加意访问。自二人到阙以来，只是逐日与两府随例上殿，呈奏寻常公事，外有机宜大处置事，并未闻有所建明，陛下亦未曾特赐召对，从容访问……

奏疏呈达御前，皇上颇为委屈，遂写手诏一道，分送范仲淹、富弼：

比以中外人望，不次用卿等。今琦暂往陕西，仲淹、弼宜与宰臣章得象尽心国事，毋或有所顾避。其当世急务有可建明者，悉为朕陈之。

接到手诏，范仲淹觉得千钧沉重，心头翻江倒海。他拿出十八年前所呈《奏上时务书》，里面就有整顿武备以御外患、抑制赏延以清仕路的建言；十六年前的《上执政书》，更是提出在承平之时要励精图变，建言"固邦本，厚民力，重名器，备戎狄，杜奸雄，明国听"。当年若照此实行，或许不会有今日之局吧！如今被元昊三战打醒，巴不得一夕之间积弊尽除！岂不知积弊越久，利益纠葛越多，革除的难度越大，一旦付诸行动，人言汲汲，反对声四起，皇上还会像今日这般支持吗？可是，皇上委任之重，求治之切，催人泪下，岂可无动于衷？

仿佛一夜之间，范仲淹苍老了许多。

"范公，谋划新政，很耗费心血吧？"这天散朝，欧阳修走到范仲淹面前，关切道。

范仲淹没有解释，微微摇了摇头。

欧阳修打气道："范公不必顾虑，我辈谏官都全力支持。"他吸了口气又道："不过时下谏官还是人少势孤，当再引进新势力，我和蔡君谟已上章，要求把石守道任为谏官，届时谁敢反对新政，必赶出朝廷不可！"

一听到石介的名字，范仲淹不禁摇头。赴阙途中，在郑州忽然看到国子监直讲石介所作《庆历圣德颂》，先是一篇长长的序文，称皇上拔擢范仲淹、驱逐夏竦之举，天地人神，昆虫草木，无不欢喜。再看正文，石介誉范仲淹、韩琦、富弼等人为大贤，极尽颂扬之能事，又说夏竦为大奸。范仲淹倒吸了口凉气。夏竦受台谏奇辱，必是耿耿于怀，石介指名道姓攻讦他，如同在他的伤口上撒盐，以夏竦的才智，若报复起来，朝廷岂有宁日？范仲淹气得把诗稿摔在地上，骂道："为此怪鬼辈坏了！"韩琦也叹息道："天下事不可如此，如此必坏！"故一听欧阳修和蔡襄联名举荐石介做谏官，范仲淹连连摆手道："石守道刚正，天下所闻，可此人好为奇异，做谏官，必以难行之事责皇上以必行，少拂其意，又必引裾折槛，叩头流血，无所不为矣！"

"修也曾致书石守道，责他自许太高，诋时太过，书法太怪。"欧阳修笑着道，"可对付那些守旧势力，需要石守道的锋芒嘛！"

范仲淹摇头道："为避免石守道碎首玉阶，还是不用的好。"

亲逢英主开前席，力与皇家正旧章。

——范仲淹

# 第四十章　亲逢英主开前席

## 一

庆历三年九月三日，晴空万里，秋高气爽。在这个寻常秋日的清晨，皇宫大内，一个不寻常的殿阁的厚重大门，徐徐开启。

大内会庆殿之西、龙图阁之北，坐落着一座典雅、恢弘的殿阁，谓之天章阁，是专用以珍藏先帝真宗御制文集、御书之所。因属于禁中殿阁，非礼仪所需，大臣不可涉足。可今日辰时，内押班王守规到中书宣谕，皇上要在天章阁召对二府大臣。

宫中殿阁众多，召对大臣各有其所，因何在天章阁召对？这是开先例之举。如此大破常格，所为何来？二府大臣个个一脸茫然，步履却格外稳重。过了会庆殿，就进入内朝了。宰相章得象、晏殊，参知政事贾昌朝、范仲淹，枢密使杜衍、副使富弼，不约而同正了正衣冠，抱紧了朝笏，在两名提灯红衣吏的引导下，目不斜视，神情凝重地进了天章阁。

皇上已端坐在高高的御座上。众人低头进殿，不敢仰视，神圣庄严之感油然而生。正要列班，皇上开口道："众卿免礼，随朕来！"说着，起身下了高台，向后殿走去。

二府大臣在内侍的引导下跟在皇上身后，来到了后殿。这里是安放祖宗御容之所。皇上在前，二府大臣在后，向太祖、太宗、真宗三帝御容施祭拜礼。礼毕，皇上回到御座，众人这才施觐见礼。

“赐座！”皇上高声道。

但见殿内已放置了六把坐墩，东西向，墩前各置一张几案。内侍引导二府大臣入座后，皇上语气庄严道：“祖宗百战，混一四海，垂八十年；朕承继大统，二十二载于兹。方今外侮内忧，无盛世之象。朕宵衣旰食，孜孜求治，今日特开天章阁，对卿等有厚望焉！”说着，向内侍一颔首。

几名内侍手拿笔墨纸张，分头走向二府大臣面前，恭恭敬敬放置在各自面前的几案上。

皇上又道：“朕今日付卿等笔墨纸张，要卿等在朕面前条陈时政，应兴应革，一一建明。”

众人面面相觑，不知所措。章得象擦了把汗，起身道：“臣愚钝，惶恐不知何所建明。”

庄严、惶恐、内疚、激动、振奋，种种情绪夹在一起，范仲淹战栗了一下，眼圈湿润，起身深揖道：“臣战汗惶怖甚矣！”

富弼也起身，声音颤抖道：“臣负疚不能下笔！”

两个月来，皇上在朝会上口谕多次，又颁手诏，命二府大臣条陈时政，以新治理；可已进入九月，还是没有等到回应，而台谏官又不断指责他对范仲淹、富弼不能虚心访问，故而朝政因循如旧，不见新气象。无奈之下，便以这种前所未有的庄严方式，一来逼迫二府大臣交出答卷；二来向朝野宣示力行新政的态度和决心。皇上也知道，推行新政，非办理具体事务，需静下心来仔细谋划，不是一时半会可以交卷。见章得象、范仲淹、富弼惶恐避席，便顺水推舟道：“也罢，卿等回去细酌，早日进呈！”

六臣躬身施礼，卷班而去。出了天章阁，都不约而同地长长呼了口气。章得象叹息一声道：“祖宗经历变故甚多，所立法度极是稳便，法度不无小弊，但其利多耳，岂可骤变？”

晏殊附和道：“是啊，治大国若烹小鲜嘛！”

范仲淹尚未从天章阁召对的庄严场面中回过神儿来，骤闻两位宰相之语，仿佛两盆冷水，把他心中刚升腾起的火苗“噗”地浇灭了。他知道，守静思维已深深烙在君臣的心头，一时一事的刺激引发的冲动，随时可能因形势的变化而冷却下来。急于推行新政，很可能半途而废；可皇上求治心切，以前所未有的举动表达行新政的决心，总不能无动于衷吧？

经反复斟酌，他决定从一件件具体事情着手，徐徐推行革新。

他首先想到的是大力培养医工。自受庆州地震惊吓提前产女，聂氏的身体就垮了。半个京城医馆的医师都请来过，仍然不见好转。范仲淹感慨，即使是京城的医师，许多也没有经过正规的诊脉、合药饵训练。遂上了一道《奏乞在京并诸道医学教授生徒》，提议朝廷和各府州大力教习医工。

奏疏呈上，又接皇上因灾异频出，命辅臣谨省刑法之诏，遂上《奏为灾异后合行疏决刑狱等六事》：一、皇上颁诏，鉴于灾异屡现，君臣同心修省；二、遣使各地，指导刑狱，人犯非害人者，皆从减降；三、诏天下州县主政者，访问民间孤独不能存活者，速加赈恤；四、诏各地一一查明阵亡将士家属，若属寡弱，别加存养；五、边陲之民被戎狄驱虏者，量支官物，赎还本家；六，诏各地欠税符合赦恩免除者，不得再催缴，官吏违者以违制论罪，遇赦不原。

还有一件事，他一直挂在心里：陕西、河东近年推行官铸铁钱以助军费，但民间有许多盗铸者，私铸官钱，依律当斩，大牢里押满了等待杀头的死囚。想到历史上多有实行赎罪之法者，遂上了一道《奏乞于陕西河东沿边行赎法》，除划定情形外，允乡人以谷麦、市人以钱帛赎罪免刑，如此既可解救大批青壮，又可筹集一笔军费。

半个多月里，范仲淹连上四五疏，却没有按皇上的要求一揽子进呈时政条陈。

皇上耐心等待着，台谏官却议论哗然。

“范公可知外间都在议论些什么？”这天一散朝，欧阳修追上范仲淹，语带讥诮问。

范仲淹未回应，示意欧阳修到直房去说。甫落座，欧阳修就侃侃而论起来:"自唐以来,身处下位而天下想望倾属、期至公相,声名煊赫者,惟范公一人。自范公做谏官,天下之人即望范公入两府。及范公被谴,天下人识与不识,皆叹息怒骂,谓宰相蔽君怙权,不容贤者在朝。昊贼叛逆,西北用兵,众谓非范公之才不能了此事。天子采天下之议,用为帅臣,果能使士卒奋励,逆寇闻之不敢窥境,有求和之请,时朝堂有沮陷者,议者欲食其肉。"他一点自己的鼻子:"修常静思,范公功业未及天下,而天下之人爱而赞之,何也?由范公蕴至诚,以康济万民为己任,故诚之感人,如四时之气,鼓动万物,远近无不感受。今天子又采天下之议,召公入政府,天下之人欢欣鼓舞,皆曰:'朝廷用人如此,万事何足虑?'日拭目以待,望范公之所为。可两个多月过去了,私下的议论却已悄然发生变化,谓范公因循姑息,不肯建明大事。修闻此恻然愧羞矣!"说完,发出一声痛惜的长叹。

"永叔,你的心情我理解。"范仲淹动情道,"皇上用我至矣!然永叔当知,祖宗以来,嘉无事而厌生事,求无过而不求有功,风气如此,转换不易。事有先后,动于久静之时,非朝夕可成。"

"可范公是开风气的人物啊!"欧阳修辩道,"范公以天下为己任,以馆阁之职凛然而出,启慨然议论朝政、臧否公卿之端,士气遂动,多言更张。况且,目今受三战三败之刺激,朝野皆谓当举国奋励,厚望于范公引领;天子又求治心切,一再督促,再踌躇下去,如何向天下人交代?如何向君父交代?"

范仲淹沉吟不语。

欧阳修又道:"二府、台谏,皆师友亲朋,堪称天时地利人和啊!"

经欧阳修一提醒,范仲淹迅疾在脑海里过了一遍:除了袖手宰相章得象,政府里的三人,他与晏殊有师生之谊;另一位参知政事贾昌朝则是他二女婿的伯父;枢府里,杜衍、富弼、韩琦皆好友;四谏中,欧阳修、蔡襄、余靖都是他的坚定支持者,王素是次子纯仁的岳伯父;台官中,风力御史张方平是他的弟子;御史中丞王拱辰是欧阳修的连襟,另一位御史蔡禀,则是他的长女婿蔡交的亲弟,为此他还依宰执与御史回避亲属之例,上《奏避蔡禀嫌》,皇上特批不必回避;还有一位御史杨察,是富弼的连襟,晏殊的二女婿。这样梳理下来，朝廷中枢、要路，多是师友亲朋，委实称得上人和了。皇上求治心切，一再敦促，若再搪塞下去，委实说不过去了。他欠了欠身问：“以永叔看，行新政，当从何入手？”

“人！”欧阳修断然道，“去小人、进君子；摒庸人、登贤者，则国事可为！”

范仲淹点了点头。

“轰隆隆——”空中响起一声闷雷，随即刮起了一阵东南风。范仲淹起身走到窗前，背手远眺。欧阳修也跟了过去，一指空中翻滚的乌云道：“旱得太久了，终于要来场暴风雨了，来得好啊！”

“轰隆——轰隆——”闪电划破长空，雷鸣连声响起，震得窗户“哐啷”作响，范仲淹、欧阳修不约而同地向后躲闪了一下。

“范仲淹接旨——”电闪雷鸣中，直房门外响起内押班王守规的高叫声。

## 二

刻漏显示已交卯时，烛台上换过一茬的蜡烛又快燃尽了。范仲淹虽一夜未眠，却毫无困意，甩了甩酸沉的手腕，继续提笔疾书。

前天上午，皇上差内押班王守规到政事堂传旨，并将《手诏十问》交到范仲淹手上。这次，皇上指名道姓要求他根据手诏，尽快条陈时政；而且在二府大臣中，手诏只交给他和富弼两人。上有君父殷切敦促，旁有欧阳修辈不断施压，他不得不放弃徐图缓进的念头，着手起草答问。他知道，皇上已把推行新政的重担交到他的肩上，一介寒儒，成为今日肩负重任的柱国大臣，范仲淹感到自豪而又惶恐。这惶恐，缘于准备不足。固然，以往他提出过很多关涉时政的建言，但多半是从地方官的经历出发的；他在朝廷的时间不长，这次赴阙视事也仅仅两个多月，且思绪尚未从西事中抽离出来，他担心仓促间推行新政，因站位不高、谋划欠周而贻误全局。晏殊的一席话又从另外一个角度提醒了他，让他越发持重。可眼下的局面已不允许他再按部就班。或许，历史上从来没有准备充足后再行新政之事，机遇稍纵即逝。皇上以开天章阁这样庄严隆重的方式向中外宣示了急于行新政的决心，以四谏为主导的主流舆论也为行新政营造了浓厚的氛围，务必牢牢抓住难得的历史机遇，为皇宋谋长治久安之计，行富民强兵之策，也使自己名垂青史，为万世法！

有十六年前的《上执政书》为基础，近万言的《答手诏条陈十事》，只用了两天一夜就完成了。十事之下，皆先引经据典，再言当下积弊，然后提对策，其间还穿插不少实例。誊抄完毕后，范仲淹净手焚香，捧在手里，感觉似有千钧之重。

这不是一道寻常的奏疏，而是石破天惊的宣言书。太宗朝名相吕蒙正宣示的政纲是“清心省事”四字，先朝名相李沆更声称，对兴利除弊的章奏付之一炬就是他最大的报国之举。新朝以来，无论是张士逊还是吕夷简当国，无不以守静为圭臬；而这道奏疏，不啻宣告了守成主静时代的结束，开国八十年的皇宋，要由阴、柔、静之世，转向阳、刚、动之世，分量何其重哉！

洗漱更衣毕，范仲淹登车来到待漏院。刚一下车，正好富弼的马车也到了，他迎过去问：“彦国，如何？”

富弼会意，悚然道：“不敢自出意见，但举祖宗先例，请官家择而行之。”

范仲淹默然。但他并没有改变主意，一进直房，就吩咐堂吏将《答手诏条陈十事》送到内东门拜表处。

过了五天，已入了十月，禁中却没有回应。十月初一，皇上照例向百官赏赐寒衣，并恩准百司从即日起可使用火炉取暖。内押班王守规率一干人等来政事堂送赏赐衣物，范仲淹悄悄问他：“中贵人，某的《答手诏条陈十事》，官家可曾御览？”

王守规眨巴着眼睛想了想，点了点头。范仲淹顿感忐忑。或许皇上认为更张太多？抑或是觉得着力点有偏差？这样也好，选择富弼的答问疏，推行起来阻力当会小些。

正揣度间，内侍送来皇上手谕：“卿更进一本。”

范仲淹恍然大悟。皇上要选择他的条陈作为新政纲领，但又觉得写得过于汗漫琐碎，所以迟迟没有表态。范仲淹当即在前疏基础上加以提炼，写成《再进前所陈十事》呈上。

十月初三的紫宸殿朝会上，皇上命宣赞舍人将《再进前所陈十事》宣读一遍：

一曰明黜陟，为重定文武百官磨勘，将以约滥进，责实效，使天下政事无不举也；二曰抑侥幸，为重定文武百官奏荫，及不得陈乞馆阁职事，将以革滥赏，省冗官也；三曰精贡举，为天下举人先取履行，次取艺业，将以正教化之本，育卿士之材也；四曰择官长，为举转运使、提点刑狱并州县长吏，将以正纲纪、去疾苦，救生民也；五曰均公田，为天下官吏不廉则曲法，曲法则害民，请更赐均给公田，既使丰足，然后可以责士大夫之廉节，庶天下政平，百姓受赐也；六曰厚农桑，为责诸道沟河并修江南野田及诸路陂塘，仍行劝课之法，将以救水旱、丰稼穑、强国力也；七曰修武备，为四方无事，京师少备，因循过日，天下可忧，请密定规制，相时而行，以卫宗社，以宁邦国也；八曰减徭役，为天下徭役至繁，请依汉光武故事，并合县邑，以省徭役，庶宽民力也；九曰覃恩信，为赦书内宣布恩泽未尝施行，并请放先朝欠负，以感天下之心也；十曰重命令，为制书忽而行违者，请重其法，以行天子之命也。

宣读毕，不知是尚未听明白，抑或是需要一个思考过程，百官都沉默不语。皇上扫视群臣，神色庄严道："国家多难，当思振作以新治理。朕意已决，依范仲淹此疏为蓝本，推行新政。疏中所议当兴当革事项，分别拟定条贯诏旨，次第颁行。为西事所设崇政殿议事厅，改为议新政之所，范仲淹、富弼可随时在此召集两制、台谏及在京百司议新政事宜。"说完，向殿班内侍一颔首。

殿班内侍高唱一声："卷班——"

皇上刚起身，尚未走进后幄，殿庭里"嗡"的一声，议论开来。

"听范执政的意思，是要拿官场开刀咯！"

"是啊，新政十事，大抵有五七事是对着为官之人的。"

"这只是纲，看看有甚样细目再说不迟。"

身后的议论声，范仲淹隐隐约约听到了，他没有回头，昂然出了紫宸殿，刚下了丹墀，御史中丞王拱辰紧追几步跟上来，唤了声"范执政"，拱手道："我辈想听听新政十事的细目，可否烦请执政公为我辈详解之？"

"是啊是啊！有劳执政公。"知谏院欧阳修、监察御史包拯等十来名台谏官也跟了上来，随声附和道。

台谏官的支持对新政成败至关重要，故对王拱辰的提议，范仲淹求之不得，他向西一挥手道："走！"

王拱辰、欧阳修、包拯等台谏官跟在范仲淹身后，径直进了崇政殿议事厅。众人在条案两侧落座，范仲淹开门见山道："历代之政，久皆有弊；弊而不救，祸乱必生！《易》曰：'穷则变，变则通，通则久。'我国家革五代之乱，富有四海，垂八十年。纲纪制度，日削月侵，官壅于下，民困于外，夷狄骄盛，寇盗横炽，不可不更张以救之。然则，欲正其末，必端其本；欲清其流，必澄其源。行新政，必从整饬吏治入手。"

"说的是！"欧阳修振奋道。

"古语云'治大国若烹小鲜'——"监察御史梁坚晃着大脑袋道，"扰之则乱啊！"

## 三

范仲淹在陕西时即与任转运司判官的梁坚交游，诗词唱和，知他律己甚严，衡事则不离祖宗先例、朝廷条贯，对新政难免挑剔，也就没有理会他，兴致高涨地开始向台谏官们宣讲他的新政十事。

“先说第一事——明黜陟。”范仲淹声音高亢道，“核心是重定磨勘之制。磨勘本意是考核官员以定升迁降免，可现状是，文资三年一磨勘，变成了三年即可一迁，不问贤与不肖。如此，谁肯兴国家之利，救生民之病？诸位只要看看权势子弟就知道了。权贵子弟都不愿到地方做官，一旦外放，往往磨蹭一年还不赴任，等该磨勘时，方到任所游山玩水一番，一无勤效，却照样升官。如此，人人因循，不复奋励矣！”

“委实如此！”众人附和道。

范仲淹提高了声调：“明黜陟，当从宰执大臣始。朝廷当特降诏书，今后二府大臣有大功大善，则特加爵命，否则，不得非时进秩；而员外郎、郎中、少卿、监，需有五名清望官保举，方许磨勘，以确保考课真实，防止弄虚作假。”

“先从宰执大臣入手，好！”监察御史包拯道。

“要明确磨勘年限。”范仲淹继续说，“升朝官担负重务者，任满三周年，方可参加磨勘；不愿到地方任职，陈乞留京差遣者，须实际做事通计五周年，方可参加磨勘。概括言之，改革文官三年一次循资升迁的磨勘法，注重以实绩与德行提拔官员，淘汰非才、贪浊、老懦者！”

“理应如此！”谏官余靖道。

“再说第二事——抑侥幸。旨在杀任子之恩，重馆阁之选。”范仲淹环视众人道，“这是限制我辈在内的八品以上官员特权的。皇宋优容士大夫，但荫补子弟过滥，做学士以上二十年者，一家兄弟子孙就有二十人可做京官，荫为选人、武职的亲属又倍之。今百姓贫困，冗官至多，如何供养得起？必须修改祥符八年制定的任子法，限制高官子弟入仕特权。初步设想，荫子孙当有年龄限制，除嫡长子、长孙外，其他子孙当年满十五、侄甥当年满二十方可奏补。”

“荫补过滥，务必裁抑！”监察御史包拯赞同道，“法当为国造士，不应为官立家。一旦裁抑荫补，官员子弟莫不靡然向学，大好事！”

“抑侥幸，除了裁抑荫补过滥，还有一项，就是限制高官为子弟谋取馆阁之职。”范仲淹继续说，“馆阁乃储才之地，务必选用一流人才。馆阁缺人，当由二府采集舆论，推举人选。”他看了御史中丞王拱辰一眼：“除禁止二府大臣为子弟乞馆阁职外，每科状元不问贤否，一两年后必入馆阁，此例也应革除。”

王拱辰即状元出身，登第一年即入馆阁，二十多岁就以龙图阁直学士知开封府，三十出头就任御史中丞，他嘿嘿一笑道：“革除！”

“新政第三事是精贡举。”范仲淹又道，“此事分两项，一为改科举，二为立学校。时下的科举，弊端在于专以辞赋取士，导致读书人皆舍大方而趋小道，看似人才济济，有才有识者十无一二。”

“此事体大，当集思广益，制定细则。”王拱辰道。他向范仲淹一拱手：“拱辰愿牵头此事。”

范仲淹点点头，又道：“如今取进士，不问德行。今后举子皆应先入学校，使其知圣人治身之道。如此，可促使州县广立学校，也可借以考察举子操行，选拔出德才兼备者，则国家得人，百姓受惠。”

“唐末以来百余年，庠教失序，最令人痛心，是该广立学堂了。”监察御史梁坚赞同道。

“入学校，谁出钱？”谏官余靖质疑道，“若官府不出钱，苦寒子弟无钱入学，就不能参加科举？”

“那是另一回事。”欧阳修反驳道，“先不要挑剔！”

“第四事是择官长，一则行按察之法，一则行举官之法。”范仲淹伸出两根手指道，“时下州县官长，即是古之诸侯，一方舒惨、百姓休戚，实系其人。可现实是，差遣官员不问贤愚能否，懦弱者不能约束手下，强悍者只知博取名声，皆蠹民害物之流，国家之本，因此凋残。鉴此，先为各路转运使加按察使衔，按察官吏，裁汰不职，此为按察之法；举官之法的要领是，打破论资排辈惯例，举贤任能。二府各选转运使、提点刑狱十人、大藩知州十人；两制公举知州十人；三司、御史台各公举知州五人；知开封府、推官公举知州五人；诸路转运使、提点刑狱各同举知州五人、知县及县令五人；诸州知州通判共举知县及县令二人，汇于审官院、流内铨，举主多者，先行任用。如此选官，庶几得人，爱惜百姓，均其徭役，宽其赋敛，各获安宁。”

“这可是历朝历代不曾有过的创举啊！”御史中丞王拱辰道。听不出是赞赏还是讥诮。

“新政第五事乃均公田。”范仲淹继续照自己的思路道，“皇宋优待文士，俸禄素称优厚。但这是对高官而言，中低级官员端赖职田养家。当重新核定官员职田，然后可以责其廉节，督其善政。”喝了口茶，又补充道：“时下官员多不愿到地方任职，若职田能充足保障，也可使英俊之流，乐于为郡为邑之任，则百姓受惠。”

“这事也能算革新？”监察御史钱明逸嘀咕了一句。

范仲淹佯装没有听到，把话题转到新政第六事上去了：“厚农桑一事，要领是修水利，课农桑。”他把知苏州时田亩、税赋等说了一遍，又把两浙、京东路农田水利废弃不修情形略加描述，用力敲击一下条案：“劝课之法，当召集有识官员讨论，形成制度，颁赐诸路转运使，新授州县主官，皆面赐一本。”

众人点头。

“至于新政第七事——修武备，非根本变革不可。”范仲淹提高声调道，“盖五代以前，兵寓于农，素习战斗，一呼即集；皇宋兵费最多，可兵却最弱，皆缘官自养兵。为减轻国库和百姓负担，当废止募兵制，恢复唐代府兵制，先从京畿实行，再渐及诸路。”

“啊？”众人发出一片惊诧的叫声。

“某在鄜延、环庆、泾原三路，大力推行屯田实边，正是取自府兵制。”范仲淹补充道。

御史中丞王拱辰道：“藩镇割据之祸，不可不鉴。”

范仲淹不再辩驳，转到了新政第八事——减徭役上，先举例道：“唐时，河南府有十九万四千七百户，设二十县；今河南府主客户七万五千九百余户，其中主户五万零七百，客户二万五千二百，设十九县。巩县七百户、偃师一千一百户，依律令，三等以上户需服劳役，这些县三等以上户不过百家，而所供役却要二百数。非鳏寡孤独不能免徭役，百姓何堪重负？欲减徭役，要先并县。可先从河南府做起，并为十县足矣！”

“原以为是项大动作，原来就是并几个县啊！”监察御史包拯以遗憾的语气道，“恐于事无补。”

知谏院欧阳修道：“记得十五年前范公《上执政书》中就有并县之议，十三年前出为河中府通判，又上疏建言并县；今日为政，尽行其言，不禁令人想到诸葛孔明，生平事业备见于隆中对。致君谋国之略，素已定于胸中矣！”

范仲淹虽则听得入耳，却还是皱起了眉头，故意咳了两声，转到了新政第九事——覃恩信上：“国家南郊大礼，照例要颁赦书，绅民闻之感激涕零。殊不知，朝廷的惠政很少真正落实。当立条贯，拖延或违反赦文施行，要追究刑事责任。今后每遇南郊赦书颁布后，当精选臣僚往诸路安抚，察官吏能否，求百姓疾苦，敦促赦书中惠民之事一一施行。”

“如此，以后赦书要慎之又慎，施行不了的，不可列入。”监察御史杨察道。

“这就要说到第十事——重命令上了。”范仲淹接言道，“古人云，慎乃出令，令出惟行。而时下国家每颁诏敕条贯，烦而无信，轻而弗禀，上失其威，下受其弊。今后百官起请条贯，当令二府看详集议，必可经久，方予立法，再转大理寺等法司，仔细研究条文，删去繁冗，裁为制敕，方可颁行天下；一旦颁行，必须遵守，不得随意更改，否则依法惩处，不得以失坐遮掩。”

“呵呵，有一个例子。”御史中丞王拱辰道，“去年二月，知制诰富弼奏请罢殿试，朝廷初七下诏废殿试；翰林学士王尧臣等皆以殿试乃太祖所创，不当废，朝廷又于初十颁诏，复殿试如旧。”

“所以说，范参政的新政十事，可谓切中时弊！”欧阳修接言道。

“不过……”御史中丞王拱辰皱了下眉头，若有所思道，“执政公所言十事，固然切中时弊，然若望成功，不妨先把简便易行的几项推出，明黜陟、抑侥幸之类，关涉八品以上所有官员的切身利益，与精贡举、均公田、减徭役、厚农桑、覃恩信、重命令这些易行的搅在一起，反倒拖累这些措施的推行。”

“就是要一揽子推出，方有震撼性，显示新政规模、气象！”欧阳修反驳道，“况且，不先绝侥幸因循姑息之事，何能救数世之弊？”

“新政十事中无肃贪的一席之地，反而在均公田一事中，有变相为贪官开脱之嫌。”监察御史梁坚高声道。

知制诰、侍御史张方平道：“梁御史，新政中有没有肃贪事项，都不妨碍我辈台谏官肃贪嘛！”

“呵呵！”御史中丞王拱辰笑道，“梁御史就任三个月了，小心被罚辱台钱唔！”

按制，御史上任百日，若无所纠弹，则罚辱台钱。梁坚由陕西转运司判官改御史已近百日。他听完王拱辰的话，大度一笑道：“台长放心！”又向范仲淹拱手道：“执政公，若有得罪处，见谅！”

范仲淹心里“咯噔”一下，问：“梁御史何出此言？”

梁坚不答，起身向众人一拱手，神情诡秘道：“某有要事，先告辞了！”

## 四

新政十事公之于众五天后，临近散班时分，内侍突然传谕，命二府大臣、御史中丞、四谏官即赴垂拱殿奏对。

皇上耳根通红，怒容满面地走到御座前，尚未坐定，就语调沉痛道：“五年战争把国库掏空了，内帑也全拿出来做了军费，朝廷和百姓勒紧裤带供养他们，可有人竟敢挥霍无度，中饱私囊，岂可容之！”说罢，向宣赞舍人一扬手。

宣赞舍人展开一叠文稿，宣读起来。

范仲淹的脑袋“嗡”的一声，顿觉天旋地转。宣赞舍人宣读的是监察御史梁坚的弹章，纠弹环庆帅滕宗谅用公用钱十六万贯，有数万贯不明，必是侵欺入己；邠州宴会声乐数日，将士怨怒；泾州犒设诸军，贱买百姓牛驴，乖越不公。又参劾新调任河东沿边安抚使兼知代州张亢在知渭州任上，骄僭横肆，不服节制，又出库银给牙吏往成都市易，以利入己。

弹章宣读毕，皇上怒道：“滕宗谅罪不可恕！”

章得象、晏殊、杜衍、贾昌朝、富弼皆知滕宗谅、张亢乃范仲淹一力举荐，不便说话，低头不语。

“此等败类，当尽法严惩！”御史中丞王拱辰咬牙切齿道。

范仲淹镇静片刻，抹了把额头上冒出的冷汗，举笏道：“陛下息怒！宗谅、亢皆臣所举，以臣对此二人的了解，梁御史所奏，恐非事实。御史有风闻弹人之特权，梁坚由运司判官改御史将满百日，无所纠弹，恐罚辱台钱，遂饥不择食，风闻而奏，不足为凭。”

王拱辰道：“梁坚非风闻而奏，乃是据西帅郑戬所揭而弹奏！”

范仲淹怔了一下，豆大的汗珠从额头上滴落下来，暗骂连襟郑戬不识大体，再次出列道：“陛下，郑戬与张亢不和，朝廷不得不调张亢知代州；郑戬与宗谅是否龃龉，臣不敢断言，但据臣揣测，郑戬与宗谅必有矛盾。臣僚在一起共事，难免有意见分歧，本属正常，郑戬本是宗谅、张亢上官，若他认定二人有不法之事，因何不直接奏闻而是揭于御史？说明郑戬并无凭据，恐所奏失实而承担责任，方求助御史出面。”

“既如此，当差官核查。”枢密使杜衍提议道。

王拱辰接言道：“当委御史前去核查。”

范仲淹忙道：“御史一出，四方震动。边事为大，不可乱了军心。臣请陛下差中使前去核查，快去快回。”

皇上沉吟良久，方道：“就依范卿所议。”又盯着章得象、晏殊道：“滕宗谅罢职听勘，环庆不能无帅，谁可代之？”

章得象奏道：“容臣等商议后奏请裁夺。”

出了垂拱殿，范仲淹低头而行，步履沉重。

“天黑得越来越早了。”走在范仲淹身后的富弼感叹了一句，又劝慰道：“六丈，滕、张之事不必挂在心上；新政甫开局，不可受此事干扰。”

范仲淹不语。他是滕宗谅和张亢的举主，倘若二人真有中饱私囊的不法之事，就属于私罪，依照律法，举主要承担连带责任。轻者降官罚俸，重者落职外贬，哪里还有机会主持新政？虽然他不相信滕宗谅、张亢会贪墨公款，但他知道二人都是疏阔尚侠之辈，被抓到把柄并非难事。如此一来，边境文武人人自危，一旦元昊寇边，如何抵挡？个人落职外贬还可悠游山水，边事败坏如何收拾？越想越生气，对郑戬充满怨怒。刚任边帅一个多月，就把张亢排挤到了河东；过了一个多月，又拿滕宗谅开刀，不知琢磨事，心思全用在琢磨人上，可恼！新政十事刚公布五天，范仲淹每天都忙到很晚方回家，有时索性在中书新建的官舍里过夜。可今日他无心思再到议事厅去，心事重重返家，刚下马车，正碰上三子纯礼喜滋滋往外走，便怒气冲冲问："往哪里去？"

纯礼吓了一跳，这才看到父亲面色阴沉站在首门外，忙躬身施礼道："大人，儿去小姨家，和表哥一起读书。"又嗫嚅道："大人这些天公事繁忙，每天都是很晚方回，今日因何这么早？"

范仲淹不答，呵斥道："少和郑家来往！"

纯礼局促不安问："大人，这是为何？"

范仲淹突然觉得意气用事了。纯礼自幼随自己辗转各地，京城没有玩伴，只有小姨家的两个儿子时常交往，怎忍心阻止？遂向外摆摆手道："去吧！"

"爹爹——"随着一声唤，次子纯仁下马施礼。

范仲淹揉了揉眼睛，看清站在面前的真是纯仁，惊问："你、你怎的这么快回来？"

"儿没有到苏州，麦子也未送到苏州。"纯仁躬身道。

"你……"范仲淹气得一顿足，转身往院子里走。

一个月前，纯仁押着一船五百斛麦子，顺运河而下，去往苏州范家，本是为了历练他的，不意第一次单独办事就半途而废，范仲淹失望之极。

纯仁跟在父亲身后，解释道："儿到丹阳，遵大人之命上岸拜谒石延年叔叔，得知石叔叔三丧未葬，二女未适，甚为困顿，儿便把五百斛麦子卖掉，送给石叔叔救急。”

“哦?”范仲淹转怒为喜,停下脚步问,“石曼卿怎么样了?”

纯仁答:“石叔叔收了钱后,仍愁容满面,言杯水车薪,难以解困。”

范仲淹着急道:“该把船也卖了,接济他。”

纯仁笑道:“禀大人,儿正是这么做的,所以……”

范仲淹不等纯仁说完,上前拍了拍他的肩膀,高兴道:“好!不愧是范仲淹的儿子!”

纯礼在旁道:“大人,儿不去小姨家了。”

范仲淹又拍了拍纯礼,安慰道:“适才爹爹的话,是气话,不必在意。”

看着两个渐渐长大的儿子,范仲淹内心充满喜悦,脸上的阴翳散去了。不惟是次子年纪轻轻就有乐善好施之心,还因为他由石延年想到了滕宗谅、张亢。这三人的行事风格极为相似,石延年的困窘,让范仲淹坚定了对滕宗谅、张亢不会犯公款入己私罪的信心。只要不犯私罪,就要尽力保全。或许会惹怒皇上,开罪御史台,但为了稳定戍边文武的军心,只能义无反顾、孤立无援地为滕宗谅、张亢辩护了。

## 五

踢踏的马蹄声打破了小巷秋夜的寂静,国子监直讲石介在一座老旧的宅院前下马,投帖请谒。

朝廷本有规矩,二府大臣私第不得见客。但石介不在乎,新政就是要冲破这些旧规矩。何况,他有要事急于向师长范仲淹陈情。

自从十二年前还是晋京赶考的举子时投入范仲淹门下,石介就一直期盼着视为标表的师长当国执政。春夏之交,听到朝廷召用范仲淹的消息,石介欣喜若狂,赋《庆历盛德颂》以表达难以抑制的喜悦心情。此赋传遍国中,一时洛阳纸贵。可他听到传闻,范仲淹、韩琦有责他“败事”之语。欧阳修举荐他任谏官，也为范仲淹所阻。但他不以为意，只要新政能够成功，他宁可不要官职，回乡著书，而眼下新政却是出师不利，他再也坐不住了。

门状递进去了，很快有了回复：主人不在家。

石介垂头丧气上了马，又转往枢密副使富弼家，得到了同样的答复。石介一顿足，策马赶往欧阳修家。欧阳修出门相迎，一见面，石介就没头没脑地问："永叔都听到了？"

自范仲淹在紫宸殿朝会上把"抑侥幸"作为新政十事的第二事公之于众后，很快在百官中引起了非议。传来传去，传成了以后官员不许再为子弟荫官。一些上了年纪的命妇正巴望着儿孙补官，死了也可瞑目，听到不许补官的谣传，情绪激动，扎了布娃娃，写上"范仲淹"三字，一边念咒语，一边往眼睛、胸口、脑袋上狠扎。正在此时，忽然传出范仲淹举荐的滕宗谅侵吞十六万贯公帑的消息，这让那些诅咒范仲淹速死的人们，陡然间看到了一丝曙光。

"范仲淹不许荫官，不是阻断皇恩吗？以后谁还死心塌地为朝廷效命呢？"

"物以类聚，人以群分，他举荐的人贪了十六万贯，嘿嘿！"

"一定送他不少！"

……

种种流言蜚语，快速地在京城传布。听到流言，石介怒发冲冠，捶胸顿足，担心范仲淹、富弼为流言所困，不敢放手推进新政，方急急去谒。

欧阳修把石介延进书房，忧心忡忡道："我更担心小人在官家面前谗沮。"他捏了捏自己的耳根："官家这里软，稍听之，则新政难成！"说着走过去，抓起书案上的一叠文稿，晃了晃道："守道，我正在写札子，敦请官家不可听信谗言。"

石介反客为主，推开欧阳修，坐到他的书案前，边提笔边道："我这就给范公修书，请永叔转交。"

欧阳修抓住石介的手腕道："守道不必修书吧！"他从荐石介任谏官被范

仲淹阻止一事觉察出，范对石已有成见，这才急忙劝阻。可他对新政遇阻同样心急如焚，又希望石介能给范、富打气，遂松开手道："要不，就写给富彦国吧！"

石介明白欧阳修的意思，顺水推舟道："也罢，你写你的札子，我回去给富公修书！"

送走石介，欧阳修继续伏案疾书。

三天后，欧阳修的《论乞主范仲淹富弼行事札子》就从禁中批转到了范仲淹的手里。

自开天章阁，朝野皆知皇上已委范仲淹主新政，宰相章得象、晏殊，枢密使杜衍自动退于范仲淹、富弼之后，范、富二人几乎天天都要到崇政殿议事厅议事。这天富弼刚进议事厅，范仲淹举着欧阳修的札子道："彦国，这是欧阳永叔所上，你看看。"

富弼坐下浏览，只见上面写着：

> 范仲淹、富弼等自被手诏之后，已有条陈事件，必须裁择施行。……臣谓事无不济，但顾行之如何。……臣所虑者，仲淹等所言，必须先绝侥幸因循姑息之事，方能救数世之积弊。如此等事，皆外招小人之怨怒，不免浮议之纷纭，而奸邪未去之人，亦须时有谗沮，若稍听之，则事不成矣！臣谓当此事初，尤须上下叶力。凡小人怨怒，仲淹等自以身当；浮议奸谗，陛下亦须力拒。待其久而渐定，自可日见成功。

富弼阅罢，从袖中掏出石介的书札，递给范仲淹："石守道比欧阳永叔还要着急嘞！"

范仲淹一听石介的名字，皱了皱眉头，将书札向外一推："不看了。他说些什么？"

"吁请我辈行伊、周之事。"富弼答。

范仲淹一惊，指着石介的书札道："烧了！"

富弼一脸错愕道："这……"

"这是要把我辈架到火上烤啊！"范仲淹怒气冲冲道。

富弼"嘶"地吸了口气，"嗯嗯"两声，似有所悟，向站在门口的堂吏一招手，吩咐道："拿去烧了。"

堂吏轻手轻脚走到条案前，拿起富弼递过去的文牍，转身出了议事厅，拐到西庑一根廊柱后面，打开文牍看了一眼，"石介"二字映入眼帘，不禁喜上眉梢。他警觉地向四周张望了一圈，麻利地将书札揣入袖中，脸上洋溢出惊喜的满足感，仿佛是揣进去一根沉甸甸的金条。

## 六

今日午后的奏对，本是为商议新政十事中的"明黜陟"一事，可去往垂拱殿的路上，二府大臣却为监察御史梁坚的突然去世而窃窃私语，不知道滕宗谅、张亢的案子，会不会随着他的去世而不了了之。入垂拱殿列班毕，等了足足一刻钟，皇上方黑着脸进来了，重重的喘气声令二府大臣个个心头一紧。

"无法无天！"皇上以从未有过的严厉语气道，"滕宗谅竟然烧毁账册，真是无法无天！"

范仲淹闻言大惊，冷汗瞬间冒了出来。

章得象、晏殊、杜衍、贾昌朝、富弼，个个惊得目瞪口呆，连一句"陛下息怒"的劝慰话也说不出来。

"把范宗杰的奏报一读！"皇上命令道。

宣赞舍人把奉命前往陕西核查滕宗谅、张亢案的中使范宗杰的奏报读了一遍。奏报中说，经体量，御史梁坚纠弹疑有十六万贯公用钱被滕宗谅侵吞不实，只有三千贯下落不明；但滕宗谅闻得朝廷核查此案，已将账册烧毁，三千贯公用钱去向已无法核明。

枢密院杜衍恨恨然道："《刑统》明定，官员将公用钱入己，四十贯死刑。滕宗谅有三千贯下落不明，明知中使奉旨核查，却抢先烧毁账册，岂不是做贼心虚？三千贯，该砍几次脑袋？且仅就烧毁账册本身论，就是蔑视朝廷，挑战国法，不杀不足以儆效尤！"

范仲淹暗自叫苦，一听杜衍要求杀滕宗谅，顿时慌了，忙道："陛下！宗谅烧毁账册，固然有蔑视朝廷之嫌；但臣知宗谅之为人，有豪侠之气，必是担心牵连他人，方烧毁账册，独自以身当之。方今西事未定，如牵连过广，边上文武人心不稳，于大局不利。故对宗谅此举，臣伏望陛下多加体谅。"

"目无纲纪，惟此为甚，朕岂可轻饶！"皇上怒道。

范仲淹心里一颤，硬着头皮道："陛下，御史梁坚劾宗谅低价买牛驴劳军、邠州宴饮引起将士怨怒等项，臣知彼中事理虚实……"

"不必再说！"皇上不耐烦地打断道，"众卿看，该如何处置滕宗谅？"

杜衍道："宗谅烧毁账册，只能认定三千贯已入己，当差御史置狱勘鞫，录其口供后，依律斩首！"

"陛下！"范仲淹争辩道，"宗谅有天章阁待制之职，乃天子近臣，岂可辱于狱吏？臣以为当仍遣中使前去，向宗谅、张亢二人问明。"

皇上欠了欠身道："账册已然焚毁，不置狱勘鞫，如何肯招供？不可再遣内侍，但也不必遣御史。"

富弼道："陛下，臣以为可遣太常博士燕度前去勘鞫。"新政十事公布后，最先实行的是"择官长"中的按察之法。范仲淹、富弼举荐了一批按察使，燕度即是选定的按察大员之一，富弼知他为人端正严明，故有此提议。

"就依富卿之议！"皇上道，"散了吧！"

走出垂拱殿，富弼问："六丈，先期派出的按察使已然纠弹了一批官员，要不要先议一议？"

"顾不上了！"范仲淹烦躁地说，"滕宗谅、张亢案，我不能袖手旁观，非为此二人，乃为稳定边上文武军心。"可他对推行新政之事又放心不下，嘱咐富弼："彦国，你这就去和张安道说，让他起草磨勘新制诏书。磨勘要与做事挂钩，做事满三周年无过失犯罪且有清望五人同罪保举，方有资格参加磨勘。”说完，不等富弼回应，就急匆匆往直房走。回到直房，吩咐堂吏把守门外，不许任何人打扰，顾不得喝一口茶，提笔拟写《奏雪滕宗谅张亢》：

> 臣昨日面奏滕宗谅事，当天威震怒之际，臣言不能尽。又章得象等不知彼中事理虚实，皆不敢向前。惟臣知从初子细，又只独自陈说，显涉党庇。宗谅虽已行勘鞫，必能辨明虚实。然有未达之情，须至上烦圣听。今具画一如后。

他梳理了一下，从八个方面为滕宗谅、张亢辩护。第一，梁坚劾滕宗谅于泾州贱买人户牛驴犒设军士一事。先把滕宗谅如何在泾州危在旦夕之际处乱不惊、确保泾州不失陈述一遍，证明举荐宗谅是因为他是急难可用之人；再说因当时兵威已沮，军情愁惨，宗谅设宴犒劳，纵有贱价买驴等事，情亦可恕。第二，梁坚劾滕宗谅在邠州声乐数日一事，实为他和韩琦在邠州筵会一日，不可归罪于宗谅。第三，梁坚劾滕宗谅到任后使钱十六万贯，其间有数万贯不明。中使体量后得知，只是使过三千贯，证明已有十五万贯是加诬。他本人在庆州时也借随军库钱回易，得利息充随军公用支使，宗谅所用三千贯，必亦是借官本回易。第四，自宗谅帅环庆，诸事顺利，若不才之人，岂能当此一路？第五，宗谅是一路之帅，一旦逐之如一小吏，后来主帅，岂敢便宜行事？亦无以立威。第六，防秋之际，主帅未有显过，而夺其事任，将令下狱，若遇贼兵寇境，未知令何人卒然处置此路。第七，宗谅旧日疏散，及好荣进，所以招人谤议。第八，台谏官风闻未实，朝廷即便施行，却不相信他这个目击者。他若是狂妄之人，不当用在两府。既有目睹之事，岂可危人自安，误朝廷赏罚？兼西北未宁，四处搜求稍可边上任用之人即加奖擢，岂宜轻弃，使边臣忧惕，不敢做事？

奏疏写毕誊清，范仲淹脖颈酸沉，抬头一看，窗外已是夜幕沉沉，连堂吏何时进来点的蜡烛他也没有留意。

听到屋里有了动静，候在茶室的枢密副使富弼和知谏院欧阳修进来了。

“范公！”欧阳修压低声音道，“修听到一个消息，有人找章相公，要他向官家施加影响，遏制我辈新势力。章相公谓：‘得象每见小儿跳踯戏剧，不可诃止，俟其抵触墙壁自退耳！’可见，章相公是等着看我辈的笑话啊！”

富弼怒道：“章得象身为首相，遇事袖手不语，冷眼旁观，我辈夜以继日谋划新政，他却诮为‘小儿跳踯戏剧’，可恼！我与永叔商议，当由谏官联名上章逐之。”

范仲淹忙摇手道：“当惜大体！皇上一向用老成为首相，况章相公醇深而庄重，声望骏隆，虽遇事不语，却放权让我辈做事，也是难得。”

欧阳修叹息道：“范公仁者，遇事往最坏处想，遇人则又往最好处想。”他欠了下身，向范仲淹的座椅靠了靠：“听说燕度去陕西勘滕宗谅、张亢案？此人虽正直，但建功立业心切，得此机会，必是大动干戈。”

“千万别再纠缠下去了，不然新政没有法子推进！”富弼烦躁道。

## 七

庆历三年，夏秋大旱，入冬后却连降两场大雪，天寒地冻，北风呼啸，殿庭的墙壁仿佛一座冰山，不知疲倦地向外散发着寒气。

虽然已是午后，一向身体健壮、刚到不惑之年的富弼坐在崇政殿议事厅里，却还是禁不住打了个寒颤，吩咐堂吏道：“加盆炭火来！”

范仲淹还在全神贯注地细细推敲《任子诏》。这是新政十事中的第二事“抑侥幸”的核心所在，也是争议最大、涉及官员利益面最广的一项。

自十月初新政十事公布以来，除了“修武备”一事因二府大臣皆曰复府兵制不可行而搁置外，其余各事都陆续着手实施。十月十二日，诏命张昷之、王素、杨纮、魏兼等以转运使兼按察使前往各路，对主政地方的官员实行按察之法；十一月八日，由张方平根据范仲淹所上《奏重定职田顷亩》起草的

《定职田诏》颁发，十事中的第五事“均公田”新政开始实施；十月二十八日，由张方平起草的实行磨勘新制的诏书颁发，标志着“明黜陟”一事启动；十一月十九日，《戒约两府两省不得陈乞子弟亲戚馆阁职任诏》颁布，这也是“抑侥幸”新政中的一项。但抑侥幸的重中之重，是抑制恩荫特权的《任子诏》。百官围绕范仲淹所上《奏重定臣僚奏荐子弟亲戚恩泽事》争执不下，皇上命张方平吸收各方意见起草了这道《任子诏》。范仲淹审读再三，以无奈的语气道：“彦国，看来也只能如此了。”

富弼拿起《任子诏》道：“与旧制相比，文武各立荫补条例、将亲属关系分为三类、限制子孙补官年龄、荫补之官出官考试比以前严格、曾经犯过罪的官员荫补受到严格限制、非直系亲属补官时降低一等，看似不少新内容，可仔细推敲，对抑制荫补过滥效果有限，与六丈设想相距甚远。”

“阻力甚大，有此成果已属不易，先施行起来再说吧！”范仲淹叹了口气道。

富弼苦笑道：“六丈太爱惜羽毛，怕被人非议，坏了令名。”

近来，对新政和主持新政的范仲淹的非议越来越多。一曰不知轻重缓急。新政十事中，后八事皆国家之常行、人情所同愿，而明黜陟、抑侥幸，则对所有官员损害甚大，偏偏以此为突破口，是自乱阵脚。再曰任用私人。前不久，范仲淹一口气举荐了苏舜钦等十人应馆阁之选，其中章岷乃他在睦州时的从事，王洙乃他在应天府书院时的同窗，苏舜钦是枢密使杜衍的女婿，王益柔是苏舜钦的表弟、名相寇准的外孙。在派往各地的按察使中，魏兼、王丝皆范仲淹同年。以行新政为名任用私人的议论随之而起。种种非议，给范仲淹造成巨大压力。但也是意料之中。故听了富弼的话，范仲淹神情庄重道：“儒者立身处世，以道义为标准，立得正，行得方，言所当言，行所当行，不必顾惜自身。”他拿起江东路都转运使兼按察使杨纮的奏疏道：“到任一个月，就纠弹十多位州县守令，杨纮是眼里揉不进沙子的君子！”

富弼笑道：“六丈当年在《上执政书》里说，州县守令十之七八不称职，杨纮所以放开手脚裁汰。”

范仲淹不语，拿出班簿，提笔在杨纮奏疏里所劾官员的名字上各画了一个勾，掸掸手道："撤换！"

富弼吸了口气道："六丈一向宅心仁厚，怎的突然变了？可知这一笔勾下去，就会有一家人在痛哭啊！"

"听听杨纮怎么说的！"范仲淹拿起杨纮的奏疏，读道：

> 不法之人不可贷。如使肆贪残于一郡一邑，害良民万家，不若去之，不利一家尔！

读罢，感慨道："这话说得好！一家人哭，比一州一县人哭，该选哪个？多年来，官员安逸惯了，要改变此一局面，不能不下狠心，用猛药！"

富弼笑了笑，伸手拿起堂吏新送来的文牍，眼睛顿时瞪大了。欧阳修竟然上疏参奏两制和御史台。两制是带馆阁待制以上职衔的天子近臣；御史台是与谏院并列的监察机构，与二府抗衡。欧阳修在奏疏中说："今两制之中，奸邪者未能尽去。"又说："近年台官，无一人可称者。"

范仲淹蹙眉道："欧阳永叔太激昂了。不惟现任御史中丞王拱辰，就连前任御史中丞贾昌朝，一下子都被他推到对立面了。"

富弼苦笑道："欧阳永叔一向主张朝政当让百官议论，以博采众长，以免二府大臣见识不够而贻误国事。但时下两制、台官对新政议论纷纭，他不能要求官家压制议论，只能采取这种方式发泄对这些议者的不满了。"

堂吏进来，点上了两排蜡烛，范仲淹见时辰不早了，举着一叠文稿道："这是我起草的《奏乞择臣僚令举差知州通判》，彦国拿回去看看，早日推出择官长的诏书。"

富弼见范仲淹一脸疲惫，劝道："举官之法比按察之法更容易被说成任用私人，六丈若感到压力太大，缓缓也未尝不可。"

范仲淹摇了摇手。二人并肩出了议事厅，范仲淹突然问："彦国，何谓清明之世？"又自答道："倘若人人都能以一颗赤子之心保持率真，不就是清明之世吗?”

富弼叹口气道:“可人人都率性而为,议论纷纭,做事者就太难了,做成事则更难。”

范仲淹默然。

拖着疲惫的身子回到家里,纯仁拿着一个精致的册页笑盈盈迎上前去,恭恭敬敬捧递到父亲手里。范仲淹这才想起来,儿子成亲的日子就要到了。

按照习俗,婚期将近时,新郎家要到女方家里“请期”,把举行婚礼的确切日期知会对方;女方则会带来一张清单,知会男方家女方要带的嫁妆。纯仁的岳父是故相王旦的侄子王质,时任度支郎中、天章阁待制,判吏部流内铨,家底殷实。范仲淹拿着嫁妆清单走进书房,在烛下细细阅看,忽见“罗幔一顶”四字,不悦道:“罗绮岂是帷帐之物?”

纯仁嗫嚅道:“大人,人家在家里就用罗……”

范仲淹打断他,脸一沉道:“我家素清俭,不可乱了家法,此物不许带来,若不听,届时必烧了它!”

纯仁脸一红道:“儿记住了,这就要岳家改之。”

“古人云:‘德比于上则知耻,欲比于下则知足。’要记住这句话。”范仲淹面色严峻地嘱咐道,“时下新政甫开,议论很多,一言一行都要格外留意,不可给人留话柄。”

直道岂求安富贵，纯诚惟欲助清光。

——范仲淹

# 第四十一章　纯诚惟欲助清光

## 一

春光明媚的二月，皇宫后苑的各色花木争相怒放，散发出浓郁的香气。二十三日上午，皇上御迎阳门，召二府大臣观画。一进殿，内侍先为众臣幞头上簪花，众臣谢恩，随皇上一起欣赏挂在门楼正厅的几十幅画作。这些画作，不是官民皆喜的山水画，而是宫廷画师奉旨所画，都是前代帝王美恶之迹可为后世规戒者。赏画毕，又来到偏殿，众人入座饮茶，天章阁待制曾公亮、王洙、丁度这三位文学近侍，分别讲授《毛诗》《祖宗圣政录》《前汉书》。数刻后，内侍奏报，御史中丞王拱辰、知谏院欧阳修在外候旨。

皇上向外扬了一下手，示意曾公亮等人退下，对二府大臣道："朕召王拱辰、欧阳修来，一起商议处分滕宗谅、张亢事。"

去年十月底，朝廷委派太常博士燕度前往陕西勘鞫滕宗谅、张亢案。因滕宗谅焚毁账册，只能通过口供方可核查明白，遂将滕宗谅从庆州带到邠州置狱勘问。京城传闻，为查明三千贯公用钱的去向，燕度枝蔓勾追，株连甚广，乃至将邠州诸县的枷杻都用尽了，拷打讯问无辜之人，意图获取口供，一度还欲传在陕西巡边的枢密副使韩琦到邠州作证。一时间，边上文武人人自危。为此，欧阳修上《论燕度勘滕宗谅事张皇太过札子》，纠弹燕度滥用职权，生事张皇，请求皇上降旨警告，令燕度不得殃及无辜，边帅今后使用公用钱，只要不入己，可便宜行事，无须瞻前顾后。皇上并未采纳。不过，不知是不是《奏雪滕宗谅张亢》打动了皇上，今日圣容无愠色，神态平和。范仲淹暗暗舒了口气。

宣赞舍人将燕度勘鞫奏疏宣读一遍，除已故御史梁坚所劾内容外，又查明滕宗谅挪用公款，派遣牙兵往蜀地贩运茶叶，但所得是否入己，尚无证据；另据口供，三千贯去向不明的公用钱皆用于馈赠游士、故人，因担心受馈者受连累，方烧毁账册。张亢则主动承认弹劾之外还有将公用钱回易之罪，所得利息用于买马和馈赠呈索之人，他请求只追究他的责任，不要追究游索者。

“众卿看，该如何处分？”皇上语调平静地问。

枢密使杜衍道：“滕宗谅烧毁账册，只说三千贯公用钱馈遗游士、故人，如何服众？法无可恕！”

“严惩！”御史中丞王拱辰附和道，“不然，今后犯罪之官都效法滕宗谅，销毁罪证就可不了了之，此例不可开！”

滕宗谅焚毁账册，委实太过，范仲淹也不好为此举辩护，只能避开不提，把切入点选在维护大局上，遂奏道：“臣深知，议论太切，必取犯颜之诛；保任不明，难逃累己之坐。然臣还是要为宗谅、张亢再辩。非此二人之势力能使臣如此竭力，盖为国家、为边帅也。国家遣儒臣帅边，若以小过动摇之，此后将士必不尊重儒臣，帅臣望轻，如何节制武将？从燕度勘鞫奏报可知，宗谅、张亢之罪，一是使用公用钱回易。公用钱回易，只要不入己，不可苛责。臣与韩琦在泾州也是这么做的。二是宗谅、张亢以公用钱馈赠游索之人。臣和韩琦在泾州也这么做过。如泾州保定县令刘袭礼闻父丧，家贫，起发不得，给钱一百贯；进士黄通到泾州相看，给钱五十贯，等等。况且，为犒赏蕃部酋长，有时不得不拿出公用钱支应。若在公用钱内搜求罪戾，边上文武无人可脱，必谓朝廷待边臣少恩。塞下州郡，风沙甚恶，触目愁人，非公用钱浓丰，何以度日？岂同他处臣僚，悠游安稳，坐享荣禄？陛下深处九重，当察此物情，知其艰难，岂可使狱吏为功，而劳臣抱怨？”

皇上道：“范卿说的也有道理。”

“陛下！”御史中丞王拱辰道，“说宗谅未入已，有何凭据？既然宗谅烧毁账册，就只能认定他把三千贯据为己有。再则，他烧毁账册这件事，蔑视国法、对抗朝廷，罪不可恕！这道理天下人都明白，因何贵为执政的仲淹不明白？无非怕承担保举之罪罢了！”

范仲淹满脸涨红，奏道：“既然拱辰疑臣怕担保举之罪，方一再替二人辩护，臣请陛下先将臣贬黜，免令臣包羞于朝，受人耻笑！”

皇上抬了抬手道：“范卿不必激动。以范卿之见，该如何处分？”

范仲淹答：“臣乞陛下降旨，差使臣二人去取问宗谅、张亢，如其承认有入已之罪，再议治罪；若未入已，届时再裁夺。”

“燕度已然用刑了，都咬紧牙关不承认入已，差中使去问，他们就承认？”王拱辰冷笑道。又向御座深揖：“烧毁账册之事还需要再核查吗？仅此即可治罪！”

“陛下！”知谏院欧阳修出列道，“燕度竟敢越权传唤宰执大臣，牵连无关人等，这才是轻慢朝廷，舞文弄法！臣每见险薄小人多为此态，得一刑狱，勘鞫踊跃，以为奇货，务为深文周纳之事，以邀强干之名，自谓陷人若多，则进身必速，所以虚张声势，肆意罗织！”

欧阳修“近年台官无一人可称者”一句话，已令御史台炸开了锅，王拱辰念及与欧阳修同年好友又是连襟之故，没有发作，今日听他攻讦燕度是险薄小人，终于忍不住了，高声奏道：“欧阳修一再诬蔑朝廷大臣和台官，凡不能迎合范仲淹、欧阳修之辈者，俱被冠以‘小人’之称，何其狂肆！”

皇上忙调和道：“今日只议处分滕宗谅、张亢事。朕读史册，边帅以财力啖蕃部，此战国时李牧故事，不可加罪。”

枢密使杜衍道：“若不追究滕宗谅，无以向天下交代。”

王拱辰赌气道：“陛下，若不追究滕宗谅之罪，就请将臣罢黜！”

皇上叹口气道：“朕看不必再勘问了，贬滕宗谅知一郡吧！”似乎生怕臣僚抗辩，起身道："散了！"

"陛下——"王拱辰高叫一声，"滕宗谅当下法司审勘，不然，臣将率台官伏阙抗争！"他刚满而立，血气方刚，说起话来底气十足。

"这……"皇上驻足，转过脸来，求救的目光投向范仲淹。

范仲淹忙道："臣以为不可将滕宗谅、张亢下狱，但不妨将中使和燕度勘问奏报并滕宗谅、张亢供述，一并交法司审勘。"

"就依范卿所议。"皇上道。又转向王拱辰："台长，待法司审勘后再议，伏阙抗争云云，不必再提！"

"哼！"一出殿门，王拱辰向欧阳修一瞪眼，咬牙道，"永叔，你不是纠弹台官无一称职吗？这回让你看看，到底称不称职！"说罢，一甩袍袖，昂首而去。

欧阳修轻蔑一笑："好好好，我等着！"

"永叔，不可故意激人！"晏殊以师长之尊嗔怪道。

欧阳修、王拱辰都是晏殊所取士，但在欧阳修的心目中，范仲淹才是他的师长，晏殊没有资格教训他，尤其因那首贺雪诗结怨后，欧阳修已不登晏殊之门。此刻见他摆出师长的架子，欧阳修以揶揄的语调回敬道："不愿袖手旁观，故而仗义执言！"

一句话，又让晏殊联想到那首《晏太尉西园贺雪歌》，他用力摇了摇头，不再说话。

范仲淹对几个人的对话无动于衷。此刻，他神色凝重，心绪烦乱。作为举主一再为滕宗谅、张亢辩护，已让他陷入孤立，得罪了清议。就连一向支持他的杜衍也力主严惩滕宗谅；富弼保持沉默，事实上是倾向杜衍的；只有欧阳修站在他这边，却因言辞激烈，效果很可能适得其反。好在皇上转变了态度，他在辩驳时又直言他和韩琦也有同样的做法，皇上不可能为了惩罚滕宗谅而将他和韩琦罢黜。这样一来，此事就有了转机。当下没有别的办法，只能以更加积极的态度推进新政，不负皇上的委任，巩固皇上对他的信任。这样想着，他加快了步伐，径直进了直房，提笔起草《劝农诏》，这是新政十事中"厚农桑"的具体措施。

“范公!”门外响起一声亲热的呼唤。

范仲淹听出来了，是韩琦的声音，急忙撂下笔，起身相迎，在门口和韩琦打了照面，心疼道:“稚圭回来了，黑了，也瘦了不少!”

“范公也憔悴了许多!”韩琦同情地看着范仲淹道，“新政固然劳心，可贵连襟郑天休惹的祸更耗神吧?”

范仲淹苦笑两声，拉着韩琦的袍袖快步进了直房，隔几而坐，迫不及待问:“边上如何?”

“人心惶惶! 种世衡、狄青都谨小慎微，不敢做事了。”韩琦忧心忡忡道，“边上文武皆谓，郑戬再帅陕西，军人解体矣! 故我拟向朝廷提议，罢陕西总帅，恢复四路旧制。”

范仲淹不语。

“还有，当罢修水洛城。”韩琦又道，“我征询了庞、文、尹三帅的意见，他们都是这个主张，望范公不要反对。”

去年十月，泾原路笼竿城与秦凤路交界处的氐人叛乱，静边寨寨主刘沪率兵马前去平乱，生蕃首领乌宁率族部以水洛之地来献。郑戬上疏认为，若就其地筑城，可得蕃兵三五万人及弓箭手共御西贼，实为封疆之利。枢密使杜衍、参知政事范仲淹力主从其请，朝廷遂下诏筑水洛城，继之又颁诏改笼竿城为德顺军。据闻水洛城已兴工，韩琦却突然提出要罢修，范仲淹有些吃惊。但他知韩琦持论甚坚，又得到庞籍、文彦博、尹洙的赞同，若不同意，又会争执不休，滕宗谅、张亢案已然令人焦头烂额，他不想再节外生枝了，也就没有再与韩琦争论，只是叹息一声道:“恐郑天休不易压服。”

韩琦道:“罢了陕西总帅，郑戬只能调离，他不同意也无济于事了。”又急忙转移话题道:“新政进展如何? 闻得议论颇多啊!”

范仲淹将新政推进情形向韩琦约略说了一遍，最后道:“说到朝野议论很多，我想起一件事。照理说，稚圭宣抚陕西，举荐文臣武将，我没有阻止的理由。但我已上章，不同意为尹师鲁升职。”

庆历元年尹洙赴延州说服范仲淹出兵未果，负气离开延安，尚未回到渭州复命，就因擅自发兵被贬为秦州通判。韩琦因好水川之败贬知秦州，奏请朝廷将尹洙调秦州通判。尹洙多次上书论朝政，提出整治阿谀之臣、广开言路、安民戍边等建言，为朝野瞩目。韩琦与范仲淹开府泾州，即联名举荐他知秦州。郑戬帅陕西，将知渭州张亢排挤到河东路，举荐尹洙为泾原路都部署兼知渭州，成为一路儒帅。去年底，宣抚陕西的韩琦举荐尹洙晋天章阁待制，范仲淹上《奏议尹洙转官》予以阻止。韩琦知范仲淹一向推重尹洙，忽听如此，不觉一愣。

“尹师鲁才业操行，为缙绅所推。”范仲淹解释道，“但去年春是太常丞，去年秋转司谏，管勾都部署司事；方过半年，若按稚圭所举升天章阁待制，既不因功劳，又未改路分，偏受宠擢，恐人心不服。”

“也好。”韩琦点点头，喝了口茶，“想必郑天休会上章反对罢修水洛城，届时还请范公与琦同调。”

范仲淹默然。

## 二

看到御史一窝蜂地纠弹滕宗谅的章奏，范仲淹坐卧不安。

大理寺奉旨审勘滕宗谅、张亢案，判滕宗谅不必去官，罚铜一百斤；张亢因将公用钱并酒散于军人，再夺一官，由此前的引进使，降为四方馆使，仍任河东沿边安抚使兼知代州。判决下达，依范仲淹所请，皇上降诏，宽贷滕宗谅、张亢二人。范仲淹又拉上韩琦，连上《奏乞将先减省诸州公用钱却令依旧》《奏乞许陕西四路经略司回易钱帛》，皇上纳之，降诏诞告边臣，允许公用钱回易。范仲淹以为，滕宗谅、张亢案就此了结，可集中精力推行新政。不料御史台不依不饶，纠弹滕宗谅的奏疏联翩而上。

倘若不尽快平息此事，必拖累新政实施。几个月来，新政虽然艰难，但还在不断推进中。去年末，根据范仲淹所上《奏乞择臣僚令举差知州通判》，朝廷颁诏，改以前州县主官循资而任为举荐贤能充任。前不久，朝廷又颁《劝农诏》，开始实施“厚农桑”新政。为了全力以赴推行新政，韩琦奏请罢修水洛城、罢陕西经略安抚招讨使司，范仲淹没有反对。但他已明显感觉到，自围绕滕宗谅案与王拱辰针锋相对以来，台官开始对新政甚至平常施政进行挑剔，已有御史对江东路转运使兼按察使杨纮提出弹劾，如在滕宗谅一案上不妥协，恐新政的阻力会越来越大。多名御史要求审查种世衡、狄青有无与张亢同样的罪状，被欧阳修上章批驳，种世衡、狄青暂时躲过一劫，倘若再僵持下去，恐种世衡、狄青难免被纠弹。

“还是息事宁人吧！”范仲淹默念了一句，迈步出了直房，去谒见晏殊，商议办法。

晏殊以老成的语调道：“皇宋以绳墨立国，自是文法世界，度外之士往往多不能自容。滕宗谅、张亢小小放手，便为文法所绳，戒之，戒之！”

范仲淹道：“请晏公主持，商议处分滕宗谅一事。”

晏殊低头沉吟片刻，道：“希文，你一再为滕宗谅辩护，百官私下有‘人以群分’之讥，于希文操守损伤甚大，不可再固执己见。”

“仲淹乃为稳定边上军心计。”范仲淹解释了一句。他叹了口气，又道：“仲淹已知不尽快了结此案，朝政无以顺利推进，不得不贬滕子京以息争，故特请晏公主持。”

晏殊这才点了点头，与范仲淹一同去见章得象。一番权衡，拟好了一道诏敕：滕宗谅由中行员外郎，降一级为后行员外郎，贬知凤翔府。

中书拟敕呈上，皇上认可了。诏书颁下，御史中丞王拱辰当即上疏反对，言盗用公用钱只削一官，所坐太轻。皇上不得不差人追回敕牒，改贬滕宗谅太常博士，知虢州。王拱辰仍不满意，递帖请对。皇上无奈，传谕范仲淹、王拱辰一起奏对。

“清明之世，圣明之君，最基本的一点，就是赏罚分明。若做不到赏罚分明，人主可谓圣君乎？”王拱辰毫不客气道，“滕宗谅豺狼之辈，已干刑典，当以刑律绳之！”

范仲淹见王拱辰还是揪住不放，出言不逊，一举朝笏，气鼓鼓奏道："臣查阅律条，若将公用钱回易到别物公用，只要不入己，便不坐罪。今中使、燕度、大理寺，已三番勘鞫明白，宗谅所用三千贯公用钱，皆有所归，并未入己，无贪吏之状；陕西宣抚副使田况，朝之端人，田况告臣曰，他宣抚至庆州时，目击军民蕃部，皆吁请留宗谅。拱辰何得谓宗谅为豺狼？"

"未入己？空口无凭，拿账册来！"王拱辰辩驳道，又向御座一揖道："陛下，大臣如此庇护罪官，臣不知其用心何在！"

"陛下！拱辰责臣庇护宗谅、张亢，臣不敢避。然自古文法常害边功。陛下有西北之忧，孜孜求人，以捍大患。帅臣用度小过，不害边事，臣居辅弼，自当竭力辨明，恐误朝廷机事，岂暇私于宗谅、张亢二人也？"

"欲盖弥彰！"王拱辰讥笑道。

范仲淹又道："台谏官不谙边情，却热衷于放言阔论，挑剔做事之人。昨因邵良佐胆怯，不愿再使夏，朝廷召张子奭、王正伦出使，皆敢行不惧。既还，带回元昊疏，颇顺于前，证明二人未辱君命。舍身忘死入不测之地，又不辱命，朝廷擢进两阶以资奖赏，可台官嚣然聚议，以为坏规制，所予过优。别看此辈挑剔他人一副大义凛然的模样，真要他出使，未必敢去。这就是当下士风之弊。"

"陛下！"王拱辰唤了一声，冷笑道，"有些臣僚，在下位时议论执政，被视为君子；一旦执政，又视议论执政者为小人，何乃道理永在其手耶？"他把朝笏高高举起："今日臣专为奏请惩治滕宗谅而来，乞陛下深究之！"

"陛下！"范仲淹道，"若治罪宗谅，则当将臣与韩琦一同治罪。因臣和韩琦也有以公用钱回易、馈送之事。既然这样做被认定犯罪，就不能单单治宗谅之罪！"

皇上面露难色，嘴唇嚅动了几下，想说什么，又咽了回去。

"陛下！臣请治宗谅之罪，若陛下不允，则臣只有辞职！"王拱辰口气强硬道，"臣这就回去上表，不管陛下是否允准，臣明日就不来上朝了！"

范仲淹气血上冲，奏道："陛下！臣本蠢才，不知辅弼之体，只堪犬马之用，若仍让臣在政府，必辱君命，且畏人言。臣请守陕西一郡，为朝廷置府兵，创修武备之举。”

皇上叹了口气道：“二卿退下，朕自有处分。”

王拱辰比范仲淹小二十三岁，步履矫健，器宇轩昂地大步出了垂拱殿，转眼间就不见了人影。范仲淹刚要下台阶，内侍上前将他拦下，引导他重新进殿。皇上还坐在御座上，未等范仲淹施礼，就道：“范卿，王拱辰是台官，台官提出谏言，若朝廷不纳，以辞职相抗争，此谓之振职，是台谏官大义凛然的表现；二府大臣若以辞职向人主施压，则是要挟。故范卿适才不该学王拱辰，提出辞职。”

范仲淹诚惶诚恐道：“臣提出辞职，出于至诚，非要挟君上。”

皇上道：“范卿，辞职的话，不可再提，新政事大。朕看，把滕宗谅贬到一个远郡，给王拱辰一个台阶，此事也就过去了。”

范仲淹也不愿再与王拱辰僵持下去，遂奏道：“臣回去即与章得象等商议，选一个远郡。”停顿片刻，又道：“陛下说到新政，精贡举一事，有立学校、改科举两项，已议数月，望陛下敦促王拱辰上紧些，早出条制。”

皇上颔首。

范仲淹急忙施礼退出，刚走到中书廊下，晏殊的亲吏拦住他，将他带到了晏殊的直房。

晏殊见范仲淹进来，指了指书案旁的椅子，示意他落座，手举一道文牍，怒气冲冲道：“希文，这是胡闹！”

范仲淹接过文牍一看，是京西路转运使兼按察使李绚奏报的京西路不职官员名单，赫然写着范雍、王举正、任师中的名字。

范雍曾任枢密副使，经略西事时因三川口之败被贬，现移知河南府；王举正曾任参知政事，欧阳修等将他劾罢，由范仲淹接替，王举正灰溜溜知许州；任师中曾任枢密副使，现知陈州。这几个府州，一向是安置中枢大臣的地方，李绚竟将他们列入裁汰名单，岂不是对他们的羞辱？范仲淹不禁皱起眉头，向晏殊歉意一笑：“晏公不必动怒，这就急调李绚回来，改任他人！”

“这些人，都在帮倒忙啊，把你的新政败坏了！”晏殊叹了口气道，“还有江东路的杨纮，竟然榜示官员之间相互告发。殊不知只有黑暗时代才会鼓动人们相互告发！”

范仲淹苦笑道：“时下讹言甚多，不知真假，待仲淹查访。”

晏殊又道：“希文哪，在任何时代都是平庸者居多，圣贤之人是极其少见的。你的这些措置，要靠圣贤方可行得通。比如，你说官员要改论资排辈为举荐贤能，可谁是贤能？还不是举荐者说了算。举荐者是圣贤，此事行得通，请问哪里有那么多圣贤呢？所以，官员们已然人心惶惶了，到处都在奔竞，托关系求举荐，这样下去，早晚要乱套。要行新政，不能寄托于欧阳永叔所谓的进君子、去小人。谁是君子？谁是小人？论资排辈好歹也是规矩，总比像无头苍蝇般四处跑官要好。”

范仲淹抱拳一揖道：“晏公，新政甫开，仲淹殚精竭虑，也难免有些错漏，且行且改吧！”他把皇上召对的事三言两语禀报毕，最后道：“改滕宗谅知岳州，晏公以为如何？”

晏殊点头道：“命知制诰起稿吧。”又问：“郑戬的上章，希文看到了吧？”他喟叹一声：“恐又要起波澜了！”

## 三

范仲淹心事重重走进崇政殿议事厅，富弼皱着眉头道：“为郑天休的一道奏疏，杜公和韩稚圭争执不下，吵得不可开交。”

前不久，朝廷从巡边归来的韩琦所请，诏罢陕西总帅之设，升郑戬资政殿学士，知永兴军；同时下诏罢修水洛城。接到敕牒，郑戬呈来奏疏，言水洛城已然兴修近半，若便中止，实恐生、熟蕃部递相仇杀，却为边患，他已令刘沪前往勾当，并加派著作佐郎、都部署司从军董士廉率兵马协助，请朝廷允许他在泾州留驻半月，再起发赴长安上任。看到郑戬的这道奏疏，范仲淹心中暗喜，只是担心此举会激怒韩琦，免不了又是一场纷扰。果不其然，枢密院先就争执不下，他叹息一声道：“在水洛城一事上，韩稚圭太固执了。”

“时下士君子有以不妥协为高的风气。”富弼笑道，“此亦六丈开其端。当年谏废后、攻讦吕夷简，何其执着，不计后果，士君子敬仰之余，自是有样学样嘛！”

范仲淹摆摆手：“不提也罢！适才晏公有训教，李绚按察京西路，未体认朝廷优待元老之意，竟将范老夫子、王举正、任中师定为不职，不啻羞辱之。我意，改派持重的张昇去接替他。”

“李绚委实冒失了！”富弼苦笑道，“这下元老大臣对新政更抵触了。”

“晏公听到传闻，杨纮在江东路鼓励官员相互告发，彦国了解一下有无此事。”范仲淹又道，语气有些沉重。

“看来，急于出政绩以谋升迁的人、眼里揉不进沙子的人，轻易都不敢再用咯！”富弼感叹道。

范仲淹晃了晃手中的文稿问：“彦国，《在京百司差遣官员条制》拟出来了，审改后即可颁下。”

二人逐字逐句审读、修改，忘记了时间，直到堂吏来禀，皇上在垂拱殿召对二府大臣，方知已过散班时辰了。

“官家此时召对，会有何急事？”范仲淹嘀咕道。

“必是水洛城事。”富弼揣度道。

范仲淹心生烦恼，一路无语。进垂拱殿列班毕，宣赞舍人宣读郑戬奏疏，章得象、晏殊照例沉默，枢密使杜衍道：“郑戬所说‘恐生、熟蕃部递相仇杀，却为边患’，值得重视。臣以为，当从其请，筑水洛城以招徕蕃部。”

枢密副使韩琦反驳道：“水洛城在战略上并无价值，当此微妙时机，不必为筑一个可有可无的水洛城而引发边界纠纷。这不惟是臣一个人的看法，鄜延帅庞籍、泾原帅尹洙、秦凤帅文彦博皆持此论。”

范仲淹道：“臣在边上时，蕃部自相仇杀之事时常发生，况水洛之地是生蕃初归附，生、熟蕃部相杀更是常事。若不筑城，则不能驻兵，不驻兵则无以弹压。但既然韩琦反对筑城，朝廷不妨遣使相度利害，再做定夺。”

杜衍接言道：“朝廷已命盐铁副使鱼周询往陕西相度铸钱，正可再赐诏旨，命其一并相度修水洛城利害以闻，与本路部署司疾速同共支拨军马粮草应付，早令了毕。”

皇上道：“就依杜、范二卿之议，枢密院颁札子于郑戬。”似乎是担心韩琦还不肯罢休，皇上旋即转移了话题：“朕昨写手诏给王拱辰，问其聚议‘精贡举’一事，不知是否有疏进呈？”

晏殊奏道：“奏疏已到政事堂。”

“怎么说？”皇上问。

晏殊答：“御史中丞王拱辰、翰林学士宋祁领衔，张方平、欧阳修、王洙、孙甫、曾公亮等九臣，联名合奏，全部赞同范仲淹在《答手诏条陈十事》中关于‘精贡举’之议，并据此就立学校、改科举拟定了实施条制。”

范仲淹畅出了口气。

卷班退殿，范仲淹到政事堂，找来王拱辰等的合奏，细细看了一遍，确是完全按照他的思路写成，遂吩咐舍人院据此起草诏书。

次日，诏书拟就，范仲淹与韩琦、富弼一起，在崇政殿议事厅召集王拱辰、宋祁、张方平、欧阳修等九人，审核贡举新制诏和天下州县立学诏。因滕宗谅一案，王拱辰与范仲淹针锋相对，不可开交，滕宗谅贬知岳州的诏书颁下，王拱辰即恢复上朝，没有再抗争，此刻聚在一起研议国事，却还能齐心协力。范仲淹暗自感叹：世间不惟有庆历新政之说，还应有庆历新风一说吧？这新风，当是公忠体国的君子之风！

经过整整三天的研议，各长达数千言的贡举新制诏和天下州县立学诏定稿，呈交大内用印。

众人拱手道别，范仲淹刚要往外走，韩琦向他招手，又向富弼招了招手。三人复又落座。韩琦从袖中拿出一道文牍，范仲淹接过一看，是枢密院颁给郑戬的札子。

“像这般反反复复，边臣如何措手足?”韩琦抱怨道，“我料朝廷此举，事与愿违，必引起更大的风波!”

## 四

资政殿学士、知永兴军郑戬登上泾州城内的兼山山顶，春风和煦，难掩心中的惆怅。

自朝廷让他独帅四路之命下，郑戬就慨然有吞胡之志，发誓要成就一番伟业。所以，一上任，就巡视边寨，检阅军队，考察将佐，迫不及待地要大力整饬一番。他发现文武官员大多参与经商，普遍拿公用钱回易，立即颁下严厉的禁令。四路到处都是范仲淹、韩琦举荐的人，知渭州张亢在谒台时公开称，其性粗疏，不会侍奉上官，惟范公以国士待之。郑戬大怒，奏请将张亢调离陕西。又听到议论，说滕宗谅大手大脚，无日不宴，靡费公帑无度;在泾州时竟强征民户牛驴宰杀，宴请范仲淹的一万五千部下。郑戬苦寒出身，最恨欺压百姓和贪墨公款，遂冷笑道:“滕宗谅因何强夺百姓牛驴，大宴无功之军? 可恨!”但他不愿把精力花在与部属的纠缠上，一纸揭书投于曾在陕西转运司任判官的监察御史梁坚，把滕宗谅送进了邠州监牢。朝堂围绕滕宗谅一案纷纷攘攘，郑戬却超然于外，集中精力谋划如何建功立业。他昼夜苦思冥想，时下正与西夏和议，无仗可打，在环州巡边时，看到当年的名将曹玮帅边时曾主持修筑的六寨，郑戬大受启发，正思忖在何处筑城建寨时，忽接生蕃带地来降的喜讯，当即牒静边寨寨主刘沪前往相度，刘沪回禀生蕃乐见筑城，郑戬大喜，上奏朝廷，建言筑水洛城，并荐刘沪晋内殿崇班，主持筑城事;不等朝廷回复，即牒刘沪以蕃部自行兴工的名义进场施工。朝廷下旨同意后，更是大张旗鼓筑城。谁知宣抚使韩琦闻听此事，责令罢修。郑戬以有诏旨为由不予理会，两人不欢而散。结果，水洛城尚未筑成，罢陕西总帅的敕牒却到了。水洛城是他经略西事的惟一印迹，若半途而废，反倒成了他失败的见证。留下这样的见证，带着驭下严苛的骂名灰溜溜离开泾州，郑戬心有不甘。他判断，若再有半个月，水洛城即可筑竣，遂奏请朝廷不可罢修。为了防止泾原帅尹洙阻止，郑戬急命著作佐郎董士廉率兵马前往水洛，以弹压生、熟蕃部仇杀名义，保护刘沪筑城。郑戬知道，这样做是冒险的。半个多月来，他是在忐忑不安中度过的。到永兴军赴任的期限已过，朝廷对他的奏疏尚未答复，郑戬坐卧不安，索性登上兼山，想让春风吹散心中的烦闷。

"资政，朝廷有急递到！"牙兵气喘吁吁跑来禀报。

郑戬打开一看，是枢密院的札子。上面写着：

> 据郑戬奏，水洛城并是当司一面兴修，若便中止，实恐生、熟蕃部递相仇杀，却为边患。奉圣旨：命盐铁副使、户部员外郎鱼周询，宫苑使周惟德往陕西，同都转运使程戡相度铸钱及修水洛城利害以闻，与本路经略部署司疾速同共支拨军马粮草应付，早令了毕。仍令刘沪、董士廉却且往彼勾当。

用语虽有些含糊，却也有允许继续筑城的意思，郑戬"呼"的一声吐了口气，快步下山，提笔写好了令牒，命火急送往水洛，交给董士廉、刘沪。

传令中军策马出了泾州城，郑戬还是不放心，又差中军持枢密院札子前往渭州，交泾原帅尹洙过目。

尹洙对郑戬一到任就排挤张亢，继之揭发滕宗谅、张亢以公用钱入己大为不满，对他请旨修水洛城，更是耿耿于怀。但此前郑戬是总帅，又有圣旨在手，尹洙不便阻拦。开春后，朝廷降诏罢修，他随即牒德顺军，令刘沪立即撤出，但刘沪置之不理，筑城如故。尹洙正要奏请惩治刘沪，接到了郑戬罢帅的消息，他再牒德顺军，命刘沪罢修。可德顺军随即呈来状申，禀报不惟刘沪在继续修城，郑戬又差董士廉率军助之。董士廉是尹洙同年，尹洙修书一封，请他劝刘沪服从节制，谁知董士廉不予理会。尹洙正恼羞成怒时，接到了郑戬送来的枢密院札子。

“枢密院札子明明说要鱼周询等相度修水洛城利害以闻，说明是否续筑，朝廷并未定夺。”尹洙冷冷道，又以揶揄的语调道：“回去禀报郑资政，他时下的差遣是知永兴军，泾原路的事，就不劳他老丈费心了！”

打发走了郑戬的传令中军，尹洙怒火中烧。他和韩琦、庞籍、文彦博都认为筑水洛城得不偿失，郑戬为个人功名计，执意要修。朝廷曾从韩琦所请下诏罢筑，不过一个月，枢密院札子又含含糊糊有续修之意，未免太轻率了吧？不用说，是因为一直主张筑城的范仲淹执掌了朝廷大权。当年范仲淹落天章阁待制贬知饶州，初入馆阁的尹洙第一个站出来上疏朝廷，以他与范仲淹谊兼师友为由，要求将他一并贬谪。八年过去了，尹洙远离京城，没有机会再入朝廷。如今，当年的“四贤”已有三人在朝廷同主新政，写《四贤一不肖》诗的蔡襄也被用为谏官，惟他一人远在边陲。和议之际，边事已不再为朝廷所关注，立功无望，尹洙迫切希望回到京城，共襄盛举，为国家立万年基业、谋长治久安，忠君报国，青史留名！韩琦理解他，荐他晋职天章阁待制，却被范仲淹所阻，功败垂成。范仲淹来书解释说，拟调他入朝，待做出政绩为皇上和百官认可后再晋待制不迟，尹洙断然回绝了。一腔怨怒积压在心头，正无处发泄，郑戬罢帅还在遥控续筑水洛城，给了他一个机会。他发誓，只要他在泾原路一天，决不允许再筑水洛城。他提笔写了一道令牒，命瓦亭寨都监张忠带兵马赴水洛实地查勘，若刘沪未停工，务必严厉制止，并接替刘沪，驻守水洛。

三天后，张忠被当地蕃部驱离，他禀报尹洙，刘沪手持郑戬新颁令牒，拒绝停工。尹洙怒不可遏，吼叫道：“郑天休是知永兴军，有何资格牒泾原路的将佐？刘沪违抗本帅军令，胆大妄为！”他一拍书案，大声吩咐道：“传狄青来见！”

狄青因相继受到范雍、范仲淹、韩琦、尹洙赏识提携，短短四年间，不断提升。尹洙接到知渭州之命后，即荐他调任泾原路副都部署。听到尹洙相召，狄青疾步来到帅司节堂，施礼毕，躬身站立，一语不发，屏息等候命令。

“刘沪身为将佐，违抗军令，军法处置！”尹洙气急败坏怒吼道。

风波岂不恶，忠信天所扶。

——范仲淹

# 第四十二章　风波岂不恶

## 一

天还没有亮，亳州的城门尚未开启，吏部尚书、资政殿学士、知集庆军夏竦就登上了城墙，来到谓之望京门的北门城楼，驻足俯视。

过了两刻钟，城门开启，一匹快马出了望京门，疾驰而去。夏竦目不转睛地盯着，直到人马不见了踪影，他才重重吐了口气。四月中旬的亳州天气已然热了，夏竦却连打了几个寒颤，发出瘆人的怪笑。

快一年了，夏竦每天都要登上城墙，但都是在傍晚时分，而且总是走到西北角楼，逆着夕阳遥望京城；今日却破例于清晨登临望京门，也未往角楼去，如此诡异的举动，就连守城的逻卒也感到吃惊。

二十五年前，三十五岁的夏竦就出任枢密副使，继之又升参知政事。只因今上亲政伊始，受东宫旧臣张士逊蛊惑，为走出章献明肃太后阴影，皇上将太后所用二府大臣悉数外放。一直希望主持中枢的夏竦，直到去年才被委以枢密使之任，不意到了都门，却被台谏官无情地堵了回去。这样的公开羞辱已令他无地自容，痛心疾首；国子监直讲石介竟然还炮制一篇《庆历圣德颂》，把他指为大奸！旧伤未复，重创又至，夏竦痛不欲生，卧病月余。皇上体谅，下诏让他离开蔡州，移知集庆军。来到亳州，他上了一道万言疏自辩，向皇上披肝沥胆，陈述自己从政以来的忠诚、政绩，驳斥对他的诬蔑。每看一遍自辩疏，夏竦都会老泪纵横。多年来，他无论是主政州军还是朝廷百司，局面都会在短时间内改变。做枢密副使时，发现武臣赏罚没有章法，胥吏得以高下其手，他便集中先例，删减完善，著为定例；改任参知政事，即建言恢复了制科，又创百官轮流奏对制，以便皇上能够广听博采，避免偏听偏信几个执政大臣；继之再创理检使，专责审理官员申诉……以他的才干、智慧，倘若当国执政，既不会像张士逊、吕夷简辈那样一味因循，又不会像范仲淹、富弼辈这样不知轻重缓急，定然会在和风细雨中使国政焕然一新，也会让皇上更为轻松舒畅。可是，只要范仲淹辈在位一天，即使皇上想给他机会，这批轻薄之辈也不会答应。为自己，也为皇上、国家，他必须反击。当年由发妻杨氏告发引起轩然大波，他因"鱼轩不睦"贬知黄州，人人都说他的仕途从此终止，可结果却是，不几年他就位列中枢。这次，他同样也会东山再起。只是，岁月匆匆，年已花甲，他不能像上次那样慢慢等待，必须主动出击。

昨日，夏竦花甲之寿。以他的文采、地位，本该贺诗盈筐，拜者如云，而真实的场面却是冷冷清清，只有宋庠和庞籍托人送来了寿礼。寿宴过后，夏竦在书房大哭。哭了一阵，突然又发出一阵冷笑。书案上放着从京城送来的密帖，全是对范仲淹、富弼不利的消息，尤以京西路李绚纠弹范雍、王举正不职引起的议论最让夏竦感到兴奋。轻薄之辈忘乎所以到了如此地步，已将自己置于悬崖，他只要轻轻一推，这帮人即坠入深渊矣！既然彼辈公开把他说成大奸、小人，不施展点小人的智术，如何对得起他们？

虽然一夜未眠，夏竦却精气神儿十足。他一改往日的习惯，早早就登上城墙，站在望京门的城楼上，亲见携带密函的心腹出了城门，仿佛看到他指挥的百万大军冲杀着奔向战场。他紧张、激动，竟不由自主地打起了哆嗦。

夏竦的密函，在夜幕笼罩下的京城，交到了内侍蓝元震的手里，同时转交的，还有两根黄灿灿的金条。

蓝元震在皇上的寝宫福宁殿当值。这天夜里，皇上在福宁殿写了几帧飞白，蓝元震端来脸盆让皇上洗手，乘机感叹道："官家，外面传言很多啊！"见皇上没有责备他，继续道："当年范仲淹、欧阳修、余靖、尹洙因有朋党之嫌被逐出京城，蔡襄写诗称颂为'四贤'，天下无不闻；如今四人得势，又引蔡襄为谏官。苏舜钦、石介这些夸夸其谈之流也都受到重用。朝野都说，范仲淹辈以国家爵禄为私惠，胶固朋党，递相提携，不过二三年，布满要路，必迷朝误国，就连官家也无如之何了！"

听到"朋党"二字，皇上正在水盆里搓洗的手僵住了，良久方蓦地抽出来，用力一甩，呵斥道："内官岂可臧否大臣、妄议朝政？"

"官家！"蓝元震以痛惜的语调道，"别看谏官钳制官家不遗余力，对范仲淹、富弼之辈，则一味颂扬，到处是他们的亲朋故旧，谁敢批评他们，就被扣上小人的帽子，他们结党的事，谁敢说给官家听？"

皇上道："朕委任范仲淹行新政，外间难免有些非议。"

"行新政？"蓝元震冷笑道，"还不是以此为名换上自己人！范仲淹举荐了多少人？馆阁待天下英才，可他一口气举荐了九人啊，官家！四年前，参政宋庠、副枢郑戬、计相叶清臣、京兆吴遵路，就因为是同年，皆占要路，官家就以有朋党之嫌一体罢去，如今朝堂上怎么样呢？范仲淹何不再列《百官图》？"

"住口！退下！"皇上烦躁地一扬手道，颓然退坐御榻，闭上眼睛，喘起了粗气。

蓝元震知道，皇上的气，不是对着他的，适才的一番话，已然产生了效果。

突然间，沉寂四年的"朋党"之说复活了。流言四起，人心惶惶。无论是朝会还是召对，皇上总是目光游移，似乎在观察臣下之间的亲疏远近，看范仲淹的眼神也悄然有了变化，往日渴盼、信任的目光，被审视、怀疑的目光所取代。

皇上眼神的微妙变化，欧阳修最先捕捉到了。他感到了危险在迫近，忙呈上一道《论禁止无名子伤毁近臣状》，内称：

伏自陛下罢去吕夷简、夏竦之后，进用韩琦、范仲淹以来，天下欣然，皆贺圣德。君子既蒙进用，小人自恐道消，故共喧然，务腾谗口，欲惑君听，欲沮好人。不早绝之，恐终败事。

皇上坐在福宁殿御案前，细细查看，眉头不禁皱了又皱。果如蓝元震所说，在欧阳修眼里，凡议论范仲淹者就是小人、坏人！他"嘶"地吸了口气，闭目把欧阳修这一年来所上章奏回忆一遍，凡是关涉范仲淹的，都是赞扬的话。这就怪了！欧阳修身为谏官，从来不挑剔执政，反而总是不吝词句、不遗余力大加赞美。想到这里，皇上叹了口气，似乎在思忖该如何应对。

蓝元震站在殿门口，用余光打量着皇上，嘴角挂着得意的笑容。一个小黄门走过来，蓝元震浑然不知，小黄门推了推他，捧递过去一封密函。蓝元震眯起双目一看，是泾原路走马承受赵正的密奏。密奏来自边上，蓝元震不敢怠慢，忙拆开来看，不禁"呀"了一声，慌慌张张进殿，奏报道："官家，泾原路、泾原路打起来了！"

"啊？"皇上惊叫道，"和议顺利，西人因何又用兵？"

"不是……是、是自家兵马打起来了！"蓝元震一顿足道。

## 二

泾原路副都部署狄青手持路帅尹洙的令檄，带着两千兵马，浩浩荡荡开到水洛城。

远远望去，一座新城已拔地而起。到得近处，见刘沪、董士廉所带兵马在城外列阵以待，工匠人等还在城墙上垒墙起楼。

狄青一摆脑袋，两名牙兵一个举着令旗，一个手持令檄，走上前去，高声喊道："有帅令，传刘沪来见！"

刘沪三十多岁年纪，或许是几个月来一直坚守筑城现场、风餐露宿的缘故，脸膛黝黑，须发散乱，看上去像半百之貌。他闻听狄帅有召，不紧不慢地从城中骑马过来相见。

狄青骑在马上，沉着脸道："刘寨主，尹帅有令檄，命你带工匠人等撤出此地。"

刘沪下马，拱手道："禀狄帅，卑职有郑帅令牒，命卑职将水洛城克日完竣，卑职不能撤出！"说着，手捧令牒呈给狄青。

出发前，尹洙已有交代，郑戬签发令牒是罢帅以后，不必理会。此时，狄青只看了一眼签署时日，就冷冷一笑道："看好了，此为郑资政改知永兴军以后签署，不作数！"

刘沪叹息一声，回身一指新城道："狄帅请看，此城已然筑成，只剩扫尾，请狄帅允许卑职善始善终。"

"军人只知服从命令，它概不知也！"狄青口气强硬道，"立即撤出！"

"卑职乃奉郑帅军令筑城，若要撤出，就请郑帅来牒。"刘沪顶撞道。

狄青大怒，从怀中掏出尹洙的令檄，高叫一声："来呀！"又一指刘沪："刘沪胆敢抗命，军法处置！"

四名牙兵一拥而上，把刘沪紧紧钳制住，"哗啦"一声，铁链、枷锁上身，捆绑结实。

"没天理啊！没天理啊！"城墙上响起高叫声，"刘寨主千辛万苦带我辈筑城，不得赏赐，反倒披枷带锁，天理何在！"

刘沪的牙兵和一群蕃人"呼啦啦"抄起剑戟冲了过来。著作佐郎董士廉急忙阻止，趋前对狄青道："狄帅，我辈奉陕西都部署司之命筑城，所犯何罪，竟然当众枷项？"

"违抗军令，当以军法处置！"狄青道。

董士廉道："我辈有郑帅令牒，并未违令，请狄帅这就放人，如若不然，一切后果，由狄帅负责！"

"你敢威胁本帅？"狄青怒道。他因受刘沪当众顶撞，恼羞成怒，一指董士廉道："给我绑了！"

董士廉向后退了两步，惊诧道："士廉是文臣、京官，尔辈武人不谙律令，不可乱来！"

话音未落，枷锁已套住了他的脖颈。

"押往德顺军大牢！"狄青命令道。

"奉旨修城，何罪之有！"刘沪大喊。

"冲啊——救出两位官长！"刘沪的牙兵并蕃人高声叫喊着，举刀向狄青的牙兵杀来。

狄青举起马鞭道："兵士哗变，格杀勿论！"

"叮铃咣啷"的刀剑声、痛苦的惨叫声响成一片，转眼间就有三五人被砍倒在地，打滚惨叫。

董士廉大喊："住手，都住手！国家有王法，冤狱不难辨明，倘起兵反抗，就是造反，灭门之罪啊！"

水洛城一方兵士不敢再战，纷纷后撤。狄青所带人马追杀到城门，又砍翻了三五人。狄青传令收兵，亲率兵马将刘沪、董士廉押往德顺军大牢，这才差人赴渭州向尹洙禀报情形。

尹洙闻报，默然良久，叮嘱道："先不要声张，待本帅向朝廷奏明。"

董士廉的随侍飞马疾驰泾州，郑戬早已到永兴军赴任，随侍未敢停留，转赴永兴军，向郑戬禀报。

泾原路走马承受赵正听到消息，急赴水洛查问，写成密奏，差人日夜兼程送往京城。内侍蓝元震将密奏呈达御前，皇上御览后，命转范仲淹、韩琦阅之。

范仲淹气得一阵战栗，汗珠顺着脸颊汩汩而淌。这样纠缠下去，尹洙、狄青、刘沪、董士廉乃至郑戬，都将有牢狱之灾；况且，一波未平一波又起，新政还如何推进？他了解刘沪，其父与太宗皇帝是表兄弟，其兄是当年与他并肩抗争废后的御史刘涣；开府泾州后，体量一路将佐，也听到不少对刘沪的赞誉。范仲淹担心尹洙、狄青冲动之下对刘沪行军法，先斩后奏，补救就来不及了，忙提笔上章。既要保护刘沪，又不能把责任都归到尹洙、狄青身上，尤其是狄青竟敢拘押文官，其罪非轻，只能说他不懂规矩，方可减罪。斟酌良久，下笔写道：

刘沪是沿边有名将佐，最有战功，国家且须爱惜，不可轻弃。恐狄青因怒，辄行军法，则边上将佐必皆衔怨，谓国家负此有劳之臣，人人解体，谁肯竭力边事？其董士廉是朝廷京官，即非将佐，亦将一例枷勘，盖狄青粗人，未知朝廷事理。万一二人被戮，逐家骨肉必来诉之阙下，亦更多有臣寮上言，紊烦圣听。虽知将帅行得军法，即非用兵进退之际，有违节制，自是因争利害，致犯帅威。昔陈汤矫诏命以破虏，王濬违节制以下吴，皆释罪封侯，以劝将列。伏望圣慈特遣中使乘驿往彼，委鱼周询、周惟德取勘刘沪所犯因依情罪闻奏，仍送邠州拘管，听候朝旨。一则惜得二人不致因公被戮，二则惜得狄青、尹洙免被二家骨肉称冤致讼。倘允臣所奏，事可两全，彰陛下保庇边将之恩，使武臣效死，以报圣慈。

皇上阅罢，道："范仲淹所虑周详。不过也不必遣内侍去了，免得耽搁。"遂写了手诏，严令尹洙、狄青不得对刘沪行军法，命快马急送渭州。

不几天，尹洙、郑戬的奏疏先后到了。皇上传谕，召二府大臣和御史台、谏院长官到垂拱殿奏对。

尹洙奏称，朝廷罢修之旨下，刘沪置之不理，身为将佐，抗旨不遵，又不听帅司节制，当杀之以维护朝旨神圣和帅臣尊严；郑戬解罢兵权后仍颁牒令修城，统兵大臣解罢兵权尚得处置边事，于国体不便，当予严惩，他愿与郑戬一起下狱照对，以明国典。

郑戬奏称，尹洙累令罢修水洛城，不禀节制；他移永兴军后接枢密院札子，早令了毕，即移文告知尹洙，尹洙既知筑城已就，又闻朝廷专委鱼周询定夺，便欲图陷刘沪等，遂命狄青带领兵马趋水洛，追摄刘沪及本部勾当公事董士廉，枷项送狱。由此可见，刘沪、董士廉并未抗旨，尹洙却一味意气用事。

宣赞舍人宣读毕，韩琦率先道："刘沪不服帅司节制，造成自家兵士数人伤亡,当从尹洙议,杀刘沪以振纲纪。”

御史中丞王拱辰义愤填膺道:“边上文臣视朝廷诏旨为无物,武将不听节制,非一朝一夕之事,为扭转此一局面,当以此案为契机,对照刑律,一一严惩,刘沪抗命,导致自家兵士伤亡数人;狄青处事不周,致酿血案,又以武将悍然枷送文臣,皆不可饶恕!”

范仲淹道:“臣以为,水洛城既已修成,不宜穷治深究。刘沪固然有不服节制之罪,为筑水洛城而已,非为私利,只可薄惩。”

杜衍道:“若惩治刘沪,只怕失水洛城蕃汉百姓之心。”

知谏院欧阳修道:“释刘沪则挫边帅威;械刘沪则使蕃部惊;罪刘沪则无立事边防者。故须慎重拿捏。不妨薄惩刘沪,让狄青前去宣旨,释放刘沪出狱,这样好给水洛百姓一个交代;然后再为狄青加官,并让刘沪为其部属。如此,边上军民不会对朝廷失望,刘沪等人不至于心寒,狄青的威信也能得到保全。”

“依范卿看,对刘沪,如何薄惩?”皇上问。

范仲淹道:“罢其静边寨寨主,以内殿崇班知水洛城事。”

皇上道:“就依范卿之议,二府拟敕进呈。”

韩琦抗辩道:“朝廷只想息事宁人,不问是非曲直,不循纲纪律法,如何能息事,又如何可宁人!”

“韩卿,此事不再议了。”皇上道。可他并没有像往常那样,因担心臣僚再辩而急急宣布散班,而是以奇怪的眼神看看范仲淹,又看看韩琦,仿佛不认识二人似的。

众人皆感纳闷,不知皇上今日为何如此反常。

## 三

垂拱殿里,处分水洛城一案的奏对业已结束,皇上却未有卷班的表示。

众人不解之际，皇上以漫不经心的口气道："朕近览史册，有一事尚未探究明白，想问众卿：过去小人多为朋党，君子会结党吗？"

自蓝元震在御前说范仲淹胶固朋党、递相提携之日起，皇上的心里就蒙上了一层阴影。可观察下来，范仲淹与富弼、韩琦，也常有争论；尹洙曾自称是范仲淹的朋党，但范仲淹阻止他晋职，在水洛城一案上，又非尹洙而是刘护。这些都不像是结朋党的模样。因此，对蓝元震的话便生出几分怀疑。他不想因存有心结而影响到对范仲淹的信任，使正在推进的新政受挫，便索性把话题挑明，听听范仲淹如何回应。

宰相章得象、晏殊，枢密使杜衍闻言，顿时警觉起来。近来朋党之说突然甚嚣尘上，皇上的垂问看似漫不经心，实则是在试探；要试探谁，他们也很清楚。因此，都低头作沉思状。

垂拱殿里的气氛顿时紧张起来。

"陛下，臣以为，君子不会结党，结党者非君子。"御史中丞王拱辰回答道，"自汉武帝独尊儒术以来，儒家圣贤即习惯以君子与小人评判人物。孔子曰'君子不党'，反过来说，结党者即为小人。"

"陛下，臣以为，君子会结党。"范仲淹郑重道。

众人愕然！

皇上也愣住了，直勾勾盯着范仲淹，惊诧的目光中夹杂着失望和不解。

"物以类聚，人以群分。"范仲淹解释道，"臣在边上时，见能打仗、会打仗的人聚在一起，自称一党，怯懦的人也自为一党。朝堂何能例外？自古以来，正、邪之人在朝，未尝不各为一党，禁而难止，端赖人主用心体察，分辨忠奸。臣以为，倘若君子结为一党，齐心协力做好事，对国家并无害处。"

"说的是！"知谏院欧阳修叫好道，"陛下，臣以为，君子有党，以同道为朋，为人君者，只要退小人之伪朋，用君子之真朋，则天下治矣……"

皇上一脸错愕，举手制止了欧阳修，有气无力道："朕知道了。"言毕，恍恍惚惚间，忘记了尚未说卷班，就起身而去。

众人神色凝重出了垂拱殿。晏殊擦了把汗，拉住范仲淹，低声责备道：

“希文，官家多次下诏戒朋党，你不晓得？当年贬你知饶州的责词里就有‘自结朋党’之罪，你也不记得了？时下朋党之说甚嚣尘上，用心险恶，官家必是不愿相信，特意给你一个澄清的机会，你因何非要说出那样的话？”

范仲淹语调低沉道：“晏公，非仲淹不知，实在是仲淹秉持事君如事亲之念，心里怎么想，就怎么说，不忍以假话欺骗君上。”

晏殊叹了口气，转脸去寻欧阳修，却见欧阳修大步流星顾自往前走着，已穿过了宣佑门，遂又是一声长叹，摇头不止。

欧阳修火急火燎往回赶，是急于写一篇文论。他知道，皇上对朋党极为敏感，朋党之说，不啻是反对者投向范仲淹的杀手锏，只有把君子结党这个道理摆在桌面，向皇上阐释清楚，才能起到自我保护作用。适才皇上不想再听下去了，他只能上章一陈。回到直房，提笔写下《朋党论》一疏。

五天后，心情烦躁的皇上正在内东门小殿写飞白以散心，内侍呈来了欧阳修的《朋党论》，他放下笔，迫不及待地翻阅起来。真希望这五天的时间里，范仲淹、欧阳修能幡然悔悟，明白朋党之害，纠正在垂拱殿里的说法。可是，读着读着，皇上的眉头越皱越紧，尚未读完，就用力往案边一推，喟叹道：“大失分寸矣！”

躬立在侧的内侍蓝元震拿起看了一遍，愤然道：“这些人欺负官家仁厚！官家屡屡诏戒朋党，欧阳修旁敲侧击说，只有亡国之君才会禁朋党。倘若在汉唐之世，仅凭这一句话，就得砍他的脑袋！”

“内官不许妄言朝政！”皇上烦躁地呵斥道。他无论如何也没有料到，本想给范仲淹解围，却把自己套了进去。

朝廷多次诏戒朋党，近来攻讦范仲淹结党的舆论铺天盖地，对新政的推行十分不利，皇上希望范仲淹作出澄清，不料得到的回答却是君子结党不是坏事，欧阳修又火上浇油，言外之意，谁不与范仲淹结党，谁就是小人。此论一出，朝议哗然。翰林学士李淑等数十位臣僚上章，吁请朝廷再颁诏旨，严禁朋党。皇上陷入进退维谷之地。按理说，公开昌言结党者当予罢黜，但范仲淹、欧阳修敢公开说出这样的话，说明他们没有私心，这样的臣僚，岂可轻弃？况且新政还要靠他们主持。但是，倘若像什么事也没有发生，一切照旧，岂不是默认了朝臣可以结党？朝臣结党，威胁君权，败坏国事，是万万宽容不得的！

“罢黜范仲淹！”皇上一拍书案道，抓起朱笔欲写手诏，可笔举半空，又自问：“新政托付给谁？”他沮丧地仰靠在椅背上，长叹一声，自语道：“范卿，你因何如此为难朕？如此一来，让朕如何措置？”

“陛下，元昊差使介杨守素来投书！”内押班王守规在门口奏报道。

皇上蓦然抬头，道：“拿来！”

元昊既没有上表，也没有用“疏”，而是以“书”相呈，用语甚不恭，直言通和非本意，只是给契丹人一个面子。

皇上阅罢，暂时忘却了因《朋党论》带来的烦恼，怔怔地坐在御座上，一语不发，思忖良久，决定在朝会上宣读元昊之书。

次日朝会，宣赞舍人把元昊来书宣读一遍，百官面面相觑，愕然失色！

“元昊如此说，契丹就有了邀功借口，届时契丹闻我赐予夏人甚厚，必有无厌之求，故不能答应元昊所请。”谏官余靖出列道，“和与不和皆有后患，不必曲意从之，以贻国羞！”

“元昊狡诈，欺人太甚，当向其示以强硬！”御史中丞王拱辰道。

“务必强硬！”殿庭里响起一片喊声。

范仲淹出列道：“元昊既然如此无礼，我已退无所退，也不必再小心翼翼维系和议，当将杨守素暂扣，让元昊知道，圣朝不惧胁迫！”

“当从范仲淹所议！”枢密使杜衍道。

皇上略作思忖，轻轻吹了口气，像是鼓足了勇气道：“暂扣杨守素！”他扫视殿庭，动情道：“众卿！夷狄轻我如此，再不争气，何以对天地祖宗？近知左右臣僚恐朕不能主张，不敢尽心言事，今后不得更事形迹，避涉朋党，须是论列，必无所疑！”

范仲淹一阵激动。他听得出来，皇上这番话，分明是想化解因朋党之议而带来的僵局。半个多月来，他忍受的煎熬远远超过皇上。君子结党无害论和欧阳修的《朋党论》一传出，朝议哗然，王举正、陈执中、李淑、丁度、苏绅、张尧佐、李昭亮、郭承祐、韩纲，或元老大臣，或两制近侍，或风力台谏，交相攻击，行新政的氛围荡然无存。时值初夏，他却感到京城里寒气凛凛。固然，坚守言行一致的道德底线，不向人主隐瞒内心所思，值得自豪；但在对朋党甚为敏感的皇上面前公开抛出结党无害论，势必加深皇上对他结党的怀疑，君臣有此心结，还能同心推行新政吗？半个月来，范仲淹对朝政保持沉默，更没有一道奏章上呈。在他贬耀州时上章为他鸣不平的安抚使王尧臣，时任三司使，被知开封府吴育抓住移陈留桥一事送进监牢，范仲淹耿耿于怀，却也未出一语。他甚至萌生了离开朝堂、请一闲郡的念头，只是担心随着他的离去，新政很可能会夭折，才咬紧牙关坚持着。这半个月没有做什么大事，却比他在边上的三年还要疲惫，不知道僵局如何打破，揣度皇上或许不久会晋升他的馆职，外放他去守一个安置宰执大臣的州军。忽听皇上说出这样一番话，为他卸下了压得喘不过气的沉重包袱，范仲淹激动万分，声音颤抖道："臣等千载遭逢，得陛下圣言及此，不胜庆幸！不胜庆幸！敢不日夜发愤，竭尽心力，以副陛下待辅弼之意！"

强敌交互欺凌，皇上又发出这样的德音，还有什么理由不全力以赴推行新政！此后的不到一个月里，他连上《奏乞定夺在京百司差遣等第》《奏乞重定三班审官院流内铨条贯》《奏重定臣僚转官及差遣体例》，全是建制度、立规矩的。把急需推出的新政事项重新激活后，腾出手来，又为王尧臣等因受移陈留桥一案牵连下狱的几名官员说情，请求皇上念及王尧臣朝廷重臣，不可因不经琐事下狱，又请求皇上将另外几名涉案官员的私罪改为公罪。

《奏辩陈留移桥》写毕，已是夜半，崇政殿议事厅里显得格外空洞。范仲淹拿起剪刀剪了剪烛芯，翻看案头的文牍。多半是挑剔新政举措的，他放在一边，再翻下去，是集贤校理苏舜钦的《上范公参政书并呈相府谘目》。他揉了揉发酸的眼睛，细细阅看。尚未看完，不觉阵阵晕眩……

## 四

苏舜钦的《上范公参政书》，从当年范仲淹被贬赢得天下赞誉说起，一直说到皇上用其为执政，天下寄予厚望，满纸溢美之词，可随即话锋突转，言朝野私下议论纷纭，对新政失望至极，盖因新政没有抓住要领，教训医工、更改磨勘、恢复职田，皆非当今至切之务，反倒引起不少非议，范公多年来积累的口碑已消耗殆尽。他感慨写道："呜呼，岁月有去而无回，功名难成而易隳。"他希望范仲淹采纳他的改革方案，以重拾朝野对他的信赖，不然，必将抱恨万世，为来者所笑戮！

范仲淹鼻尖上渗出汗珠。时下攻击新政者众多，欧阳修皆斥之为小人。小人无家国情怀，因切身利益受损而反对新政；还有一些人，因循守旧，怕新政打破他们的安逸，故而极力反对，被冠以守旧派的称谓。可苏舜钦的上书让他突然意识到，这两点都是站不住脚的。翰林学士李淑反对新政最力，被称为守旧派，他前日上了道《时政十议》，其中择官、贡举，与范仲淹所言如出一辙，说明他并非真的守旧；苏舜钦是范仲淹、欧阳修心目中的君子、一力提携的后起之秀，更是新政的受益者，绝不会出于私利而非议新政。可苏舜钦对他设计的这套新政显然不以为然，失望情绪充斥于字里行间。

看来，无论是新政的设计还是实施，委实是有很多不足的。不用说，最大的不足是恢复府兵制的提议被否决，最要紧的修武备一事遂成缺项。可无论谁进言，范仲淹都沉默以对，他没有再补充修武备的内容，就是希望有朝一日把府兵制恢复起来。除此之外，还有什么需要弥补的？他把苏舜钦呈相府的新政进言看了一遍，有七项内容：立储君建国本；慎择将帅；慎选才臣主三司，别立规制充实财用；放宫嫔以示俭；令官员、上户输钱助边；二府可私第见客以纳群议；革循默畏避之风，大臣任责，由范仲淹主西以应对西夏、富弼主北以应对契丹。

"立储君？"范仲淹苦笑，用力摇了摇头。皇上才三十出头，诞育皇子、公主十多位，只是两位皇子都夭折了。这是皇上的隐痛，当年他之所以受严遣，落职贬饶州，外人皆归于吕夷简排除异己，却不知真正的原因是他建言立储君而触怒了皇上。倘若照苏舜钦的设计，第一件事就会碰壁，进而堵死行新政之路。苏舜钦到底还是太冒进了。

他把韩琦去年底宣抚陕西时所上《救弊八事奏》、翰林学士李淑的《时政十议》、监蔡州酒税崔公孺的《论十事》和国子监讲师赵师民的《论时政十五事》都翻检出来，细细阅看。韩琦提出选将帅、明按察、丰财利、遏侥幸、进能吏、退不才、谨入官、去冗食；李淑列国体、灾害、言事、大臣、择官、贡举、制科、阅武、时令、入阁十事；崔公孺建言朝廷培国本、择守令、轻赋税、严武备、节浮费；赵师民有择守宰、修边防、革贡举、谨财用、容诽谤、慎出令等项。其中与他的新政十事多有重合。除了这些言事疏，还有不少就某事当行当革的建言，其中欧阳修就有实行方田均税法的提议，王拱辰有弛茶盐之禁的建言，提议减免税赋的奏章更是不绝如缕。

一根蜡烛燃尽了，值夜的堂吏悄无声息地换了一根。夜已深，万籁俱寂。范仲淹腿脚麻木，起身慢慢活动筋骨，在室内徘徊。新政中直接关涉民生的似乎少了些，不妨补充实施。像训医工、定赎刑两事，并未体现在十事疏中，可朝野仍归为新政内容一样，单项诏命实施的，同样是新政的组成部分。这样想着，他开始梳理应充实的事项。

不知不觉，天已经亮了。范仲淹洗了把脸，吩咐堂吏请枢密副使韩琦、富弼到议事厅议事。

宫门开启，韩琦、富弼从待漏院刚进枢密院，就接到堂吏传达的口信，便赶到了崇政殿议事厅。

“稚圭、彦国！”范仲淹语调亲切地唤了一声，请二人入座。虽然一夜未眠，却没有倦意。自奉皇上“不得避涉朋党”的德音，他浑身充满了力量，誓以全部身心投入新政，报答知遇之恩。他在二人对面坐下，神色庄重道：“欲扭转因循苟且政风，要从改变二府大臣拱默无为做起，为此，当施行宰执兼判政事之制。主财用之三司、司农寺、群牧司，主用人之三班院、审官院、流内铨，主裁判之审刑院、大理寺、刑部，主教化之国子监、太常寺，由宰执分领。”

富弼看了韩琦一眼，见他面无表情，并未有反应，只得转过脸来对范仲淹道：“如此，一则彰显朝廷对上述政事之关注，二则使宰执无推委之借口。”

范仲淹继续说：“天下茶盐，出于山海，是土地之利，以养万民。方今实行专卖，与民争利，且无论运输存放还是打击私贩，成本都很高，羁押的私贩填满了监牢。莫如索性放开，由商贾贩售，以去苛刻之刑，以息运置之劳，以取长久之利。”

“这可是大举措啊！”富弼对着韩琦道，“必是众说纷纭。”

韩琦不语。范仲淹举着手里的一叠文稿道：“春夏旱灾，入秋又遭涝灾。官家下罪己诏以应天变。我昨夜草成《奏灾异后合行四事》，要领就是兼领政事和取消专卖。”

富弼接过浏览，笑道：“欧阳永叔称近年台官无称职者，六丈担心把台官推到对立面，可六丈在此疏中却说：‘天下官吏明贤者绝少，愚暗者至多。’这岂不是把天下官吏都推到对立面？”

“事实如此，不能不正视。”范仲淹感叹道，“所以行明黜陟的新政方显得格外重要啊！”

富弼点头，晃了晃文稿道：“西北用兵以来，百姓负担渐重，当减税赋以苏民困。新政缺这一项，六丈此疏也未涉及。”

范仲淹道：“国用未减，岁入不可缺。为今之计，莫若先省国用。”他突然叹了口气：“有些税赋还是要减的。三司呈来追缴历年欠赋的札子，有些欠税户，户主早已去世，只追贫弱子孙纳理，刻剥伤民，情实可悯。凡祖宗朝的欠税户，当一律除放。”他盯着一直沉默不语的韩琦问：“稚圭以为如何？”

“由范公主张。”韩琦答。

范仲淹本想继续商议新政事宜，见韩琦走神儿，似有心事，不禁有些担心起来。

## 五

枢密副使韩琦在议事厅里沉默不语，心不在焉，不是因水洛城案心存芥蒂，就是知晓了泾原帅尹洙那里又有什么新动作。无论哪种情形，都是范仲淹不愿意看到的。他不得不暂时撇开对新政的讨论，对韩琦道："稚圭，不会因为水洛城一案伤了和气吧？我辈儒者，出处以道，俯仰无愧，忠心体国，凡有大事，为国远图，殿庭之上争得面红耳赤，下殿不失和气，争而后已，欢言如初。"

韩琦一欠身道："琦何敢存私怨？只是尹师鲁性格刚强，并未遵旨释放刘、董二人，誓言必杀刘沪、罢郑戬不可。"

范仲淹一惊，忙道："稚圭，劝尹师鲁放手才是！"

"已经晚了。"韩琦面无表情道，"枢密院昨日已将尹师鲁奏疏呈达御前。"

范仲淹摇了摇头，长叹一声，不再说话。

临散班时，皇上在垂拱殿召对二府大臣并谏官。宣赞舍人宣读郑戬、尹洙奏疏。范仲淹紧皱眉头，耐着性子听完，喘息声不知不觉急促起来。他没有想到，郑戬、尹洙还在纠缠水洛城一案。

"众卿，尹洙、郑戬诉争，该如何处分？"皇上问。

枢密使杜衍道："尹洙以抗旨、不听节制为由要求诛杀刘沪，殊不知，他不释放刘沪，同样也是在抗旨。"

左司谏余靖道："臣以为水洛城本不该修筑，方惹出……"

皇上制止道："城已筑成，该不该修不再议了。"

余靖辩道："该不该修城，事关是非曲直。个别边臣借筑城转官酬奖，利用朝廷对边情不明，借助蕃部支持，造成既定事实，逼朝廷认可，最后圆其建功立业之梦。尹洙身为泾原帅，熟知水洛城不当修，遂阻止抗旨不遵的刘沪，若降罪尹洙，则节制之制解体，大害军制！"

“不能这么说!”知谏院欧阳修辩驳道,“自西事以来,朝廷擢用边将极多,能立功者极少,惟范仲淹筑大顺城、种世衡筑青涧城、刘沪筑水洛城耳。大凡武臣都怀疑朝廷偏厚文臣,假若文武相争,即便武人理曲,然终亦不服,只说执政尽文臣,递相党助,轻沮武人。况刘沪与尹洙之争,刘沪实有功,其理不曲,罪刘沪则边上武臣尽鼓怨怒。”

杜衍又道:“为息事宁人,不妨将尹洙、狄青调离。”

欧阳修不以为然道:“若调走尹洙、狄青,则是因刘沪这名小将易一路两帅臣,也不妥。”

韩琦道:“臣以为,刘沪身为武职,不服帅臣节制,万不可袒护,当远贬,以儆效尤!”

范仲淹道:“宁移尹洙,不可移刘沪,免失新附蕃部之心。”

“这是鼓励武将不听文臣节制!”韩琦反驳道,“不可移尹洙!”

“不必再争!”皇上扬手制止道,“尹洙拒不释放刘沪,未免太意气用事。将尹洙调离,中书拟敕进呈。”又问:“谁可接替泾原帅?”

“用武将为宜。”范仲淹答,“或张亢,或狄青。”

杜衍道:“狄青帅泾原,刘沪必不安;况郑戬屡次上疏诉狄青鲁莽,若用狄青帅泾原,恐郑戬还会抗争。至于张亢,弹劾案刚平息,一旦用他为帅,台官必抗争。”

“王素可任。”枢密副使富弼道,“王素按察淮南,未尝毛举细故以擿发官吏,然又广布耳目,咨访贪官墨吏,凡其所劾,皆罪法得当,人人服气,官吏不敢为非。持重而又尽职,可谓难得。”

杜衍附和道:“王素可任。”

皇上颔首道:“就以王素帅泾原。”

“只惩尹洙,必不能服众。若武将不服节制却不受惩罚,则军政解体矣!”韩琦又提出了异议。

皇上把目光移到范仲淹身上,决断道:“刘沪不服从节制,虽有功亦不可不惩。”

范仲淹奏道:“刘沪由内殿崇班降为东头供奉官,下旨命其戴罪立功,知水洛城事如故。”

“就依范卿所议。此事就此了断。”皇上以不耐烦的语气道。

出了殿庭,韩琦嘀咕道:“只怕了断不得。”

似共织女期，秋宵苦霜露。

——范仲淹

# 第四十三章　秋宵苦霜露

## 一

今日召对非同寻常，去往垂拱殿的路上，二府大臣各自闷头走路，没有一个人说话。

自庆历二年春元昊差人到延州试探和谈，双方使介已多次往返于京城与兴庆府。两个月前，元昊忽然说出通和非本意的话，朝廷扣留其使臣杨守素，示以强硬。过了几天，谏官余靖上章，谓扣留杨守素是为表达朝廷的愤怒，当适可而止，宜将他放回，转达朝廷对元昊的愤慨。朝廷纳其言，将杨守素放归。出人意料的是，杨守素很快又返回了，携来了元昊称臣的上表，用语颇为恭顺。惊诧之余，君臣为之欢庆。范仲淹对元昊突然转变态度感到困惑，担心元昊欺诈，和韩琦联名呈上《奏陕西河北和守攻备四策》，今日一大早，皇上即召集二府大臣御前商议。

范仲淹主对，他先从夏商周三代就有戎狄之患说起，回顾了元昊叛命、契丹乘机背盟勒索的经过，对元昊急于签署盟约作出了判断："元昊屡战屡胜，且依契丹事势，虽求通顺，实欲息肩，像契丹那样大获厚利以后，待其物力稍丰，能够举兵之时，则必长驱深入，有吞并关辅之志。"

"何以见得？"参知政事贾昌朝问。

范仲淹答："定川寨之战时，元昊即有伪诏，诱挟边民，欲定关中。须知，张元辈叛人，是不会安于在夷狄之地的，为了富贵功名也好，衣食嗜好也罢，时刻都在煽惑。今朝廷若从元昊之请，则契丹必邀功，说是他逼元昊就范，进而自为主盟，下视皇宋，索求无厌，多方困我，终不得不用兵矣！"

富弼对御座一揖道："臣不赞成范仲淹的看法。臣闻时下契丹与夏戎有交恶之势，元昊方急于与我达成盟好。"

晏殊不满地问："范参政，若拒绝元昊，会怎样？"

范仲淹答："若拒绝夏戎通顺，则今秋元昊必复大举，契丹也必遣使责问拒绝元昊之故，也可能称兵塞外，张势胁我。届时，必于陕西选将抽兵，移于河北，未战而西陲已虚。元昊乘隙而入，必得志于关中。我皇宋不得不面临二虏交构之势矣！"

皇上悚然，焦躁地在御座上欠了欠身。

"明知如此，因何反对许和？"贾昌朝又问。

"非反对许和，而是把可能遇到的危机提前思考明白，以制定相应对策。"范仲淹解释道，"臣以为，对戎狄，当以和好为权宜，以战守为实事！既然元昊上表，语颇恭顺，和约自是要签订，但不能认为一旦签署盟约就万事大吉了，时时刻刻须牢记，此权宜之计也。为今之谋，莫如择师练兵，处置边事，日夜计略，为用武之策。彼知我有谋有备，不敢轻举，则盟约可久。若不我知，轻负盟约，我则乘彼之骄，可困可击，戎狄未必能为皇宋之患也。"

皇上蹙眉不语。

范仲淹又道："臣与韩琦商议妥当，提出陕西和、攻、守之策三，河北备策七，供朝廷斟酌。"他清了清嗓子，以唐代高祖、太宗与突厥周旋俯就之例，说明与西夏签约未尝不可，但选将练兵，严作守备，不可一日懈怠，彼不背盟，则抚纳无倦；彼若背盟，当有攻守之策。和约签署，西线仍要保持现有兵力。但久屯大兵，供费殚竭，减兵则守备不足，不减则物力已困。为此，要多用土兵，屯田实边；沿边无税之地，招弓箭手聚集险要，多修小堡，与城寨相应。对于夏戎小股来袭该如何应对，大军来袭又该如何应对，都一一陈明。说完和策、守策，又说攻策。西夏最有战力的人马，出自横山；皇宋也以山界熟户与弓箭手为善战。故要以攻取横山为目标，用春秋时吴用三师破楚之策，鄜延、环庆、泾原三路交相向横山一带蚕食、推进，三五年间，可尽取山界，使元昊失去横山之势，不敢再窥中原。

一向缄口不言的首相章得象忍不住道："既然签订盟约，各守现有疆界就好，不必生事。"

范仲淹反驳道："山界本就是汉唐旧疆，以我皇宋全盛之朝而收复之，何谓生事？"

章得象一撇嘴道："燕云十六州亦汉唐旧疆，要不要收复？"

"燕云十六州陷入夷狄之手，为中国千古之耻。国家以爱惜生灵之故，与之接好，不是不要收复，而是休兵养民以待时，时机一到，自当收复！"范仲淹情绪激动道。

皇上轻轻"哦"了一声，睁大眼睛直视范仲淹。

范仲淹放缓语速道："契丹久强，国家御戎之计，在北为大。前年契丹陈兵燕蓟，有背盟之虞，割地之请。我国家仓卒无备，难于用兵，遂增重贿，以续盟好。但契丹终归是皇宋大患，若不大为之备，祸不可量。臣与韩琦商议，请朝廷力行七事，以防大患。一、密为经略；二、屯兵；三、选将；四、教战；五、训练义勇；六、修开封外城；七、密定讨伐之谋。"接着，他把七事展开细细解说一遍，最后道："契丹勒索增币之时，澶渊之盟已摇。我当训兵养马，密为方略，以待其变。未变则我不先举，变则我有后图，收复燕云十六州，成太宗皇帝赫怒之志，雪石晋千古之耻，则陛下之功如天如日，著于无穷矣！"

皇上眉毛挑了几挑，但很快又恢复了平静，抬了抬手道："以后的事慢慢商议，当下最要紧的是与西人签署盟约，达成和平。朕不忍生灵涂炭，天下苍生为战争久负重担。"

范仲淹之所以对签署盟约质疑，意在提醒君臣不可为一时到来的和平假象所蒙蔽，解除对戎狄的戒备。这次奏对，等于对君臣敲了一次警钟，目的已达，签署和约之事，他不再提出异议。

半个月后，翰林学士、知开封府吴育与元昊使臣杨守素拟定了盟约最后定稿，呈政事堂审议：元昊称臣并取消帝号；朝廷册封元昊为夏国主，每年赐其银五万两、绢十三万匹、茶二万斤；每年南郊大礼和圣节另赐其银二万二千两，绢二万三千匹，茶一万斤；在边境高平寨与保安军设榷场；夏国国信使可在其驻京之来远驿从事贸易。

“当速遣使前去册封元昊，并颁发誓书。”章得象急切道。他搀了搀手，像是办完了一件大事，准备收场。

一个堂吏匆匆进来，递给章得象一道文牍。他慢悠悠打开一看，惊得身子蓦地向后一仰，口中喃喃：“这、这、这……”

晏殊伸手接过，匆匆浏览一遍，声音颤抖道：“契丹国书，言其将举兵伐夏，特遣使来告，并要求我绝元昊通和之请。”

“啊？”众人不约而同发出惊讶的叫声。

贾昌朝恍然大悟道：“难怪元昊突然变得驯顺，原来是与契丹闹到要兵戎相见的程度了！”

“情势有变，速呈官家御览！”章得象失去了惯常的镇静，焦急地吩咐道。

皇上御览契丹国书，大吃一惊，当即在垂拱殿召集御前会议，紧急商议对策。

章得象、晏殊、杜衍都低头不语。范仲淹打破沉默道：“契丹伐夏，真假难辨，不可信；要我拒绝元昊和约之请，不可听！”近一年来，新政由他主持，边事也多听从他的意见，关涉与西夏、契丹的事，他也就当仁不让了。

“范参政的话太轻率了吧？”参知政事贾昌朝质疑道。

范仲淹轻咳一声，阐述理由：“第一，契丹国书言其伐夏，是因为元昊对皇宋无礼，他要替我出气。契丹何时这样仗义过？无非邀功罢了，若许他此举，将来拿什么回报契丹？第二，元昊请和虽非诚心，但至少已取消帝号，向皇宋称臣，名体颇顺，遣使来纳誓书，皆照双方和议达成共识表述，我有何词拒绝？莫名而拒，是我失信于夷狄。第三，若西夏与契丹有冲突，契丹自可问罪，因何要我绝与元昊通和？我若从之，倘元昊不日向契丹谢罪，二夷依旧勾连，而我却与元昊怨隙转大，徒增夷狄轻皇宋之心。第四，若从契丹所请绝元昊通和，他日契丹与元昊和好，再逼我与元昊通和，元昊岂肯以现有条件屈服？势必加倍勒索。第五，契丹、元昊皆不可信，我只有设捍御之策，以待二虏。”

皇上烦躁不安，沉脸道：“范卿，拒绝契丹，就只能打仗。别忘了，陕西三十万大军，与元昊打了三仗，一战不如一战！”

范仲淹脸唰地红了，羞愧地低下头去。

“臣以为，对契丹所请，不可简单拒绝，但亦不可听从。”左司谏余靖道，“若拒绝契丹，与夏和议未定，与契丹纠纷又起，非我所能承受。皇宋厌兵久矣，此契丹所幸，一旦我与元昊和约达成，息兵养勇，非契丹所愿看到，特来阻挠，故不可听之。当初契丹曾承诺劝说元昊息兵议和，如今和议已成，又来阻挠，自相矛盾。臣以为，可暂缓册封元昊，遣使前往契丹，说服其同意我与元昊通好。”

“契丹若是讲理，也就不会提出如此无礼的要求了！”右司谏蔡襄反驳道，“臣以为，当速册封元昊，不必理会契丹。”

余靖辩驳道：“契丹遣使告伐夏，乃遵循盟约之举，不能认为其无礼。”

皇上问：“谁可出使契丹？”

“臣愿往！”余靖自告奋勇道。

“好！”皇上露出欣慰的笑容，又转向章得象，“二府为余靖加官，颁敕。”

“今日官家怎么了，突然对六丈说出那样的话。”走出垂拱殿，富弼凑到范仲淹跟前，低声道，“我看官家并不全是对着六丈的那番话而来的，似另有隐情。”

## 二

庆历四年夏，日头像火球一般悬在京城上空，马路被烤得不停地向上喷出若隐若现的火苗。偶尔刮来一阵风，也夹带着滚滚热浪。

这个炎夏，正当人们为契丹遣使要求皇宋不可与元昊通好的消息感到惶恐时，突然听到国子监直讲石介怂恿范仲淹、富弼等人行伊、霍之事的传言，闻者无不骇愕！

伊尹是商朝开国功臣，首任国相，以元老大臣放逐失德的国王太甲，由其摄政，直到太甲悔过自新方将其迎回，还政于他；霍光是西汉权臣，汉昭帝死后，他迎立昌邑王刘贺即位，二十七天后又将其废除，改立汉宣帝。不言而喻，所谓"行伊、霍之事"，就是行废立君主之举，这是灭门之罪。

石介胆战心惊，想向朝廷解释，可那仅仅是一则流言，朝廷并未追查。况且，他在给富弼的上书中，委实说过要他"行伊、周之事"的话，这让他百口莫辩，见人就絮絮叨叨说，他说的是"行伊、周之事"，绝不是传闻中的"行伊、霍之事"，听者只是笑笑而已，不敢附和。

富弼被这则流言搅得惶恐不安。这天，范仲淹、韩琦、富弼到议事厅，本是商议新政十事中的"覃恩信"如何推进，可刚一落座，富弼就屏退左右，压低声音道："六丈，怎么办？"

范仲淹一语不发。那个耸人听闻的流言已在百官中传开，但朝廷大臣不敢公开议论。所以，他和韩琦对此事一直保持沉默。

"可惜，石守道的书札烧了，不然，拿出来让人看看，上面明明是劝我辈行伊、周之事。"富弼嘀咕道，"可'周'字传成了'霍'字，一字之差，意思有天壤之别啊！我观近来官家看我辈的神色有异，那天又对六丈不留情面，必是缘于这则流言。"

韩琦向富弼摆摆手，示意他不要提及这个敏感话题。范仲淹则依然沉默。新政开局以来，先是滕宗谅、张亢案沸沸扬扬；后是水洛城案纠缠不休；朋党之说复起，差一点让君臣反目；如今突然又冒出这样的可怕流言，令他有焦头烂额之慨。

富弼却还是忍不住道："恐这则流言有幕后黑手在操控。"

韩琦只得道："官家没有下旨追查，这样的敏感话题，只能佯装不知，什么也不要说，什么也不必做。”

“稚圭说的是！”范仲淹点头道，又一指案头的文牍：“时下对新政的非议越来越多，压力已然够大了，契丹人又横生枝节，局面复杂而艰困，当集中精力推进新政、应对夷狄。”

富弼喟叹道：“官家是仁君，怕只怕被一片反对声吓退。”

正说着，内侍前来传谕，皇上在垂拱殿召对。

二府大臣、两制、台谏官列班毕，皇上命左司谏余靖奏报出使契丹情形。一个月前，余靖自请出使契丹，赶往朔州九十九泉去见驻扎在那里的契丹皇弟耶律重元。与西夏盟约因契丹阻止而搁置，君臣都急切地想了解契丹此举的用意究竟何在。

“耶律重元只说契丹要讨伐元昊，为皇宋出气；又说他听闻元昊已差使介杨守素自夏州往开封勾当，反复问是否确有其事。”余靖奏道。

范仲淹浑身一紧，冷汗从鼻尖渗出。默默梳理了思路，待余靖奏报毕，便举笏奏道：“契丹不可信，与元昊通好不可因契丹阻止而罢。试问，契丹人岂肯为我讨元昊？此不可信者一也。耶律重元为何反复问杨守素与我往来情形？又安知杨守素自夏州前来开封勾当？显系二虏暗中有勾连，动辄即有关报，此不可信者二也。臣以为，契丹是假借为我征元昊，驻兵于云朔，欲与元昊对我实行夹击。当务之急是调兵遣将，以为应对，同时速册封元昊，不可被契丹所左右。”

“臣不同意范仲淹的判断！”富弼大声道，“以臣判断，契丹举兵欲讨元昊，固然不像其说的那样是替我出气，但也不像仲淹说的那样是欲与元昊夹击中原。据探报，二虏之间战事已是箭在弦上，我不可紧张过度，自乱阵脚！”

“无论如何，不能因契丹阻止而终止与元昊通好进程，否则国格何在？”右司谏蔡襄道，“当依仲淹所议，速遣使册封元昊。”

皇上突然沉着脸，语气严厉道：“既然判定契丹欲攻中原，却又要对其国书所请之事置之不理，岂不是给契丹人以借口？”

范仲淹听出，皇上是驳斥他的。近来皇上有些反常，是只想做太平天子不愿听到夷狄有用兵之意的消息，还是与“行伊、霍之事”的流言有关？倘若皇上果真对“行伊、霍之事”起了疑心，事态就严重了。这样想着，汗珠顺着脸颊滚落下来。

“我与契丹欢好已久，不可因纳一叛羌而失继世兄弟之欢。”翰林学士、知开封府吴育奏道，“今二虏相斗，可观形势，有所为有所不为。我若急于册封元昊，恐契丹窥兵赵魏，致北边战事又起。为今之计，莫如我主动充当调停人。朝廷可遣使至西夏，谕元昊要一如既往与契丹通好，方许其和约；同时遣使契丹，告其我已谕元昊向其谢罪，在此前提下，接受元昊称臣纳贡。”

皇上以少有的果断语气道：“就依吴卿所议！”

“臣愿再使契丹。”余靖举笏道。

“可！”皇上脆声道。又一扬手：“退朝！”

众人被皇上今日的表现惊得目瞪口呆，低头默默地退出了垂拱殿。下了台阶，范仲淹驻足观望，待余靖走近，叫着他的字道：“安道，你到契丹大营，要留心观察，看他们都携带些什么武器。”

富弼摇摇头，一顿足，快步走开了，气呼呼道：“疑神疑鬼，执迷不悟！”

## 三

亳州城楼上，吹拂着夏季清晨夹带丝丝凉意的微风，夏竦目视快马出了城门，双手合十，向天祈祷。

这已是夏竦第三次登城目送亲随赴京了。

第一次，亲随携带着他的密件晋京，与内侍蓝元震接头，先抛出“朋党”这把利刃，刺向那些羞辱他的人，也可刺痛皇上敏感的神经。出乎预料的是，范仲淹公开说君子结党无害有益，欧阳修更以《朋党论》加以阐发。夏竦闻报，连连摇头。彼辈自称君子，谁甘小人之名？故范仲淹、欧阳修的言论，一举将十之八九的朝臣推到对立面矣！如此幼稚，岂可担当治国大任？不懂调和鼎鼐、平衡左右，莫说推行新政，便是太平宰相也是做不久的。但是，时下外患未除，皇上求治心切，似乎尚未下决心抛弃他们，朋党之说的杀伤力，一时未达到预期效果。仅仅过了一个月，夏竦便第二次登上亳州城楼，目送亲随快马驰京。这次，是将修改过的石介《上富公书》交给蓝元震，请他呈请御览。多年来，夏竦一直在暗中经商，积累了巨额财富，私下收买了一批内官和堂吏，又密差不少家丁在京城与亳州间穿梭。他吩咐这些人紧紧盯住石介的一举一动，哪怕与他有关的一寸纸片，也要设法搜集到手。去年十月，富弼要一位堂吏将石介的书札烧掉，堂吏却偷偷塞入袖中，交给了夏竦派驻京城的家丁。夏竦如获至宝。他花重金购得的宠妾若荷，精通书画，尤擅描摹，夏竦即嘱她昼夜练笔，模仿石介笔迹，不过两三个月工夫，竟达到以假乱真的程度。夏竦遂嘱若荷仿石介笔迹把《上富公书》抄写一遍，只将其中的“周”字改为“霍”字。夏竦相信，皇上看到“行伊、霍之事”这句话，是不会无动于衷的。果然，来自京城的密报说，皇上近来表现反常，对范仲淹不留情面。为了再加一把火，夏竦拟写了一份《废立诏草》，宠妾若荷仿石介笔迹抄写一遍，急送京城。

亲随的快马不见了踪影，夏竦还在祈祷着，忽听不远处几名逻卒在窃窃私语。他注视片刻，发出恶狠狠的哼声，“噔噔”下了城墙，回到官舍，又挑选了一名亲随，快马前往定州，向河北路沿边都巡检杨怀敏传递他的口信。

驰往京城的亲随当天傍晚就赶到了开封。遵照夏竦的叮嘱，没有将《废立诏草》送给蓝元震，而是选择在凌晨时分悄悄扔在皇城乾元门外。

皇上刚起床，就接到了内侍送来的《废立诏草》，阅罢，反倒畅出了口气。

前不久，蓝元震将石介《上富公书》呈递御前，皇上御览到“行伊、霍之事”时，脸色陡变，耳根唰地红了。联想到当年被贬饶州的范仲淹有汉文帝不足取以薄君上的传言，顿感五雷轰顶。震惊之余，又感到万分委屈。自五岁裹头出阁，九岁为储君，近三十年于兹，时时以圣君明主自励，动遵礼法，优容异见，何曾有过懈怠？近时更是对范仲淹辈破格拔擢，信任有加，却原来，在他们的心目中，他不是一个称职的皇帝！难怪公然唱反调，以君子结党为荣。可废立谋逆，是惊天大罪，不可仅凭一纸来路不明的书札兴大狱。为慎重起见，急命侦事内侍到国子监调取石介手迹，两相对照，果然出自一人。皇上大怒，提笔写下手诏，命将石介置狱穷治。侦事内侍奏报说，石介在国子监和人说，他在《上富公书》里确曾敦请范仲淹、富弼行伊、周之事，绝无行伊、霍之事的说法。皇上半信半疑，撕了手诏。行伊、周之事又如何？固然，伊尹和周公是历史上公认的贤臣，可伊尹对太甲、周公对成王，都是摄政的角色，难道他不能独自承担治天下的责任，还要范仲淹辈来摄政？群臣把他的宽容仁厚当软弱、广开言路当优柔，皇上感到阵阵悲凉，怒气充溢了他的胸膛。当商议如何应对契丹遣使阻止与西夏通和之事时，他看范仲淹、富弼的眼神变了，还刻意表现出自己的刚毅，既表达对范仲淹、富弼的不满，又让群臣看看，他也有果断的一面。

“行伊、霍之事未必真确，行伊、周之事或许是他们的真实想法吧？”独处时，甚至朝堂上，皇上会突然暗自发出这样的疑问。这个心结折磨着他。直到今日看到《废立诏草》，这个心结才蓦然解开。废立君主是灭门大罪，怎么可能把起草的废立诏随意丢弃到宫门口？显系有人故意陷害。照理，应当下旨追查此事，看看是什么人在背后捣鬼；但踌躇再三，还是决定置之不理。有些流言或许不是坏事，对范仲淹、富弼等人，也是一个警告。多年来，他克己、宽仁，发誓做仁君圣主，至少做一个可与汉文帝媲美的圣君，也一直以为臣民会这样看他。想不到，范仲淹及其追随者竟要结君子党，行伊、周之事！在他们的心目中，或许认为他这个皇帝优柔寡断，缺乏治国能力，需要他们像伊尹、周公那样耳提面命。这个打击如此沉重，耗尽对范仲淹辈的全部信任，也不足以抚慰心灵的创伤。

内侍悄然近前，呈上一道文牍，是知代州张亢的探报，密奏契丹主耶律宗真御驾已抵九十九泉，点集兵马十万余众，誓师大举讨伐元昊。皇上心里有些慌乱。虽然杜衍、富弼都认为，契丹已遣使告伐夏，对其点兵云州之举不必担忧，可范仲淹却判断契丹的举动是针对皇宋的。不惟在朝堂上多次说过，前不久又进呈《奏为契丹请绝元昊进贡利害》，重申对契丹与元昊暗中勾连夹击皇宋的担心。兹事体大，照理是该召对的，但不用召对就能猜到，必是众说纷纭，难成共识，不如打破常规，出手诏命二府大臣列奏，也让群臣看看，国家是皇帝在主持大局。这样想着，提笔写下“北敌受礼云州，恐遂袭我河东，两府宜设备”等六条，连同张亢探报，即送二府大臣答奏，又叮嘱内押班王守规，将手诏示台谏官知之。

知谏院欧阳修听完宣诏，一阵激动。这些日子以来，京城的空气令人窒息。他的《朋党论》一出，举朝哗然，曾经的宰执大臣和两制、台谏官中，就有王举正、陈执中、丁度、李淑、苏绅、张尧佐、李昭亮、郭承祐、韩纲等上章，交相攻讦；风波未息，突然又冒出“行伊、霍之事”耸人听闻的可怕流言，令人不寒而栗；最让他不安的是，皇上对范仲淹的态度明显发生了变化，新政面临夭折的危险，他欲上章呼吁，却又苦于找不到切入点，今皇上主动诏问，虽所问六事集中于御虏策，毕竟流露出急切的求治之意，正是敦促推进新政的良机，遂提笔写成《论内出手诏六条札子》：

> 臣伏闻近出手诏，条六事以赐两府大臣，有以见陛下忧勤责任之意。然而天下纪纲隳坏，皆由上下因循。一旦陛下奋然，虽有责成之心，而大臣尚习因循之弊，不能力行改作，以副圣怀。自去年范仲淹、韩琦等特被选擢，陛下寻开天章阁召见，而大臣递互相推，并不建明一事以救天下之弊。洎至内出手诏，范仲淹、富弼等方始各条数事，至今半年有余，或寝而不行，或行而不尽，或虽行而未有明效。今陛下又以六事责之，臣恐两府大臣，依前无以上副忧勤之意，下救当今之急。

把《论内出手诏六条札子》封发，又提笔写弹章。范仲淹举荐接替李绚按察京西路的张昇，到任数月，未劾奏一人；范仲淹举荐其同年王丝到荆湖南路体量安抚蛮事，几个月下来，蛮人逆焰愈张。纠弹二人皆不称职，一来可推动“择官长”的新政持续下去，二来也让皇上看看，君子处事，论是非不问亲疏，不会以人划线，败坏朝政。

## 四

夜半时分，街上乘凉的人们或回屋休息，或席地而眠，热烈的谈笑声已然听不到了。傍晚就不断有闷雷响起，可直到午夜也未有一滴雨落下，闷热得令人喘不过气来。

范仲淹手拿蒲扇，肩上搭着条擦汗的手巾，在院子里踱步。皇上手诏问六事，他与韩琦仍延续联名上章的做法，进呈了《奏陕西河北画一利害事》，列陕西八事、河北五事。临散班时，从九十九泉返回的余靖到议事厅来谒，禀报他所看到的契丹兵马器械情形，范仲淹越发感到事态严重，脑海里不时浮现出契丹大军突袭河东的恐怖场面，秉烛写成《奏乞宣谕大臣定河东捍御策》，已送韩琦联署。对西夏和契丹夹击皇宋的担忧，占据了他的脑海，令他寝食难安，已经没有心思再考虑推进新政之事。

“啪！啪啪！”首门传来急促的叩门声。

朝廷有禁止宰执大臣在私宅见客的条贯，可自实施以举荐取代论资排辈的用人新政以来，时常有官员夜间叩门来谒，范仲淹严令门公，不许放进一人。过了段时间，宅院恢复了往昔的清静。今日夜半三更忽然响起的叩门声，让范仲淹既惊讶又生气，瓮声道：“不许开门！”正要转身往屋里走，却听门外响起“六丈”的低沉唤声。

范仲淹一惊，疾步走到首门，打开一看，果真是富弼。

富弼长衫小帽，只带了一名亲随，首门尚未完全打开，就闪身进来，顾不得施礼，以惶恐的语气道：“六丈，赶紧避祸吧！”

范仲淹愣了一下，惊问：“彦国何出此言？”

富弼喘着粗气，压低声音道：“行伊、霍之事的流言，已令人惶然，闻得昨日有内侍在乾元门外捡到《废立诏草》，乃石守道手迹，正与行伊、霍之事相印证。近日官家对我辈态度已然大变，猜忌之意已露，我辈若还不知进退，大祸临头矣！”

范仲淹被富弼的一番话和说话的语气惊得毛骨悚然，镇静片刻道：“我辈内心坦荡，何惧流言？”

富弼夺过范仲淹手里的蒲扇，用力扇了一阵，叹口气道：“君子与小人并处，小人若失利，必交结构煽，千歧万辙！”他把蒲扇换到左手里，又是一阵猛扇，惶然道：“先是朋党之说忽起，再是伊、霍之事冒出，今又突然抛出废立诏草，环环相扣，不把我辈赶走，幕后黑手不会罢休。时下对新政的非议甚嚣尘上，谓‘任子恩薄，磨勘法密’，又因按察使多所举劾，人心不自安，谤毁浸盛，朋党之论滋不可解，谋逆之说又至，官家猜忌日深，百官攻讦不止，若不赶紧离开这是非之地，恐身家性命不保！”

范仲淹抓起肩上的手巾擦汗，沉吟不语。

“不要再踌躇了，六丈！”富弼一顿足，焦躁道，“官家爱惜仁君的名声，听到任子恩薄、磨勘法密的非议，对新政已然动摇，再不主动离开，绝无全身而退的可能，说不定谋逆之罪加身矣！”说罢，走到首门口，只开了一条门缝，伸头神色紧张地左顾右盼了一番，回身把蒲扇塞到范仲淹手里，小声道：“弼拟上章，恳请辞去副枢，守一边郡。”言毕一抱拳，匆匆而去。

范仲淹步履沉重地回到书房，呆坐在书案前，汗水直淌。倘若此时离开朝廷，新政很可能夭折。可是，富弼说的也不无道理，皇上一旦发生动摇，新政还能推行下去吗？与其被赶出京城，莫如主动离开。君子坦荡荡，为证明自己是君子，而非固宠希位的小人，也要主动离开！更重要的是，与西夏和议为契丹所阻，契丹大军又云集边境，倘若二虏夹击，皇宋有亡国之虞。生死存亡关头，也不是继续推行引起巨大争议的新政的时机。离开朝廷，经略边事，或许是最好的选择。想到这里，他摆脱了惊悚、失落情绪，擦去脸上的汗珠，提笔写下《奏乞罢参知政事知边郡》：

次今西人议和，变诈难信，成与不成，大须防将来之患。臣久居边塞下，诚无寸功，如言镇彼西方，保于无事，则臣不敢当。但稍知边情，愿在驱策……愿圣慈早赐指挥，罢臣参知政事，知边上一郡，带安抚之名，足以照管边事，乞更不带招讨、部署职任。

报晓的打铁牌子声一响起，范仲淹就洗漱更衣，赶往待漏院。不一会儿，韩琦也到了。一进二府大臣待漏的朝房，他就从袖中掏出《奏乞宣谕大臣定河东捍御策》递给范仲淹，不敢直视，低声道："范公，此疏琦不能联署。"

范仲淹接在手里，没有问，继续闭目养神。

"枢密院已有共识，与范公看法不同。"韩琦解释了一句，补充道，"我意范公不必上此疏。"

范仲淹还是没有说话。宫门开启，一进直房，就提笔在《奏乞宣谕大臣定河东捍御策》后单独押了字，连同《奏乞罢参知政事知边郡》，交堂吏一并送往内东门拜表处。

过了三天，禁中没有任何回应，只是发下谏官余靖的奏疏，命二府大臣细细阅看。余靖疏言："臣于九十九泉见契丹主，契丹主语臣曰，如我行册封元昊礼，不可遣使深入军前，恐契丹军马误伤我使，别无微意。臣又详观形势，契丹与夏交战已箭在弦上。惟有速行册封，使元昊得以专心对付契丹，与之争锋，此对圣朝最为有利。"

"元昊是傻子吗，会与契丹交战？"范仲淹气得把余靖的奏疏摔在书案。枢密院三臣和出使契丹的余靖都这样说，只有他一个人坚持认为契丹和西夏绝不会交战，所有的一切表象，都是为了掩盖联合夹击皇宋的阴谋，若被其迷惑，祸有不测！他提笔正要再上疏，内侍传谕召对二府大臣。

宣赞舍人将余靖的奏疏宣读一遍，宰相晏殊奏道："既然契丹特差使臣携国书来，阻止我与元昊通和，不必刺激契丹，但又要让元昊安心。臣闻元昊使介杨守素还在延安，可先赐元昊誓诏，承诺册封其夏国主并签署盟约，让杨守素带回，有了文字依据，元昊即可专心与契丹争锋。"

皇上道："就依晏卿之议，枢密院拟诏进呈！"

君臣都为找到一个两全之计而大大松了口气，范仲淹突然高声奏道："臣请速定河东捍御策！"

皇上皱了皱眉，没有说话。

"众人皆曰契丹要与元昊交战，为了夹山的一个蕃部小族，就要大动干戈，可信吗？"范仲淹语调激越道，"元昊自来依仗契丹侵凌中原，今无大故，因何敢与契丹交战？古圣贤早有教诲，夷狄不可信。契丹、元昊的表现也印证了这一点，今为何就相信契丹集结大军是与元昊交战？余靖到九十九泉，亲眼所见契丹点集床子弩并炮手，皆攻城之具，可夏界并无城可攻，契丹用意何在？近来河东屡发地震，占书主城陷，又闻契丹遣探马分两路到我宁化军、岢岚军一带窥探谷口道路，此举究竟是要何为？故臣以为，契丹与元昊非交战，是勾连在一起，夹击圣朝！"

"臣以为范仲淹过虑了。"枢密使杜衍道，"臣与韩琦、富弼多次分析，皆认为契丹是为讨元昊而来，我断不可张皇失措。"

范仲淹怒道："契丹、元昊，除是天亡时则有战争，不顾利害；如顾利害，则无战争之理！契丹在我河东边境集结兵马，杜衍身为枢密使，一个多月以来漫无区处，万一契丹十万大军突袭河东，局面何堪设想？"

富弼道："契丹集结大军是为了伐夏，已遣使来告，此守盟约之举；我若调兵于边境，则是违约，故不可为之。"

韩琦附和道："不宜在河东点兵。"

范仲淹又急又气，面色通红，辩道："河东若不设防，契丹兵马一驰可至关中，届时如何应对？"

"契丹不会攻我，我不可自乱阵脚！"富弼回答。

范仲淹还要再辩，皇上制止道："范卿要说的话，朕已知，不必再说。"

"陛下，臣已上章，请求辞去参政之职，守一边郡，为朝廷经略西事，臣敢请陛下速做宸断，以便臣早日成行！"范仲淹语调激愤道。

皇上道："既然范卿认定二虏有联合谋我之意，不妨以宰臣身份前往河东、陕西宣抚，以防万一。"

“陛下圣明！”范仲淹激动道，“抚按边庭，所寄至重。臣当竭尽全力，不负委任！”踌躇片刻，又道：“方今二虏大军列阵边外，臣请此行带三万兵马，以应不测。”

“不可！”富弼大声道，“若带兵马前去，反倒授契丹以口实！”

“带兵巡边之议断不可许！”杜衍接言道。

范仲淹双手颤抖，勉强举起朝笏，奏道：“枢密院三臣皆曰契丹不会攻我，臣请三枢臣同署一疏，保证契丹不会入寇，也不会和元昊勾连，他日如误大事，责有所归；若三臣不敢保信，则乞陛下不许三臣归庭，当场画捍御之策，抽何路军马、用何人将帅、需多少粮草、据何处要塞，一一写明！”

皇上脸上露出一丝苦笑。

富弼气呼呼道：“既然范仲淹要臣等写保状，臣敢请陛下只让范仲淹宣抚陕西，河东由臣前去宣抚，不带一兵一卒，若误大事，臣自裁以谢天下！”

只有中间，些子少年，忍把浮名牵系。

——范仲淹

# 第四十四章　忍把浮名牵系

## 一

京城开封距郑州一百五十里，五十六岁的右谏议大夫、参知政事、陕西河东宣抚使范仲淹只用不到两天工夫就赶到了。

前不久，范仲淹和枢密院三臣在御前发生激烈争执，皇上见双方情绪激动，当即宣布散朝。事后，又召集宰相章得象、晏殊和枢密使杜衍，决定范仲淹以参知政事宣抚河东、陕西，富弼以枢密副使宣抚河北，均不带兵马。敕书颁布，三司筹措特支费，范仲淹、富弼物色随行人员，交割政务，经过一番整备，范仲淹于七月底启程。

薄暮时分，范仲淹一行进了郑州城外的奉宁驿。用罢晚饭，随从都早早歇息了，预备明天一早赶路。范仲淹在驿馆院中漫步，叫着跟在他身后的一个中等身材、三十出头的男子道:“景元，明天在郑州停留一日。”

“执政公急于赴河东，因何在此地停留?”被唤为“景元”的男子道。他名张焘，字景元，是张亢的侄子，进士出身。范仲淹早就熟悉他，赏识他的聪明敏锐。恰逢张焘摄澶州事时因黄河决口救援不力被解任，在京等候差遣，范仲淹辟他随行宣抚河东，具体事宜由他一体调度。

“去谒见一位长者。”范仲淹答。

第二天用过早饭，范仲淹只带了两名亲随，骑马入城，直奔州署官舍，下马递了门状，在首门外耐心等候。

“希文，真的是你吗？”首门内传出苍老的略带颤抖的声音。

“是啊，仲淹特来谒见相公！”范仲淹答。

门开了，一位布衣装扮、须发尽白的老者，策杖立在院子中央，见范仲淹进来，向他一招手道：“希文此来，老夫死而无憾了！”

范仲淹疾步上前，深揖施礼道：“吕相公，仲淹有礼了！”

去年春，吕夷简辞去宰相之职，欧阳修等仍对他攻击不止，他便离开京城，来投知郑州的长子吕公绰，住在郡守官舍里。范仲淹自经略西事、尤其是身历中枢后，深知做事之难，对吕夷简多了几分理解，希望通过此次拜谒，化解彼此心中的芥蒂。他上前搀扶着吕夷简，一同进了书房。

刚落座，吕夷简喘息了一阵，盯着范仲淹问：“希文因何急急离开朝廷？”

范仲淹道：“经制西事。”

吕夷简摇头道：“经制西事，莫如在朝廷为便。”

范仲淹轻轻吸了口气，不知作何回应。

“老夫恐希文此去，再想回到朝廷，难矣！”吕夷简以老成的口吻道。

范仲淹一笑，从袖中掏出一叠诗稿，双手捧递给吕夷简。是他在欧阳修为他饯行的宴席上即兴所作《剔银灯·与欧阳公席上分题》：

昨夜因看蜀志，笑曹操孙权刘备。用尽机关，徒劳心力，只得三分天地。屈指细寻思，争如共、刘伶一醉。　　人世都无百岁。少痴骇、老成尪悴。只有中间，些子少年，忍把浮名牵系。一品与千金，问白发、如何回避。

吕夷简阅罢，呵呵笑道：“希文慨叹这些年徒劳心力，到头来不如酩酊一醉。话虽这么说，希文却是放不下的！”

“是啊！”范仲淹感慨道，“官家求治心切，仲淹等也有感于千年遭遇，有意辅弼圣主一新治理，不意短短数月，却是反对声四起。”

吕夷简捻着稀疏的白须道：“历朝历代之法度，都不可能尽善尽美。只可修补，不可骤变。今希文欲以岁月尽治天下事，失于躁急且不能忍小忿，遂置自身于危地矣！”

“仲淹知做事之难矣！”范仲淹一拱手，“忆起当年相公当国，仲淹议论切直，虽出于报国赤诚，却未免不留情面。”

吕夷简摆摆手道：“议论盛而成事难。太祖太宗时，虽有议论，也不过说当时欲行之事罢了，无许多闲言语也。当今不同，每措置一事、任用一人，事前议论纷纭、莫衷一是，事后评头论足、攻讦不止，当国者无所措手足矣！”

范仲淹苦笑一声道：“是啊，仲淹感同身受矣！”

吕夷简又道：“世人皆谓朋党之论始于老夫与希文，谬矣！党论之始倡，蔡襄《四贤一不肖》诗激之也；今党论之再作，石介《庆历圣德颂》激之也，而欧阳修《朋党论》更是火上浇油。何者？己以君子自居，孰肯以小人自名？己以大贤自许，孰肯以大奸自辱？己以公正自褒，孰肯以邪曲自毁哉？”

范仲淹点头。他对政治和吕夷简都理解了。政治需要妥协，很多时候，不是越执念越好。士大夫因理念、个性、风格不同，遇事难免有分歧，对与自己持相反观点的人，不可不分青红皂白地目为小人、奸臣。世间本是色彩纷呈，不能以非黑即白判别之。新政甫开局，就把多数人推到对立面，委实是一大失策。

“老夫观察希文多年，近来得出结论。”吕夷简笑着说，“我观希文有赤子之心，虽喜功名而不为朋党。何以言之？忠心体国之人，凡有大事，为国远图，争而后已，欢言如初。这与结朋党之辈截然不同。”

这一点，正是范仲淹感到自豪的。就契丹集结大军的图谋，他与杜衍、富弼展开过多次争论，言辞激烈，可并没有因此伤和气。离京前，与枢密使杜衍话别，希望他在朝廷继续主持新政，杜衍欣然接受。此刻，范仲淹为得到吕夷简的理解而欣慰，抱拳一揖，表达谢意。

吕夷简唤来家院，吩咐预备酒菜，留范仲淹小酌。范仲淹没有推辞，与吕夷简在书房对饮，忆起了当年在淄州时就听到吕夷简知滨州时的德政，又吟诵了在西溪监盐仓时看到牡丹亭即兴所赋《西溪见牡丹》律诗。二人相谈甚欢，直至交了申时方起身告辞。

吕夷简策杖送到首门，哽咽道："希文，老夫来日无多，今生恐不能再相见了。希文此来，老夫可脱'奸相'之名矣，甚感！"

范仲淹抱拳道："相公忧劳疾生，辞去台衡，以养高年，如处嘉遁。仲淹回京复命时，再来谒见相公。"

吕夷简伤感地摇了摇头。

## 二

大夏国宰相张元因元昊执意与大宋议和，劝阻无效，急火攻心，后背生了毒疮，只能趴在床上审看文牍。尽管如此，当和议使杨守素自开封回到兴庆府，将盟约呈他审阅时，张元还是勉力支撑，进宫力陈不可。元昊未等他说完，就哈哈一笑，命宣赞舍人宣旨，加张元中书令。

中书令是文臣的最高荣衔，张元却没有丝毫兴奋。他的梦想是建立一个宋夏整合一体的新帝国，洗刷叛国罪名，而不是在这蛮夷之地享受荣华富贵，死后落下万世骂名。他知道自己已然劝不动元昊，便去找野利旺荣，请他一同向元昊陈情。

刚出了宫门，野利旺荣急匆匆走了过来。二人见过礼，野利旺荣举着一份国书道："契丹主要求遣返归降我大夏的岱尔部落。"

"应该归还。"张元不假思索道，"我与大王一起劝谏皇上。"

夏军协助平定契丹境内的党项人岱尔部落叛乱后，契丹却独占了全部获胜物资，元昊大为不满，不断派兵纵深契丹腹地，烧杀抢掠，又诱惑契丹境内夹山以南的党项人背契丹而投夏。契丹怒，特遣使警告元昊，并要求遣返叛逃夏境的党项人。张元、野利旺荣都主张结契丹而伐中原，劝谏元昊从契丹所请。

“契丹欺人太甚！”元昊咆哮着，一一列举契丹对夏国的欺凌。

夏本与契丹有约，两面交相攻，以困大宋；可前年契丹背约与大宋复和，坐受大宋所益之币；去年，契丹主下令，禁止夏人到吐谷浑贩卖马匹；如今又强硬要求遣返来投的党项人，元昊忍无可忍，决定不再对契丹俯首帖耳，以战争打出大夏国的国威和地位。张元和野利旺荣的劝谏，非但没有让元昊改变主意，反而进一步激怒了他，断然拒绝了契丹遣返叛人的要求，公开对契丹使臣表示，大夏国为了国格，不惜一战。

入夏，契丹境内夹山一带的党项人再次兴兵作乱，契丹主耶律宗真调集大军前往平叛，契丹军马开始在云州、朔州集结，威慑元昊。元昊不惟没有退缩，反而派兵驰援叛军，斩杀契丹招讨使。耶律宗真大怒，一面紧急征调诸路大军伐夏，一面遣使赶赴开封，劝告大宋不可与元昊通和。

元昊接到谍报，急召重臣商议对策。张元匍匐在地，谏道：“苻坚祖先世代为西戎酋长，可他从小便定下混六合为一家的雄心，终成五胡十六国一代雄主，平定北方，又挥师长江，开创了乱世中的前秦盛世；刘元海乃匈奴冒顿之后，晋惠帝时，群雄并起，刘元海建国称帝，不愿据守偏远之地，平定河东，大举南进。陛下若效法二人，据关中，定中原，届时再挥师北伐，一举灭契丹，为时未晚。到那时，陛下就是远过秦始皇、汉武帝的千古一帝也！”

“大夏立国之始，岂可任由他人欺凌？为我大夏国的尊严，即使流尽最后一滴血，也是值得的！朕意已决，相国不必再劝！”元昊脸一沉道。他转向野利旺荣道：“枢相，契丹以天齐王耶律重元为马步军大元帅，朕意枢相做我大夏马步军大元帅，与契丹决一死战！”

野利旺荣踌躇道：“陛下，臣以为相国说的有道理，不可与契丹开战。若陛下执意要打，臣愿做留守，以防宋军借机突袭。”

元昊露出惊诧的神情，蓦然想起了法崧的那封书札。

定川寨大胜后，野利氏要谋反的传言在边境四处流传。元昊心里的阴翳凝结成了疑团。他亲自提审种世衡差来的奸细法崧，想从他那里了解野利兄弟是否真的与种世衡有秘密来往。可无论如何严刑拷打，法崧只是闭目不语，元昊一怒之下，命将其斩首。法崧突然放声大哭。元昊问其故，法崧解开棉袄，挑开夹层，从中取出蜡封密函，元昊一看，上面写着："王所差浪埋、赏乞、媚娘三人，已命监青涧城酒税，出入有骑从，人所歆羡；三人所携王之大札，已密奏朝廷，朝廷知王有向汉心，命为夏州节度使，俸钱月万缗，旌节已至。盼王克期赴命。特附赠画一幅、枣两颗，以表渴盼之意。"浪埋等三人到青涧城诈降并受种世衡重用一事，野利旺荣向他奏报过，与此密函所言相合。莫名的恐惧向元昊袭来。五年战争已将数十年全部积累消耗殆尽；契丹不惟未与大宋开战，反而向他施压，要求息战通和；野利旺荣已起叛心，随时可能背后捅他一刀。再拖延下去，不测之事就可能发生，遂差人前往延州，传递息战通和讯号。但对野利旺荣，他未敢轻举妄动。此番要野利旺荣做抵御契丹的大元帅，与其说是重用他，不如说是削弱野利家族的实力，野利旺荣却借口恐宋军突袭而不愿出兵。事实上，尽管契丹人从中作梗，大宋未敢签署誓书，但为解除他的疑虑，还是颁来了誓诏，且差延州通判马端出面，与他的使臣杨守素一同勘界立碑，并未有趁火打劫之意，野利旺荣名义上是防止宋军突袭，暗地里很可能是借他出征之际投宋。元昊疑心陡增，一挥宝剑道："朕亲任马步军大元帅，野利旺荣为先锋，违令者斩！"

"啊——"的一声大叫，张元用尽全力向后仰躺，后背上的毒疮被挤破，血流如注。他知道，一旦与契丹开战，就永远没有灭宋的机会了，这世间，已没有谁能担当实现他的宏大构想的历史重任，张元彻底绝望了。他为自己的优秀而活着，也要为自己的优秀而死去。

"相国！相国！"元昊边呼唤边近前去扶。

张元脸色煞白，拉住元昊的手，断断续续道："臣本汉家一儒生，只想不辜负自己的才华，做一番名垂青史的伟业。幸得陛下信用，臣惟有以死相报。臣宅中，尚有不少起草好的典章，未及发布，臣死后，陛下可用之。"言毕，气绝身亡。

元昊怅然曰："微张元，朕不能全刘勃灭秦之业！朕当厚葬相国。"又一指在场重臣，吩咐道："点集兵马！"

## 三

河北路保州，乃沿边州军，照例每隔二十天，主政文官要设宴张乐，犒劳将佐。八月五日，知保州刘继宗、通判石待举，在州署后圃承化堂摆好了宴席，单等将佐前来赴宴。

这一天，保州城内的气氛显得诡异。一大早，驻扎城内的云翼军都监韦贵就与几个亲信嘀嘀咕咕，赴宴时眼神飘忽，左顾右盼，直到进入弯弓赌酒环节，韦贵方挺直了身板，点名与通判石待举比试。二人各射三箭，石待举赢了，命韦贵饮酒。韦贵饮干了一碗，把碗狠狠地摔在地上，指着石待举骂道："狗仗人势，为了讨好上宪，不惜减削弟兄们的兵粮，算什么东西！"

云翼军隶属沿边都巡检司，是边境前线部队。为犒赏守边苦劳，太祖时就作出规定，这支军队只要一出巡，即可得到俸禄以外的特别费；不惟如此，云翼军向由内官统帅，士卒骄悍，粮赐优厚。朝廷推行新政，天章阁待制张昷之按察河北路，大力裁减冗费，给云翼军立下规矩：每一季只出巡一次。此令一出，将士哗然，私下议论说，通判石待举乃张昷之所荐，是他为讨好张昷之提出的这项建议，将士对石待举恨之入骨，听到都监韦贵一声叱骂，仿佛是进攻的冲锋号，"呼喇喇"，一群兵士冲到西南角的甲仗库，抄起刀枪剑戟，大叫着向后圃围来。

郡守牙兵见势不妙，早已簇拥着知州、通判向城外仓皇而逃，身后响起"反了，反了"的叫喊声。知州刘继宗、通判石待举、走马承受刘宗言冲出城门，率领驻扎在城外的神威军入城与叛军搏杀，因寡不敌众，石待举、刘宗言被叛军杀死，郡守刘继宗被拥挤到护城壕中溺亡。

都监韦贵本是章献明肃太后侄子刘从德的家丁，从德去世时，以《遗表》

奏补亲属、家丁七十余人，韦贵即其中之一。他目不识丁，自知威望不高，率叛卒推另一都监王守一为帅，王守一誓死不从，韦贵恼羞成怒，举枪将其刺死，自立为帅，婴城自守。

知保州刘继宗的指使臧积乘乱披甲驰至定州告变。都转运使兼按察使张昷之一面火急奏报朝廷，一面传令沿边都巡检使杨怀敏和周边州军率兵前去平叛。知广信军刘贻孙率兵马最先赶到，在保州城下向城内喊话，劝叛军出降，为叛军所拒。

张昷之赶到保州，周边州军的兵马都来了，唯独不见叛军的顶头上司、沿边都巡检使杨怀敏的影子。张昷之大怒，再发令牒檄调杨怀敏速来，并带话给杨怀敏："不即来，当以军法从事！"

坐在定州巡检司署的杨怀敏看到令檄，轻蔑一笑道："张昷之乃转运使，有何资格调兵？"他拿起酒盏，"滋"地喝了一口，抹了抹油光发亮的下巴，露出得意的冷笑。

杨怀敏在章献明肃太后听政时颇受重用，后由入内省副都知出任边将。虽是宦官，却人脉广连，尤与夏竦关系最为密切。范仲淹主持新政，首选张昷之按察河北，他一到任即向朝廷提出"以武臣代内侍"的建言，令杨怀敏既惧且恨。正惶然不安之际，夏竦差亲信前来拜谒，竟是要他策动军士闹事的。杨怀敏决计一试。他得知保州云翼军都监韦贵向有娇骄之气，张昷之悉罢虚费口食，韦贵怀恨在心，杨怀敏遂将他召到定州，暗示闹出些动静出来，由他来善后。韦贵果然有了行动，杨怀敏一阵惊喜。他写好了一道密奏，命牙兵火速送往京城，这才率兵慢吞吞开到保州城下。

张昷之正在大帐召集军事会议，杨怀敏带着大批牙兵，携带武器进了会场。张昷之见状，怒斥道："诸将方集，中贵人独敢以兵随左右，难道是欲诛杀我辈，起兵造反吗？"

"不敢！"杨怀敏怪笑道。他解下佩剑交给随侍，一摆手，命牙兵退出，高声道："保州城高河深，当年契丹二十万大军围困七日不能破城，故万不可强攻。解铃还须系铃人，要想平息事端，先要分析导致兵变的原因，只要罪魁受到惩治,料兵变不难平息。”

“谁是罪魁?”张昷之问。

“谁是罪魁,兵变将士知道,在座诸公心里也有数!”杨怀敏冷笑道。

张昷之气得喘着粗气道:“谁是罪魁,朝廷自有明断。当下只商议如何破城,平息叛乱!”

“你无权指挥!”杨怀敏沉脸道,“没有朝廷诏旨,谁敢下令攻城?”

张昷之和杨怀敏争执不下之际,京城朝堂上也吵作一团。宰相章得象、晏殊,参知政事贾昌朝等主张劝降招安;枢密使杜衍、副使韩琦、谏官欧阳修主张对作乱骄兵严厉镇压,不可姑息养奸,以贻后患。最后,决定以知制诰、领三班院田况晋龙图阁直学士,知成德军,充真定、定州安抚使,速赶到保州,相度处置叛军,并授以便宜从事之权;再命枢密副使、河北宣抚使富弼火急启程,沿边宣抚。

田况刚离开京城,杨怀敏的密奏就到了。皇上阅罢,召章得象、晏殊、贾昌朝、杜衍、韩琦垂拱殿奏对。

宣赞舍人宣读了杨怀敏密奏。章得象奏道:“保州距契丹边境只有百里,按照盟约,若用兵,当先向契丹告变。我若调集大军,契丹必疑,不可因一场小小的兵变与契丹交恶。杨怀敏密奏兵变由张昷之激成,且称叛军有‘得张昷之首当降’之语,虽不可全信,却也表明叛军有招降余地,当颁敕招降之。”

皇上连连颔首,决断道:“即差内侍奉剑前往军中,斩张昷之;命田况不得用兵,颁特赦诏,招降叛卒!”

此时,赶到保州城下的田况下令将保州城团团围住,向叛军喊话,若不出降即攻城,城破之日,格杀勿论!过了半个时辰,城垛上放下一只硕大的吊篮,里面装着十几颗血淋淋的人头。正纳闷间,城垛上喊话道:“此乃兵变首恶,我辈已将其悉数斩首,以此换取朝廷赦免!”说罢,把一张稿笺射出,内列被斩首的十二首恶姓名。

最早赶来平叛的知广信军刘贻孙,已从保州逃出来的兵士口中得知了当初起事的三十二人姓名，田况决定将计就计，将三十二人名单射入城中，告示韦贵，若能将名单上的人斩首，协助抚平乱事，不惟不追究其罪责，还可获得赏迁。

"若有朝廷诏旨，我辈方信其真！"城垛上传话道。

田况怒不可遏，欲下令攻城。杨怀敏劝阻道："攻城难以速破，且用兵易引发契丹怀疑，还是劝降为宜。"

一时间，形成了招之未肯开门，击之难以速破的僵局。正左右为难之际，中使携朝廷的两道诏旨到了。田况一看要斩张昷之，急忙向正赶往河北宣抚的妻兄富弼禀报。富弼大惊，紧急上章："未闻叛卒有'得张昷之首当降'之语，安得斩大臣首级以媚叛者？"他命田况将斩张诏旨收起，只把中使带来的特赦诏向城垛上的叛军宣读。为表诚意，田况下令围城官军暂时撤退。

特赦诏宣读毕，过了半个时辰，叛军在城垛喊话："请李步军出面作保，方相信特赦是真。"

侍卫步军副都指挥使李昭亮是太宗皇后的侄子，时任真定、定州都部署，奉田况之命率兵前来平叛。听到叛军要他出面作保，忙向城门走了几步，向城垛上喊道："放本帅进城说话！"

韦贵吩咐打开城门，指使张渎劝阻道："我辈已是乱臣贼子，照朝廷律法，犯了非可赦之罪，一旦出降，必死无疑！"韦贵悚然，决定闭城不纳。

李昭亮讪讪退回，谈判再次陷入僵局。

"末将愿一试！"人群中传出一声高叫。众人望去，说话者是真定兵马监押郭逵。当年在延州，范仲淹以子侄视之，他曾断言葛怀敏徒勇无谋，他日必败朝廷事，葛怀敏不久果然兵败身死，郭逵因此被誉为知兵者，不断得到提升。此时见众文武投鼠忌器，对叛军束手无策，便自告奋勇出面一试。

田况自是欣喜，命他前去劝降。郭逵走到城墙下，仰脸向城垛上的叛军喊道："我郭逵是个老兵，扔绳子下来！"

过了一刻钟，绳索降下，郭逵被吊入城去。韦贵等叛军头目忙将他延入议事厅,奉茶斟酒。

“不可犯糊涂,这是最后的机会了!”郭逵诚恳道。他一拍自己的胸脯:“郭某也是行伍出身,岂不自爱?不值得你等相信?”

韦贵道:“文官一向欺凌武官,我辈都是武官,彼此好说话。”

郭逵饮干了一盏酒,抹嘴道:“朝廷知你等并不想叛乱,只是因为文臣不讲道理,对将士刻薄,事情才到了今天这个地步。目今朝廷有诏旨赦免你等的罪过,难道官家诏书也值得怀疑?两制大臣会出言哄骗?”

众人低头不语,在细细琢磨郭逵的话。

“已经二十八天了,倘若不抓住这个机会,你等该是怎样的结局?”郭逵半是训斥、半是劝说。他腾地站起身:“好了!郭某挡在前面,快去打开城门!”

韦贵一顿足道:“打开城门,出降!”

城门打开,沿边都巡检杨怀敏一挥手中的宝剑,大声道:“云翼军乃本将的下属,本将去收拾他们!”不等田况下令,率军冲入城内。

十分潋滟金樽凸，千杖敲铿羯鼓催。

——苏轼

# 第四十五章　千杖敲铿羯鼓催

## 一

重阳节这天，范仲淹脱下官袍，一身便装，在河东路经略安抚使明镐的陪同下，骑马来到并州悬瓮山麓，游览晋祠。

“晋祠三泉赫赫有名，希文兄到此一游，不能无诗。”明镐指着一渠澈水道。

范仲淹勉强一笑道：“晋祠三泉，千年不息，昼夜不舍，世代为民造福，我观左近多稻田，恍若江南，若无此三泉之水浇灌，此地焉能种稻？仲淹就以晋祠泉为题，赋诗一首吧！”说着，闭目吟诵起来。

明镐听罢，笑道：“范希文到底是范希文哪！我观你在绛州所赋《绛州园池》诗，有‘静境合通仙，清阴不知暑’之句，似是在为暂避京城政争漩涡而庆幸；可这首《晋祠泉》却又说对照先贤，常觉有愧，你真是矛盾啊！”

范仲淹只是苦笑。

“希文兄不必焦虑啦！”明镐劝道，“西夏与契丹交恶，二虏相争，两败俱伤，我可大大喘口气了。”

范仲淹不相信元昊会与契丹开战，明镐劝慰的话，反倒让他越发焦虑起来。契丹、西夏都在点集兵马，而上至枢密使，下到河东路总帅，都坚信元昊真会与契丹交战，反对调兵设防，何其危险！他越想越不安，游兴顿减，匆匆返回州城。明知朝廷不接受他的主张，还是忍不住再上一疏：

> 或二蕃连谋，窥伺中原，则今后契丹先起事端，候朝廷抽减陕西军马往河北，然后元昊入寇，则陕西四路皆可忧虞。乞朝廷察其情状，不可信凭，大为之备，免致临时败事。再录与韩琦所上《攻守策》，录呈乞赐亲览。

奏疏刚封发，接到一道枢密院札子，命范仲淹相度修葺丰州城。

两年前，丰州城被元昊攻陷，州民及所辖三寨蕃族尽为其所掳，扫地无遗，州城之中但有废墟瓦砾，环城数十里皆荒草。近日，延州通判马端与元昊的使者杨守素奉旨勘界，夏人申明丰州属大宋。因其与契丹搭界，谏官余靖恐契丹人趁虚而入，奏请札付河东路，差人佯装修葺，免得契丹人抢占。御批范仲淹相度。

范仲淹打开舆图，审视良久，吩咐张焘："景元，给枢密院回复，就说丰州至河东一百二十余里，并无人烟，道路不通，实难去管兴修。"

张焘一惊，建言道："执政公，这……枢密院札子里只是说差人佯装修葺，还是差些人去一下为好。"

范仲淹摇手道："不惟丰州，还有麟州，人户已然逃散，不值得去修了，废弃就废弃了吧！"

"啊？"张焘惊叫一声，连连摇头，不解道，"国土岂可随意废弃？前日邸报有载，御史中丞王拱辰上章，提出元昊须撤出延州塞门寨，方可签署盟约。"

"为国远图，当有大格局。"范仲淹语调深沉道，"给朝廷上道《奏元昊求和所争疆界乞更不问》。"稍作思忖，口授道："前代帝王与戎狄通和，并非志不高、力不足，因恐边事不息，困耗生民，用兵久之，必生他变，而为社稷之忧。如汉高祖、唐太宗，可谓身经百战，大服天下，却不敢黩武，反倒屈事戎狄，正为此也。等到国力强盛，将帅得人，则长驱破虏，以雪天下之耻。今北虏西戎，夹困中原，仅一元昊，多年未能镇服，由此观之，当下尚不到雪耻时机，如欲与戎狄理曲直、决胜负，语之则易，行之实难，且耗兆民而危天下，得不偿失。塞门寨、丰州，自元昊劫掠，已无我属民，遂成隙地。中原利害，不系于此，不必争此无用之地，当委曲求全，达成和好，然后重议边事，退移兵马，安我生民，勤我稼穑，选将练兵，使国强民富，以待四夷之变。届时，莫说塞门、丰州，就是燕云十六州，也要一举收复！"

张焘踌躇道："恐遭人非议。"

范仲淹道："身为大臣，当思安危大计，不当为避人谤议而上下其说，误导君上。"

张焘点点头，照范仲淹口述，拟好了《奏元昊求和所争疆界乞更不问》，范仲淹审改一遍，誊清封发。张焘拿出棋盘，要与范仲淹对弈。一路上，为缓解范仲淹的焦虑，张焘每晚都要以对弈转移他的注意力。

范仲淹摆摆手，吩咐道："近来屡屡听到对转运使刘京的一些议论，你秘密查访一下，果有不法行为，当劾罢之。"

"这等事，宣抚使不宜管吧？"张焘踌躇道，"况且，在并州宣抚的时间已经不短了。"

范仲淹沉脸道："我是朝廷宰执大臣，宣抚使也有求访民间疾苦的职责。刘京身为转运使，兼有按察一路官吏的使命，若带头行不法之事，百姓求告无门，我不能不管！"

"是是是！"张焘连连道，放下棋盘，麻利地出门去了。

经过几天查访，查明刘京市私物扰民、偷漏税款，范仲淹即命起草参疏，提请朝廷罢之。

奏表写成已是深夜，范仲淹按《素问》上的方子静坐养气，河东路经略安抚使明镐急匆匆赶来了，未曾进屋就一阵大笑："哈哈哈！希文兄，契丹大军已渡河，向夏境推进！"

## 二

深秋的兴庆府，街道上的各种树木，一夜间变得光秃秃的，城内的车马行人，像是嗅到了契丹人的腥膻味，神色紧张，来去匆匆。

兵马已然点集齐备，元昊照例带着各族酋长到贺兰山狩猎。野利旺荣所率左厢军改为由元昊亲领的中军，所有将佐都晋升一级，赏茶叶五斤、牛酒十坛。这是跟随野利旺荣以来未曾得到过的。众将佐簇拥着元昊，以争相射杀猎物来表达对皇帝陛下的忠诚。元昊大喜，暂时忘却了赌上国运的大战已迫在眉睫的现实，在贺兰山烤黄羊、饮鹿血，大碗喝酒，尽情狂欢。

一阵急促的马蹄声打乱了狂欢的节奏。探马来报，契丹北路军先锋、西南面招讨使萧迭里所率先锋军，已渡过黄河，侵入大夏国境！

众人面面相觑，转脸望着元昊，元昊血脉偾张，叫喊道："出征！"

野利遇乞统率的右厢军为左翼军，元昊亲率左厢军为中军，一向冲锋陷阵的横山羌变为右翼军，野利旺荣率蕃部杂牌军为先锋军，沿贺兰山峡谷，向北挺近。

契丹西南面招讨使萧迭里统率的先锋军渡河后，向前推进三十里，未遇到任何抵抗。萧迭里下令扎营，快马向御驾亲征的契丹主耶律宗真奏报军情。耶律宗真闻报，传令全军渡河。只用了一天工夫，三路大军渡过黄河，浩浩荡荡向夏境挺进。

战马驰骋百里，却仍不见夏军的影子。耶律宗真唯恐有诈，传令不得冒进。大军边进军，边劫掠，走走停停，放缓了进军速度。

"哈哈哈！元昊嘴硬，壳也硬，这就成缩头乌龟啦！"驸马都尉萧胡观大声讥笑道，又向岳父耶律宗真讨好道："制服了元昊，南朝君臣定然瑟瑟发抖，我铁骑凯旋时，屯兵河东境外，南朝必乖乖追加岁币！"

"休得胡言！"耶律宗真呵斥道。他御驾亲征大举伐夏，目的正是要制服元昊，威慑大宋，成就霸主之业。大宋答应给元昊的岁币直追大契丹，让大契丹朝野垂涎欲滴，但与大宋修订盟约不到两年，增加岁币的话一旦说出口，便是违约背信，他不想承担这样的恶名。一旦将元昊打服，屯兵河东边境，大宋自会知趣，何需明言？怀抱着称霸的野心，耶律宗真趾高气扬，精神抖擞，不紧不慢地向夏境推进，可纵深推进四百里，未遭遇夏军一次阻击，契丹大军不像是打仗，倒像是到此一游。大军过了德胜寺，耶律宗真下令停止进军，就地驻扎，派遣大批探马四处追踪夏军所在。

元昊自知正面较量不是契丹对手，只能利用本土作战优势，与契丹大军周旋，从而将其拖垮。在贺兰山峡谷行军至三关口，元昊下令在此驻扎，偃旗息鼓，不得暴露目标。

契丹探马经过一番搜寻，还是发现了夏军的营帐。北路行宫都部署萧惠接报，命西南面招讨使萧迭里率先锋军向夏军发起进攻。

第一次交手，双方都想在气势上压倒对方，厮杀十余日难见分晓。野利旺荣所率先锋军损失惨重，野利遇乞的右厢军也多有折损。元昊见契丹士气强盛，锐不可当，遂使出缓兵之计，写了一道谢罪表，遣使前往契丹中军大帐，向耶律宗真请罪，答应归还掳来的契丹人户。

河东沿边安抚使兼知代州张亢，不惜花费重金，对河对岸的一举一动都能及时掌握，并随时将得到的谍报向正在河东路宣抚的范仲淹呈报。范仲淹一直认为元昊绝不会与契丹开战，为此不惜与杜衍、富弼多次激烈争论，又上章要求向河东增兵、陕西设防。在并州听到契丹大军渡过黄河的消息，他仍怀疑是二虏的苦肉计，立即启程赶往忻州，查勘防御情形。一到忻州，就接到了张亢送来的最新谍报：

元昊差使臣一道，姓金，不得名，往北界契丹处去，不知事意。

范仲淹的神经陡然绷紧了。万一两国计会与谋，调转马头渡河而来，河东兵力空虚，不堪一击，连救援的缓冲时间也没有。他浑身燥热，急忙上章请求从陕西挪拨三万兵马速赴河东，形势紧急，乞朝廷不可迁延。

正为二虏交战而庆幸的君臣，忽接范仲淹的急递，有些不知所措，为慎重起见，皇上急差中使持范仲淹奏疏赶往河北，命枢密副使富弼回奏，富弼奏道：

仲淹闻命，夙夜在心，即乞于京师及陕西发兵马，调钱帛，为备御之策。此仲淹忠勤体国之至也。然以臣愚虑，或恐过之……未宜调发。

御览富弼奏疏，皇上这才踏实下来，命枢密院札付边臣，密切关注两国交战动态，不得妄动；又传旨枢密院下札子，命范仲淹探候北界事宜，另遣余靖出使契丹，以试探其有无南侵之意。

范仲淹与朝廷就西夏是否与契丹勾连夹击中原争议之时，契丹高层在为要不要接受元昊谢罪展开辩论。南枢密使兼北府宰相、北路行宫都部署萧惠坚持说，元昊桀骜不驯，挟大败南朝之威，挑战我大契丹，何其狂妄！他一旦与南朝通好，得币甚厚，更不可一世。今车驾亲临，天与不图，后悔何及？耶律宗真觉得此话有理，决定不接受元昊求和，传令三路大军向夏军阵地发起总攻。

元昊率军力战，厮杀多日，见契丹大军越战越勇，不得不暂避锋芒，向纵深后撤百里，沿途人畜随军后撤，放火烧毁所有民房、粮草。

贺兰山谷火焰四起，浓烟滚滚，绵延百里。就连三百里外的河东路代州上空，也飘荡着西北风刮来的烟尘和焦糊味。知代州张亢不断将谍报送往忻州。

接到契丹大军向元昊发起总攻的谍报，正在与张焘对弈的范仲淹，举在手里的棋子"啪"的一声掉落下来。许久未接到朝廷调兵的讯息，他急火攻心，旧疾复发，滞留忻州治病。张焘每到晚间就要和他对弈。范仲淹没有想到二虏真会交战，愣了半天，像是自言自语道："夷狄之性诈变难料，此之谓也！"

张焘笑了笑："执政公恢廓自信，忧思过重，故而凡事做最坏打算。"

范仲淹摇手道："我不如富彦国明敏果锐。"感叹了一句，蓦然想起了一件大事，一指张焘："景元，起稿，以宣抚使名义，给知环州种世衡、知原州蒋偕发令牒！"

三

龙图阁直学士、真定定州安抚使田况上奏，韦贵等头目出降，沿边都巡检杨怀敏率部入城，斩杀叛卒四百余人，保州乱平。皇上诏命御史台会同三班院提交对作乱将佐处分案。经过几天商议，处分案呈上，西头供奉官、都监韦贵降为右侍禁，监岳州茶盐酒税；其余诸将校降职不等。

此案一出，朝议哗然。紫宸殿朝会上，司谏蔡襄道："天下内外之兵百有余万，若无诛杀决行之令，必开骄慢叛乱之源，今州兵杀官吏，闭城门，若不杀之，传于四方，皆知朝廷有畏众不杀之意，恐多有效法者。"

知谏院欧阳修接言道："保州兵士作乱，与国家生一大患。河北为国家重地，事之利害，所系不轻，尤宜远虑周思，防微杜渐。若对骄兵过示姑息，一启其端，则他时有不可测之患！"

监察御史包拯道："保州云翼军兵士叛乱，韦贵主领叛徒，劫夺财物，戮辱良善，屡抗王师，当重行处置，以伸国法！"

"众卿不必再说！"皇上制止道，"朝廷有诏旨，叛卒出降即予特赦，岂可言而无信？"

新任右司谏孙甫道："臣闻保州兵变前就传出风声，枢密院没有及时采取措施，应追究枢密使杜衍责任！"

百官都愣住了。孙甫乃杜衍一力提携、举荐，彼此有师生之义，没想到他竟把矛头对准举主。皇上也感意外，摇头道："孙卿鲠直光明，但朕知此事非枢臣疏忽所致。"

监察御史钱明逸道："此次兵变，追根溯源，皆因按察使擅改祖制，行事刻薄，有以激之。”

包拯接言道：“臣一向反对按察之法。自从实行转运使自兼按察及置判官以来，体量部下官吏颇伤烦碎，毛举细故，无非是打着振作之名，以希进用之速，遂使天下官吏各怀危惧，民罹此患，无所诉告，绝非陛下委任之本意。臣请废除按察之法。”

“张昷之就是务为苛刻的典型，务必严惩！”御史钱明逸又道。

枢密使杜衍道：“每行一制，都会有利有弊。按察之法本身并无大弊，足以使天下官吏思振作、守廉节，不能因个别人行为冒进而废之。”

皇上道：“张昷之按察一路，激成兵变，当贬谪！如闻诸路转运使发擿所部官吏细过，务为苛刻，使下无所措手足，可降敕约束之。”

钱明逸道：“按察之法有害无益，举官之法为害尤烈，上侵宰执之权，下长奔竞之路，举主与被举者遂结为一党。张昷之举荐石待举通判保州，石待举行张昷之苛政不遗余力，遂激成此次兵变。不废举官之法，恐类似事件还会发生。”

皇上道：“举官之法不再实行，御史台便牒诸路州军知之。”

欧阳修没有想到，保州兵变的结果，竟开启废弃新政之门，急忙奏道：“自去年陛下用范仲淹、富弼在两府，鉴于天下官吏多不得力，推出举官之法，当时臣僚并无非议。自新法实施以来，上自朝廷，下至州县，凡重要职位，无小大，皆用保举新法，未闻奔竞之例。近因范仲淹等出外替朝廷经画边事，谗嫉之人幸其不在陛下左右，百端攻击。陛下未加详察，便废止新制，臣以为不妥。小人欺妄，岂可信之？臣望陛下凡于新政，慎于更张。”

钱明逸愤然道：“凡不依附范仲淹之辈者，就是小人。这就是欧阳修的逻辑。在他心目中，只知有朋党，不知有国家。”

“欧阳修才是小人！”台官队列里响起一片喊声。

宰相晏殊见台官群情激奋，急忙奏道：“张昷之去职，河北路都漕缺员，臣以为可晋欧阳修龙图阁直学士，接替张昷之。”

蔡襄一惊，奏道：“臣以为不可。欧阳修自任谏官，尽职尽责，一年来论事之章达七十余疏，谁可望其项背？朝廷可无晏殊，不能一日无欧阳修。”

皇上皱眉道：“不必再争，朕自有主张。”

出了垂拱殿，杜衍、韩琦对视一眼，彼此会意，将蔡襄召到枢密院杜衍的直房。杜衍叫着他的字劝道：“君谟，时下舆论对欧阳永叔甚不利，晏相公出于息事宁人，让他离开朝廷，用心良苦；你和永叔都是晏相公的弟子，当体谅他的深意。”

“我看他是排挤欧阳永叔！”蔡襄一梗脖子道，“况且，目今新政遭受攻击，有夭折之虞，欧阳永叔是大护法，一旦离开朝廷，新政危矣！”

杜衍道：“朋党之说滋不可解，官家对欧阳永叔已有猜忌，他越说的多，对新政推行反而越不利。”

“范、富都离开了，欧阳永叔再走，小人越发猖獗！”蔡襄辩解道。他向杜衍、韩琦一拱手：“二公不必再劝，无论如何，欧阳永叔要留下来，否则，襄必不容晏相公再立朝班！”

“君谟！”杜衍大惊道，“不能意气用事，你是晏相公的弟子啊！”

蔡襄抱拳道：“告辞！”

望着蔡襄的背影，杜衍摇头道：“意气用事，岂可成事！”

韩琦摇摇头，叹了口气道：“杜公，保州兵变开启了对新政的反攻倒算，背后有名堂啊！”

杜衍沉吟良久，方道：“君子小人之辨，把人都得罪了，气氛先就坏了，成事良难。稚圭，慎之！”

次日，朝廷连颁诏旨，除维持御史台、三班院对韦贵等人的处分案外，另有：

阁门使、河北路沿边都巡检杨怀敏，升团练使，差遣如故。

右侍禁、定州兵马监押郭逵，授阁门祗侯，升环庆路兵马都监。

河北路都转运使兼按察使张昷之，落天章阁待制，贬知虢州。

知制诰、知谏院欧阳修，晋龙图阁直学士，出为河北路都转运使兼按察使。

蔡襄怒气冲天，连上三疏，要求皇上收回成命，让欧阳修继续留在朝廷，得到的答复是，河北重地，保州新变，亟待经略，已密授欧阳修经略之任，火急赴任。

“晏公不帮忙，却来拆台，也就别怪我辈弟子不客气了！”送别欧阳修，蔡襄咬牙切齿对谏官孙甫道。二人搜肠刮肚，不知从何下手。蔡襄忽然拊掌道：“十二年前，今上生母李宸妃薨，晏公奉旨撰写墓志，竟言宸妃无子，此大可做文章！”

孙甫道：“那时章献明肃太后听政，今上身世还被死死瞒着，天下只知今上是章献明肃亲子，晏公怎敢揭穿嘛！”

蔡襄一瞪眼道：“不能这么说！若是我辈，必秉笔直书。要端正士风，就要扫除士大夫为了权位而唯唯诺诺的风气，让天下读书人都知道，做官，就该直言无隐，不做贪图利禄的小人！”遂提笔撰写弹章，谓宸妃生圣躬为天下主，而晏殊奉诏志宸妃墓，隐而不言，从此事可以看出，晏殊其人不忠不孝、希位贪利，不可一日令其处朝廷。

皇上接到弹章，召章得象一番商议，外放晏殊知颍州，以杜衍接替晏殊，贾昌朝接替杜衍，补陈执中为参知政事。

“陈执中不当入中枢！”宣布制书的朝会上，蔡襄、孙甫异口同声抗议道。

“论相是人君特权，谏官不得干涉！”皇上恼怒道。

百官走出紫宸殿，御史中丞王拱辰走到枢密副使韩琦身旁，以忿忿不平的语气道：“宸妃薨时，章献明肃太后正临朝称制，故晏公写墓志不敢直言，十余年过去了，安得以此罪晏公？蔡襄、孙甫与拱辰皆晏公所取士，弟子岂可如此羞辱师长？”

韩琦不语。

王拱辰突然奋手作跳踯状，扭脸盯着韩琦道：“稚圭兄，须是跃出党中。”

韩琦正色道：“韩某惟义是从，不知有党也！”

王拱辰摇摇头，笑了笑，转移话题道：“副枢，范希文一再坚持说契丹集结兵马是针对皇宋的，事实证明，他错了！契丹大军早已深入夏境，他还上章要求朝廷向河东紧急调兵。在事实面前仍不愿承认自己的失误,是要误国的!”

“范希文忠信谠论,忧国之切,谁人可比?”韩琦反驳道。说罢,挺直了身板,不再理会王拱辰,昂首大步而去。

数年风土塞门行，说着江山意暂清。

——范仲淹

# 第四十六章　数年风土塞门行

## 一

滹沱河借助西北风的呼啸，发出古怪的咆哮声，在深山峡谷中回荡，令人毛骨悚然。范仲淹骑在马上，不停地晃动身子，额头上冒出豆大的汗珠，走了不足十里，终于坚持不住，趴在了马背上，牙咬得“咯咯”作响。跟在马后的河东路经略安抚使明镐发现情形不对，打马赶到范仲淹马前，扭头问：“参政，如何?”

范仲淹嘴里发出“嘶嘶”的声音，向前扬扬手，示意继续前行。

宣抚河东两个月，一路劳顿，烦心事甚多，尤其是保州兵变开启了对新政的反攻倒算，让范仲淹痛心疾首，加之天气转冷，他的肺病复发了。抱病到达代州，与老部下张亢相见，心情畅快了许多，却又遇到了棘手的事：张亢踏勘了国初名将杨业在代州时建的旧寨堡，指挥在旧址基础上增修加固，经略安抚使明镐责其劳民伤财，多次发牒命其罢修，张亢置之不理。若明镐奏张亢违节制之罪，势必又是一个水洛城案，范仲淹不愿看到这样的事再次发生。明镐是多年老友，便差人请他到代州一行，一同实地踏勘以定进止。一路走下来，范仲淹支持张亢，劝说明镐：“代州隔河与西夏相望，北接契丹境，修寨堡非但为防御，更重要的是让戎狄知我有备，不敢轻易进犯。”明镐答应不再阻止张亢。范仲淹很欣慰，总算不虚此行。多日风餐露宿，马背颠簸，加之为治肺疾，服药过凉，又引发淋痔并作，终于支撑不住了。

张亢见范仲淹趴在马背上，官袍上渗出了血迹，忙吩咐牙兵火急进城带马车来接。

傍晚时分，范仲淹趴在马车上进了代州城。候在驿馆卧室外的医官替范仲淹更衣、敷药，忙了小半个时辰，忽有牙兵禀报，京城有使介来送家书。千里迢迢，特意差人来送家书，非同寻常。张亢不敢怠慢，只得让使介进了卧室。

范仲淹并不认识送家书的使介，一问方知，是聂氏娘家弟弟聂升差来的。拆开家书，范仲淹向烛台边挪动了下身子，展开来读，刚看了一眼，就愣住了，是继室聂氏去世的讣闻。

他与聂氏虽无深情，但这些年来聂氏悉心照料表姐遗下的几个子女，备尝苦辛，眼看子女一个个长大成人，她以不到四十之龄就撒手人寰，还是让范仲淹感到悲怆。家书中说，聂氏临终前，已将四岁的幼女暂时托付娘家弟弟聂升抚育，并恳请范仲淹在南郊大礼时为聂升荫一官。

按制，三年一度于冬至日举行的南郊大礼，文官八品以上皆可奏请荫补子孙，二府大臣更可封赠父母，荫补亲属甚至门人。即使按照新政所颁《任子诏》，南郊大礼时，参知政事也可奏补至少三人。

多年来，对母亲的愧疚感和对发妻的怀念之情从未消散，范仲淹早就打算今年南郊大礼时奏请封赠母亲和发妻。按制，妇爵从夫，但本生父母可随子求封。母亲去世时，他还没有求封的资格，以磨勘升官的资格回赠给亡母，蒙朝廷怜悯，赠县君；发妻李氏去世后，也封县君。以参知政事的身份封赠母、妻，可达最高一级的"国夫人"。以时下的情势看，参知政事的职任或许不保，这是最后的机会了，他决计将其中的两个名额用于为母亲和发妻奏请"国夫人"封号，这样一来，就只可补一官了。妻舅聂升一家十口，家计困顿，范仲淹本就有意为他荫官，正委托次子纯仁和郑戬商议。今年的南郊大礼，二人为妻家亲属荫官，他本有意奏补妻侄李通，看了家书，遂改奏聂升。

忍痛写完为聂升荫官的奏章，又把聂氏丧葬安排向聂家使介作了交代，他独自在卧室流起泪来，为发妻、继室生命的短暂而哭，为子女年幼就失去母亲而哭，也为自己的际遇而哭。或许，自己的人生也到了收尾阶段，而时下的环境已不容他再有作为了。夜深人静，西北风的呼啸声把他的思绪带到江南。边陲肃杀凄凉，而南国却还是一派苍翠，映衬着盛世繁华。就到那里守一郡，安度晚年吧！这样想着，他颤抖着拿起笔，赋诗一首：

数年风土塞门行，说着江山意暂清。
求取罢兵南国去，满楼苍翠是平生。

诵读一遍，突然自问："仲淹，你就这样放手吗？"

离开朝廷前后，尽管反对的声浪已然高涨，但新政还在持续实施着。六月，朝廷下诏，降河南府颍阳、寿安、偃师、缑氏、河清五县为镇，标志着新政十事中"减徭役"一事进入实施阶段；七月，诏转运使副并提点刑狱察各该路知州、知县有治状者，以名闻，朝廷予以褒扬、擢升，这是"择官长"新政的深化；也是在这个月，朝廷颁诏，命参知政事贾昌朝领天下农政，参知政事范仲淹领刑政，这是在十事外增加的施行宰执兼领政事之制的新政内容；在并州时，接到韩琦来书，得知《奏为赦后乞除放祖宗朝欠负》的内容，已被纳入南郊大礼的赦书中，这是新政十事中"覃恩信"一事的实施；不久又从邸报上看到，诏命宰相晏殊、参知政事贾昌朝提举，对此前的政令进行梳理、删定，这是新政十事中"重命令"一事的实施。至此，除了"修武备"胎死腹中外，新政十事中的九事均在推进，十事之外的几项举措也在实施。可是，突如其来的一场保州兵变，成为新政的转折点。随着举官之法被废，按察之法受到警告，逆转势头出现了。富弼紧急出抚，欧阳修外放，蔡襄、孙甫因纠弹晏殊，几陷其于不测，受到朝野鄙视，已是朝不保夕，支持新政的力量不是因内耗折损，就是被攻讦的风浪卷去，新政已岌岌可危了。当此紧要关头，倘若自己主动提出到江南守一郡，那么新政就真的没有希望了。

昏昏沉沉中，范仲淹觉得趴累了，想平躺过去，但疼痛感让他不得不保持原来的姿势，只好再次以想象江南的苍翠来转移注意力，减轻痛楚。可苍翠景色只是一闪而过，脑海里全是一路看到的百姓、兵士憔悴的面容，耳边萦绕着诉苦声。

宣抚之旅的第一站是绛州。绛州属近里州，却是河东的后勤保障基地。每天车水马龙，由京城向这里运送粮草器械，再从这里向边塞运去。车载船运时兵士的辛劳，让范仲淹鼻子发酸，经过一番查看、咨访，他向朝廷上章，河东边上所需衣甲、弓弩、器械、刀枪等，自来由京城调运，而河东炭、铁矿藏丰富，匠人甚多，乞朝廷下河东路转运司，在河东置都作院，就地打造，免输运之苦。第二站至汾州，刚入城，就有数百绅民遮道喊冤，是诉等第之苦的。依照朝廷律令，天下百姓按财产多少分为九等，五等以上者纳税、服差役。等第每隔五年更新一次，登为《五等丁产簿》。可陕西、河东自西事以来，不少人户因支应各种差配破产，州县不能矜恤减放，要等五年重新造簿时再重定等第，这些破产人户还按原来等第纳税、服役，自是承担不起。他当即吩咐出榜晓示各处人户，并札与转运司和各州县，由五年造簿改为三年，这期间，破产者即于现有簿册下标注，确有沦落、应役不得者，当予减放。到达河东路治所并州时，又有民众拦道，因官府不再收纳大铁钱，商户手里的大铁钱无处可用，纷纷诉苦。范仲淹和明镐商议后，命出榜示，官铸大铁钱依旧使用。在去往忻州路上，百姓拦道诉告，说兵士强割私家税地的白草。问后方知，河东诸州军皆下指标收割白草，官府摊派给兵士收割，有的兵士因此逃走，有的则跑到百姓税地强行采打，引起不少纠葛。范仲淹命榜示取消收割白草，又鉴于禁军、厢军中常有兵士逃跑，转而为贼，又出榜示，自张榜之日起，此前逃走的兵士，限一个月内自首，不追究其逃跑之罪。

明镐号称能吏，在他治下尚且如此，他处可知。天下官吏不思振作者有之，老弱不称其职者有之，百姓疾苦因此不能解除。他接连给朝廷上了《奏乞差新转京官人充沿边知县事》《奏策试方略等人各与缘边差遣事》，也只是临时性措置，真正建立起一支廉洁高效的官吏队伍，还要依靠推行新政。这个时候，怎么可以萌生退念，急于悠游江南呢？

就这样，缠绵病榻的范仲淹纠结着。痛楚难忍时，发誓要退守江南一郡；稍有好转时，又自责不该逃避责任。过了半个月，勉强能下床走路，接到宁陵的大弟朱愉写来的一封家书，询问了几个侄子进学情形后，恳求南郊大礼时为他的儿子补官，范仲淹苦笑着，写了回书：

某到忻、代，病嗽，医药过凉，伤及下脏，淋痔并作，日夜苦楚，于今稍间而未止。远承诲问，为慰极多。所议南郊异姓之恩，已发却多日，为妻舅聂升十口，日有沟壑之忧，且逐急处行也。吾仁青春，已在馆殿，三五年间必有异恩，于一第不足为忧。

国事、家事，范仲淹感到肩上的担子异常沉重，压得他快喘不过气来了。

## 二

入夜，除了北风的呼啸声，保德军水谷驿舍里一片寂静。下榻于此的范仲淹晚饭后不再和张焘对弈，每日必读的《易》和《素问》也放下了，独自坐在火盆旁，秉烛研读一卷名为《因果识见颂》的古经。这是他在驿舍檐罅间偶然发现的。因受母亲长年礼佛的影响，他对释家典籍多有涉猎，判定此卷当为《大藏经》未收录的遗经，爱不释手。

“执政公！想不到，真是想不到啊！”室外传来张亢紧张而又惊奇的声音，从代州起，他就陪同范仲淹巡边。此刻，张亢带着一阵寒风进来，递给范仲淹一份刚接到的谍报。

范仲淹接过一看，愕然问：“公寿，这会是真的吗？”

“不会有假！”张亢自信道。说着，在范仲淹旁侧的蒲团上盘腿坐下，接过侍从端来的茶盏，喝了一口，抹嘴道：“只是，太出人意料了！”

“不敢相信!”范仲淹感慨道,“契丹兵马号称剽悍,耶律宗真率十万大军御驾亲征,竟落得个单骑突出、几不得脱的下场,令人难以置信!”

契丹与夏国一样,实行以战养战之制,大军出动,并无粮草保障,而是且战且掠。元昊实施坚壁清野的焦土策,追击夏军的契丹人所经之处,人无粮,马无草,兵马饥饿难耐,已无法前行。耶律宗真无奈,遣使至元昊营帐,接受其谢罪,议和退兵。元昊佯装同意议和,却在契丹将士失去戒备时,发兵夜袭其北路军大营。北路行宫都部署萧惠大惊,怒骂元昊毫无信义,誓言踏平兴庆府,诛灭元昊一族。北路军将士也被元昊的偷袭所激怒,咆哮着冲向夏军大阵。鏖战多时,夏军不敌,元昊下令撤退,萧惠率军紧追不舍,夏军且退且战,未出十里路,忽然狂风大作,飞沙迷目,契丹人以为神风来袭,心惊肉跳,军中大乱。元昊立刻下令反攻,契丹北路军很快败退,蹂践而死者不可胜计。元昊一鼓作气,奔袭驻扎在德胜寺南的契丹大本营。耶律宗真猝不及防,跨马奔逃。数万大军转眼间溃散,来不及逃脱的十几名文武高官和大批兵士成了夏军俘虏,丢弃的器服车骑难计其数。

得到契丹主遣使议和的谍报时,范仲淹预判,双方很可能就此罢兵。双方罢兵,契丹人若所获不多,撤兵时过河东境外,有可能顺道入境劫掠,因此,他不顾病体,出代州,往宪州、岢岚军、火山军宣抚,再折返保德军,喘息未定,却接到了契丹大败的消息。元昊敢与契丹交战已然令他大感意外了,契丹竟败在元昊手下,更是不可思议。他怔怔地坐着,久久未出一语。

“其实也不难理解。”张亢道,“自澶渊之盟起,我与契丹都在享受和平,而西夏却东征西讨,长时间历经战场磨练和浸礼,积累了足够的实战经验。多亏执政公当年反对深入进讨,不然,说不定比契丹人败得更惨!”

范仲淹嘴唇嗫嚅着,良久方道:“强敌环伺,忘战必危啊!”他像是自言自语:“可是,沿边长期部署大军,选将练兵、修寨筑城,长期下去,百姓负担不起啊!”他突然欠起身,拍了一下张亢的胳膊:“公寿,屯兵营田的事,还是要做起来!”

在岢岚军宣抚时，得知那里有可耕之废地两三万顷，尽耕之岁可得三五百万石，范仲淹顶风冒雪前去踏勘后，要上疏朝廷，实行屯兵营田。陪同前去的河东路经略安抚使明镐极力劝阻，范仲淹只得放弃上疏。此后，又见在岢岚军、火山军、宁化军和代州间，有大量这样的荒废田地。若实行屯兵营田，可大大节省转输之劳、岁籴之费。范仲淹打定主意，府兵制即使不能完全恢复，至少可以把其中的屯兵营田实施起来。

"常言忧国忧民，殊不知，有时候，忧国与忧民是有抵触的。执政公一面忧国，主张修寨筑城，选将练兵；可一面又忧民，担心加重百姓负担，心中纠结而沉重，想出屯兵营田的法子来。"张亢苦笑着道，"可大片耕地荒废，是祖宗时为防止契丹南下劫掠，诏命沿边百姓迁徙内地所致，时下又强调维护祖制，恐朝廷必不愿废止祖宗朝的禁耕令。"

范仲淹道："公寿主持，先在岢岚军实施也好。"他唤张焘进来，嘱他起草奏疏，回避禁耕令，只说在岢岚军试行屯兵营田。

说话间，范仲淹的目光又落在了张亢拿来的谍报上，蓦然打了个激灵，语气急促道："自古兵家每有挫败，恐其下离叛，即别举事，图其复振，以摄众心。今契丹主西征无功，愧见其下，或起事，欲振兵威，不可不防。"他盯着张焘，吩咐道："景元，照此起稿，奏明朝廷知之。"又对张亢道："公寿，传檄沿边各寨堡，加强戒备！"

## 三

东染院使、环庆路兵马钤辖兼知环州种世衡，独自一人佝偻着身子，拄着一把枣木拐杖，迎着晨曦，艰难地登上一座山包，回首凝视着拔地而起的新城，不禁老泪纵横，口中喃喃道："细腰城，世衡是为范执政而筑，如今终于筑成，死而无憾了！"一阵剧烈的咳嗽袭来，他站立不稳，不得不就地坐下，勾头咳个不停，过了许久，终于将卡在嗓子里的一口痰咳出，他颤颤巍巍掏出手帕擦了擦嘴角，殷红的鲜血在昏花的眼睛里，仿佛成了一团火焰，顷刻间将他吞噬了。

刚到环庆路，范仲淹就有筑细腰城之嘱，种世衡记在心里。到环州后方知，葫芦泉一带的明珠、密臧、康奴三族，素号强梗，又与夏戎相通，抚之甚不可信，伐之险不可入，一时难以下手。但他暗中一步步做着准备，环州与原州交界处的牛家族酋长奴讹、环县羌人首领慕思、怀安镇酋长岁奴都被他召在身边，替他与明珠、密臧、康奴三族酋长沟通，将筑城所需工具、材料都已整备停当，运到了被他重金收买的酋长处，随时准备进场筑城。他曾向范仲淹保证，一年半载必筑成。不料滕宗谅、张亢案突发，边上人心惶惶，种世衡更是心惊肉跳。对照滕宗谅、张亢的罪状，他要严重得多，坐牢几成定局；好在范仲淹挺身而出，极力为滕宗谅、张亢辩护，又请求朝廷颁敕，允许边臣以公用钱回易，种世衡方松了口气。谁知又冒出水洛城一案，若不是范仲淹再次出面保护，恐主持筑城的刘沪性命不保，种世衡心灰意冷，噤口不敢再提筑细腰城一事。九月底，忽接宣抚河东的范仲淹筑城的令牒，种世衡这才打起精神，与知原州蒋偕一道，率兵抢占了生蕃所居的葫芦泉一带，在古细腰城遗址处，昼夜筑城。他知道夏戎对在此筑城甚戒备，先行遣人携带大量金银财宝，以计款之。夏军头目正为元昊在与契丹交战中败退而惊恐，未出兵骚扰。种世衡又召明珠、密臧、康奴三族酋长犒抚之，三族酋长虽不情愿，却因没有夏军外援，不得不服从。所以，只用了一个月工夫，细腰城已然筑成。

这一个月，年已花甲的种世衡一直驻守此地，寸步未离。秋冬季节，苦寒之地飞沙走石，又无果蔬可食，待城成之日，种世衡病倒了。蒋偕见他身体虚弱，吩咐以马车送他回环州治病，今日就要离开此地了，种世衡仿佛要辞别蹒跚学步的儿女，有些不舍，又怕被人看到他流泪，这才悄悄登上山包，让自豪、欣喜和不舍的泪水，尽情流淌。

悄悄跟在种世衡身后的两名牙兵见山包上情形不对，飞奔着赶了过去，手忙脚乱地将不省人事的种世衡背起，一溜小跑进了大帐，医官慌忙诊治，灌了几口姜汤，种世衡方渐渐苏醒过来。

马车已然备好，蒋偕催促尽快回城，种世衡闭目不语。蒋偕再劝，种世衡摆手道："老夫来日无多了，就死在这细腰城吧！"

众人为之泣下，不知如何劝他。正为难间，牛家族酋长奴讹兴冲冲进帐，大声道："种老子，野利旺荣被诛杀啦！"

种世衡腾地坐起身，问："野利遇乞呢？"

奴讹抓起火炉上温酒的酒壶，"咕咚咚"喝了几口，抹了抹嘴，把从兴庆府打探到的消息，细细说了一遍。

元昊击溃契丹大军，惊喜之余，一面差使臣前往契丹议和，一面将几十名俘虏押送开封，向朝廷献俘，希望尽快签署盟约，这才踌躇满志地凯旋。回到兴庆府，一番庆功奖赏，百官朝贺。朝堂列班里，枢密使野利旺荣站到了首位，那个埋藏在元昊心中三年之久的仇恨的种子已然发芽。这次迎战契丹，一直由野利旺荣统率的左厢军，由元昊亲自统领，野利旺荣的军权已被悄然剥夺，可以动手了，遂在朝会上宣布野利旺荣暗通大宋的罪状，将其诛杀，但又让野利遇乞升任野利家族酋长。

"美中不足！美中不足！"种世衡听罢，连连道，"野利遇乞掌握右厢军，一向冲锋陷阵，除掉他，方可断元昊右臂！"

奴讹眨巴了会眼睛，又喝了几口酒，咧嘴"嘶哈"了几声，突然一拍脑门道："探得元昊乳母白姬与野利遇乞有隙，听说白姬曾向元昊诬告遇乞私通大宋，元昊未理会。"

种世衡眼睛一亮，摆摆手，将众人屏退，只留下奴讹一人，又向他招招手，命他近前，压低声音道："酋长在那边亲族甚多，能不能设法盗得野利遇乞一件信物来？"见奴讹露出为难又贪婪的神情，种世衡拍了拍床头的大箱子："里面都是金条，酋长随意拿！"

奴讹喜笑颜开，连连道："好说！好说！"

"要快！"种世衡嘱咐道，"不然，老夫恐等不到那一天了。"说完，掀开箱盖，拿出四根金条递给奴讹："事成之后，加倍犒赏！"

奴讹接过金条，揣入怀中，点头哈腰道：“种老子等好吧！”

果然，只过了十多天，奴讹就将元昊赏赐给野利遇乞的一把宝刀送来了。种世衡将书手召到病榻前，嘱咐了一番。

入夜，几个黑影悄悄潜入夏境，在山谷中焚烧纸钱，火光照耀川谷，几个人掸了掸手，快速撤回。

黎明时分，夏军一队快马赶来搜山，在余烬中找到一把宝刀，另有银器若干和一张未完全烧掉的纸板，纸板上的文字，是种世衡写给野利兄弟的“祭文”，先是追述野利兄弟心向中原，曾双双涉境相见，尽欢而散；再言旺荣被杀后，遇乞欲内投，以刀为信，却为白姬谮死，乃越境设祭云云。

纸板和宝刀被飞马呈递到元昊面前。他看了又看，“祭文”真真假假，虚实莫辨。他正担心野利遇乞不稳，欲伺机将其诛杀，以绝后患。但只凭种世衡的一篇“祭文”诛杀大臣，又觉理亏，便将关押在牢中的法崧放出，向他讨教。法崧附耳向元昊献上一计。元昊拊掌大笑，突然颁诏废野利皇后，随即散布舆论说，野利兄弟对自己的妹妹被废黜怀恨在心，密谋造反，幸亏被及时发现，已将野利旺荣先行诛杀，本想对野利遇乞宽大为怀，他却对其兄之死耿耿于怀，并未放弃谋反之念，不得不断然采取措施。

种世衡很快就从奴讹那里得到了野利遇乞被诛杀的消息，他呼了口气，声音颤抖道：“种某可以死了！”喘息了一阵，吩咐道：“快去给范执政报喜！”

蒋偕弯身道：“种老将军放心，我这就差人前去。”

种世衡拉住蒋偕的手，以祈求的语气道：“见到范执政，请向他陈情，种某有一个、一个请求……”

## 四

已是严冬时节，黄河河面结了冰，像是沉睡过去，任凭寒风吹过，没有丝毫反应。范仲淹站在河边，面色凝重，花白的长须被风吹起，在胸前乱舞，他视而不见，眼睛茫然地望着河对岸，心绪烦乱。

二十多天前，他由保德军到了府州。本打算把府州作为宣抚河东的最后一站，可到了府州，麟府路兵马都监张岊的一句话却让他改变了主意，急急忙忙赶往麟州。

麟州是杨家将、折家军的故乡和发祥地。两年前，元昊在接连取得三川口、好水川大胜后，转攻河外三州，达数月之久。战后，曾经有台谏官提出重修河外三州，但范仲淹听到传闻，麟州已被元昊劫掠一空，人户尽散，便上章主张废弃之，欧阳修也上章，建言朝廷废弃麟州、丰州，只保府州即可。可一到府州，麟府路兵马都监张岊就向他禀报，元昊攻掠河外三州时，麟州百姓八成以上躲避到了河东，并未被夏戎掠去，急需回归复业。范仲淹大惊，临时改变了宣抚行程，到麟州实地查勘。抵麟州一看，果然城池完好，城内稀稀落落也有些烟火，咨访之下，果如张岊所言。范仲淹有些恼怒，盯着张亢问："公寿，当年你帅麟府路，情形该是知悉的，这么长时间，因何不提一字？"张亢顾左右而言他。在麟州查勘了五六日，范仲淹才重返府州宣抚，至此，宣抚河东的行程结束。他召张亢商议给朝廷上章，尽快复麟州。张亢连连摇头，吞吞吐吐、拐弯抹角说了一通，范仲淹方解其意：就元昊会否与契丹交战，他与杜衍、富弼、韩琦多次争论，宣抚路上又上了两疏，认定契丹与元昊在密谋夹击皇宋，要求朝廷调兵遣将，紧急应对。事后证明，他的判断是错的。在新政招致汹汹非议的局面下，这件事已然使得他的威信受损，也会进一步动摇皇上对他的信任，若再提麟州之事，等于否定了他以前废麟州的主张，岂不是雪上加霜？范仲淹明白，张亢无论是一路上回避谈起麟州，还是阻止他上章，都是出于维护他的威信，维系他在皇上心目中忠勤体国的形象考虑的。他没有再责备张亢，独自来到黄河岸边，想让冷风吹散心中的烦躁。

"喂——"河道里传来高叫声。范仲淹循声望去，河道的冰面上，一群衣衫褴褛的百姓簇拥着一个身穿羊皮袄的老者，正小心翼翼地向他这边靠拢。

"官爷，听说有大官到麟州巡察，要复麟州了？"老者大声问。

范仲淹弯下腰问:“乡亲是麟州的?我观麟州城池完好,乡亲因何不回去?”

“我等草民只会种地,到城里去住,喝西北风?”一个中年男子答。

“回去种地也好嘛,回村庄不就是了?”范仲淹问。

“哎呀呀!”老者一缩脖子道,“官爷啊,麟州只一座城池,西贼来了,我等种地的草民无处躲藏,谁不怕被西贼掳走啊?”

“哦!明白了!”范仲淹一拍脑门道,又向人群一拱手,“向众乡亲传个话,朝廷会在麟州多修寨堡,屯驻大军,不会让西贼将百姓掳去!”

“那就好,那就好!朝廷没有抛弃我等草民,我等草民感激不尽嘞!”老者说着,向范仲淹深深一揖,“谢过官爷!”

范仲淹急忙回礼,口中道:“我辈吃俸禄的人,没有把事做好,害得众乡亲两年多了还漂泊在外,愧疚啊!”说这话时,他的眼中闪出了泪花,急忙转身,大步往驿馆而去。

“仲淹,你不是发誓要做真儒吗?真儒立身处世,当以是否符合道义为惟一准则啊,可你内心还藏着自私的一面,如若不然,因何张亢一劝阻上章复麟州之事,你就踌躇起来了?终究还是想维系自己在皇上心目的形象,想保住自己的面子。面对无家可归的百姓,你该感到羞愧啊!”一路上,他心中默念着。回到驿馆,提笔写下《乞于麟府修起城寨招蕃汉人户安居奏》。

写完了奏疏,意犹未尽,提笔又给韩琦修书,刚写了开头,麟府路兵马都监张岊在门外求见。此人是猛将,身经百战,一只眼睛在与夏军作战时被流矢射瞎,蒙着一片黑罩。他把河东路经略安抚使明镐的令牒往书案上一摔,粗声道:“执政公,明帅误国!”

范仲淹请张岊入座,问明了情由:夏界唐龙镇有嘉舒、克顺等七族,离汉界不远。此七族原本属府州,逃往夏境,沿黄河西居住。前年元昊大掠河外三州时,府州又有不少人户逃到那里。秋末,有内附首领香布密报,契丹人欲在黄河结冰后来抢唐龙镇,张岊遂借七族恐惧契丹抢掠之机,招诱其回府州。但明镐以与西夏盟约刚刚签署，继续招抚会引起纠纷甚或酿成战争，急牒张岊停止。

招诱夏界蕃部，是范仲淹在攻守策里提出的蚕食夏境、夺取横山的重大方略，何况这七族本就是从汉界逃去的。遂道："七族来归，纳之不为无名。密行招抚可也。速画张地图送我，我向朝廷上章，奏明此事。"

张岊兴冲冲施礼辞出，张亢来请用晚饭。范仲淹点了点稿笺，把要奏请朝廷支持张岊招抚夏界七族的事约略说了一遍，顺便听听张亢的看法。

张亢摇头道："与西夏盟约刚刚签订，朝廷必不愿多事；明帅反对，已牒张岊停止招抚。鉴此，执政公不上章为好。"

范仲淹苦笑道："公寿，你是知我的，该说的话不说出来，吃得下饭吗？"

张亢点头。莫说公事，就是属下一件很小的私事，范仲淹认为该办的，也会放在心上。前不久，他得知河东路经略司管勾何涉有母在蜀中，迎侍不得，遂上表举荐他出任梓州通判，以便奉养老母，全其孝道。在岢岚军时，闻军使米光濬病故，便详细询问所遗妻儿境况，得知其子贫而无以养亲，范仲淹恻然，因河东路没有指使之缺，便修书韩琦，请他设法在别处为米光濬之子谋一指使职。这些事，张亢都亲历之，所以，对范仲淹奏请继续招诱夏界蕃部之事，也就不再劝阻。

"晚饭不去吃了，免得打断思路，端碗黄米酸粥来就好。"范仲淹边继续拟写奏疏，边吩咐张亢道。

张亢心疼道："不该让景元走，不然还能为执政公分劳。"

鉴于朝廷每每以武将充任刑狱之官，范仲淹上《奏乞减武臣充提刑》，又上荐表，举荐随行的张焘和苏舜钦之兄苏舜元、帅环庆时的老部下张去惑等堪充刑狱、钱谷重任。前不久，朝廷颁旨任张焘河东路提点刑狱使，范仲淹即命他赴任，重要章奏起稿事，也只好亲自动手了。

过了一会儿，牙兵端来一碗府州特有的黄米酸粥，范仲淹边喝边梳理思路，放下饭碗，提笔写《乞招纳嘉舒等七族奏》。写毕，又给韩琦修书：

旧闻麟州当移，兼曾上言，及往视之，知前言之失。始谓无民，今问得当时西贼急攻府州，谓麟可自下，而不甚虏掠，百姓属户皆东渡，多免，今存八分，在河内旅寄，惟俟修城寨，即来复业。本州已抄到一千四百户，续陈奏次，乞留意再造此方。

尚未写完，门外响起张亢兴奋的声音："执政公，你看谁的使介来了！"说着，带使介进来，将所携书札呈上。

范仲淹一看，是知原州蒋偕写的，只读了不到一半，就露出了久违的笑容，兴奋道："好啊！细腰城终于筑成了！"再低头阅看，惊喜道："反间计奏效，好啊！"抬头盯着使介问："种将军好吗？很想念他啊！"

使介把种世衡染病的事禀报一通，范仲淹神色黯然道："种将军有大功于国家，要好生看顾啊！"说着继续阅读书札，看到"细腰城须借土兵守御"一语，他又停了下来，思忖片刻道："这就以宣抚使名义札与泾原路，土兵充细腰城守御，就粮振武部。"说着，端起烛台，起身走到墙上挂着的一幅舆图前，细细查看，转脸对张亢道："细腰城离原州更近，国初也曾属原州，后来被夏界蕃部所占，如今夺回了，当给朝廷上章，奏请将其划归原州统辖。"回到书案前，嘱咐张亢设宴款待使介。

"种老将军嘱咐卑职捎一句话。"使介躬身道。

"哦？快说说看！"范仲淹迫不及待道。待使介说罢，他现出伤感的神情，声音低沉道："届时，只要范某还有一口气，一定办到！"

张亢带使介辞出了，范仲淹举着烛台，再次走到舆图前，脑海里全是他的对夏战略。细腰城、大顺城、水洛城，打通了陕西四路间的通道，控扼了夏戎南下咽喉，截断了明珠、密臧等蕃部与夏境的交通，以此为桥头堡，逐步夺回横山，则西北无忧矣！他一阵激动，边转身往书案走边自语道："这就转赴陕西！"

"噗"的一声，举在手里的蜡烛灭了。

"经制西事，不如在朝廷为便。"突然，吕夷简苍老的声音在黑暗中回荡。

范仲淹惊出一身冷汗。他刚刚得到消息，吕夷简已于九月中旬在郑州去世，可适才分明听到了他的声音。范仲淹一阵惊悚，汗毛竖了起来，却还在回味吕夷简的话。时下与元昊签署了盟约，若提出实施攻取横山策，朝廷必目为生事，不会采纳。离开京城后，既不掌握中枢权力，又不能在皇上左右随时进言，横山策恐难以实施。吕夷简久历中枢，到底看得明白。此刻，对吕夷简的所有怨恨，都在寂静的夜色里消散殆尽。他摸索着走到书案前，拿起发烛，将蜡烛重新点上，提笔写《祭吕相公文》。

不知不觉，天已经亮了。他吹灭蜡烛，正要和衣躺下，忽听院中传出交谈声："我来送邸报，京城出大事嘞！"

范仲淹腾地从床上坐起，走到门口，向外喊道："快拿邸报来！"

定应松柏心无改，自信云龙道不孤。

——范仲淹

# 第四十七章　自信云龙道不孤

## 一

皇城西角楼向南延长线与东西向的汴河大街，形成了一个梯形区域，在这个区域内，坐落着尚书省、御史台等一大批官署，执掌公文传递的进奏院也在其中。

进奏院例由文武二人同为监院。这天清晨，武职监院刘巽走进院子，几片黄叶从大槐树上无声飘下，落在他的官袍上，他用手掸去，径直进了文职监院苏舜钦的直房，叫着他的字道："子美，吏员要办赛神会，你要不要参加？"

"什么赛神会？"正在埋头阅看范仲淹新作《晋祠泉》的苏舜钦抬起头，不解地问。他由范仲淹举荐以集贤校理监进奏院，刚到任不久，心思全在如何推动朝廷实施新政和诗词歌赋两件事上，对官署里的许多规矩一无所知。

刘巽道："每年秋冬日，百司吏员就会集资举办赛神会，祭祀字神仓颉，以求刀笔生涯顺畅。届时，仪仗、鼓乐迎出神像，举办宴会，邀请官长参加，欢饮终日。"

"可笑！"苏舜钦不屑道，"堂堂朝廷衙门，胥吏饮酒啸聚，祈神拜佛，以求保住饭碗，无聊至极，不许！"

“子美啊!”刘巽劝道,“这是百司惯例,取消了,恐影响士气,还是照例办下去为好。”

苏舜钦眼睛眨巴了几下,道:“时下是变革年代,赛神会也当改之。不搞什么仪仗迎神,也不要吏员凑钱,拿公用钱办宴会,届时邀请一批馆阁才俊雅集,办成议论时政之会。”

邀请外人参加本司赛神会,不合惯例。但刘巽不便直接驳回,支吾道:“只是,公用钱已耗尽,不够支应。”

“需要多少钱?”苏舜钦问。

“昨日商税院办赛神会,听说花了五十多贯。”刘巽答。

“我看库房故纸堆积如山,有碍观瞻,卖了充为公用钱,用于举办宴席。”苏舜钦决断道。

刘巽照苏舜钦所示,指挥吏员将故纸卖掉,得钱四十九贯,苏舜钦闻报,自掏腰包添了一贯,凑成整数,又列出了邀请与会人员名单,交刘巽操办。

九月三十是进奏院赛神会之日,苏舜钦早早来到院中查看,刚进首门,忽见太子中舍李定笑吟吟跟了进来。李定的祖父是真宗朝名相李沆,苏舜钦的外祖父王旦是李沆的副手和继任者,李、王两家有通家之好。听说苏舜钦邀请名流到进奏院雅聚,李定也想参加,特意赶来向苏舜钦求情。苏舜钦盯着他看了良久,冷冷道:“乐中既无筝琶筚笛,坐上安有国舍虞比。”

李定年方十八,襁褓中即得祖父之荫补官,他听出来了,苏舜钦是嫌弃他无馆职,没有资格参加。李定脸一红,转身就走,刚到首门,正与谏官蔡襄、孙甫撞了个满怀。他一拱手,低头继续往外走。走了几步,又站住了。蔡襄、孙甫因攻讦晏殊致其罢相,声誉大跌,却上蹿下跳,极力反对陈执中的参知政事之任,惹得皇上大怒,此事尽人皆知,苏舜钦却邀请他们来聚,而无情地拒绝了自己。李定一顿足,转身回来,找到吏目华铭。此人是他府中的门客之子,二人相熟,李定在他耳边密嘱了一番,这才二次出了院门。

蔡襄、孙甫并不是来参加赛神会的。皇上执意要用陈执中为参知政事,已差中使到青州接他晋京赴任,二人心有不甘,特来找苏舜钦谋议。一见苏舜钦的面，蔡襄就忿忿不平道："陈执中如参大政，必不遗余力绞杀新政，故我辈不能坐视。去年逐夏竦，台谏官齐心协力，一举成功；可今年逐陈执中，御史台不肯出面，我辈势单力薄，难以济事。"

苏舜钦道："范公的新政十事，虽不得要领，但毕竟开启了变革之风，我辈自当维护。今日赛神会，馆阁才俊毕集，舜钦会和他们通气，重新凝聚支持新政的势力，制造陈执中不宜参大政的舆论。"

蔡襄见目的已达，念及苏舜钦要办赛神会，不便久留，便向孙甫递了递眼色，二人起身告辞了。

刚交了巳时，受邀的馆阁好友就陆续到了，苏舜钦在直房单独设宴，进奏院的吏员，由刘巽主持，在餐厅设宴。

人到齐后，苏舜钦坐了主席，其余人等不论官职大小，依年齿排序而坐。坐在苏舜钦左手的是直龙图阁王洙，他是范仲淹在应天府书院时的同窗，后又一同在书院执教；右手是馆阁校勘章岷，他是范仲淹在睦州时的从事；往后依序是直集贤院、状元出身的吕溱，集贤校理江休复，馆阁校勘宋敏求、周延让、周延隽、刁约、徐绶；集贤校理王益柔年纪最小，他是名相王旦的孙子，苏舜钦的表弟，坐了末座。这些人都是苏舜钦志同道合的好友，因常在有"诗老"之称的苏舜钦家的竹轩雅集，遂成名流。

众人落座，品茶饮酒，先说起了文坛近况，苏舜钦开言就说到范仲淹在河东所作《绛州园池》《晋祠泉》《与张焘太博行忻代间因话江山作》《和延安庞龙图寄岳阳滕同年》，忿忿然道："范公一面忧思天下，欲效法先贤致兆民安居乐业，一面却又向往悠游江南，这等纠结，皆朝廷中的小人所逼！"

"也不尽然！"集贤校理王益柔朗声道，"若是官家立场坚定，何至于此？"

"说的是！"直龙图阁王洙赞同道，"范希文正人君子，坦坦荡荡，之所以如此纠结，非惧人言，实缘于被官家猜忌。"

王益柔得意地一晃脑袋道："我读史册，得出一个结论：变革能否取得成功，不取决于大有为之臣，实取决于有定见之君。今上嘛……"他轻蔑地笑了笑："耳根子软。"

直集贤院吕溱端在手中的茶盏晃了一下，盏盖“哗啦”一声掉落在地，热茶洒到他的手上，他“噗噗”吹了几下，向王益柔递了个眼色。

王益柔两眼一瞪道：“怕什么！”

馆阁校勘章岷道：“我辈皆受范公提携，欲追随他行新政，以遂忠君报国之志，不能眼睁睁看着范公被排挤出朝廷啊！”

“该离开朝廷的是陈执中！此人以公卿子，遭世承平，因缘一言，遂至贵显，何德何能，再登政府？”直龙图阁王洙道，又一指苏舜钦、王益柔：“弟非排诋公卿子，可陈执中这样的公卿子，没有资格登政府！”

“我辈议论朝政，还是对事不对人为好。”吕溱见几个人不是抱怨皇上，就是抨击执政，有些担心，遂劝道。

“不必顾忌！”苏舜钦一扬手道，“范公说过，私罪不可有，公罪不可无。当年范公三贬，朝野颂为‘三光’。朝廷若认为我辈轻狂，贬谪好了！”

吕溱摇头道：“贬谪可获盛名，如范公者是；但子美家世显赫，才华出众，已然名震天下，既入馆阁，便有宰辅之望，何必自求贬谪？”

“又来了！”王益柔不耐烦道，“以后谁再说这等话，不要再与会，扫兴！”

“来来来，喝酒！”王洙急忙打圆场。

“子美兄，叫歌姬来助兴嘛！”王益柔嬉笑道。

众人齐声叫好。苏舜钦抬头一看，吏目华铭在旁侍候，便吩咐他差人到樊楼去召歌姬，华铭附耳道：“此为公宴，点私妓不妥，不妨到坊市召营妓来抵应。”营妓属于官妓，苏舜钦虽觉官妓不如私妓曼妙，但碍于官身，也只得点头。

一盏茶工夫，两名营妓被领进室内，众人哄笑品评了一番，酒席上热闹起来。不到午时，多已微醺。王洙酒喝多了，脑袋沉得东摇西晃，抬不起来。王益柔皱了皱眉头，指着一名营妓道：“坐他身边去，帮他提神！”营妓坐过去，往王洙脸上吹了几口气，又伸手轻轻挠他的脑门，王洙打了个激灵，蓦地抬起头，见坐在身边营妓皮肤白嫩，一把搂过，端起酒盏喂她饮酒，众人戏谑哄笑，气氛再次活跃起来。话题又转向了时政，说到时下言路大开，议论之风甚盛，身为皇宋读书人，置身其中，不可辜负时代。王益柔仰脸把一盏酒倒进嘴里，“咕咚”一声咽下去，起身道：“弟即兴赋《傲歌》一首！”言毕，摇晃着脑袋，打着节拍吟诵起来。众人都闭上眼睛，随着他的节拍，向左一歪脑袋，又向右一侧身子，入神地听着，一副陶醉的样子。

听完最后一句，直集贤院吕溱嘴巴大张，叫着王益柔的字，愕然道：“胜之，这……要惹事啊！”

苏舜钦哈哈一笑道：“我今日方明白表弟因何字‘胜之’了，原来那个‘之’字，是指李太白。李太白有诗云：‘天子呼来不上船，自称臣是酒中仙。’胜之的诗句，要比李太白狂傲多了！”

这一切，吏目华铭都看在眼里，听到耳中，乘人不备，一溜小跑去向李定禀报。

## 二

御史台与进奏院只是一墙之隔。进奏院里的喧哗，吵得御史中丞王拱辰心烦意乱。监进奏院苏舜钦入馆阁，王拱辰和范仲淹同为举主，他不愿看到苏舜钦被人抓住把柄，闹出事端，遂大步跨出直房，欲唤人前去警告，却见李定神色诡秘地站在门口，王拱辰吓了一跳，不悦问：“舍人何事？”

“台长！”李定抱拳一揖，又拉了拉王拱辰的袍袖，一指间壁的进奏院，“御史台里谁要罚辱台钱吗？小生为他爆一大料！”

王拱辰一愣，忙引李定进了直房。李定返身把门关上，快步走到王拱辰书案前，迫不及待地把华铭所禀向他转述一遍。惟一不同的是，因他曾在进奏院门口遇到过蔡襄、孙甫，以为二人也是参加赛神会的，便禀报给了王拱辰。正是听了这句话，王拱辰警觉起来。皇宋向来台谏一体，谏诤皇上，监察宰执，纠弹百官；可欧阳修、蔡襄、孙甫任谏官，却与宰执大臣范仲淹、富弼连为一体，公然宣称结成君子党，排斥异己，把御史台也作为攻击目标；尤其是，晏殊提议外放成为众矢之的的欧阳修后，蔡襄、孙甫阻止未果，竟然深文周纳，几陷晏殊于不测。王拱辰对此耿耿于怀。又听李定说这些人用公帑在官署聚众狎妓，大吃大喝，还公然蔑视皇上，排诋大臣，倘若庇护苏舜钦，作为举主有连坐之罪，不如主动出击，将功补过，遂命台吏召御史知杂事鱼周询来议。

鱼周询本是范仲淹、富弼举荐的按察大员，后因到陕西核查水洛城案和相度铸钱，未及赴任，因他性和易，明吏事，颇有人望，从陕西回京后，即改御史台佐贰官。待鱼周询进了直房，王拱辰命李定把适才所说复述一遍，鱼周询愕然失色，问李定："散了吗？"

李定一撇嘴道："那帮人，动辄夜以继日，一时半刻散不了。"

"要抓现行！"鱼周询腾地起身道，"御史台奏事规制有'或有急务，听非时入对'之款，周询即据此款，递帖请对！"

按制，台谏官因急务请求非时入对，当呈禀帖于政事堂，由宰相决定是否递帖。晏殊罢相后，章得象、杜衍为宰相，因参知政事范仲淹外出巡边，新补参知政事陈执中尚未到任，已任枢密使的贾昌朝仍未解除参知政事之任，与章得象、杜衍一起，照例在政事堂议事。接到鱼周询的禀帖，章得象一语不发，转给杜衍。杜衍一看，上写监进奏院苏舜钦、刘巽以五十贯公帑宴客，费用过当；燕集喧闹，近于宫门；放肆狂率，抵完先圣，故紧急请对，奏请皇上下旨现场缉拿勘问。杜衍的手抖了一下，把禀帖转给贾昌朝，扭脸对章得象道："苏舜钦乃衍之门婿，衍自当回避。"说罢，起身离开了政事堂。贾昌朝与章得象对视一眼，都点了点头。

鱼周询请对的禀帖急达御前，皇上见"放肆狂率，抵完先圣"之句，很想知道那些人说了些什么，便传鱼周询上殿。本是怀着好奇心听奏的，可听了不到一半，皇上的神色变得严峻起来，听到"今上耳根软"的话，他的耳朵唰地红了；又听王益柔所赋《傲歌》，竟有"醉卧北极遣帝扶，周公孔子驱为奴"之句，火气噌地蹿到了脑门，打断鱼周询："狂徒散否？"

"仍在喧闹。"鱼周询答。

皇上怒气冲冲吩咐内侍:“传口谕,命内押班王守规率皇城司逻卒,持符前去捉拿!”

天色已近黄昏,皇城司逻卒点集毕,出了乾元门,直驱不远处的进奏院。文牒往复传递间,已有消息传出,进奏院里的赛神会在慌乱中收场。皇城司逻卒没有抓到苏舜钦等人,内押班王守规只得垂头丧气回去复命。皇上大怒,传旨连夜搜捕缉拿。

皇城司逻卒先把苏舜钦、刘巽二人拿到,问明了与会者姓名,当夜一一拿获,押送军巡院。

官员犯法,根据其职位高低,可由御史台或开封府审勘,因苏舜钦等十二人官阶不高,皇上传旨开封府审勘。知开封府吴育知苏舜钦等皆当世名流,馆阁才俊,又人脉广连,有意大事化小,不欲细究。他亲自主持审勘,认为进奏院故纸为公物,苏舜钦以卖公物之钱宴请私人宾客显系违法,但卖故纸及所得,均登记在案,免刑责,夺集贤校理之职,罢监进奏院之任,罚铜二十斤。

按制,开封府判决后,当呈朝廷审刑院复核;不追究刑责者转交御史台查核处分,故吴育命录副本送御史台审核。

御史中丞王拱辰本意是要拿到蔡襄、孙甫把柄的,不意此二人与会只是误传,兴致顿减大半;但身为未来宰执大臣后备人选的馆阁才俊如此狂傲不羁,如不深究,恐授人以举主有意庇护之柄,遂明示所属三院依法纠弹。御史知杂事鱼周询、侍御史张方平、监察御史刘元瑜等接连上章,列监主自盗、大不恭、不孝、与妓女杂坐等数罪,要求皇上诏命开封府重新审理此案。

皇上接受了台官提议,下旨命开封府复审。知开封府吴育快速被调离,回任三司使,调杨日俨知开封府,与判官陶翼主审,他们先将两名与会的营妓披枷带锁带到大堂,一一对质。

苏舜钦、刘巽按“监主自盗罪”审勘。判官认为,本案中的故纸为公物,即为监进奏院的苏舜钦监临之物;苏舜钦在进奏院宴请馆阁友朋,超越了本院官吏范围,宴会当属私人性质;用监临之物支付私宴和营妓歌舞之费,依照《刑统》,构成监主自盗罪。苏舜钦为主犯,刘巽知情未举,依《刑统》构成连坐罪，为共犯。

“此案是政治迫害！”苏舜钦抗辩道，“第一，御史台弹劾本院赛神会费用过当，商税院举办赛神会的费用过于本院，御史台因何未弹劾？第二，御史台弹劾本院燕集喧闹，近于宫门，请问，榷货务距离宫门更近，他们举办赛神会，御史台因何未弹劾？第三，京城百务局皆以本务局剩余之物回易，御史台因何未弹劾？”他冷笑两声：“至于判本官监主自盗之罪，更是荒唐！第一，卖故纸是循先例，所得自来由本院支使，且均有判署文记，并不违法；第二，卖故纸支应赛神会费用，乃是体恤吏员，免其集资，并非盗取；第三，宴请宾客虽超出本院范围，但皆馆阁名流，朝廷尊用之人，当认定为公宴而非私宴；第四，赛神会以同僚间切磋治国之论取代惯常鼓乐迎神、胥吏饮酒作乐，应受到鼓励而非打压。”

双方激烈交锋，经多轮审勘，苏舜钦拒不认罪，抗辩道：“即使认定卖故纸有罪，也应按‘私贷官物罪’认定。依《刑统》，私贷官物有文记，准盗论，罚布五匹、杖九十。”但判官坚持依监主自盗定罪。依律，监主自盗四十贯者死罪，念及卖故纸有文记，可减罪一等。

王益柔按“大不恭罪”审勘。判官认为，王益柔作《傲歌》，放肆狂率，不敬君父，抵完先圣，当依《刑统》“大不恭罪”中“言议政事乖失，语涉人君者”之条定罪。王益柔抗辩说，本朝不罪言者，以养士大夫敢言之气，馆阁之臣，不可因言获罪。

王洙按“与妓女杂坐”罪审勘。判官认为，王洙与官妓杂坐并不违法，但有失官仪，当据官常中“不应得为而为之”之款予以处分。

江休复丁忧期间，服惨未除而参加宴饮，依照《刑统》，构成不孝之罪。

开封府判决后，再送审刑院复审，审刑院呈皇上御览。皇上召二府大臣与两制官在垂拱殿商议。

知制诰、侍御史张方平道：“时下出位议政乃至谤讪君上之风盛行，凡举一事、用一人，自命不凡之辈便议论蜂起，不合其意辄百般诋诬，致使朝廷做不得事。”

翰林学士宋祁道："王益柔官署之内作《傲歌》，僭越君臣之礼，不可饶恕！"

御史知杂事鱼周询道："杀一儆百，为轻薄狂妄之徒戒！"

"王益柔身为读书人，目无君上，蔑视圣贤，当杀！"监察御史刘元瑜道。

"陛下！臣有话说！"枢密副使韩琦出列道，"苏舜钦一醉饱之过，止可付有司治之；王益柔年少轻狂，何足深治？张方平等皆陛下近臣，如今国家大事这么多，因何抓住一个王益柔不放？这样做，真的是与国休戚、为君分忧吗？"自进奏院案发，还没有人出来为苏舜钦等人说话。如今判决已出，皇上征询臣下意见，台官竟吁请杀王益柔。韩琦终于忍不住了。

章得象一反常态，接言道："臣观此案，审案两造具备，听狱之两辞，判决结果未突破法之常科，然皆依重条入罪，而我皇宋未有杀士大夫先例，陛下仁慈，必减等发落。"

韩琦暗忖：章得象老奸巨猾，明为苏舜钦等人求情，实为维护司法判决，让苏舜钦等以私罪遭废。可他一时又想不出该如何辩驳，正惶然无措间，皇上决断道："就依章卿之议。"

## 三

自入火山军、保德军、麟州、府州宣抚以来，消息闭塞，邸报也要延宕很久方可看到。知府州折继闵知范仲淹急于阅看邸报，所以一大早就差人到驿馆来送。听到院中传来"京城出大事"的声音，范仲淹不觉一惊，接到邸报，便迫不及待打开来看，上面赫然刊登着：

> 大理评事、集贤校理监进奏院苏舜钦，右班殿直、监进奏院刘巽，犯监主自盗之罪，减一等，免死，除名勒停，不加编管。
>
> 殿中丞、集贤校理王益柔犯大不恭之罪，减等免死，落职集贤校理，监复州税。

工部员外郎、直龙图阁兼天章阁侍读王洙，降天章阁侍读检讨，知濠州。

苏舜钦出事的消息，范仲淹已听到了，但他没有想到，一次雅聚竟带来如此严重的后果。他把邸报上刊载的开封府判词、御史台弹章反复阅读了几遍，试图想弄清楚此案发生的原因。针对新政而来？范仲淹摇头。张方平早在应天府书院读书时就投其门下，受他一力提携，鱼周询是他和富弼所举荐，这二人一直是新政的积极推动者，重要的新政诏旨几乎都出自张方平之手。刘元瑜为监察御史之初，即上章言范仲淹无罪被贬，今即复馆阁职，应召入朝廷，在天子左右，又言欧阳修、尹洙、余靖以朋党斥逐，是小人恶直丑正之所致，吁请朝廷重用此三人。王拱辰也是新政的支持者，更何况，王拱辰也是苏舜钦入馆阁的举主，怎么可能为了推翻新政故意打击苏舜钦？显然，这不合常理。台官纠弹苏舜钦等人并不奇怪，这是他们的法定职责所在；奇怪的是，皇上一向宽厚，因何对苏舜钦等人如此决绝？

昨夜一夜未眠，一大早忽接这样的消息，范仲淹脑袋隐隐作痛，一时理不出头绪，不禁为苏舜钦担心起来。这样一个平生厉名节、勤文墨的才俊，不过三十五六岁年纪，未尝一施胸中之才，遭此大难，背负为人所不齿的罪名，该如何面对？他抓起笔，想给苏舜钦修书，这才突然意识到，苏舜钦入馆阁，他和王拱辰是举主，苏舜钦监进奏院，是他举荐，按照律法，被举之人若犯私罪，举主要被追究连坐之罪。时下不惟不能给苏舜钦只言片语，还要向朝廷请罪。可开封府定苏舜钦监主自盗之罪，未免太牵强了，倘若他向朝廷请罪，就等于认可了给苏舜钦所定罪名，这样违心的事，不能做！

丢下笔，范仲淹在室内徘徊，眼前晃动着苏舜钦、王益柔、王洙、章岷这些生动的面孔。这几个才俊入馆阁，都是他所举荐。难道，进奏院案是对着他的？馆阁俊彦被一扫而空，而这些人，都是朝野目为他的朋党的人。"这就是了！"范仲淹突然感叹一声，自语道，"对朋党的戒备，或许正是皇上采取非常之举的动因。"他连连点头，似乎找到了答案，又自问："那么，公开在皇上面前说出朋党无害论的范某，又是这些俊彦的领袖人物，还能幸免吗？”

“执政公！”张亢在门外唤了一声，见范仲淹没有回应，推了门进来，道：“看到诏旨了吗，有人私下议论，说这道诏旨，是、是对着执政公的。”

范仲淹转过身，这才看见书案上除了那份邸报，还有几道文牍。适才被进奏院案所震惊，竟没有注意到。他疾步走过去，抓起文牍一看，是政事堂所颁御前札子，只见上面写着：

> 朕闻至治之世，天下向化，元凯共朝，不为朋党，房杜相济，不为比周，君明臣哲，垂荣无极，何其德之盛也！朕旰昃销志，每用庶几，思所取法，未知厥路。而承平之弊，浇竞相蒙，奸随法生，伪逐情动，假我王爵，树为私恩。所憎则同口共訾，取一切之快；所善则并辞迭誉，希不次之迁。遂乃人务交游，家为激讦。至于阴开纳贿之请，阳托荐贤之公。……自今者诡激邀名，浮薄连茹，用察以害良善，倚法而峻诛求，雷同私论，营罔朝听，并委中书、门下、御史台采察以闻。

范仲淹眼前一黑，身子晃了几晃，张亢急忙上前搀扶，范仲淹摆摆手，示意张亢退出。他踉踉跄跄走到座椅旁，颓然坐下，脑袋里一片空白。

不知不觉，泪水从深陷的眼窝中涌出。

结朋党？倘若真结朋党，他和韩琦、富弼、杜衍、尹洙、余靖，也不会发生那么多争执；他与张方平私交甚笃，可张方平在进奏院一案中，并不顾及此节。所有这些，正是君子之交，言行惟道与义，无私人利益存焉。

招贿赂？他最痛恨的是贪黩，甚至面对优厚的俸禄，时常感到不安，总觉得自己对国家贡献太少，得到太多，何尝有过贪念？

自奉诏经略西事，继之登政府，怀着誓死以报之心，不避上疑而议刑赏，不惧招怨而革侥幸，以遂皇上致天下于大治之愿，朋党之论再起，皇上猜忌之心已生，自己心虽无愧，迹已难安，恰逢皇上远忧边患，遂出京宣抚。虽谤议日多，攻讦不断，他仍不敢有丝毫懈怠，几个月来，拖着病体，奔波边塞，就边事、民生等所上奏疏就有一尺高。结果却是，不惟朋党的帽子又一次重重扣在他的头上，而且还落得“阴开纳贿，阳托荐贤”的恶名。可是，诏旨里没有点他的名，他又不能申辩。一口气憋在心里，让他的胸口堵得阵阵作痛，不一会儿就面色发紫，浑身不由自主地颤抖起来。

张亢担心范仲淹受不了这样的打击，就守在门外，不时侧耳细听屋内动静，察觉有异，忙推门进内。范仲淹捶着胸口，舌头伸出，只想咳出声来，却也无济于事。张亢一边捋着范仲淹的胸口，一边吩咐牙兵传医官速来诊治。

“看来，我要死在边上了。”伴随着“叽叽”的啰音，范仲淹从嗓子眼里发出低沉、悲凉的声音。

## 四

范仲淹在保德军卧病七八天了，一直未见好转，他绝望了，吩咐张亢为他整备后事，口中默念着：“纯祐他们怎么还没到，晚了，怕是见不到了。”

“执政公不必悲观，朝廷一旦允准，亢即护送执政公到并州医治。”张亢安慰道。半个月前，身在府州的范仲淹旧疾复发，恐不久于人世，写家书给纯祐，嘱他带纯仁、纯礼和小鬟来，张亢又代他写了一道乞医状呈奏朝廷。随后，便用马车把范仲淹转移至保德军诊治。

两人正在室内说话，忽听外面一阵躁动，牙兵来禀，有中使到。

张亢急忙出门迎接，过了一盏茶工夫，入内省供奉官卫克勤走到范仲淹病榻前，向他宣旨。

范仲淹心里“嗵嗵”乱跳，皇上特差中使来，或许是追究连坐之罪？听完宣旨，方知皇上接到他的乞医状，即差卫克勤押赐医药来为他治病；又命他探候北界事宜。

“臣谢恩！”他挣扎着坐起来，抱拳向上一举道。泪水顺着他消瘦的脸颊淌了下来，又哽咽道：“请中贵人回奏圣慈，臣范仲淹已指挥诸军日夜训练，挑选奇兵，防守有备，以分朝廷万一之忧。”

说来奇怪，服用了御药，范仲淹的病立时见好，只三四天工夫就可下床走动，呼吸也顺畅许多，咳嗽大为减轻。他把那道诏戒朋党的御前札子又读了一遍，其中有“戒文人肆言行怪”一语，显得格外刺眼。他恍然大悟。皇上之所以一反常态兴进奏院之狱，除了对朋党的高度警惕外，更重要的动因是要借机整顿士风。自从解越职言事之禁，这些年来，士风激扬，出位议政，罕有禁忌，宰执的用人行政乃至君权的行使受到很大掣肘，苏舜钦等人更是恣意狂放，以边缘文士极力向权力中心渗透，皇上的忍耐已到极限，遂以打击苏舜钦辈以维风端习，将士人言行再次纳入祖宗家法、儒家学理所框定的轨道。

范仲淹站起身，背手望着窗外，呼啸的寒风刮得一棵叫不上名字的小树直不起身子，他可怜起那棵小树来，可转念一想，小树适应了此地的风土，才能长大成材。而他，似乎是不适应朝廷的风土的。出位议政之风自他而兴，身为执政后却也不喜矫励过直，开府泾州时曾在给朝廷的奏疏中请求诏戒百官对西事指手画脚。皇上为维风端习，遏制过激，出此断然之举，他能够理解。

只是，时下他的处境极为尴尬：邸报上刊出消息，说奉命试探契丹态度的余靖已回朝，坚称契丹无南侵之意；皇宋与元昊的誓书也在十月底签订，朝野都认为，与西夏的战事已然结束，西事已毕。他的宣抚之旅本是基于契丹和元昊可能夹击中原的判断，事实证明这个判断有误，宣抚已失去意义。可皇上差中使来赐御药，却没有召他回去的表示，让他进退维谷。在保德军已滞留十多天，不忍再烦扰。他把张亢唤来，吩咐到岢岚军去。

“到岢岚军？不去陕西宣抚？”张亢吃惊问。

“没有必要了。”范仲淹道，“宣抚使所到之处，照例要赏诸军特支。冬至南郊大礼已遍赏各军，再去宣抚，又要赏陕西诸军，须费十数万贯。”

“可是……”张亢忿忿不平道，“非亢怕烦扰，实为执政公鸣不平。执政公是陕西宣抚使兼河东宣抚使，河东宣抚已毕，朝廷未召执政公回京，也没有说取消宣抚陕西，执政公只管去好了。为了节省十几万贯，以堂堂执政之尊，就这样不明不白在河东干等着，算什么事！”

范仲淹向外摆摆手，嘱咐张亢：“整备去吧。”

张亢辞出，范仲淹坐在书案前，轻叹一声：“是该郑重斟酌进退了！”这个念头一出，缕缕忧思在胸中缠绕。对于花钱买和平，他曾是积极主张者和推动者，但这是无奈之举，不能奉为国策，而应抓住脆弱和平之机，修攻守之备，逐步掌握主动权。可时下朝廷却因为花钱买来了与契丹、西夏的和平而陶醉，似乎大可高枕无忧。这让范仲淹深感忧虑。一代人有一代人的历史责任，上一代人把横山丢了，党项人借势立国，进而侵扰国朝，将士喋血、生灵涂炭，以泱泱大国而屈辱媾和，花钱买得一纸和约；面对这样的局面，就要振作有为，修战守之备，进可攻、退可守，让下一代人不再生活在强敌环伺的恐惧中。他自知已不能左右朝廷风向，但希望以一己之力，在陕西实行以血的代价换来的攻守策，以此报效国家。有了这样的信念，他蓦然解脱了，精神为之一振，提笔上章。

皇上正为如何安置范仲淹而为难，接到了他的《陈乞邠州状》。韩琦日前上了一道密帖，言宣抚陕西已无必要，朝廷应召回范仲淹。皇上没有表态。在范仲淹尚未离京时，对新政的非议已然甚嚣尘上，皇上并未动摇。任何革新，都会损害一些人的利益，有人反对是正常的。可进奏院案发后，皇上的态度陡然转变了。贾昌朝、陈执中私下奏陈，说范仲淹举荐苏舜钦等人，无知人之明；一再坚称元昊和契丹不会开战，近又以复麟州上请，而废麟州正是他所力主的，足见其判断力严重欠缺，全凭一时冲动。皇上觉得有理。以往，凡反对新政者，欧阳修之辈就斥责为小人，可谏官余靖坚决反对荫补新制，几次上章要求重新设计；监察御史包拯坚决反对按察之法，强烈要求废止；翰林学士李淑上章批评范仲淹的新政不得要领，又提出他的新政十事……这些人是小人吗？那么，以此类推，反对新政的贾昌朝、陈执中是因循守旧的小人吗？皇上得出了否定的答案。如此一来，从臣僚所请，对范仲淹设计的那套新政加以调整乃至废弃，就是顺理成章的了。这种情形下召范仲淹回朝，显然是不适宜的。不惟如此，兴进奏院之狱，目的在于维风端习，遏制过激，而范仲淹正是出位议政的始作俑者，苏舜钦之辈的领袖。既然打压了这批轻狂之徒，不追究范仲淹连坐之罪已是法外开恩，岂可一边打压门徒，一边继续重用其师？更令皇上百思不得其解的是，范仲淹明知他对臣僚结朋党甚为警觉，因何公然说出结党无害论？进奏院案发后，皇上就此垂问陈执中，陈执中说只能理解为便于以荐贤为名收受贿赂。皇上一气之下，说出了"阴开纳贿，阳托荐贤"这样的重话，又下诏戒朋党、戒文人肆言行怪。他相信，范仲淹定然甚不自安，必会上章请辞，果然就接到了他的辞状。

把《陈乞邠州状》细细御览一遍，皇上有些意外。此状通篇既无自责，又无哀怨，字里行间透出的是一腔忧君报国的忠忱，为了节省十几万贯特支费，宁愿自处尴尬之地。这样的臣僚，何等难得？况且，在他下手诏、开天章阁，近乎逼迫的情形下，范仲淹才上了十事疏，除了恢复府兵制，其他九事，二府大臣并未提出异议，当视为朝廷的决策，如今引起非议，怎可将责任一概推到范仲淹身上？这样一想，皇上顿时心软了，连连吸了几口气，左右为难。本想召宰执大臣一起商议，可贾昌朝、陈执中对范仲淹有成见，杜衍、韩琦又会极力维护他，免不得一番争论，索性传谕召章得象一人到延和殿奏对。

## 五

宰相章得象不慌不忙地把范仲淹的《陈乞邠州状》当着皇上的面逐字逐句通览一遍，其中写道：

> 寻蒙圣恩，差充陕西宣抚使。又以契丹举兵西征，元昊在河东接近，复差臣兼河东宣抚使。臣自至河东，体量得边上利害，各已奏陈。

今余靖自北既回，必见契丹无南牧之意。臣久住州军，亦虑烦扰。……伏望圣慈，依臣前来面奏，罢参知政事并宣抚使，只差臣于邠、汾、泾间知一州，带沿边安抚使，乞不转官，仍不带招讨、部署之名。如此，则不销更散特支，自可就近处置边事。

阅罢，章得象清了清嗓子，奏道："臣闻吕夷简、王曾都曾说过，范仲淹其人向来喜欢虚名。不过，去岁陛下多次征召，推崇之高、信任之专，史所罕见，人所共知，于今不过一年余，只一辞疏即罢之，恐天下谓陛下轻黜贤臣，有伤圣德，莫如且赐不允，若仲淹上表谢恩，再将其罢政不迟。"

皇上颔首，对章得象老成谋国，温语嘉勉。

出了延和殿，章得象抑制不住内心的喜悦。皇宋优待文士，文士颇自重，士君子以恭谨静慎为贤；可自范仲淹开出位议政之先，士风为之一变，刻薄、轻狂、躁进，章得象为之忧心忡忡。如今皇上幡然醒悟，出手维风端习，遏制过激，那就不能不将败坏士风的范仲淹逐出朝廷。适才御前的一番话玄机深藏，但等范仲淹往陷阱里跳。以他对范仲淹的了解，十拿九稳会跳进陷阱。想到这里，他的脸上露出几分得意的笑容。

"相公，何事如此欢喜？"

章得象吓了一跳，一抬头，见是监察御史钱明逸挡住了他的去路，正躬身向他施礼。

因欧阳修、蔡襄已先后外放，谏院缺员，有些台官跃跃欲试，急于立功，钱明逸居然跑到禁中旁侧观察动向。章得象向他投去鄙夷的目光。欧阳修说反对新政就是小人，简直是胡言乱语；上蹿下跳希求荣进的才是小人。不过，小人是易于受人利用的，利用小人达成君子的目标，也不失儒者风。这样一想，章得象态度陡变，神情诡秘道："老夫看了一出小儿跳踯游戏，初即知其必碰壁，但观其玩兴正浓，难以喝止；果不其然，不多时，即见其抵触墙壁，自退耳！"

钱明逸不觉一惊。章得象沉稳老成，不动声色，今日因何出此戏谑之语？咂了咂嘴，稍一品味，恍然大悟，笑道："明逸明白了。"说罢，向章得象抱拳一揖，转身疾步走开了。

朝堂里发生的一切，远在岢岚军的范仲淹一无所知。当接到在他的《陈乞知邠州状》上的御批时，兴奋得像是得了压岁钱的孩童。他晃着手里的文牍，对正给他梳头的小鬟道："这就是知己的书札嘞！"

在府州旧疾复发，范仲淹悲观之极，写家书要纯祐兄弟三人带上小鬟来边上见最后一面。从保德军转往岢岚军途中，正遇上小鬟和纯祐兄弟。范仲淹已然康复，小鬟却"呜呜"哭了好久。范仲淹看出来了，她是喜极而泣。当着纯祐兄弟和众人的面，他只能佯装镇静，私下里，却像是突然年轻了三十岁，喜欢逗小鬟笑，愿意听她对自己的嗔怪。这些日子，在岢岚军日夜盼着朝廷诏旨，好早日转赴邠州，以免处境尴尬地烦扰河东的州军。小鬟看他焦急的样子，常常笑他，说是在等哪个红颜知己的书札。接到皇上不允他辞参知政事的圣旨，感到皇上并没有厌弃他，范仲淹情绪大好，便故意逗小鬟。

"别把人家当小孩子！"小鬟以老成的语调道。她抓起条案上的铜镜举在范仲淹面前："看到了，神情，像不像小孩子？"

范仲淹心里一颤。在外人眼里，他是士林领袖、出将入相、忧国文士，可他却感到自己有一颗纯真童心，表达自己的主张，颇类童言无忌，此可谓赤子之心。这一点，只有小鬟觉察到了。他自己也觉得奇怪，当年和发妻李三妹感情甚笃，但他似乎总是充当父兄的角色；而在小他三十多岁的小鬟面前，他反倒像是子弟般了，远比和李三妹在一起要轻松得多。

"看看，神气多了吧？"小鬟为他梳理整齐，边举起铜镜让范仲淹看，边感叹道，"男人，没有女人照管，就像没娘的孩子一样可怜呀！"

范仲淹笑了笑，感激地拍了拍小鬟的手道："小鬟忙去吧，我还有事。"

这是件棘手的事：皇上下旨慰留，是继续请辞还是上谢表？按照惯例，请辞者不能一疏不准就谢恩，至少要三疏方可。在河东处境尴尬，容不得繁文缛节了；可上表谢恩，会不会被讥为此前的请辞是试探皇上的态度？他突然腾地在自己胸口拍了一下，自语道："因何总是站在自己立场，为何不站在皇上立场思考！以当下的舆论风向，皇上慰留你，该是顶着多么大的压力啊！"他一阵感动，旋即又为皇上担心起来。一定要尽快回到朝廷，替皇上分担压力，同时咬紧牙关，把新政推进下去，不辜负皇上的信任；即使是经略西事，正如吕夷简所传授的那样，也是在朝廷为便，届时和杜衍、韩琦商量，任命一位能贯彻攻守策意图的干员帅陕西，他主持于内，经略使实施于外，成功的希望更大。更何况，他心里还压着一块大石头：进奏院之狱判决后，皇上诏戒朋党，其中"阴开纳贿，阳托荐贤"一语，被认为是对着他的，他不能为自己辩白，一旦得以回朝，无形中就洗刷了这个不白之冤。这样想着，范仲淹不再踌躇，提笔写谢表。

年关将至，谢表发出，张亢差人来接范仲淹到代州过年。在岢岚军已住了半个多月，不能再烦扰，可代州在岢岚军东北方，岂不是离京城越来越远，范仲淹回绝了。最理想的去处是并州，可由于他支持张亢修寨堡、张岊招抚夏界七族，而这两件事都是经略安抚使明镐发牒禁止的，明镐似乎对此耿耿于怀，一直未有邀他到并州的表示，范仲淹也不便前往，索性改往岢岚军与并州之间的宪州。

宪州虽小，可由于契丹、西夏的威胁解除，军民都大大松了口气，过年也就格外热闹。范仲淹也从回朝后如何挽救新政的思绪里暂时解脱出来，与民同乐，过了一个喜庆的正旦节。

在欢庆的气氛中，接到了庆历五年第一期邸报，打开一看，范仲淹不禁大吃一惊。就在这期邸报上，赫然刊登着监察御史钱明逸的弹章：

仲淹去年受命宣抚河东、陕西，闻有诏戒朋党，心惧彰露，称疾乞医，才见朝廷别无行遣，遂拜章乞罢政事知邠州，欲固己位，以弭人言，欺诈之迹甚明。乞早废黜，以安天下之心，使奸诈不敢效尤，忠实得以自立。

台谏官以批评宰执大臣为己任，既做宰执，就得接受随时被攻讦的现实。在他的记忆中，还没有任何一位宰执未受到过参劾，许多弹章用语之尖刻，比钱明逸更甚。前年三月，陕西都转运使孙沔弹劾宰相吕夷简的奏疏里，就有“虽尽南山之竹，不足书其罪”之语，吕夷简反倒称“孙沔金石之言”。不管是否真心话，摆出大度能容的态度，是宰执大臣应有的胸怀。所以，钱明逸弹章带来的不快，只持续了一两天，也就消散了。御史的那些诛心之论，自有事实加以驳斥，自己问心无愧就好。尤其是，一旦不久后回到朝廷，钱明逸对他“欺诈”的指责，也就不攻自破了。

转眼间，上元节收灯了，一切复归平静。范仲淹几乎每天都会到驿馆首门外焦急地张望，希望朝廷有消息来。他所持的圣旨是宣抚河东、陕西，宣抚河东之事已毕，他上章说宣抚陕西要额外花费十几万贯特支费，请求就此结束宣抚之行。可朝廷并未正式答复，既不便再留河东，又不宜转往陕西，辞职的请求虽被皇上驳回，却又没有召他回京的表示，令他进退失据，尴尬万端。

正月二十九这天，范仲淹又在首门外张望，忽见河东路提点刑狱张焘行色匆匆赶来了。

范仲淹劈头就问：“景元，有消息吗，何时可回京？”

“执政公，回不去了！”张焘沮丧道。他下了马，从怀中掏出邸报，递到一脸错愕的范仲淹手里。

萧条腊后复春前，雪压霜欺未放妍。

——范仲淹

# 第四十八章　雪压霜欺未放妍

## 一

枢密副使富弼上元节前结束了宣抚河北之旅，自定州上章，奏报他将于二月初一抵京复命。

几天后，富弼的奏疏和御史钱明逸的弹章同时摆在了皇上的御案。弹章上写着：

弼更张纲纪，纷扰国经，凡所推荐，多挟朋党，心所爱者尽意主张，不附己者力加排斥，倾朝共畏，与仲淹同。

皇上阅罢，突然发出一声长叹。这声叹息，传达出的是失望和怨怒。寄希望于范仲淹和富弼推行新政，结果却让他这个一向爱惜名声的皇帝落得寡恩薄情的非议，所以，他对范仲淹、富弼，早就憋了一股怨气。正旦节期间，接到监察御史钱明逸弹劾范仲淹的奏疏，内有“欺诈之迹甚明”之句，皇上不敢也不愿相信，过了两天，范仲淹的谢表呈达御前，宰相章得象语调惋惜道，看来范仲淹前次请辞，并非出于真心，而是有意利用皇上的仁慈以保参政之位，不啻坐实了钱明逸的“欺诈”之论。皇上恼怒之余，又一次联想到当年范仲淹请立皇太弟侄和以汉文帝恭俭为不足取的传言，对范仲淹的信任感荡然无存。所以，明知在范仲淹谢恩后突将其罢黜有羞辱之意，还是迅疾颁制罢其参知政事职任。范仲淹已罢，富弼岂可再留？他将章得象召到垂拱殿，命他为富弼安置去处。

“富弼是枢臣，掌管军政，又刚宣抚一路，‘行伊、霍之事’传布于前，《废立诏草》散播于后，人心惶惑，既罢之，不可令其回京。”章得象又奏道。

皇上略一思忖，吩咐殿班内侍：“传旨，待富弼回京之日，内押班王守规出城宣谕，命富弼城外候旨。”

六天后，富弼披着夕阳的余晖到了陈桥门下。刚要入城，城门守卒各持剑戟，“哗嚓”一下挡在了他的马前。富弼大惊，以为京城出了变故，勃然作色道：“尔等意欲何为？要造反吗？”

“嘿嘿嘿！”随着一声尖嗓里发出的怪笑，内押班王守规从城楼上快步下来。他一扬拂尘，高声道：“官家口谕：着富弼城外候旨！”

“啊？”富弼禁不住惊叫一声，晃了晃脑袋，确信不是在梦中，又举起袍袖擦了擦眼睛，见内押班王守规神情自若，不像是受武人胁迫，悬着的心才放了下来。既然京城未发生兵变，皇上不许他入城，他也只能调转马头，在城外驿馆过夜。

这一夜，富弼没有躺下，一直在房间内徘徊。进奏院之狱、范仲淹罢政，这些消息他都听到了，可事态竟严重到不许他入城的程度，令他大感意外，惶然难安。皇上这么做，难道是相信了那些可怕的传言？果真如此，候来的会不会是杀头之旨？想到这里，富弼毛骨悚然，大汗淋漓。忽然忆起前年他同范仲淹就要不要杀知高邮军晁仲约的争论，当范仲淹说“他日手滑，虽我辈未敢自保”这番话时，他还不以为然，时下他却连连感叹：“范六丈，真圣人也！”说着，双手合十，祈祷不止。

天亮了，中使前来宣旨，富弼忐忑不安地躬身听宣：罢富弼枢密副使，晋资政殿学士，任京东路安抚使兼知郓州，即刻赴任。

富弼接旨谢恩，不敢停留，催马转往郓州。

河北路都转运使欧阳修在黄河北岸握别富弼，转往澶州。忽听富弼被拒之门外、罢职外放的消息，怒发冲冠，提笔上章：

> 臣昨见富弼自至河北，缘山傍海，经画勤劳，河北人皆云自来未有大臣如此。其经画所得事亦不少。归至国门，临入而出使河北，官吏军民见其尽忠而不知其罪状。小人惟务希合，又不为朝廷惜事体，凡事攻击，至今未已。

欧阳修的奏疏照例先送到政事堂。章得象、杜衍皆不语，参知政事陈执中冷笑道："欧阳修是不是忘了自己的身份？"

杜衍道："欧阳修虽不再任谏官，但他按察河北，把所知情形奏报朝廷，并无不妥，此疏当进呈。"

"一都漕对二府大臣去留指手画脚，他以为还是过去呢？如今朝廷致力于维风端习，就是要杀一杀越位议政之风！"陈执中语气强硬道。谏官蔡襄、孙甫极力阻止他出任参知政事，陈执中耿耿于怀，常常借机发泄，他把举在手里的一道文牍往案上一摔："孙甫尚有自知之明，当准！"

谏官孙甫出使契丹回来，正赶上范仲淹罢政，京城的空气令人压抑，遂上章请求外放，正中陈执中下怀，他先祭出维风端习的大旗，语气决绝地表明了对孙甫乞出的态度。

杜衍道："谏官阙员，孙甫不宜外放。"

陈执中还要辩驳，章得象制止道："谏官去留，当谒请圣裁。"

杜衍、陈执中不再争辩。过了两天，皇上召对，奏事毕，杜衍奏道："陛下，孙甫乞出，谏院今阙人，且留孙甫供职。"

皇上微微颔首，没有说话。

回到直房，杜衍即召堂吏出札子，令孙甫照旧供职。杜衍先押字，章得象也押了字，堂吏执札子送到陈执中的直房。陈执中把札子往书案上一丢，道："适才官家并无明旨，当复奏，恕陈某不能押字。"

堂吏拿回札子向杜衍复命。杜衍一语不发，取过札子，径直走到烛台前，拿起发烛，“啪”的一声打着，随着一股黑烟冒出，札子转眼间化为灰烬。

陈执中闻讯，鼻子里发出沉闷的哼声，提笔写了一道密帖：

衍党二人，欲其在谏院，欺罔擅权。及臣觉其情，遂坏札子以灭迹，怀奸不忠。

皇上阅罢，沉脸道：“召章得象来见！”

章得象进了垂拱殿，施礼间，皇上问：“章卿，朕听说杜衍焚札子，有无此事？”

“确有此事。”章得象答。

皇上怒道：“为一谏官去留，堂堂宰辅，竟出此举，若说无朋比之嫌，卿信吗？”

章得象斟酌道：“杜衍为人端方干练，人所共知。但臣倒是也听到些传闻，言欧阳修辈视他为君子一党。”

“杜衍不可再留朝廷！”皇上怒气冲冲道，“制书里当有责其助长朋比之风的话，以为结党者戒！”又问：“以贾昌朝补杜衍之缺，以夏竦主枢府，卿以为如何？”

章得象答：“夏竦受举朝所攻，言犹在耳，不便遽用。庞籍在陕西诸帅中资历最深，因是夏竦所荐，朝廷顾忌舆情，未敢用他；他与仲淹同年，私交甚笃，可庞籍从不结党，进退有度，可用为副枢。至于枢相，臣以为驸马都尉王贻永，在军旅数十年，老成持重，似可用之。”

“庞籍可用！”皇上表态道，“至于驸马都尉王贻永，本朝迄无外姻辅政者，用王贻永，恐台谏反对。”

章得象道：“进奏院一案，已收维风端习之效，台谏官大为收敛。这两年，仲淹等更张纲纪，纷扰国经，急需用老成之臣以调和，恢复质实纯厚之风。当年先帝曾以‘与众和睦，清静求治’八字赐驸马都尉王贻永，数十年来，王贻永远权势，守清慎，人称其谦静，最是时下当用之人。”

隔了两天，紫宸殿朝会上宣布了制书：杜衍罢相，以尚书左丞知兖州；贾昌朝补其缺；驸马都尉王贻永为枢密使；龙图阁直学士庞籍晋枢密直学士，为枢密副使。

杜衍罢相，早在其婿苏舜钦系狱后就有流言传出，没有人感到意外，意外的是罢相制书中竟有“自居鼎辅，靡协岩瞻，颇彰周比之风，难处咨谟之治”的责词。

“看来，官家对朋党的警觉，始终都没有放松啊！”

“是啊！范仲淹公开在官家面前说出朋党无害论，未免太不成熟了，官家安得继续信用他？”

“现在想想，哪里像欧阳修说的是小人攻倒了范仲淹，实则是他自己挥汗如雨挖坑把自己埋了！”

“这招厉害啊！当年范仲淹落职贬饶州，责词里有‘自结朋党’之语，谁出言论救，谁便是他的朋党；如今杜衍‘颇彰周比之风’的责词一出，大家也只好闭嘴了！”

百官悄悄议论。

枢密副使韩琦独自往直房走，不时摇头叹息。前所未有的孤独感占据了他的内心。更可怕的是，不管走到哪里，都有怪异的目光向他投来，似乎是说，范仲淹一党，就剩他一人了，看他如何自保！

## 二

自范仲淹、富弼、杜衍离开二府，每当上朝时，宰相章得象的步履就轻快了许多。“啪啪”的鸣鞭声传递出皇上已到后幄的讯号，章得象不紧不慢地出了候班幕次，跟在他身后的枢密使王贻永年迈，未上几个台阶就气喘吁吁，进殿的速度越发慢了下来，以至于皇上在后幄干坐良久，殿班内侍方发出“班齐”的喊声。

列班毕，皇上入御座。往日在朝会上一向保持缄默的章得象突然出列，率先奏事：“陛下，去年八月，依范仲淹所请，诏命贾昌朝兼领农桑、范仲淹兼领刑狱，如今范仲淹已罢政，宰执兼领政事之制是否仍行？”

殿庭里响起一阵吸气声。众人不解，这样的事在二府奏对时奏请皇上裁示足矣，何以在紫宸殿的朝会上郑重提出？

“臣以为，兼领之制于政事无补，当罢之。”宰相贾昌朝奏道。

众人明白了：二位宰相在朝会上一唱一和，是要发出废止新政的信号。虽然，保州兵变后，朝廷迁怒于按察河北的张昷之和他保举的通判石待举，将举官之法废除，又下诏告诫各路按察使不得毛举细故，但诸多新政事项实施不足一年，都是煌煌诏旨颁下的，猝然要求废止，恐有草率之嫌，所以，私下非议者众，公开唱废者寡。章得象以首相之尊发出废止新政的信号，仿佛在若隐若现的火星旁浇上一桶油，贾昌朝再一煽风，顿时火焰冲天而起。

监察御史刘元瑜义愤填膺道：“磨勘新法规定，参加磨勘者须有清望官五人保举，故浮薄辈日趋权门，非所以养廉耻也，当罢！”

皇上沉吟片刻，道：“须人保举始得迁官，朕念廉士或不能以自进也，其罢之！”

知制诰、御史杨察道：“贡举新制以策论定去留，而策论汗漫难知，全凭考官主观判断，有失公平，且为引用朋党提供方便，臣以为当复旧制。”

御史中丞王拱辰辩驳道：“旧制重诗赋，诗赋又重音韵，英才每每因一声一韵出错而落第，故特改之，岂可复旧？”

“新法刚颁下，尚未实施，又要复旧，不妥！”侍御史张方平道。

皇上道：“正因为尚未实施，改还来得及，拟诏颁贡院，其如旧制。”

监察御史包拯高声道：“臣自始即反对按察之法，近闻各路州县怨声载道，按察官竟让官员相互侦刺，检举揭发，未益治平之风，反成多僻之暴，当废！”

御史知杂事鱼周询道：“按察之法没有错，错在执法之人，况朝廷已两度诏诫按察官不得绳愆过当，此事不宜再议。”

皇上道：“不必再议。”

知谏院余靖从二府大臣的任用已然看出来了，随着与契丹、西夏达成和平，皇上已不再追求变革，而要重回恬静守成状态。他本想请求皇上不要轻易废止新政，但朝廷的氛围让他感觉出，这样的请求只能招致一片反对声，思忖再三，奏道：“新政有不周全处，当完善而非废止。照庆历三年十一月所颁《任子诏》，子孙若未达所定年龄，势必先荫补旁系亲属，有碍人情。臣以为应加以完善，革除其不近人情处。”

皇上早就听到“磨勘法密，任子恩薄”的议论，既然磨勘新制已废，荫补新制也不可再实行，以收拾人心，遂道：“庆历三年十一月条制勿行。”

余靖又道：“陛下，重定新制之事……”

御史钱明逸不等余靖说完，就高声奏道：“余靖奉旨三次出使契丹，学会了契丹语，竟作《胡语诗》，有失国体，不宜再列谏班。”

皇上皱了皱眉头道：“余靖去留，中书议之。”似乎对朝堂上争吵新政存废感到厌倦，俯视群臣道：“新政诸事有不当处，百官条陈以闻，不必在朝会上面奏。”

沸沸扬扬的争论中，枢密副使韩琦一言不发。王拱辰曾经劝他脱离范仲淹一党，倘若要自保，他还可以选择立场，至少，可以继续保持沉默。但是，他已拿定主意，为范仲淹、富弼辩护。攻讦范仲淹最具杀伤力的利器就是“朋党”，韩琦没有在朝会上面奏，而是封章上呈。

按制，封章由内东门拜表处送至中书。参知政事陈执中在政事堂将韩琦的奏疏读了一遍，其中写道：

> 窃以自古迄今，人臣在朝，有忠贤，有奸邪，有好公之人，有挟私之党。既为性之不同，则各以类而相附。大凡忠贤与好公之人，建一事，补一官，则必公其是非。……此乃善者以类而进，不可谓朋党。

“此疏不可进呈!”读罢,陈执中率先表态道,“此为保护韩稚圭计也。”

贾昌朝附和道:“韩稚圭此疏,有朋党之嫌。若进呈,官家或优容,台谏恐不饶。”

章得象为难地说:“韩稚圭乃辅弼大臣,他的章奏,中书岂可压下不报?”

陈执中向两位宰相拱手道:“相公当效法贤相李沆,只报宰相愿意让官家看的章奏。此恬静守成之秘诀也!”

三人哈哈大笑。

笑声未落,一堂吏慌慌张张进来禀报,宣佑门有人伏阙讼冤。陈执中大怒:“躁进之辈行刻薄之政时,未闻有伏阙讼冤者,怎么刚要拨乱反正,就有人伏阙讼冤? 知会阁门,把诉冤之徒赶走!”

堂吏露出讨好的笑容,低声道:“著作佐郎、知确山县董士廉诣阙讼水洛城事。”

“哦?”陈执中露出惊喜的笑容,“把董士廉的状申取来!”

贾昌朝道:“董士廉修水洛城有功,蒙受冤屈,我辈当为之主持公道,将他请到政事堂来,当面陈诉!”

一盏茶工夫,董士廉被引入政事堂。甫落座,就戚然道:“士廉文弱之躯,为国戍边,处苦寒之地,对叵测蕃情,舍生忘死,奉命督修水洛城,竟当众受辱,披枷带锁,投入监牢。士廉受此大辱,本已无颜于人世,只为辨明是非,方苟活到今日。”说着,嚎啕大哭起来。

章得象恻然,从袖中掏出手帕,擦了擦昏花的双眼,表达对董士廉的同情。

董士廉止住哭声,诉道:“韩琦帅泾原,好水川损兵折将,他却毫发无损,旋贬旋复;为证明当初反对修水洛城的主张正确,不顾蕃部带地来归的现实,仍持前说,不惜进谗言,让朝廷罢支持修城的郑帅,何其奸邪! 因与范仲淹结党,受彼辈极力维护,无功而冒升。尹洙擅自发兵,其罪非轻,因是范仲淹辈同党,屡受重用……”

陈执中打断他,问:“这些,诉状里都写上了吗?”

董士廉点点头，继续说："士廉探得，尹洙在渭州，竟欺陷官钱……"

"欺陷官钱？这还了得！"贾昌朝迫不及待地一拍书案道，"送御史台彻查！"

陈执中接言道："还应奏明皇上，为董士廉、刘沪迁官，以酬修城之功！"

章得象沉吟良久，方道："留下诉状，待我辈商议。"待董士廉把诉状呈上，施礼辞出，即吩咐堂吏："先将诉状送韩副枢一阅。"

董士廉的诉状送至枢密院时，韩琦正坐在直房的书案前埋头书写着，头也未抬，摆摆手道："不必了。"

听到董士廉伏阙讼冤被请进政事堂的消息，韩琦自知，轮到他离开京城了，遂提笔上章，请求外放。

## 三

庆历五年端午节，一向好热闹的龙图阁直学士、河北路都转运使兼按察使欧阳修在定州官舍里，闭门谢客，独自饮酒，不时发出"呵呵呵呵"的声音，低沉、悲怆，让人分不清是笑还是哭。

欧阳修无论如何也想不通，庆历三年夏开启的群贤毕集的大好局面，因何不到两年就面目全非。范仲淹罢参政，杜衍罢相，富弼、韩琦罢枢密副使；他和苏舜钦、蔡襄、余靖、孙甫，都被迫离开了朝廷；废止新政事项的速度，比推出时还要快，两年前对范仲淹等人的称颂言犹在耳，转瞬间被一片攻讦声所淹没。更令他痛心的是，居然没有人站出来为他们鸣不平。

"呵呵呵呵！"欧阳修又发出一阵带着哭腔的怪笑。他饮干了一盏酒，摇头道："饱读诗书的士大夫，一个个口称忠君报国，实则都是趋利避害、明哲保身的势利眼！"他又自斟一盏，一饮而尽，拍着自己的胸口道："你欧阳修又如何？你不明哲保身吗？因何不为苏子美说话？"

进奏院之狱发生后，苏舜钦差人向他求救，欧阳修以自己不在言职为由，没有替苏舜钦辩诬，至今心怀歉疚。他拿起苏舜钦刚写来的一封书札，想为自己找到解脱的理由："苏子美把进奏院之狱的起因归为台官和谏官的对立；台官和谏官之所以对立，又被认为是欧阳其人参劾台官不称职所致。不难想象，朝廷里的小人是多么恨我！他们巴不得我站出来为范希文他们鸣不平，这样就可拿朋党的帽子扣过来，把我压垮！明知如此，还要自投罗网，不是太冲动了吗？"

"这就是了！"他站起身，口中喃喃道，"不必再自责了！"说着快步拉开房门，吩咐牙兵："找两个歌姬来，陪本官饮酒唱曲！"

士林盛行狎妓宴游之风，亲近歌妓、追求声色，以化解心中的块垒。因欧阳修是当今文坛领袖，填的词颇受歌姬欢迎，所到之处，总有歌姬上门求词。只要他相召，歌姬便争相前来。

不多工夫，两名歌姬袅袅婷婷进了官舍。欧阳修蓦然清醒，王洙因与官妓杂坐尚且受审，况与私妓乎？值此敏感时期，还是收敛些为好，遂故意装作不耐烦的样子，向外不停地摆手，把歌姬打发走了。歌姬带来的香气在室内飘荡着，欧阳修闭目吸了吸鼻子，发出一声长叹，一拍书案，大声道："范公说的是，宁鸣而死，不默而生！死了，也比整日小心翼翼苟活在自责里强！"言毕，把酒盏用力扔在地上，提笔展纸，含泪写了一道洋洋洒洒的《论杜衍范仲淹等罢政事状》：

臣闻士不忘身不为忠，言不逆耳不为谏。故臣不避群邪切齿之祸，敢干一人难犯之颜。惟赖圣明，幸加省察。臣伏见杜衍、韩琦、范仲淹、富弼等，皆是陛下素所委任之臣，一旦相继罢黜，天下之士皆素知其可用之贤，而不闻其可罢之罪。臣虽供职在外，事不尽知，然臣窃见自古小人谗害忠贤，其说不远。欲广陷良善，则不过指为朋党；欲动摇大臣，则必须诬以专权。其何故也？夫去一善人而众善人尚在，则未为小人之利；欲尽去之，则善人少过，难为一二求瑕，惟有指以为朋，则可一时尽逐。至如大臣已被知遇而蒙信任，则难以他事动摇，惟有专权，是上之所恶,故须此说,方可倾之。臣料衍等四人各无大过而一时尽逐,弼与仲淹委任尤深而忽遭离间,必有以朋党、专权之说上惑圣聪。臣请试辨之。昔年仲淹初以忠言谠论闻于中外,天下贤士争相称慕,当时奸臣诬作朋党,犹难辨明。自近日陛下擢此数人,并在两府,察其临事,可以辨明也。盖衍为人清慎而谨守规矩,仲淹则恢廓自信而不疑,琦则纯正而质直,弼则明敏而果锐。四人为性,既各不同,虽皆归于尽忠,而其所见各异,故于议事,多不相从。至如杜衍欲深罪滕宗谅,仲淹则力争而宽之。仲淹谓契丹必攻河东,请急修边备,富弼料以九事,力言契丹必不来。至如尹洙,亦号仲淹之党,及争水洛城事,韩琦则是尹洙而非刘沪,仲淹则是刘沪而非尹洙。此数事尤彰著,陛下素已知者。此四人者,可谓天下至公之贤也。平日闲居,则相称美之不暇;为国议事,则公言廷诤而不私。以此而言,臣见衍等真得汉史所谓忠臣有不和之节,而小人谗为朋党,可谓诬矣。臣闻有国之权,诚非臣下之得专也。然臣窃思仲淹等自入两府以来,不见其专权之迹,而但见其善避权也。夫权,得名位则可行,故好权之臣必贪名位。自陛下召琦与仲淹于陕西,琦等让至五六,陛下亦五六召之。至如富弼三命学士,两命枢密副使,每一命,未尝不恳让,恳让之者愈切,而陛下用之愈坚。此天下之人所共知,但见其避让太繁,不见其好权贪位也。及陛下坚不许辞,方敢受命,然犹未敢别有所为。陛下见其皆未行事,乃开天章,召而赐坐,授以纸笔,使其条事。然众人避让,不敢下笔,弼等亦不敢独有所述。因此又烦圣慈,特出手诏,指定姓名,专责其条列大事而行之。弼等迟回,近及一月,方敢略条数事。仲淹老练世事,必知凡事难遽更张,故其所陈,志在远大而多若迂缓,但欲渐而行之以久,冀皆有效。弼性虽锐,然亦不敢自出意见,但举祖宗故事,请陛下择而行之。自古君臣相得,一言道合,遇事便行,更无推避。臣方怪弼等蒙陛下如此坚意委任,督责丁宁,而犹迟缓自疑,作事不果,然小人巧谮已曰专权者,岂不诬哉!至如两路宣抚,国朝常遣大臣。况自中国之威,近年不振,故元昊叛逆一方,而劳困及于天下；北虏乘衅，违盟而动，其书辞侮慢，至有贵国、祖宗之言。陛下愤耻虽深，但以边防无备，未可与争，屈意卖和，莫大之辱。弼等见中国累年侵凌之患，感陛下不次进用之恩，故各自请行，力思雪耻，缘山傍海，不惮勤劳，欲使武备再修，国威复振。臣见弼等用心，本欲尊陛下威权以御四夷，未见其侵权而作过也。伏惟陛下睿哲聪明，有知人之圣，臣下能否，洞见不遗。故于千官百辟之中，亲选得此数人，骤加擢用。夫正士在朝，群邪所忌，谋臣不用，敌国之福也。今此数人一旦罢去，而使群邪相贺于内，四夷相贺于外，此臣所以为陛下惜之也。伏惟陛下圣德仁慈，保全忠善，退去之际，恩礼各优。今仲淹四路之任亦不轻矣，愿陛下拒绝群谤，委信不疑，使尽其所为，犹有裨补。方今西、北二虏交争未已，正是天与陛下经营之时，如弼与琦，岂可置之闲处？伏望陛下早辨谗巧，特加图任，则不胜幸甚。臣自前岁召入谏院，十月之内，七受圣恩，而致身两制，常思荣宠至深，未知报效之所。今群邪争进谗巧，而正士继去朝廷，乃臣忘身报国之秋，岂可缄言而避罪？

写毕，扭动了几下发酸的脖子，命牙兵速封发，他起身走到院子里，忽见一个男子急匆匆往这边走来，定睛一看，是开封家中的一个壮仆，刚要开口问，家仆疾步上前，支支吾吾道："官爷，出、出事了！"

欧阳修一惊，问："出了何事？"

家仆东张西望了一番，压低声音禀报了几句。

欧阳修的脸唰地红了，嘴唇哆嗦着，良久方道："出了这等丑事，我有何面目去替她转圜？"

## 四

邠州城中心的鼓楼，是州城最高的建筑。六月底的一天，太常博士、通判邠州王稷和数位从事，在鼓楼顶层置办了一桌酒席，为太守解颐。天气炎热，四面窗户都打开了，置身阁中，顿感凉爽宜人。午时半，范仲淹进来了，向众人拱了拱手，没有入座，而是站在西面的窗前，遥望校场。庆历二年腊月，怀揣着收复横山的攻守策，他在那里与韩琦、滕宗谅大宴一日，何等豪迈。仅仅两年半时光，滕宗谅贬到了岳州，他和富弼、杜衍、韩琦皆罢政事，范仲淹顿生恍如隔世之感。

三多月前，河东路提点刑狱张焘给他带去了年后的第二份邸报，上面赫然刊登着：授范仲淹前行右谏议大夫、充资政殿学士，知邠州军州事及管内劝农使，兼陕西四路沿边安抚使，改赐推诚保德功臣。这大大超出了他所上《乞邠州状》所请。但在他为皇上不允他辞参知政事而上谢表后突然遭到罢政，不啻为钱明逸弹章里所说的"欺诈之迹甚明"做了注脚，让人不得不怀疑朝廷是有意羞辱他。他不便为自己辩白，只好在《谢授知邠州表》中，将当时请辞的初衷说给皇上："议刑赏则不避上疑，革侥幸则多招众怨，心虽无愧，迹已难安。"他想让皇上知道，他请辞参知政事不是欺诈，是迫不得已，所以皇上要慰留他，他没有推辞；现在委任他按抚边庭，所寄至重，生民疾苦，可得寻求；边塞机宜，更当筹虑。他把受到的羞辱深深埋在心里，希望以推动横山策的实施，彻底解除西夏的威胁，为国家立千年功业，并重新获得皇上的信任。他让纯祐回京到流内铨候补，纯仁回京专心读书，参加科考，只带纯礼、小鬟启程赴任，途中拜访了隐士魏竦，赋诗云："我亦宠辱流，所幸无愠喜。进者道之行，退者道之止。"他给韩琦修书，安慰他说，天将降大任，必先拂乱之以增益其所不能；又致函苏舜钦之兄苏舜元，托他转给苏舜钦一函，安慰说，皇宋优礼文士，凡被逐之臣复召用，皆显列于朝；因牵挂石介安危，特修书劝他早日离开京城，到蜀川通判一州；到邠州见到一位老者，颇似继父朱文翰，勾起对往事的回忆，上章请朝廷将所授推诚保德功臣勋位回赠继父一官。可是，几个月下来，随着杜衍、韩琦相继离开朝廷，新政事项被陆续废止；实施以攻取横山为目标的攻守策也遇到了阻力——朝廷严令，既然已与元昊签署盟约，就要小心翼翼维护。可在元昊那里，情形却不同，虽向朝廷上表说取消帝号，实际上仍称帝如故，甚至为了避免行臣子礼，不准朝廷钦差入兴庆府，而是在夏州专设行宫接待。即使这样，朝廷也接受了。对元昊养精蓄锐后复叛的担忧，让范仲淹寝食难安。旧的心结未打开，新的忧思又折磨着他，范仲淹的眉宇间，凝结着一团厚厚的阴翳。

“资政，菜肴佳酿备齐，请就座。”通判王稷躬身道。

范仲淹刚转过身去，余光扫见不远处有几个穿着孝服的人一闪而过。他又站住了，命牙兵前去问询，这才移步入座。闲谈数语，刚要举觞，牙兵回禀：有一寓居邠州的老举子过世了，将出殡近郊，可棺椁尚未置办，几个穷书生凑了些钱，为老举子营理葬具。范仲淹怃然，举在手里的酒盏又放下了，叹道：“人事多端，其实由命。像这位故去的举子，或许抱经天纬地之志，只是没有得到施展的机遇罢了。”见众人点头，忽觉适才的话有些消极，遂又拉了回来：“说到机遇，我辈为官主政之人，是有责任的。凡有读书向学之志者，为官之人有责任为其创造条件。邠州乃公刘所居之地，又有尧、舜二帝与夏禹、商汤、周文三王重视人才之遗风，朝廷有广立郡学之诏，我辈在此为官，敢不拳拳服膺，以树其德业哉？”

几个月来，尽管新政事项陆续被废止，但广立学校一项却还保留着，只是下诏诸路要因地制宜，不可强推。范仲淹一到邠州，就与通判王稷一同踏勘，觉得位于州署东南的夫子庙一带高地最为适宜，便规划在此建一座一百四十楹的郡学。可州署上下皆不热心，加之周边百姓不愿搬迁，此事竟停顿下来了，范仲淹遂借机向众人吹风。

通判王稷道：“改夫子庙为郡学，庙学一体，也说得过去吧？”

“若各州城中都以学校建筑最为恢弘，就不必为国家未来担忧了。”范仲淹感慨道，“百姓不愿搬迁，就把夫子庙外迁，务必把学校建起来。今日就定下来，通判王稷牵头，兵马监押刘保会同节度推官杨承用专责建学堂事。”

“资政放心吧！”通判王稷带头表态。他举起酒盏：“喝酒吧，资政？”

范仲淹端起酒盏，不由自主地扭脸向窗外张望，正看到适才营理葬具的几个人抬着一具棺木过去了，遂又放下酒盏道：“不知那位故去的老举子有没有享用过这般酒宴?”说着,摆摆手,示意撤宴。

众人面面相觑。通判王稷愣了片刻,唤州校道:“将酒肴送至故去的老举子灵前祭奠,让那几个营理葬具的书生用了。”

范仲淹点点头,向众人拱手道:“待郡学建成,范某请诸位大宴一日!”说完,起身下楼。

刚下了几个台阶,随着“咚咚”的登楼声,一名满头大汗的军头跑了上来,范仲淹不认得他,问:“何事如此急促?”

军头认得范仲淹,施礼道:“小卒是知原州蒋偕麾下指使,奉蒋太守之命,特来……”范仲淹摆手制止道:“到司署去说。”

回到安抚使司,指使拿出蒋偕的状申呈上,上面写着:新边壕外葫芦河一带,有西贼人马二万余扎寨,逐川内有烟火处六七里,蕃汉人户惊恐逃移。差人去探问,却说是来放牧牛羊,惊移人户陆续复归原处住坐。

范仲淹思忖片刻,提笔给泾原路经略司写令牒:

> 今后如得知西贼点集人马,即将蕃汉人户差人起遣回避,不得慢缓,免致驱掳。

写毕,抬头看着站在书案前的指使问:“郡守差你来,就为此事?”

指使答:“资政,蒋太守差小卒来,还有一事:朝廷颁敕,调蒋太守知环州……”

“明白了!”范仲淹一扬手道,“我向朝廷陈情。”

蒋偕的指使辞出了,范仲淹提笔写《再奏乞蒋偕转官知原州》。这不是蒋偕一人去留之事,是他实施攻取横山策的最后一线希望。

尽管朝廷已不允许实施攻守策,但基于对元昊复叛的担忧,范仲淹并没有放弃攻取横山的打算。所以,把选将放在首位,不时向朝廷举荐;另一方面,随着朝廷从其请将细腰城划归原州,原州就成为实施攻守策的基地,而蒋偕是最了解他意图的人,由他在原州坐镇,以招抚蕃部的名义,将生蕃变为熟户，等于在暗中逐步蚕食夏界，将边境推至横山。这种情形下，他自是不希望看到原州易人。

写好了奏状，范仲淹长叹一声。这声叹息，是为种世衡而发。去年冬天，种世衡差使介到府州相见，提出一个请求，希望他死后，范仲淹为他写墓志铭。在赴邠州上任途中，接到了种世衡的讣闻，范仲淹痛惜不已，撰《祭知环州种染院文》，今日提到环州，又想起了种世衡，提笔撰写《东染院使种君墓志铭》。

“呦，郎君，怎的了?”

范仲淹听到小鬟的声音，一抬头，见她和纯礼站在书案前。适才沉浸在对种世衡的回忆里，竟没有注意到二人何时进来的。他为失去种世衡而悲伤，不知不觉泪流满面，被小鬟看到了，急忙举袖擦了擦，道:“回忆故人，有些动情。”

小鬟抿嘴一笑，把煎好的汤药放在书案上，见室内光线暗淡下来，她点着了蜡烛，服侍范仲淹喝下汤药，向纯礼使了个眼色，一同辞出了。

写好了种世衡的墓志铭，天已完全黑下来了。州吏抱着一摞文牍进来，是马铺刚递来的。里面有长子纯祐的书札，范仲淹忙打开来看，刚读了几行，不禁“啊”了一声，顿时惊呆了。

## 五

邠州衙署内，有一座歇山式屋顶、挑檐翘立的建筑，是郡守接待宾客、训示儒生之所。范仲淹将其命名为眉寿堂。

八月底的一天，交了午时，州署几名从事和二三吏目，前后脚进了眉寿堂。相互探问一番，皆不知范资政召他们来所为何事，便围着堂正中放着的一幅屏风，赏析范仲淹所撰《眉寿堂记》。

“范资政此记，劝农桑也!”

“这个理解格局小了，‘斯民熙熙然跻和气之域’，推而广之，就是天下大治，国泰民安。”

众人正议论着，范仲淹从屏风后走了出来，拱手致意。

“呵呵，范资政怎的这身打扮？”通判王稷惊异道。

众人这才注意到，范仲淹未着官袍，而是身穿绛色直裰，戴着一顶方形折角幞头，幞头上簪着一朵鲜艳的红花。

“范资政，这是……？”节度推官杨承用不解地问。

众人正纳闷间，屏风后走出一位女子，身穿翠绿色对襟大袖和霞帔，头戴缀有珠翠、花钗的花冠，以红纱罗蒙面。

范仲淹指了指身旁的女子，又向众人拱手道：“此张氏，先妻李氏所聘女使，在敝宅一纪矣，不舍离去，愿专心照顾范某，为敝宅女主人。范某特设薄酒，请诸位从事共饮！”

小鬟向众人施了一礼，笑吟吟退出了。

众人这才回过神儿来，大堂里响起一片“恭喜恭喜”的声音。

“咦？那张氏是妻还是妾啊？”

“朝廷有律令，官员不得娶女使为妻，当是妾。”

“那还这般郑重其事？分明是续娶的意思嘛！”

众人又交头接耳起来。

范仲淹听到了，并不解释。

两个月前，他从长子纯祐的家书中得到一个惊人的消息，欧阳修被指为乱伦。欧阳修因胞妹出嫁不久丈夫去世，便把她和其前夫之女张氏接到家中，张氏长大后嫁于欧阳修远房侄子欧阳晟，因与家中一仆人私通，被人发现后告到开封府，打入大牢。家人到定州向欧阳修禀报，欧阳修只是为她感到羞愧，并未出手相救。不久，忽接开封府文符，责令他到军巡院对质。原来张氏在大堂供述，她早就与舅舅欧阳修有染。欧阳修大惊，上章力乞辨明。台官却拿出欧阳修写的《江南柳》一词为证。不久，朝廷颁敕，欧阳修落职龙图阁直学士，贬知滁州。这个消息让范仲淹感到震惊。尽管欧阳修亲近歌妓、追求声色，但他嫉恶如仇，以风节自持，一道《论杜衍范仲淹等罢政事状》更显示出他的刚正和勇毅。他得罪人太多了，政敌抓不住别的把柄，就拿闺阃之事诬讪他，用心可谓歹毒。范仲淹尚未从震惊中解脱出来，又遭受重重一击。与纯祐家书一起收到的，还有苏舜钦的来书，随函寄来了梅尧臣的近作，其中《灵乌后赋》云："我昔闵汝之忠，作赋吊汝；今主人误丰尔食，安尔巢，而尔不复啄叛臣之目，伺贼垒之去，反憎鸿鹄之不亲，爱燕雀之来附。"另一篇《日蚀》诗，有"而今有嘴不能噪，而今有爪不能攻"之句。范仲淹痛心之余，与欧阳修闺阃之事联系起来，又有几分不安。当年之所以决计和梅尧臣绝交，起因就是他把小鬟误为官妓，又口无遮拦地对外散布说他与官妓有染。当时他就特意提醒津津乐道欧阳修风流韵事的梅尧臣，欧阳修以后再有什么风流韵事，就未必是佳话了，说不定还会掀起风波。如今竟不幸而言中。由朋党之说复起，再到行伊、霍之事，进而出现《废立诏草》，又演进为拿受贿和闺阃之事做文章，此辈已是无所不用其极了。欧阳修已然外放，仍然没有躲过暗箭，范仲淹感到不寒而栗。他仔细梳理了一下自己有没有话柄，想来想去想到了小鬟。女使随侍，既是习俗，又为律法所允，并无不当。但他是四路安抚使，带妻妾尚可，因何单单带一女使？且纯礼也已十五岁了，难免有瓜田李下之嫌。律法不允许娶小鬟为妻，范仲淹就以请从事宴饮的方式，公布此事，不说是妻，也不说是妾，就是赋予她女主人的身份。

宴会结束，范仲淹回到官舍，却见小鬟坐在床边放声痛哭，忙走过去问："小鬟为何哭泣？"

小鬟转过脸去，边用手帕擦泪边道："心里高兴，所以哭。"

范仲淹笑道："呵呵，我还是第一次听到这样的话。"

"大人，外面有人擂鼓诉冤。"十五岁的纯礼在门外郑重其事禀报道。

"怎么回事？我去看看。"范仲淹说着，拉起小鬟的手拍了拍，转身出了卧室。

小鬟目送范仲淹出门，动手做了几样江南风味的家常菜，点上两根红蜡烛，等待他回来。一直等到酉时将近，范仲淹才进门，语带歉意道："事体遇到一起了，不得脱身。”

“奴听听都是什么事。”小鬟故作生气道。

范仲淹笑着道：“说了让小鬟评评理也好。”他喝了口茶，刚要开口，小鬟抢先道：“先说诉冤的事，奴看看他冤不冤。”

“擂鼓的是个军头。所为何事呢？”见小鬟睁大眼睛听着，范仲淹故意卖了个关子，急得小鬟直顿足，范仲淹这才说出了原委：“照朝廷的条贯，军头若失文帖，就要降充长行。这个擂鼓的军头本是兵士，因累次立功方升为军头，对手下管勾甚严，忽一日他的文帖不见了，被降充长行。他认定文帖是被手下兵士偷去焚毁了，故而诉冤。”

“真的呀？”小鬟以同情的语调道，“那他是冤的。”

范仲淹点头道：“所以，我一面命兵马监押刘保前去核查，一面给朝廷上了一道《军头失去文帖免勒充长行奏》。只要不是因为醉酒丢失或者用于典解钱物，丢失文帖给他补上就是了，不必降他的官。”

“那奴敬郎君一盏酒吧！”小鬟说着，把酒盏举到范仲淹唇边。

范仲淹喝了一盏酒，又道：“还有一件事，也够冤的。当年西贼寇延州，在三川口大败官军，名将刘平、石元孙被俘。盟约签署后，元昊把被俘的石元孙送到原州，朝廷下旨将石元孙发配全州编管。我并不识石元孙，也不知其善恶。但我觉得朝廷这么做是不妥当的，就上了一道《乞宽宥石元孙奏》。”

“那你为何说他冤呢？”小鬟问。

“我在延安时听说，”范仲淹答，“元昊围延安，石元孙率部冒死前去解围，日夜血战，寡不敌众，力屈被擒。他不曾退却，也非不战而降，不过有不死于王事的过失罢了。况且几年来朝廷好几次大赦，他的那些罪过，也该被赦免了。毕竟有救存延州之功，就是不堪再用，也没有必要发配蛮荒之地编管，应该给他一个低级武官的职务，在腹地安置。这不是石元孙一人的事，宽宥石元孙，陷蕃将佐即不绝向汉之心，不怨朝廷，不助戎狄。小鬟看，是不是这么个理儿？”

“好像是。”小鬟笑着说，又敬了范仲淹一盏酒。

“还有一件事。”范仲淹越说越有兴致，“朝廷降下宣命，说弓箭手、兵士年五十以上，或者长期患病不堪医治者，可让家人或花钱雇人顶替。我一看就来气！苦寒之家哪有钱雇人？既然病了不能再从军，就让人家回家归农，不必顶替。所以我就上了一道《乞笃疾废疾弓手兵士不问年甲拣停归田奏》。”

小鬟神色黯然道：“奴听说，郎君上的章奏，朝廷多不采纳。”

“我在《邠州谢上表》里说过：‘不以毁誉累其心，不以宠辱更其守。’说到做到！”范仲淹回应道。自他和富弼、杜衍、韩琦外放后，台官又以章得象居相位无所建明为由纠弹他，章得象十次上章请辞，中枢再作调整，贾昌朝、陈执中主政，对范仲淹的上章多半压下不报。只有新任参知政事吴育，坚持把他所上《乞于麟州创置榷场奏》和《乞不禁秦州博易奏》呈上，力主实行。这些情形已传到邠州，就连小鬟也听到了。可范仲淹并未因此变得消极，仍然一如既往向朝廷上章。他感慨了一句：“过去我对吴育有成见，在政府时，因移陈留桥一案，还把开封府整肃了一番，可吴育不惟没有记仇，还在勉力维系新政。这一点，像我。”说完，盯着小鬟的手，却未见她举盏敬酒，遂问：“怎么，不该敬盏酒吗？”

小鬟摇着头道：“不让吃了，免得吃醉。”言语间充满柔情，脸颊上也泛起红晕，低头道：“郎君早点歇息吧。”

“大人！”门外响起纯礼的唤声，“我大哥差人来投书。”

“哦？”范仲淹一惊。差人来投书，必是有大事发生，他忙起身拉开门道：“拿来我看。”纯礼把书札呈上，范仲淹站在门口，迫不及待地拆阅，小鬟端着蜡烛走过来为他照亮。范仲淹匆匆浏览一遍，垂下手臂，惶然道：“再不知止，恐大祸临头！”

年高成国老，道在乐天真。

——范仲淹

# 第四十九章　道在乐天真

## 一

二月初的五陇山已是绿意葱茏，刚过辰时，阳光就洒满了山岗。披着春日的暖阳，范仲淹在几名从事的引导下，沿着一条山道，径直走到一座坟茔前，躬身深揖，哽咽道："希深，仲淹看你来了！"

去年秋末，范仲淹在邠州接到长子纯祐的家书，向他禀报了又一个惊人的消息：国子监直讲石介请求外放京东路，朝廷任其为濮州通判，刚到任所就暴卒了，年四十一。不久，徐州举子孔直温利用邪教发动叛乱，旋即被扑灭，官军从孔直温家中搜出石介写给他的书札，随即传出一个可怕的流言，说石介并没有死，而是偷偷潜往契丹，阴谋引兵南下，主使者是知郓州富弼，一旦契丹兵马越过边境，富弼将引河北兵马接应。无疑，这是朋党之说、行伊霍之事、《废立诏草》的延续。石介已死，幕后黑手仍不罢休，意欲将他们心目中的所谓党人置于死地，范仲淹为之惶恐。陕西四路沿边安抚使的身份，意味着他有节制四路兵马之权，倘若不辞职，说不定勾结元昊与富弼引契丹兵马夹击国朝的流言很快就会传出；而且在邠州大半年的经历表明，推行横山策已无可能，留在陕西徒增嫌疑。他致书韩琦，向他交底："年向衰晚，风波屡涉，不自知止，祸亦未涯，此诚惧于中矣！"国朝优待文士，有请郡之制。范仲淹遂上《陈乞邓州状》，直言不讳说他到陕西本欲躬行攻守策，可朝廷方用柔怀，不欲修威，恐成生事；既如此，边事自有诸路经略使处置，陕西四路安抚司即可罢去；他宿患肺疾，国有危难时不敢自求便安，既然朝廷宣示西事已定，他恳求皇上察其多疾，许从善地，以便就访良医。依照惯例，二府大臣外放，除了西京和南都，就是陈州、邓州、青州等处了，其中邓州风俗淳厚，政简讼稀，又是医圣张仲景的故里，故范仲淹心目中的善地，首选邓州。奏状上达一个多月后，朝廷颁旨，以边事宁息，盗贼衰止，范仲淹罢陕西四路安抚使，由从四品谏议大夫升正四品给事中，以资政殿学士知邓州。接到制书，与前来接替他的好友叶清臣交政后，即启程赴任。路过长安，知永兴军郑戬挽留款待，二人痛饮大醉，赋诗以纪。经过一个多月跋涉，十天前抵达邓州。

七年前，以中书舍人知邓州的谢绛卒于任上，葬于此。他是范仲淹的同年。当年范仲淹从河中府移陈州通判路过洛阳时，谢绛、欧阳修并引介尹洙、蔡襄和谢绛的妹夫梅尧臣等官场文士，欢聚一堂，诗酒唱和，结下不解之缘。范仲淹贬知饶州时，谢绛赋诗相赠，给了他莫大的慰藉。此番到邓州来，又闻谢绛知邓州期间多有惠政，故迫不及待地前来祭吊。礼毕，范仲淹仍不忍离去，凝视坟茔，脑海里闪现出谢绛生动的面孔，仿佛在问："希文，他们都好吗？"范仲淹的泪水淌了下来，默念道："希深，众好友星散矣！"

去年秋天，欧阳修因台官诬讪其与外甥女乱伦，自请守郡，落职龙图阁直学士，知滁州；尹洙因水洛城一案与郑戬、董士廉结仇，董士廉伏阙讼冤，揭发他以公用钱为部将还债，御史据此纠弹，尹洙被贬均州监酒税；蔡襄在进奏院之狱兴起后以奉养老母为由请外放福建路，奉旨知福州；梅尧臣……想到这里，范仲淹的眼泪淌了下来。

众人忙上前劝慰，范仲淹这才转身往回走，待心情平复下来，对跟在旁侧的从事道："适才祭文里'复仰前政'之句，想必诸位听到了，诸位说说看，仲淹守邓州，该做些什么？"

几位从事愣住了。邓州乃安置元老大臣之地，此公到后，在给邻郡光化军郡守李简夫的和诗中，有“欲少祸时当止足，得无权处始安闲”之句，大家都以为他也会和此前的元老大臣一样，是来此地求安闲的，怎么下车伊始，就思谋起做事来了？

自经略西事、推行新政，倏忽八个年头，日夜操劳，出入风波，范仲淹已是身心俱疲。在《谢转给事中移知邓州表》里，对朝廷悯其勤劳，致诸安逸万分感激；在《邓州谢上表》里，再次表达了进以清近之秩、付以偃息之藩的谢意。但真的悠游善地，无所事事，他又自知做不到。赴任途中路过郏县时，收到在家丁忧的友人田况的书札，附有一道他给朝廷的章奏，婉转为范仲淹和新政辩护，又敦请皇上不要重新回到因循守旧的老路上去。这更激发了范仲淹的忧君之心。虽然在给田况的回书中委婉表达了当下以避祸为上的意思，却也知会田况，涉道贵深，退却自乐，非升沉之可动摇也。接政后所上《邓州谢上表》中，毫不隐晦地申明自己遭谤议的原因，又呼应田况的奏疏，最后表明求民疾于一方、分国忧于千里的态度。但邓州平原沃野，人稠物丰，风俗淳朴，政事绝简，实在没有什么事情可做，这才借祭吊有贤郡守之誉的谢绛之机，向从事发问。

“呵呵！资政是文章大家，多写些诗赋，就是对邓州最大的贡献咯！”

“是啊是啊，置酒高会，吟诗作赋，盛世之象也！”

范仲淹见问不出所以然，一挥手道：“到百花洲看看。”

州城东南，有一片浩瀚的湖泊，谓之东湖；湖中靠近外城城墙一侧，建有一座人工岛，岛上遍植百花，故名百花洲。

随从将马牵到，众人上了马，范仲淹随口吟道：“野岸溪几曲，松蹊穿翠阴。不知芳渚远，但爱绿荷深。”这是欧阳修《和梅圣俞百花洲二首》里的诗句。当年谢绛知邓州，欧阳修、梅尧臣特来拜访，赋诗以纪其事，范仲淹到邓州后又检出赏析，过目难忘。但到了百花洲，范仲淹却有些失望。洲上满目杂草，谢绛创建的览秀亭柱子上油漆斑驳脱落，已然破败。他转身问：“此乃邓州胜景，百姓可否到此游玩？”

众人摇头。范仲淹没有再问，在洲上来回踏勘着，又沿栈桥走到西边的城头，伫立四望。良久，方开口道："孟子云：'乐民之乐者，民亦乐其乐；忧民之忧者，民亦忧其忧。'我意，重整百花洲，辟为园囿，许民同乐。"又指了指城头道："在此建书院，振兴邓州文运！"

"太守德政！"众人齐声叫好。

"我历宦江南多郡，觉得江南园林淡雅相尚，布局自由，亭榭廊槛，宛转其间，且儒释道精神蕴涵之中，清新洒脱，诗意盎然。"范仲淹若有所思道，"园林以得水为贵，此地有东湖，照江南园林风格设计，如何？"

"如此，方为名副其实的胜景嘞！"通判韩绛赞同道。

正说着，一名州校骑马赶到，附耳向范仲淹禀报了几句。

"你没有听错？"范仲淹一脸惊疑地问。

"小卒没有听错。"州校肯定地说。

范仲淹深吸了口气，露出怒容，向众从事拱了拱手，跨马向官舍赶去。

## 二

范仲淹下了马，怒气冲冲往官舍走，长子纯祐带着纯仁、纯礼和长婿蔡交在宅门相迎。不待四人施礼，范仲淹指着纯祐质问道："谁让你来的？"

纯祐以父荫补将仕郎，娶表妹为妻。去年初，范仲淹要他到流内铨候补，差遣为司竹监。纯祐对这个差事了无兴趣，朝廷里对范仲淹的谤议更令他处境尴尬。尤其是去年秋冬之交发生了石介、富弼要引契丹兵马南侵的流言，让他胆战心惊。在差人向父亲禀报的同时，提出辞官侍父的请求，范仲淹没有同意。此后的一个多月里，局势越来越严峻，朝廷罢去富弼京东路安抚使之任，移知青州，又诏命京东路差员到石介家乡奉符县开棺查验。御史知杂事鱼周询奏："此事造端，全是夏竦，意本不在石介……夏竦疑仲淹等排摈，以石介曾被仲淹等荐引，故欲深致石介恶以污忠义之臣。"皇上不听，差中使持诏至奉符县。纯祐见事连父亲，越发恐惧。但范仲淹念及纯祐刚为官做事不久，虽修书希望全家到邓州团聚，却特意嘱纯祐不必前来。适才在百花洲，州校禀报说他的长子、次子到了，范仲淹不敢相信。到官舍一看，见纯祐到底是来了，自是火冒三丈。

纯祐一脸惊恐道："大人，儿、儿怕……"

范仲淹瞬间心软了。纯祐自幼随他出入风波，屡受惊吓，不惟身体羸弱，且养成了胆小怕事的性格。他正眼看着纯祐，见他目光飘忽，神情呆滞，缩着脖子像是在躲避什么，一副战战兢兢、惊恐不安的样子，不觉吃惊。离开他仅仅一年，纯祐已是判若两人。

"大人，请看这个。"纯祐胆怯地嘀咕道，从袖中掏出张稿笺捧递给父亲。

范仲淹接过一看，是梅尧臣所作《谕乌》诗，竟有"养子颇似父，又贪噪豺狼"之句。他浑身战栗，喘息声急促起来。梅尧臣攻击他有避贤之罪，他无话可说，因何把气撒在下一代身上？纯祐胆小怕事，又常年受他的言传身教，哪里会和"贪"字沾边？梅尧臣未免太恶毒了！但他很快就恢复了平静。一旦怨恨人，自己身心受到的损害比被怨恨的对象还要大。他把稿笺收起，淡然道："心里坦荡的人，不会生怨恨。任凭别人说去，不必理会，也不要和任何人提及，就权作没有这回事。"近前拍了拍纯祐的肩膀："也好，在邓州好好养养身体再出来做事吧！"

"外爷外爷！"一个稚嫩的声音传来，范仲淹抬眼望去，是蔡交四岁的儿子，牵着他五岁的小姨的手往他这边走来，小鬟微笑着跟在两个孩子后面。

范仲淹快步走过去，弯身抚摸着外孙的脸颊，又拉过幼女的手，看了又看。聂氏临终前将她托付给娘家弟媳，小鬟要求将她接到身边抚养，范仲淹方交代纯仁差人到楚丘聂家将她一并带来。

"正臣，叫爷爷！"耳边响起一个女子柔和的声音。是长媳李氏，抱着不到一岁的儿子正臣过来给范仲淹施礼。

小鬟从李氏怀中把正臣接过，递到范仲淹手里，范仲淹抱住长孙，高兴得转起了圈子。

"给大人请安！"是纯仁之妻王氏的声音，她有孕在身，也走过来施礼。

范仲淹把正臣交给小鬟，神色黯然地对二儿媳王氏道：“儿父风岸高峻，缙绅仰望，可惜……”

纯仁的岳父王质去年冬在天章阁待制知陕州任上故去，范仲淹痛惜不已，故一见二儿媳，禁不住提到他。

“走吧，饭菜都预备好了，吃个团圆饭吧！”小鬟及时地调节了气氛，向众人招手道。

范仲淹问：“二丫因何未来？”

纯祐刚要说话，纯仁给他使了个眼色。嫁给贾昌朝之侄贾蕃的二姐身染重病，他不想让父亲知道，便支吾道：“妹夫的叔父是当朝宰相，他不愿离开京城。”

范仲淹点头，又问小鬟：“都安顿下来了？”

小鬟笑了笑道：“家事郎君就不必操心了吧！”

范仲淹微笑着看了小鬟一眼，嘱咐道：“你别太劳累了。”

小鬟已有身孕，她会意一笑，伸出手来，把男人引导到餐厅，领着女人和孩子进了客厅。范仲淹落座，刚要举盏，望着桌上摆着大大小小十几样菜肴，眼前突然闪现出母亲沧桑的面容，又把酒盏放下，感慨道：“我过去贫贱时，与你们的母亲共同奉养你们的祖母，只能吃些粗茶淡饭，从未有过像今日这般丰盛的菜肴。而今我得厚禄，她老人家早已不在人世了，你们的母亲也已过世多年，这是我终身的憾事！”他用手指点着三个儿子：“我不忍看尔辈年纪轻轻得享富贵之乐！”

“儿等记住了！”纯仁欠身点头道，“儿等当用心读书，为大人争光。”

“非为老父争光，是报效国家。”范仲淹又是一阵感慨，“前年我上十事疏，第二件事就是抑侥幸。御史包拯看明白了，说不限制荫补年龄，自幼享富贵的官宦子弟就不愿读书，坐等父兄之荫。可惜，不少人不顾利害，只为保自己子弟的利益，拼命反对，心里全无国家……”

听到父亲提及朝廷的事，纯祐打了个激灵，范仲淹通过余光看到了，不再说下去，举箸道：“饭菜要凉了，快吃吧！”

酒过三巡，话题又回到了京城的种种新闻。纯仁道：“朝廷要开棺检视石介的事，京东路提点刑狱吕居简说，若破冢发棺，确认石介已死，无法收场；不如让亲族门生及棺敛之人写保状，同样也算应诏了。中使接受了吕居简的建言，回京复命，皇上也未再追究。”

“石先生芒角太高，我曾劝他到蜀川守一通判，不听，直至惹祸。”范仲淹惋惜道。

纯仁又道：“开棺之事一出，百官私下都说，朋党之论忽起、行伊霍之事、《废立诏草》、富弼要引契丹兵马南侵等等，背后都是夏竦主导的。”

“夏竦有才干，但……”范仲淹说了半句，又止住了。他一向不在背后议论人，何况是在儿子和女婿面前，遂改口道：“荣利无穷，千古困人。当以道自任，以道自乐。”

纯祐茫然地看着父亲，纯仁、纯礼、蔡交都连连点头。

风声鹤唳的开棺检视石介一事不了了之，标志着一波接着一波对范仲淹、富弼等人的冲击浪潮渐渐平息了；在政事绝简、风俗淳厚的善地享受儿孙绕膝的天伦之乐，范仲淹的内心感到从未有过的宁静。七月中旬，依照范仲淹的设计，百花书院落成，内设春风堂、藏书楼、斋舍，还在城头构筑春风阁、文昌阁；书院东侧的百花洲也整修一新，重修览秀亭，新建嘉赏亭，又把西郊各种菊花移植过来，辟菊台。范仲淹赋《定风波·自前二府镇穰下营百花洲亲制》一首，直呼恍然身入桃源路。

七月十四，小鬟诞下一子，范仲淹为幼子取名纯粹。次日是中元节，恰逢今年进士科状元、邓州人贾黯授将作监、通判襄州，赴任途中便道回乡，范仲淹与众从事在百花洲设宴，纳凉赏月。

范仲淹举盏恭喜贾黯状元及第，为邓州大开文运带了好头，贾黯起身一揖道：“某生也晚，偶得科第，愿受教。”

“直孺请坐！”范仲淹叫着贾黯的字道，“直孺魁多士，不必担心以后不会显贵，惟‘不欺’二字，可终生行之。”

贾黯起身相谢，躬身道：“晚生铭记！”

“我观‘不欺’二字，即一个‘诚’字，对人对事，诚心诚意。”

“不欺，即言行一致，表里如一，遇事坦然有余地。”

众人边议论，边相互敬酒，气氛活跃起来，又歌又舞，仿佛一群少年。

“资政乃文章高手，不能无诗啊！”

“对对，太守当赋诗以纪！”

范仲淹略作斟酌，赋诗一首：

南阳太守清狂发，未到中秋先赏月。
百花洲里夜忘归，绿梧无声露光滑。
天学碧海吐明珠，寒辉射空星斗疏。
西楼下看人间世，莹然都在青玉壶。
从来酷暑不可避，今夕凉生岂天意。
一笛吹销万里云，主人高歌客大醉。
客醉起舞逐我歌，弗舞弗歌如老何。

众人齐声叫好，宴席尽欢而散。

范仲淹骑马往官舍走，远远地就看到像是次子纯仁陪着什么人在等他。正纳闷，纯仁迎上前禀报道：“大人，岳阳滕太守差人来。”

范仲淹“哦”了一声，滕宗谅的使介施礼道：“滕太守命小卒来取《岳阳楼碑记》。”

“此记恐不能写。”范仲淹瓮声道。

“大人，那是为何？”纯仁不解地问。

## 三

庆历六年九月十五，一个平常的秋日。辰时半，范仲淹缓步进了春风阁。此阁是依照他的设计，于春末筑成，建在外城城头，内可俯瞰邓州全城，外可一览浩瀚东湖，乃赏景佳处。

听决之外，琴籍在焉。这是范仲淹写给友人的书札里自述的在邓州的生活状态。因官舍里住着大大小小三四十口人，不能静下心来读书，所以就把春风阁作为他的抚琴、读书、写作之所。

今天是休沐日。范仲淹走进阁内，一眼看见挂在墙壁上的《洞庭晚秋图》，他走过去，伫立凝视良久。两个月来，为着一桩心事，进阁后总是情不自禁地把目光最先投到这幅图上。

去年秋，范仲淹在邠州收到知岳州滕宗谅的《与范经略求记书》，说他在岳州重修了岳阳楼，拜托范仲淹撰写碑记，随函还附寄了这幅洞庭湖秋景图。收到滕宗谅书札时，正值石介、富弼要引契丹兵南下的流言四起之际，范仲淹惶然恐畏，无暇顾及此事。到邓州后，他赋诗填词、频繁与僚友通书，却仍未动笔为岳阳楼写碑记。中元节时，滕宗谅差人来催，范仲淹索性回答不能写。他知滕宗谅倜傥尚气，为人疏散，喜功名、好荣进，从《洞庭晚秋图》可以看出，重修后的岳阳楼极雄丽，所费必巨。岳州是荒僻之地，百姓穷苦，滕宗谅会不会是为博取个人名声而搜刮民财重修岳阳楼？若如此，焉能为之写记？滕宗谅似乎揣度出了范仲淹拒绝的缘由，修书来告：贬谪岳州后，崇教化，兴建岳州学宫；治水患，筑偃虹堤，目今岳州已是政通人和，百废俱兴，百姓称颂；承前制重修岳阳楼，并未动用库银，更未敛于民，而是出榜示，有宿债不肯偿者，官为督之，债主要到欠债后争相捐资，得钱近万缗，用于重修岳阳楼。楼成之日，他痛饮一场，凭栏大恸。

看到“凭栏大恸”之语，范仲淹心有戚戚，体会到了滕宗谅的悲怆，已是心许了。按常格，当从一千二百年前东吴大将鲁肃建阅军楼入手，写到滕宗谅重修，然后铺述景物。这样的文章，当地老儒写起来，要比他写得生动翔实，所以他不想这么写。若围绕滕宗谅忍辱负重的悲怆来写，基调未免灰暗，格局也太小了。因一直找不到切入点，便拖了下来。

当九月十五日这天再次凝视《洞庭晚秋图》时，距见到滕宗谅催文的使介，正好两个月了。滕宗谅必是着急了。可他脑海里，却没有出现滕宗谅着急的情状，而是他凭栏大恸的场景。一向豪气冲天的滕子京也有如此脆弱的一面啊！《易》云："乐天知命。"知足乐道，浮荣岂足道哉！这样想着，脑海里突然冒出"不以物喜，不以己悲"之句。

"是故，更不可从滕宗谅的悲怆切入。"他自语道，视线从《洞庭晚秋图》移开，走到窗前，推开窗扇，俯瞰百花洲，早起的老者领着一群烂漫顽童在嬉戏，一群书生模样的男子在指指点点或摇头晃脑，像是在赋诗填词。百花洲由官员文士的雅聚之地，变为邓州百姓的园囿，看到老幼流连于此，喜笑颜开，范仲淹露出了欣慰的笑容。做人当"乐天知命"，从而不为外物所役；但孟子说过："乐以天下，忧以天下。"做官，当乐民之乐，忧民之忧，甚至，当更进一步，先忧而后乐！

做人，不以物喜，不以己悲；做官，先忧后乐！他默念着，捕捉到了文眼，一阵激动，转身走到《洞庭晚秋图》前，儿时随侍继父朱文翰穿越洞庭的记忆清晰起来；贬知睦州时淮河遇险、知苏州时泛舟太湖、自饶州赴润州时过鄱阳湖的场景，一幕幕在脑海浮现。忽而阴风怒号，浊浪排空，忽而波澜不惊，一碧万顷……可那分明不是湖泊，而是宦海。只有出没过宦海惊涛骇浪的人，方可体会到去国怀乡、忧谗畏讥、满目萧然、感极而悲的痛楚；也才懂得珍惜静影沉璧、渔歌互答场景的美好。他的思路顿时清晰了，自语道："缘情设景，借题引合！"

阳光透过宽大的窗棂洒进来，阁内明亮温暖。范仲淹文思泉涌，铺开稿笺，手握毫笔，在砚中轻轻蘸了蘸，埋头疾书：

> 庆历四年春，滕子京谪守巴陵郡。越明年，政通人和，百废具兴。乃重修岳阳楼，增其旧制，刻唐贤今人诗赋于其上。属予作文以记之。予观夫巴陵胜状，在洞庭一湖。衔远山，吞长江，浩浩汤汤，横无际涯；朝晖夕阴，气象万千。此则岳阳楼之大观也。前人之述备矣。然则北通巫峡，南极潇湘，迁客骚人，多会于此，览物之情，得无异乎？若夫淫

雨霏霏，连月不开，阴风怒号，浊浪排空；日星隐耀，山岳潜形；商旅不行，樯倾楫摧；薄暮冥冥，虎啸猿啼。登斯楼也，则有去国怀乡，忧谗畏讥，满目萧然，感极而悲者矣。至若春和景明，波澜不惊，上下天光，一碧万顷；沙鸥翔集，锦鳞游泳；岸芷汀兰，郁郁青青。而或长烟一空，皓月千里，浮光跃金，静影沉璧，渔歌互答，此乐何极！登斯楼也，则有心旷神怡，宠辱偕忘，把酒临风，其喜洋洋者矣。嗟夫！予尝求古仁人之心，或异二者之为，何哉？不以物喜，不以己悲。居庙堂之高则忧其民，处江湖之远则忧其君。是进亦忧，退亦忧。然则何时而乐耶？其必曰"先天下之忧而忧，后天下之乐而乐"欤？噫！微斯人，吾谁与归？

时六年九月十五日

只用了一个多时辰，三百六十余字的《岳阳楼记》一气呵成。他轻声吟诵了一遍，顿感酣畅淋漓，起身走到窗前，长长地舒了口气。

候在外面的州吏听到阁内有动静，进来禀报，有客人来谒，是从长安来的年轻人。说着，将一篇文稿呈上。范仲淹一看，乃《庆州大顺城记》，是赞颂他在帅环庆时修筑大顺城之事的，再看署名，原来是张载，欣喜道："请他进来。"

"子厚，怎么找到这里来了？"见张载进来施礼，范仲淹惊喜问。

五年前，张载到延安谒范仲淹，恳求从军，范仲淹勉励他钻研《中庸》，在儒学上下工夫。张载回家后刻苦攻读《中庸》，又遍读释、道之书，听说范仲淹在邓州创办书院，特来相投。

范仲淹惊问："子厚一直未应科考？"

张载答："晚生以为，学习求知当有序，经过渐进工夫，学习方可有成。晚生自知学问浅薄，尚不到应考的时机。"

"老夫没有看错！"范仲淹兴奋道，"子厚必成大器！百花书院因曾有子厚这样一位学子，足可名扬后世！"

“哈哈哈!”随着一声大笑,一位五十上下的男子推门进来了,高声道:“州吏说要通禀,我说不必通禀,看看范太守会不会赶我出去!”

“原叔! 原叔!”范仲淹连声唤着,起身拉住王洙的手,“早就盼着原叔嘞!”

王洙因进奏院之狱,贬知濠州。一年后,朝廷不忍弃才俊,勒除名的苏舜钦被任为湖州长史,王洙则复直龙图阁,知襄州。邓州与襄州相邻,他便借赴任之机来谒范仲淹。

张载见二人是老友相会,忙施礼告辞,范仲淹拦住他,把他引介于王洙,又将王洙引介于张载,这才笑着道:“应岳州太守滕子京之命,范某适才撰成《岳阳楼记》,请二位指正。”说着,示意二人坐下,从书案上拿过新写成的文稿,递给张载:“请子厚一读。”

“弟要先睹为快!”王洙说着,从范仲淹手里截过文稿,大声诵读起来。读罢,感慨道:“《孟子》云:‘颂其诗,读其书,不知其人,可乎?’这哪里是写岳阳楼,分明是范希文夫子自道;哪里是写洞庭湖,分明是写宦海啊!”

张载已被《岳阳楼记》惊得目瞪口呆,良久方搓手道:“晚生听到‘不以物喜,不以己悲’,已觉是千古绝唱;再闻‘先天下之忧而忧,后天下之乐而乐’之句,更是高山仰止。晚生以为,此文妙在忧乐一段。惟贤者而后有真忧,亦惟贤者而后有真乐。乐不以忧而废,忧不以乐而忘。此范公自负之词,亦有望于天下读书人也。见地绝高,非常人所及!”

“此文可传千古!”王洙赞叹道,“中间悲、喜二大段,只是借来翻出后文忧、乐耳。满腹圣贤学问,发而为才子文章,以一己先忧后乐怀抱揭出,既是自勉,亦可勉天下士!”

“范公在布衣为名士,在州县为能吏,在边境为名将。其才、其量、其忠,一身而备数器。”张载感慨道,“今又有此文,史上名臣,无人可及矣! 以晚生看,千百年后,岳阳楼畔江涛滚滚,与范公风烈巍然俱存,而这百花洲,也必以范公名扬后世!”

范仲淹开怀大笑。

“大人——”外面传来次子纯仁的呼唤声，语气急促，像是发生了什么不幸的事。

## 四

正月二十三，是邓州极热闹的日子。依例，这一天官府要举行祭风师仪式，而士女则在七里河游河。刚过正旦节，通判韩绛即向范仲淹禀报邓州有此风俗，请示他是否出面主持。范仲淹爽快道：“先王制礼经，祠为国大事，孟春祭风师，刺史敢有二？”

交了巳时，祭风师仪式在邓州城北高丘举行。范仲淹已斋戒一日，净手焚香，登上祭坛，拱手过头顶，先向北三拜，再转向东三拜，又转向南、向西各三拜，每次皆深揖，头将及地，口中念念有词：“所祈动以时，生物得咸遂。勿鼓江海涛，害我舟楫利。旱天六七月，会有雷雨至。慎无吹散去，坐使百谷悴。高秋三五夕，明月生天际。乃可驱云烟，以喜万人意。愿君入薰弦，上副吾皇志。阜财复解愠，即为天下赐。”

几个身着长衫的老者跟在太守身后，有的洒水，有的扬谷，口中吟唱着乞求风调雨顺的词曲，时而高亢，时而低沉，庄严而神秘。

礼毕，范仲淹抬头看了看天，碧空万里，阳光明媚，他没有回城，兴致勃勃地跨马赶往七里河，观看士女游河场景。

远远地，就听到追逐嬉戏的欢声笑语。范仲淹下马，悄悄走到河边，眼前有几个少女，身穿华丽盛装，步态轻盈地踩在河道的鹅卵石上，聚精会神地寻找着什么。“呀，我找到一个最好最好的！”随着一声兴奋的欢叫，一个少女拿着一个铜钱大小的石子在同伴面前晃了晃，身旁的一名少女伸出纤细白嫩的小手，小拇指翘起，灵巧地将一根红丝线穿过石子中间的小孔，彼此对视一眼，露出惬意的微笑。范仲淹看得入迷，令人陶醉的愉悦充溢在心头，不禁暗自感慨：“这是人世间最美好的场景啊！”

直到悬在天际的半月发出明亮的光，人群方说笑着散去，范仲淹意犹未尽，跨马回返，情不自禁吟出“七里河边归带月，百花洲上啸生风”之句。

可是，到了官舍，他的心情陡然变得沉重，还夹杂着几许自责。穿过宅门，径直来到长子纯祐的病榻前探视。

去年九月，纯仁慌慌张张到春风阁禀报父亲，哥哥受姐夫蔡交惊吓，突发疾病。范仲淹急忙赶回去，却见纯祐浑身缩成一团，目光中满是惊恐，忽而大笑，忽而痛哭，连父亲也不认得了。女婿蔡交“嗵”地跪在岳父面前请罪。原来，纯祐学道家能出神，时常打坐。这天午后，纯祐方在院中观坐，蔡交以为他在发呆，便手持一根柴杖，悄悄走到他身后，在他脑袋上轻轻一敲，谁知纯祐“啊”的一声大叫，神惊不归，遂失心矣！范仲淹延聘名医多方诊治，几个月过去了，纯祐的病状虽有减退，却也未恢复神智，只要一见到生人，就吓得浑身颤抖，语无伦次。这成了范仲淹的一个心病，每每在欢快之时，想到长子病废，就会突然发出一声轻叹。

从纯祐的房间出来，纯仁呈上一封书札，范仲淹阅罢，面露戚容，对小鬟道：“我想接一位病人来。”

小鬟怀抱不足半岁的纯粹，心疼道：“这一大家子，还有大郎的病，够你操心的了，还要再接一个病人来？”

“不然我心不安。”范仲淹喟叹一声道。

“你呀你呀！”小鬟嗔怪了一声，算是答应了。

范仲淹向小鬟一颔首，唤纯仁跟他进了书房，嘱咐道：“适才阅尹师鲁之书，竟是托付后事的。他在均州处境不好，我要把他接来邓州治病。他是朝廷命官，需朝廷允准方可，恐误了他的病，你上紧买些药，差人送到均州去。”

尹洙因董士廉伏阙讼冤，揭发他以公用钱替下属还债，受到御史纠弹，贬监均州酒税。受此打击，他的身体垮了。赴均州时已患病，而知均州赵可度又对其百般刁难，致使他心情郁闷，病情加重。范仲淹多次修书安慰他，给他寄去药品，今日接尹洙来书，向他托付后事，范仲淹心急如焚。尹洙有大才，还在四十多岁的壮年，若接到邓州治病，或许还可挽救他的生命。

拖了两个月，朝廷才批准范仲淹的请求。这天，接尹洙的马车到达邓州驿馆。尹洙躺在车厢里，已然脱形。范仲淹心疼地拉住他的手问："自延安一别，不过五年，英气勃发的尹师鲁，怎就变成了这般模样？"

尹洙想到那年正月去延安说服范仲淹出兵未果，发誓今生不再相见，想不到再相见时，果然就是永诀，两行泪珠涌了出来。

范仲淹又问："师鲁，寄去的花蛇胆你照方服用了吗？"见尹洙茫然转动着眼珠，又道："师鲁不要悲观，邓州有名医，又多药剂，慢慢会好的。"

不多时，邓州的几位名医先后到了驿馆，一番诊断下来，医官不是叹息，就是摇头。范仲淹向医官抱拳道："若药石不见效，就做针灸，千万设法挽救尹公的性命啊！"几位名医勉强点了点头。

夜半时分，范仲淹已入睡，州校叩门禀报，尹洙病危。范仲淹急忙起床赶到驿馆，尹洙倚坐病榻，喘息急促，神志甚清醒，却闭口不谈后事。范仲淹为了让他放心，只得说："师鲁生平大节，忠义行事，我会委托韩稚圭、欧阳永叔书写志表，垂于不朽！"

尹洙举手叩头。

范仲淹又道："我知师鲁一向守廉，家中贫困，我和韩稚圭、欧阳永叔会分俸供养师鲁家属，不会让师鲁妻儿流离失所。"

尹洙又举手叩头道："渭州有两个儿子。"说罢即就枕，不再出一语。

次日一早，范仲淹差人前往渭州去接尹洙二子，又和前来拜访他的京西路提刑赵良规一同到病榻前探视。尹洙睁开眼睛道："范公昨夜示谕，洙皆记于心，已相别矣，何必再来！"

范仲淹知尹洙是怕误了他的公事，安慰道："师鲁不必挂心，我把种世衡在青涧城打井的事说于众人，众人备受鼓舞，打井之事不必我亲自到场了。师鲁病成这样，我放心不下。"今年春旱，数月无雨，进入三月末，皇上避正寝减膳，宰相贾昌朝援引汉朝因灾异册免三公故事，上表乞罢相，以应灾变。朝廷重视春旱如此，誓言求民疾于一方、分国忧于千里的范仲淹自是全力以赴，带领父老凿井、开堰引水，以救旱灾，这是他到邓州以来最忙的时期。

尹洙却不领情，语气生硬道："死生常理，范公岂不晓？"又盯着赵良规道："人死，是自然变化，像睡觉一样，别惊动他。"

守在旁侧的家人听到尹洙的话，禁不住哭泣起来。尹洙转过脸去看了一眼，冷漠道："我自了当，不再管汝等了。"

又过了两天，正在带领从事查勘灾情的范仲淹接到尹洙凭案而逝的消息，急忙赶回，垂泪问："师鲁逝前，有何交代？"一直在驿馆看顾的通判韩绛答："我辈询问尹公对家事有何交代，尹公言此时再说人间事，已无乐趣。最终也未再说别的。临终前脸上没有一丝戚容，神色安详。"

范仲淹惊叹道："庄老释氏齐生死之说，尹师鲁学到了，奇异！"又一蹙眉道："我知尹师鲁才不尽抒，志不得遂，屡蒙冤屈，内心万分痛苦；又见他平常对儿女怜爱有加，到死因何了无牵挂，安然而去？"

韩绛道："尹公牵挂的事，范资政都已安排妥帖，尹公自可放心而去了。"

范仲淹不语，内心却也感到安慰，当即召集众人哭祭，将尹洙入殓，又连修三书，请知扬州韩琦为尹洙作墓表，知滁州欧阳修作墓志，知安州孙甫作行状。

四月初九日四更，举行辞灵仪式，范仲淹特知会阖城官员并举子、书院生徒，皆来吊唁，列队与尹洙作最后的告别。尹洙的灵柩被暂厝于西禅寺，家属也留在邓州，待秋凉再护送回洛阳老家安葬。

"人谓范资政与尹公乃朋党，以下官看，天下没有这样的朋党。尹公与范资政就进讨西夏、修筑水洛城，针锋相对，如同仇寇，可尹公落难，范资政视为家人，操持一切，这才是世间真朋友啊！"通判韩绛感叹道。

范仲淹道："儒者行事，本就应如此！"

## 五

庆历八年正月初八，邓州街头到处都是积雪，北风吹过，不时有雪团从屋顶、树梢“呼啦啦”飘下。辰时刚过，男女老幼成群结队向邓州州署前涌去，不到半个时辰，就聚集了数千人。通判韩绛兴冲冲进了后堂，大声道：“邓民请留资政，场面壮观！”

范仲淹起身走到首门外，向人群抱拳相谢：“多谢父老相留！范某守邓州，并未做什么，父老请留，范某感动不已，当再向朝廷上表，恳请留任，以慰父老挽留之意！”

“太守不能走！”

“太守务必留下，不然我辈伏阙请留太守！”

范仲淹抱拳一揖，又向韩绛招手，示意他引导百姓散去。

邓州属京辅之地，往者二府旧臣守邓州，短者数月，长者也不过一年左右，而范仲淹到此已满两年；又虑及时下在朝廷主政的是陈执中、夏竦、高若讷，为解除他们的戒心，早在去年夏季，范仲淹就上表，请求留守邓州或移浙中一郡。刚过正旦节，朝廷的诏旨到了，命他移知荆南府。范仲淹颇感意外，正踌躇是不是再上表请留，得知百姓聚集相留，遂提笔写下《乞留邓州表》：

> 臣以本朝盛德，优礼近臣，多处京辅之间，以存国体之重。而又子有疾恙，日常忧虞，复困道途，仍远医药。遂至再三之渎，庶通万一之情。伏蒙皇帝陛下，曲轸洪私，特回中旨。许留旧治，免涉长川。

两个月后，朝廷收回了移知荆南府的成命，重新下诏，命范仲淹复知邓州。他为守善藩而欣慰，与人唱和间全无忧戚之句，可内心并不轻松。去年夏季，河北的不少流民到邓州、随州一带乞讨，范仲淹给韩琦修书，对河北灾荒“大烦忧轸”；均州、房州、金州，接连出现一些叛乱，虽很快平息，范仲淹却为之忧心不已，诗中是“优游款嘉宾”的恬静画面，内心深处却被忧思之网所笼罩。

“资政，元昊于正月十六暴卒啦！”通判韩绛举着邸报进了春风阁，满脸惊喜道，“其子谅祚继位。谅祚，乳臭未干的娃娃！”

“哦!”范仲淹露出惊喜的神情。这正是他所设想的收复横山的良机,遂疾步走到书案前,提笔给朝廷上疏。

已蘸好了墨汁,却又把笔放下了。

近来,内外接连发生不测之事,局势微妙。去年冬天,河北路贝州守军利用邪教发生兵变,久未平息,朝廷不得不遣参知政事文彦博亲往平叛,方于闰正月初一破城;二十二天后,皇宫大内突然有亲事官夜半杀向皇上的寝宫福宁殿,幸得曹皇后临危不乱,指挥平息了发生在宫内的叛乱。为此,朝廷对入内省和皇城司进行清洗,由河北沿边都巡检回朝任入内省都知的杨怀敏,却只是降官阶,照旧掌领大内。谏官上章纠弹,言枢密使夏竦与杨怀敏早有勾结,有意庇护他,恰逢京城天上五次震响,皇上急召翰林学士张方平垂问,张方平奏曰:“夏竦奸恶邪佞,上天因此示警,应把他逐出朝廷。”皇上纳之,罢夏竦枢密使,知河南府。夏竦被罢,中枢重新调整,皇上召对近臣垂问辅翊之能,新任三司使叶清臣奏道:“辅翊之臣,抱忠义之深者,莫如富弼;为社稷之固者,莫如范仲淹;谙古今故事者,莫如夏竦;议论之敏者,莫如郑戬。”叶清臣的这些话,已传遍朝野。范仲淹若此时提出实施收复横山,或被误以为他不安于守郡,试图东山再起,从而引起陈执中的猜忌,实施横山策绝无可能。这样一想,不得不打消了此念。

可是,此事挂在心里难以放下,斟酌了一个多月,给移知真定府的韩琦修书:

> 真定名藩,生身在彼,自识别以来,却未得一到,谅多胜赏也。此中如常,夏田丰稔,所辖金、均、房相去各五七百里,山川险隔。自冬至春,三州各有小小结构,幸而告败,岂刑杀不能胜其骄耶?此一弊如何可救,使得久安?忧思。西寇天诛,此又与而不取之时也。横山一带,正可行前策,衰老不敢言。明公雄望,诚可建白,但虑不从耳,可惜可惜!

向韩琦提出救弊和攻取横山二事，是希望尚在盛年的韩琦保持对国事的关注，而他自己到了花甲之龄，疾病缠身，属于他的时代已然结束，到了该收场的时候了。可无论是救弊以确保皇宋长治久安，还是攻取横山彻底消除西北边患，韩琦在回书中，表达的是无能为力的惋惜之意。

范仲淹只能仰天长叹。他理解韩琦的苦衷。重组后的中枢，叶清臣提及的富弼、范仲淹、夏竦、郑戬等，皇上都未召用，而是以陈执中、文彦博为宰相，庞籍、吴育为参知政事；曾以范仲淹私与元昊通书而提议行诛的宋庠为枢密使，蔡襄在《四贤一不肖》诗里讥为“不肖”的高若讷为枢密副使。所以，四个月后接到移知杭州的诏旨，范仲淹没有再请留，而是立即动身，离开了邓州。

离开京辅之地，预示着从此远离朝廷，是谢幕的时候了。他绕道六百里外的陈州，向曾经提携他的师长晏殊道别。

晏殊因受弟子蔡襄、孙甫构陷，外放颍州，再移陈州。范仲淹到邓州后，有《献百花洲图上陈州晏相公》诗相赠。这次到陈州，欢饮数日，将别，赋诗《过陈州上晏相公》。

晏殊哽咽道：“希文年齿、名望、功业，均在晏某之上，如今年过花甲，须发尽白，书题问状，仍自称门生，晏某受之惶然啊！”

范仲淹动情道：“仲淹一介寒儒，沉于下僚十余年，已对仕途绝望之际，幸得晏公举荐，方使仲淹显于当世。儒者若连有恩于己的师长都不敬重，所谓忠君报国，恐限于奢谈。”

晏殊点了点头，伤感道：“吾辈老矣，此别恐再难相见，赴任期限尚早，就请希文多留几日。”

范仲淹抱拳道：“不瞒晏公说，仲淹此去，要在苏州停留，办一件私事。”

千载家风应未坠，子孙还解爱青山。

——范仲淹

# 第五十章　千载家风应未坠

## 一

苏州灵芝坊范氏祖宅里，范仲淹与三哥范仲温一大家人围坐在岁寒堂中喝茶叙旧。

范仲淹是前天薄暮抵达苏州的。他的老友、知苏州蒋堂将他安置于姑苏馆，免不得一番宴请。昨日上午，蒋堂又陪他到苏舜钦所建沧浪亭凭吊。苏舜钦被判监主自盗罪，愤而出走，在苏州建此亭隐居，被复起用为湖州长史不久，以四十岁之龄故去，范仲淹惋惜不已。凭吊沧浪亭后来到灵芝坊，诸家拜访范氏族人，又在松风阁宴请族长与族中主事人等，商定了续修家谱之事，众人散去，方有暇与三哥坐下来说家事。

范仲温蒙六弟之荫补官，前年腊月，在黄岩县令任上时，因夫人丁氏去世，加之自己也年过花甲，便请求告老还乡，以太子中舍致仕。他的三个儿子皆以叔父范仲淹之荫补官，二郎、三郎补监簿，四郎补太祝，三人为丁母忧而家居。前不久，范仲温因对二女婿不满，宣布断绝与二女儿一家来往，自己也被气病，现下强打精神陪着六弟与子侄坐在岁寒堂里说话，心里却还在生二女婿的气。

“三哥有恙，皆忧家及顾儿女所致。”范仲淹劝道，“千古圣贤，不能免生死，不能管后事。一身从无中来，却归无中去。谁是亲疏？谁能主宰？既无奈何，便放心逍遥，任委来往，如此了断，既心气渐顺，五脏亦和，药方有效，食方有味。三哥宽心将息就是了。”

范仲温道：“六弟的身体也不健朗了，要多保重。”

范仲淹点头，又问三个入仕的侄子道：“汝等可记得老叔的教诲？”

“记得记得！”二郎、三郎、四郎齐声道。二郎一晃脑袋，诵出了六叔写给他的一封书札：

> 汝守官处小心，不得欺事，与同官和睦多礼，有事即与同官议，莫与公人商量。莫纵乡亲来部下兴贩，自家且一向清心做官，莫营私利。汝看老叔自来如何？还曾营私否？自家好家门，各为好事，以光祖宗。

三郎不甘示弱：“侄儿不惟记得六叔教如何做官的话，还记得补官前的话！”说着，闭目诵出六叔的一封家书：

> 彼中儿男，切须令苦学，勿使因循。须候有事业成人，方与恩泽文字。兼今后不乱奏人，逐房各已有恩泽，须是有事业，可以入官，方与奏荐也。

四郎补充道：“还有一封家书，写给我们兄弟三人的，说‘汝等但小心，有乡曲之誉，可以理民，可以守廉者，方敢奏荐’。”

“嗯，看来汝等是记住了的。”范仲淹满意地点头道。

“你六叔那么忙，不惟教诲汝等做人为官，就连日常生活，也常挂心上。”范仲温感慨道。

“是啊！”二郎道，“侄儿还记得，有一次六叔家书里说，‘家中用术入井中或水瓮中浸之，充日用，其水辟瘟。以竹篮子盛之，以篾钓却，贵不沉也’。”

“嘿嘿，我要看老鹰抓小鸡！”一直低头不语的纯祐突然傻笑着道。

自邓州启程前，次子纯仁已带着妻小赴京到礼部报名，参加进士科考试；女婿蔡交因棍击纯祐一事，无颜面对岳父，早就带着家小回京了；患病的纯祐被带在身边。或许是到了陌生环境，纯祐的病又犯了。范仲淹皱了皱眉头，向纯礼使了个眼色，纯礼忙起身拉住大哥的手往外走。

范仲温向三个儿子摆手道："汝等也去看顾。"三个儿子急忙追了出去，范仲温叹了口气道："六弟，纯祐的事，要事先安排停当啊！六弟也年过花甲了，该造所宅子。总要有个家啊！"

"三哥！"范仲淹唤了一声，神色庄重道，"多年来，弟一直想为宗族做些事，方今弟已年迈体衰，该是了却心愿的时候了。这次便道回来，就是为……"

"六弟，不要说了！"范仲温打断他，"六弟孤寒，范氏不曾给六弟一丝一毫的帮助，复姓归宗时，还差一点被拒之门外，三哥……愧疚啊！"

二十二年前复姓归宗时发生的一幕幕，并没有从范仲淹的脑海里消失。在给友人的书札里，曾有姑苏"风俗太薄"之语，惟其如此，他更想以自己的实际行动，为扭转风俗尽一份力量，遂笑了笑道："三哥不必再提过往了。弟意已决，要把这些年的积蓄捐……"

"捐？"范仲温未等六弟说完，就大惊道，"这些年，六弟为国操劳之余，为范氏家族做的事也够多了。且不说六弟官至宰执，光宗耀祖，就是各房蒙受六弟荫补外出做官的，也有七八人，六弟又时常运送米面来接济各房，如今六弟老了，连所宅子也没有，三哥于心何忍？"

范仲淹一笑，从袖中掏出一张稿笺，递给范仲温："这是弟写下的，请三哥过目，传示族中子弟。"

范仲温一看，是《告子弟书》，只见上面写着：

吾吴中宗族甚众，于吾固有亲疏，然吾祖宗视之，则均是子孙，固无亲疏也。苟祖宗之意无亲疏，则饥寒者吾安得不恤也？自祖宗来，积德百余年，而始发于吾，得至大官。若独享富贵而不恤宗族，异日何以见祖宗于地下？今何颜入家庙乎？

“弟欲将历年积蓄捐出，于吴中购义田，以推食宗族。纯祐、纯仁、纯礼皆支持，纯仁更说他以后富贵了，也要接续下去。弟这次便道回来，就是想与三哥商量此事的。”范仲淹解释道。

“不可！”范仲温用力摇手道，“六弟自己的事都安排停当了再说。我知六弟为官清廉，你有多少积蓄？听说滕太守死的时候，家无余财。”

就在接到范仲淹所撰《岳阳楼记》的次年，知岳州滕宗谅移知苏州，两个月后却病逝于任所。众人为他办理后事时，方知他并无余财，苏州绅民为之唏嘘。范仲淹撰《祭同年滕待制文》，又作《天章阁待制滕君墓志铭》，自是知其身后事的，遂向三哥解释道：“弟与滕子京不同。皇宋高官俸禄优厚，且常有赏赐，而滕子京官职低微，最高才做到七品员外郎，不久又被降官，俸禄不多；滕子京其人倜傥自任，好施与，热衷于花天酒地，故不会有多少积蓄。弟官至正四品，又有资政殿学士职衔，俸禄和赏赐甚厚；弟虽也时常分俸资助友朋，但不营私第，省吃俭用，没有额外花销，故还有些积蓄。”

范仲温还是摇头，劝道：“六弟，纯祐病废，纯礼、三丫还没有成家，纯粹尚幼，那点省吃俭用的积蓄，给他们留着用吧！”

范仲淹道：“弟在南都读书时，甚仰慕师祖戚同文，其中有一个重要原因，就是戚公尚信义，宗族贫乏者则周济之，丧则赈恤之；弟当年在泰州做幕职，甚钦佩发运使张纶，张公与宗族同其有无，孤藐养于家；弟守姑苏时，得祖父所录书册，知祖父故交窦禹钧前辈，同宗及外戚贫困者，窦公出金助其葬，凡二十七丧，助孤女出嫁者，凡二十八人，相知者家境窘迫，必以金助其子弟经商，以养家活口。圣人云：见贤思齐。况且，乐富贵而羞贫贱，我与祖宗同是心也；爱其子孙而不欲其贫且贱，我与祖宗同是心也。弟此举，非以斗米匹缣使能饱暖族人，欲为传远之计。”

范仲温叹了口气道：“六弟欲使我范氏家族长保富贵，三哥夫复何言。”

范仲淹见三哥终于松口，便把自己的想法陈述一遍：“弟所存积蓄，可购一千亩上好良田，所得租米，自远祖而下诸房，计其口数，供给衣食及婚丧嫁娶之用。族人日有食、岁有衣，虽至贫者，不复有寒馁之忧。外姻亲戚，如贫窘有急难，或遇年饥不能度日，诸房同共商议，于义田米内量行济助。”顿了顿，又道：“老宅和天平山祖茔也该修缮一下了，也由弟出资。此事，就烦劳三哥操持了。”

“六弟！”范仲温唤了一声，泪水夺眶而出，再也说不下去了。

## 二

杭州是江南第一大都会，所辖钱塘县，县治在州城西北，辖西溪等四镇十一乡，是本州治下首县。

仲秋的一天，辰时已到，主簿、县尉等佐官并巡检、皂吏已各就各位，威仪摆设齐整，单等知县韩汝玉升堂。可等了许久，未听到一点动静。主簿命皂吏到官舍打问，却见大门紧闭，不见人影。主簿闻报，与巡检嘀咕了几句，带上皂吏并几名人犯，赫赫煊煊来到县衙北边的一个院落前，击鼓鸣锣，皂吏人等一字摆开，叉手拱立，行升堂仪式。

知钱塘县韩汝玉听到外面锣鼓齐鸣，人声嘈杂，惊出一身冷汗，忙从被窝爬起，打开首门一看，县衙大堂的阵势摆在了门口，他羞愧难当，不敢抬头，一面向主簿、巡检作揖，一面恳请速撤回县衙。主簿与巡检对视一眼，示意左右将韩汝玉架起，强迫他坐在摆在首门的一把椅子上，升堂审案。

原来，韩汝玉眷恋妓女盈盈，经常宿其宅中，主簿、巡检故意以这种方式羞辱他。韩汝玉自知理亏，无可奈何之下，只好在妓女宅前升堂，草草问了一个案子，惶惶然收场。

消息很快传开。傍晚时分，知杭州范仲淹接到禀报，沉脸道：“守令如此不自爱，可恼！”唤来书手吩咐道：“起稿，劾罢之！”书手领命，刚要走，范仲淹摆摆手：“我知韩汝玉进士出身，政声颇佳，为此事废弃之，殊为可惜，待查核明白再参劾不迟。”当即唤来指使魏佑，命他明日一早，到钱塘县微服私访。

第二天巳时未过，魏佑就急匆匆回来禀报：韩汝玉一早升堂，当众宣布自己罪状，命皂吏杖其一百。范仲淹甚惊奇，正思忖如何处置，韩汝玉差亲吏前来投帖。打开一看，是一封自劾状，称自己行为不端，大干禁条，又耽误公务，被下属羞辱，已无面目再面对钱塘百姓，从今日起，自愿解职。”

“韩令因何与私妓厮混？”范仲淹问。

“知县哪都好，就是痴情一端，遭人非议。”韩汝玉的亲吏苦笑道。

“主簿人等因何羞辱韩令？”范仲淹又问。

亲吏答：“知县守廉，约束属下甚严，主簿等积不能堪。”

范仲淹斟酌片刻道：“把韩令的自劾状收回吧。但此事传得沸沸扬扬，他也不宜再治钱塘。正好富阳令空缺，札委他摄富阳县事，待奏明朝廷，再正式委任。转告韩令，盼他能自爱自重。”

韩汝玉的亲吏刚告退，两浙路都转运使孙甫就进了州署。

孙甫与欧阳修、尹洙乃密友，对范仲淹执弟子礼，因被视为范仲淹一党而由谏官外放。前年尹洙在邓州病逝，范仲淹提议由孙甫为他作行状，二人书札来往不断。前不久，孙甫由河北路都转运使移任两浙路，运司官署离州署咫尺之遥，二人更是常来常往，诗词唱和。可今天孙甫神色严肃，进了后堂，抱拳一揖道：“范公，钱塘县的事，想必听到了吧？”

“呵呵，老夫已然处分毕。”范仲淹边让座边道。待孙甫坐定，他把情形约略说了一遍，最后将札委韩汝玉摄富阳县的决定说了出来。

孙甫正色道：“范公，弟子的差遣是两浙路都转运使，具有监察路分内州县守令之责，范公的差遣是知杭州，自是弟子监察对象。若弟子在范公这里屈理循情，就不能在别处行朝廷法。故弟子对范公与诸州县守令一视同仁，一切以律法相绳，不敢循私情。”

“之翰，我还不知道你吗？”范仲淹叫着他的字，笑着道，“各有职守，自当如此！”

“那就好！”孙甫舒了口气，随即两眼一瞪，质问道：“官员与私妓有染，依法当革职，范公怎可如此袒护？”

“这种事嘛……”范仲淹笑了笑，解释道，“韩令有政声，守廉纯孝，不宜轻弃。况且，他已知错，当众自受杖一百之刑，就不要纠缠不放啦！”

孙甫皱眉沉吟，良久方叹口气道：“范公是元老大臣，以此身份或可便宜行事，鉴此，弟子这次就让一步。”

过了十来天，韩汝玉与妓女盈盈缠绵眷恋，仍未离开杭州。范仲淹闻报，苦笑道：“韩汝玉果是痴情人。”对指使魏佑嘱咐了一番，次日即在西湖泛舟摆宴，邀韩汝玉畅饮，待韩汝玉酩酊大醉之时，范仲淹命船工解开缆绳，摇橹驶往新安江而去。

回到州署，都转运使孙甫已恭候多时了，一见范仲淹回来，怒容满面道：“范公，弟子闻得韩汝玉并未离开杭州，这次不能再袒护他了！”

范仲淹一笑道：“之翰，韩汝玉痴情而已，已在赴任途中，此事过去了，不再提了吧！”说着，拉住孙甫的袍袖道：“走，老夫陪之翰到后圃赏花、赋诗。”

二人刚走到月亮门，一个武将闪身挡住了去路，唤了声“范资政”，躬身一揖，从怀中掏出一张稿笺，捧递给范仲淹，再揖而去。

范仲淹愣了片刻，指着武将的背影道：“此杭州巡检苏麟。”说着，低头阅看苏麟所呈稿笺，却是两句诗：

近水楼台先得月，向阳花木易为春。

范仲淹边递给孙甫边道：“必是他知城中文武多被老夫举荐，而他因不在身边，未受荐得官，故而作此句以表不满。”

“要荐他吗？”孙甫问。

“要荐！”范仲淹爽快道。

两个多月前，皇上特差中使来杭州颁敕，晋范仲淹礼部侍郎官阶，并赐凤茶一盒。范仲淹如释重负。五年前，进奏院之狱兴起不久，皇上戒朋党诏中竟有“阴开纳贿，阳托荐贤”之语，范仲淹请辞参知政事，又被朝廷所辱，这两件事在他内心深处埋下一个结；今年春，朝廷为韩琦、富弼加资政殿大学士并观文殿学士，唯独没有为范仲淹晋馆职，朝野多有议论。范仲淹深以皇上怀疑他的节操为痛。此次晋升官阶、差中使钦赐凤茶之举，表明皇上的疑虑已然解除，重新恢复了对他的信任。在《谢赐凤茶表》中，他欣喜地说出"异恩一临，群疑尽决"的话。五年来，除了任四路安抚使时向朝廷举荐将佐，他没有举荐过别的官员，而得赐凤茶后，他一口气向朝廷举荐了十多位杭州的官员。

"范公宅心仁厚，尽人皆知。"孙甫以略带讥诮的口吻道，"可属下若伸手求荐就果真荐之，岂不助长奔竞之风？"

"之翰，我这个郡守被你这个监司拘束得动弹不得啊！"范仲淹打趣道，"荐人总是荐自己熟悉的人，容易忽略默默无闻埋头做事的人。往日未荐苏巡检，是我的疏忽，我弥补失误，监司不要参劾啊！"说着，向孙甫抱拳作求饶状。

孙甫喟叹一声："也罢，这些事，弟子就再让一步吧！"他又眼一瞪道："不过，丑话说前头，关涉大事，弟子寸步不会让！"

## 三

杭州西湖，规模浩大的龙舟比赛在骄阳下热火朝天地进行着，一艘装饰豪华的官船在湖面游弋，船舱里饮酒行令、吟诗作赋的欢笑声，与龙舟竞渡的吆喝声此起彼伏，岸上的围观者不时发出叫好声，卖酸梅汤和小吃的商贩们忙得满头大汗，顾不得抬眼观赏湖上的热闹场面，心中的喜悦却难以抑制地在眉梢展示出来。

"太过分！太过分！"两浙路都转运使孙甫站在岸边，气得顿足大骂，恨不能将官船击沉，让船上的宴饮者葬身湖底，以免丢皇宋官员的脸面。

自春至夏，两浙路淫雨连绵，庄稼绝收，一向富庶的苏杭竟出现了罕见的大饥荒，饥民流移满路，道有饿殍，以至于朝廷诏令“两浙流民，男女不能自存者，听人收养，后不得复取”，足见灾荒之严重。身为都漕的孙甫马不停蹄赶赴江左各州军四处巡视，开仓赈济灾民，一个多月没有回杭州。今日从睦州赶回，到州署去拜会范仲淹，却听说他每天宴客于西湖，颇为悠闲。孙甫不信，跨马来到西湖，远远就看到人山人海，一派节日欢庆景象；近前再观，龙舟大赛热闹非凡，湖中果然游弋着一艘豪华官船，隐隐约约可以听到范仲淹那熟悉的略带沧桑的笑声。震惊之余，联想到范仲淹在《杭州谢上表》里有“迹虽远而获安，年已高而就逸”之语，似乎找到了答案，对天长叹：“人一旦仕途无望，就转而追求安逸。倡言先天下之忧而忧的范公，竟不能免！”

一位书生凑过去道：“龙舟赛自端午节开始，持续一个月啦，天天如此啊！”

“啊？”孙甫大惊，“饿殍枕路，太守嬉游，成何体统！难道太守不救灾吗？”

书生笑道：“纵民竞渡、大兴土木、抬高粮价，这就是范太守的救灾策！”

“说甚？”孙甫又是一惊。

“不信？”书生回首向城里一指，“官人去看嘛！”

孙甫已是呼吸不畅，喘着粗气，跨马到城内查看。果然看到四处都是工地，修寺院、建官舍、盖库房，一片忙碌。纵民竞渡、大兴土木已然坐实，再问有无抬高粮价之事，商贩你一言我一语说开了：前时谷价上扬，斗米一百二十钱，太守命在交通要道张榜，增至每斗一百八十钱。孙甫再也听不下去了，跨马回到监司，提笔写下弹章。

范仲淹却还在官船上和一个叫王安石的年轻人热烈地议论着。

王安石是范仲淹同年王益之子，进士及第后做幕职，韩琦外放扬州时，王安石为其从事。他对主持新政的范仲淹倾慕非常，又从韩琦那里听到不少范仲淹做人为官的逸闻，朝思暮想的就是尽快投到他的门下，先是投书自通，前不久他由鄞县令改任舒州通判，便不顾水患，迫不及待地赶来杭州谒见。范仲淹把他请到官船上，在西湖宴饮。可王安石无心赏景，话题总是离不开庆历新政，他以自信的语气道："有人说庆历新政失败了，晚生不这么看。"

"哦？"范仲淹眼前一亮，叫着他的字，惊喜道，"介甫说说看。"

"看待事物，不可局限于一时一事。庆历新政所开政风之变，已有不可逆转之势！"王安石阐述道，"祖宗以来，庙堂安靖，因循守旧，此政风绵延数十年。所幸天降范公，数以言事动朝廷，倡振作之风，大厉名节，静极而动，天下议论相因而起，士大夫以钳口失职为耻。"

范仲淹摇摇头道："矫厉过直，亦非好事啊！"

王安石不理解范仲淹这句话的深意，继续照自己的思路道："初时，虽当权者对范公不喜，每目为怪人，可范公却为士林拥戴，仰慕公有忧国之志、医国之才、救时之勇。幸范公终得圣主不次之擢，遂以明体适用之学，怀致君泽民之心，出将入相，首行新政。往者凡有言兴利除弊者，必被目为轻薄多事；而今士大夫却争以兴利除弊为高，邸报也常载更革之论。晚生记得，庆历七年二月，翰林学士张方平两上札子，极论冗兵、冗官之弊，吁请恢复范公所创举官之法、磨勘之制；庆历八年二月，御史中丞鱼周询又疏请重行范公所推择官长之制；知吉州余靖，更是不断上疏，请改恩荫补官之制。"

范仲淹点头。

"即使是新政事项，也并未全部废止。"王安石又道，"州县遍立学校，影响至深，并未废止；庆历七年正月，朝廷颁布《庆历编敕》，将今上即位以来颁布的条贯由四千七百六十五条删定为一千七百五十七条，正是依据新政十事中'重命令'一事，由贾昌朝提举、曾公亮等详定。至于均公田、厚农桑、覃恩信，或已实行，或正在实行，何曾废止？庆历新政所定《任子诏》虽被废止，可今年三月，参知政事王举正主持制定的《任子法》颁布，规定除直系子孙外，其他亲属需经二次甚或三次南郊大礼方可奏补，这比新政所推《任子诏》对荫补过滥的限制还要大。"

王安石只是州县幕职官，对朝政却如数家珍，且见解独到，让范仲淹颇感惊讶。他没有说话，以欣赏的目光打量着他，聚精会神倾听他的见解。

“一个时代的变革，除了政风，还有文风。”王安石喝了口茶，又道，“国初文风，讲究辞藻华丽、对仗工整，却忽视文章重在教化。范公为幕职时所呈《奏上时务书》，就吁请朝廷救斯文之薄而厚其风化；在南都执教，又强调写诗作文，务必做到意必以淳，语必以真，乐则歌之，忧则怀之，无虚美，无苟怨。范公又识拔孙复、胡瑗、李觏诸先生于草泽，儒学得以复兴。这更是不世之功啊！”他突然一笑：“不过，写诗作文者万千，都抵不过一篇《岳阳楼记》，不以物喜不以己悲、先忧后乐之句，真乃千古绝唱！”

范仲淹仰脸大笑，蔼然道：“我观介甫，以道德经济为己任，将来是要做大事的。做大事，难免有挫折，不可为一时一事的得失而气馁。请介甫记住老夫的话，人生忧多乐少，贵在自适。”

王安石起身深揖道：“弟子谨记！”

“做大事的人，道德要经得起检验。”范仲淹又道，“皇宋朝政宽大，议论之风甚盛，若道德有污，授人以柄，一攻即倒，想做事也是做不得的。”

二人越谈越兴奋，竟至忘时，直到日落西山，方下船登岸，依依不舍分手。

范仲淹刚回到州署，孙甫就气冲冲找来了，抱拳一晃道：“范公，甫有监察郡守之责。”他从袖中掏出一叠文稿，肃然道：“此为甫纠弹杭州郡守范某的奏疏副本，请过目。”

范仲淹一惊，接过一看，孙甫参劾他嬉游不节，不恤荒政；公私营造，伤耗民力。他想发火，却又忍住了。自己的那套做法，一般人委实难以理解，在未见成效前，任何解释都显得苍白。这样想着，便勉强挤出一丝笑意，问道：“之翰，你着急了些，安知范某不恤荒政？”

“若恤荒政，就该发仓粟救济灾民，可郡守在做什么？”孙甫冷笑两声，气鼓鼓道，“听说郡守利用吴人喜竞渡、好为佛事的习俗，纵民竞渡，自己则日宴于西湖，又召各寺庙主首，劝告他们大兴土木之役；城内又翻修敖仓廨舍，日役工匠千余；饥岁谷贵，本应平抑物价，郡守却发榜抬高物价！甫愚钝，实不知郡守何以如此！”

“之翰！”范仲淹唤了一声，笑了笑道，“此正老夫救灾之策嘞！”

“天下有此救荒策？奇闻！”孙甫脸色铁青，嘲讽道。他越说越生气，“呼哧呼哧”喘了几口粗气，似是担心自己控制不住情绪说出更难听的话来，遂向范仲淹一拱手：“甫还要到江右赈灾，告辞！”说罢，“腾腾”出了后堂。

“之翰！”范仲淹追出去唤道，“弹章封发了吗？”

“救济饥民，十万火急，凡事都拖不得！”孙甫头也不回，没好气地应答了一句，继续往外走。

## 四

下雪，是件令杭州人兴奋的事。范仲淹知杭州的第二年，春夏遇到罕见的大饥馑，刚入腊月，竟迎来了一场大雪。阖城百姓纷纷涌到西湖观雪景，顽童们则忘我地打起了雪仗。

范仲淹坐在州署后堂里，翻阅李觏所呈新作《潜书》和《庆历民言》，不禁拍案叫绝，赞叹道：“泰伯真有孟轲、扬雄之风。就凭这两部书和此前的《国富策》，范某也要荐泰伯入太学，教授天下士子！”

“泰伯先生博学通识，不拘泥于汉唐诸儒旧说，敢于抒发己见，推理经义，已是一时儒宗，自当执教太学，为国育英俊。”一个不到三十岁的年轻人拊掌道。

说话的年轻人名曾巩，与王安石是好友。听说王安石前来杭州拜谒范仲淹，收获甚大，便恳请当年的老师李觏带他来杭州拜谒，以投范仲淹门下。

“哈哈！”门外响起一声大笑，“杭人都在赏雪景，范公因何躲在屋内？”是都转运使孙甫的声音。

六月初，孙甫上章纠弹范仲淹不恤荒政，可朝廷并未追究。孙甫耿耿于怀。出巡江右回到杭州，却听到城中流传着“吴中惟杭州安然，民不流徙，皆范太守之惠”的说法，他颇为震惊，经过一番查核，终于明白过来了：灾荒年间民工工价最低廉，大兴公私土木之役，成千上万的饥民有了饭碗，既舒缓了大量饥民失业流离之苦，又修缮了公私建筑；纵民竞渡，是为促进贸易、饮食、工技、服力之人就业；增高谷价，使四方商贾闻之，晨夜争进，米既辐凑，价格遂降，既无需花钱运粮，又调抑了原本高涨的粮价，保证了粮食供应。荒政三策，可谓策策奏效，既以恤饥，又因之以成民利，确比常规的开仓赈济要高明许多。孙甫很愧疚，借中秋之机，邀范仲淹一起观钱塘潮。范仲淹对孙甫不明就里就纠弹他，不能无根，又见他处处以监司身份约束他，不许他因地制宜便宜行事，也常暗自叹息；可他了解孙甫的为人，耿直光明、绝无私心，所以很快也就释然了。与孙甫同观钱塘潮时，作《和运使舍人观潮二首》长诗相赠，仿佛纠弹之事从未发生过，欢然如故。

范仲淹听到孙甫在门外说话，起身迎进堂内，将李觏引介于他。孙甫知李觏是范仲淹识拔于草泽的大儒，遂向他一抱拳，笑道："南城小民，一代大儒！"

"这位才俊，名曾巩，字子固，做过李先生的学生，时下又是欧阳永叔的弟子。"范仲淹指着曾巩补充说，"子固二十岁入太学，即上书欧阳永叔，并献《时务策》，忧思天下如此，真乃儒林俊杰！"

曾巩被范仲淹夸得脸红了，向在场的三位长辈深揖道："晚生上《时务策》，即效法范公当年所为。"

"哈哈哈！"孙甫大笑道，"我辈每感激论天下事，奋不顾身，何尝不是效法范公！"说着向外一摆脑袋："走吧，杭城孟冬得雪，怎可无诗？"

几个人出了后堂来到后圃。雪已住了，厚厚的一层，覆盖在甬道上。交了午时，太阳出来了，满目银装不多时就又变成了绿色，只是背阴处还星星点点存些积雪。几个人在后圃走了两圈，来到凉亭下。州吏人等已把笔墨纸砚整备停当，两名官妓也被召来，为众人斟茶，茶盏里冒着缕缕热气。范仲淹请李觏、曾巩、孙甫入座饮茶。孙甫摆摆手，径直坐到石桌前，提笔赋诗。写毕，交给官妓吟诵。众人听罢，为之叫好。孙甫向范仲淹抱拳道："范公，请吧！"

范仲淹坐到石桌前，略一思忖，提笔赋《依韵和孙之翰对雪》。

官妓接过，吟诵一遍。众人叫好的当口，范仲淹抬眼望去，隐隐约约看见纯仁的身影在宅门一闪而过。他向三人一拱手，起身走了过去。

纯仁早年以父荫得补太祝，又于去年三月进士及第，分发知武进县，再改知长葛县，但他念及父亲衰病，大哥得疾昏废，放心不下，赶来杭州侍父，并未赴任。正好创办义庄、祖茔立碑、续修家谱、翻修祖宅，事情不少，范仲淹就委托他办理。九月，范仲温病逝，范仲淹精心撰写《范府君墓志铭》，差纯仁携往苏州并参加葬礼，今日方返回。范仲淹急于了解苏州情形，又不便在客人面前谈家事，就迎了过来。纯仁一脸倦容，向父亲禀报了三伯安葬情形和义庄一事的进展。

“顺利就好！”范仲淹道。又问：“所购义田，是否纳了田契税钱？”去年他就致函三哥范仲温，提醒说义田不可漏税，纯仁去苏州前，又嘱咐他到苏州后核明此事，此时又特意问了一句。

纯仁答：“儿已核过，俱已缴纳。”

范仲淹点了点头，摆摆手道：“旅途劳顿，歇息去吧！”说罢返身回到凉亭，面带戚容道：“家兄过世，葬于祖茔。”又一掀雪白的长须：“老矣，下一个，就该轮到老夫了。”

“范公不该这样想！”曾巩不以为然道，“王介甫给晚生书札中说，范公道宗当世，名重本朝，他盼范公再出，以泽含生。晚生也作如是观。”

范仲淹摇头道：“年高体衰，败柳残枝，来日无多了！”

孙甫望着范仲淹布满皱纹、日渐消瘦的面庞，心里一阵酸楚，劝道：“范公年高体衰，为官三十余载，颠沛流离，却未有一处自己的居所。闻得元老大臣多在西京造带园林的宅第，范公不妨也在西京或南都治第，或购或建，以为养老之所。”

“是啊范公，是该有个落脚之地了。”李觏附和道。

“范公将我辈罗致门下，我辈后生无以为报，当替范公操持！”曾巩自告奋勇道。

范仲淹摇手道："人苟有道义之乐，形骸可外，况居室乎？老夫年逾六十，生且无几，乃谋第治圃，何时而居？不瞒三位说，老夫已捐出积蓄，在苏州办义庄。"他苦笑一声："不能周济天下，仅得周济族人，心有愧焉！"

"范公言'愧'字，小民不敢苟同！"李觏道，"儒家主张从自身做起，要周济天下每一个穷困的人，是绝对做不到的，只能从周济身边的人做起。"

范仲淹慨叹一声："老夫孤寒，这一生，得到的太多，报答国家太少，常怀歉疚啊！"

"不能这样说！"孙甫道，"当年甫追随李纮李公，听他说到过范公身世，方知范公孤寒，不曾得范氏之助，复姓归宗时又遭刁难；范公显贵后，不惟不计较，还把省吃俭用的积蓄悉数捐出，谁做得到？"他咽了口唾沫，又道："范公沉浮选海十余载，好不容易得入馆阁，但眼看今上春秋长，章献太后却不还政，范公不顾安危吁请太后还政；可当章献太后去世，百官对她发起攻讦时，范公却毅然站出来吁请官家全太后之德。"他伸出两根手指："仅此二事，可知范公做人为官之风范，一举为天下树立了真儒标表，无愧于时代矣！"

李觏站起身，仰天自语道："惟有这个时代，方能造就真儒范仲淹；也惟有真儒范仲淹，最无愧于这个时代！"

"皇宋优礼文士，朝政宽大，"范仲淹抱拳向上一举，动情道，"若在他朝，范某死十数回矣！故范某时时感戴，誓死以报！"

曾巩注视着范仲淹已然浑浊的眼睛，却见泪花闪闪中，放射出两道明亮的、孩童般清纯的光芒。

"资政，朝廷诏旨到！"州吏不知何时走了过来，边说边拿出一道文牍呈于范仲淹。范仲淹展读，露出惊讶的神情。

致君心未展，宁是式微人。

——范仲淹

# 第五十一章　宁是式微人

## 一

京东路淄州长山县春意正浓，树木嫩绿，桃花盛开，带着暖意的春风吹拂着田里的麦苗，形成一片绿波。

三月初一这天，辰时许，成群结队的男女老幼从四面八方涌出，向城西十里坡汇集。刚交巳时，探马来报，贵人再有小半个时辰就要到了。人群一阵躁动，巡检指挥逻卒将人群分向官道两侧，闪出了一条通道。

一辆骡车驶来，从车上下来一个白发老者，怀中抱着一摞书札，向众人展示道："父老都看到了吧？都是俺四弟写来的家书，有写给老夫的，有写给侄辈的。他从未忘记朱家，也未忘记长山啊！"

有人认出来了，此人是河南庄的朱忻。

河南庄朱氏兄弟五人，除已复姓归宗的范仲淹外，老二朱怍早故，老五朱愉迁居宁陵，老大朱愃和他的长子朱延之、老三朱忻，均由范仲淹奏请异性恩补，得官入仕。如今老大朱愃也已故去，只有致仕的老三朱忻在长山家居，他率朱氏子孙十多人并外甥王郎等七八人，坐骡车赶来了。

"家书里都写些啥？给大家说说呗！"有人喊道。

朱忻展开一封道："这是写给长房长孙延之的。"他挑其中的几句话读了起来："甚时来得相见？骨肉聚会，此最幸也幸也……居官临满，直须小心廉洁，稍有点污，则晚年饥寒可忧也，更防儿男不识好恶，多爱多爱。"

"看看，这是要大侄子做清官啊！"

"清官，就会教子弟做清官，这正常！"有人评论道。

"说的是！"朱忻回应，又挑出一封，"凡见利处便须思患。老夫屡经风波，惟能忍穷，故得免祸。"

"不是大话，是掏心窝子的话！"有人赞叹道。

"是啊！"朱忻感叹着，又展开一封，"虽清贫，但身安为重。家间苦淡，士之常也，省去冗口可矣！"

"还有别的吗？"有人急不可待问。

朱忻展开一封读道："平生之称，当见大节，不必窃论曲直，取小名招大悔也。"

"还有吗？"又有人问。

"嘿嘿！"朱忻得意一笑道，"说家务事的更多。诸位或许不相信吧？俺四弟官做那么大，事情那么多，可连调解家族纠纷的事都挂在心上。"说着，挑出一封读道："王郎房下，倍加存恤，勿以妇人之言，渐生离隔，此人家之常患也。"

外甥王郎一听提到他的名字，解释道："内人和大舅母吵嘴，大舅说要和我家断亲，四舅听说后，特意写了这封家书，劝我大舅。"

朱忻又拿出一封家书，读道："请多著工夫看道书，见寿而康者，问其所以，则有所得也。"读毕，又把书札高高举起："四弟也牵挂着街坊邻居呢，每封家书，都要问候不少人，五哥、七哥、大郎、四郎、九郎、十四郎、大娘、五娘子、五学究、八叔员外、吕秀才、韩员外、刘师姨、许家弟兄、孙先生、蔡十四等等，这些家书里都写到了。"

"老夫就是八叔员外。"一个老者颤颤巍巍从牛车站起身，咳了两声道，"朱四郎，不，范侍郎，有一篇大作，里面有一句话，说是'先天下之忧而忧，后天下之乐而乐'。都听到了吧？一个人，若他对亲人、邻居都漠不关心，他说自己先天下之忧而忧，那必是说大话！范太守，是知道感恩的人。知道感恩的人，就是好人！”

“好人！好人！”人群里响起呼喊声。

“还有更大的秘密呢！”一个和尚突然闪身走到官道上，举着一封书札晃了晃道，“当年的朱四郎在敝寺，哦，也就是醴泉寺读书，父老都是知道的吧？”

“划粥断齑，无人不晓！”有人喊道。

“日子过得苦啊！”有人同情地说。

“过得苦吧？”和尚接言道，“可他在黉堂岭石洞前发现一坛金子，却密覆不取。请问，谁能做得到？”

“法聪和尚，你怎知道的？”有人好奇地问。

法聪道：“八年前，醴泉寺文昌阁遭雷击焚毁。此时朱家四郎在庆州当大帅，贫僧奉慧通法师之命前去化缘，朱家四郎只写了一封书札让贫僧带回。慧通法师展读，是一首五言诗：‘荆东一池金，荆西一池银，一半修寺院，一半济僧人。’慧通法师弥留之际，差人在黉堂岭石洞前找到一棵荆树，果然挖出了一坛金元宝。”

“啊！”人群里发出惊叹的叫声。

“快看快看，到了，就要到啦！”有人高喊道。

县令一扬手道：“响起！”话音甫落，锣鼓敲响，震耳欲聋。

锣鼓声传到了车队，坐在马车上的范仲淹一阵激动，顿时来了诗兴，口中默念着，成诗一首，记在心里，以便待会礼参父老时相赠。

去年腊月，范仲淹在杭州接到了朝廷诏敕，改其官户部侍郎，知青州，充青、淄等州军安抚使。他本以为，自己年迈多病，朝廷不会再让他长途奔波了，知杭州任满，或许会在明州、越州一带安置，忽接让他知青州的差遣，有些意外。可转念一想，青州乃剧藩，海岱之区，地望攸重，岳牧之任，邦选甚隆，明显是重用他的；青州距淄州长山县不远，当年曾发誓要离开那个地方，进入老年后却又常常追念起那里的山山水水、一草一木，脑海里不时浮现出父老乡亲的面容。自三十五年前回长山迎母奉养后，就再也没有回去过，若到青州上任，正可了却这桩心事。所以，他愉快地接受了朝廷的任命。正值腊月，水路不通，而身体状况已不允许他长途骑行，好在朝廷体恤，宽限到来年三月上旬到任。交割了杭州公务，又将苏州的家事料理毕，方偕一大家人乘船北上。在临清码头下船，又差家院人等护送纯祐一家到应天府安顿，这才调头东行。因赴任期限已到，富弼差的州校已来迎接，他不能再耽搁，便札谕长山县令，他要在城西十字坡礼参父老。

长山父老闻听范仲淹路过本县的讯息，奔走相告，都想一睹这位从长山走出的传奇人物的风采，纷纷涌到十字坡，迎接当年的朱说到来。

一入长山县境，范仲淹就拉开了车帘，不住地向远方眺望。天气晴朗，视线很好，巍巍长白山遥遥在望，四十年前借读醴泉寺的情景宛然在目，泪水不知不觉涌出了眼眶。生于真定，长于长山；生于范氏，长于朱氏；生长于官宦之家，却身世孤寒，过着清贫的日子。今日重归长山，三十五年的岁月过去了，昔日食不果腹的一介寒儒，已是名满天下的朝廷高官，范仲淹心绪难平，感慨万千。

马车驶到十字坡，范仲淹下了车，人群一片欢腾，他带着纯仁、纯礼，恭恭敬敬向父老行参拜大礼，这才与县令见礼，再与朱氏族人和当年的故交一一见礼。

“四郎，你是好人啊！”八叔员外抹泪道，“好人有好报嘞！”

范仲淹抱拳相谢，道：“世道清明时，好人才有好报。皇宋是仁德之朝啊！”

早有人预备好了笔墨纸砚，铺陈于马车上，范仲淹提笔写下《留别乡人》一首。

长白一寒儒，荣归三纪余。
百花春满路，二麦雨随车。
鼓吹罗前部，烟霞指旧庐。

乡人莫相羡，教子苦读书。

写毕，双手交到县令手里，再向父老行揖别大礼，这才含泪登车，继续赶路。

车队驶出十来里，范仲淹吩咐停车，站在路边等候三哥朱忻的骡车。朱忻一到，范仲淹走过去道："三哥，弟本想到庄上老宅看看，再去祭奠大人和大哥、二哥，可赴任期限已到，不敢勾留，留下纯仁代弟去祭奠。"

"四弟！"朱忻哽咽道，"四弟当年在大人墓前说'当有后报'，四弟都做到了。大人得封太常博士，迁葬大人时，四弟又费了不少心，大人的长子长孙都获荫做官，朱氏一族因四弟而门庭大振。四弟是朱家的大恩人啊！"

范仲淹摇手道："弟一介寒儒，何德何能得施恩于人？"他一抖官袍："弟的一切，都是国家给的。非弟有恩于朱氏，是皇宋有恩于朱氏，教子弟记住，不要忘了国家的恩德。"

## 二

青州为古九州之一，右有山河之固，左有负海之饶。东扼半岛，南控沂蒙，北望渤海，为历代剧藩重镇。国初起，即将青州作为二府重臣外放之地，寇准、张知白、李迪、王曾、夏竦、陈执中等，都先后有知青州的经历，富弼也于前年改知青州。

三月初三午时半，富弼出了青州阜财门，手搭凉棚，向官道上不停地张望，心中默念着范仲淹去年从杭州寄来的《依韵和青州富资政见寄》，同在枢府商议军机、天章阁召对、推行新政的一幕幕，在脑海浮现。忽而，又跳跃到泰州西溪初见时的场景；忽而，耳边回响起范仲淹力主他改考制科、又为他做保山时的声音；这些声音尚未消散，围绕要不要杀高邮郡守、契丹会不会南侵激烈争论的声音又响起。富弼用力晃了晃脑袋，暗忖：这是怎么了？又不是诀别，为何总是回忆过往？

“彦国——彦国——”远处传来呼唤声。富弼急忙去迎，范仲淹已下了马车，激动得双手颤抖：“彦国啊，总算又见到你了！”

“呵呵！”富弼拉住范仲淹的手，笑道，“宣抚河北回京，被挡在城外时，我就想，见到六丈，第一句话该说‘六丈真是圣人’！”

范仲淹会意一笑，攥紧了富弼的手道：“以为今生今世，再也见不到彦国了，不意朝廷有此安排，让你我得以晤面，了却心愿。”

在富弼的心目中，范仲淹一向是勇气和力量的象征，可眼前的他容颜衰老、动作迟缓，又听他话中透出几分感伤，竟不知如何回应，只得吩咐随从：“请范资政家眷入住官舍，由内人招待。”又转向范仲淹：“我请六丈登魁星楼饮酒。”

两层建筑的魁星楼是青州城东南角楼，乃古城地标性建筑，也是青州十景之一。富弼在魁星楼顶层摆好了宴席，与范仲淹对饮。他先带范仲淹站在城楼四处眺望，感慨道：“六丈看，云门山、驼山、玲珑山，三山联翠，障城如画，山河锦绣！”又向范仲淹一抱拳：“可惜，我给六丈留下一个烂摊子！”

范仲淹连连摆手，一笑道：“彦国，老夫钦佩你啊！”

富弼到青州时，河朔一带洪水泛滥，大批灾民逃到青州。富弼下令严禁驱赶，不得让饥民饿死在青州。结果，灾民奔走相告，更多的灾民向青州涌来。只有十几万人的青州竟聚集了六十万灾民。富弼动员各县腾挪房屋，把灾民分散安置下来。同时，劝说本地富户捐粮，并榜告灾民，山泽河塘所生，凡可食用者许自行采集。翌年，青州小麦丰收，富弼指挥发给灾民作返乡途中所需食物，又从灾民中招募万名青壮当兵。消息传到朝廷，晋其礼部侍郎以为嘉勉。诏敕已到，富弼却坚辞不受，言辞恳切称，救济灾民乃郡守本分，做分内事不当晋其官。朝廷只得收回成命。贝州叛乱，富弼接到禀告，齐州禁兵有响应之势，可齐州禁兵不归其节制，心急如焚之际，刚好朝廷差来慰劳他的中使到了，富弼就请中使赶到齐州，遏叛乱于未萌。中使回京后禀报朝廷，皇上再发诏敕，升富弼礼部侍郎，富弼却上章自劾所犯专擅之罪，坚辞礼部侍郎之任。这些，范仲淹都听到了，不禁赞叹富弼的担当，也钦佩他视高官厚禄如敝屣的态度。

“我说的是实话。”富弼解释道，“有人说，郡守仁慈，善待外来人，致使大批灾民滞留青州，粮食价格大幅上扬；那些已然回乡的河朔百姓陆续又来青州乞食。”说着，突然露出天真的笑容：“好在是六丈接政，我也能放心离开了。”

“彦国看！”范仲淹掀起雪白稀疏的长须道，“吾老矣！”

富弼摇摇头：“世上知六丈者几稀，但弼算一个。四十岁的范六丈，仍有二十岁的勇气；五十岁的范六丈，同样如此；六十岁的范六丈，还是如此。人会老，勇气不会衰竭，不然，何来石破天惊的荒政三策？无责任心者姑且不论，就算是有责任心的人，要么想不到，要么想到了不敢做，而六丈毅然行之。以此观之，青州百姓得郡守范六丈，有福嘞！”

范仲淹笑了，是被知己所理解的宽慰的笑。

二人谈起六年前离京后各自的经历、反思新政得失、对时局的看法，直谈到日暮时分方散去。次日，富弼与范仲淹交政，向他一一引见从事。众人散去，范仲淹提笔写举状，举御史台主簿张讽、邓州南阳县主簿李厚前来入幕。

第二天一早，富弼就赶赴郑州上任。范仲淹与他并马出了阜财门，侧过身去道：“彦国昨日所说粮价上扬和赈济灾民之事，我想了一夜。赈济河朔灾民，仍延续彦国做法，但青州连续两年安置大批外来灾民，恐无余力矣，当申奏朝廷，请求从青州军需粮中留足一年之用，其余拨出赈济灾民，彦国以为如何？”

“六丈心事太重！”富弼半是嗔怪半是钦佩道，“以军粮赈济外来灾民，恐让枢密院不悦。不过六丈是做得的。”

范仲淹道：“迟暮之年，只求心安，别无所求了。”顿了顿，又道：“平抑粮价的事……”他本想说尚无良策，又恐富弼不能放心赴任，遂改口道：“彦国放心就是了。”

“我只是不放心六丈的身体。不要太操劳了。”富弼关切地嘱咐道，“我还盼着有朝一日，和韩稚圭、欧阳永叔一起，请六丈到京城仁和酒家再欢聚一回呢！”

“我也很想念韩稚圭、欧阳永叔他们啊！也盼着再有那样的场景，可……”话未说完，范仲淹潸然泪下，哽咽不能言。

富弼见范仲淹依依不舍、语调伤感，不祥的预感袭上心头。他翻身下马，对着马上的范仲淹抱拳道：“弟子富弼，受六丈教诲三十载，辞别之际，请六丈受弟子一拜！”说着，深揖行参拜大礼，礼毕，又抱拳一揖：“请六丈多保重！”说完，含泪上马，不敢再回头。

范仲淹泪眼模糊，对着富弼的背影道：“彦国——为国珍重啊——”这也是他在和韩琦频繁的书札往来中常说的一句话。韩琦、富弼正值壮年，他常鼓励二人不可消极，将来定有机会当国执政。

富弼的身影望不见了，范仲淹还舍不得离去，两名牙兵上前劝慰，方不得不调头回城。几辆牛车“咯吱咯吱”挡住了去路，牙兵高喊：“闪开！回避！”

范仲淹摆手制止，举袖拭去泪水，俯身问一个赶车人道：“所载何物、运到何地啊？”

“支移粮，运往博州。”赶车人面无表情答。

范仲淹脑海里，顿时浮现出当年去往延州路过野猪岭时遇到支移民夫的场景。从青州到博州，遥遥四百里，还要渡黄河，车运谷物，往返十数日，遇阴雨天气，或经月难返。他叹息一声，打马欲走，突然又勒了下马缰，对赶车人道：“乡亲的税粮，官府收购了，如何？”

“不支移，要坐班房啊！”赶车人摇头道。

范仲淹道：“乡亲把税粮卖了，卖多少钱缴到官府，就算完税。”

“还有这好事？”

“怕是官府要加收不少钱吧？”

支移税户围上来，议论起来。

范仲淹笑而不语。回到州署，径直进了后堂，提笔修书，唤来签书道：

“博州郡守席夷亮，改京官时老夫为举主之一……”

“呵呵，席太守是下官的妇翁。”签书插话道。

“那就更好了！”范仲淹兴奋道，“你携这封书札赴博州，与席守接洽，青州百姓不再支移，而是就地购粮充之。”

二人又商议了细节，签书便于次日赶赴博州。知博州席夷亮碍于情面，勉强答应了，只是担心博州粮价上扬，青州所收税粮钱不足以购到等额粮食。范仲淹又命签书前去，四处张榜，以高价购买粮食。

很快，因大批支移粮食就地卖出，青州的粮价降了下来。博州周边粮商闻听青州要购买粮食充税粮，争先恐后运粮到博州，粮食供大于求，价格也降了下来。

十一月十七日，支移税粮核算毕，不惟完成了全州缴纳税粮之额，钱款还剩万余缗。户曹、签书兴高采烈来到后堂，向范仲淹报喜，并建言将多出的钱献羡余。

国朝沿袭五代之制，收缴税赋皆加收损耗数，扣抵损耗后多出部分谓之“羡余”。将羡余呈献朝廷，谓之“献羡余”。向朝廷献羡余，是郡守理政有方的重要证明。范仲淹却摇头道：“不必去做这等买名声的事！万余缗对朝廷算不得什么，可对苦寒之家来说，一文钱愁死英雄汉啊！青州百姓兑税粮钱时，加收了一分支移里脚钱，出榜告知百姓，明年将这些余钱充为里脚钱，不再向百姓加收。”

户曹、签书还想再劝，忽听门外响起激动的呼唤声：“范公，张讽来也！”

范仲淹一到青州，就举荐御史台主簿张讽入幕，任青州观察判官厅公事。一听张讽到了，忙起身相迎。张讽施礼毕，将两通文稿呈递过来。范仲淹接过一看，一通是苏舜钦之兄、京西路都转运使苏舜元的书札；还有一通是梅尧臣写给张讽的，是一首《送张讽寺丞赴青州幕》长诗。读毕，范仲淹的眼角湿润了。梅尧臣此诗，无论是“贤相出贤牧”还是“堂堂高平公，德业人所伏”，都是称颂他的。或许，梅尧臣以这种方式向他发出和解讯号？范仲淹既欣慰又感动，举着诗稿对张讽晃了晃道：“梅圣俞是文章大家。”

张讽点头，一脸惊喜道："范公，京城时下都在议论一件事。"

"哦？说说看。"范仲淹边示意张讽喝茶边道。

## 三

出了洛阳城，越向北行，风刮得越大，仿佛是不欢迎一行人的到来，要把他们吹回去一般。六十七岁的夏竦近乎趴在马背上，不住地打着寒颤。

"他们这是要老夫的命啊！"夏竦哀叹了一声，寒气从心里往外冒着，比呼啸的北风还要凛冽。他清醒地意识到，自己被时代抛弃了。泪水夹杂着两串长长的清鼻涕，流过下颌，他也浑然不觉。

自范仲淹、富弼自请巡边，尤其是富弼宣抚河北回到京城被拒之都门外，夏竦充满快意。石介暴卒，又差一点被开棺验尸，更让夏竦享受了报复得逞的满足感。至此，他把重点转向自己的复起上。自从范仲淹大厉名节，像寇准当年直接上章请求复相的事，就再也没有发生过了。所以，夏竦没有直接上章请求复位，而是通过内侍蓝元震向皇上进言，召杨怀敏回京，出任大内总管。皇上信任老成，遂欣然接受，升杨怀敏入内省都知。杨怀敏知恩图报，不断在皇上面前为夏竦抱不平，在贾昌朝辞职后，陈执中升首相，起用夏竦同为宰相。夏竦兴冲冲赶到京城，迎接他的又是台谏官连篇累牍的纠弹。御史中丞高若讷不言他事，只说夏竦当年与陈执中同帅陕西，意见不合，今不可使其共相。皇上觉得有理，改任夏竦枢密使。刚过一年，京城天气出现异象，翰林学士张方平说夏竦奸邪，上天故而示警。皇上接受了张方平的说法，将夏竦罢职外放。前不久，夏竦突然接到诏敕，命他监修黄河，他以年老为由请求改差他人，未得允准，不得不从洛阳赶往黄河津渡。

"到哪里了？"夏竦浑身哆嗦，难以坚持，便问随从道。

"前面就是会盟镇。"随从答。

刚入十月，夏竦却感到寒气刺骨，上下牙磕得"嘎嘎"作响。"冷、冷啊！"

夏竦嘴唇抖得厉害，话未说完，“嗵”的一声，从马背上滚落下来。

众随从慌了手脚，见前面有一马铺，一个牙兵将夏竦背起，往马铺赶去。马铺专为转递文牍而设，虽比驿馆简陋，却也吃住设施俱全。夏竦是加使相衔的朝廷高官，马铺官兵自是不敢怠慢，生火盆、煮姜汤、请医官，一阵忙乱。过了小半个时辰，夏竦苏醒过来，喝了半碗姜汤，上牙不再磕下牙，却还是缩成一团，不时抽搐几下，像是受到了惊吓。

“夏某、夏某才干如何？”他突然问侍奉在侧的两位书手道。

“论文艺，辞藻绚丽，始学即含台阁风骨，老尤雄健不衰；论才干，天下第一，无人可比。”一位书手答。

“除了那个投奔西夏的张三才。”夏竦纠正道。又问：“夏某是忠臣吗？”

“忠臣！”一位书手道，“官家虽不得已罢了夏公枢密使，但为夏公加侍中、节度使，又封郑国公，恩泽可谓备矣！”

“可张方平、高若讷，因何说夏某奸邪？”夏竦忿忿不平道，“夏某侍候过真宗皇帝、章献明肃太后和今上三位圣主，未说过一句圣主不爱听的话、办过一件惹圣主生气的事，可谓忠心耿耿，无以复加。”他突然痛哭起来：“可他们却说我奸邪！范仲淹之辈，处处与圣主作对，却被捧为忠亮，天理何……”话未说完，“呼噜”一声，一口痰卡在嗓子眼儿里，憋得他面色发紫，喘不上气来。

医官忙为他捋胸拍背，夏竦方稍稍缓过气来，喘息了好一阵，脸上突然露出笑容，口中喃喃道：“啊，九江老家的宅邸已然落成，亭台楼阁，小桥流水，何等气派！该回去养老了……”一阵剧烈的咳嗽打断了他的话，一口痰卡在喉头，又是一阵晕厥。

“夏公——夏公——”书手、医官不停地呼唤着。良久，夏竦慢慢睁开眼睛，已是魂销神散、气若游丝，可他还是用尽气力，拉住书手的手道：“上遗表，再、再给庞醇之修遗札，恳求、恳求上、上‘文正’谥……”话未说完，瞪着双目，停止了呼吸。

书手按夏竦所嘱，修成遗表，再给继陈执中任宰相的庞籍修遗札一道，连同夏竦的死讯，奏报朝廷。接到夏竦的遗表，庞籍主张满足夏竦的遗愿，赠太师、中书令，谥“文正”。皇上本已同意，可由庞籍举荐任馆阁校勘、同知礼仪院的司马光上章反对，认为“文正”是人臣谥之极美，无以复加，不可轻易授人；御史中丞鱼周询上章，言世人皆谓夏竦奸邪，而谥文正，不洽舆情。皇上和宰相无奈，只得诏礼仪院重议，改谥“文庄”。

夏竦之死，尤其是谥号之争，一时成为京城议论的热点。

张讽将这件事向范仲淹细细禀报，范仲淹沉吟不语。他为夏竦惋惜：没有人否认夏竦的才干，可在私欲的驱使下，才干变成了伤害正直的魔力，最后也伤害了自己；他为谥号之争感到欣慰：皇宋朝堂，充溢着正气，不容奸邪得逞。“正气主导的时代，就是美好的时代！”他感叹了一句，吩咐牙兵带张讽安置住处。

送张讽出门，范仲淹返身回到书案前，拆阅苏舜元的书札。苏舜元只说了一件事：叹服范公楷书之妙，请书《乾卦》为赠。

范仲淹尚未从夏竦之死的悲凉氛围里解脱出来。对他来说，死亡，这个不得不面对的现实已然迫近。富弼辞别时的参拜大礼，就是永诀。苏舜元是当世书法大家，笔法妙绝天下，范仲淹曾两次荐他入馆阁。或许他从富弼那里听到了什么，方来书索楷书《乾卦》以为留念的。范仲淹缓缓站起身，走到室外，伫立四望。夕阳放射出万道霞光，映红了天际。人的生命是短暂的，山河万古永存。与山河共存的，是精神。皇宋来自五代，彼时武人称雄，兵连祸结，士风颓败。有鉴于此，数十年来，他以倡忠义、激励天下士气为己任，尚忠义、重气节的士风得以树立。可张元辈以不愿辜负自己的才华为由不惜投敌，夏竦辈为一己之私而伤害忠良，如今皇宋强敌环伺，士大夫却惟以花钱买和平为高。务必唤起忠君报国意识，把尚忠义、重气节的士风发扬光大，昭示千秋万代，薪火相传，此非《乾卦》所能承载。他想到了韩愈的《伯夷颂》，返身回到书案前，展开黄素绢，提笔楷书。

写完了长长的一段，手冻得有些僵硬，再看写出的字，已然冻成了冰渣，低头一看，火盆里只剩余烬，热气全无。他顾不得唤人添火，把双手拢起，放在唇边吹了几口热气，提笔继续书写。

足足一个时辰，《伯夷颂》方书毕，他郑重地在绢尾题署：皇祐三年十一月戊申高平范仲淹书。

起身跺了跺冻得发麻的脚，吹灭蜡烛，出了堂门。天已经完全黑了，夜幕沉沉。可范仲淹的心中，却是一片光明，他神情庄重地默念了一句："仲淹，你可以去了！"

平生端有活国计，百不一试薶九京。

——黄庭坚

# 第五十二章 百不一试薶九京

## 一

徐州州署西间壁的驿馆，一间轩敞的房间里，纯祐、纯仁、纯礼、纯粹守在父亲的病榻前，小鬟端着一碗煎好的汤药进来了，纯仁把双臂伸到父亲的后背下，轻轻地把上身托起，服侍他把药喝了，纯礼把一床薄被叠起来，放在父亲的床头，让他靠上去。

范仲淹喘息一阵，以求助的语气道："明日带我去颍州吧。"

去年十一月，范仲淹在青州楷书《伯夷颂》时受了寒，又接到二女儿去世的讣闻，深受打击，旧疾复发，缠绵病榻一个多月未见好转，日常公事只能委托通判处置，奏报公牍时有稽缓。青州巨藩重镇，事务繁剧，揣己量力，范仲淹深感不安，转过年即上《陈乞颍亳一郡状》，请求在颍、亳二州中选择一处，所贵闲慢少事，可以养疾，稍保残年。二月初，朝廷颁下诏敕，将他移知颍州。因病势沉重，天气尚寒，直到三月底方扶病就道，行至徐州，已沉疴不起。他的老友孙沔以枢密直学士知徐州，将他安置于驿馆，寻医问药，精心调治，却不见效果。资政殿大学士加观文殿学士知定州韩琦差人送来补品，范仲淹还能挣扎着给他复函致谢；前日，皇上遣中使赐药存问，他却连写谢表的力气也没有了。一听父亲说明日要启程，纯仁阻止道："官家知大人病体难支，方赐药存问，不会怪罪大人的。”

范仲淹喘着粗气道：“既服了御药，就当启程赴任。”勾头喘了会儿气，又道：“到颍州去吧，欧阳永叔在那里，我想他啊！”

就在范仲淹写成《岳阳楼记》后不久，贬知滁州的欧阳修也写成了《醉翁亭记》，风靡国中。朝廷授其起居舍人，移知扬州，再移知颍州。他在颍州塞白龙沟，蓄水西湖，建西湖书院。两年后移知应天府，又差人到颍州购地建宅，作为将来安家之所。今春，欧阳修母亲去世，他扶柩至颍州，在那里为亡母守制。

可是，范纯仁知道，父亲的生命之灯已油干捻尽，无康复之望了，所以他才差人将昏废的哥哥从应天府接来，作最后的诀别。父亲突然提出要赶往五百里外的颍州赴任，让纯仁既痛心又为难。正不知如何劝慰父亲，知徐州孙沔兴冲冲进来了。

孙沔在陕西与范仲淹共事三年，成为知己。此后他改帅环庆路，边人服其能，迁龙图阁直学士，再迁枢密直学士知成都，会京东路不时出乱子，朝廷改任他知徐州。孙沔到任后，明购赏，严诛罚，乱事得以平息。近一个月来，他都在为医治范仲淹的沉疴而操劳。令纯仁不解的是，往者每进病房，孙沔都是一脸焦躁，今日为何喜笑颜开？

“希文兄，你看这是什么？”孙沔说着，从随侍手里接过一个锦盒，打开来，从里面拿出一卷黄素绢，在范仲淹眼前展开。

范仲淹眼睛里像是蒙了一层雾，看不清楚物什了，但这件东西他却一眼就认出来了，惊问：“这不是我给苏才翁楷书的《伯夷颂》吗？何以到了元规手里？”

“哈哈！”孙沔笑道，“苏才翁差人送来的。”他把黄素绢递到范仲淹手里：“不是老样子咯！看看，都是谁在后面题咏？”

范仲淹想接住，手却不听使唤了。纯仁忙接在手里，替父亲展读。

京西路都转运使苏舜元正是从富弼那里得知范仲淹恐不久于人世的消息，方函请他留下墨宝的。接到《伯夷颂》楷书，苏舜元携至许州，呈罢相后知许州的文彦博，文彦博在文尾题诗；又差人送往长安，呈观文殿大学士知永兴军晏殊，晏殊题诗作记；再下蔡州，呈资政殿学士加观文殿学士知蔡州富弼；富弼题咏后，苏舜元又差人往应天府，呈以太子少师封祁国公致仕退居于此的杜衍，杜衍也欣然命笔，题诗作记。

纯仁读罢，刚要收起，范仲淹抚摸着，喃喃道："苏才翁有心啊！见不到他们人了，可见到他们的字，亲切啊！"泪水顺着消瘦的脸颊滚落下来。

"希文兄，珍宝啊！"孙沔指着黄素绢道。

"物归原主，请元规寄还给苏才翁。"范仲淹嘱咐道。

纯仁有些不舍，但还是递给了孙沔。孙沔接过，正要告辞，范仲淹问："元规，岭南情形如何？"

初春，岭南广源州蛮人首领侬智高造反，自立为帝，朝廷任知原州蒋偕为广南东西路钤辖，前往平乱。昨日，纯仁给他读邸报，范仲淹得知了这个消息，为蒋偕终于可以独当一面而欣慰，又担心他疏忽大意，有辱君命，故特向孙沔问起此事。

孙沔踌躇良久，方道："希文兄，不瞒你了。前天接到朝廷敕书了，徙弟知秦州。"

范仲淹刚闭上的眼睛突然睁开了，伸出手在枕头旁摸索着。纯仁忙上前帮忙。他拿起一叠文稿举在父亲面前，一页一页翻过，翻到一首长诗，范仲淹伸手示意，要纯仁吟诵。

去年春，知定州韩琦在州城建阅古堂，摭前代贤守良将事迹凡六十幅，绘于左右壁，并撰《阅古堂记》寄给知杭州的范仲淹。这勾起了他对经略西事的回忆，深埋胸中的实施横山策、收复燕云十六州的雄心突然勃发，提笔赋《阅古堂》诗，长达八十四句。这首诗，他一直放在枕边，不时阅看。听说孙沔要帅秦凤，他精神为之一振，希望把自己的未竟之业托付于他。当纯仁读到"吾爱古名将，毅若武库森。其重如山安，其静如渊沉。有令凛如霜，有谋密如阴。敌城一朝拔，戎首万里擒"时，他的泪水止不住淌了下来；又听"乃命公与仆，联使御外侵。历历革前弊，拳拳扫妖祲。二十四万兵，抚之若青衿”几句，他抬了抬头，眼睛里发出久违的亮光。

纯仁读到最后，声调不知不觉间高亢起来：

四夷气须夺，百代病可针。
河湟议始行，汉唐功必寻。
复令千载下，景仰如高岑。
因赋阅古篇，为公廊庙箴。

孙沔笑了笑道：“都说范希文是主和派，殊不知，希文兄一直存收复旧疆的雄心。不过，目今岭南贼势方张，险道不通，官军不习险厄，平定殊为不易。弟已给朝廷上章，言秦州不足烦圣虑，朝廷当以岭南为忧，沔愿前往岭南平乱。”

范仲淹有些失望。他知孙沔有军旅才，又谙熟陕西军情，本寄希望他能够承担起实施横山策的重任，可孙沔似乎不以为意。范仲淹疲倦地闭上了眼睛。

“嘿嘿！”孙沔一笑道，“若朝廷允准，我即带狄青去。”

狄青时已升节度使，以鄜延路都部署兼知延州，宰相庞籍已荐他任枢密副使，因台谏官提出异议，皇上尚未决断。孙沔希望通过平定侬智高之乱，让狄青立下战功，届时他便可顺理成章做枢密副使。他倾身对着范仲淹大声道：“希文兄要好好活着，看着狄青荣升二府大臣！”

范仲淹微微睁开双目，没有回应。

## 二

夕阳收尽了余晖，夜幕徐徐降下。几只小鸟在院中一棵高大的杨树上“喳喳”叫着，像是在告知同伴，归巢的时刻到了。

病榻上的范仲淹对外界发生的一切都浑然不知。或许是因为看到文彦博、晏殊、富弼、杜衍的题诗过于激动了；也或许是对没有找到可以托付实施横山策的人而感到失望，当晚就陷入了昏迷。三天过去了，一直没有醒来。白天和黑夜对他来说已失去意义。小鬟让纯仁领着几个兄弟去用晚饭，她独自一人守在病榻旁。

烛光摇曳中，小鬟脸颊上的泪花闪闪发出亮光。自从在睦州进入范家，转眼二十年过去了，她心目中顶天立地的伟男子，已是奄奄一息，即将告别人世。她不愿接受这个现实，却又无能为力，只是每天一有空暇就求神拜佛，祈祷有奇迹出现，甚至想过和他一起死，好在另一个世界陪伴他。可一想到三丫尚未成年，纯粹年幼，她只能打消这个念头。正默默垂泪间，忽觉脸上一热，是范仲淹吃力地抬手为她拭泪。小鬟又惊又喜："郎君！郎君！你醒了？"

"叫粹儿来。"范仲淹声音微弱，却甚清晰。

小鬟起身，吩咐守在门外的女使去唤纯粹。纯仁听到父亲苏醒的消息，顾不得把饭吃完，拉上纯祐，向纯礼、纯粹一摆脑袋，快步进了病房。

"粹儿，靠近些。"范仲淹唤道。纯粹向父亲身边靠过去，范仲淹拉住他的手，又用另一只手拉住小鬟，哽咽道："此子年幼，但聪明晓事，将来可成大器。吾不及见，你替我照看。"

"爹爹——"七岁的纯粹哭着唤道。

"莫说粹儿是我生的，就是三丫，奴也一样善待，将他们抚育成人。"小鬟拭泪道。

"没有给你们母子留个落脚之地，我心有愧。"范仲淹急促地喘着粗气道，"我死后，纯祐、纯仁已成家，纯礼也长大了，由他们自立；你带纯粹、三丫到宁陵去，职田足可糊口。"喘息了一阵，又道："你对范家有恩，我不能给你封赠，母以子贵，将来让纯粹给你请封。"

"郎君，奴知足了！"小鬟说着，扭过脸去拭泪。

范仲淹向纯仁招手，示意他近前。纯仁倾身俯首，听父亲嘱咐，范仲淹指了指纯祐："照顾好你哥哥。我死后，葬万安山下你祖母墓侧。"说完这番话，他的头勾了下去，喘息中夹杂着"滋滋"的声音。

"希文兄醒过来了？"随着惊喜的声音，孙沔疾步走过来。

范仲淹吃力道："元规来得正好，待我拟道遗表。"

"这……"孙沔踌躇片刻道，"也罢，预备下也好。"

纯仁在旁侧的书案前坐下，展纸提笔，扭脸看着父亲。范仲淹早就深思熟虑过了，开始口授，声音低沉，像是从嗓子里呼出，但吐字依然清晰。口授几句，喘息一阵，再口授，约莫一个时辰，方口授毕，已是大汗淋漓，面无血色。

孙沔想说什么，张了嘴，又咽了回去。待纯仁写就，他拿过阅看一遍，才惊问："希文兄，遗表不言家事？还是把家眷儿女都安置妥当为好。"

范仲淹微微摇了摇头道："范家受国家恩惠够多了！"

"大人！"纯仁唤了一声，神情有些异样，嘟哝道，"这些年大人所上谢表，儿都看过，里面常有'持一节以自信，历三黜而无悔'之类的话，难道大人所受磨难、母亲的死，都、都不提了吗？若非吕夷简植党营私、嫉贤妒能，母亲也不会客死他乡！"

母亲病逝饶州这件事，给纯仁留下了刻骨铭心的创痛，见父亲在遗表提到曾经受到放逐，却不提吕夷简，他忍不住提出了异议。

范仲淹道："为父平生，无怨恶于一人。"

"可是……"纯仁争辩道，"那么大人所受的磨难，都是圣主的责任吗？"

孙沔悚然道："二衙内说的是，不能给人以圣主不容贤臣的印象嘛！"

纯仁顺势道："儿以为，当加上'大忤贵权，几成废放'一句。"

范仲淹默然。纯仁提笔将早已想好的话加上，又把遗表给父亲读了一遍。

读毕，纯仁已是泪水涟涟。范仲淹点点头，伸出右手，纯礼麻利地把笔递过去，扶住父亲颤抖的手，在纸尾写下"臣范仲淹"四字。写毕，范仲淹气若游丝道："吾累矣！"

纯仁托着父亲的后背，纯礼把枕头整理好，二人慢慢扶父亲躺下，把薄被盖上，蹑手蹑脚向后退了几步。孙沔摆摆手，示意众人随他退出病房。

远处传来鸡叫声，众人不约而同地抬头看了看天空，夜幕低垂，东南风沉重地吹来，空气中弥漫着令人不安的气息。纯仁送孙沔出了首门，抱拳相谢。他放心不下，拉住哥哥，带着纯礼、纯粹又回到病房，走到病榻前探视，见父亲安详地睡去了。正要转身，又站住了，侧耳细听，没有一丝细微的呼吸声，忙把手放在父亲胸口，感触不到半点起伏。他抱着父亲晃了晃，哭着唤道："大人——"

范仲淹没有回应，他永远地睡去了。

一道闪电穿过窗棂照进室内，随即响起一声炸雷。"轰隆隆"的声音滚滚远去，豪雨倾盆般急骤落下，泛起一片白雾。

## 三

范仲淹于五月二十日在徐州病逝的消息奏报到朝廷，皇上嗟悼不已，照例辍朝一日。宰相庞籍、宋庠，枢密使高若讷等经过商议，赠范仲淹兵部尚书，谥文正；授范仲淹之子、七岁的范纯粹为将作监主簿；范仲淹遗属连同家院、女使七十口，许州官舍安置。

韩琦、富弼、张方平、蔡襄、梅尧臣、王安石等闻讯，或写祭文，或作诗赋，纷纷表达哀悼之意。

十二月，纯仁率兄弟扶柩西行，葬范仲淹于河南府河南县之万安山下，皇上亲篆其碑额：褒贤之碑。

葬礼过后，范纯仁听到传闻，父亲病逝的消息传到边上，环州、原州的蕃部酋长数百人在祠堂供奉父亲画像，痛哭流涕犹如自己的父亲去世，斋戒了三天才散去。纯仁深感欣慰。只是有一件事令他有些着急：父亲故去后，他差人请富弼撰墓志、欧阳修撰神道碑。富弼的墓志铭文稿已送来，欧阳修的神道碑文却迟迟未见动静。但欧阳修是长辈，他不便直接催促，便托杜衍之子杜䜣婉转提出。

欧阳修正在颍州丁母忧，本不宜替人写神道碑，虑及受范仲淹知奖最深，还是答应了。他很清楚，范仲淹名望高而非议多，如何辨谗谤，判忠邪，上不损朝廷事体，下不避怨仇侧目，颇为棘手，遂以丁忧期间无心绪作文字为由，延宕了下来。直到范仲淹去世两年后，《资政殿学士户部侍郎文正范公神道碑铭》方完稿。他没有急于交给范家，而是寄给韩琦审核订正。韩琦订正后，欧阳修又与他书札往返，核准史实后，再送富弼审核。富弼阅罢，命幕僚徐无党致函欧阳修，对范仲淹与吕夷简欢然解仇的说法提出了异议。欧阳修回书云：

> 谕及富公言《范文正公神道碑》事，当时在颍已共详定，如此为允。述吕公事，于范公见德量包宇宙，忠义先国家。于吕公事各纪实，则万世取信。非如两仇相讼，各过其实，使后世不信，以为偏辞也。

这样反复审核、修订，又耽搁了一年，才把神道碑文稿寄给范纯仁。范纯仁一看，文稿赫然写着：

> 及吕公复相，公亦再起被用。于是二公欢然相约，勠力平贼。天下之士，皆以此多二公。

范纯仁本就对欧阳修延宕三年才写出神道碑有些怨气，又见文中说其父与吕夷简欢然解仇，生气道："根本没有家翁与吕夷简和好这回事！"说罢，将文稿封好，寄还欧阳修，请他删除与吕夷简解仇的一段话。

欧阳修恼怒道："此吾所目击，尔等少年，何从知之！"断然拒绝了。

范纯仁也不示弱，在文稿刻石时索性将范、吕解仇的一段话删去。

正巧眉州举子苏洵带二子苏轼、苏辙进京应试，携知益州张方平的荐书前来谒见以翰林学士之职在京修唐史的欧阳修。

苏轼道："庆历三年，轼始总角入乡校，士有自京师来者，以石介先生所作《庆历圣德颂》示乡先生。轼从旁窃观，问先生石介所颂者何人。先生曰：'童子何用知之？'轼曰：'若天上之神，则不敢知；若也是人，因何不能知？'先生奇轼言，尽以告之，且曰：'韩、范、富、欧，此四人，人杰也。'轼已暗自仰慕矣，只盼有朝一日得诸贤教诲。不意轼初到京城，范公已殁。读欧阳公之神道碑，轼泪流满面，誓做范公那样的士君子！"

欧阳修刚接到范家送来的神道碑拓片，知范氏兄弟擅自删去了文稿中范、吕解仇的那段话，正在气头上，沉脸道："神道碑非吾文！"

苏辙很好奇，忙问其故。

欧阳修意识到自己失态了，解释道："朋友、门生、故吏，与孝子用心常异。对范家兄弟的做法，我能理解。但范公德量包宇宙，忠义先国家，自言平生无怨恶于一人，故早已与吕公解仇，这是事实。写出这个事实，足可证明范公人格。可惜，范氏兄弟不理解我的深意啊！"

"范文正公真的会和吕许公解仇吗？"一出欧阳修家首门，苏辙就以质疑的语调问。吕夷简封许国公，读书人即以吕许公或许公称之。

"欧阳公的话，是可信的。"苏轼以笃定的口气道。

苏辙还是半信半疑。直到两年后，欧阳修知贡举，苏辙与其兄苏轼俱登进士第，苏辙知翰林学士张方平是范仲淹弟子，特向他求证。张方平向苏辙讲述了这段史实，苏辙遂记述道：

> 范文正公笃于忠亮，虽喜功名，而不为朋党。早岁排吕许公，勇于立事，其徒因之，矫厉过直，公亦不喜也。自越州还朝，出镇西事，恐许公不为之地，无以成功，乃为书自咎，解仇而去。其后以参知政事安抚陕西，许公既老居郑，相遇于途。文正身历中书，知事之难，惟有过悔之语，于是许公欣然相与语终日。许公问何为亟去朝廷，文正言欲经制西事耳。许公曰："经制西事，莫如在朝廷之便。"文正为之愕然。故欧阳

公为《文正神道碑》，言二公晚年欢然相得，由此故也。后生不知，皆咎欧阳公。予见张公言之，乃信。

万安山下的范仲淹墓，已是芳草萋萋、松柏森森，墓木已拱的范仲淹，对围绕神道碑而发生的这桩纠纷，已是一无所知了。

就在苏辙写下那段文字的当天中午，万安山下，一只蜻蜓从东边翩翩飞来，落在墓顶的一簇高高的青草上，好奇地四下张望。谁也不知道，它是不是四十八年前在醴泉寺一朵野花上吸吮露珠的那只蜻蜓的后代。

# 古今地名对照表

| | |
|---|---|
| 长山县 | 治所在今山东省邹平市长山镇。 |
| 真定县 | 治所在今河北省石家庄市正定县。 |
| 淄　州 | 治所在今山东省淄博市。 |
| 颜神镇 | 在今山东省淄博市博山区。 |
| 吴　县 | 治所在今江苏省苏州市。 |
| 成德军 | 唐代藩镇之一，治所在今河北省正定县。宋代仍保留冠以成德军节度使的官职，如节度判官、节度掌书记等。 |
| 武宁军 | 唐代藩镇之一，治所在今江苏省徐州市。宋代仍保留冠以武宁军节度使的官职。 |
| 平江军 | 唐代藩镇之一，治所在今江苏省苏州市。宋代仍保留冠以平江军节度使的官职。 |
| 应天府、南京 | 今河南省商丘市。 |
| 东　京 | 今河南省开封市。 |
| 西　京 | 今河南省洛阳市。 |

| | |
|---|---|
| 北　京 | 今河北省邯郸市大名县。 |
| 广德军 | 州级地方行政建制。治所在今安徽省广德市。 |
| 集庆军 | 由亳州改，州级地方行政建制。治所在今安徽省亳州市。 |
| 真源县 | 治所在今河南省周口市鹿邑县。 |
| 西溪镇 | 今江苏省东台市西溪古镇。 |
| 楚　州 | 治所在今江苏省淮安市。 |
| 华　州 | 治所在今陕西省渭南市。 |
| 河中府 | 治所在今山西省永济市。 |
| 河南府 | 治所在今河南省洛阳市。 |
| 陈　州 | 治所在今河南省周口市。 |
| 泗　州 | 治所在今江苏省淮安市盱眙县。 |
| 睦　州 | 治所在今浙江省建德市。 |
| 吉　州 | 治所在今江西省吉安市。 |
| 饶　州 | 治所在今江西省上饶市鄱阳县。 |
| 建德县 | 治所在今安徽省池州市东至县。 |
| 兴州、兴庆府 | 治所在今宁夏回族自治区银川市。 |
| 润　州 | 治所在今江苏省镇江市。 |
| 越　州 | 治所在今浙江省绍兴市。 |
| 永兴军 | 州级地方行政建制。治所在今陕西省西安市。 |
| 保安军 | 同下州。治所在今陕西省延安市志丹县。 |
| 镇戎军 | 同下州。治所在今宁夏回族自治区固原市。 |
| 坊　州 | 治所在今陕西省延安市黄陵县。 |
| 鄜　州 | 治所在今陕西省延安市富县。 |
| 康定军 | 由鄜城县改，县级地方行政建制。治所在今陕西省延安市富县。 |

| | |
|---|---|
| 延　州 | 治所在今陕西省延安市。 |
| 清涧城 | 在今陕西省榆林市清涧县境内。 |
| 大顺城 | 在今甘肃省庆阳市华池县境内。 |
| 水洛城 | 在今甘肃省平凉市庄浪县境内。 |
| 细腰城 | 在今甘肃省庆阳市环县境内。 |
| 耀　州 | 治所在今陕西省铜川市。 |
| 庆　州 | 治所在今甘肃省庆阳市。 |
| 环　州 | 治所在今甘肃省庆阳市环县。 |
| 邠　州 | 治所在今陕西省彬州市。 |
| 大定府 | 契丹国中京。治所在今内蒙古自治区赤峰市宁城县。 |
| 渭　州 | 治所在今甘肃省平凉市。 |
| 秦　州 | 治所在今甘肃省天水市。 |
| 泾　州 | 治所在今甘肃省平凉市泾川县。 |
| 丰　州 | 治所在今内蒙古自治区准格尔旗。 |
| 麟　州 | 治所在今陕西省神木市。 |
| 府　州 | 治所在今陕西省榆林市府谷县。 |
| 并　州 | 治所在今山西省太原市。 |
| 高邮军 | 州级地方行政建制。治所在今江苏省高邮市。 |
| 绛　州 | 治所在今山西省运城市新绛县。 |
| 保　州 | 治所在今河北省保定市。 |
| 代　州 | 治所在今山西省忻州市代县。 |
| 颍　州 | 治所在今安徽省阜阳市。 |
| 汾　州 | 治所在今山西省汾阳市。 |
| 保德军 | 县级地方行政建制。治所在今山西省忻州市保德县。 |
| 宪　州 | 治所在今山西省忻州市静乐县。 |

| | |
|---|---|
| 岢岚军 | 同下州。治所在今山西省忻州市岢岚县。 |
| 火山军 | 同下州。治所在今山西省忻州市河曲县。 |
| 岳　州 | 治所在今湖南省岳阳市。 |
| 钱塘县 | 治所在今浙江省杭州市。 |
| 河南县 | 治所在今河南省洛阳市。 |